U0524721

北京市社会科学重大项目
项目编号：14ZDA15

世界文学与
中国现代文学

下册

王宁 生安锋 等著

中国社会科学出版社

下册目录

下编　世界文学与中国现当代作家

第十一章　鲁迅与世界文学 …………………………………（347）
 第一节　鲁迅的翻译实践 ………………………………（347）
 第二节　鲁迅与其译作的对话 …………………………（363）
 第三节　鲁迅在域外的研究史 …………………………（378）

第十二章　郭沫若与世界文学 ………………………………（395）
 第一节　郭沫若的文学历程 ……………………………（395）
 第二节　郭沫若新诗中时空观的重构 …………………（402）
 第三节　郭沫若作品在国外的接受与影响 ……………（418）

第十三章　巴金与世界文学 …………………………………（430）
 第一节　巴金、本土—世界性创作与世界文学 ………（435）
 第二节　抗战小说中的身体焦虑叙事与世界战争文学：
    以《寒夜》为例 ……………………………（440）
 第三节　生命健康政治演变叙事与世界战争文学：以
    《第四病室》和《寒夜》为例 ……………（457）
 结　语 ……………………………………………………（469）

第十四章　曹禺与世界文学 …………………………………（471）
 第一节　曹禺在海外的传播与接受 ……………………（472）

第二节　曹禺、易卜生和诗化现实主义戏剧 …………………… (486)
第三节　陈白露与海达：两个"无聊"女人的肖像 ……………… (496)

第十五章　老舍与世界文学 ……………………………………… (511)
第一节　老舍作品中的世界主义因素探源 ……………………… (512)
第二节　探索老舍的世界主义之根源 …………………………… (518)
第三节　走向一个世界主义的地球——世界大同 ……………… (524)
第四节　老舍作品的域外传播概况 ……………………………… (525)
第五节　从戴姆拉什的世界文学观看老舍作品的世界文学性 …… (528)
第六节　反思与展望：中国文学走向世界再识 ………………… (534)

第十六章　钱锺书与世界文学 …………………………………… (542)
第一节　"相互照明"与钱锺书的世界文学思想 ………………… (543)
第二节　翻译与世界文学的建构 ………………………………… (557)
第三节　世界主义与《围城》中的文学空间 …………………… (564)

第十七章　凌叔华与世界文学 …………………………………… (580)
第一节　本土写作的独特性 ……………………………………… (580)
第二节　民族作家、世界作者和世界文学 ……………………… (584)
第三节　时间、空间、文化和世界文学 ………………………… (592)
第四节　翻译与世界文学的形成 ………………………………… (596)
第五节　作为世界文学的中国现代流散文学 …………………… (606)

第十八章　贾平凹与世界文学 …………………………………… (614)
第一节　贾平凹文学的民族性与世界性 ………………………… (615)
第二节　《废都》：超越民族性的世界文学经典 ………………… (618)
第三节　《怀念狼》的世界性和理论前瞻性 …………………… (631)
第四节　《山本》：超越自然与人性的世界书写 ………………… (641)

第十九章　莫言与世界文学 ……………………………………… (660)
引　言 ……………………………………………………………… (660)

第一节 莫言小说英译研究 …………………………………（661）
第二节 莫言作品的文学性本土化及其英译研究 ……………（673）
第三节 莫言作品的世界文学路线图描绘 ……………………（683）

跋　世界文学语境中的中国当代文学 ………………………（698）

参考文献 ………………………………………………………（711）

后　记 …………………………………………………………（761）

下　编

世界文学与中国现当代作家

第十一章

鲁迅与世界文学

谈到中国现当代作家与世界文学的关系,我们首先想到的就是鲁迅。鲁迅与世界文学的关系体现在三个方面:一、鲁迅对外国作品译介,涉及三个复杂的问题:鲁迅选取怎样的外国作品作为翻译对象?鲁迅如何看待这些作品?鲁迅为何译介这些作品?二、鲁迅与其译作的关系:鲁迅翻译的作品既可能说明了外国作品对鲁迅的思想与创作产生了直接影响,也可能只是鲁迅参与论争、表达立场的工具。总之,它们都与鲁迅构成了某种对话(互文)的关系。三、鲁迅在域外的研究史:从新中国成立到冷战结束,国外的鲁迅的研究深受时代政治、意识形态等内容的影响,几乎都不是纯粹的文学研究。鲁迅在不同国家的不同时期转换不同的面目,不同时期的不同国家则从不同的鲁迅形象上获得自己所需要的价值与资源。

第一节 鲁迅的翻译实践

据我们统计,鲁迅在1903—1936年的33年里翻译了俄国(苏联)、日本、捷克、匈牙利、保加利亚、波兰、罗马尼亚、芬兰、西班牙、奥地利、德国、法国、荷兰、比利时、美国、英国16个国家、13个语种[①]、110位

[①] 鲁迅的英语译作含英、美两国作品,德语译作含德、奥两国作品,荷兰语译作含荷兰和比利时两国作品。

作家的 251 种（部、篇），总计 330 万字的外国文学作品。① 具体情况如下：(1) 欧美大国作品 20 种（部、篇），其中英、美两国作品分别为 1 篇，法国作品 7 篇（部），德国作品 11 篇，占鲁迅译作总篇数的 7.97%。(2) 欧洲小国作品 26 种（部、篇），其中捷克、波兰、罗马尼亚、比利时作品分别为 1 篇，保加利亚、芬兰作品分别为 2 篇，匈牙利、奥地利、荷兰作品 3 篇（部），西班牙作品 9 篇，占鲁迅译作总篇数的 10.36%。(3) 俄（苏）作品 105 种（部、篇），其中俄国作品 48 篇（部），苏联作品 57 篇（部），占鲁迅译作总篇数的 41.85%。(4) 日本作品 99 种（部、篇），占鲁迅译作总篇数的 39.46%。

鲁迅主要依靠日语和德语进行翻译工作。鲁迅通过日语翻译了 99 篇日本文学作品，借助日语译本大量转译欧美文学作品；通过德语翻译官方语言为德语的德国和奥地利的 14 篇作品，借助德语翻译了许多欧洲文学作品。鲁迅通过日语和德语直接翻译的日语作品和德语作品是 113 篇，占他所译 251 篇作品的 45.02%，这意味着鲁迅译著的 54.98% 是通过日语和德语转译的其他语种（国家）的作品。

鲁迅的翻译作品结成 30 部集子出版，具体情况是：中长篇小说 6 部——《月界旅行》《地底旅行》《工人绥惠略夫》《毁灭》《十月》《死魂灵》；短篇小说集 7 部——《域外小说集》《现代小说译丛》《日本现代小说集》《竖琴》《一天的工作》《坏孩子和别的奇闻》《山民牧唱》；剧本 2 部——《一个青年的梦》《桃色的云》；童话集 5 部——《爱罗先珂童话集》《小约翰》《小彼得》《表》《俄罗斯童话》；散文随笔集 1 部——《思想·山水·人物》；文艺理论、批评集 9 部——《苦闷的象征》、《出了象牙之塔》、《近代美术史潮论》、《壁下译丛》、《艺术论》（卢那卡尔斯基）、《现代新兴文学的诸问题》、《文艺与批评》、《文艺政

---

① 学界对鲁迅翻译文学字数的统计不尽相同：王友贵说有 239 万字（《翻译家鲁迅》，南开大学出版社 2005 年版，第 301 页），孙郁说有 500 万字（《鲁迅首先是位翻译家》，中华网新闻 2006 年 12 月 5 日答记者问），彭定安说是 300 多万字（《鲁迅学导论》，中国社会科学出版社 2001 年版，第 230 页），顾钧说是近 300 万字（《鲁迅翻译研究》，福建教育出版社 2009 年版，第 2 页）。我们依据福建教育出版社 2008 年 8 卷本《鲁迅译文全集》统计，去掉鲁迅翻译非文学作品集《药用植物》等著作，去掉鲁迅为自己的译著和单篇译作写的前言、后记，去掉鲁迅译著中的插图，去掉空白，得到了鲁迅译文总计 330 余万字的数据。

策》、《艺术论》（蒲力汗诺夫）。另外，鲁迅还有80篇散篇译作。①

可将鲁迅的翻译生涯大致分作3个阶段，即：早期——1903—1918年，这是青年鲁迅用文言文译介外国文学的阶段；中期——1919—1928年上半年，这是鲁迅用白话语言致力于弱小民族文学和日本文学翻译的阶段；后期——1928年下半年至1936年10月去世，这是鲁迅集中精力从事苏联无产阶级文艺理论和苏联小说翻译的阶段。

一 早期的翻译实践

1903年4月29日，中国留日学生在东京发起拒俄运动，抗议沙皇俄国侵略我国东北三省。不久之后，《浙江潮》第4期刊登了留日学生给清政府的电函，陈述了斯巴达勇士反抗波斯侵略的历史。鲁迅受上述文章所引用的希腊历史故事的激发，迅速编译了《斯巴达之魂》一文，并很快就发表在《浙江潮》第5期上。该刊编辑许寿裳后来回忆说，自己向鲁迅约稿，鲁迅"隔了一天便缴来一篇——《斯巴达之魂》。……这篇文章是少年作，借斯巴达的故事，来鼓励我们民族的尚武精神"②。鲁迅所译《哀尘》与《斯巴达之魂》一道登在《浙江潮》第5期"小说"栏上，署"法国嚣俄著""庚辰译"。但直到1963年学者熊融（陈梦熊）发掘了《哀尘》，人们才知道它是鲁迅的早期译作。③ 从《哀尘》正文和译者附记，不难发现青年鲁迅译介这篇作品是为了表达他对不公正的社会制度的批判和对弱小者的深切同情。

1903年10月，鲁迅翻译的《月界旅行》由东京进化社出版，署"美国培伦原著，中国教育普及社译印"，没署译者姓名。此书真正的原著者应该是法国小说家儒勒·凡尔纳（Jules Verne，1828—1905）。鲁迅在《月界旅行》辨言中说，他想"假小说之能力，被优孟之衣冠"来翻译科学小说、传播科学知识。为了达到不使读者"生厌倦"的功效，他做了删除、改译和增译等一系列的努力。他还在形式上采用了中国传统小说的

---

① 这些散篇译作编入福建教育出版社2008年版《鲁迅译文全集》第8卷"译文补编"出版。
② 许寿裳：《亡友鲁迅印象记》，人民文学出版社1953年版，第13—14页。
③ 熊融：《鲁迅最早的两篇译文——〈哀尘〉、〈造人术〉》，《文学评论》1963年第3期。

章回体形式来改译这部科幻小说。

1906年3月，鲁迅从仙台医专退学，回到东京生活，进入留学生活的后半期。《造人术》是鲁迅留日后期翻译工作的开端。1999年，日本学者神田一三（樽本照雄）撰文公布了鲁迅译作《造人术》英语原著信息，并补充了日译本信息。《造人术》"英文原作是Louise J. Strong著的'An Unscientific Story'（Cosmopolitan杂志1903年1月号）"，而日本译者原抱一庵主人（余三郎）把它译成《造人术》，先是分两部分刊登在1903年6月8日和7月20日的《东京朝日新闻》上，后来又把登载在报纸上的《造人术》第一部分译文编入《（小说）泰西奇闻》（知新馆1903年9月10日出版）一书中。鲁迅翻译的是第一部分的译文。① 鲁迅的译作《造人术》止于伊尼他教授造出了人芽以及他的欢喜万分，而路易斯·托仑的小说原著还有大量篇幅叙述那个人造生命逐渐显示出它的怪物特性，以及围绕着怪物而展开的一系列惊恐故事。

《红星佚史》，原名"The World's Desire"，系英国作家哈葛德（H. Rider Haggard，1856—1925）和安特路朗（Andrew Lang，1844—1912）合撰的小说，1890年由英国著名出版机构朗文出版社印行。因小说女主角海伦戴着滴血的星石，周作人把作品标题改为《红星佚史》。该译著于1907年10月由上海商务印书馆出版，署"英国罗达哈葛德安度阑俱著，会稽周逴译"。周作人直接从英语翻译了该小说，但小说中穿插的16首诗歌则由鲁迅和周作人合作翻译。周作人在《知堂回想录》中回忆说，《红星佚史》中的诗歌"在翻译的时候很花了气力，由我口译，却是鲁迅笔述下来；只有第三编第七章中勒·多列庚的战歌，因为原意粗俗，所以是我用了近似白话的古文译成，不去改写成古雅的诗体了"②。

1908年8月，由鲁迅与周作人合译的《裴彖飞诗论》发表在留学生杂志《河南》第七期上，署令飞译。据周作人回忆说："这本是奥匈人爱弥耳·赖息用英文写的《匈加利文学论》的第二十七章，经我口译，由

---

① ［日］神田一三：《鲁迅〈造人术〉的原作·补遗》，许昌福译，《鲁迅研究月刊》2002年第1期。但据笔者比较英语原著和鲁迅译文，鲁迅译文（原抱一庵本的第一部分）大体相当于原著的五分之一。

② 周作人：《翻译小说上》，《知堂回想录》（上），十月文艺出版社2013年版，第267—268页。

鲁迅笔述的,所译应当算作他的文字,译稿分上下两部,后《河南》停刊,下半不曾登出,原稿也遗失了……"①

《域外小说集》由鲁迅与周作人合译,收录欧美12位小说家的16篇作品,署"会稽周氏兄弟纂译",由东京神田印刷所印制,分上下册出版,为32开的毛边书。上册于1909年3月出版,发行人署"周树人",印刷者署"长谷川辰二郎",总寄售处为"上海英租界后马路乾记弄广昌绸缎庄",印制了1000本,收录小说7篇,其中安特莱夫的《谩》《默》署"树人译",由鲁迅从德语译本转译。下册于1909年7月出版,印500本,收录小说9篇,其中迦尔洵的《四日》署"树人译",系鲁迅借助德语译本转译。《域外小说集》具有鲜明的弱小民族文学属性。鲁迅对弱小国家具有某种亲近感。鲁迅在写于1908年的《破恶声论》结尾部分指出,"波兰印度,乃华土同病之邦矣"!在《域外小说集》初版序言中,鲁迅道出了译介该书的宗旨是:"异域文术新宗,自此始入华土,……中国译界,亦由是无迟莫之感矣。"②

鲁迅留日前期的多数译著都相当迁就当时的中国读者的阅读习惯,因此采取随意增删原著、牺牲原著的归化翻译策略,而从《域外小说集》开始,鲁迅转向忠于原著的直译方法,"迻译亦期弗失文情"。③李寄认为,《域外小说集》标举和实践"朴讷"风格,一方面是与晚清翻译的主流风格"雅洁"和"激越流丽"对举;另一方面,"标举'朴讷'的风格也是对鲁迅本人留日前期翻译风格的反拨","留日前期,鲁迅科技文本的翻译风格是'雅洁',而文学文本的主导风格是'激越'","鲁迅在颠覆'名人'风格的同时,也在颠覆自己先前的风格"。④

1909年8月,鲁迅终止了留学日本七年的生活回到国内。不久,他在杭州的浙江两级师范学堂担任生理学和化学教员。在任教期间,他编撰了生理课讲义《人生象敩》,该讲义的附录《生理实验术要略》曾经刊载

---

① 周作人:《笔述的诗文二》,《鲁迅的故家》,十月文艺出版社2013年版,第263页。
② 鲁迅:《域外小说集·序言》,《鲁迅全集》第10卷,人民文学出版社2005年版,第168页。
③ 鲁迅:《域外小说集·序言》,《鲁迅全集》第10卷,人民文学出版社2005年版,第168页。
④ 李寄:《鲁迅传统汉语翻译文体论》,上海译文出版社2008年版,第171—173页。

在 1914 年 10 月 4 日杭州的《教育周报》上，该文属于鲁迅从外文资料中编译的科技文本。1912 年 2 月鲁迅成为教育部部员。在教育部任职期间，他研究美育理论，翻译、发表了多篇美育和儿童方面的学术论文。1913 年 5 至 11 月，鲁迅翻译了日本学者上野阳一的论文《艺术玩赏之教育》《社会教育与趣味》《儿童之好奇心》，都发表在 1913 年的《教育部编纂处月刊》上。1915 年 3 月，鲁迅翻译的日本学者高岛平三郎的论文《儿童观念界之研究》发表在教育部《全国儿童艺术展览会纪要》上。这四篇论文中，《艺术玩赏之教育》《社会教育与趣味》研讨的是美育问题，《儿童之好奇心》《儿童观念界之研究》探索了儿童教育问题。1914 年 2 月 1 日，鲁迅早些年翻译的两首海涅诗歌被周作人的《艺文杂话》引用，而得以被世人所知。据周作人的回忆，鲁迅翻译海涅这两首诗歌大约是在仙台医专读书时期。① 与之相关的是，鲁迅在 1933 年通过日语译本转译了毗哈的论文《海涅与革命》。

1918 年，鲁迅用文言把德国哲学家尼采的著作《查拉图斯特拉如是说》② 序言的前 3 节译成《察罗堵斯德罗绪言》。后来，他又用白话把尼采该书序言的全部 10 节翻译成《察拉斯忒拉的序言》，并发表在 1920 年 9 月《新潮》杂志第 2 卷第 5 号上。《察拉图斯忒拉的序言》显示了鲁迅翻译的新变：运用白话来翻译外国作品。这种白话融合了民国初年的口语和原著中语法严谨的欧洲语言优点，形成了"五四"时期独特的欧化语言景观。

二　中期的翻译实践

"五四"文学革命之后的鲁迅则进入了使用白话文翻译外国文学作品的新时代。具体来说，致力于译介"弱小民族文学"和日本文学，构成了鲁迅中期文学翻译实践的基本内容。

---

① 胡适翻译的亥纳（海涅）诗歌《译亥纳诗一章》发表于 1913 年出版的《留美学生年报》第 2 期；应时翻译的哈因南（海涅）诗歌《兵》编入 1914 年 1 月浙江印刷公司出版的《德诗汉译》。

② 鲁迅翻译尼采这部著作的序言，先是译作《察罗堵斯德罗绪言》，随后又译作《察拉斯忒拉的序言》，本书稿除了引述鲁迅本人的译文时用上述两个译名，在其他场合述及尼采该书时采用通译名《查拉图斯特拉如是说》。

在 1919 年之后，日本文学成为鲁迅翻译的首要源语文学。译本日本作家武者小路实笃（1885—1976）的《一个青年的梦》是鲁迅初次翻译日本文学作品的尝试，也是他进入中期翻译阶段采用白话翻译的首部外国文学作品。1916 年，武者小路实笃创作了反战 4 幕剧《一个青年的梦》，其用意是敦促日本人思考战争的危害。1918 年 5 月，周作人在《新青年》上撰文向中国读者大力推荐《一个青年的梦》，认为《一个青年的梦》，是"新日本的非战论的代表"①。1919 年 8 月 2 日，鲁迅着手翻译日本作家武者的《一个青年的梦》。鲁迅为所译剧本《一个青年的梦》写了两份译序和一份后记。他在译者序言中交代自己被剧作的反战和平思想吸引住了。他说，"我对于'人人都是人类的相待，不是国家的相待，才得永久和平，但非从民众觉醒不可'这意思，极以为然，而且也相信将来总要做到"。鲁迅还发现，在当时的中国和平非战思想并不普遍，他翻译该剧也是想将反战和平思想介绍给好争斗的国人。② 与之相关的是，鲁迅在后来翻译出版的《壁下译丛》（1929）集子中，收录了武者小路实笃创作于 1915—1921 年的 4 篇谈论文艺的短文：《凡有艺术品》（1915）、《在一切艺术》（1921）、《文学者的一生》（1917）、《论诗》（1920）。在"五四"时期，武者小路实笃是以反战和平主义者而闻名于中国的，但遗憾的是他后来渐渐变成了日本军国主义的支持者。

1921 年 4 月 18 日，鲁迅译完俄国作家阿尔志跋绥夫的《工人绥惠略夫》并寄给《小说月报》编辑沈雁冰。鲁迅交代说，《工人绥惠略夫》系译自德语译本《革命的故事》。③ 鲁迅还在译后记里交代了这部小说的翻译方法，"除了几处不得已的地方，几乎是逐字译"。④ 可见他非常执着地采用了直译方法。他还坦率地承认，由于自己的德语水平"本来还没有翻译这书的力量"，但是"幸而得了我的朋友齐宗颐君给我许多指点和修正，这才居然脱稿了，我很感谢"。⑤ 他译介这部小说的宗旨是，借俄国

---

① 周作人：《读武者小路实笃君所作〈一个青年的梦〉》，《新青年》1918 年 5 月第 4 卷第 5 号。
② 鲁迅：《〈一个青年的梦〉译者序》，《鲁迅全集》第 10 卷，第 209 页。
③ 鲁迅：《译了〈一个青年的梦〉之后》，《鲁迅全集》第 10 卷，第 184 页。
④ 鲁迅：《译了〈一个青年的梦〉之后》，《鲁迅全集》第 10 卷，第 184—185 页。
⑤ 鲁迅：《译了〈一个青年的梦〉之后》，《鲁迅全集》第 10 卷，第 184—185 页。

革命者的悲剧命运来表达他对中国改革者屡遭困厄之命运的关注。① 鲁迅在 1926 年 8 月还翻译了阿尔志跋绥夫的散文《巴什庚之死》,系根据日本马场哲哉的译本《作者的感想》转译,叙写无名作家巴什庚的病死和死后的寂寞。

1922 年 5 月,鲁迅、周作人、周建人兄弟合作翻译的《现代小说译丛》由商务印书馆出版,全书收录俄国、波兰、芬兰、保加利亚、亚美尼亚、爱尔兰、西班牙、希腊等国 18 位作家的 30 篇作品,其中鲁迅翻译的有俄国作家安特莱夫、契里珂夫、阿尔志跋绥夫,保加利亚作家跋佐夫,芬兰作家明那·亢德、亚勒吉阿的 9 篇小说。鲁迅在 20 世纪 20—30 年代还翻译了其他一些俄苏和东欧、北欧弱小民族文学作品:迦尔洵的小说《一篇很短的传奇》、毕力涅克(1894—1938,通译皮利尼亚克)《日本印象记》的序章《信州杂记》、裴多菲的 5 首诗歌(《我的父亲的和我的手艺》《愿我是树,倘使你……》《太阳酷热地照临》《坟墓里休息着……》《我的爱——并不是……》)。除了文学作品外,鲁迅本时期还译介了两篇研究东欧文学的论文。它们是捷克学者凯拉绥克的《近代捷克文学概观》和奥地利学者凯尔沛来斯的《小俄罗斯文学略说》。

爱罗先珂是俄国诗人、童话作家,童年时因病失明,1914 年离开俄国,先后在暹罗(泰国)、缅甸、印度、日本等地漂泊。1921 年他因参加"五一"游行,被日本警察驱逐出境,来到中国,成为鲁迅、周作人兄弟的朋友。1921 年 9 月 10 日,鲁迅首先译出了爱罗先珂的《池边》,至 1923 年 5 月,鲁迅陆续翻译了爱罗先珂用日语和世界语创作的童话作品总计 13 篇,其中《池边》《狭的笼》《春夜的梦》《雕的心》《鱼的悲哀》《世界的火灾》《两个小小的死》《古怪的猫》《为人类》9 篇编为《爱罗先珂童话集》,于 1922 年 7 月由上海商务印书馆出版;《小鸡的悲剧》《时光老人》《爱字的疮》《红的花》与巴金合译的爱罗先珂一些童话编为《幸福的船》于 1931 年 3 月由上海开明书店出版。鲁迅还翻译了爱罗先珂的童话剧《桃色的云》于 1923 年 7 月由北京新潮社出版。爱罗先珂作品使鲁迅感动的地方在于,其中所含有的"美的感情""俄国式的大旷野的精神",还有作者那不限于人间疆界的梦幻,和那一颗"纯白"的

---

① 鲁迅:《记谈话》,《鲁迅全集》第 3 卷,第 375—376 页。

"大心""纯朴的心""幼稚的,然而优美的纯洁的心""赤子之心"。① 爱罗先珂的童话呈现着两大主题:一、对爱、美、自由和光明的追求;二、对桎梏上述美好事物之体制的反抗和反抗失败的悲哀。

鲁迅和周作人合译的《现代日本小说集》于 1923 年 6 月由上海商务印书馆出版,封面上写着"周作人编译"。全书共收录 15 位日本作家的 30 篇小说和散文。鲁迅翻译其中 6 位作家的 11 篇小说、散文:夏目漱石的《克莱喀先生》《挂幅》,森鸥外的《沉默之塔》《游戏》,有岛武郎的《阿末的死》《与幼小者》,江口涣的《峡谷的夜》,菊池宽的《复仇的话》《三浦右卫门的最后》,芥川龙之介的《罗生门》《鼻子》。周作人交代他与鲁迅译介《现代日本小说集》"目的是介绍现代日本的小说",选择标准"大半是以个人的趣味为主",它们"都有永久的价值"。②

鲁迅从 1924 年 9 月 22 日动手翻译日本文艺理论家厨川白村(1880—1923)的文论著作《苦闷的象征》,至 10 月 10 日完成翻译工作。③ 鲁迅的译文先是在 1924 年 10 月 1 日至 31 日的《晨报副刊》连载发表,又由北京大学新潮社刊行,为《未名丛刊》之一种,次年 3 月改由北新书局出版。据学者张杰考证,该书的初版时间是在 1925 年 3 月。④ 在《〈苦闷的象征〉引言》中,鲁迅概括了这部著作的内容:"第一分《创作论》是本据,第二分《鉴赏论》其实即是论批评,和后两分都不过从《创作论》引申出来的必然的系论。至于主旨,也极分明,用作者自己的话来说,就是'生命力受了压抑而生的苦闷懊恼乃是文艺的根柢,而其表现法乃是广义的象征主义'。"⑤ 据曾在 20 世纪 20 年代北京大学听过鲁迅授课的孙席珍分析,鲁迅是基于三方面的动机而翻译厨川白村。首先,厨川白村在书中"对当时日本社会的痼疾进行了猛烈的抨击,倡言改革",这些思想"对我国读者也具有启发作用;其次,"厨川在文艺理论上颇有独创性的见解",把他这些新颖的文学观介绍进来,能够开拓读者的眼界;最后,鲁

---

① 鲁迅:《爱罗先珂童话集·序》,《鲁迅全集》第 10 卷,第 214 页。
② 周作人:《〈现代日本小说集〉序》,钟叔河编《周作人文类编·日本管窥》,湖南文艺出版社 1998 年版,第 310—311 页。
③ 鲁迅:《日记十三》,《鲁迅全集》第 15 卷,第 530 页,第 532 页。
④ 张杰:《鲁迅杂考二则》,《新文学史料》2005 年第 4 期。
⑤ 鲁迅:《〈苦闷的象征〉引言》,《鲁迅全集》第 10 卷,第 256—257 页。

迅本人正在进行文学创作的新探索，厨川白村的文艺理论"来源于柏格森哲学和弗洛伊德的精神分析学"，对当时的鲁迅产生了吸引力。①

鲁迅所译厨川白村的第二部著作是文艺性随笔集《出了象牙之塔》。1925年12月，该书由北京未名社出版，为《未名丛刊》之一种。全书由前言《题卷端》和9篇独立成篇的文章构成，其中6篇曾经在1924年12月至1925年8月的报刊上发表。厨川白村在《题卷端》引用自己的专著《近代文学十讲》的论述，来解释"象牙之塔"的典故："一切艺术，都为了艺术自己而独立地存在，决不与别问题相关；……即所谓'为艺术的艺术'。"厨川白村接着指出，在现代物质文明旺盛而充满生存竞争的时代，"文艺也就不能独是始终说着悠然自得的话，势必至与现在生存的问题生出密接的关系来"。② 在此基础上，厨川白村主张文艺家应该走出象牙之塔。鲁迅翻译完《出了象牙之塔》第二篇的《观享乐的生活》之后，写出了译者附记，指出："作者对于他的本国的缺点的猛烈的攻击法，真是一个霹雳手。但大约因为同是立国于亚东，情形大抵相像之故罢，他所狙击的要害，我觉得往往也就是中国的病痛的要害；这是我们大可以借此深思，反省的。"③ 鲁迅还翻译过厨川白村的两篇文论作品《东西之自然观》和《西班牙剧坛的巨星》，将之编入《壁下译丛》（上海北新书局1929年版）。

1928年1月，鲁迅翻译的望·蔼覃《小约翰》作为《未名丛刊》之一种由北京未名社出版。鲁迅与《小约翰》的相遇，可以追溯到他留学日本时代。1906年，鲁迅在东京神田区一带逛旧书店时，买到了1899年8月1日出版的德语杂志《文学的反响》半月刊第1卷第21期。在这本破旧的德语杂志上，载有《小约翰》德译本的第五章，使他"非常神往了"。④ 另外在这期杂志上，还刊登了波勒·兑·蒙德写的《拂来特力克·望·蔼覃》，对《小约翰》作者做了介绍。鲁迅后来也将其一并译出。在望·蔼覃笔下，小约翰是整个人类的象征，他的成长历程是整个人

---

① 孙席珍：《鲁迅与日本文学》，《鲁迅研究》1981年第5辑。
② ［日］厨川白村：《出了象牙之塔》，鲁迅译，《鲁迅译文全集》第2卷，第301页。
③ 鲁迅：《〈观享乐的生活〉译者附记》，《鲁迅全集》第10卷，第277页。
④ 鲁迅：《〈小约翰〉·引言》，《鲁迅全集》第10卷，第281页。

类社会历史的缩影，人类"失乐园"的境遇、现时的生存状态使他深感忧虑、痛心而又自知无可挽回。正是这种充满"哲思"的张力，使《小约翰》有了卓拔的深度，而超越了一般的童话。对自然的崇尚，以及对人类科学求知的质疑，其背后所隐含的是望·蔼覃对宇宙中一切的爱与同情。

鲁迅所译鹤见祐辅随笔集《思想·山水·人物》原著在1924年由日本东京大日本雄辩会社出版，共收杂文31篇。1925年4月至1928年4月，[①] 鲁迅在3年中翻译了此书的20篇作品和序言，其中的13篇在1925年4月至1928年5月间曾经在报刊发表。1928年5月，共计14万汉字的译作结集为《思想·山水·人物》由上海北新书局出版。鹤见祐辅在原著序言里对该书前后部分的内容做了区分："从第二篇起，到第二十二篇止，是感想；第二十三篇以下，是旅行记和关于旅行的感想。"他还总结说，"贯穿这些文章的共通的思想，是政治。政治，是我从幼小以来的最有兴味的东西。所以这书名，也曾想题作《政治趣味》"。[②]《思想·山水·人物》可能是鲁迅译得最通畅、优美的文本之一。

鲁迅还翻译了6篇未编入任何文集的日本文学作品和论文：伊东干夫的诗歌《我独自行走》、长谷川如是闲的两篇寓言式作品《圣野猪》和《岁首》、中泽临川和生田长江的《罗曼罗兰的真勇主义》、有岛武郎的《小儿的睡相》、家铃木虎雄的《运用口语的填词》。

1928年是鲁迅33年翻译历程从中期到后期的过渡之年。在他1919到1928年上半年的中期翻译阶段，鲁迅译介工作的重心是日本文学（文艺论著）、儿童文学以及弱小民族文学；从1928年下半年到1936年的后期翻译阶段，鲁迅译介工作围绕着无产阶级文艺理论和苏俄文学作品两个中心进行。《近代美术史潮论》《壁下译丛》两部书虽然是在1929年出版，但是鲁迅在1928年上半年已经基本译完它们，并且已开始在刊物上连载其中的篇章。它们成为跨越鲁迅两个翻译阶段的译著，它们预示了鲁迅后期翻译以文艺理论为重心的走向。鲁迅在为《壁下译丛》写的序言

[①] 鲁迅：《日记十七》，《鲁迅全集》第16卷，第76页。
[②] ［日］鹤见祐辅：《〈思想·山水·人物〉序言》，鲁迅译，《鲁迅译文全集》第3卷，第123页。

里交代，该书有两大内容，三分之二是日本学者"绍介西洋文艺思潮的文字"，三分之一是日本学者探讨"新兴文艺"，[①] 即当时正在世界上兴起的革命文艺的文章。正如鲁迅所说，《壁下译丛》后面约三分之一文章涉及"新兴文艺"，它们对无产阶级文艺理论和苏联文学的关注，预示了鲁迅翻译即将进入一个崭新的阶段。

三 后期的翻译实践

在20世纪20年代末，鲁迅被倡导革命文学的创造社、太阳社作家当作祭旗的对象。在创造社、太阳社的压力下，鲁迅感到有必要系统地阅读、翻译苏联革命文论。从1928年下半年开始，鲁迅把翻译的重心转向了无产阶级革命文艺理论和苏联文学。在他后期8年的翻译实践中，鲁迅的15部译著里有5部无产阶级革命文论和6部苏联小说、童话。鲁迅后期"左转"的翻译实践关联着20世纪20年代末中国现代文学的"左倾"走向，而这个时代中国现代文学的"左倾"走向又是20世纪20—30年代世界文艺"变红"全局的组成部分。

鲁迅所译《现代新兴文学的诸问题》的作者是片上伸（1884—1928）。《壁下译丛》中还有3篇片上伸的论文。片上伸属于无产阶级文学的倡导者中那类较为难得的理论家，一方面他大力倡导无产阶级文学，另一方面仍然坚持无产阶级文学政治性与艺术的统一。鲁迅持有和片上伸类似的观点。这应该是鲁迅欣赏片上伸的主要原因，也是他译介片上伸论文和著作的原因。

鲁迅所译《文艺政策》是20世纪20年代前期苏联文艺政策的文件汇编，系根据藏原惟人和外村史郎辑译的日译本转译。鲁迅的译文曾经在1928年6月20日创刊的《奔流》月刊第1卷第1—5期连载，1930年6月由上海水沫书店刊印，为"科学的艺术论丛书"第13本。鲁迅译著《文艺政策》的主体部分由《关于对文艺的党的政策》《观念形态战线和文学》《关于文艺领域上的党的政策》组成，日本冈泽秀虎著、冯雪峰译的《以理论为中心的俄国无产阶级文学发达史》作为附录收进本书。正文前有藏原惟人撰写的序言，正文后有鲁迅在1930年4月写的后记。《文

[①] 鲁迅：《〈壁下译丛〉小引》，《鲁迅全集》第10卷，第306—307页。

艺政策》的辑译者藏原惟人给该书日译本写的序言中说，当时苏联文艺界的论争可以分为三派，但鲁迅认为其实只有两派："对于阶级文艺，一派偏重文艺，如瓦浪斯基等，一派偏重阶级，是《那巴斯图》的人们，布哈林们自然也主张支持无产阶级作家的，但又以为最要紧的是要有创作。"① 鲁迅阐述了自己翻译《文艺政策》的目的："从这记录中，可以看见在劳动阶级文学的大本营的俄国的文学的理论和实际，于现在的中国，恐怕是不为无益的。"② 鲁迅在《文艺政策》译后记中还交代了他译介此书的个人动机。他说，20世纪20年代后期倡导无产阶级文学的创造社作家纷纷撰文对他发起了围攻，"我看了几篇，竟逐渐觉得废话太多了，解剖刀既不中腠理，子弹所击之处，也不是致命伤。……于是我想，可供参考的这样的理论，是太少了，所以大家有些胡涂。……这样，首先开手的就是《文艺政策》，因为其中含有各派的议论"。③ 鲁迅在这篇译后记里也介绍了自己的翻译方法，仍然采取的是直译，"决不有所增减"，自信"并无故意的曲译"，并把直译称之为"硬译"。

如果说鲁迅所译《现代新兴文学的诸问题》和《文艺政策》偏重于对当时苏联文艺政策的介绍，那么鲁迅所译卢那卡尔斯基（通译卢那察尔斯基）的《艺术论》《文艺与批评》、剧本《被解放的堂·吉诃德》和普力汗诺夫（通译普列汉诺夫）的《艺术论》《车勒芮绥夫斯基的文学观》的前两章则代表了20世纪早期苏联马克思主义文艺理论的最高成就。此外，鲁迅还翻译了其他俄苏文艺理论家和作家的文论作品。鲁迅的译作《亚历山大·勃洛克》收在胡斅翻译的勃洛克长诗《十二个》的书前（1926年8月北新书局出版）。④ 该文为托罗兹基（1879—1940，通译托洛斯基）著作《文学与革命》的第三章，系鲁迅从茂森唯士的日译本转译。鲁迅译介了布哈林撰写的《苏维埃联邦从 Maxim Gorky 期待什么？——为 Maxim Gorky 的诞生六十年纪念》。该文译自1928年6月2日《第三国际通信》，由日文转译，发表在1928年7月《奔流》第1卷第2

---

① 鲁迅：《〈文艺政策〉后记》，《鲁迅全集》第10卷，第339页。
② 鲁迅：《〈文艺政策〉后记》，《鲁迅全集》第10卷，第340页。
③ 鲁迅：《〈文艺政策〉后记》，《鲁迅全集》第10卷，第340—341页。
④ 从时间层面上说，本译文应该放在第二篇鲁迅中期翻译里介绍，但是它讨论的是苏联革命时期的文学，把它下移到鲁迅后期翻译的无产阶级革命文学理论部分来研读，也不无道理。

期上。鲁迅翻译了俄国戏剧家 Nikolai Evreinov（叶甫列伊诺夫）《演剧杂感》一书的两篇论文：《生活的演剧化》和《关于剧本的考察》，刊载在《奔流》月刊第 1 卷第 2 期和第 6 期。鲁迅也翻译了苏联文艺理论家 Lvov-Rogachevski（列夫 – 罗迦契夫斯基，1874—1930）的 3 篇文章："LEOV TOLSTOI"（《列夫 – 托尔斯泰》）、《人性的天才——迦尔洵》《契诃夫与新文艺》。鲁迅还翻译的苏联驻日本使馆参赞马伊斯基（Maiski）的文章 LEOV TOLSTOI（《列夫 – 托尔斯泰》）、佚名的《〈静静的顿河〉作者小传》、戈庚的《〈土敏土〉代序》、高尔基的《我的文学修养》、匈牙利作家 Andor Cabor 的《无产阶级革命文学论》。

译介苏联小说是鲁迅后期翻译工作的重点。他所译的苏联小说大体可以分作两大类，一是苏联无产阶级作家写的小说，主要有法捷耶夫的长篇小说《毁灭》和多位作家的短篇小说合集《一天的工作》；二是苏联"同路人"作家写的小说，主要有雅各武莱夫的长篇小说《十月》和多位作家的短篇小说合集《竖琴》。1929 年下半年，鲁迅翻译的《毁灭》以藏原惟人的日译本为底本，参校德文和英文译本。作品的第一、二部译文在 1930 年 1 月至 5 月的《萌芽》（第 1 卷第 1 至 5 期）等刊物连载。1931 年 9 月《毁灭》全书在陈望道主持的上海大江书铺出版，1930 年 11 月鲁迅又以三闲书屋的名义出版该书。在鲁迅心目中，《毁灭》不仅"亲如儿子"，更重要的是作品中"铁的人物和血的战斗"使该小说具有了"纪念碑"那样的史诗品格，其雄壮的美学风格使得中国那些多愁善感、柔弱病态的"美文"黯然失色。① 可见鲁迅是抱着为中国贫弱缺血的文学注入雄强之美的用心来翻译《毁灭》等苏联小说的。法捷耶夫的《毁灭》的确是世界文学史上罕见的雄壮伟岸的小说，叙述"十月革命"之后苏联西伯利亚远东边区一支 150 人的游击队艰苦卓绝的日常生活和战斗生活。鲁迅对小说中游击队几近毁灭的结局相当赞赏，分析道："革命有血，有污秽，但有婴孩。这'溃灭'正是新生之前的一滴血，是实际战斗者献给现代人们的大教训。……所以只要有新生的婴孩，'溃灭'便是'新生'一部分。中国的革命文学家和批评家常在要求描写美满的革命，完全的革命人，意见固然是高超完善之极了，但他们也因此终于是乌托邦主

---

① 鲁迅：《关于翻译的通信》，《鲁迅全集》第 4 卷，第 394 页。

义者。"①《毁灭》包含着他对中国革命文学家的某种反批评,同时为中国未来的革命文学创作提供了标本。

署名"鲁迅编译"的苏联小说集《一天的工作》于1933年3月由上海良友图书印刷公司出版,共收小说10篇。鲁迅翻译了其中的8篇,另外两篇《一天的工作》《岔道夫》由瞿秋白翻译。短篇小说集《一天的工作》与比它略早两个月出版的短篇小说集《竖琴》是鲁迅系统化地译介苏联小说的成果。两部小说集有大体的分工,即:《竖琴》收录"同路人"作家的小说,《一天的工作》收录无产阶级作家的小说。但是《一天的工作》中也收录了"同路人"作家毕力涅克和绥甫林娜的两篇小说,为什么会出现这样的布局?鲁迅在《竖琴》翻译后记中交代,"同路人"小说集《竖琴》"本来还有毕力涅克和绥甫林娜的作品,但因纸数关系,都移到下一本去了",②鲁迅所说的"下一本"小说集就是《一天的工作》。

1929年,鲁迅为教授许广平日语,选了德国女作家至尔·妙伦的日译本《小彼得》做学习读本,"逐次学过,就顺手译出",③后又经鲁迅校改而最终出版。④从批判资本主义制度,宣言社会主义理想的角度来看,《小彼得》的确可以称得上是一部"崭新的童话"。鲁迅充分考虑童话读者对象的特殊性,为了能够让少儿读者看懂童话,采取意译、改译和直译相结合的翻译方法。

1935年7月,鲁迅翻译的苏联儿童文学作家班台莱耶夫的《表》由上海文化生活书店出版发行,⑤该书系根据爱因斯坦(Maria Einstein)的德译本(1930年柏林出版),参照槙本楠郎的日译本《金时计》翻译的。《表》是鲁迅翻译的童话中,最适于让孩子阅读的,⑥兼顾"有益"和"有味"。尽管《表》所表现的是流浪儿的教育问题,但作品本身并不说

---

① 鲁迅:《〈溃灭〉第二部一至三章译者附记》,《鲁迅全集》第10卷,第371—372页。
② 鲁迅:《〈竖琴〉后记》,《鲁迅全集》第10卷,第383页。
③ 鲁迅:《〈小彼得〉序言》,《鲁迅译文全集》第5卷,第5页。
④ 1929年11月由上海春潮书局出版,当时署名"许霞"(即许广平)译,鲁迅校改。
⑤ 本书全部,连同"译者的话",曾作为"特载",一次性发表于1935年3月《译文》月刊第2卷第1期。
⑥ 李长之在20世纪30年代中期所写的《鲁迅批判》中就敏锐地指出:"……在他译的童话中,只有《表》是真正为了现代的儿童……"参见李长之《鲁迅批判》,北新书局1936年版。

教。班台莱耶夫用了贴近孩子的语言和心思，幽默的笔触，生动活泼地展示了一个流浪儿的生活和精神世界。

鲁迅所译俄苏文学大师高尔基（1868—1936）《俄罗斯童话》，于1935年8月由上海文化生活书店出版，系根据日本高桥晚成的日译本转译。鲁迅直白地告诉读者："这《俄罗斯的童话》，共有十六篇，每篇独立；虽说'童话'，其实是从各方面描写俄罗斯国民性的种种相，并非写给孩子们看的。"① 在另一处鲁迅又说："说是做给成人看的童话罢，那自然倒也可以的，然而又可恨做的太出色，太恶辣了。"② 鲁迅认为高尔基《俄罗斯的童话》"短短的十六篇，用漫画的笔法，写出了老俄国人的生态和病情，但又不只写出了老俄国人，所以这作品是世界的；就是我们中国人看起来，也往往会觉得他好像讲着周围的人物，或者简直自己的顶门上给扎了一大针"。③ 与之相关的是，鲁迅1929年还曾翻译过高尔基的另一篇童话式的作品《恶魔》。

鲁迅翻译的契诃夫的《坏孩子和别的奇闻》、巴罗哈的《山民牧唱》同属弱小民族文学的作品。鲁迅翻译契诃夫的《坏孩子和别的奇闻》④ 8篇小说，起笔于1934年11月12日，至1935年3月24日全部译完，系鲁迅根据Alexander Eliasberg德语译本转译。鲁迅所译《坏孩子和别的奇闻》全书约3万字，每篇小说配有1幅玛修丁的木刻画。鲁迅1928年至1934年陆续译出西班牙作家巴罗哈6篇短篇小说，合编为《山民牧唱》。该译文集在鲁迅生前未曾单独出版，后来收入1938年《鲁迅全集》第18卷刊行。鲁迅这6篇译作曾经在《奔流》《译文》《新小说》等刊物发表，系根据1924年8月日本新潮社出版的笠井镇夫、永田宽定的日译本转译。鲁迅对弱小民族巴斯克人的关注和同情，是他译介《山民牧唱》短篇小说集的原因。作家巴罗哈对巴斯克人充满着爱，但并不回避巴斯克人身上的性格弱点，这应该引起了致力于批判、改造中国国民性的鲁迅的共鸣。

---

① 鲁迅：《〈俄罗斯的童话〉小引》，《鲁迅全集》第10卷，第441页。
② 鲁迅：《〈俄罗斯的童话〉》，《鲁迅全集》第8卷，第515页。
③ 鲁迅：《〈俄罗斯的童话〉》，《鲁迅全集》第8卷，第515页。
④ 学者朱金顺根据该书初版本考据，鲁迅为该书起的书名是《坏孩子和别的小说八篇》，1938年复社版《鲁迅全集》（20卷）第18卷编者把改译著改名为《坏孩子和别的奇闻》（朱金顺《〈坏孩子和别的奇闻〉的两件旧闻》，《鲁迅研究月刊》2006年第11期）。

另外，巴罗哈小说艺术上的独特性也引起了鲁迅的关注和欣赏。鲁迅称赞巴罗哈说："但以本领而言，恐怕他还在伊本纳兹之上，即如写山地居民跋司珂族（Vasco）的性质，诙谐而阴郁，虽在译文上，也还可以看出作者的非凡的手段来。"① 鲁迅还翻译了巴罗哈精短的散文《面包店时代》刊载在 1929 年 4 月 25 日《朝华》周刊第 17 期。

鲁迅译介了俄国作家萨尔蒂珂夫（谢德林）的《饥懂》、罗马尼亚作家索陀威奴的《恋歌》两篇小说以及其他 20 多篇散篇翻译作品。这 20 多篇作品大体上可以分作欧洲文学、文论和日本文学、文论两大类来解读，其中包括 11 篇主要来自法国和德国的欧洲文学、文论与 15 篇散篇日本文学作品和论文。

1934 年 9 月，鲁迅翻译了果戈理的小说《鼻子》，并写了译者附记，认定果戈理"几乎可以说是俄国写实派的开山祖师"。② 1935 年 2 月 15 日，鲁迅动笔翻译果戈理的《死魂灵》，9 月底译完第一部，11 月《死魂灵》第一部由上海文化生活出版社出版。1936 年 2 月至 5 月鲁迅翻译第二部第一至三章，1938 年上海文化生活出版社把《死魂灵》第二部第一至第三章合入第一部，出版了增订本，全书有 31 万字。鲁迅依据德国人奥托·布克（Otto Buek）的《死魂灵》德语译本，③ 参照日本科学出版社 1934 年 10 月出版的上田进日语译本等日译本来翻译果戈里这部巨著。

第二节　鲁迅与其译作的对话

鲁迅与世界文学的关系也体现于他于自己所翻译的译著的对话关系，这也可以说是一种互文关系。鲁迅的译作并不直接说明鲁迅受其翻译作品的影响，但鲁迅的译作能够提示我们鲁迅翻译某篇（部）作品时的思想情感。鲁迅在 20 世纪 20 年代末走向左翼，也正是在那前后鲁迅开始翻译与无产阶级、社会主义相关的文论、文学作品。但左翼的鲁迅并非全部的鲁迅，即便在鲁迅接近共产主义、社会主义的思想之后，启蒙的课题、国

---

① 鲁迅：《〈山民牧唱·序文〉译者附记》，《鲁迅全集》10 卷，第 425 页。
② 鲁迅：《〈鼻子〉译者附记》，《鲁迅全集》第 10 卷，第 515 页。
③ 鲁迅：《〈死魂灵〉第二部第一章译者附记》，《鲁迅全集》第 10 卷，第 453 页。

民性批判的主题依然从上一时期的鲁迅那里延续了下来,而鲁迅的译作丰富了鲁迅的思考。对科学与自然之态度、慷慨激越与颓废的美学对照则从两个有趣的角度对鲁迅思想、文学风格论与译作的关系做了阐述。

一 鲁迅的"左转"

学术界普遍认为,鲁迅在20世纪20年代末通过与创造社、太阳社关于无产阶级革命文学的论争,通过20世纪20年代末、30年代初翻译蒲力汗诺夫(普列汉诺夫)、卢那卡尔斯基(卢那察尔斯基)等人的苏俄文论,而使自己转向革命文学的领地。其实在20世纪20年代中期,鲁迅的文艺观已经有向"左"转的倾向。鲁迅通过翻译有岛武郎、厨川白村等人的文艺理论著作而淘洗、清理自己的文艺思想,酝酿着文艺观的转变。鲁迅在1924年、1925年之交翻译了厨川白村的文艺评集《出了象牙之塔》。该书第六篇的标题为《描写劳动问题的文学》,由此可以看出这是一篇讨论劳工文学(无产阶级文学)的文章。第九篇《从艺术到社会改造》是对英国社会主义者、文学家摩理斯的专项研究。摩理斯原先一直是艺术至上论的信奉者,到了40岁之后转而成为社会改革的先锋,成为厨川心目中社会主义文学最杰出的代表。厨川把摩理斯与日本杰出作家夏目漱石40岁左右的文学转变作了比较,认为前者是离开"诗美之乡"出了"象牙之塔"走向社会生活,成为社会主义者,而后者遁入"低徊趣味"中去了。

鲁迅所译文论集《壁下译丛》出版于1929年。该书收录了有岛武郎的《宣言一篇》。该文在某种程度上可以看成是译者鲁迅借日本作家有岛武郎思想的裂变,剖析彷徨在十字街头的自我的文章。作为日本"白桦派"的核心作家,有岛武郎的基本文学观突出爱和自我表现,但是日本无产阶级运动的日益高涨给有岛武郎带来了巨大的精神冲击。有岛武郎在《宣言一篇》中对自身表示不满,对知识分子阶层展开了批评。全文的主旨是,第四阶级(无产阶级)与其他阶级发动的革命运动没多少关系,知识分子不能成为第四阶级的代言人。有岛武郎认为,那些主张劳动文艺的作家,"其实他们用了第四阶级以外的阶级者所发明的文字、构想、表现法,漫然地来描写劳动者的生活",那些主张劳动文艺的评论家,"他们用了第四阶级以外的阶级者所发明的论理、思想、检察法,以临文艺作品"。有岛武郎说他本人不能这样做,因为他认为:"无论是怎样伟大的学者,或思想家,或运动家,或头领,倘不是第四阶级的劳动者,而想将什么给予第四阶级,这分明是僭妄。"①

有岛武郎关于唯有无产阶级出身的人才能写出无产阶级文学的观点颇能引起鲁迅的共鸣。鲁迅指出,那些"坐在客厅里谈谈社会主义"的所谓革命作家尽管"高雅得很,漂亮得很,然而并不想到实行的",他们根本不是真正的无产阶级作家,这些"对于革命抱着浪漫谛克幻想的人,一和革命接近,一到革命进行,便容易失望",② 俄国诗人叶遂宁就是这样的人,最终他自杀了。鲁迅指出:"我以为根本问题是在作者可是一个'革命人',倘是的,则无论写的是什么事件,用的是什么材料,即都是'革命文学'。从喷泉里出来的都是水,从血管里出来的都是血。'赋得革命,五言八韵',是只能骗骗盲试官的。"③

1930 年,鲁迅翻译了蒲力汗诺夫的《车勒芮绥夫斯基的文学观》。蒲力汗诺夫在该文中借助车尔尼雪夫斯基(车勒芮绥夫斯基)的观点,阐发了审美标准的阶级差异。鲁迅所译卢那卡尔斯基著作《艺术论》第三篇《艺术与阶级》也讨论了审美的阶级差异。也是在 1930 年,鲁迅与梁实秋围绕着文学的阶级性问题展开了论战。鲁迅从分析不同阶级的价值、情感和审美入手,提出了文学是有阶级性的主张:"文学不借人,也无以表示'性',一用人,而且还在阶级社会里,即断不能免掉所属的阶级性,无需加以'束缚',实乃出于必然。"④ 鲁迅这番言说,突出地强调了文学、审美的阶级性。但鲁迅并非僵化的教条主义者,他在强调文学阶级性的同时,并未把文学的阶级性绝对化,他同时承认文学是可以表现人性的。鲁迅曾说,"在我自己,是以为若据性格感情等,都受'支配于经济'(也可以说根据于经济组织或依存于经济组织)之说,则这些就一定都带着阶级性。但是'都带',而非'只有'"。⑤

鲁迅所译卢那卡尔斯基另一部著作《文艺与批评》出版于 1929 年。

---

① [日]有岛武郎:《宣言一篇》,鲁迅译,《鲁迅译文全集》第 4 卷,83—84 页。
② 鲁迅:《对于左翼作家联盟的意见》,《鲁迅全集》第 4 卷,第 238—239 页。
③ 鲁迅:《革命文学》,《鲁迅全集》第 3 卷,第 568 页。
④ 鲁迅:《"硬译"与"无产阶级文学"》,《鲁迅全集》第 4 卷,第 208 页。
⑤ 鲁迅:《文学的阶级性》,《鲁迅全集》第 4 卷,第 128 页。

鲁迅对该书第六篇《关于马克斯主义文艺批评之任务的提要》产生了深度的共鸣。卢氏在这篇文章中探讨了马克思主义文学批评的内容标准和形式规范，引述蒲力汗诺夫的观点来强调文学之艺术性的重要地位："在这里，首先第一，有记起蒲力汗诺夫也曾说过的最重要的形式底规范——就是，文学是形象的艺术，一切露出的思想，露出的宣传的向那里面的侵入，常是所与的作品之失败的意思这一个规范来的必要。"这段文字的意思是，文学是形象的艺术，赤裸裸的思想宣传是文学的失败。20世纪20年代后期，有些中国无产阶级文学家把美国作家辛克来尔的"一切文艺是宣传"奉为金科玉律。鲁迅撰文反驳道："但我以为一切文艺固是宣传，而一切宣传却并非全是文艺，这正如一切花皆有色（我将白也算作色），而凡颜色未必都是花一样。革命之所以于口号，标语，布告，电报，教科书……之外，要用文艺者，就因为它是文艺。"① 鲁迅在拥抱革命文学的同时，仍然保留着对于非无产阶级革命文学问题的关切。这既得益于蒲力汗诺夫、卢那卡尔斯基等比较开放的早期马克思主义理论家的影响，更是因为鲁迅本人的个性和定力在其中起了作用。

鲁迅1928年所译苏联雅各武莱夫小说《农夫》的人道主义和人性思想曾经引起争议。小说写俄罗斯农夫出身的士兵毕理契珂夫因奥地利哨兵睡得很香，而没有动手杀死敌军的情节，还写到了这位农夫对同为基督信徒的欧洲各国民众陷入战争的困惑，更是渲染了毕理契珂夫对大地和庄稼的一片深情。鲁迅认为小说《农夫》能够发表出来，说明了早期的苏联政权具有一定的包容性。他说："至于这一篇《农夫》，那自然更甚，不但没有革命气，而且还带着十足的宗教气，托尔斯泰气，连用我那种'落伍'眼看去也很以苏维埃政权之下，竟还会容留这样的作者为奇。"鲁迅也对《农夫》所主张的人道主义表示了自己的看法："但我们由这短短的一篇，也可以领悟苏联所以要排斥人道主义之故，因为如此厚道，是无论在革命，在反革命，总要失败无疑，别人并不如此厚道，肯当你熟睡时，就不奉赠一枪刺。"② 这种思想鲁迅在杂文《论费厄泼赖应该缓行》中早已表达过，即人道主义、费厄泼赖固然非常美好，但是敌人是不会跟

---

① 鲁迅：《文艺与革命》，《鲁迅全集》第4卷，第85页。
② 鲁迅：《〈农夫〉译者附记》，《鲁迅全集》第10卷。

你讲人道的，你若一味讲究这个就难免要吃大亏。

二　启蒙者的命运

鲁迅所译《察拉图斯忒拉的序言》第二节写查拉图斯特拉与老圣人的对话。老圣人称查拉图斯特拉为觉醒着的人，把芸芸众生称作昏睡者，把查氏摆放在启蒙者位置上了。老圣人提醒查氏，作为夜行人的启蒙者，他可能被人们误解为趁着夜色偷窃的小偷。鲁迅所译尼采的这篇文章揭示了启蒙者的基本境遇，即他们竭力去传播新思想、新观念，不仅不能引起群众的理解和共鸣，反而招来群众的不满、嘲笑甚至迫害。表现启蒙者、革命者不被民众理解，甚至遭受嘲笑和迫害的境遇，也是鲁迅创作的基本主题。

小说《药》中的革命者夏瑜同时也是启蒙者。他在监狱里开导狱卒红眼睛阿义，宣讲"这大清江山是我们大家的"革命教义，结果遭到阿义的痛打，而茶馆里的茶客听说阿义揍了夏瑜之后，都很快活地说夏瑜活该。鲁迅的小说再现了清末昏昏沉沉的时代语境中革命者、启蒙者夏瑜的悲剧性境遇：他所传播的革命思想根本无法引起民众的兴趣，反而遭到嘲笑和辱骂，落下了个疯子的恶名。这与前述鲁迅所译尼采文本中的启蒙者的命运形成了互文关系。

鲁迅多次说起启蒙者、革命者因从事救民于水火的事业，反而受民众迫害的事。他说："孤独的精神的战士，虽然为民众战斗，却往往反为这'所为'而灭亡"。[①] 鲁迅在《记谈话》中透露了他译介小说《工人绥惠略夫》的宗旨是，借俄国改革者（革命者）的悲剧命运来表达他对中国改革者屡遭困厄之命运的关切。他具体说道："大概，觉得民国以前，以后，我们也有许多改革者，境遇和绥惠略夫很相像，所以借他人的酒杯罢。然而昨晚上一看，岂但那时，譬如其中的改革者的被迫，代表的吃苦，便是现在，——便是将来，便是几十年以后，我想，还要有许多改革者的境遇和他相像的。"[②] 这部小说的翻译表明，鲁迅译介外国文学作品通常是基于他对中国现实社会问题的关切而做出的抉择，是希望借助异域文学作品激发变革中国社会的力量。因此，鲁迅的译介外国文学作品不仅

---

① 鲁迅：《这个与那个》，《鲁迅全集》第 3 卷，第 150 页。
② 鲁迅：《记谈话》，《鲁迅全集》第 3 卷，第 375—376 页。

仅是在做文字方面的转换工作，他的译作还参与了中国现代社会变革和新兴文化建设的大业。从这个意义上说，鲁迅的译著与中国现代社会和文化拥有着广泛深入的互文性和对话性关系。

在启蒙者与被启蒙者、革命者与民众之间，鲁迅一方面批判着民众的不觉悟和冷漠，另一方面也对启蒙者有所批评，批评他们理想的过于高蹈，甚而反思启蒙理想带来的负面效果。鲁迅所译小说《工人绥惠略夫》对"黄金的国"的质疑和对启蒙本身的反省，与他创作中对启蒙的质疑，对启蒙者可能带给被启蒙者的"毒害"的艺术表达形成了对话关系。在鲁迅所译小说《工人绥惠略夫》里，作家阿尔志跋绥夫借助亚拉借夫对阿伦加的爱情启蒙事件，质疑了梦想家们"黄金时代"理想。正如鲁迅小说《伤逝》的女主角子君是在男性涓生引导（启蒙）下懂得了爱情一样，《工人绥惠略夫》中的阿伦加也是在亚拉借夫的带动下懂得了文学和爱情。这两部小说都书写了女性人物在男性启蒙者的引导下懂得了爱，但是最终男性启蒙者并不能帮助她们真正走出社会的压迫和自我的桎梏，子君离开涓生并抑郁而亡，阿伦加被迫嫁给毫无感情的粗俗商人华希理。阿尔志跋绥夫借小说中阿伦加的爱情悲剧来批评启蒙者（梦想家）亚拉借夫，指出启蒙（理想的宣传）可能给被启蒙者带去伤害，鲁迅的小说《伤逝》同样也表达了对爱情启蒙的质疑。

鲁迅的更深刻之处在于他还把这种质疑指向了作为启蒙作家的自己。在《呐喊·自序》所描绘的黑屋子中，人们一直处于昏睡状态，直至死去也不觉得痛苦；终于有早醒的人（启蒙者）发现屋子的黑暗之后叫喊起来，吵醒了其他昏睡中的人。但清醒着死去比昏睡着死去要更为痛苦。鲁迅认为用文学作品刺激年轻人，让他们在被吃食的过程中清醒地死去，不啻让自己不自觉地充当了吃人者的帮手。

在鲁迅所译《工人绥惠略夫》第 9 章的结尾，绥惠略夫直接谴责了亚拉借夫式的梦想家（启蒙者）："你们将那黄金时代，预约给他们的后人，但你们却别有什么给这些人们呢？……你们……将来的人间界的预言者，……当得诅咒哩！"① 绥惠略夫带咒骂色彩的这番话语在鲁迅 1920 年

---

① [苏联] 阿尔志跋绥夫：《工人绥惠略夫》，鲁迅译，《鲁迅译文全集》第 1 卷，第 186 页。

10月创作的小说《头发的故事》中有了回声,在该小说的结尾处,主人公N先生回顾了清末理想家鼓动剪辫子,因此让一些青年被清政府所杀的往事,他还发现当前理想家们鼓动青年女子剪发,造成了她们被学校开除或者被学校排斥在校门之外的悲剧。N先生便借了阿尔志跋绥夫的话对理想家们质问道:"你们的嘴里既然并无毒牙,何以偏要在额上帖起'蝮蛇'两个大字,引乞丐来打杀?"①

三 国民性批判

在改造国民性问题上,鲁迅与他所译厨川白村《出了象牙之塔》的对话达到了相当深入的程度。鲁迅从青年时代留学日本起就致力于改造国民性的事业,他的文学创作最重大的主题就是揭示中国人的精神弊病,展开对中国国民性的凌厉批判。厨川白村对日本国民性的剖析,应该对鲁迅有一定启发。但是鲁迅有时却通过与日本国民性的对比,看出日本民族身上那些中国人所不具备的优点,比如做事极其认真的态度。因此他与厨川对日本民族批判的看法不尽相同,甚至通过日本民族的优点来反衬中国国民性的缺点。

鲁迅所译厨川著作《出了象牙之塔》第二篇《观照享乐的生活》,提出了人应该过着感得一切和赏味一切,"以观照享乐为根柢的艺术的生活"。② 日本近代50年来匆忙追赶先进的西方文明,其实仅仅学到浮泛肤浅的东西,"没有深,也没有奥,没有将事物来宁静地思索和赏味的余裕"。厨川认为光从物质上追求富庶不能给人带来人生的快乐,只有心灵生活的充实才是人应该追求的。他这些思想应该能够引起鲁迅的共鸣。早在《文化偏至论》里,鲁迅就对西方19世纪后期以来偏至于物质的思想潮流,对清末中国"维新志士"仅从物质和制度层面学习西方的价值取向予以了深刻的批判,提出了"掊物质而张灵明"的独特主张。

鲁迅所译厨川著作《出了象牙之塔》第三篇《从灵向肉和从肉向灵》通过与西洋人的对照,批判了日本人过于强调精神、唯心生活的弊端,主张开辟一条从肉到灵,从物质到人情,从权利义务到情爱的新生活之路。

---

① 鲁迅:《头发的故事》,《鲁迅全集》第1卷,第488页。
② [日]厨川白村:《出了象牙之塔》,鲁迅译,《鲁迅译文全集》第2卷,第345页。

鲁迅在该译作的译者附记中说，厨川白村的"主旨是专在指摘他最爱的母国——日本——的缺陷的"，"但我看除了开首这一节攻击旅馆制度和第三节攻击馈送仪节的和中国不甚相干外，其他却多半切中我们现在大家隐蔽着的痼疾，尤其是很自负的所谓精神文明"，"现在我就再来输入，作为从外国药房贩来的一帖泻药罢"。①

从鲁迅的译后记可以看出，《出了象牙之塔》最吸引他的是厨川白村对日本国民性的批判，他说，"从这本书，尤其是最紧要的前三篇看来，却确已现了战士身而出世，于本国的微温，中道，妥协，虚假，小气，自大，保守等世态，一一加以辛辣的攻击和无所假借的批评。就是从我们外国人的眼睛看，也往往觉得有'快刀断乱麻'似的爽利，至于禁不住称快"。鲁迅接着道出了他译介该书的目的："我译这书，也并非想揭邻人的缺失，来聊博国人的快意。中国现在并无'取乱侮亡'的雄心，我也不觉得负有刺探别国弱点的使命，所以正无须致力于此。但当我旁观他鞭责自己时，仿佛痛楚到了我的身上了，后来却又霍然，宛如服了一帖凉药。生在陈腐的古国的人们，……大抵总觉到一种肿痛，有如生着未破的疮。未尝生过疮的，生而未尝割治的，大概都不会知道；否则，就明白一割的创痛，比未割的肿痛要快活得多。这就是所谓'痛快'罢？我就是想借此先将那肿痛提醒，而后将这'痛快'分给同病的人们。"② 因此，鲁迅翻译此书的目的不是借此揭露日本的短处，而是想让中国读者从厨川白村对日本的批判中，收获对自己国民性的痛彻认识。

鲁迅不完全认同厨川的观点。"厨川白村呵责他本国没有独创的文明，没有卓绝的人物，这是的确的。他们的文化先取法于中国，后来便学了欧洲；人物不但没有孔，墨，连做和尚的也谁都比不过玄奘。"鲁迅认为日本后来学习西方自然科学还是取得了比较重大的成就。鲁迅笔锋一转，开始批判中国文化虽然创造了辉煌的历史，但是现代中国社会却问题重重的现实。他说日本"不像幸存的古国，恃着固有而陈旧的文明，害得一切硬化，终于要走到灭亡的路"，"中国倘不彻底地改革，运命总还是日本长

---

① 鲁迅:《〈从灵向肉和从肉向灵〉译者附记》，《鲁迅全集》第10卷，第278页。
② 鲁迅:《〈出了象牙之塔〉后记》，《鲁迅全集》第10卷，第268—269页。

久，这是我所相信的"。①

在20世纪20—30年代中日处于对抗交战的时代语境中，鲁迅不像中国知识界许多人一样拿日本国民性的缺点和日本文化缺乏一流人物之类的话题做文章，反而提醒国人应该向认真做事的日本国民性学习，反而从日本国民性缺点中整体观照包括中国在内的东方民族的精神痼疾。鲁迅这种理性清醒的立场十分难能可贵，在民族主义情绪日益高涨的今天，同样具有启示性意义。

四 对科学与自然之态度

留学日本的鲁迅对近代自然科学的发展表现出浓厚的兴趣。鲁迅于1903年写的《说鈤》一文，是我国最早谈镭之发现的论文之一。另外，他还撰写过《中国地质略论》（1903），编译过《物理新诠》（1904），与人合纂过《中国矿产志》（1906年初版）等书。在早期翻译实践中，鲁迅还将目光投掷于科幻小说。1903—1905年，鲁迅先后翻译了《月界旅行》（1903）、《地底旅行》（1903）、《造人术》（1905）等作品。在《月界旅行》的"辨言"中，鲁迅道出了他翻译科幻小说的目的，是要"假小说之能力"，"破遗传之迷信，改良思想，补助文明"。②

然而在鲁迅早期科学思想中，还有常被人所忽视的一面，即对科学、对19世纪兴起繁盛的物质文明、工业文明的质疑和反思。但对当时科学尚未起步、仍饱受西方列强蹂躏的中国来说，这种声音过于超前了。他所接续的是19世纪以后西方一些文人哲士兴起的一股新思潮，即对西方正在发展中的物质文明、工业文明表现出担忧和批判。鲁迅在《科学史教篇》的篇末写道："顾犹有不可忽者，为当防社会入于偏，日趋而之一极，精神渐失，则破灭亦随之。盖使举世惟知识之崇，人生必大归于枯寂，如是既久，则美上之感情漓，明敏之思想失，所谓科学，亦同趣于无有矣。"③

鲁迅所接触到的19世纪末的新思潮里，也应有他在1906年看到部分

---

① 鲁迅：《〈出了象牙之塔〉后记》，《鲁迅全集》第10卷，第269页。
② 鲁迅：《〈月界旅行〉辨言》，《鲁迅译文全集》第1卷，第5—6页。
③ 鲁迅：《科学史教篇》，《鲁迅全集》第1卷，第35页。

篇章就"非常神往"而后又买来阅读的童话作品《小约翰》。荷兰作家望·蔼覃的《小约翰》发表于1885年。在这本书里,望·蔼覃对于现代物质文明所造成的人性的迷失与堕落表现出深切的批判,并反思了科学给人类社会带来的诸种弊端。小约翰起初曾抱着寻觅最高智慧之目的,跟着号码博士学习科学。尽管他勤勉而且忍耐,但寻觅光明越长久,他便越感到周围世界的昏暗,"凡他所学的一切的开端,是很好的,——只是他钻研得越深,那一切也就越凄凉,越黯淡"。① 望·蔼覃试图通过小约翰的求知经历告知人们,如果没有健全的精神,科学探索就会陷入虚妄之中。

在20世纪初俄罗斯作家爱罗先珂的笔下,科学更是现出狰狞面孔。鲁迅翻译的《爱罗先珂童话集》中的不少作品对科学至上主义进行了大力质疑和批判。童话《鱼的悲哀》里被认为是贤惠又驯良的人类哥儿,捉拿了动物,将它们残忍地一一解剖。他后来成为有名的解剖学者,但鲫儿所在的池子却日渐衰败了。这则童话的象征意味是明显的:人类的科学求知、对自然的探索和征服蒸蒸日上,却日渐毁坏了自然。而在童话《为人类》中,解剖学者为了使自己的脑髓研究能在短时间内获得突破,不再满足于每日解剖兔、白鼠和狗,而竟然将自己的儿子和妻子解剖了。为了人类而杀害人类,这岂不是天大的悖谬?而这种悖谬在20世纪信奉科学至上主义的人身上正日益显现。战争频繁的20世纪,人们在科学上取得的突破和成绩,很快就被运用到战场上,细菌战、核武器似乎是抱着要将人类毁灭的决心而实施的。

在望·蔼覃看来,人类所造起来的文明的大都市,犹如"一条伟大的可怕的大怪物"。② 这大怪物"生活,呼吸和滋养","吸收自己并且从自己重新生长起来"。③ 而在这里艰难而苦恼生活着的人们,却称这样的日子为幸福的生活。在工业文明这头"大怪物"的倾轧下,人们逐渐丧失了精神的灵性,变得麻木不仁,没有理想,没有追求。望·蔼覃也展露了那些"物质文明"的既得利益者如何地诓骗、作伪、虚浮、嫉妒和无聊。在爱罗先珂笔下,工业文明所带来的则是,人的肉体和精神的受奴

---

① [荷兰] 望·蔼覃:《小约翰》,鲁迅译,《鲁迅译文全集》第3卷,第87页。
② [荷兰] 望·蔼覃:《小约翰》,鲁迅译,《鲁迅译文全集》第3卷,第71页。
③ [荷兰] 望·蔼覃:《小约翰》,鲁迅译,《鲁迅译文全集》第3卷,第77页。

役、受束缚,人性中爱和同情的丧失,以及对美的毁坏。文明至此,也诚如鲁迅所说,已"失文明之神旨"。① 在望·蔼覃和爱罗先珂眼里,自然万物都充满了灵性,他们作品中的自然描写也极为优美。他们无疑是要以自然的灵性和美来消解工业文明社会的日渐乌烟瘴气,呼唤人们回到自然中去,亲近自然,爱护自然,成为质朴健康、全面发展的人。

鲁迅肯定的是科学家追求真理的科学精神,反对迷失于科学带来的实利主义外,他还特别提到,科学发展应该受到道德的约束。"故有人谓知识的事业,当与道德力分者,此其说为不真,使诚脱是力之鞭策而惟知识之依,则所营为,特可悯者耳。发见之故,此其一也。今更进究发见之深因,则尤有大于此者。"② 在鲁迅看来,脱离了道德力的约束而仅仅依靠知识的科学探索发现,其结果是太可悲了。这种看法与爱罗先珂童话《为人类》形成了互文性的关系。

在鲁迅的创作中,也不乏自然描写。学者秦弓说:"爱罗先珂《桃色的云》里,自然界动物、植物(花草)、风、雪等性格化十足,活灵活现,尤其是第二幕第五节开篇对于春场景的描写美轮美奂,一定是强烈地打动了鲁迅,他才在几个月后写下了其小说自然描写最为丰富的《社戏》。……1925 年 2 月 24 日《好的故事》也有这部童话剧与《春夜的梦》的印痕。《小约翰》虽是 1926 年译出初稿,1927 年定稿,但此前深为鲁迅所喜爱,阅读不知几遍,其自然描写也会对鲁迅《从百草园到三味书屋》等散文与《秋夜》等散文诗的自然描写有所影响。"③ 在自然描写上,鲁迅可能的确多少受到望·蔼覃、爱罗先珂的影响。在鲁迅《鸭的喜剧》里,爱罗先珂直接成了故事的主人公,小说充满了爱罗先珂式的抒情色彩,清新自然,充满童真和童趣。《兔和猫》《鸭的喜剧》都完成于鲁迅翻译爱罗先珂《小鸡的悲剧》④ 之后,尤其是《鸭的喜剧》,它在标题上就直接呼应了《小鸡的悲剧》,而在感情上也可看作是鲁迅对爱罗先珂的怀念。

---

① 鲁迅:《文化偏至论》,《鲁迅全集》第 1 卷,第 54 页。
② 鲁迅:《科学史教篇》,《鲁迅全集》第 1 卷,第 29 页。
③ 秦弓:《鲁迅的儿童文学翻译》,《山东社会科学》2013 年第 4 期。
④ 1922 年 6 月,爱罗先珂作《小鸡的悲剧》,这是他在北京期间唯一创作的童话;7 月 5 日,鲁迅将其译出。1922 年 7 月,爱罗先珂离开北京;10 月,鲁迅作《兔和猫》《鸭的喜剧》。

五　慷慨激越与颓废阴冷的美学对照

在清末，民族危机日益加重，而世界因工业革命而飞速发展。鲁迅在虚静与中和的中国传统美学之外另辟蹊径。他的《摩罗诗力说》等文章大力标举充满抗争精神和动感节律的"摩罗精神"和浪漫主义美学，与他后来的创作连同他的翻译文学作品一道，为中国近现代新型美学的建构奠定了关键的基石。自20世纪初以降，中国文学继续坚持中和、虚静审美境界的这一脉落，但同时追求和表现冲突美、动感美、崇高美和悲剧美也成为中国现代文学的审美主潮。当然，鲁迅不是一个缺乏审美包容性的作家和翻译家，在他的译著和创作中，激越与阴冷、野性与优雅等悖立的审美形态在冲突中走向对话和兼容。

鲁迅对中和、虚静的传统审美多有批评，代表性事件是他对朱光潜倡导的静穆美的批评。1935年12月，朱光潜发表《说"曲终人不见，江上数峰青"》，指出"和平静穆"是"诗的极境"，是美的最高境界。鲁迅批评了朱光潜这一观点，认为"凡论文艺，虚悬了一个'极境'，是要陷入'绝境'的"；他还指出，"历来伟大的作者是没有一个'浑身静穆'的"。①

早在1907年的《摩罗诗力说》里，鲁迅就对老子"不撄人心"哲学影响下形成的中国静穆审美传统做过批评，认为在"进化如飞矢"的现代社会再倡导这种虚静美学为"理势所无有"的。② 鲁迅对从老子到朱光潜谱系中的中国静穆美学的批评，乃是基于他对当时世界大局和中国危机处境的观察，也跟他接受"摩罗诗人"和尼采的抗争、动态型美学有关，他还以自己的翻译和创作实践，大力倡导与传统审美有别的悲壮、崇高型审美，为中国现代美学的建构做出了卓绝贡献。

鲁迅留日时期撰写的《摩罗诗力说》把拜伦为首，加上雪莱、普希金、莱蒙托夫、密茨凯维支、裴多菲等欧洲浪漫派诗人归入"摩罗诗人"群体。鲁迅说，该派诗人的总体特征是"立意在反抗，指归在动作"。③

---

① 鲁迅：《"题未定草"（六至九）》，《鲁迅全集》第6卷，第442—444页。
② 鲁迅：《摩罗诗力说》，《鲁迅全集》第1卷，第69—70页。
③ 鲁迅：《摩罗诗力说》，《鲁迅全集》第1卷，第68页。

鲁迅对这些诗人的创作进行了介绍后总结说，这些摩罗诗人"无不刚健不挠，抱诚守真；不取媚于群，以随顺旧俗；发为雄声，以起其国人之新生，而大其国于天下"。①摩罗为印度宗教中的恶魔，拜伦等诗人因反抗上流社会的立场而被称作恶魔，鲁迅把摩罗这个贬称挪用到他所欣赏的浪漫派诗人头上，其实倒是很恰切地传达了该派诗歌的叛逆反抗精神、慷慨悲歌美学。

中国传统美学主静主柔，中国古典文艺文弱阴柔之风盛行，而少浑朴刚健的原野气息。到了饱受列强凌弱的清末，中国人甚至被称作是"东亚病夫"。在当时的莘莘学子中，鲁迅是少有的健朗、阳光的青年，他在南京求学时常常骑马健身，在东京留学时还曾加入柔道门学习竞技本领。他青年时代为写作文言诗文起的笔名戛剑生，就透露着古越"报仇雪耻之乡"坚确慷慨的气息。青年鲁迅野性审美的形成，也与他留日时期所受尼采的影响有关。

鲁迅《摩罗诗力说》标举的叛逆反抗精神、慷慨悲歌美学与尼采所阐发的酒神精神有着内在的精神血缘关联。在尼采之前，歌德、席勒、温克尔曼等"用人与自然、感性与理性的和谐来说明希腊艺术繁荣的原因"，"尼采一反传统，认为希腊艺术的繁荣不是缘于希腊人内心的和谐，反倒是缘于他们内心的痛苦和冲突，因为过于看清人生的悲剧性质，所以产生日神和酒神两种艺术冲动，要用艺术来拯救人生"。②

鲁迅第一篇译介作品《斯巴达克之魂》表现古希腊人誓死杀敌、慷慨悲歌的英雄壮举，充分体现了酒神精神，该译作采用激情飞扬的文字描写惊心动魄的战争场面。如果回到20世纪初的语境中去，就不难发现《斯巴达之魂》其实是一篇具有典型的慷慨悲歌、激情飞扬之清末文风的作品。鲁迅自己也是承认这一点的，他说《斯巴达之魂》符合"当时的风气，要激昂慷慨，顿挫抑扬，才能被称为好文章，我还记得'被发大叫，抱书独行，无泪可挥，大风灭烛'是大家传诵的警句"。③

---

① 鲁迅：《摩罗诗力说》，《鲁迅全集》第1卷，第101页。
② 周国平：《译序》，[德]尼采：《悲剧的诞生》，周国平译，生活·读书·新知三联书店1986年版，第1—2页。
③ 鲁迅：《〈集外集〉序言》，《鲁迅全集》第7卷，第4页。

鲁迅译作中具有慷慨激越风格并不少见，阿尔志跋绥夫的《工人绥惠略夫》、法捷耶夫的《毁灭》、伐佐夫的《村妇》、菊池宽的《复仇的话》都是这个美学系列中的代表性译著。鲁迅译作中写复仇最为吸引人的作品是菊池宽《复仇的话》，鲁迅本人作品中写复仇最为成功的是《铸剑》，它们都写出了复仇激荡人心的美，但是也表现了复仇行为背后的某种无奈和荒诞。不过需要指出的是，鲁迅善于书写战斗和复仇，善于表现战斗和复仇的壮美，但是他并不过度耽迷于这样单一的悲壮美学。

鲁迅译作和创作中还存在着一批散发着阴冷、鬼气，显示着某种颓废美学风格的作品，它们与慷慨激越、富有激情的译作和作品形成了审美上的对照。在鲁迅译作名单上，排列着一批被视作颓废派作家的作品，它们是安特莱夫的《默》《谩》（收入《域外小说集》）和《黯澹的烟霭里》《书籍》（收入《现代小说译丛》），阿尔志跋绥夫的《幸福》《医生》（收入《现代小说译丛》）和《工人绥惠略夫》，以及尼采的《察拉图斯忒拉的序言》等。鲁迅对英国颓废派比亚莱兹书籍插图画的欣赏也引人注目。

在鲁迅的创作中，有着大量书写生理、精神颓败与疾病的作品。《呐喊》《彷徨》两个小说集25篇作品中有9篇写了多种疾病：《狂人日记》《白光》《长明灯》主人公患的是精神病，《药》的华小栓、《孤独者》的魏连殳患的是肺结核（痨病），《在酒楼上》顺姑得了吐血病，《祝福》的贺老六得的是伤寒病，《明天》的宝儿患的是焦塞症，《弟兄》的弟弟得了猩红热（其实是出麻疹）。鲁迅的《父亲的病》等散文、杂文也不时表现着疾病的主题。鲁迅作品中不少人物如吕纬甫、涓生和《故乡》中的"我"虽然没有患病，但他们普遍具有忧郁的性格和颓废的精神状况。

鲁迅作品对死亡和尸体的书写同样令人惊心。他的《呐喊》《彷徨》《故事新编》3个小说集33篇作品至少有17篇写了20多个死亡事件，他的散文诗集《野草》和散文集《朝花夕拾》以及大量的杂文都书写了死亡。① 鲁迅的确热衷于表现死亡，从致命的疾病到骇人的杀人场面，从僵硬的尸体到丧葬仪式再到阴冷的坟地，等等，都是鲁迅反复描写的死亡意

---

① 参阅王家平《鲁迅精神世界凝视》（首都师范大学出版社1999年版）第186—189页对这个问题的论述。

象。美籍华裔学者夏济安认为："鲁迅是一个善于描写死的丑恶的能手。……各种形式的死亡的阴影爬满他的著作"。①

对于鲁迅翻译安特莱夫、阿尔志跋绥夫等俄国作家的颓废作品的情况，以往的学界也通常将之看作是鲁迅前期思想不成熟的表现，或者认为鲁迅翻译这些作品是因为它们揭露了沙皇俄国社会的黑暗。最近学界出现了某种可喜的新尝试。学者黄佳锐撰文介绍了鲁迅对颓废派作品的译介，认为鲁迅翻译颓废主义作品的原因有二：一是这些作品与鲁迅创作风格接近，二是鲁迅与这些作品产生了精神上的共鸣。② 黄佳锐的文章还未能从审美、哲学等方面讨论鲁迅翻译颓废主义作品的原因。探讨鲁迅译作与他的创作在颓废审美方面的对话性、互文性将是有益的尝试。

先来看鲁迅本人是怎么谈论他所译的颓废派作家的。1935 年，鲁迅为《中国新文学大系》小说二集撰写序言，回顾了冯至等浅草—沉钟社青年作家所面对的西方文学影响："但那时觉醒起来的智识青年的心情，是大抵热烈，然而悲凉的。即使寻到一点光明，'径一周三'，却更分明的看见了周围的无涯际的黑暗。摄取来的异域的营养又是'世纪末'的果汁：王尔德（Oscar Wilde），尼采（Fr. Nietzsche），波特莱尔（Ch. Baudelaire），安特莱夫（L. Andreev）们所安排的。"③ 鲁迅在此谈论的是"世纪末"的果汁，但表现"世纪末"情绪的作品其实就是颓废派的作品。

安特莱夫、阿尔志跋绥夫、迦尔洵等被苏联和中国文学史看作颓废派的作家，却深得鲁迅的欣赏，而且鲁迅长期把安特莱夫的照片与藤野先生的照片一起挂在他北京阜外大街住宅书房的墙上，这令学界感到尴尬和不解。但在 1956 年，安特莱夫的照片被撤出了鲁迅故居的书房。鲁迅认为，安特莱夫的作品"将 19 世纪末俄人的心里的烦闷与生活的暗淡，都描写在这里面"，他称赞安氏的创作"又都含着严肃的现实性以及深刻和纤细，使象征印象主义与写实主义相调和"，"俄国作家中，没有一个人能够如他的创作一般，消融了内面世界与外面表现之差，而现出灵肉一致的境

---

① 夏济安：《鲁迅作品的黑暗面》，乐黛云编《国外鲁迅研究论集》，北京大学出版社 1981 年版，第 373 页。
② 黄佳锐：《鲁迅为何译介颓废主义作品？》，《文学报》2013 年 11 月 7 日。
③ 鲁迅：《〈中国新文学大系〉小说二集序》，《鲁迅全集》第 6 卷，第 251 页。

地"。① 后来鲁迅在回顾中俄文学交流历程时，谈到了阅读安特莱夫和阿尔志跋绥夫作品的审美体验，说自己从安氏作品里"遇到了恐怖"，从阿氏作品里"看到了绝望和荒唐"。②

鲁迅本人并毫不避讳自己的创作受到了安特莱夫的影响。1935年鲁迅为《中国新文学大系》小说二集写序说到他本人时声称："而且《药》的收束，也分明的留有安特莱夫式（L. Andreev）的阴冷。"③鲁迅在写给萧军、萧红的信中述及萧红小说《生死场》王婆人物形象的塑造时也透露："至于老王婆，我却不觉得怎么鬼气，这样的人物，南方的乡下也常有的。安特莱夫的小说，还要写得怕人，我那《药》的末一段，就有些他的影响，比王婆鬼气。"④

第三节　鲁迅在域外的研究史

云谲波诡的时代思潮更迭，接受国的社会制度、政治环境、文化传统、学术规范等因素都对鲁迅在世界上的传播产生了深远的影响，并因之形成了千姿百态的鲁迅研究学派和学术风格。同时，传送国（中国）时局的变化、社会的转型也对世界各国对鲁迅的接受和研究产生直接和间接的影响。鲁迅在世界上的传播呈现着丰富复杂的学术景观。不同时代、不同国家的读者和研究者对鲁迅进行阅读、译介和研究的接受心理动机不尽相同，但大体能够从四个"需要层面"总结鲁迅在世界上传播的受众心理。

首先是政治的需要。冷战时代，苏联和东欧等社会主义阵营与西方资本主义国家在意识态上搞对立，往往从政治斗争需要出发译介、阐述鲁迅；而冷战时代欧美国家的一些学者也把研究鲁迅的思想和创作作为透视"人民中国"社会的窗子，作为蠡测"赤色中国"风云的晴雨表。在韩国20世纪70—80年代民主运动中，鲁迅被该国的一些知识分子当作精神的导师，他的作品被当作冲击军人集权统治的思想武器。

---

① 鲁迅：《〈黯澹的烟霭里〉译者附记》，《鲁迅全集》第10卷，第201页。
② 鲁迅：《祝中俄文字之交》，《鲁迅全集》第4卷，第474页。
③ 鲁迅：《〈中国新文学大系〉小说二集序》，《鲁迅全集》第6卷，第247页。
④ 鲁迅：《1935年11月16日致萧军、萧红》，《鲁迅全集》第13卷，第584页。

其次是外交的需要。多数第三世界国家把翻译、介绍鲁迅作品当作与中国友好的姿态。一部分第三世界国家试图通过译介、宣扬鲁迅的遗产，一方面寻找对本国历史和现实进行批判的思想资源，另一方面获得反抗霸权主义、抵制大国欺凌的精神动力。

再次是文化比较和参照的需要。日本一些知识分子（如竹内好）以鲁迅及其作品为参照物，反思、批判日本的近代化道路，另一些知识分子（如佐高信）以鲁迅的思想作为批判自己所属社会弊端的精神资源。

最后是探求艺术真理的需要。少数国外研究者具有很高的学术素养和文学素养，他们深入到鲁迅主体世界和艺术世界的内核，蠡测出鲁迅的思想的高度和精神的深度，并标示出鲁迅创作的非凡艺术创造力，这些人成为鲁迅思想、精神和艺术的真正"知音"。

一 美国的鲁迅研究

第二次世界大战以前，中国现代文学还没有真正引起欧美学术界普遍的兴趣。中华人民共和国成立后，鲁迅被中国新领导当作"新文学的先驱和中国胜利了的革命英雄时，西方的同情者和批评家才密切注意起"鲁迅来。20世纪60年代末到70年代，欧美国家盛行的激进主义导致了对中国"文化大革命"的狂热兴趣，鲁迅受到了西方左派知识分子的推崇。激进思潮的影响也波及当时的学术性论著，美国的陈夏珍珠"无条件地接受了'文革'中的宣传资料，并以此修改她在芝加哥大学的博士学位论文，这使得她的分析根本上缺乏有力的证据"。[①]

20世纪50年代初，朝鲜战争爆发，美国政府大力资助关于中国当代政治、外交和经济问题的实用型研究，传统汉学（Sinology）比较纯学术性的研究范式被当代中国学（Chinese Studies）的实用性研究范式取代。费正清、莱肖尔等人成为20世纪50—60年代中国学研究的重镇。同时，直接为美国政府所服务的中国学研究难以避免地显示了"冷战"时代的二元对立思维特征。中国学研究在现代文学领域的代表人物是夏志清，他

[①] Irene Eber, "The Reception of Lu Xun in Europe and America: The Politics of Popularization and Scholarship", in Leo Ou-fan Lee, ed., *Lu Xun and His Legacy*, Berkeley: University of California Press, 1985, pp. 242–273.

的《中国现代小说史》① 于1961年出版。该书对当时已经被中国和其他社会主义国家奉为无产阶级革命作家典型的鲁迅多有批评,引起国际鲁迅研究界的震动。1968年夏志清的兄长夏济安的遗著《黑暗的闸门:中国左翼文学运动研究》② 出版,该书对鲁迅思想和作品的"黑暗"意识显示出浓厚的兴趣,并探讨了鲁迅与一些左联负责人的冲突。他笔下的鲁迅与当时在世界上传播的光明的鲁迅形象形成了强烈的对比。夏氏兄弟的鲁迅观引起了国际左派研究者的批评,捷克学者普实克与夏志清的辩论成为当时中国学领域的重要事件。

20世纪60年代前期,普实克与夏志清围绕着鲁迅和中国现代文学的论争,流露了他们在文学与政治关系上偏左和偏右的某种极端倾向,显示出"冷战"时代意识形态对抗思维的影响。不久,美国对越南的战争爆发。越战带来的灾难以及灾难引起的痛苦,促使包括中国学家在内的美国亚洲研究者反省和批评自身学术研究的问题。中国学家佩克(James Peck)撰写的《花言巧语的根源:美国中国观察家的职业性意识形态》一文引起了强烈的轰动,文章对在第二次世界大战以降美国中国学领域占核心地位的"现代化研究取向"做了批判,认为现代化研究取向"实际上是主流中国学家用来为战后美国干涉亚洲政治、军事、经济进行辩解的意识形态构架"③。受到猛烈批判的美国中国学界开始做反省。著名的中国学家费正清在1969年的美国历史学会年会上发表了《70年代的任务》的演讲,对美国的中国学中隐藏着的西方中心论进行了反省和自我批评,认为在进行中国问题研究时,"我们从西方角度提出问题,并收集证据加以回答,寻找我们所求索的东西,这样做往往有忽视中国实际情况的危险"。④

20世纪70年代初,中美关系的改善使美国的鲁迅研究向前迈出了坚

---

① C. T. Hsia, *A History of Modern Chinese Fiction*, New Haven: Yale University Press, 1961.

② Tsi-an Hsia, *The Gate of Darkness: Studies on the Leftist Literary Movement in China*, University of Washington Press, Seattle and Lodon. 1968.

③ James Peck, "The Roots of Rhetoric: The Professional Ideology of America's China Watchers", *Bulletin of Concerned Asian Scholars*, Vol. II, No. 1 (1969).

④ 中国美国史研究会编,王建华等译:《现代史学的挑战——美国历史协会主席演说集1961—1988》,上海人民出版社1990年版。

实的步伐。对"冷战"思维的去除，对欧洲中心论的清算，给 20 世纪 70—80 年代以后的美国鲁迅研究开创了新的局面。超越政治意识形态疆域、立足作家文本美学和艺术的研究成果逐渐增多。1974 年，帕特里克·哈南（Patrick Hanan）发表《鲁迅小说的技巧》，① 开启了美国鲁迅研究的形式分析传统，标示着欧美鲁迅研究学者逐步摆脱意识形态化的"冷战"思维，加强了对鲁迅作品的艺术本体研究。出版于 1987 年的专著《铁屋中的呐喊：鲁迅研究》是李欧梵的代表性成果。据作者介绍，他在 20 世纪 60 年代末就开始构思这部专著。在当时的中国大陆，"文化大革命"造神运动把鲁迅塑造成了"偶像"，鲁迅研究在极端政治化的环境中陷入困境。李欧梵说他试图为鲁迅研究领域做一些正本清源的工作，"我之所以写这一本书，是因为从鲁迅四十年间大量著译所提供的证据，使我深信：尽管他自己非常谦虚并自我节制，他的有些东西却在神化的过程中被歪曲和误解了，有必要重新加以解释"。②

冷战的终结使欧美鲁迅研究进入了良性发展阶段。在上一时期鲁迅研究论著中时常现身的二元对立思维逐步消失，仅仅把鲁迅作品当作观照中国现代社会之范文的研究理路逐渐退出，从艺术本体、审美特性、文化心理等层面研究鲁迅的文本和精神结构成为基本学术趋向。20 世纪 90 年代初以降，美国的鲁迅研究呈现出"众声喧哗"的局面，其中华裔学者的鲁迅研究成绩相当突出。20 世纪 90 年代以来的鲁迅研究进入了多学科研究方法杂糅的"文化研究"（Cultural Studies）阶段。当然，任何新研究范式既可能给学科带来创新的激励，又可能带来学术弊端。③

二 苏联东欧的鲁迅研究

在研究价值取向、学术风格等方面，"冷战"时期苏联东欧的鲁迅研

---

① Patrick Hanan, "The Techniques of Lu Hsun's Fiction", *Harvard Journal of Asiatic Studies* 34 (1974): 53 – 96.

② Leo Ou-fan Lee, *Voices from the Iron House: A Study of Lu Xun*, Bloomington: Indiana University Press, 1987. ［美］李欧梵著，尹慧珉译：《原序》，《铁屋中的呐喊》，岳麓书社 1999 年版，第 4—5 页。

③ 关于国外中国学"泛文化研究"的弊端，可进一步阅读温儒敏的论文《文学研究中的"汉学心态"》，《文艺争鸣》2007 年第 7 期。

究与以美国学者为代表的西方鲁迅研究形成了对照。由于意识形态上与中国的亲近，苏联东欧社会主义国家动用国家力量来传播鲁迅。他们通过大众传媒和文学期刊向公众普及鲁迅，鲁迅在这些国家有大量的普通读者。在学术研究论著中，社会主义国家的学者一般都是把鲁迅的创作跟他的进步思想立场联系起来讨论，鲁迅作品对大众的感情、鲁迅的革命热情等是他们关注的焦点。

苏联的鲁迅研究的一个基本路向是努力探讨鲁迅所受俄苏文学的影响，阐发鲁迅对苏联政权的热爱，这不仅显露了把鲁迅意识形态化的努力，而且俄苏文学对鲁迅的影响研究中多少潜藏着某种"俄罗斯文化大国论"的自豪感和某种"文化殖民"的意向。而一些苏联学者力求消除鲁迅的创作是"西方影响的结果"观点的影响，大力阐发鲁迅对中国"西化"论者的批判，则显示了第二次世界大战之后最初的几年，美苏两大阵营之间的意识形态"冷战"局面已经开始形成。至于许多学者用苏联文学理论体系中的人民性、内容决定形式等观点来研究鲁迅，则预示着下一个时期一种全新的鲁迅阐释体系的形成。

如波兹德涅耶娃的《鲁迅生平与创作》，采用了马克思主义的社会历史分析方法。该书与那个时代苏联的多数鲁迅研究论著一样，有着明显的缺陷。首先，是机械地搬用政治术语来硬套鲁迅创作的公式化倾向，在论及鲁迅后期思想时，作者将鲁迅的观点与列宁的论述一一对应，试图证明鲁迅思想符合革命理论的规范。其次，先验地设定鲁迅思想的归宿，认为后期的鲁迅运用社会主义现实主义进行创作，然后再努力勾勒鲁迅如何"经过革命浪漫主义和批判现实主义"，最终向着"社会主义现实主义"的终极目标走去。① 这种先入为主的研究有违科学推理的逻辑原则，也使得鲁迅思想和创作的丰富性难以在专著中得到展现。再次，作者在论述鲁迅受俄苏文学的影响时，千方百计突出高尔基对鲁迅的"决定性"影响，而漠视果戈理、安特莱夫、迦尔洵、阿尔志跋绥夫、契诃夫等作家对鲁迅的影响；过多地强调了鲁迅所受俄苏文学的影响，流露了某种文化沙文主义倾向。

---

① ［苏联］波兹德涅耶娃：《鲁迅的生平与创作》，莫斯科大学出版社1959年版，中译本见波兹德涅耶娃著，吴兴勇、颜雄译：《鲁迅评传》，湖南教育出版社2000年版。

苏联东欧学者在传播鲁迅方面形成了基本相近的研究思路和话语："鲁迅常常被看成一个能够给人指出革命道路的进步领袖，他对青年的爱贯穿一生，他对革命的信念坚不可摧。鲁迅是'五四运动'的领导人，'五四运动'是苏联十月革命的回声，鲁迅也深受十月革命的影响。"在苏联东欧学者的论著里，鲁迅对"俄苏文学的兴趣和对俄苏文学作品的翻译得到格外的重视，正像他对苏联的友谊和对马克思主义的研究得到强调一样"；鲁迅"也被视为中国的契诃夫、高尔基，被描绘成一个革命的积极实践者。他的小说被看作是属于现实主义、批判现实主义或者革命现实主义，并带有某些社会现实主义的色彩"；"强调俄苏文学在鲁迅思想和创作发展中的重要作用，有助于使这位不同时代不同地域的作家与当代社会主义国家的读者一起共有一个中心点"。[①]

当然，苏联东欧的鲁迅研究者并不完全是铁板一块，他们的学术显示出两种研究流派的分野："一派具有较多的灵活性，另一派则更教条主义"；前者"强调艺术的完整性，不过也不忽视经济因素和作家世界观在创作中的作用"，捷克的普实克和苏联的谢曼诺夫等属于这一派；后一派认为"文艺应当服务于政治，而美学标准并不重要"，"在阶级斗争时代，只能有阶级的文学"，苏联的波兹德涅耶娃、索罗金等是这类鲁迅研究者的代表。索罗金甚至认为，"从《怀旧》开始，鲁迅就学习苏联文学如何处理压迫者与被压迫者之间的关系，受十月革命启迪的《狂人日记》已经包含有社会主义的理想：希望有真正的人的出现"。这样的教条主义已经到了不尊重历史的程度，因为鲁迅的文言小说创作于1912年（次年发表），远早于1917年十月革命的成功和苏联的建立。在论述鲁迅思想的"发展"上，多数学者都显示出了"决定论"的倾向：他们认为鲁迅的思想必定要发展到马克思主义阶段。波兹德涅耶娃认为"鲁迅的思想发展是直线向前的"。[②] 普实克在这个问题上也显得比较简单化，他声称："鲁

[①] Irene Eber, "The Reception of Lu Xun in Europe and America: The Politics of Popularization and Scholarship", in Leo Ou-fan Lee, ed., *Lu Xun and His Legacy*, Berkeley: University of California Press, 1985, pp. 242–273.

[②] Irene Eber, "The Reception of Lu Xun in Europe and America: The Politics of Popularization and Scholarship", in Leo Ou-fan Lee, ed., *Lu Xun and His Legacy*, Berkeley: University of California Press, 1985, pp. 242–273.

迅是真心实意的革命家,从根本上说,他的思想发展就是革命意识的发展,对鲁迅思想统一发展的任何歪曲,我们都必须反对。"①

普实克虽然也受了教条主义的影响(也许他有言不由衷的苦处),但在苏联东欧学者中他是最能够把握鲁迅作品的审美和艺术的学者之一。他的论文《〈怀旧〉:中国现代文学的先声》指出,抒情性是鲁迅文言小说《怀旧》作为现代小说的重要标志,抒情渗透到小说的叙事里,打破了传统小说的模式。②他的专著《抒情与叙事——中国现代文学研究》对鲁迅小说的抒情性与史诗性的研究,达到了那个时代相当突出的学术水准。他认为主体性与抒情性的结合是鲁迅对中国现代小说最大的贡献,这使得鲁迅的小说超过了20世纪初的中国小说,那些小说仅仅表现个别社会现象,并没有像鲁迅的作品那样把握了"生活无限丰富的多样性"。③普实克的学生克列伯索娃也从艺术上来评价鲁迅的创造性,她认为,"鲁迅把中国传统中的讽刺、隐喻、寓言和象征等手法运用到短篇小说这种散体文学形式中,这是作为作家的鲁迅杰出的成就";鲁迅还"创造了一种新的文学样式和文学语言"。④苏联学者谢曼诺夫的专著《鲁迅和他的前驱》深入研究了中国近代谴责小说与鲁迅小说的关系,也探讨了鲁迅留日时期所译的迦尔洵、安特莱夫小说与鲁迅思想的实际关系,以及鲁迅与尼采思想的内在关联。⑤在苏联,迦尔洵、安特莱夫、尼采都是被当作反动、腐朽的作家、思想家看待的,谢曼诺夫从鲁迅思想和创作的实际出发研究问题,显示了对学术真理的坚持。以普实克、克列伯索娃、高利克等为代表的捷克学派以及苏联谢曼诺夫的学术论著,是在20世纪中期苏联东欧极端意识形态语境下不可多得的学术收成,代表了鲁迅在社会主义国家传播过程

---

① Jaroslav Prusek, "Lu Hsun: the Revolutionary and the Artist", *Orientalische Literaturzeitung* 5/6 (1960): 230-36.

② Jaroslav Prusek, "'Huai Chiu': A Precursor of Modern Chinese Literature", *Harvard Journal of Asiatic Studies* 29 (1969), pp. 169-176.

③ Jaroslav Prusek, *The Lyrical and the Epic: Studies of Modern Chinese Literature*, edited by Leo Ou-fan Lee. Bloomington: Indiana University Press, 1980, pp. 212-217.

④ Berta Krebsova, "Lu Hsun's Contribution to Modern Chinese Thought and Literature", *New Orient* 7, 1 (1968): 9-13.

⑤ V. I. Semanov, *Lu Hsun and His Predecessors*, Trans. Charlers Alber, White Plains: M. E. Sharpe, 1980.

中取得的实绩。

与时代政治相联系，苏联东欧国家对鲁迅的接受经历了冷—热—冷的变化过程。中华人民共和国成立以前，除了在少数中国学家的专业领域里较有影响力外，鲁迅在苏联东欧公众中并没有获得多少读者。1949年社会主义政权在中国的建立使得中苏两国成为意识形态盟友，借助政治因素，鲁迅在苏联和东欧社会主义国家获得了广泛传播的机会，鲁迅作品的各种译本大量印制，普通报刊上介绍鲁迅的文章层出不穷。20世纪60年代中苏交恶后，苏联和东欧对鲁迅的普及失去了政治动力而趋冷，为配合苏联阵营与中国的论战，一些学者借鲁迅的作品来批评中国，尤其是1968年"布拉格之春"被苏联平息后，严肃的鲁迅研究基本停止。

三　日本的鲁迅研究

鲁迅对于日本具有特别的意义，日本的鲁迅研究具有独特的面貌。20世纪20—30年代，日本著名中国学家青木正儿、青年学者增田涉和著名作家佐藤春夫等专业人士人对鲁迅作品的解读，还是具有相当的学术价值，不过他们的研究还缺乏系统性和整体性。在日本，真正具有学科意义上的鲁迅研究是20世纪40年代初在竹内好手上形成的。与一般的中国学家或者阅读鲁迅原著，或者通过译本来接近和研究鲁迅不同，竹内好舍弃了1937年日本改造社版7卷本《大鲁迅全集》的现成译本，以1938年山海复社出版的中文版20卷《鲁迅全集》为依据，亲自动手翻译鲁迅的作品。这些译作后来汇集成6卷本的《鲁迅作品集》印行。竹内好把翻译看作是对原著的理解和解释的工作，并与他的鲁迅研究结合在一起，正是在翻译中展开鲁迅研究。竹内好的鲁迅研究熔铸了他个人的生命体验，提出很多富有启示性的命题：鲁迅作为时代"幸存者"的生存方式和他的死亡对中国的意义，鲁迅由拒绝政治而获得了政治性，鲁迅作品"论争性"的本质是"抉心自食"式的自戕，鲁迅与西方文化对话中的挣扎与抵抗，以及相形之下日本与西方文化对话的无抵抗的奴性，等等。

从鲁迅（中国作家）与日本作家接受欧洲文学的差异中，竹内好开始了中日两国近代化道路的比较。他在《鲁迅与日本文学》一文中指出：日本"从上层的近代化成功了，实际上是没有成功，但以为是成功了，可能成功了，于是把由此产生的矛盾，想向外去解决"，这种类型近代化的特色"是在为脱离殖民地而自己变成殖民地主人,在这个方向上,又是为收回自己的落后而拼命奔向最新的东西","这表现在意识方面,会成为无限的向先进国靠近的近代化运动"。日本走的是"从上向外"的近代化道路,充满了成功感,充满了对世界最新潮流的追赶,也蕴蓄了向外扩张侵略的力量,这是日本近代化的特色。中国走的是"从下向内"的近代化道路,但在清末,中国走的也像日本一样是从上层进行改革的道路,随着洋务运动、戊戌变法的失败,中国的改革产生了"从下向内"的运动:辛亥革命最终导致军阀统治,在下层引发新的国民革命,在国民革命中又出现"中国共产党的运动"。中国"由于拒绝从外面加入的新东西,才可能有鲁迅似的否定地形成自己的人"。

《中国的近代与日本的近代》是竹内好在20世纪40年代后期发表的重要论文,对亚洲近代化的中国"回心"型模式和日本"转向"型模式做了深入的比较研究。"回心"本为佛教用语,指的是通过不断保持自我而使自我变化的状态,它包含着"强烈的自我否定"意味。① 在竹内好看来。中国是通过彻底否定传统而再生于现代的,不同于欧洲的近代化道路,以抵抗欧洲的入侵为媒介,通过"回心"而创造出新的自我。接着,竹内好从中国在近代化过程中的抵抗转向对鲁迅式抵抗的阐释:

> 他拒绝成为自己,同时也拒绝成为自己以外的存在物。这便是鲁迅所怀抱的、且是使鲁迅成为鲁迅的绝望的意味。绝望体现在无路之路的抵抗中,抵抗作为绝望的行动化而显现。从状态上看,它是绝望,从运动上看,它是抵抗。②

在绝望的抵抗中,鲁迅不断否定自我而获得新生,这就是鲁迅的"回心"。竹内好致力于研究鲁迅和中国的近代化。当然不能否认他对鲁迅和中国问题怀有强烈的兴趣,但他研究这一切问题的最终落脚点还是日

---

① [日]代田智明:《论竹内好——关于他的思想、方法、态度》,《世界汉学》1998年5月创刊号。
② 竹内好的《中国的近代与日本的近代》又名《何谓近代》,发表于1948年11月,后来收入《竹内好全集》第4卷,本书的引文采自日本学者代田智明的论文《论竹内好——关于他的思想、方法、态度》,《世界汉学》1998年5月创刊号。

本社会自身的问题。竹内好从鲁迅返观日本文学（文化）的弊端，从中国的近代化批判日本的近代化道路。这标志着现代中国真正成为异国学者批判本土文化的参照物。以"他者"作为自我的镜子，映照自我的面目，向来是跨文化交流中常见的学术路径。

"竹内鲁迅"在20世纪50年代前期已经成型并在日本产生了深远的影响。1980年，日本著名文学家大江健三郎撰文回忆竹内好论鲁迅的文章对年轻的他的震惊，"特别是读了《奴隶的文学》这篇文章，我就像被击了一样。而且，从这篇文章中所获得的东西，伴随着我自己作为一个日本作家所做工作的日积月累，更加成为现实的和具体的问题，变得愈发沉重。虽然将来也绕不过这个问题，但通过自己写的小说而能推翻这个言词之日，如果认为是可以到来的话，那么将会在何时呢？也就是说，'奴隶的文学'的问题，构成了我去思考竹内好与鲁迅的基本纲要"（《通过竹内好＝鲁迅》）。① 竹内好经由鲁迅展开对近代以来的日本社会及其价值观念的批判，成为第二次世界大战后在日本产生较大影响的思想家。能够如此深入地介入到其他民族的自我反省和批判的精神层面，这在鲁迅传播史上几乎是独一无二的。"竹内鲁迅"对日本乃至整个东亚后来的鲁迅传播和研究都产生了旷日持久的影响。日本20世纪50年代直至今日的鲁迅接受和研究基本都是在竹内好的学术基础上逻辑地展开的。日本著名中国学家木山英雄的文章《也算经验——从竹内好到"鲁迅研究会"》② 探讨了丸山升、伊藤虎丸、他本人，以及丸尾常喜等几代日本鲁迅研究者的学术研究与"竹内鲁迅"之间的抗辩性或对话性的内在关系。

第二次世界大战以后，日本社会的变动也对鲁迅在日本的传播起着内在制约作用，并因此形成不同的学术特点，丸山升的长文《日本的鲁迅研究》对此做了详细的分析。20世纪40年代后期，战败后的日本社会开始反省造成侵华战争的日本"近代化"，而且认真思考未能阻止战争的弱点是什么，反过来则对经过那场战争而诞生了新中国的中国抱有惊诧和敬意。鲁迅就是这样吸引了日本许许多多人的心。如果说20世纪40年代后

---

① 转引自李冬木《"竹内鲁迅"三题》，《读书》2006年第4期。
② ［日］木山英雄：《也算经验——从竹内好到"鲁迅研究会"》，《鲁迅研究月刊》2006年第7期。

半期是对日本近代的反省和对中国再发现的时期,那么则应该看到,20世纪 50 年代前半期包括对鲁迅在内的中国现代文学的研究中,又加入了新的动机。那就是对美国占领军政策的批判。可以说,日本人民第一次体验到"被压迫民族"的悲哀。也就是在这个时期,描写中国人民抵抗日本军国主义的小说,读起来好像和法国抵抗运动小说具有同样的共感"。后来,情况又有新的变化,"20 世纪 50 年代末以后的鲁迅研究可以说是从几种主要因素中开始分化、多样化的时期。一个重要原因便是这一时期日本资本主义的显著复兴,人们再次认识到日本和中国的差别,像 20 世纪 50 年代初期那种'被压迫民族'的直接共感已经减退。第二,则是批判斯大林、匈牙利事件、中国的反右斗争和世界历史的震荡,迫使日本的研究者中产生了各种各样不同的见解。第三,尤其是中国反右斗争以后的文学状况,开始出现了难于理解,难于认同的东西,不得不让人感受到的失调感和距离感接二连三地出现"。

从 20 世纪 60 年代以后,日本鲁迅研究的"实证性在增强",关于鲁迅的一些史实得到澄清。① 20 世纪 70—80 年代日本鲁迅研究实证派的代表是丸山升和北冈正子。丸山升对鲁迅与马克思主义、中国革命以及左联关系做了精辟的考辨,他多年的学术成果荟萃为《鲁迅·革命·历史:丸山升现代中国文学论集》在中国出版。② 北冈正子发表的系列论文对鲁迅的《摩罗诗力说》材料来源做了深入而细微的探寻,她在 21 世纪出版的专著《鲁迅在日本这一异文化当中——从弘文学院入学到"退学"事件》和《鲁迅救亡梦之去向——从恶魔派诗人论到〈狂人日记〉》③ 继续采用实证方法对鲁迅的生平、思想和作品进行扎实的研究。与丸山升、北冈正子同属 20 世纪 50 年代东京大学"鲁迅研究会"的学者还有伊藤虎丸和木山英雄等。伊藤虎丸的专著《鲁迅与日本人——亚洲的近代与

---

① [日]丸山升:《日本的鲁迅研究》,靳丛林译,《鲁迅研究月刊》2000 年第 11 期。
② [日]丸山升:《鲁迅·革命·历史:丸山升现代中国文学论集》,王俊文译,北京大学出版社 2005 年版。
③ 北岗正子的系列论文由何乃英翻译,编成《摩罗诗力说材源考》一书,由北京师范大学出版社 1983 年 5 月初版;她的新专著《鲁迅:在日本的异文化中——从弘文学院入学到"退学"事件》由日本关西大学出版部 2001 年出版,《鲁迅救亡梦之去向——从恶魔派诗人论到〈狂人日记〉》由日本关西大学出版部 2006 年 3 月出版。

"个"的思想》① 在东亚近代化的背景下，对鲁迅留日时期思想的外来资源，尤其是他对个性主义思想的接受做了充分的阐释。木山英雄的《野草》系列论文，把哲学思辨与诗性感悟相结合，揭示了《野草》的深层意蕴和诗意之美。② 上述学者构成日本的"鲁迅研究会"派，他们以各自的学术追求和研究风格，形成了一种互相竞争、互相砥砺的良性学术气氛。20世纪80年代后期以来，以藤井省三、尾崎文昭、代田智明等为代表的日本鲁迅研究少壮派登场，尤其是藤井省三的一系列论著，显示了他能够在广阔的中外文学语境中，展开对鲁迅与外国文学关系的比较研究，以及鲁迅作品在中外的接受学研究，显示了他把文化研究与审美研究结合的独到学术风格。

进入20世纪90年代之后，中、日、韩以及其他远东国家和地区的学者逐渐形成共识，把鲁迅当作这一区域现代史上各国共同的精神遗产，于是形成了"东亚鲁迅"的文化命题（广义的东亚也包含了东南亚，相当于"远东"的区域概念）。这一命题在1999年12月于日本东京大学召开的"东亚鲁迅学术会议"上被提了出来。参加这次会议的韩国、新加坡、澳洲、中国大陆、中国香港和中国台湾地区以及日本本土的100多位学者对鲁迅作为东亚的共同遗产达成共识，并在会上进行学术探讨。2002年日本学者藤井省三出版了《鲁迅事典》，藤井在该书的"前言"中指出，到现在为止"可以说，日本人几乎是把鲁迅作为'国民作家'来接受的"；而"在韩国、台湾、香港、新加坡，鲁迅文学也被广泛而持久地阅读着"。因此，"鲁迅是东亚共有的文化遗产，是现代的古典"，"这本《鲁迅事典》，就是用多种眼光，从多种角度对这种作为东亚之'文化英雄'的鲁迅进行阅读的事典"。③ 该书的第五编《鲁迅是怎样被阅读的》，对同属汉语圈的中国台湾、中国香港地区、新加坡以及日本、韩国的鲁迅接受、研究状况做了细致的考察。

---

① ［日］伊藤虎丸：《鲁迅与日本人——亚洲的近代与"个"的思想》，李冬木译，河北教育出版社2001年版。

② ［日］木山英雄：《文学复古与文学革命——木山英雄中国现代文学思想论集》，赵京华编译，北京大学出版社2004年版。

③ ［日］藤井省三：《〈鲁迅事典〉前言·后记》，弥生译，《鲁迅研究月刊》2002年第7期。

旅日鲁迅研究专家李冬木最近撰写的文章也对"东亚鲁迅"进行阐释,他借用日本学者的"文化交涉学"学术话语,提出对跨越国家、民族的"文化复合体"进行研究的建议。他说:"这个'文化复合体'可以很大,比如'汉字文化圈''儒教文化圈',也可以很具体,可以具体到一个人,比如鲁迅。在东亚近代史上,恐怕还没有哪一个作家会像鲁迅那样成为一个在不同的国度、在不同的思想体系中被不断阅读和阐述的对象,而且这种状况甚至在这些国度几乎彼此'无交涉'的文化隔绝时代也没中断过。在东亚的视野内,鲁迅是个当之无愧的'文化复合'的承载体。"①

在欧洲、美洲、非洲和南亚、西亚等区域众多具有自己独特文化传统的国度,鲁迅的传播基本上只是一种文化对话和交流的方式,鲁迅还没有在深层次上对这些国家的文化产生影响。但是在东亚,鲁迅的思想和作品程度不同地参与了各国现代文化的建构,在某种意义上,鲁迅为东亚文化的整合奠定了精神基础,成为东亚国家的价值认同的主要思想来源,因此,藤井省三称鲁迅为东亚的"文化英雄"。

关于鲁迅遗产的哪些思想元素可以构成东亚价值认同的思想资源问题,学术界还没有形成比较统一的看法。李冬木认为,来自"竹内鲁迅"的"抗拒为奴"思想可以成为"东亚鲁迅"的核心观念。② 张梦阳也认同这样的说法。③ 其实早在20世纪80年代前期,日本学者伊藤虎丸就在他的专著《鲁迅与日本人——亚洲的近代与"个"的思想》一书的"结束语:鲁迅对现代的启示"里,对鲁迅遗产继承问题提出过值得深思的见解。如果说竹内好是以鲁迅为参照批判第二次世界大战前日本带有奴性的近代化为主,那么伊藤虎丸则继续以鲁迅为镜子批判日本战后缺乏抵抗的近代化道路。他认为日本以令世界震惊的速度赶超西方的同时,也"实现着西方近代最恶劣的一面",即以"物质"扼杀"精神",以"众数"扼杀"个性",这正是20世纪初青年鲁迅对近代文明负面价值的批

---

① 李冬木:《一个鲁迅学史家眼中的"东亚鲁迅"——读张梦阳著〈鲁迅学在中国在东亚〉》,载中国社会科学院文学所"中国文学网·汉学园地",2007年11月7日。
② 李冬木:《一个鲁迅学史家眼中的"东亚鲁迅"——读张梦阳著〈鲁迅学在中国在东亚〉》,载中国社会科学院文学所"中国文学网·汉学园地",2007年11月7日。
③ 张梦阳:《跨文化对话中形成的"东亚鲁迅"》,《鲁迅研究月刊》2007年第1期。

判内容。在战后日本的"管理社会",人成为社会机器上的小齿轮,成为一些"操作着电脑的猴子",如何保持"个人"特性,如何坚持"精神"立场,鲁迅在20世纪初给予今天的人们很多启示。伊藤虎丸提出了亚洲近代化课题的两项任务,以及鲁迅对亚洲近代化的启示意义:

> 首先是如何把造就西方近代的"个的思想",即个的主体性变为自身的东西的问题。其次,是以此为出发点,如何创造独立的富有个性的民族文化的问题。我认为,作为一个文学者,鲁迅所做的似乎就是这两项工作。鲁迅的工作向今天的日中两国国民提出了共同课题,同时也揭示了真正独立的"个",和一条作为"个"的两国国民的真正沟通之路。①

伊藤虎丸的言说涉及了鲁迅思想体系中看似矛盾的两翼——个人主义思想和民族主义思想,他阐述了鲁迅思想体系中两者的兼容性:"在鲁迅那里,个人主义和民族主义是并行不悖的。正像人是各个不同的'人'那样,民族文化也都具有其不同的个性。"这一阐述与前面所述"抗拒为奴"的思想有密切的关联:在学习西方的近代化过程中,东亚国家不应完全丧失自我个性,只有坚持自己的个性和民族立场,在接受中有抵抗,才能实现真正的东亚的近代化。伊藤虎丸仍然以鲁迅为出发点探讨东亚近代化问题,他指出,"在鲁迅的内心世界,新与旧、东与西,两种文化尖锐冲突、互相纠缠",鲁迅通过以抵抗为前提的对自己民族和自己的彻底批判,"其结果是开辟了一条民族传统的全面再生之路,并由东方产生出超越西方普遍主义的新的普遍主义"。② 伊藤虎丸对鲁迅遗产中个人主义与民族主义张力关系的阐述,在21世纪的东亚仍然是鲜活的时代命题。

丸山升在21世纪初对鲁迅遗产问题也有深刻的思考,他认为20世纪前期各种"希望""理想"在世界上纷呈并现,到20世纪后期它们都纷

---

① [日]伊藤虎丸:《鲁迅与日本人——亚洲的近代与"个"的思想》,李冬木译,第182页、第179页,河北教育出版社2001年版。
② [日]伊藤虎丸:《鲁迅与日本人——亚洲的近代与"个"的思想》,李冬木译,第182页、第179页,河北教育出版社2001年版。

纷破灭了，21世纪在人们对"理想"和"希望"失去信任的心理背景下开幕了。丸山升指出了鲁迅作品的"道"和"路"意象及其给人们带来的心理激励机制，重提"反抗绝望"的精神命题，把它当作应该继承的遗产之一。丸山升认为鲁迅另外一项应该被继承的遗产是"对本国、本民族之负面的传统的彻底批判精神"。他指出，"人类在二十一世纪中将面临的最大问题之一是他们能不能和怎么解决各国各民族的'民族主义'之冲突"。①

置身于20世纪前期东亚国家的对抗局面，鲁迅的立场值得当今东亚知识分子和民众借鉴：作为经历了甲午海战失败和庚子事变国耻的"弱国子民"，鲁迅来到军国主义（民族主义）气焰高涨的日本留学，他充分体验了弱国子民的耻辱，作为中国人，他守住了自己的尊严，但是他并没有以中国的民主主义对抗日本的民族主义，他发奋学习，希望帮助中国富强起来；同时，他大力批判中国传统文化和民族痼疾，也对日本以及日本所仿效的西方近代文化的"偏至"进行批判，提出"立人"思想。从这里也可以看出鲁迅青年时代就形成的思想路径：在精神与物质张力结构中，他强调精神的第一位，然后在此基础上来建构物质文明；在个人和国家（民族）张力结构中，他强调个人本位，在此基础上来建构民族国家。

四 亚、非、拉地区的鲁迅研究

冷战时期，在欧美（西方）与苏联东欧两大阵营之外的亚、非、拉地区，活跃着众多的第三世界国家。它们以"不结盟运动"等方式与"北约""华约"两大政治军事集团保持着抗衡性的张力关系。由于中国同属第三世界国家，加之20世纪50年代以来中国日益成为抗衡美、苏超级大国的重要力量，多数亚、非、拉国家与中国建立起了比较密切的外交关系。随着文化交流的展开，作为中国现代文化最杰出代表的鲁迅及其遗产受到亚、非、拉国家的关注。不少第三世界国家把翻译和研究鲁迅当作了解中国社会和文化的最佳途径，甚至一些第三世界国家把译介和谈论鲁迅及其作品当作向中国表示友好的姿态和倾向。在这样的政治、文化背景

---

① ［日］丸山升：《活在二十世纪的鲁迅为二十一世纪留下的遗产》，《鲁迅研究月刊》2004年12期。

下，鲁迅的作品开始逐步走向全球各大洲众多国家的读者面前。至此，鲁迅终于成为一位真正具有全球影响的世界性作家。

20世纪50年代的朝鲜在译介鲁迅作品方面投入了大量的人力和物力，与半岛南端的韩国形成了对比。在当时与朝鲜和中国对立的韩国，鲁迅的译介事业几乎完全中断。鲁迅在朝鲜受欢迎的原因是多方面的。首先，中朝地理上的毗邻关系和历史上悠久的交往传统，使得两国在语言、文化、信仰等层面上形成了共通性，为当代朝鲜读者接受鲁迅奠定了良好的基础。其次，自近代以降，中朝两国都饱受帝国主义侵略和封建主义压迫之苦，鲁迅的文学创作对民族振兴的呼唤和对专制统治的抨击，深深地吸引了朝鲜的民众。再次，也是最为关键的是，中朝两国在20世纪50年代以来形成了特殊战略关系，对鲁迅在朝鲜的广泛传播起了决定性的作用。在中国新兴的政权把鲁迅奉为中国"新文化运动"的旗帜之后，朝鲜的高层领导出于在意识形态上与中国保持一致的需要，自然会号召朝鲜民众向鲁迅"学习"，并且动用国家宣传机器来传播鲁迅的思想和创作。从目前所能见到的那个时代的资料看，朝鲜的鲁迅研究突出地彰显了鲁迅创作的认知功能和教化功能，而对于鲁迅作品的审美功能并不怎么感兴趣，几乎没有论文从艺术本体上对鲁迅的创造力做界定和阐述。可见，鲁迅的作品是作为政治性文本进入朝鲜意识形态系统的。这几乎是冷战时代社会主义阵营国家对鲁迅的接受和解读的共同倾向。

新加坡鲁迅研究者王润华的专著《华文后殖民文学：中国、东南亚的个案研究》收录了论文《鲁迅与新马后殖民文学》。[①] 王润华认为，新、马华文文坛对鲁迅的接受从来都充满着种种意识形态意图，第二次世界大战前，新、马华文文坛左翼人士把鲁迅塑造成左派文人中的领袖；第二次世界大战后，鲁迅成为"反帝国主义反殖民主义"的英雄，新、马华文作家和知识分子把鲁迅当作足以对抗欧洲文化的中华文化的偶像。王润华睿智地发现，在鲁迅被当作反抗欧洲宗主文化、反对"欧洲中心论"的偶像的过程中，鲁迅本人也成了一种新的"文化中心"。新、马华文作家几乎都拜倒在鲁迅脚下，他们拒绝在本土寻找新的题材、新的形式，一味

---

① ［新加坡］王润华：《华文后殖民文学：中国、东南亚的个案研究》，学林出版社2001年版。

摹仿鲁迅等"五四"以来的中国作家的经典作品。以鲁迅为核心的"中国中心文学观控制了本地文学生产",① 新、马华文文学成了中国现代文学在海外的一个分支。王润华注意到,一些第二次世界大战后土生土长的新、马华裔作家,在后来开始尝试冲出鲁迅等中国现代文学的作家的影响,目前已经创作出一些具有本土特性的文学作品。

在冷战之后的时代,各国之间的诸多壁垒逐渐被拆除,这使得鲁迅作品在世界上的传播渠道更为畅通。这是问题的一方面。另一方面,随着苏联、东欧国家一体化意识形态的瓦解,该区域原先因意识形态缘由对鲁迅的特殊兴趣不复存在,这些处在巨变之中的东欧国家对鲁迅作品的译介和研究进入低谷。同样也是因为冷战的结束,由于中国对外政策的调整,亚、非、拉诸多第三世界国家与中国原先建立起来的"亲近"关系趋于"冷淡",鲁迅在这些国家的影响力日益缩小。

总之,受各国文化传统、政治制度,以及翻译者、研究者自身能力等诸种因素的制约,海外汉学界对鲁迅及其作品提出了许多真知灼见,但也不乏误读和曲解。像一切伟大的心灵创作出来的艺术文本一样,鲁迅的作品将继续且完全可能长久地吸引着全世界对中国感兴趣的人士,吸引着那些对美好的人类精神产品有着敏锐知觉力的人士。

---

① [新加坡]王润华:《华文后殖民文学:中国、东南亚的个案研究》,学林出版社2001年版,第51—76页。

第十二章

郭沫若与世界文学

作为一位有着极高世界性声誉和影响的文学家、社会活动家和科学家，郭沫若与世界文学的关系尤为引人注目，而且他是中国现代作家中极少与世界文学有着双向关系的作家：世界文学启迪并影响了他的文学创作，他在成名后又率先走向世界，以其形式多样的文学作品影响了世界文学。

第一节 郭沫若的文学历程

郭沫若（1892—1978）是我国现代杰出的文学家、学者和社会活动家，在中国整个 20 世纪文化史中有着无法取代的特殊地位。作为学者，他在历史学研究、古文字研究、考古学研究等领域取得了开创性的成就。而郭沫若作为文学家的贡献则更为突出，他广泛涉猎文学翻译、白话新诗、历史剧等领域，而且都达到了极高的艺术和思想高度。人民文学出版社等自 20 世纪 80 年代开始出版的《郭沫若全集》包含《文学编》《历史编》《考古编》共 38 卷，其中文学部分占了 20 卷，其中许多作品已被译成日、俄、英、法等多种文字，在国外上演或出版，产生了世界性的影响。可以说，郭沫若是中国现代作家中受世界文学影响极深、同时又能够创作出深受国外读者和学者欢迎的作品的少数学者型作家之一。本章主要探讨郭沫若与世界文学版图的深刻互动，由三个小节组成：第一节追溯郭沫若的生平与创作历程；第二节以郭沫若白话新诗中的空间意象为研究对象，以《女神》为例解读郭沫若的诗歌创作所受到的世界文学的影响与启迪，以及郭沫若诗歌中体现的新时空观，讨论郭沫若如何融合中西文学传统，重新定义时空维度及其之间的对应关系。第三节对郭沫若的作品在国外的译介和研究进行整体性的梳理，从而探讨郭沫若的作品对国外读者与学者的反向影响。

郭沫若于1892年11月16日（农历九月廿七）生于四川乐山县（今乐山市）观峨乡沙湾场。据说郭沫若母亲怀孕时，曾梦见一只小豹子咬她的左手，便取乳名为文豹，学名开贞，号尚武。早在中学时代，郭沫若便打下了扎实的传统文化功底。"郭沫若"是他写诗时常用的笔名，来源于家乡乐山的大渡河与青衣江，其中大渡河古称"沫水"，青衣江古称"若水"，另有笔名郭鼎堂、麦克昂等。1913年，郭沫若想通过学医"作为对国家社会的切实贡献"① 而东渡日本留学。在留学期间，他接触到泰戈尔、海涅、歌德、斯宾诺莎等人的著作，沉醉于这些作家哲学家的诗和哲学思想，并开始其文学活动。1919年郭沫若开始发表新诗和小说，1921年出版的诗集《女神》引起文坛和新文化界的广泛关注。与此同时，郭沫若与成仿吾、郁达夫等发起组织"创造社"进行文学创作。1923年，郭沫若大学毕业回到上海，弃医从文出版《创造周报》等刊物。

1924年，郭沫若通过翻译河上肇的《社会组织与社会革命》一书，较系统地了解了马克思主义，后任教于广东大学（后改名为中山大学），参加北伐战争和南昌起义，并倡导无产阶级革命文学运动。从1928年始，郭沫若因革命而流亡日本十年，期间专力于中国古代历史和古文字学研究，成绩卓著。抗日战争爆发后，他回到祖国筹办《救亡日报》，出任国民政府军事委员会政治部第三厅厅长和文化工作委员会主任，负责有关抗战的文化宣传工作。中华人民共和国成立后，郭沫若曾任政务院副总理、中国科学院院长、中国科技大学校长、中国科学院哲学社会科学部主任、全国人大常委会副委员长等职，同时在历史剧、白话新诗、旧体诗词、散文、文艺评论诸领域继续文学创作，直到逝世。

在郭沫若广阔的文学世界中，既包含传统的旧体诗，也包含白话新诗、历史诗剧、小说、散文、自传与翻译作品。虽然他的作品数量众多，但他的文学作品在艺术风格上有着共通的豪迈艺术风格、积极入世的价值

---

① 郭沫若：《我的学生时代》，载《郭沫若全集（文学编）》第12卷，人民文学出版社1992年版，第5页。

取向和深厚的爱国情怀。

1913年,青年郭沫若在日本学习现代医学期间深深地为现代科学知识所震撼,为中国在科学、文化等各方面的落后而忧虑,有一段时间竟致抑郁,文学创作成为他排解心中郁积,追寻救亡之路的方式。1916—1918年是郭沫若新诗写作的尝试期,这时郭沫若写的诗大多发表在《时事新报·学灯》上,尚未引起诗坛足够的重视。1919—1920年,郭沫若虽远在日本的博多湾附近学习,也强烈地感受到世界文学新气象、俄国十月革命和国内"五四"运动等时代大潮的冲击,迎来了自己新诗创作的第一个高峰。"1919年的下半年到1920年的上半年,便得到了一个诗的创作爆发期,……当我接近惠特曼的《草叶集》的时候,正是"五四运动"发动的那一年,个人的郁积,民族的郁积,在这里找出了喷火口,也找出了喷火的方式,我在那时差不多是狂了。"[1] 1921年8月,郭沫若把此前发表的白话新诗结集为《女神》出版,一下子在诗坛产生了强烈的反响,一时间他的诗名盖过了胡适等人。在《女神》出版的第二天,同为创造社作家的郑伯奇就著文,评价《女神》:"露出她那优秀的资质,实在是新文坛的一件可喜的事!出版界一件可喜的事!"[2] 闻一多也赞赏郭沫若《女神》中艺术、精神方面的创新:"若讲新诗,郭沫若君的诗才佩称新呢!不独艺术上他的作品与旧诗词相去甚远,最重要的是他的精神完全是时代精神。"[3]《女神》的问世,开一代诗风,引领着中国现代白话新诗走上新的里程。可以说,"五四"运动中的诗歌革命,只有到了《女神》异军突起,才充分显示出摧枯拉朽、所向披靡的威力,新诗阵地才有了主将。

郭沫若的一生创作的诗歌超过1000首,继《女神》之后又出版了《星空》《瓶》《前茅》三部诗集。此后郭沫若的诗在题材上更加丰富,但思想上始终体现了中国现代诗歌的新风貌。现已出版的郭沫若诗集中,除选集、合集外,仅专集就达12种。除了新诗以外,郭沫若还写了不少

---

[1] 郭沫若:《序·我的诗》,载《沫若文集》第13卷,人民文学出版社1961年版,第121页。
[2] 郑伯奇:《批评郭沫若的处女诗集〈女神〉》,《时事新报·学灯》1921年8月21日号。
[3] 闻一多:《论〈女神〉的时代精神》,《创造周报》1923年6月4日号。

旧体诗，体现了郭沫若深厚的国学功底，浪漫的情怀以及对社会、人生的思考和主张。但郭沫若一生的诗歌创作中，最重要的莫过于《女神》。《女神》不仅是20世纪中国诗歌发展的重要文化遗产，更是中国新诗的里程碑式的作品。一方面，《女神》成功地将时代的需要与诗人自身的创作个性，加以有机的统一。另一方面，《女神》的自我抒情主人公又是"开辟鸿荒的大我"——"五四"时期觉醒的中华民族的自我形象。这个自我是一个具有彻底破坏和大胆创造精神的新人，他追求个性解放，追求自由，与祖国、民族和时代的命运紧紧地联系在一起，体现出极强的时代意识和时代追求。郭沫若用自己激情澎湃的诗句，表达了自己的爱与恨，表达了自己对人生社会的理解和主张，这正是"五四"个性解放的时代特色在诗人笔下的体现，也体现了诗人个体内心世界的丰富性和复杂性。"《女神》的魅力及其不可重复性，正是在于它所达到的民族（与个体）精神及作家写作的自由状态。"[①] 其次，《女神》第一次在中国新诗中构建了现代的宇宙观和时空观。作者在选择空间意象时，出现了"轮船""地球""X光"等中国古典诗歌中前所未有的意象与比喻，构筑了《女神》独具特色的空间意象群，包含自然意象、空间景观意象。宗白华在《三叶集》中曾这样评价郭沫若全新的宇宙观与诗歌创作之间的关系："你在东岛海滨，常同大宇宙的自然呼吸接近，你又在解剖室中，常同小宇宙的微虫生命接近，宇宙意志底真相都被你窥看了。你的诗神的前途有无限的希望啊！"[②] 再者，《女神》所创造的自由诗的形式，为承载白话新诗丰富多样的艺术表现和大胆的想象力提供了可能性。胡适在倡导文学革命时曾断言，"无论如何，死文字绝不能产生活文学。若要造一种活的文学，必须有活的工具"[③]。"诗体的大解放"一直是以胡适为代表的早期白话诗人所努力追求的，也是胡适等人常用以夸耀和自诩的，但实际上他们并没达到"大解放"的境界。在诗体上真正做到"大解放"的是郭沫若，其代表作就是《女神》。郭沫若认为"形式方面我主张绝端的自由，绝端的自

[①] 钱理群等编：《中国现代文学三十年》，北京大学出版社1998年版，第76页。
[②] 《宗白华全集》第1卷，安徽教育出版社1994年版，第225页。
[③] 胡适：《逼上梁山——文学革命的开始》，载《胡适代表作》，河南文艺出版社1996年版，第274页。

主"①。与《女神》火山爆发式的激情和粗粝狂放的格调相适应,《女神》全集虽然只有五十几首诗,但形式不拘一格:既有诗剧,又有短歌;既有叙事诗,又有抒情诗;既有粗犷凌厉的"惠特曼体",又有清新淡雅的泰戈尔风。《凤凰涅槃》狂放自由,长达三百行;《鸣蝉》则含蓄隽永,只有短短三句;《天狗》奔突跳跃,支离灭裂,《别离》《春愁》等诗行整饬,音韵铿锵,又带有古风的色彩,证明了郭沫若要"打破一切诗的形式来写自己能够够味的东西"②的主张。

在《女神》中的三组诗剧《女神之再生》《湘累》及《棠棣之花》,其艺术风格也奠定了郭沫若历史剧创作的整体基调。从1941年12月到1943年,在不到一年半的时间内,他写了六部多幕剧,即《棠棣之花》《屈原》《虎符》《高渐离》《孔雀胆》《南冠草》等,被认为是继《女神》之后的第二个创作高峰。这些历史剧均是以战国史实为题材,有深刻的借古讽今意味。郭沫若认为:"战国时代是以仁义的思想来打破旧束缚的时代……是人的牛马时代的结束,大家要求着人的生存权",并且"要得真正把人当成人,历史还得再向前进展,还须得有更多的志士仁人的血洒出来,灌溉这株现实的蟠桃"③。无论是《棠棣之花》还是《高渐离》,也无论是《屈原》还是《虎符》,其主人公首先有着鲜明的时代感,在他们身上体现出特有的时代精神,同时他们又有着强烈的个性,他们坚决地与现实保持一种拒斥的抗争姿态,这与剧作家当时所感受到的时代精神是一致的,这些剧作的主人公的精神诉求,与当时反抗专制要求民主的时代要求相一致。这使郭沫若的历史剧既有着浓厚的诗意,又有着强烈的现实针对性。新中国成立后的1959年,郭沫若又创作了历史剧《蔡文姬》,不仅延续了他在20世纪40年代的戏剧风格,同时也在历史意义的认识视角和历史剧的艺术表现上有所创新。总体而言,郭沫若以《屈原》为代表的历史剧,在思想上继续了"五四"时代精神,有着鲜明的个性解放的价值诉求。戏剧风格和新诗风格一脉相承,充满狂放的激情和浪漫

---

① 郭沫若:《论诗三札》,载《文艺论集》,人民文学出版社1979年版,第216页。
② 郭沫若:《序·我的诗》,载《沫若文集》第13卷,人民文学出版社1961年版,第122页。
③ 郭沫若:《我怎样开始了文艺生活》,载《郭沫若论创作》,上海文艺出版社1983年版,第153页。

的气氛；与时代及国家、民族的命运紧密地结合在一起，体现了强烈的时代感，是史剧、悲剧与诗剧的高度统一。

除了白话新诗和历史剧创作外，郭沫若还写了大量的散文和小说。郭沫若的小说与散文大都带有一种自传性质。郭沫若的小说主要写于20世纪上半叶，发表了近三十篇小说。他的小说写作受到"私小说"等美学追求的影响，在总体情调上有一种淡淡的哀伤。郑伯奇在《中国新文学大系·小说三集·导言》中把郭沫若前期的小说分为两种，一是用来"寄托古人或异域的事情来抒发自己的情感"的"寄托小说",① 例如《牧羊哀话》《函谷关》（后改名为《柱下史入关》）等；二是写"自己身边的随笔式的小说"，称为"身边小说"。② 这些"身边小说"从题材上分，又可以分为两类。一类是抒写爱情的内容，表现了灵与肉的冲突，如短篇小说《叶罗提之墓》《残春》《喀尔美萝姑娘》及中篇小说《落叶》等；另一类是直率地袒露个体心境，带有浓厚的自传性质，如《漂流三部曲》（包括《歧路》《炼狱》和《十字架》）、《行路难》等。

除了小说和散文，郭沫若还写了三部自传，即《我的童年》《创造十年》《北伐途次》。这三部自传承袭了郭沫若文学创作中的昂扬风格，具有长篇散文的韵味。郭沫若的自传类文学还有《由日本回来了》《我是中国人》及《洪波曲》等零散篇目。这些文字表面上是一些流水账式的"人生记录"，实际上却饱含了作者的情感以及对人生社会的理解和主张。

在文学创作之余，郭沫若还积极从事翻译活动，并达到了译作30部共500多万字的惊人数量，其内容涵盖文学、自然科学以及社会理论领域的多部作品。这一"百科全书式"的文化译介有力地推动了世界文学和西方先进知识在20世纪中国的传播，是郭沫若作为现代中国知识分子对中国现代化做出的不可磨灭的贡献。在郭沫若的翻译实践中，文学类作品占比超过一半，小说主要包括《争斗》《法网》《石炭王》《屠场》《煤油》《战争与和平》（第一分册）《日本短篇小说集》等；诗歌主要包括《新俄诗选》《德国诗选》《鲁拜集》等；诗剧主要包括《华伦斯坦》和《赫曼与窦绿苔》等。这些作品的选择标准清晰地展现了郭沫若对中国文

---

① 郑伯奇：《中国新文学大系·小说三集》，上海良友出版公司1936年版，第5页。
② 郑伯奇：《中国新文学大系·小说三集》，上海良友出版公司1936年版，第6页。

化前进方向的选择，同时也折射出"五四"时代中国知识分子强烈的社会责任感和历史使命感。在翻译的过程中，郭沫若逐渐形成一整套完整的翻译思想和翻译理论。他的翻译思想主要表现在两个方面：首先是"风韵译"的翻译原则，郭沫若认为翻译绝不仅是字面的转译，更应该注重作品内在的韵味；其次是翻译价值的重要，郭沫若认为翻译的价值等同于创作，"好的翻译等于创作，甚至还可能超过创作"。① 郭沫若对翻译价值及翻译标准的主张汇入了中国现代文学发展史上第一次大规模的有关新文学创作的论争，促使现代文学创作者以新的角度去审视文学发展的动力。郭沫若翻译实践的一大特点是充分将翻译外国作品与自身的文学创作相结合，实现翻译对创作的指导与启发，具有时间上的同步性和形式上的一致性。在翻译《浮士德》《约翰·沁孤戏曲集》《华伦斯坦》《赫曼与窦绿苔》等外国诗剧的同时，他还同步创作了《棠棣之花》《聂嫈》《三个叛逆的女性》《屈原》等经典剧目。既将诗剧这种创作的形式引入国内读者阅读的视野之中，又实现了中国白话戏剧的同步现代化。以《屈原》为代表的历史剧，不同于《雷雨》等现代话剧注重西方戏剧那种起承转合戏剧结构的建构，并靠戏剧冲突来推进戏剧情节的发展；也不同于老舍《茶馆》等戏剧的创作，利用人物的言论和时间的推移来渲染戏剧的文化内涵。他的历史剧创作往往以某个重要的历史人物作为创作的主线，辅以真实的历史事件，重点凸显历史人物的存在价值和社会意义，在表现手法上也都是以诗性的语言展示人物的性格特征，这些特征都与其所翻译的《浮士德》等诗剧作品具有内在的一致性。

"作为20世纪二三十年代第一波西方文艺浪潮的弄潮儿，郭沫若对纷繁的外来文化的接受"② 具体体现为来自众多世界文学和文化大家的混杂影响，例如德国的歌德、海涅、席勒、马克思，美国的惠特曼，俄国的屠格涅夫，印度的泰戈尔等世界各国的文学家、哲学家和思想家。尤其是在其白话新诗的创作中，郭沫若多次提到世界文学对自己诗歌风格的深刻影响，例如惠特曼、海涅等。他曾说，

---

① 郭沫若：《谈文学翻译工作》，《人民日报》1954年8月29日号。
② 石燕京：《郭沫若与德国文学关系研究二十年——郭沫若与外国文学研究回响系列之二》，《郭沫若学刊》2001年第4期，第66页。

惠特曼的那种把一切的旧套摆脱干净了的诗风和"五四"时代的狂飙突进的精神十分合拍,我是彻底地为他那雄浑的豪放的宏朗的调子所动荡了。在他的影响之下,应着白华的鞭策,我便作出了《立在地球边上放号》《地球,我的母亲》《匪徒颂》《晨安》《凤凰涅槃》《天狗》《心灯》《炉中煤》《巨炮之教训》等那些男性的粗暴的诗来。①

但他同时又指出,"海涅底诗丽而不雄,惠特曼底诗雄而不丽。两者我都喜欢,两者都不令我满足"②。正如曹顺庆所言:"一种文学文本在异于自身的文化模子中传递和交流,接受者由于文化背景的不同,必然会对其进行有选择的接受或拒绝。"③可以说,郭沫若的新诗是在他对世界文学和文化进行了有选择的扬弃之后,与他青少年时代的传统文化素养相结合而进行的创造性写作。但如果仅仅进行整体性的梳理和综述,很难从宏观角度厘清世界文化对郭沫若及中国现代文学的影响。在多元文化共生的今天,世界文学研究在中国已走向新阶段,各种新视角、新理论方法在世界文学研究领域得到了广泛的采用。本章第二节便选取郭沫若的代表作《女神》中的空间意象为切入点,从微观视角分析郭沫若的时空观是怎样受到世界文学的影响,又是怎样在新诗创作中进行重构,显示出全球化与本土化相结合的文学特征。

第二节　郭沫若新诗中时空观的重构

如上所述,郭沫若最为文学批评界推崇的诗集是 1921 年于上海泰东书局出版的《女神》。《女神》一集不仅奠定了郭沫若在中国现代文学史中的地位,也深刻影响了中国现代诗歌的形式与内容。《女神》甫一出版,就引发了同时代中国现代作家的热烈讨论,其中,闻一多的《〈女

---

① 郭沫若:《我的作诗经过》,载《沫若文集》第 11 卷,人民文学出版社 1959 年版,第 143 页。

② 郭沫若:《三叶集》,《郭沫若全集(文学编)》第 15 卷,人民文学出版社 1990 年版,第 125 页。

③ 曹顺庆:《比较文学教程》,高等教育出版社 2006 年版,第 99 页。

神〉之时代精神》(1921)尤其强调郭沫若诗歌的"时代精神":"不独艺术上他的作品与旧诗词相去甚远,最重要的是他的精神完全是时代精神——20世纪的时代精神。"① 对于闻一多所称郭沫若具有的"时代精神",国内外学者已有许多解读。本节以《女神》为例,从空间角度对郭沫若在《女神》中使用的空间意象进行解读,分析其中展现的20世纪初中国现代文学时代精神的"另类现代性"(alternative modernity)。

在中国文学的语境中,"现代性"不仅与时间意识有关,还与外国(尤其是西方国家)的异质性有关。与西方国家自生的工业文明及其所带来的文学和思想革命不同,中国在19世纪下半叶是通过西方殖民侵略而被迫开始现代化进程的。在呼吁中国文学改良的《文学革命论》中,陈独秀以"今日庄严灿烂之欧洲"来反衬僵化的中国文学,同样,在倡导文学时代精神的《历史的文学观念论》中,胡适除了历数各朝代文学发展脉络,也要引用欧洲学者使用法语、英语和拉丁语的例子。② 在中国和许多殖民地、半殖民地国家,现代性"经历了某种形式的裂变,从单一的现代性演化成了不同形式的复数的现代性(modernities)。因此,我们也许能够在这样一个全球化的时代从中国的具体国情和立场出发,重新建构一种另类的现代性(alternative modernity or modernities)"。③ 因此,在"五四"时期的现代文学中,中国的"另类现代性"可以从时间和空间两条发展线索中体现出来:"自古代文学向现代文学发展"和"自世界文学向本土文学发展"。陈思和在《中国新文学整体观》中就提到,中国现代文学"在纵向发展上表现为冲破人为割裂而自成一道长流,恰似后浪推涌前浪,生生不息,呼啸不已;在横向联系上则表现为时时呼吸着通向世界文学的气息,以不断撞击、对流以及互渗来丰富自身,推动本体趋向完善"。④

在文学作品中,对时间和空间及二者关系的感知与再现最能体现所谓

---

① 闻一多:《论〈女神〉的时代精神》,《创造周报》1923年6月4日号。
② 胡适:《历史的文学观念论》,载《中国新文学大系(建设理论集)》,良友图书印刷公司1935年版,第59页。
③ 王宁:《消解"单一的现代性":重构中国的另类现代性》,《社会科学》2011年第9期,第110—118页。
④ 陈思和:《中国新文学整体观》,复旦大学出版社2001年版,第25页。

时代精神。在欧洲的现代文学中,对时空的感知与宗教祛魅密切相关,"尽管现代性的概念几乎是自动地联系着世俗主义,其主要构成要素却只是对不可重复性时间的一种感觉"。① 而在中国的现代文学中,首要的任务则是突破绵延千年的传统哲学的时空桎梏。"中国的时空观念是由抽象形上向具象形下推衍的,因而忽略了很多不对称和谐的东西。但它有一个特长即整齐有序,而且容易归于本原之'一',这与从具体形下一层层总结而上的方法不同。"② 在《文学革命论》中,陈独秀便认为中国古代文学的一大缺陷是未能深入涉及形而下的空间领域:"所谓宇宙,所谓人生,所谓社会,举非其构思所及"③ 呼吁20世纪中国新文学应当尽力探索科学意义上的"宇宙"和"世界"概念,具有全球的视野。在这一语境下,郭沫若作品的时空观便展现出独特的"另类现代性":既改变了中国传统文学中时间"周而复始"、空间"天圆地方"的感知模式,又突破了19世纪末20世纪初西方主流的重时间而轻空间、社会向前直线发展的达尔文主义思想,建立了融合东西的现代时空观:向前发展的时间对应永恒变动的空间,时空最终与人性融合为一。

郭沫若毫不避讳地承认自己的诗歌创作直接受到欧美先进文化的影响,其中最为突出的就是郭沫若基于留学所习得的西方科学知识,通过《女神》建立了既不同于中国古典诗歌,又不同于牛顿时空观的时空架构,是既反映了全球化的思潮影响,又深具本土化特色的成功尝试。这一时空架构主要体现在时空聚合体的存在本质、时间与空间的对应关系、人与空间的关系三方面。

首先,在对时空聚合体的结构方面,郭沫若摒弃了中国古典诗歌中的圆形时空结构,采取了19世纪西方哲学的直线形时空结构,并为时间维度赋予了价值意义。在《女神》中,时间维度上的过去、现在与未来,不仅仅是时间点,还是从落后到进步的价值向度。《凤凰涅槃》是对"茫茫的宇宙"生命历史的直接隐喻,凤凰从出生、成长、衰老到自焚而涅

---

① [美] 马泰·卡林内斯库:《现代性的五副面孔》,顾爱彬、李瑞华译,商务印书馆2002年版,第18页。
② [美] 许倬云:《中国文化与世界文化》,贵州人民出版社1991年版,第11页。
③ 陈独秀:《文学革命论》,载《中国新文学大系(建设理论集)》,良友图书印刷公司1935年版,第46页。

槃,象征着宇宙从"出生"到"更生"。诗人对凤凰涅槃的热情赞美说明,凤凰的新生不是周而复始无意义循环的中国传统"天道",而是宇宙存在形式的螺旋上升,暗含了进步、光明、净化等价值尺度。这种对时间前进方向的积极心态正与当时风靡欧洲的社会达尔文主义等乐观主义思想遥相呼应:"各种重大理论都以各种不同的方式假定了事物从低级到高级上升发展……历史站在我们一边。"①

社会达尔文主义理论认为,人类社会空间的发展趋势与自然空间的进化趋势是一致的,人类科学和文明是始终线性向前进步的。"人类历史……展现出社会生活的逐渐富足以及人类身体和理性的不断进化,人类的未来也将继续前进。"②《女神之再生》正是一个人类历史和社会空间发展史的隐喻。诗人笔下的世界历史从女神补天、共工之战、天地消亡到女神重新创造太阳,是一段从战乱不休的黑暗世界向和谐公平的光明世界发展的艰辛历史,但时间的前进永不停止,社会的进步也不会停止,形成了一条与"凤凰涅槃"高度类似的时间线索。诗人相信,随着时间的推进,"光明同黑暗底战争已经罢了",宇宙空间和人类社会始终向着更新、更美、更光明的方向发展,"要去创造个新鲜的太阳",而不是规律性的简单重复。

除了时间的发展方向之外,郭沫若对空间存在本质的认知、探索与再现也更具西方色彩,主要体现在其使用现代科学词汇和扩展现代空间视域两个方面。郭沫若在诗歌中频繁地使用空间意象,包括各类空间、地域和景观等。可以注意到,在描写空间意象时,郭沫若会在诗句中有意使用现代科学术语,或采用现代科学理论,甚至直接插入英文,造成强烈的异化感。例如《夜步十里松原》中对太空的描写,"远望去,只看见白茫茫一片幽光,/听不出丝毫的涛声波语。/哦,太空!怎么那样高超,自由,雄浑,清寥!……我的一枝枝的神经纤维在身中战栗";③ 在《凤凰涅槃》中,诗人探求空间的存在形态:"宇宙呀,宇宙,……你是个有限大的星

---

① [美]斯特龙伯格:《西力现代思想史》,刘北成等译,中央编译出版社 2005 年版,第 311 页。

② J. Huntington, *The Logic of Fantasy*, New York: Columbia University Press, 1982, p. 7.

③ 郭沫若:《郭沫若选集》第 1 卷,人民文学出版社 2004 年版,第 75 页。

球？/你是个无限大的整块？……你的外边还有些什么存在？/你到底是个有生命的交流？/你到底还是个无生命的机械？"在这一连串的发问中，诗人对"星球""机械""交流"以及宇宙之外的空间等概念设想明显来自于他所学习的西方科学知识，而非中国传统的天地之思。《炉中煤》中描述了煤炭从地下到地上的存在轨迹，"我想我的前身，/原本是有用的栋梁，/我活埋在地底多年，/到今朝总得重见天光"；《金字塔》描述了地球围绕太阳的公转，"太阳游历了地球东半，又要去游历地球西半"；《天狗》中甚至直接使用了英文词汇，"我是 X 光线的光，/我是宇宙的 Energy 底总量"，等等。这些来自于 19 世纪科学知识的术语、理论代表了西方工业文明在 20 世纪初带给东方知识分子的震撼，也是东方学者对西方先进生产力和文化的推崇。郭沫若在《女神》中，还描写了许多工业的造物，对其不吝赞美，例如轮船的煤烟如同"黑色的牡丹"，是"近代文明底严母"；摩托车的前灯像是"太阳神"等。

此外在《女神》中，来源于郭沫若家乡的空间意象非常少，这与同样留学于日本，却习惯以故乡风景为主要空间意象的现代作家如鲁迅等形成了鲜明的对比。郭沫若在回答青年作家蒲风的提问时，明确否认其诗歌频繁出现的景物描写与其家乡——四川乐山相关联，并指出给予他灵感的是他留洋的日本，《女神》"产生时是在日本九州的博多湾，那个地方的色彩很浓厚，但，不是在四川"。[①]

可以说，郭沫若与同时代的诗人相比，更加倾向于敞开胸怀、满怀热情地拥抱全球的空间视野，这也是他的新诗被赞为最具"20 世纪的时代精神"的原因之一。郭沫若的《女神》中，最为豪放恣肆的诗歌，无不具有世界范围，甚至宇宙范围的视野，涵盖了中国的长江、扬子江、洞庭湖、渤海、首阳山、阳关、函谷关、江南，也包容了日本、朝鲜、欧洲、美国、非洲、俄罗斯、七大洋乃至整个地球，甚至发散到月球、太阳、太空、宇宙等无限空间，从宏观上极大地扩展了中国现代诗歌的在空间维度的想象极限，可以说是前无古人，也因此赢得了闻一多"生平服膺《女神》几于五体投地"的至高评价。[②]

[①] 郭沫若：《与有风谈作诗》，《现世界》1936 年 8 月第 1 期。
[②] 闻一多：《论〈女神〉的时代精神》，《创造周报》1923 年 6 月 4 日号。

其中,《地球,我的母亲》《立在地球边上放号》等是直接以地球为立足点,将观察的目光投向无垠的宇宙;其他以古代神话为创作基础的诗篇,如《凤凰涅槃》《天狗》等,也脱离了中国的空间视域,将"茫茫的宇宙"纳入了活动范畴:凤凰的涅槃是对"死了的宇宙更生了"的赞颂,天狗则在宇宙间奔腾,要"把全宇宙来吞了"。这种新颖的空间视角也深刻地影响了新诗的发展,在《女神》之后产生了许多具有宏观空间视野的现代诗,如闻一多的《太阳吟》、康白情的《送客黄埔》等,开创了中国白话新诗的一大特征,也传递了"五四"时期中国开始拥抱世界的时代精神。

其次,与20世纪初西方哲学强调时间相对于空间的优先性不同,郭沫若在诗歌中着重描写了空间的独立性和运动状态,其时空观具有一定超前性,甚至暗合了五十年后的后现代主义的空间理论。在1905年爱因斯坦提出狭义相对论原理前,牛顿的四维时空理论是无可撼动的社会共识,也深刻影响了19世纪西方主流哲学的时空观。黑格尔曾指出,"运动也被说成是空间和时间的关系。……空间的真理性是时间,因此空间就变为时间;并不是我们很主观地过渡到时间,而是空间本身过渡到时间。"① 马克思主义哲学则认为,"时间是物质运动的持续性、顺序性。……空间是物质运动的广延性或伸张性"。② 在19世纪的西方哲学体系中,时间具有一维性和不可逆性。时间维度如同一只单向箭头、一条独立存在的线,所有人都只能顺着时间线朝一个方向匀速地、不断地向前发展,绝没有循环往复或停止在一点的可能。因此,在19世纪主流的欧美文学作品中,时间维度与空间维度是本质不同的,驱动发展的动力来自于时间,而空间作为事物的"容器"随之展示着时间带来的变化,直到20世纪后半叶以列斐伏尔、福柯等人为代表的法国哲学家推动哲学理论的"空间转向",才改写了"重时间而轻空间"的二元对立倾向。但在《女神》的多首诗歌中,郭沫若明确质疑了20世纪初西方哲学将空间作为静止容器的思想,其中最主要的表现就是强调空间的存在

---

① [德]黑格尔:《自然哲学》,商务印书馆1980年版,第47页。
② 赵家祥:《历史过程的时空结构和时间向度——兼评西方历史哲学的两个命题》,《北京大学学报》(哲学社会科学版)2005年第5期,第39页。

形态是永恒的运动,并通过空间意象的不断运动"彻底地颠覆了空间与时间的等级关系,时空聚合体如今被空间性所主导,时间性消解在了逐渐减退的历时性密度中"。①

在《立在地球边上放号》中,宇宙空间最明显的特征便是"动",并由运动的状态产生了动能与力量:宇宙在"不断的破坏,不断的创造,不断的努力",形成了"力的绘画,力的舞蹈,力的音乐,力的诗歌,力的律吕"。同样在《天狗》中,天狗象征着"全宇宙 energy 底总量",它吞噬日月星辰,永远处于"飞奔""狂叫""燃烧"等动态之中,甚至包含了能量的内部流动:"剥我的皮""食我的肉""吸我的血""啮我的心肝"。在具体的空间意象中,景观的运动状态也十分凸显,例如在描写河水和云彩时,郭沫若写的是"河中流泻着的涟漪哟!塔后汹涌着的云霞哟!"强调二者处于运动之中,在"流向那晚霞重迭的金字塔"。在描写朝阳时,郭沫若使用了运动的动物作为比喻:"哦哦,环天都是火云!好象是赤的游龙,赤的狮子,赤的金鱼,赤的象,赤的犀"。他笔下的空间万物都有"动"的美,包含着运动的特质,都"向着光明涌去"。当空间景观本身处于静止时,郭沫若又选择了快速移动的视角,为空间的再现赋予流动性。在《晨安》一诗中,诗人并非仅仅站在自己的书桌前向世界道早安,而是要风把自己的声音吹送到世界各地,诗人的声音将全世界的空间地域、自然景观快速而有序地进行观察。从海上日出,飞掠白云和山川,到了中国的扬子江、黄河、万里长城,来到俄罗斯的雪原,驰骋于印度的恒河、帕米尔、喜马拉雅,纵横在埃及的尼罗河、金字塔,欧洲的意大利、比利时、爱尔兰,大西洋、太平洋以及太平洋上的诸岛,来到美国的华盛顿,最后回到诗人所在的日本。这一趟旅程中,诗人的视角是快速移动的,读者跟随诗人的视角以 20 世纪初的科技尚且达不到的速度在一个早晨便周游了世界各地的景观和地域,将 38 个原本隔离的地理空间在诗句中串联、聚合起来。这种空间的压缩正与后现代地理学者哈维在解释后现代社会中"时空压缩"的状况时所提出的理论一致,空间的特征"集中聚焦在加快和快速的周转时间上……这一切伴随了空间关系的激烈

---

① Bertrand Westphal, *Geocriticism: Real and Fictional Spaces*, trans. Robert Tally, Palgrave Macmillan, 2011, p.161.

重组、空间障碍的进一步消除"。① 可以说,郭沫若抓住了工业文明条件下空间存在的突出特征,即空间距离的缩小和原先的时空线性对应关系的破碎与压缩,他对空间的描写不仅展现了20世纪初的现代性,更符合了20世纪文学中空间再现方式的发展趋势。

在郭沫若的《女神》中,空间及空间景观的流动性既可以通过对景观本身运动状态的描摹实现,又可以通过作者视角的运动而创造出来。郭沫若对空间的运动状态的强烈追求与把握使《女神》中涉及空间景观的诗歌突破了中国古典诗歌中流行的"散点透视"的空间视角和平衡、独立的再现方式,更接近于西方油画中的"聚焦透视",以包含情绪性的直接抒情句式和层层递进式的空间秩序,形成了一种不稳定、有张力的空间结构。每个句子独立出来在意境上都有所缺失,但组合在一起则形成了一个层次丰富、不断增强的思维和情感架构。

在动态的空间意象中,最突出的是"火"的意象。《女神》作为诗集共包含56首诗,其中就有20余首出现了"火"的意象。"火"在《女神》中,有作为景观意象的直接涉及,也有作为空间隐喻的描述,但无论是以什么作用出现的,"火"在郭沫若笔下最突出的特征就是其强烈的动感和鲜活的生命力。"火"是动力的象征,而郭沫若认为宇宙意志与动力是万物的来源:"万物必生必死,生不能自持,死亦不能自阻,所以只能得'天与地与在他们周围生动着的,除是一个永远贪婪,永远反当的怪物而外,不见有别的'。此力即是创生万物的本源,即是宇宙意志"。②

可以说,"火"的意象点亮了整部《女神》诗集。"火"的动感体现在它始终富于变化的状态中,有时不断幻化着生命的颜色"哦,火,鲜红了、嫩红了……橙黄了,金黄了……";有时作为能源的"电火""火车",向外放射无穷无尽的"光""热""能";有时作为万物的统一,"火便是你,火便是我,火便是他,火便是火"。郭沫若在《女神》中对"火"的赞美,是因为"火"象征着20世纪从西方传来的工业文明,如

---

① [美]哈维:《时空之间:关于地理学想象的反思》,收入包亚明编,《现代性与空间的生产》,上海教育出版社2003年版,第392页。

② 郭沫若:《〈少年维特之烦恼〉序引》,载《郭沫若全集》第15卷,人民文学出版社1990年版,第312页。

同野火一般使得腐朽的清王朝燃烧殆尽，使得中国知识分子如同盗火的普罗米修斯一般痛苦又向往地试图将先进知识的火种在中国的大地上普及开来。没有火的世界是一个黑暗的世界，是"屠场"，是"囚牢"，是"坟墓"，是"地狱"，是"痛苦的渊薮"，是"罪恶底交鸣"。在写"火"的时候，郭沫若常常将其作为光明、先进、生命的隐喻，例如"鲜红的火呀！思想底花，可要几时才能开放呀！""从今后我也要把我内在的光明来照照四表纵横。"诗人相信火所代表的先进知识才能真正改变黑暗的世界。只有"火"才能把人类从黑暗、罪恶、愚昧、麻木中拯救出来，达到光明和谐的世界。在《凤凰涅槃》里，经过那场熊熊烈火之后，"和谐便是你，和谐便是我，和谐便是他，和谐便是火"。"悠久便是你，悠久便是我，悠久便是他，悠久便是火"。纵观郭沫若的《女神》，在与"火"的意象相关的描述中，"涌动""飞舞""浮动""飞驰"等"向上"的动词性词语数不胜数，使其每一篇诗作都蕴含着力和力的勃发。郭沫若诗句中具有现代性的空间状态成为《女神》诗作的内在纬度，顺应了世界历史发展的潮流。直到20世纪下半叶的后结构主义思潮中，德勒兹和瓜塔里"将空间和固定性分离，从而强调（间接地）空间与时间性的联系。空间的逃逸线在时间的水平轴上波动、随之变化，而同样的，时间的横轴若要使自身具有空间性，也需要发生一定的偏离或驻停。简而言之，时间呈点状，而空间呈波动状"①。这种时空观与郭沫若在《女神》中的时空观遥相呼应，可以说郭沫若最重要的贡献就是在中国白话新诗中打破了中国古典文学中的圆形时空构架，也超越了18世纪起西方所主导的绝对时空观，通过空间视角与空间景观意象的流动、破碎与压缩，超越了时间与空间的线性对应关系，重新建构了一种以空间为主导、消解时间维度的空间架构。

再次，在人与空间的关系方面，郭沫若融合了中西泛神论思想，将自然化入自我之中，使自我吸纳自然，目的是为了开创人性中的自然，实现新形式的人与大自然的融合。

（1）对中国古典文学中强化自然、弱化人性的抵制。在中国的传统

---

① ［法］韦斯特法尔：《地理批评宣言：走向文本的地理批评》，《南京工程学院学报》（社会科学版）2018年第2期，第22页。

文学中，描写体现自然的作品大多不问世事，要求主体通过抛弃自我而进入人与造化浑然无间的境地，与自然融为一体，实现"自然化的人格"；抑或体现自然的宏伟与人的渺小，使自然渗透到人的身心、性情中去，迫使人的气质、情感脱离尘世，贴近自然，淡化人的社会性和价值观念，消解人的自我意识与主观能动性。这种倾向在"五四"时期遭到了现代知识分子的有力批判。1917年，陈独秀在《新青年》上发表了措词强烈的《文学革命论》，提出"三大主义"作为"文学革命"的征战目标，从内容到形式对封建旧文学持批判否定的态度，其中一条即"推倒迂晦的、艰涩的山林文学，建设明了的、通俗的社会文学"，得到了新文学倡导者们的积极响应。将"文学作为疗救的工具"的文化先驱者们，必先赋予文学作品新的意识形态尤其是价值观，以求彻底地反对封建伦理思想。郁达夫也呼吁个人在文学中的凸显："'五四运动'最大的成功，第一要算'个人的发现'，以前的人是为君而存在，为道而存在，为父母而存在，现在才晓得为自我而存在了。我若无何有乎君，道之不适于我还算什么道？父母是我们的父母，若没有我，则社会、国家、宗族哪里会有？"[①]

郭沫若作为积极拥抱西方文化影响的现代诗人，也批判了"自然化的人格"，认为："人生的幸福如在消极无营的静态之中始能寻找，此中假说于根本上已不免自相矛盾。因为一方面既肯定人生，而他方面却于否定之中以求幸福，归根只好以消灭人生为至上的幸福了。这种矛盾的理论，非我辈所能信服，亦非我辈所能实行。我辈肯定人生，则当于积极进取的动态中以求生之充实。"[②]《女神》中的许多诗篇正是高扬人的主体精神，显示一种强烈的自我表现意识，强化着人的人格力量。最典型的是《天狗》：全诗二十九行，每一行都是以"我"开头，不是"我"是什么，就是"我"做了什么，"我"是贯穿始终的主语，要将一切空间存在归于自身："我把一切的星球来吞了，/我把全宇宙来吞了，/我便是我了"。

在中国传统文学中，自然以玄远、静谧，柔美为主，兼以狂暴与威

[①] 郁达夫：《导言》，载《中国新文学大系（散文二集）》，良友图书印刷公司1935年版，第5页。

[②] 郭沫若：《论中德文化书》，载《郭沫若全集（文学编）》第15卷，人民文学出版社1990年版，第152页。

慑；自我以恬淡、幽思、明志为要，兼以臣服与渺小。而郭沫若强调自然为人的描写服务："艺术家不应该做自然的孙子，也不应该做自然的儿子，是应该做自然的老子。"① 强调个体的自主性和创造性贯穿在《女神》整部诗作中，成为一条内在发展的主线。郭沫若说："诗的创造是要创造'人'。"②《凤凰涅槃》中，浴火新生的凤歌和凰歌，《天狗》中的天狗吞掉世间一切事物的激情，《梅花树下醉歌》中的自我颂歌，以及《女神》中充满动感、阳刚的力量型自然，崇尚自由、创造的扩张性自我，对中国文学中的自然与自我形象进行了有力的改写与丰富。在《湘累》中屈原有这样一段独白："我自由地创造，自由地表现我自己。我创造尊严的山岳，宏伟的海洋，我创造日月星辰，我驰骋风云雷雨，我举之虽仅限于一身，放之则可泛滥乎宇宙。"《女神》中的自我弱化了传统文人内敛、淡泊的个体特征，而迸发出对生命的激情与热望。郭沫若时时歌颂无限庞大的自然物，同时将自我融入其中，来享受宏阔的空间和自我的涌动与沸腾，展示了一个个"自我"在自然中的翱翔。这一特点也已经引发了批评家的注意，周扬在20世纪40年代就曾评价《女神》："他的自我特别突出的姿态在他的诗中喧嚣着。……这个自我占据了宇宙的中心，不，简直就是宇宙，宇宙的真宰。他不但包含我，也包含你，也包含他，这是'与天地并生，与万物为一'的我，这个我应当用最大号的字来书写，最高的声音来歌唱"。③

一方面，郭沫若强调表现自我，更新自我，改造自我，突出了一种强烈的个人主义精神，认为"文学是赤裸裸的人性的表现，是我们人性中一点灵明的精髓所吐放的光辉"；④ 另一方面，他又往往有意无意地将自我放置在天地宇宙之中，融合在群众与集体中，使自己的个性主义思想具有根基和适应性，符合"五四"时期的中国社会实际。在《梅花树下醉

---

① 郭沫若：《自然与艺术——对于表现派的共感》，载《郭沫若全集（文学编）》第15卷，人民文学出版社1990年版，第215页。
② 郭沫若：《少年维特之烦恼序引》，载《郭沫若全集（文学编）》第15卷，人民文学出版社1990年版，第49页。
③ 周扬：《郭沫若和他的〈女神〉》，《解放日报》1941年11月16日号。
④ 郭沫若：《论文学的研究与介绍》，载《文艺论集（汇校本）》，湖南人民出版社1984年版，第180页。

歌》中，诗人在分别赞美梅花与自己后，又怀疑自己与梅花究竟是不是两个独立的存在："梅花呀！梅花呀！/我赞美你！/我赞美我自己！/我赞美这自我表现的全宇宙的本体！/还有甚么你？/还有甚么我？/还有甚么古人？/还有甚么异邦的名所？"在《光海》中，"无限的大自然"都汇成一片光海，自然与生命融为一体，"到处是生命的光波，到处是新鲜的情调"。诗人一家在笑，而自然万物与他们有同样的心情："海也在笑，山也在笑，太阳也在笑，地球也在笑，同在笑中笑"。

郭沫若为扭转传统文学中寄情山水则远离庙堂的"潜规则"，而使用的策略之一，即是让自然不再是一味远离尘世的一片净土，而成为时代精神、人性感情的负载。这样既不与时代的主流话语相背离，又接续了人与自然的传统主题。这一策略也启发了同时代的诗人，如冰心的《春水·三三》："墙角的花！/你孤芳自赏时，/天地便小了。"① 还有闻一多的《忆菊》："啊！自然美底总收成啊！/我的祖国之秋底杰作啊！/啊，东方底花，骚人逸士底花呀！/那东方底诗魂陶元亮/不是你的灵魂底化身罢？/那祖国底登高饮酒的重九/不又是你诞生的吉辰吗？"② 这些诗作都把自然作为人的象征物，赋予自然空间以人的生命、素质、情感与意义，最终都是为了突出人的主体性。可以说，以郭沫若的《女神》为代表的"将自然人格化"的独特创作策略改写和丰富了中国文学传统；借另一种形式的天人合一，化解了新文学从一开始就产生的与自然的"交恶"危机。最终，借助自然与自我的融合成功地续接传统，并使其在时代的浪潮中焕发光彩。

（2）广泛吸纳世界文学文化中的思想遗产，以泛神论为指导《女神》诗歌写作的哲学。郭沫若曾说，"诗人的宇宙观以泛神论为最适宜"。③ 泛神论一词最早出现在郭沫若的《三个泛神论者》这首诗中，他把"靠打草鞋吃饭"的庄子、"靠磨镜片吃饭"的荷兰哲学家斯宾诺莎和"靠编渔

---

① 冰心：《春水·三三》，载《中国现代文学作品选》（下卷），华东师范大学出版社1989年版，第24页。

② 闻一多：《忆菊》，载《中国现代文学作品选》（下卷），华东师范大学出版社1989年版，第27页。

③ 郭沫若：《〈少年维特之烦恼〉序引》，载《郭沫若全集（文学编）》第15卷，人民文学出版社1990年版，第23页。

网吃饭"的印度禅师加皮尔,都称为泛神论者,宣称"我爱他的泛神论"。他曾直言不讳地说过,"在那个时期我在思想上是倾向着泛神论(Pantheism)的"。①《女神》的艺术想象和形象体系就是建立在泛神论的哲学思想基础上。

郭沫若是从以布鲁诺、斯宾诺莎为代表的西欧 16、17 世纪泛神论哲学及中国、印度古代哲学那里吸取泛神论思想的。他对泛神论的最初认识是从泰戈尔的《吉檀迦利》开始的,郭沫若曾经写道,"我由泰戈尔的诗认识了印度古诗人伽毕尔,接近了印度古代的《乌邦尼塞德》的思想。我由歌德又认识了斯宾诺莎,……和外国的泛神论思想一接近,便又把少年时分所喜欢的《庄子》再发现了。"② 可以说,郭沫若最终形成的"泛神论"思想是他沟通中西方文化所得的结果,是建立一种"全球本土化"的新时代中国文化的现代性追求,与他所信仰的历史直线向前发展的时空模式相吻合。《女神》中,对自然空间的人格化正是泛神论思想的表现之一,在《地球,我的母亲》中,郭沫若把世间万物看作地球人格的外化:"我想这宇宙中的一切都是你的化身:雷霆是你呼吸的声威,雪雨是你血液的飞腾","我的灵魂就是你的灵魂";在《我是个偶像的崇拜者》中,诗人将偶像的崇拜与破坏者合二为一:"我是个偶像的崇拜者","又是个偶像的破坏者"。郭沫若将他的泛神论思想总结为:"泛神便是无神。一切自然都是自我的表现。人到无我的时候,与神合体,超绝时空,而等齐生死。人到一有我见的时候,只看见宇宙万物汇合自我之外相,变成无常而生生死亡的悲感。"③

这种理解除了吸收布鲁诺、斯宾诺莎为代表的西欧 16、17 世纪泛神论哲学和印度《奥义书》中关于"梵"的理论之外,更融合了中国古典哲学中的老庄之道和王阳明的心学精髓。郭沫若回忆自己对泛神论的理解时曾回忆,"我素来喜欢读《庄子》,但我只是玩赏他的文辞,我闲却了他的意义,我也不能了解他的意义,到这时候,我看透他了,我知道

---

① 郭沫若:《我的作诗经过》,载《沫若文集》第 11 卷,人民文学出版社 1959 年版,第 140 页。
② 郭沫若:《郭沫若全集(文学编)》第 12 卷,人民文学出版社 1989 年版,第 66—67 页。
③ 郭沫若:《〈少年维特之烦恼〉序引》,载《沫若文集》第 10 卷,人民文学出版社 1959 年版,第 178 页。

'道'是什么,'化'是什么了。我从此更被引导到老子,引导到孔门哲学,尤其是司皮诺若(Spinoza)。我就这样发现了一个八面玲珑的形而上的庄严世界"。① 受王阳明的影响,郭沫若在强调自我主体意志的同时,强调这种自由精神与客观世界的结合并向至善的方向转变。在郭沫若的理想中,"天人合一"是最为高妙的境界。金岳霖曾提出:"最多、最广意义的'天人合一',就是主体融入客体,或客体融入主体,坚持根本同一,泯除一切显著差别,从而达到个人与宇宙不二的状态。"② 但郭沫若所主张的并非传统意义上的泯灭人性和归于自然的天人合一,而是"超越有限,达到无限,超越自我,达到永恒'境界'——'天人合一'的境界"。③ 郭沫若融合了泛神论等世界哲学的天人合一,在中国文化处于明显弱势的时期创造了既有本民族特色又能被世界文化所接受的新的哲学思想,架起了传统与现代、东方和西方文化的桥梁。

(3)在世界文学艺术理论的扬弃过程中,创造出结合东西方情调的自然空间和景观描写方式。在世界文学相互影响的过程中,文化的变异是无可避免的。"任何外来文化的影响,只有符合内在需要并通过接受者的主观选择,即文化过滤之后才能真正整合到'自我'之中。"④ 郭沫若并非一味接受西方文学的影响,而摒弃自身的东方文化基础。在《自然底追怀》中他明确声明:"特别是对于自然的感念,纯然是以东方的情调为基音的。"⑤

在所谓"东方的情调"中,郭沫若尤为欣赏自然景观所传达的和谐与平衡之道,而反对完全否定中国传统文化的价值。他认为"新文化运动"中备受批判的老子并不如他人所言,是这个黑暗社会的沉默与死气的根基。在《论中德文化书》中他明确指出:"老庄思想流而为申不害、韩非,是人所尽知的。老子的无为清静说为后人所误解,误认为与佛教思

---

① 郭沫若:《伟大的精神生活者王阳明》,载《郭沫若全集(历史编)》第3卷,人民文学出版社1990年版,第290页。
② 金岳霖:《中国哲学》,《哲学研究》1985年第9期,第40—41页。
③ 郭沫若:《伟大的精神生活者王阳明》,载《郭沫若全集(历史编)》第3卷,人民文学出版社1990年版,第296页。
④ 曹顺庆:《比较文学教程》,高等教育出版社2006年版,第102页。
⑤ 郭沫若:《自然底追怀》,《上海时事新报·星期学灯》1934年3月4日号。

想同科，实则'无为'二字并不是寂灭无所事事，是'生而不有、为而不恃'的积极精神。"① 诗人曾说，"我自己本来是喜欢冲淡的人，譬如陶诗颇合我的口味，而在唐诗中我喜欢王维的绝诗，这些都应该是属于冲淡的一类"。② 在《文艺论集：一个宣言》中他更是提到，"我们要把固有的创造精神恢复，我们要研究古代的精华，吸收古人的遗产，以期继往开来。"显然，郭沫若强调自然对人心的荡涤与新生，并没有完全割裂人性与自然，而是强调二者的和谐相处。他也吸纳了西方作家对自然与人的刻画理念，在读完德国文学家歌德与英国诗人柯勒律治的作品后，认为应当把出世与入世结合起来："苟里季（即柯勒律治）诗是出世的，歌德诗是入世的。苟里季在赞美上帝，歌德在赞美人生。要有出世的襟怀，方有入世的本领。"③

因此，在一片高呼"有我"与"有人"的新诗创作中，郭沫若的《女神》作为中国第一部新诗集，却保留了与自然割不断的亲情联系，使自然在作者的诗作中获得了更加鲜活的新生命："赋予自然以生命，使自然再生的时代。"④ 郭沫若作诗的灵感常常来自于大自然。"在落着雪又刮着大风的一个早晨，风声和博多湾的海涛，十里松原的松涛，一阵一阵地卷来，把银白的雪团吹得弥天乱舞。但在一阵与一阵之间却因为对照的关系，有一个差不多和死一样沉寂的间隔，在那间隔期中便连檐榴的滴落都可以听见。那正是一起一伏的律吕，我是感应到那种律吕而做成了那二节的《雪朝》。"⑤ 在郭沫若的新诗中，也常以人与自然的和谐、"自然与人生的婚礼"为最佳的状态。在《凤凰涅槃》的最后，万物都归于统一与和谐："我们欢乐，我们和谐／一切的一，和谐／一的一切，和谐。"《雪

---

① 郭沫若：《论中德文化书》，载《郭沫若全集（文学编）》第15卷，人民文学出版社1990年版，第149页。

② 郭沫若：《我的作诗的经过》，载《沫若文集》第11卷，人民文学出版社1959年版，第147页。

③ 郭沫若：《三叶集》，载《郭沫若全集（文学编）》第15卷，人民文学出版社1990年版，第127页。

④ 郭沫若：《自然与艺术——对于表现派的共感》，《郭沫若全集（文学编）》第2卷，人民文学出版社1990年版，第215页。

⑤ 郭沫若：《创造十年》，载《郭沫若全集（文学编）》第12卷，人民文学出版社1990年版，第83页。

朝》中，诗人之声和自然之声形成了和谐的共振："我全身的血液点滴出律己的幽音，/同那海涛相和，松涛相和，雪涛相和。"在人世沦陷的年代，只有自然能净化心灵："污浊的上海市头/干净的存在/只有那青青的天海！"① 郭沫若认为，自然是人类消除苦难的导师，"欲消除人类的苦厄则在效法自然，于自然的沉默之中听出雷鸣般的说教"。②

1923年他在致宗白华的信中说："自然界中，草木榛榛，禽兽狂狂，亦漫无目的之可言，而生机永远不息。然而自然界中之秩序永远保持着数学的谨严，那又是何等清宁的状态！人能泯却一切的占有欲望而纯任自然，则人类精神自然能澄然清明，而人类的创造本能便能自由发挥而含和光大。"③ 宗白华在《三叶集》中曾这样评价郭沫若全新的宇宙时空观与其诗歌的价值："你在东岛海滨，常同大宇宙的自然呼吸接近，你又在解剖室中，常同小宇宙的微虫生命接近，宇宙意志底真相都被你窥看了。你的诗神的前途有无限的希望啊！"④ 可以说，通过《女神》等新诗的创作，郭沫若表现出的哲学思想、写作方式代表了中国现代知识分子对西方文明和中国传统文化中的时空观进行了追问和反思。郭沫若在《女神》创作中传达的新时空思想与新空间意象深刻地影响了20世纪初的白话新诗甚至中国现代文学的表现方式。在《女神》出版十年后，朱自清在梳理中国新文学发展史时这样写道："他（郭沫若）的诗有两样新东西，都是我们传统里没有的——不但诗里没有——泛神论，与20世纪的动的和反抗的精神。"⑤ 创造社作家郑伯奇则吸收了郭沫若诗歌中"突出的价值"，即它"不拘一格的流动性"。⑥

---

① 郭沫若：《星空·仰望》，载《郭沫若全集（文学编）》第2卷，人民文学出版社1982年版，第197页。
② 郭沫若：《论中德文化书》，载《郭沫若全集（文学编）》第15卷，人民文学出版社1990年版，第150页。
③ 曹顺庆：《比较文学教程》，高等教育出版社2006年版，第102页。
④ 《宗白华全集》第1卷，安徽教育出版社1994年版，第225页。
⑤ 朱自清：《导言》，载《中国新文学大系（诗集）》，良友图书印刷公司1935年版，第26页。
⑥ 郑伯奇：《批评郭沫若的处女诗集〈女神〉》，《时事新报·学灯》1921年8月21日号。

第三节　郭沫若作品在国外的接受与影响

既然世界文学与中国现代文学是一种双向的关系，那么探讨中国的现代文学大家在国外的影响和接受就更为必要。我们完全可以在郭沫若身上见出这种双向的关系。确实，郭沫若的文学作品所具有的世界性影响在中国现代作家群体中可属凤毛麟角。总体而言，20世纪50—60年代是郭沫若的文学作品在国际上被翻译和传播最为广泛和深远的时期，尤其以其戏剧和诗歌为主。这一方面源于新中国建立后中国文化影响力在国际上的提升，另一方面也离不开第二次世界大战后国际形势发生的深刻变化。在社会主义阵营和国际共运的双重影响下，这一时期郭沫若的文学作品在国外的传播带有较为鲜明的意识形态色彩。本节以20世纪50年代郭沫若作品在世界上的翻译与接受为例，梳理郭沫若的作品在世界各国的译介与研究情况，并分析其后的推动力。

第二次世界大战后，由于核武器技术的发展，世界人民不愿再遭受新的浩劫与毁灭性的核灾难，在东西方许多国家都出现了声势浩大的反对核军备竞赛和保卫和平的运动。1949年，第一届世界保卫和平大会在法国和捷克斯洛伐克同时召开，其后许多国家建立了全国性的保卫和平委员会。中国人民保卫世界和平委员会于1949年10月成立，主席恰好就是郭沫若。1950年，在华沙召开的第二届大会上，世界和平理事会正式成立，郭沫若有幸当选为副主席。在郭沫若的极力推广下，中国文化名人屈原开始逐渐被世界所认识，1953年，屈原正式被世界和平理事会推选为世界文化名人。

而郭沫若的著名历史剧《屈原》正是爱国主义情怀和反对战争的杰出作品。《屈原》在1942年抗日战争背景下诞生时便引发了全国性的观剧热潮，先是在《中央日报》连载十五天，4月公演后，观众达30万人次，在中国国内引起了巨大轰动。在这一背景下，《屈原》先后通过翻译被介绍到苏联、日本、法国、越南、罗马尼亚、捷克斯洛伐克等国，并通过改编在各地举行了公演，获得了巨大的成功。早在1942年《屈原》最后一场演出时，苏联驻华大使潘友新和使馆工作人员就受邀观看，当时的文化参赞尼古拉·特拉菲莫维奇·费德林（Н. Федоренко）深受感动，随即着手《屈原》的俄文翻译工作，其后数十年间，费德林对于郭沫若的作品在苏联的出版和传播做出了卓越的贡献。1951 年，郭沫若获得斯大林"促进各民族和平"奖，俄文版《屈原》于同年 10 月在莫斯科正式出版。① 1952 年 12 月 12 日，郭沫若和宋庆龄率中国代表团前往维也纳参加世界人民和平大会。会议于 23 日结束，郭沫若随即乘火车回莫斯科。28 日，费德林和著名导演珂米沙日夫斯基便专程前往郭沫若住地进行访问，具体商谈《屈原》在莫斯科上演一事。珂米沙日夫斯基商谈前就对剧本做了仔细研究。为了使苏联观众更易于接受，他对剧本的某些部分提出了自己的修改建议。郭沫若采纳了他的大部分建议，马上着手进行补充、修改，直到完成才离开莫斯科。很快，《屈原》就在莫斯科上演了。1953 年 6 月，上海《新民晚刊》以《〈屈原〉在莫斯科上演》为题做了这样的报道："莫斯科的育摩洛伐剧院即将上演郭沫若所创作的《屈原》一剧，这个戏配合着苏联文艺界对于我国伟大的爱国诗人屈原逝世二千二百三十周年的纪念活动，已引起了苏联人民的高度注意。"②

而法国作为世界和平理事会的重要发起国之一，借庆祝哥白尼、何塞·马蒂、梵高、拉伯雷、埃默森以及中国的屈原等世界文化名人诞辰的契机，于 1953 年由著名左翼作家让·谢诺（Jean Chesneaux）在第 52 期《思想》杂志（*la Pensée*）上发表了"Hommage à K'iu Yuan"（向屈原致敬）一文。文中，让·谢诺第一次翻译了《屈原》第二幕的剧本。这也是郭沫若先生的历史剧第一次被介绍到当时的资本主义阵营世界。1957 年，受法国著名汉学家艾田蒲委托，曾在燕京大学留学的法国华裔学者梁佩贞在加里玛出版社（Gallimard）出版了历史剧《屈原》的全译本。在译著的《序言》中，梁女士还介绍了郭沫若先生的文学创作历程，并分析了《屈原》的艺术特点。尤其是重点分析了"婵娟"的人物形象："婵娟是想象出来的人物，象征着诗歌的灵魂。作者想把这个完美的女性形象带到他的戏剧艺术之巅，同时也带到了悲剧的高潮。"③

---

① 转引自刘亚丁《郭沫若的两篇俄文轶文——兼述郭沫若在 20 世纪 50 年代中苏文化交流中的作用》，《郭沫若学刊》2016 年第 2 期，第 23 页。
② 佚名：《〈屈原〉在莫斯科上演》，《新民晚刊》1953 年 6 月 2 日号。
③ 余振华：《浅述郭沫若在法国的译介》，载《郭沫若与文化中国——纪念郭沫若诞辰 120 周年国际学术研讨会论文集》（上卷），2012 年，第 105 页。

在日本，知名翻译家须田祯一于 1952 年将《屈原》翻译为日文并出版，由东京著名剧团"前进座"于 1952 年 9 月至翌年 8 月、1962 年 5—7 月、1972 年 3 月、11 月 21 日及翌年 7 月初、1979 年 3 月多次在日本各地进行了公演。由此日本也成为演出《屈原》最多的国家。其中 1952 年的巡演影响最大，总共十个月的时间里，在日本的 106 座城市里公演，观众总数达 31.6 万人次。① 《屈原》在日本的成功离不开知名戏剧活动家河原崎长十郎，他同时也担任全剧的导演并饰演主角屈原，客观来说，《屈原》对 20 世纪 50 年代前半期的日本社会有很大的意义，当时的日本正在经历战后的民主化改革，剧中的"爱国热情、主张正义和大众的力量，无疑跨越了语言文化的隔阂，击中了当时日本民众的内心"。②

1962 年《屈原》第二次巡演也引起了很大的反响，《读卖新闻》评论："这是充满着人性关爱的作品。屈原从始至终没变，他被卷进了阴谋中，极简单而清楚地展现了那个过程。"③ 巧合的是，当时的苏联驻日大使就是《屈原》的俄文译者费德林，他在谈到观看感想时说："这部戏剧是在中国、日本、苏联的上演都取得了成功，因此这部戏剧就应被视为世界戏剧艺术的最高峰。我认为，这部作品接近于莎士比亚的作品，是非常伟大的作品。郭沫若先生在这部戏剧中提出的理想和正义在今天仍有现实意义。"④ 1972 年，随着中日邦交正常化，《屈原》先后多次在日本公演。1979 年，为庆祝缔结中日和平友好条约，并悼念郭若沫逝世，剧团还曾来华交流演出。这一时期，《屈原》成了中日之间文化交往的一座桥梁。

为了配合全世界对屈原的纪念活动，1953 年我国外文出版社出版了由著名翻译家杨宪益和其英籍夫人戴乃迭（Gladys Yang）合译的郭沫若历史剧《屈原》。借助于杨宪益和戴乃迭的影响力，这部作品不仅在英语世界有较大的知名度，而且也成为了许多国外译本的参照版本。到目前为

---

① 转引自权五明《郭沫若历史剧〈屈原〉在日本的上演与影响》，《重庆师范大学学报》（哲学社会科学版）2009 年第 6 期，第 78 页。

② ［日］河原崎长十郎：《〈屈原〉在日本的演出》，《新文学史料》1979 年第 2 期，第 23—25 页。

③ 转引自权五明《郭沫若历史剧〈屈原〉在日本的上演与影响》，《重庆师范大学学报》（哲学社会科学版）2009 年第 6 期，第 79 页。

④ 转引自权五明《郭沫若历史剧〈屈原〉在日本的上演与影响》，《重庆师范大学学报》（哲学社会科学版）2009 年第 6 期，第 83 页。

止，国外的《屈原》译本包括英译本、法译本、俄译本、日译本、越南译本、匈牙利译本、波兰译本、罗马尼亚译本、捷克斯洛伐克译本、冰岛译本、尼泊尔译本和意大利译本。1957年，当时同属社会主义阵营的东欧国家捷克斯洛伐克、罗马尼亚还用较高的规格演出了《屈原》的剧目。①

借助《屈原》的东风，郭沫若的其他文学作品也逐渐开始被苏联学者所重视和引进。1953年莫斯科国家艺术文献出版社出版了一卷本《郭沫若选集》（Го Мо-жо. Избранное），这本文集收录了郭沫若的诗歌、短篇小说、戏剧和文章等。为了提高其作品在苏联读者中的影响力，主编还特意收录了郭沫若访问苏联时的一些作品，比如：《站在英雄城的彼岸》《在红场观体育节》《十月革命印象》《光荣与责任》。小说则选了《楚霸王自杀》《司马迁发愤》等。剧作选了《棠棣之花》《屈原》等。文章选了《答〈国际文学〉编者》《鲁迅和我们在一起》《为和平、民主和进步而斗争！》《契诃夫在东方》《中苏文化之交流》等。本书不仅有译者费德林写的序言《郭沫若》，更难得的是还请郭沫若本人写作了序言。费德林在他的序言《郭沫若》中写道："郭沫若多才多艺，他创新性的学术研究，他积极的社会政治工作，他直接参与中国人民的革命活动，决定了他创作的丰富多彩。郭沫若不仅是诗人，他同时也是小说家、戏剧家、文学理论家，他还是对当代的主要事件做出及时反应的政论家。"② 1956年，莫斯科国家文学艺术文献出版社出版了郭沫若与费德林主编的4卷本《中国诗歌选》，其中第4卷选录了郭沫若的诗歌作品。郭沫若为《中国诗歌选》撰写了《序言》，从中西比较文学的视角向苏联读者介绍中国诗歌的特色。1958年郭沫若被选为苏联科学院外籍院士，莫斯科国家艺术文献出版社借此将《郭沫若选集》（Го Мо-жо. Избранное）增订为三卷本再度出版。1960年，苏联出版了郭沫若的诗集《百花齐放》。此后中苏关系经历一系列波折，直到1990年，78岁高龄的费德林在二十余位中国

---

① ［罗马尼亚］伐论汀·锡尔维斯特鲁：《〈屈原〉在罗马尼亚首次演出》，李通由译，《中国戏剧》1959年第3期，第46页。

② Го Мо-жо. Избранное. М., Государственное издательство художественной литературы, 1953.

学者的帮助下，再度出版《郭沫若选集》，可以毫不夸张地说，这本书已经超越了文化层面，成为了中苏关系的"晴雨表"。在当时的东欧社会主义阵营中，借助于俄文版本的影响，捷克斯洛伐克在1953年出版了《郭沫若小说选》，1959年出版了诗集《百花齐放》，罗马尼亚和波兰于1955年翻译出版了《郭沫若选集》。

郭沫若的作品在社会主义阵营得到了极高的评价。1951年由全苏社会及科学知识传播学会主编费德林撰写的《斯大林世界和平奖获得者郭沫若》（Лауреат международной сталинской премии мира Го Мо-жо）出版。费德林强调了郭沫若文学创作的革命性和受苏联文学的影响："作为社会活动家和作家的郭沫若形成的时期是与中国解放运动的新时期的开端相联系的，是与革命斗争的新形势相联系的"，费德林还指出，作为参加了20世纪20年代起历次中国革命战争的进步作家，郭沫若"像其他中国作家一样，受到了高尔基所开创的苏维埃文学的影响"[1]。全文分为"郭沫若的生活与创作道路""诗歌创作""戏剧""郭沫若——革命艺术的斗士""郭沫若——和平的斗士"等几个版块，把作为文学家和社会活动家的郭沫若的生平和创作做了全面描述。费德林指出："郭沫若早期的作品的浪漫主义形象的意义在于，他们以强烈的力量促使我们感受到人的情感波动、人的目的和希望，感受到作者在自己的生活、活动和战斗中所认同的最值得、最有价值的行为方式。"[2] 费德林非常注意郭沫若与苏联的关系，在"郭沫若——革命艺术的斗士"这一部分，费德林介绍了郭沫若对世界文学，尤其是托尔斯泰的《战争与和平》和马雅可夫斯基的诗歌的翻译。1961年，莫斯科东方文学出版社又出版了马尔科娃的著作《论郭沫若的诗歌创作》，对郭沫若的诗歌进行了更为系统的研究。马尔科娃认为郭沫若的诗歌特色在于其充沛的激情和鲜明的爱国主义立场，充满了对压迫者的反抗精神，号召人们为人类自由和幸福而斗争。

此外，欧洲国家中对郭沫若的作品的译介和研究比较突出的还有意大

---

[1] Н. Федоренко. Лауреат международной сталинской премии мира Го Мо-жо. М.: Издательство《Наука》, 1952.

[2] Антология китайской поэзии. Под общей редакции Го мо-жо и Н. Т. Федоренко. М.: Государственное издательство художественной литературы, 1957. Т. 1.

利和法国。1956年罗马中远东学院利奥内罗·朗恰弟教授在《中国》杂志第一期介绍了郭沫若的生平及创作,他认为郭沫若极其富有创造的激情和天才。1962年意大利人莱娜塔·比述在她出版的《中国现代诗歌》一书中包含有16首郭沫若的诗。郭沫若的小说《月蚀》《红瓜》《月光下》由皮里梅罗赛·济烈里译出,收集在《中国当代小说选》里。

1970年,法国伽里玛出版社发行了《东方的知识》丛书(La Collection Connaissance de l'Orient),主要译介亚洲各国的文学作品。这套丛书首批出版的34本译著中,"中国系列"有13本,而郭沫若作品译著有3本之多,包括《屈原》《郭沫若诗选》和《我的童年》。在众多的中国诗人中,艾田蒲及其弟子米歇尔·鲁阿肯定了郭沫若在中国现代诗人中是世界影响力最大的一位,并高度赞美郭沫若的诗歌为"世界最美的诗歌之一,如果再大胆一点,我认为这是世界上最美的诗歌"。[①] 米歇尔·鲁阿的《郭沫若诗选》法译本由诗选和附录两个部分组成。在附录部分,除了常规性的《文中其他中国作家及作品名录》和《非中国作家名录》外,最重要的就是《郭沫若生平大事记》和《一位新中国的诗人》(后者是译者鲁阿撰写的郭沫若专论)两个部分,并在专论中强调郭沫若的革命性和爱国精神:"郭沫若是中国现代诗歌勇敢的先锋……一直以来,为了中国人民,他都在庄严地履行着自己爱国诗人的使命。"[②] 在诗选中,主编艾田蒲与译者鲁阿更欣赏郭沫若早期的作品,尤其是《女神》:"的确,对于中国人民和我们法国读者来说,无论他(指郭沫若)后来写了什么样的作品,他都将无法超越这位勇敢的青年诗人(指《女神》时期的郭沫若),因为这部诗集给中国诗歌注入了一股这样纯净的空气"。[③]

在当时以英语国家为主的所谓"西方阵营",郭沫若的历史剧也克服种种困难,通过翻译得以传播。1974年,由鲁迅和茅盾于1934年选编,美国学者哈罗德·伊萨克(Harold R. Isaacs)选译的《草鞋脚》历时四十

[①] 转引自胡娴《译与介:米歇尔·鲁阿〈郭沫若诗选〉法译本分析》,《现代中文学刊》2018年第2期,第65—66页。

[②] 转引自胡娴《译与介:米歇尔·鲁阿〈郭沫若诗选〉法译本分析》,《现代中文学刊》2018年第2期,第66页。

[③] 转引自胡娴《译与介:米歇尔·鲁阿〈郭沫若诗选〉法译本分析》,《现代中文学刊》2018年第2期,第64页。

年后终于在美国出版,该文集选译了郭沫若的历史剧《卓文君》中的第一和第三场。① 1984 年澳大利亚学者麦杜戈尔和我国学者彭阜民合译的《郭沫若剧作选》由北京外文出版社出版,这部选集共包括了郭沫若的五部历史剧:《棠棣之花》《屈原》《虎符》《蔡文姬》和《武则天》。

诚然,郭沫若作品具有很强的时代烙印,20 世纪 50—60 年代在国际上的广泛传播离不开特殊的国际形势和意识形态因素。但在某种意义上,也正是得益于 20 世纪中叶的国际共产主义运动、民族解放运动等因素的交叉与叠加,使得原先在文化领域根深蒂固的西方中心主义开始松动,边缘国家的优秀文学作品借助翻译的中介得以在全世界传播。虽然在苏联和东欧地区的翻译和出版有政府间文化交流的客观因素,但是得益于戏剧这种相对大众化的表现形式,让郭沫若的作品在民间获得了更多的了解与关注。

除了戏剧之外,郭沫若的许多诗歌、小说和散文作品的影响也超越了中国和汉语的界限,在全球开始了翻译和传播。有大量内容被收入编选的文学经典选集,并在日语、英语、俄语、法语等多种语境下受到文学批评家的讨论和研究,使其成为少数具有世界影响力的中国现代作家,尤其是专门编纂的外文版《郭沫若选集》也在这一时期大量出现。

在世界范围内,对郭沫若的作品翻译最早、研究也相对最为深入的当属日本,这也与中日同属汉字文化圈以及郭沫若曾在日旅居有一定的关系。早在 1922 年,日本东亚公司出版的共田浩、大西斋编译的《文学革命和白话新诗》一书中,就已经收录了郭沫若的《诗论二札》《三个泛神论者》《地球,我的母亲!》《夜》《司健康的女神》《上海印象》《春蚕》共七首新诗。1926 年 7 月,日本大型杂志《改造》夏季增刊《现代中国一号》,将郭沫若的《王昭君》作为中国现代戏剧的代表进行了翻译。次年《满蒙》杂志 2—5 月号连载了郭沫若的《卓文君》。可以说在 20 世纪 30 年代,郭沫若已是日本文学界熟知的中国革命作家和学者。20 世纪 50 年代,日本译介出版的郭沫若著作已形成相当规模,在海外出版的郭沫若选集译作中也以日本在质量和数量上居于前列。在日本翻译出版的现代中

---

① Cho Wen-chun, "A Play in Three Acts, Abridged", in Harold R. Isaacs ed., *Straw Sandals*: *Chinese Short Stories*, 1918 – 1933, Cambridge, Mass.: MIT Press, 1974.

国文学的各种选集中也有郭沫若的专集或合集,如东成堂出版的《现代支那文学全集》第一卷的《郭沫若篇》、河出书房出版的《现代中国文学全集》第二卷的《郭沫若篇》、平凡社出版的《中国革命与文学》丛书第三卷《郭沫若、郁达夫集》等。除此之外,日本京都雄浑社还出版了共17卷的《郭沫若选集》,分自传、文艺、历史、评论四部分,在中日邦交正常化后的1976年6月出版。这也是截止目前郭沫若作品在海外译介的最大规模、最完整的文集之一。日本作家鹿地亘从第二次世界大战回国后直到20世纪70年代去世,不断撰文评介郭沫若,并翻译出版郭沫若的作品。1947年他写了《关于郭沫若的片断》,1951年写了《领导中国的人们——郭沫若》等文,称其为"中国伟大民族思想方面的、文化方面的代表"。1949年近藤春雄出版的《现代中国作家和作品》一书中的《郭沫若和革命文学》一文称:"革命文学最明显的是具有为政治服务的性格,这就是贯彻于它的斗争精神,在首先倡导这种文学的人们中,最令人注目的作家是郭沫若。"① 1953年青木书店出版的菊地三郎的《中国现代文学史》,以专章"南北统一战线象征"评述郭沫若的文学活动,称郭沫若是"活着的中国现代文学史"。1955年三一书房出版的实藤惠秀、实藤远的《中国新文学发展史略》,也把郭沫若作为文学史中的一种现象加以阐述。

在英语世界,《西行漫记》的作者埃德加·斯诺早在1936年编译的《活的中国:中国现代短篇小说选》一书中就选入了郭沫若的《十字架》。这是一本向西方读者介绍现代中国短篇小说及其作者的书,也是斯诺认识中国的开端。书中选译了鲁迅、丁玲、茅盾、巴金、林语堂、郁达夫、郭沫若等15位名家作品共24篇。同年,英国学者哈罗德·阿克顿(Harold Acton)和当时在北京大学任教英国文学的学者陈世骧(Chen Shih-hsiang)共同翻译出版了《中国现代诗选》。该《诗选》包含了陈梦家、周作人、废名、何其芳、徐志摩、郭沫若、李广田、林庚、卞之琳、邵洵美、沈从文、孙大雨、戴望舒、闻一多和俞平伯共15位诗人的诗作。《诗选》中共收录了郭沫若的三首诗:《地震》《笔立山头展望》和《凤凰涅槃》。1963年华裔美籍学者许芥昱(Hsu Kai-yu)编译的《二十世纪

---

① 转引自秦川《国外郭沫若研究述略》,《郭沫若学刊》1994年第4期,第18页。

中国诗歌选集》在纽约出版。① 《二十世纪中国诗歌选集》中选取了郭沫若诗集《女神》《星空》《瓶》《前茅》《恢复战声集》和《蜩螗集》中较有代表性的 21 首诗歌进行了翻译。1970 年，由英国学者詹纳选编，并由他本人和戴乃迭翻译的《中国现代小说》一书由牛津大学出版社出版，选入郭沫若的短篇小说《双簧》。1972 年美国学者朱莉娅·林（Julia C. Lin）撰写《中国现代诗歌概论》并于华盛顿出版，作者在书的第三部分"战争时期和'无产阶级'诗歌的兴起"中用了长达 31 页的篇幅对郭沫若的作品做了较详细的分析和品评，所评析的诗歌包括《胜利的死》《天上的街市》《天狗》《凤凰涅槃》和《立在地球边上放号》等共 25 首。许芥昱和朱莉娅·林的这两个译本是目前英语世界研究者在论及中国现代诗歌的变化和延续过程和对中国现代文学进行分析研究时提及最多的两个，可见其对英语世界学者的影响。

世界各国的学者针对郭沫若的文学作品的批评研究自 20 世纪上半叶开始，已经有了一定的成果。从批评范式的角度来看，20 世纪 70 年代以前的主要是以郭沫若作品译介为主，文学批评较少，批评深度也较浅；20 世纪 70 年代后至今，对郭沫若的批评研究逐渐增加，研究理论范式也逐渐多元化，研究者更多地运用现代的或后现代文学理论对郭沫若及其作品进行多角度、多层次的解读。

在初期阶段，大量研究运用新批评理论和文本细读的方法对郭沫若及其作品进行解读。1955 年，霍斯特·弗伦茨和 G. A. 安德森编辑的《印第安纳大学东西方文学关系讨论会论文集》中收录的美国汉语文史系教授方志彤的《从意象主义到惠特曼主义的近代中国诗：探索不成功的诗作》一文对郭沫若受惠特曼诗歌创作的影响以及郭沫若诗歌作品中两首失败之作进行了分析与评论。② 1964 年雅罗斯拉夫·普实克编辑的《中国现代文学研究》中收录的米列娜的《郭沫若的自传体作品》、1969 年普实克的《中国文学的三幅素描》中《郭沫若》一节对郭沫若在抗日战争前

---

① Kai-yu Hsu, ed. & trans., *Twentieth Century Chinese Poetry: an Anthology*, New York: Doubleday, 1963.

② Horst Frenz and G. A. Aderson eds., *Indiana University Conference on Oriental-Western Literary Relations*, Chaper Hill: University of North Carolina Press, 1955.

的小说创作进行了详细分析。1972 年朱莉娅·林的《现代中国诗歌概论》对郭沫若诗歌的分析与鉴赏,1977 年陈慧聪(Rose Jui-Chong Chen)的博士论文《人类的英雄与被放逐的上帝:郭沫若历史剧〈屈原〉中的中国思想》以其独特的视角对《屈原》中潜在的易学思想模式的探讨;① 1979 年吴媛媛(Emily Woo Yuan)的博士论文《郭沫若:一个现代革命的文学人物:1924—1949》研究了转向马克思主义之后至新中国成立前的郭沫若的思想及其文学创作;1980 年玛利安·高利克的《中国现代文学批评发生史:1917—1930》一书中《郭沫若:从唯美印象主义到无产阶级批评》章节对郭沫若的文学批评理论及实践进行了详细评介。

从比较文学的视角来研究郭沫若及其作品也是郭沫若研究的重要组成部分。1971 年澳大利亚学者麦杜戈尔的《西方文学理论与现代中国导论:1919—1925》一书分时期分析探讨了西方的文学理论,如浪漫主义、先锋派文学理论和西方的文学批评理论对郭沫若的影响,以及郭沫若对这些文学理论的过滤、接受、改造与应用。② 1986 年玛利安·高利克的文章《郭沫若的〈女神〉:与泰戈尔、惠特曼、歌德的创造性对抗》详细分析了郭沫若受外国作家泰戈尔、惠特曼、歌德的影响,以及郭沫若根据自己和时代的需要对这些影响因素的创造性接受。1987 年澳大利亚学者陶步思的论文《郭沫若戏剧中的女性形象:以〈武则天〉为例》运用比较文学中的形象学理论与研究方法研究了作为"他者"的异国形象——郭沫若戏剧作品中塑造的女性形象。1990 年,奥地利汉学家李夏德的《论中国诗歌的现代主义和外国影响:以郭沫若的早期诗歌和顾城诗歌为例》分析了外国诗歌对郭沫若早期诗歌创作的影响,以及郭沫若早期诗歌与顾城诗歌的相似之处与不同点。2000 年克里斯托弗·凯维尼的博士论文《创造社对日本私小说的吸收》以及 2004 年其以该博士论文为基础改写的专著《中国现代文学中的颠覆性自我:创造社对日本私小说的再创造》论及日本的私小说对创造社成员,尤其是对郁达夫与郭沫若的影响,以及

---

① Rose Jui-Chang Chen, "Human Hero and Exiled God: Chinese Thought in Kuo Mo-jo's Chu Yuan", Ph. D Thesis, University of Detroit University, 1977.

② Bonnie S McDougall, "The Introduction of Western Literary Theories into Modern China, 1919 – 1925", Tokyo: The Centre for East Asian Cultural Studies, 1971.

郁达夫与郭沫若对日本私小说的选择性接受及变异。2009年，美国学者周海林的会议论文《论阿普顿·辛克莱经创造社从日本到中国的接受》研究的是美国作家经由郭沫若等人的创作在中日两国的接受。作者通过实际的分析，探讨了作品的流传及流传过程中的变异情况。此外，2008年美国汉学家舒衡哲的评论将陈小明的专著《从"五四运动"到共产主义革命：郭沫若与中国的共产主义道路》与罗伊的《郭沫若的早期岁月》作了比较，详细分析了两本专著的同与异，并指出了他们共同的不足之处。

此外，还有一类学者运用精神分析理论进行郭沫若的文本研究，包括史书美的专著《现代的诱惑：半殖民地中国的现代主义书写：1917—1937》中的第三章《精神分析与世界主义：郭沫若的作品》及其博士论文第一章中的《郭沫若、陶晶孙与先锋派》、文棣（Wendy Larson）的专著《文学权威与中国现代作家：矛盾心理与自传》的第五章《郭沫若："中国"与中国》、德山海伦（Helen Strand Tokuyama）的博士论文《压力、中国作家和中国的短篇小说》、石静远（Tsu Jing）《男性的性反常行为：郁达夫、郭沫若和弗洛伊德作品中受虐的男性主题》等。在分析中，研究者大都采取了将作家的个体无意识与其创作活动紧密结合的分析方法，在相互参照中侧重揭示作家的深层心理内涵对其创作的影响。

另一类是运用意识形态分析方法进行郭沫若研究，研究成果主要包括夏志清的《中国现代小说史》中的第四章《创造社》、普实克为《中国现代文学研究》撰写的《序言》《普实克中国现代文学论文集》、陈小明的博士论文《朝向儒学与马克思主义相结合的解决之道：郭沫若至1926年以前的思想发展》及其专著《从"五四运动"到共产主义革命：郭沫若与中国的共产主义道路》、李欧梵《浪漫的左派——郭沫若》一节以及《文学的趋势》。在这些研究中，批评者主要运用马列主义的观点与方法去分析、评论或阐发郭沫若的文学创作道路、思想发展和转变的过程、世界观、文艺观、对中国革命的文化贡献及对晚年郭沫若的功过评价等。与基于研究文本的文本分析研究方式、实证性研究范式、心理分析方式不同的是，意识形态研究范式的研究者在分析、评价研究对象时，不是以具体的文本分析为基础，而更多地在于利用相关的话语批评分析这个多学科结合的理论和方法来分析、评价研究对象的思想、观点、创作、言语行为等。

　　"一个现代人才能成为一个现代诗人，一个现代诗人才能写出现代的诗。"① 纵览中国现代诗歌，郭沫若几乎是唯一坚持将流动的空间和现代的时空结构表现在诗作中的诗人。综上所述，在翻译与创作的过程中，郭沫若并非是单向地对西方文化进行全盘吸纳，而是基于自身对中国哲学与文学经典的深厚学养，对世界文学进行了本土化的转化，形成了具有中国特色与时代特色的新诗、新戏剧和新小说，展现了中国文学的"另类现代性"。郭沫若的时空观既能跳脱出中国古代"天圆地方""轮转不息"的时空构架，又不囿于19世纪下半叶西方"空间是时间的静止容器"的线性对应关系，创造性地建构出一个超越了国家分野和进化价值、融合科学与自然的时空维度。正是由于郭沫若坚持独立性、创造性的探索，使得他的作品可以作为中国现代文学的独特代表，通过翻译的中介走向世界，形成了世界文学版图中双向流动、互相影响的良性循环。现在，跨文化、跨学科的世界文学研究已经成为文学研究领域的突出趋势，如何将郭沫若的作品置于全球化、现代化、多元化的语境下来重新审视，并引向更具深度的研究视野，对于我们后来的学者来说，依然是一个具有挑战性的课题。

---

① 《老舍文集》第15卷，人民文学出版社1990年版，第458页。

第十三章

巴金与世界文学

> 从《告少年》里我得到了爱人类爱世界的理想,得到了一个小孩子的幻梦,相信万人享乐的社会就会和明天的太阳同升起来,一切的罪恶都会马上消灭。在《夜未央》里,我看到了另一个国度里一代青年人为人民争取自由谋幸福的斗争之大悲剧,第一次找到了我的梦境中的英雄,我找到了我的终身事业,而这事业又是与我在仆人轿夫身上发现的原始的正义的信仰相结合的。
>
> ——巴金①

《告少年》是俄国无政府主义倡导者特鲁泡特金(Pyotr Alexeyevich Kropotkin,1842—1895)写给青年人的谈话,它向青年人揭示旧的资本主义制度的黑暗和阶级对立,并强调青年人应当到民间去,为建立人人平等的社会而奋斗。《夜未央》是波兰作家廖·杭夫(Leopold Kampf,1881—1913)描写俄国虚无主义革命者反抗沙皇旧制度的戏剧,强调革命者在斗争中的品格和信念。这两本书的思想和内容反映了20世纪初流行于欧洲国家主张革新社会制度、实现平等、自由、博爱等目标的思想和社会运动。20世纪20年代初,巴金阅读完这两本书后,对两位作者倡导的无政府主义思想深信不疑,认为这些来自于异国的思想是医治中国封建残余制度的良方,认为应该积极地参照这些思想"划除统治权力""灭绝经济制度""冲破恶劣底旧环境,改善美好底环境,来适应人类全体生存底要

---

① 李存光:《巴金传》,团结出版社2018年版,第18—19页。

求"。① 无政府主义仅是巴金欣赏的异国思想之一。关于此类异国思想、潮流对巴金创作的影响,他在1984年的一次访谈中明确表示:"我的作品与我的主张是有关系的。我写作品是宣传我的思想,宣传我的看法。写作品要打动我,也打动别人。不是为写作而写作。"② 但是巴金也强调在选择写作材料时,应当"写生活中的感受,最熟悉的东西,感受最深的东西",③ 即作者生活和工作的社会文化环境。从以上两段巴金的话语中,我们可以看出他的作品倾向于以他生活的中国本土社会文化环境为创作对象,而写作的视角则倾向于用他所接触到的异国思想来探讨由封建国家向现代国家转型时期的中国面临的"恶劣的旧环境""旧制度"等问题,最后探索出一种能解决中国本土社会面临的问题的方案,并希望在如何解决中国本土问题的讨论中得出能协助建设"适应人类全体生存底要求"这一具有世界性意义的问题解决办法。可见,巴金的写作策略带有明显的本土—世界性特点,即通过将他国思想与本土文化环境相结合,在探讨本国问题的同时也为同类世界性问题的解决做贡献。巴金小说在探讨中国本土问题中展现的世界性意义得到了法国前总统弗朗索瓦·密特朗(François Mitterrand,1916—1996)的明确肯定。在授予巴金法国荣誉军团勋章的仪式上,密特朗指出:"我的国家在此推崇现代中国最伟大的作家之一,《家》《寒夜》《憩园》的不朽作者,著述不倦的创作者。他的自由、开放与宏博的思想,已使其成为本世纪伟大的见证人之一……您却用自己对于人们及其脆弱命运的巨大同情,用这种面对压迫最贫贱者的非正义所抱的反抗之情,用这种——正如您的一位最引人注目的人物绝妙之言的'揩干每只流眼泪的眼睛'使您的著作富有力量与世界性意义的敏锐力与清醒感,在注视着生活。"④ 法国总统认可了巴金作品的世界性价值,肯定了巴金作为世界文学重要作家的声誉,也表明了巴金的作品对世界文学的贡献。

---

① 李存光:《巴金传》,团结出版社2018年版,第19页。
② 李存光:《巴金研究回眸》,复旦大学出版社2016年版,第14页。
③ 李存光:《巴金研究回眸》,复旦大学出版社2016年版,第14页。
④ [法] 弗朗索瓦·密特朗:《在授予巴金[法国]荣誉军团勋章仪式上法兰西共和国总统弗朗索瓦·密特朗先生的讲话》,载《巴金研究在国外》,张立慧、李今编,湖南文艺出版社1986年版,第32页。

了解了巴金对异国优秀文化和思想的认同与借鉴、巴金服务于中国社会和世界性问题解决的创作目标，以及巴金的文学作品在世界范围内的接受，我们就应该探讨巴金作品与世界文学的关系。在以往的巴金研究中，许多中国学者注重巴金作品与中国文化传统关系的讨论，例如陈思和的《从鲁迅到巴金：新文学精神的接力与传承——试论巴金在现代文学史上的意义》、曾冬冰的《也论巴金在中国民主革命时期思想的主导面》、周立民的《五四精神的叙述与实践——以巴金的生活与创作为考察对象》、牟书芳的《巴金与中国文化现代化》等论文，着重讨论了巴金的文学创作与中国社会语境中的文学知识生产、意识形态的构建以及与"五四运动"后中国文化构建的关系；① 张中良的《巴金小说的抗战书写》讨论了巴金的小说中对中国民族精神的颂扬、国民生存状态及对日本人的控诉等中国社会的抗战主题；张全之的《巴金工运小说新论》分析了巴金小说中对中国工人运动的书写及其体现的对中国社会制度的思考等。② 也有许多研究者关注巴金对异国文学形式和思想的习得。日本学者樋口进（Higuchi Susumu）在专著《巴金与安那其主义》中讨论了巴金对西方无政府主义思想的接受以及在其创作中的表现；李存光在《法国文化与现代中国小说》一文中提到巴金的《灭亡》《爱情三部曲》等小说"显然带有雨果、左拉和罗曼·罗兰"的风韵，等等。③ 美国学者戴维·戴姆拉什在谈到世界文学的阅读方式时提到，没有一种阅读方式可以适用于所有文本，或适用于同一文本在不同时代的阐释，④ 也就是说每种阅读方式在不同的语境下都有优点和缺点。这两种阅读巴金作品的方式为我们认识巴

---

① 参见陈思和《从鲁迅到巴金：新文学精神的接力与传承——试论巴金在现代文学史上的意义》，《当代作家评论》2006 年第 1 期，第 4—11 页；曾冬冰《也论巴金在中国民主革命时期思想的主导面》，《南昌大学学报》（社会科学版）1994 年第 2 期，第 98—101 页；周立民《五四精神的叙述与实践——以巴金的生活与创作为考察对象》，博士学位论文，复旦大学，2007 年；牟其芳《巴金与中国文化现代化》，《山东社会科学》1994 年第 4 期，第 75—77 页。

② 参见张中良《巴金小说的抗战书写》，《江汉论坛》2018 年第 2 期，第 80—87 页；张全之《巴金工运小说新论》，《吉林大学社会科学学报》2019 年第 3 期，第 195—205 页。

③ 参见 [日] 樋口进《巴金与安那其主义》，近藤光雄译，复旦大学出版社 2016 年版；李存光《巴金研究回眸》，复旦大学出版社 2016 年版。

④ David Damrosch, *What is World Literature*? Princeton and Oxford: Princeton University Press, 2003, p. 5.

金的创作与中国当代文化及社会的关系、世界文学对巴金文学创作的影响以及巴金作品的文学价值做出了巨大的贡献,但是也有值得补充的地方。一方面,仅将巴金的作品置于中国本土文化传统中来讨论,虽有利于探索巴金对中国民族文化的贡献,但忽视了巴金的作品与世界文学的联系;另一方面,强调巴金作品对欧美文学经典范式和思想的接受和习得,容易忽视巴金的创作与本土文化之间的联系,容易误将本为世界文学一部分的欧美国家的经典作品和思想当作世界文学的权威和模范,误将巴金的作品视为这些思想和作品在中国的变体,从而消解了巴金作品的原创性价值,还有认同欧美的文化霸权主义之嫌。世界各国学者主动撰写巴金作品的评论并将巴金的作品翻译介绍给各种语言的读者,说明巴金不仅受到异国文学的影响,他的文学作品也已经走出国门,并走进世界读者的阅读视野,成为世界文学的有机组成部分。巴金作品与世界文学关系的诸多问题仍有待讨论:采用本土—世界性写作策略的巴金作品中有哪些世界性特点?巴金作品在世界文学同类群体中处于什么样的位置,他们之间是怎么样的关系,对世界文学有什么贡献?

因此,本章尝试着根据巴金本土—世界性的创作策略,用本土/世界文学的混合视角去阅读巴金的作品。通过此种阅读方式,一方面可以探讨巴金作品中中国本土传统和社会书写的世界性文学、文化价值,思考巴金作品与世界文学的关系,同时抛砖引玉,为探索中国其他具有世界影响力的作家,如矛盾、老舍、鲁迅等,在世界文学群体中的位置和贡献提供一种可行的阅读方式,也有助于在更广泛的层面上探索中国现代作家对世界文学的贡献。另一方面也可以为当前的巴金作品研究提供新的活力和视角,更好地发掘巴金作品的世界性文学价值。根据歌德的观点,任何文学如果仅从本土的角度去讨论,没有异国角度的批评视角的贡献,其生命力都将很快耗尽,所有外部视角对本国民族作品的评价都是大有裨益的,"哪有自然主义者不会喜欢镜子里面反射的[自然界]的美好事物呢?"[①]虽然歌德的观点展示了对世界语境中的文学批评对本土文学发展益处的过度偏爱,但不可否认,他的观点表露了将本土文学作品置于世界语境中讨

---

① David Damrosch, *What is World Literature*? Princeton and Oxford: Princeton University Press, 2003, p. 7.

论的优势，即，有助于摆脱本土文化思维偏好的束缚，避免"不识庐山真面目，只缘身在此山中"的缺憾。因而，将巴金的文学作品置于世界性的语境中加以讨论，不仅可以了解巴金的作品为世界其他各国人民呈现了怎样的本土文化，还可为巴金研究提供新的元素和视角。

此外，巴金是深受"五四运动"带来的外国思潮的影响，并亲自体验过异国人文社会环境的代表性中国现代作家之一。王宁在多篇文章中指出，20世纪初的中国作家在与西方文学、思想的互动中形成了一种新的文学传统。[①] 在许多场合中，王宁也都指出，这种新的文学传统首先表现在对文学语言的革新，即中国文学的语言由"五四运动"之前的文言文为主，发展到了以通俗易懂的白话文为主。这为我们从语言和叙述风格上继续研究现当代文学传统提供了出发点，同时也启发我们继续探讨新文学传统在文学叙述内容和策略方面的特点。巴金是中国现代时期的代表性作家，对他作品的考察有助于在更宽层面上探讨中国现代"新文学传统"在叙述内容和策略维度方面的特点。

在谈到世界文学研究方法的时候，美国意大利裔学者弗朗科·莫瑞提和中国学者王宁都认为，作为新兴领域的世界文学并不仅是文学作品的集合体，还是一门以问题为导向的新兴科学，需要新的批评方式。[②] 通过考察具体对象审视其中的特点，并应用到对其他世界文学作品的分析中去，被认为是研究世界文学的有效方法之一。[③] 与此方法类似，本章尝试以巴金的《寒夜》和《第四病室》的抗战叙事为例，通过分析这两部抗战小说中的身体焦虑叙事和生命健康政治演变叙事的本土—世界性特征，来探讨巴金作品与世界战争文学的关联，以及巴金的作品对世界文学的贡献。我们在第一部分将简要概述巴金本土—世界性写作策略与他的家庭、学习和工作经历之间的关联以及巴金作品在世界的翻译与接受；第二部分则通

---

① Wang Ning and Charles Ross, "Contemporary Chinese Fiction and World Literature", *Modern Fiction Studies*, 62 (4), 2016, p. 579.

② 参见王宁《作为问题导向的世界文学概念》，《外国文学研究》2018年第5期，39—47页；Franco Moretti, "Conjectures on World Literature", *New Left Review*, Jan-Feb (1), 2000, p. 55.

③ Mads Rosendahl Thomsen, "Franco Moretti and the global wave of the novel", in *The Routeldge Companion to World Literature*, edited by Theo D'haen, David Damrosch and Djelal Kadir, London and New York: Routeldge, 2012, p. 140.

过考察巴金两部小说中展现的对身体物质需求、生命力透支、身体衰变的焦虑，探讨巴金抗战小说中的身体焦虑叙事的本土性、世界性特征，及其对世界文学的贡献；第三部分以两部抗战小说中的医疗救护为考察对象，探讨巴金的生命健康政治演变叙事的世界性特征、意义，并通过与欧美相关战争研究、叙事的对比，探讨巴金叙事模式对其对世界战争文学的贡献。

第一节　巴金、本土—世界性创作与世界文学

巴金原名李尧棠，1904年出生于中国成都一个封建官僚地主家庭。他的曾祖父、祖父、父亲均曾担任清朝知县等官职，并持有田地，是中国封建礼教规则和观念的信奉和执行者。他早年对中国由封建社会向现代社会转型时期面临的问题的感受和经历与他本土—世界性文学创作观密切相关。巴金父亲的行为方式，两位姐姐及兄长的经历，让他对旧的社会制度和观念为中国社会带来的问题有着深刻的感受。据记载，巴金曾亲眼见证作为县长的父亲未经任何审判直接对参与赌博的官员量刑，向差役下令惩罚"五十板子"，① 并由此感受到了20世纪初中国社会以官员为代表的精英阶层对规则和人权的侵犯。在家庭教育中，巴金的二姐和三姐被要求熟读宣扬封建妇女礼教的《烈女传》，为她们灌输若与陌生男子拉手，女性应砍掉手指；房屋起火，女子应宁愿烧死，也不应有失体面出门逃避火灾等观念。在这些思想的影响下，巴金的二姐忧郁而死；三姐因为在出嫁年龄为祖父、父母守丧，耽误了传统的出嫁时间，只能被迫嫁给一位死去妻子的中年男人，并在夫家遭受各种不公平的待遇，最后难产而死。通过旧社会有关女性的观念对巴金两位姐姐带来的伤害，我们可以推测巴金对中国旧社会各项观念和制度带来的各类问题的认知和体验。据徐开垒记载，巴金也曾对姐姐们的不幸遭遇表达了明确的惋惜与同情："［他］看见他的三姐［出嫁时］那张苍白的没有表情的脸，临上轿时痛哭失声，苦苦挣扎的情景；后来又在拜堂仪式时看到新郎那世故庸俗的神态，禁不住预

---

① 徐开垒：《巴金传》，上海文艺出版社2003年版，第10页。

感到三姐命运的悲惨。"① 同时，巴金的大哥在旧制度、旧观念中的遭遇，也让他感受到了转型时期中国社会男性面临的问题。巴金的大哥原本想去北京、上海或德国上大学，但在子承父业的观念下，祖父和父母强迫他放弃学业，留在成都，并按照封建礼教为他安排婚姻，让他通过"抽签"的方式与一位不相识的姑娘成亲。在旧观念熏陶下成长的大哥放弃了反抗，牺牲了自己的职业和婚姻。家人被封建思想和礼教束缚而发生的不幸在巴金看来是自己封建官僚家庭背景所致，也是整个中国社会面临的共同问题。他不断强调，中国社会出现的各类问题是他写作重点关注的对象，即他所有的作品都是为了揭示"一切旧的传统观念，一切阻止社会进步和人性发展的不合理制度，一切摧残爱的努力"，思考如何"给多数人带来光明"，"给黑暗一个打击"，"怎样做人？怎样做一个好人？"② 等既适用于解决中国社会的问题又具有世界性，能在普遍意义上对世界其他国家类似问题的解决具有借鉴意义的方式。那么巴金又通过什么样的视角来思考解决中国社会问题的方式的呢？"五四运动"中中国知识分子引入的欧美思想，以及后来巴金在法国留学获得的世界性体验为他提供了帮助。

1919年"五四运动"爆发，中国社会的精英阶层主张使用西方社会的思想、文化来改造中国旧的制度、解决中国社会面临的问题，并兴办各类报刊杂志、翻译西方各类书刊，向中国社会介绍异域的思想和社会问题的解决方案。年仅15岁的巴金在这一时期通过阅读各类新兴的报刊杂志，例如《新青年》《半月》以及上海的《申报》等，了解到了其他国家的思想和解决类似中国社会问题的可能路径，为他思考中国社会面临的问题提供了世界性视角。上文提到的《告少年》和《夜未央》是巴金在"五四"思潮中读到的众多异国思想和文学作品之一。巴金在"五四"思潮中积极地通过他在香港的表哥及其他朋友购买各类刊载异国思想的书刊。据记载，巴金阅读过《新青年》《实社自由录》《每周评论》《新潮》《进化》《星期评论》《少年中国》《北京大学学生周刊》《少年世界》等在"五四运动"中新办的全国性的介绍西方思想的刊物，以及成都当地主办

---

① 徐开垒：《巴金传》，上海文艺出版社2003年版，第46页。
② ［日］樋口进：《巴金与安那其主义》，近藤光雄译，复旦大学出版社2016年版，第237页，234页，236页。

的《星期日》《四川学生潮》《威克烈》等刊物，当地的杂志，"每出一期，他都会买来阅读"。① 1927年，巴金在家人的资助下出发去法国勤工俭学，曾居住在巴黎、沙多—吉里等地。在法国期间，巴金得以进一步深入和广泛地接触西方的各类思想、文化以及解决各类问题的方式。据徐开垒记载，巴金在巴黎时经常整日待在居所，广泛阅读西方各类政治、经济和史学著作，例如马克思、卢梭、雨果、左拉和罗曼等人的各类著作。② 巴金对艾玛·高德曼（Emma Goldman，1869—1940）的无政府主义思潮著作表现出了特别的兴趣。自"五四运动"以来，他阅读了她的多篇文章和著作，例如《爱国主义》《无政府主义》《组织论》和《高曼女士致同志书》等。巴金曾明确指出这些书籍对他的影响："那里面高德曼的文章把我完全征服了，不，应该说把我的模糊的眼睛，洗刷干净了。在这个时候我才有了明确的信仰。"③ 对无政府主义者凡宰特营救的参与是巴金将自己了解到的异国思想付诸行动的标志之一。凡宰特是意大利人，他在20世纪20年代参与美国工人罢工被美国政府诬陷抢劫而被关押，并最后被杀害。巴金通过为国内外刊物写文章还原凡宰特被美国政府陷害的事实的方式来争取大众对释放凡宰特的支持。

在广泛地了解西方思想、文学的同时，巴金还通过翻译、办报刊等方式将自己认同的西方优秀著作、思想介绍给中国的读者。1927年，仍居住在巴黎的巴金就编辑了出版于美国旧金山的《平等月刊》，发表大量文章，阐释如何从无政府主义的角度来解决中国社会在20世纪初面临的问题，后来又在《民钟》《通讯》《洪水》等各类杂志上发表介绍无政府主义和讨论中国社会问题的文章数十篇。④ 在翻译世界文学方面，巴金可以熟练使用英文、法文、德国等多种语言。他为中国读者翻译了王尔德的《快乐王子》、克鲁鲍特金的《伦理学的起源与发展》、屠格涅夫的《父与子》等数十部著作。此外，巴金还担任文化生活出版社的总编辑，主持翻译了大量的异国文学和思想经典著作，既包含欧美发达国家的经典作家

---

① ［日］樋口进：《巴金与安那其主义》，近藤光雄译，复旦大学出版社2016年版，第17—18页。
② 徐开垒：《巴金传》，上海文艺出版社2003年版，第68，82页。
③ 徐开垒：《巴金传》，上海文艺出版社2003年版，第71页。
④ 徐开垒：《巴金传》，上海文艺出版社2003年版，第52—58页。

和理论家,例如法国作家福楼拜、左拉、拉马丁、罗曼·罗兰,英国作家莎士比亚、狄更斯、勃朗特、萧伯纳,俄国作家契诃夫、托尔斯泰和果戈里,也包含一些在世界上与当时中国一样处于边缘地位的国家,例如土耳其、匈牙利、罗马尼亚、秘鲁等国家的优秀著作数十部。在谈到选择翻译这些作品的原因时,巴金多次提到这些作品"教我懂得一个人怎样使自己的生命开花","贯穿着敏感的美丽的社会的哀怜"等。① 显而易见,"怎样使自己的生命开花""对社会的哀怜"表达了如何让中国社会的个体和普遍意义上的人类个体在复杂的环境中能够解决面临的问题、实现自我价值以及对弱小群体表示同情等世界主义观念。巴金将这些作品中表露的世界性价值作为他译介和关注它们的原因有助于解释巴金的创作与世界主义文学之间的密切联系,即巴金希望用世界各地优秀的价值观念和解决社会问题的方法来协助探讨中国民众面临的社会问题,并同时希望在中国问题的探讨中发掘出对普遍意义上人类面临问题有益的思考,例如如何使生命开花等。

德国学者歌德是影响力最大的践行世界文学理念的先驱之一。② 巴金的本土—世界性文学创作理念与歌德既有联系又有区别。歌德主张通过阅读世界各地的文学作品,例如中国的小说、塞尔维亚的诗歌等,了解这些作品中异于本土文化的叙述主题、叙述策略、语言形式等,并将这些特点,例如将中国小说中的"严于节制"(severe moderation)等,合理地吸纳到自己的写作中,以促进自己以及德国的文学创作,③ 与此类似,巴金也通过异国学习、阅读翻译各国优秀作品,将其中优秀的思想、文学形式和主题融入到自己有关中国社会和人文的文学创作中,为思考中国社会问题提供方法和视角。但巴金的文学创作观与歌德略显差异。歌德认为,"广阔的世界,无论多么宽广,都是祖国土地的延伸,并且,如果从合适的角度看,这些广阔的世界也只能提供我们故土所能给予的"④,将德国

---

① 孙晶:《巴金:中国出版家》,中国人民出版社 2016 年版,第 114—115 页。
② 关于歌德与世界文学的关系,详见本书绪论中对世界文学概念的阐释。
③ David Damrosch, *What is World Literature*? Princeton and Oxford: Princeton University Press, 2003, pp. 10 – 12.
④ David Damrosch, *What is World Literature*? Princeton and Oxford: Princeton University Press, 2003, p. 8.

文学文化视作判断其他文学的差异性的标尺，将其他国家的文化、文学置于次要地位，带有明显的德国文化中心主义的意识。而巴金则认为，本土—世界性的创作方式，注重将异国的思想和文学叙事形式与中国的社会文学语境以适当的方式混合，来讨论中国社会、文化面临的问题，形成一种以中国本土社会文化语境为写作材料，世界各国优秀思想和文学传统为视角，形成了介于中国本土文学文化传统与欧美文学传统之间一种具有中国特色的世界性叙述方式。巴金的世界文学创作观念并未对中国/他国文学文化的中心/边缘关系做出判断，而是注重探讨对中国本土和他国文化的贡献。

巴金的这种具有中国特色的本土—世界性写作方式让他在中国和国外的主流文学界同时得到认可。在中国，巴金现在被视作当代最重要的作家之一。在国外，他的作品获得法国荣誉军团勋章（Legion of Honour, 1983）、日本福冈奖（Fukuoka Prize, 1993）等诸多奖项，还被翻译为英文、法文等多种语言，成为世界文学的有机组成部分，例如，巴金的《家》的英文版本由中国籍犹太人沙博理（Sidney Shapiro, 1915—2014）翻译，于1958年在北京外语教学与研究出版社出版。这部小说还被改编为戏剧，由英若诚执导在密苏里州堪萨斯城的海伦剧院表演艺术中心演出，走进美国观众的视野。① 《寒夜》的英文版本由美籍华人茅国权（Nathan K. Mao）和澳大利亚籍华人学者柳存仁（Liu Ts'un-yan, 1917—2009）合作翻译，于1978年在香港中文大学出版社出版；《随想录》的英文版由澳大利亚汉学家巴姆（Germie Barme, 1954—　）等合作翻译，于1984年在香港联合出版社出版；《第四病室》的日文版由日本学者冈崎俊夫在1954年完成，英文版由美籍华人学者孔海立（Haili Kong）和葛浩文（Howard Goldblatt, 1939—　）合作翻译，于1999年在美国旧金山的中国图书与期刊出版公司（China Books & Periodicals, Inc.）出版，等等。巴金的各类著作在欧美学术界的文学史中受到广泛认可，例如在美国学者罗鹏（Carlos Rojas）和安德瑞·巴彻（Andrea Bachner）合作主编的《牛津中国现代文学手册》（The Oxford Handbook of Modern Chinese Literatures, 2016）中，巴金的《家》被视作中国现代文学中开创性（Path-breaking）

---

① 参见http://mini.eastday.com/a/181205113617282 – 2.html（accessed by 15/11/2019）。

的小说；由布莱克威尔（Wiley Blackwell）出版社出版的《中国当代文学指南》（*A Companion to Modern Chinese Literature*，2015）中将巴金与茅盾并列，视为20世纪30年代中国最重要的两位小说家。夏志清（1921—2013）在他的《中国现代小说史》（*A History of Modern Chinese Fiction*，1999）中通过对当代小说作家的考察，认为巴金是中国最受欢迎和最多产的作家之一，等等。值得一提的是，俄罗斯学者奥尔加·蓝（Olga Lang）还专门撰写了一本关于巴金文学作品的英语专著《巴金与他的创作：两次革命中间的中国青年》（*Pa Chin and His Writings: Chinese Youth Between the Two Revolutions*，1967），探讨巴金的作品与现代中国的社会、政治语境之间的关系。

接下来，本章将以巴金小说《寒夜》和《第四病室》中的身体焦虑叙事和生命健康政治演变叙事与世界战争文学的关系为例来分析巴金的作品与世界文学的关系。

第二节　抗战小说中的身体焦虑叙事与世界战争文学：以《寒夜》为例

巴金的小说《寒夜》发表于1946年。该小说以抗战时期的重庆为背景，讲述了战争时期一个公私合营企业工作人员汪文宣感染肺结核，因战争带来的经济困难以及家庭矛盾，未受到及时合理的治疗而最后死亡的故事。通过民众在战争时期对感染各类病症的恐惧以及在经济和精神压力下维持身体健康的焦虑来间接展现战争对人类社会的影响是小说叙事的焦点之一。

正如前文所提到的，《寒夜》被翻译为英文、日文、法文、德文、挪威文等多种世界主流语言，并被授予法国总统文学奖，[①] 是世界文学的经典作品之一。瑞典文学院院士、诺贝尔文学奖评委马悦然将《寒夜》列为巴金最重要的小说。从在世界上的翻译和接受角度来说，《寒夜》是巴金在世界文学界最受认可的作品之一。以往对《寒夜》的研究，大多遵循前文提到的对巴金的两种研究模型，即中国本土文化文学传统批评和外

---

① 孔庆东：《国文国史三十年》，中华书局2012年版，第217页。

国作品的影响研究视角。在影响研究方面，斯洛伐克汉学家高力克和中国学者陈则光都在他们的文章中提到，《寒夜》的人物角色和情节的构建与巴金翻译的世界文学经典作品——左拉的《红杏出墙》、奥斯卡·王尔德的《快乐王子集》、易卜生的《玩偶之家》有许多的共通之处，①这就认可了巴金在文学艺术上的成就，也说明巴金在艺术创作中从他翻译的这些经典作品中汲取了给养。《寒夜》与中国本土文学文化的关系也是学者们重点关注的方面。中国学者普遍认为《寒夜》中有关女性择业和对中国传统家庭矛盾，即与婆婆、丈夫关系的处理，展示了战争时期中国知识分子阶层的性别关系模型。戴翊的研究是这一主张的代表。他认为《寒夜》中的女主角曾树生选择独自去社会上工作，拒绝对婆婆唯命是从，体现了中国女性对独立、自由的追求。②另外一些学者注意到了《寒夜》男主角汪文宣所患的肺病，以及他在中国传统家庭中需要合理处理母亲与妻子提出的要求的尴尬局面，并把他因肺结核而导致的最后死亡和在面对母亲与妻子矛盾时受到的精神挫折视作中国现代性面临的危机以及国民党政府治理下社会的失败的隐喻。例如，《寒夜》的英文译者毕克伟（Paul G. Pickowicz）将小说解读为"二战时期中国［社会问题］的阐释"，汪文宣对自己肺结核和家庭矛盾的无力控制，象征着主政中国的男性的能力欠缺和对社会责任的推卸，随之引发的官员的贪婪、腐败及经济的通货膨胀等就像癌症一样破坏着整个中国社会。③华裔学者唐小兵认为《寒夜》中汪文宣的肺结核病和精神的遭遇代表了中国强调个人主义、浪漫爱情、现代家庭、现代国家等现代观念和实践的失败。④

学者们对《寒夜》的研究为发掘巴金作品的文学价值做出了很大的贡献，但是他们忽视了对其中叙述的抗战时期的身体焦虑的分析，也未将

---

① 参见 Marian Galik, "Comparative Aspects of Pa Chin's Novel *Cold Night*", *Oriens Extremus* 28 (2), 1981, pp. 135 – 153; 陈则光《一曲感人肺腑的哀歌——读巴金小说〈寒夜〉》,《文学评论》1981 年第 1 期, 第 102—109 页。

② 戴翊：《应该怎样评价〈寒夜〉的女主人公——与陈则光先生商榷》,《文学评论》1982 年第 2 期, 第 142—144 页。

③ Paul G. Pickowicz, "Introduction: Pa Chin's *Cold Nights* and China's Wartime and Postwar Culture of Disaffection", in *Cold Nights*, Hong Kong: The Chinese University Press, 2002, pp. xx, xxii.

④ Xiaobing Tang, *Chinese Modern: The Heroic and the Quotidian*, Durham & London: Duke University Press, 2000, pp. 134 – 35.

他们置于世界文学语境中进行考察。鉴于此，本文将从世界文学的角度对小说《寒夜》进行阅读，并与世界战争文学中的身体叙事进行比较，让我们对巴金抗战小说中的战争叙事在世界战争文学中的位置以及其对世界战争文学的贡献有初步的了解。

在探讨文本中的身体叙事之前，熟悉身体叙事与战争文化之间的关系颇有裨益。人的身体通常被视作一个符号和意义系统。约翰·奥尼尔（John O'Neill）认为人直立的躯体以及展示出来的视觉特征构成了一个象征世界。[①] 布莱恩·特纳（Bryan S. Turner）发展了奥尼尔有关身体象征性的观点，将身体的象征性扩展到与身体相关的物件和特征上。他指出，身体的各种行为，例如"吃饭、喝水和睡觉"，以及身体表面的特征，例如脸红均可以根据具体语境阐释其文化象征意义；同样身体的内在特征，例如疾病和其他的健康状态，也具有伦理含义。[②] 奥尼尔和特纳有关身体作为象征系统的研究表明身体的每一个部分，例如身体的外在形态、健康状况、维持身体的物质需求等在特定的文化和社会语境中均是有效的意义生产要素，也是特定文化和社会系统的能指。战争的特征，用詹姆斯·达维斯（James Daves）的话来说，就在于打破个体、物质文化系统的原有的意义和互相之间的界限。[③] 也就是说，战争的结果之一是重塑某一特定文化、社会的意义和象征系统。身体不仅是战争的直接参与者，其本身特有的意义符号系统也是战争中社会文化意义系统的重要构成部分。因此，身体叙事是展现战争新产生的文化社会意义系统的较为合适的方式。通过对作品的细读，我们发现，《寒夜》中主要呈现了对战争时期身体的物质性需求、生命力的透支以及身体衰变的焦虑。

作品中对身体物质性需求的焦虑主要体现在小说中的人物对维持身体所需的食物以及衣物的担忧。小说中的男主人翁汪文宣和他的妻子曾树生是抗战时期中国难得的大学毕业生。他们在上海学习完教育学专业本科，

---

① John O'Neill, *Five Bodies: The Human Shape of Modern Society*, Ithaca: Cornell University Press, 1985, p. 17.

② Bryan S. Turner, *The Body and Society: Explorations in Social Theory*, third edition, London: Sage, 2008, pp. 40–41.

③ James Dawes, *The Language of War: Literature and Culture in the U. S. from the Civil War Through World War II*, Cambridge and London: Harvard University Press, 2002, pp. 131–132.

因为战乱，为了生存放弃原本打算从事教育行业的理想，迁居到战时陪都重庆。汪文宣在一家政府与私人合办的出版社做校对，妻子曾树生在一家银行做普通职员。因为通货膨胀以及公司压低工资的缘故，汪文宣竭力压抑自己对衣物的需求。一天，当他参加完公司活动，下班回家，发现母亲夜深仍在为自己缝制新的内衣裤。汪文宣当即委婉表示拒绝，说道："我那两身旧的总还可以穿三五个月"，并表示以后再买新的。① 汪母当即揭穿文宣压制自己基本衣物需求的实际情况："买新的？你那几个钱的薪水哪里买得了？这两年你连袜子也没有买过一双。"② 衣服作为身体的延伸，不仅起到保暖，还有装饰与象征社会文化地位的作用。汪母坚持为文宣添置的仅是基本生存需求的内衣裤，并未涉及装饰与展示社会文化地位的外衣。从母子的对话中，我们可以看出汪家在基本物质需求方面的困难。

汪文宣对衣物需求的压抑以及随之而来的焦虑在他与妻子树生的上司的互动中得到明确的展示。树生因为婆媳矛盾，与汪文宣争吵后选择了与文宣分居。事后，汪文宣尝试与妻子化解矛盾，并打算去她所在的银行面谈，却正好碰见树生与她的经理同路下班。小说从汪文宣的视角对树生经理的衣着进行了前景化描述。与连合理的内衣裤需求都无法满足的汪文宣相比，与树生同路的经理穿着一件从英国殖民地加尔各答进口的崭新的秋装大衣，③ 展示了经理在经济和社会地位上的优越性。文宣与潜在配偶竞争者在衣着以及暗含的经济、社会地位的明显差别，在文宣的内心产生了焦虑，也让文宣在与妻子和解的尝试中感到无力。事实上，文宣此处的忧虑已经从对外在衣着的焦虑转化为对自己男性气质的担忧。在文宣和解的尝试被妻子拒绝后，小说再次从文宣的视角强调了树生经理的衣着。小说描述到，面对离去的树生，汪文宣的头脑里出现了树生与经理同路行走的幻觉：树生与这位穿着漂亮大衣的男人"在前面走着，永远在前面走着"。④ 小说在文宣的和解需求被妻子拒绝时对经理衣着的强调，在一定程度上可以视作物质需求的欠缺对文宣男性气质阉割的焦虑。

---

① 巴金：《寒夜》，人民文学出版社1995年版，第67页。
② 巴金：《寒夜》，人民文学出版社1995年版，第67页。
③ 巴金：《寒夜》，人民文学出版社1995年版，第18页。
④ 巴金：《寒夜》，人民文学出版社1995年版，第28页。

小说中的身体物质性需求焦虑还体现在对维持身体的食物的担忧。在政府和私人合资的公司中担任校对的汪文宣的收入，在战争中社会通货膨胀的状况下，无法满足自己及其他家庭成员的生存需求。小说中汪文宣的意识流叙述和他与公司同事的互动共同展现了他在此层面的忧虑。在汪文宣与妻子和解的尝试被拒绝后，他沮丧地回到公司。此时的汪文宣已经患上肺结核，健康状况不佳。看到神情疲惫的汪文宣，公司同事纷纷表达了对他健康的忧虑。他回应道："靠这点钱连自己老婆也养不活！哪里说得上保养自己的身体！"① 他的回答表明，对家庭成员物质方面生存需求的忧虑让他放弃了自己在生存方面的主体性。在一段意识流叙述中，汪文宣将物质方面的生存需求的担忧表现得更为明显："你年终一分红就是二三十万，你哪管我们死活！要不是你这样刻薄，树生怎么会和我吵架？"② 在汪文宣的叙述中一方面表明每月"两三百元"无法维持基本的生活需求，另一方面将官僚资本对普通工作人员的压榨与工作人员面临的其他问题，例如夫妻之间紧张关系相联系，表明身体的物质性需求已经成为普通人与家庭其他成员关系的决定性因素之一，增强了对物质欠缺的忧虑程度。汪文宣的妻子曾树生也同样面临物质性需求的焦虑。正如前文提到的，她与汪文宣同为教育学本科毕业，理想是从事教育行业。但是为了满足生存的物质需求，她选择去做一名银行职员。她坦承了物质性需求是她放弃自己职业方面的主体性的唯一原因："我觉得活着真没有意思。说实话，我真不愿意在大川做下去。可是不做又怎么生活呢？我一个学教育学的人到银行里去做个小职员，让人家欺负，也够可怜了！"③ 对物质性需求的担忧让她放弃了自己的价值观念和职业理想。在这段独白中，她认为拿着教育学学位的人不应当去做银行职员，也不应当被银行的其他职员欺负，这表明对物质性需求的担忧让她浪费了自己的才华，因为物质需求而忍受银行职员的欺负，在某种程度上让她甚至失掉了尊严。

巴金对抗战时期身体物质性需求的焦虑与他对抗战时期中国社会的细致观察有紧密联系。抗日战争期间巴金辗转于占领区城市如上海、广州以

---

① 巴金：《寒夜》，人民文学出版社1995年版，第20页。
② 巴金：《寒夜》，人民文学出版社1995年版，第24页。
③ 巴金：《寒夜》，人民文学出版社1995年版，第26页。

及国统区城市，例如重庆和贵阳，对战争影响下的民众生活较为熟悉，《寒夜》和《第四病室》也是在这期间写成，在抗战后发表。在探讨这两部小说的创作心得时，巴金坦言他创作《寒夜》的目标之一是展现国民党政府治理下的社会状况，① 而《第四病室》中描述的医院、病人等是战时中国社会的缩影。② 巴金对他的抗战小说的评论中表露了《寒夜》和《第四病室》叙事中的现实主义元素。

当时的中国社会，在经历了数年的战争后，正如小说中描述的一样，面临着社会不稳定以及低工资、高通胀等经济问题。美国学者约书亚·霍华德（Joshua Howard）曾对20世纪40年代战争时期重庆国有军工厂工人的工资进行调查，发现即使是国家支持、战争需要的国有企业的工人工资也一直处于较低水平：

> 虽然管理者们为少数人涨工资，但是他们在20世纪40年代初故意将大部分人的工资设定得较低，因为他们知道工人们对［在军工厂工作］可以免除兵役的看重高于工资收入。1942年以后，重工业的其他部分也可以免除兵役，让军工厂对工人丧失了吸引力。军工厂工人在通胀条件可享受一些福利，所以他们的工资在整个40年代一直保持在较低水平。③

与此同时，战争中的中国还面临严重的通货膨胀等经济问题。加拿大学者戴安娜·拉瑞（Diana Lary）注意到，为了获取抵抗日本侵略的战争经费，国民党政府不得不超发货币，酿成社会上的"超级通货膨胀"现象，物价相比战前上涨了超过2500倍。④ 1944—1945年，中国的经济状况由一种慢性的危机状态，变成全民都在为每天的生存而战斗的情境。⑤

---

① 巴金：《谈〈寒夜〉》，载《寒夜》，人民文学出版社1983年版，第260页。
② 巴金：《巴金谈创作》，上海文艺出版社1983年版，第278页。
③ Joshua H. Howard, "Chongqing's Most Wanted: Worker Mobility and Resistance in China's Nationalist Arsenals, 1937–1945", *Modern Asian Studies*, 37 (4), 2003, p. 983.
④ Diana Lary, *The Chinese People at War: Human Suffering and Social Transformation*, 1937–1945, New York: Cambridge university Press, 2010, pp. 96, 157, 158.
⑤ Arthur Young, 转引同上，第157页。

在战争时期的中国社会，身体的物质性需求是民众忧虑的中心。

正如巴金提到的现实主义创作偏好，小说中汪文宣等人的身体物质性需求的焦虑根植于抗战时期中国社会的现实状况。但是《寒夜》叙述的汪文宣等人对维持生存所需的衣物和其他物质的担忧既是巴金对中国整个社会物质性忧虑的选择性呈现，也是巴金文学性的构建。例如小说中构建的在生存受到威胁的情况下，婆媳之间扔执拗于家庭观念之间的冲突，放弃对家庭的合力经营，从而减轻物质性需求的担忧，难以代表抗战时期中国家庭的普遍现象。小说中汪文宣等人的物质焦虑也只是从中国东部日占大城市迁徙到重庆的遭受不幸的知识分子的代表，但是小说并没有呈现平民、商人以及政府官员在战争中的相关状况。

巴金在展现对身体物质性需求的焦虑的同时，也注重探讨战争中中国工人在面对异化的商业社会制度规训和残酷的战时生存环境时，对失去身体的主导权、被迫透支生命力的忧虑。这一点在小说中主要通过汪文宣透支生命力的工作及由此带来的健康问题表现出来。在一家公私合营的公司中担任校对的汪文宣，身患肺结核，面部呈现明显的病态特征，时常感到头痛，即使在早上起床时仍时常感受精疲力尽："是什么力量支持着他那带病的身体，连他自己也不知道。他每天下午发着低烧，晚上淌着冷汗。汗出得并不太多。他对吐痰的事很留心，痰里带血，还有过两次。他把家里人都瞒过了。"[①] 汪文宣所在的公私合营公司，并无关照员工健康的劳动规定和政策，一律依据商业规则，对请假员工扣除工资。公司的商业规定和战时社会所带来的生存压力，让汪文宣失去了对自己生命力的控制和管理能力，他在知晓继续工作会断送健康的情况下，仍然拒绝申请病假，透支自己的身体继续工作。小说随后频繁地强调了汪文宣透支自己生命力后恶化的身体状况。他频繁地咳嗽，并感到疼痛，像有许多虫子在吃掉自己的心脏和肺一样：

> 夏天里他更憔悴了。他的身体从来不曾好过，他的病一直在加重。他自己也不知道是什么力量在支持着他不倒下去。他每天下午发热，晚上出冷汗，多走路就喘气，又不断地干咳，偶尔吐一口带血

---

① 巴金：《寒夜》，人民文学出版社1995年版，第78页。

痰。左胸有时痛得厉害，连右胸也扯起痛了。他起初咬着牙在挣扎，后来也渐渐习惯了。①

巴金在叙述中明确表露了汪文宣的身体问题与他透支生命力的工作、经理的监视和公司制度之间的关联。汪文宣在公司的校对工作具体是核对"那些似通非通的译文，那些用法奇特的字句"。②在文宣拒绝休病假，坚持工作开始仅半个小时候后，那些"糟糕的翻译"便为文宣带来了困扰："还是那些疙里疙瘩的译文，他不知道这是哪一个世界的文字。它们像一堆麻绳在他的脑子里纠缠不清。他疲乏极了。"③在叙述了这些工作为汪文宣带来的困扰后，小说紧接着描述了他的健康状况的恶化，暗示了工作中的困扰与他恶化的健康之间的关联：在读到那些糟糕的翻译不过一个多小时，汪文宣就感到"背上发冷，头发烧"，④再一会，他便感到"浑身不舒服起来"。⑤汪文宣尝试闭目养神、忘掉现实来缓解自己的不适，但是部门领导的严格监视让他打消了这一念头："他很想闭上眼睛，忘掉这一切，或者就伏在桌子上睡一觉。但是吴科长的严厉的眼光老是停留在他的脸上（他这样觉得），使他不敢偷懒片刻。后来他连头也不敢抬起了。"⑥部门领导的监视让他无法调整自己，从另一角度加深了汪文宣的健康问题。

汪文宣的工作、领导的监视与他健康问题之间的关联还在小说的另一处叙述中得到体现。当他某天在办公室开始工作时，发现当天的工作任务可以将已经带病的他压垮，他需要努力地挣扎才能完成。但是办公室主任"当天要"的指令打消了他心中自己应该为了健康而放弃工作的念头，被迫一直工作，并随后开始频繁地咳嗽，身体也发生了变化："他弄不清楚自己看的是什么文章。他的心在猛跳，他的脑子似乎变成了一块坚硬的东

---

① 巴金：《寒夜》，人民文学出版社1995年版，第219页。
② 巴金：《寒夜》，人民文学出版社1995年版，第63页。
③ 巴金：《寒夜》，人民文学出版社1995年版，第64页。
④ 巴金：《寒夜》，人民文学出版社1995年版，第63页。
⑤ 巴金：《寒夜》，人民文学出版社1995年版，第64页。
⑥ 巴金：《寒夜》，人民文学出版社1995年版，第64页。

西。"① 此时的公司并未实施相关的员工人道主义关怀,反而对员工的生理反应进行了更严格的监视:"也不知道是怎样起来的,他忽然咳了一声嗽,接着又咳了两声。他想吐痰,便走到屋里放痰盂的地方去。在十几分钟里面,他去了两次。吴科长不高兴地咳嗽一声,不,吴科长只是哼了一声。他便不敢去第三次。偏偏他又咳出痰来,他只好咽在肚子里。"② 汪文宣压抑自己因肺结核而产生的咳嗽和痰,是对疾病生理反应的不合理抑制,让他健康问题变得糟糕,并在几分钟后咳出了鲜血。

抗战时期中国的商业规则、上级监视和战时困难的生存坏境对汪文宣生命力的非人道主义透支,及其随后而来的健康问题,给汪文宣本人和他的家庭成员造成了关于他身体状况的担忧。面对失去的对生命力管理控制权,以及恶化的健康,汪文宣时常质问自己:"我除了吃,睡,病,还能够做什么?"③ 言语中暗示了自己对失去身体控制权的无能为力。在这种忧虑心理的主导下,他甚至想到了死亡:"有一次他似乎得到了回答了,那个可怕的字(死)使他的脊梁上起了寒栗,使他浑身发抖,使他仿佛看见自己肉体腐烂,蛆虫爬满全身。"④ 在日常生活中,他也尝试保护自己的身体,以减轻忧虑。某日,晚饭后,汪文宣躺在床上,出了异常多的汗水,但是他仍然盖好被子,以防感冒,因为:"他害怕受凉,也不愿意随意损伤自己的健康,虽然他先前还在想他的内部快要被病菌吃光,他已经逼近死亡。"⑤ 在发热难受的情况下,坚持盖好被子,这一微小的行为展现了汪文宣对自己恢复健康的强烈愿望,也暗含了对工作透支自己生命潜力的担忧。

汪母同样表现了对汪文宣透支生命力进行工作的健康忧虑。汪母不仅卖掉了自己的首饰,筹钱补贴家用,并为汪文宣购买营养补品,例如鸡汤等,还对汪文宣透支身体健康进行工作的行为进行侧面警告:"你是我的儿子,我就只有你一个,你还不肯保养身体,我将来靠哪个啊?"⑥ 在战

---

① 巴金:《寒夜》,人民文学出版社1995年版,第127页。
② 巴金:《寒夜》,人民文学出版社1995年版,第128页。
③ 巴金:《寒夜》,人民文学出版社1995年版,第199页。
④ 巴金:《寒夜》,人民文学出版社1995年版,第199页。
⑤ 巴金:《寒夜》,人民文学出版社1995年版,第222页。
⑥ 巴金:《寒夜》,人民文学出版社1995年版,第173页。

争时期国家福利缺乏的情况下，子孙是赡养老人的唯一支柱。在中国百善孝为先的思想语境中，汪母明确了汪文宣的身体健康与履行未来赡养母亲义务之间的关系，以此督促汪文宣重视健康问题，也从另一层面表露汪母对他透支身体从事工作的忧虑。

巴金在叙述抗战时期中国社会对身体物质性需求、透支生命力的焦虑的同时，也关注战争语境下普通民众对身体衰变的忧虑，在小说的叙事中具体表露了民众在面对诸如面容、体重、健康状况等方面衰变时的心理反应，讨论了战争对非战争区民众身体的间接暴力伤害，以及个人在战争时期对身体的自我控制权的缺失。对身体衰变的忧虑的叙述在汪文宣和汪母的身体从正常变为病态的过程中表露得尤为明显。

《寒夜》中汪文宣的母亲是出生于旧时中国富裕家庭的女性的代表。在和平时期，富裕的家庭给了她良好的教育，也让她的孩子汪文宣在上海完成了大学学业。在被迫迁徙到重庆以前，她过着舒适的生活，身体也处于良好的状态。巴金介绍道，在正常的情况下，她不需要做任何的家务或者其他的工作："她〔因为抗战〕刚回到四川来的时候完全不是这个样子。现在她自己烧饭，自己洗衣服，这些年她也苦够了。"① 当她在重庆开始战时生活时，困难的社会、生活环境开始让她的身体发生了明显的衰变，主要表现在：加速的衰老和身体的病变。

巴金从汪文宣的视角叙述了汪母身体在这两方面的变化以及由此而产生的焦虑。汪母身体的加速衰老主要由她的头发和面容的变化表现出来。在描述汪母在重庆的生活状态时，小说着重介绍了暗示她衰老的身体的表征，例如她虚弱的身体状况和苍白的头发："这个五十三岁的女人，平素多忧虑，身体不太好，头发已经灰白了。"② 类似的关于她衰老的身体的特征在后面的叙述中得到多次重复强调。一日，汪文宣下班回家时，发现汪母正坐在家里，在微弱的烛光下缝补衣服。在这微弱的灯光中，汪文宣留意到了母亲衰弱的身体："她显得那样衰老，背弯得很深，而且一点声息也不出。"③ 该叙述从汪文宣的视角将汪母衰老的面容、隆起的背等因

---

① 巴金：《寒夜》，人民文学出版社1995年版，第52页。
② 巴金：《寒夜》，人民文学出版社1995年版，第4页。
③ 巴金：《寒夜》，人民文学出版社1995年版，第43页。

战争带来的忧愁和劳累所产生的身体衰弱的表征置于狭小而又昏暗的简陋屋子里，传递了汪文宣在战争条件下无力按照中国传统尽孝的无可奈何和忧虑。小说在后半部分扩大了对汪母身体衰变表征的叙述范围，由对她的花白的头发、背的描述扩大到了对她脸部的皱纹、脸颊等其他面部特征的强调。当汪母修剪蜡烛的时候，汪文宣再次通过昏暗的烛光留意到汪母身体的变化："这些天她更老了。她居然有那么些条皱纹，颧骨显得更高，两颊也更瘦了。"①

　　战争引起的社会经济状况及个人生存环境的改变在让汪母的身体加速衰老的同时，也造成病变。在战时的重庆，汪母不得不放弃以前舒适的生活方式，改变自己不做家务的习惯，即使在寒冷的冬天，也只能自己用冷水洗衣服。这一生活方式的微小改变，让她本已加速衰老的身体面临了更多的健康问题，例如她的双手因为浸泡冷水，长满了冻疮。② 在小说的最后，躺在病床上的汪文宣发现母亲在心中的忧虑和生活中的劳累的双重影响下，脸色变得惨白，眼睛变得青肿，"她看起来好像随时都会病倒似的"。③《寒夜》中叙述的这样一位与战争毫无关联的老妇人身体上的微小而又典型的衰变，从间接的角度展示了战争的破坏性对普通民众的影响。

　　战争引起的身体衰变在有关汪文宣的叙述中表露得更为明显。巴金在小说中特别强调了汪文宣的身体在战前战后的变化。正如前文提到的，汪文宣身患肺结核，身体健康每况愈下。汪母在与儿子讨论战争中重庆的生活环境时，明确地表示了战争的影响与汪文宣身体的衰变的直接联系：

　　　　"不要讲了，你好好睡罢。这不怪你。不打仗，我们哪里会穷到这样！"母亲温和地说，她心里也难过。她不敢多看他：他的脸色那么难看，两边脸颊都陷进去了。他们初到这里的时候，他完全不是这样。她记得很清楚：他脸颊丰满，有血色。④

---

① 巴金：《寒夜》，人民文学出版社1995年版，第181页。
② 巴金：《寒夜》，人民文学出版社1995年版，第194页。
③ 巴金：《寒夜》，人民文学出版社1995年版，第246页。
④ 巴金：《寒夜》，人民文学出版社1995年版，第57页。

面对自己难以控制的身体的衰变，汪文宣也频繁地表达自己的忧虑。在《寒夜》的第 22 章，当妻子曾树生决定跟随年轻的穿着进口秋季大衣的经理去远离重庆的兰州工作的时候，他仔细打量了自己由战前的健康状态演变到现在肤色发黄、毫无生气的身体："他埋下头看看自己的身上，然后把右手放到眼前。多么瘦！多么黄！倒更像鸡爪了！它在发抖，无力地颤抖着。他把袖子稍稍往上挽。多枯瘦的手腕！哪里还有一点肉！他觉得全身发冷。"① 小说在汪文宣妻子离家而去的时刻叙述了他衰变的身体，暗示了健康问题与他失去对妻子吸引力的关联，也表明了他对身体衰变的焦虑。

辗转生活于抗日战争时期中国各地的巴金，对战争影响下的中国社会有着细致的观察，在《寒夜》中使用普通民众对身体物质性需求、生命力透支以及身体衰变三个维度的焦虑来间接展现战争产生的影响。《寒夜》是巴金在战时中国意识形态、文化传统语境中创作的小说，其中使用非战争区民众的身体焦虑来呈现战争的破坏性的方式，虽如前文所述根植于战时中国社会的经济文化语境，但是有着世界经历和世界文学体验的巴金采用的展现战争的方式已经异于当时中国的意识形态和文学传统规约。战时的中国主流文化圈选择了从政治的角度来展现抗日战争，主张通过在文学作品中塑造抗战英雄、描写战争造成的直接的战斗和非战斗人员的伤亡以及强调积极抵抗侵略者的价值观念等方式来在中国社会建立支配性的抗日战争叙事，从而服务于组织民众积极抗日、鼓舞士兵斗志的国家意志。在 1937 年 10 月 15 日，日本发起卢沟桥事变仅仅三个月后，中国左翼文联执委会便向中国文学界和社会呼吁战时中国作家将文学创作视为反抗日本侵略和残酷的战争行为的有效武器。左翼文联执委会将文学生产战争化的主张受到后来成立的中国文艺抗日联合会的肯定。中国文艺抗日联合会在 1938 年成立并在它的成立宣言中主张国家命运是中国文学创作主题的决定性因素，中国作家应当用自己的文学创作来协助打赢抗日战争。② 在革命根据地地区，毛泽东主席的延安文艺讲话发挥了引领性的作用。他在讲话中指出，抗日时期的文学创作必须要注意立场、态度和预期

---

① 巴金：《寒夜》，人民文学出版社 1995 年版，第 178 页。
② 房福贤：《中国抗战文学新论》，中国社会科学出版社 2012 年版，第 74 页。

读者,即文艺创作需服务于工人、农民、军人在抗日时期的工作,对军队和抗战盟友应该主动赞扬,对敌人应揭露其暴行。毛泽东主席文艺讲话和中国文学界的两大颇有影响力的作家组织对文学战争化、政治化的方向性引导,将中国文学界引向了服务于抗日战争需要的轨道。受此影响,这时期的许多小说都注重呈现中国的抗日英雄事迹以及中国军队和平民的抗日民族精神。邱东平(1910—1941)的《一个连长的战斗遭遇》(1938)描写了国民党军队的下级军官林青史炽热的爱国热情,以及在一次上海的抗日战斗中,陷入日军包围圈的他带领士兵浴血奋战,最后以较大的伤亡取得胜利,但因违反军令而被处决的故事。阿垅(1907—1967)的《南京血祭》(1939)以报告文学的叙述方式讲述了南京大屠杀中中国军民的英勇斗争和日本军人犯下的滔天罪行;李瘦竹的《春雷》(1941)描述了中国农村地区普通人民的抗日事迹。采取类似叙述主题的中国小说不胜枚举,例如王西彦(1914—1999)的《眷恋土地的人》(1938),端木蕻良(1912—1996)的《大地的海》(1937)等。许多中国学者也注意到了抗战时期中国文学创作的政治化倾向。房福闲在他关于抗战文学的两部著作《中国抗日小说史论》中虽注意到巴金《寒夜》和《第四病室》中的抗战叙事元素,但他通过对抗战小说根据题材进行归类和分析,例如军事抗战小说、文化抗战小说、名家抗战小说等,认为抗战时期的小说创作主要从实用主义的角度强调文学的政治功能,将文学当作引导战时中国民众积极抗日的宣传方式。[①] 张中良在专著《抗战文学与正面战场》(2014)中在大量查阅一手资料及其实地考察的基础上,集中关注了与正面战场文学,如武汉会战文学、衡阳保卫战文学,与作家的国家意识,国家的政策、正面战场上真实的战斗场面的关系等,在抗战文学的功用上,持与房福闲较为类似的观点,即,抗战文学的主要传统仍集中在讴歌中国官兵的英勇精神、描绘战争的惨烈以及赞颂中国军队的指挥和策略等方面,政治化较为强烈。[②] 通俗艺术创作遵循了与文学创作类似的传统。洪长泰(Chang-Tai Hung)在《歌曲的政治:中国革命根据地地区的歌曲中的神话与象征,1937—1949》一文中通过对红色歌曲中有关民众、领袖、军队和

[①] 房福贤:《中国抗日战争小说史论》,黄河出版社1999年版,第71—80页。
[②] 参见张中良《抗战文学与正面战场》,社会科学文献出版社2014年版。

敌人描述的分析，指出，根据地的歌曲创作主要服务于抗日的需要，如聂耳的《义勇军进行曲》，鼓舞了民众的抗日精神，并表达了对党和军队在抗战中贡献的肯定。① 美国学者帕克斯·科布（Parks M. Coble）在《中国对抗日战争的新式铭记，1937—1945》一文中指出，抗战时期的报刊文章在政治思想的引导下，倾向于减少对日本在战争对中国军队和民众造成的伤亡的描写，注重凸显中国军民的英勇抗日，以鼓舞抗日士气。② 抗日期间的漫画创作同样受到政治化思想的影响。澳大利亚汉学家路易斯·爱德华（Louise Edwards）在《中国战争时期的性暴力：抗日战争中的漫画宣传》一文中通过对《国家救亡漫画》（*National Salvation Cartoons*）和《抗日漫画》（*War of Resistance Cartoon*）中身体刻画的分析，指出抗日时期的中国漫画家通过描述受到日军性侵犯的女性身体来激发民众的抗日热情。③

文学、新闻报刊文章、歌曲和漫画等各类文学艺术创作，在抗战时期响应国家和民族意志需要，为中国知识界和文化界营造了支配性的有利于抗战的叙述，为抗日战争的最终胜利做出了巨大的贡献，但是将这些文学作品放入世界文学的历史长河中审视，他们在成功地实现协助战争宣传任务的同时，也失掉了对文学艺术自身传统价值的重视。用美国现代作家海明威的话说，这样的政治化叙述脱离了实际的社会文化现实，生成了一种表意危机。他继续阐释道："诸如荣誉、勇气等抽象的词语在真实的乡村名字、道路的数量、河流的名字、军队的数量和日期这些实际的语言前显得空洞而又下流（hollow and obscene）。"④

正如英国学者劳拉·阿希（Laura Ashe）和伊恩·帕特森（Ian Patterson）在讨论战争的文学表现形式的著作《战争与文学》中所提到的"战争文学的文学表现形式与战争本身的形式一样纷繁多样"，⑤ 巴金通过自

---

① Chang-tai Hung, "The Politics of Songs: Myths and Symbols in the Chinese Communist War Music, 1937–1949", *Modern Asian Studies*, 30 (4), 1996, pp. 901–929.

② Parks M. Coble, "Writing about Atrocity: Wartime Accounts and Contemporary Uses", *Modern Asia Studies*, 45 (2), 2011, pp. 379–398.

③ Louise Edwards, "Drawing Sexual Violence in Wartime China: Japanese Propaganda Cartoons", *The Journal of Asian Studies* 72 (3), 2013, pp. 563–586.

④ Ernest Hemingway, quoted from Robert Weimann, "Text, Author-Function, and Appropriation of Modern Narrative: Toward a Sociology of Representation", *Critical Inquiry*, 14 (3), 1998, p. 444.

⑤ Laura Ashe and Ian Patterson, eds., *War and Literature*, Cambridge: D. S. Brewer, 2014, p. xii.

己的亲身经历和观察，在《寒夜》中采取了身体焦虑叙事的方式来展现战争对中国个体、社会、文化的影响。具体来讲，《寒夜》中的三种身体焦虑表明抗战时期的中国社会个体的身体的外在形态和内在需求都处在解体的状态中，例如，面色、健康状态、劳动能力的衰变，身体在衣物和食物方面基本需求的贫乏，个人因与社会体制的监视不和谐而产生的与社会环境和制度的疏离。具体来讲，拥有教育学学位的汪文宣和妻子曾树生在战争的影响下放弃在欠发达的中国推广教育的价值观念和事业理想，为获得生存所需的基本衣物和食物委曲求全并在内心产生焦虑，暗示了战争破坏了构成特定社会中个体的自我价值观念和文化传统，迫使他们将全部精力投入到对人类基本需求的满足上，这在一定意义上暗示了战争的破坏让人类社会退化到了仅关注生存的动物性层面。小说中对生命力透支的焦虑，表明了战争时期个体与社会体制之间的冲突以及个体在此类冲突中的被支配地位。以汪文宣所在公司及其相关工作人员为代表的社会体制通过控制个体生存所需的物质来源来支配个体，对个体的生命力施加无形的暴力，在某种程度上破坏了个人自我与物质世界、社会体制之间的合理界限。对身体形态衰变的焦虑直接展现了战争对个人身体施加的暴力，以及对个人对自己身体状况变化的无能为力，暗示了自我在战争影响下的逐步消解。小说中叙述的身体及其自我的退化说明了战争影响下的社会环境、制度和文化已经通过对个体身体的外在伤害和内在心理的摧残，暴力性地打开了身体和自我的边界，破坏了身体、人的内部世界与外界的界限。

战争带来的直接影响是数不尽的死亡与恐惧。巴金在《寒夜》中也诗化地呈现了战时中国社会发生的死亡与焦虑，但是这些死亡、焦虑与战争的破坏性并没有直接的关联。小说中的身体的焦虑与死亡表露了个体在战时社会的退化以及个体与社会体制、文化的相互界限、意义的重新构建，从而以间接性方式展现了战争影响下社会和个体的全貌。这种战争叙事方式虽然以中国社会发生的事例为创作对象，但是在展现战争的方式上脱离了中国本土的政治性抗战叙事传统，并未对主流文学创作所倡导的文学政治服务任务涉入太多。《寒夜》中用三种身体焦虑叙事来展现战争对社会影响的方式，是将中国战争时期的社会实际情况有选择性地抽离出来，结合巴金的世界经历和世界文学体验形成了一种新的战争叙述方式。这种叙事方式将身体的外在特征如面色、头发等，内在特征，如疾病、焦虑以及身体对社会活动的参与等，作为展现战争中产生的新的自我、社会文化边界和意义等的方式。这种展现战争对人类社会影响的方式符合并能反映战争中中国本土的人、社会和环境，同时其使用的身体焦虑这一媒介及其着重表达的战争对自我、社会文化边界等方面的影响又不拘泥于某一具体的民族和文化，与战争对其他国家、社会的影响具有共通性，可为战争对其他社会的影响的呈现提供借鉴意义，在某种程度上是中国本土现实状况与世界文学主题、叙述传统的综合体，跨越了单一的语言和国别。巴金的战争叙述方式既形成了在普遍意义上自成一体的文学逻辑与风格，也能够从某种程度上反映客观世界的现实状况，从而避免了海明威担心的语言危机，是巴金贡献的具有中国特色的世界性战争叙述方式。

巴金这种使用身体焦虑叙事来展现战争对人性及社会、文化边界的影响的战争叙述方式也是世界战争文学叙事中的一员。例如美国作家厄内斯特·海明威在作品《太阳照常升起》（*The Sun Also Rises*，1926）中通过叙述杰克·巴恩斯因在意大利前线战争脊柱受伤而性功能障碍的身体问题以及他的意中人对身体和肉欲的执爱来展示第一次世界大战对个体的心理、价值观念及其生活理想的伤害。海明威在随后发表的小说《永别了，武器》（*Farewell*，*Arms*，1929）中通过亨利的妻子凯瑟琳难产而死的身体事件展现战争对人类生活的摧残。在第二次世界大战中，海明威又发表了著名的战争题材小说《丧钟为谁而鸣》（*For Whom the Bell Tolls*，1940）。在这部作品中，他使用将自然事物身体化的手法来展现战争中人与自然界边界的模糊，例如将受到攻击的山脉类比为少女的乳房，将行进中的军车描述为病人等。其他作家如美国一战作家多斯·帕索斯（Dos Passos，1896—1970）在其作品《十九，十九》（*Nineteen*，*Nineteen*，1932）中，美国内战作家路易斯安那·阿尔科特（Louisa May Alcott，1832—1888）在她的自传作品《医院素描》（*Hospital Sketches*，1863）中分别通过描述伊芙琳·哈钦斯（Eveline Hutchins）和安娜·伊丽莎白（Anne Elizabeth）等女性角色在第一次世界大战以及阿尔科特自己在美国内战中在生活和工作空间上获得的自由，从积极方面阐释了战争中新的性别观念和边界的生产与传播。可见，《寒夜》中通过身体焦虑的叙述对抗日战争中中国社会的意义和边界重构的讨论已经超越了中国本土文化的范围,是世界战争叙事群星中一枚璀璨的星宿,与世界其他经典作家的战争叙事并驾齐驱,可以为其他地区的民族的战争叙事提供借鉴模型。巴金的这种以中国本土材料为创作对象,探讨世界性战争叙事的文学创作艺术应和了王宁对世界文学特征的归纳:世界文学最重要的特点之一就是要抓住"特定时代的美学脉搏",① 这也是密特朗认为他的著作"富有力量与世界性意义的敏锐力与清醒感,在注视着生活"的原因。

但是我们在注意到巴金抗战叙事的世界性特征的时候,也不能忽视这些世界性的特征来自于巴金对中国本土民族文化的提炼和观察。瑞典汉学家马悦然在点评中国现代作家时指出,《寒夜》是巴金写得最好的作品,且具有明显的世界主义特征:"《寒夜》写得最好,非常像一位获诺贝尔奖的埃及作家。把他的作品改成中国的城市、人名,就像巴金的作品。相反,巴金的作品也有同样的可能。"② 作为诺贝尔奖评委的马悦然认为巴金的作品与诺贝尔奖获奖作品的类似,肯定了《寒夜》在世界文学中的中心位置,指出了巴金对抗战时期中国社会的叙述在更广泛意义上对世界战争叙事方式的贡献,但他认为将《寒夜》中的地名、人名等更换为埃及的地名和人名就会与埃及作品类似,忽视了巴金对中国本土文化的细致观察和使用,未认识到巴金作品的本土性特征。巴金对战争叙事《寒夜》中的身体焦虑及情节的冲突虽与战争中普遍性的经济困难紧密联系,但是也与中国特有的婆媳、夫妻关系,与工作场域中中国式的上下级关系密切相连,将《寒夜》的故事情节和叙述直接迁移到任何异域的语境中都会水土不服。丧失了本土民族文化的世界文学,正如汉学家宇文所安(Stephen Owen)指出的,会成为西方文学创作潮流的翻版,也就失去了自己的特点,失去了对世界读者的吸引力,终将会与泰戈尔的现代诗歌一样,放在旧书架上,无人问津。③

---

① Wang Ning, "'Weltliteratur': From a Utopian Imagination to Diversified Forms of World Literatures", *Neohelicon*, 2011 (38), p. 299.

② 李辉:《告别马悦然,他曾是中国作家与诺奖的桥梁》,https://new.qq.com/omn/20191024/20191024A0L67U00.html(accessed by 15/11/2019)。

③ David Damrosch, *What is World Literature*? Princeton and Oxford: Princeton University Press, 2003, p. 19.

第三节　生命健康政治演变叙事与世界战争文学：以《第四病室》和《寒夜》为例

> 就说住院罢，从前在南京、上海，只要搬进医院，你身上不用带一毛钱。现在连胶布都要自己去买来。没有胶布你休想换药。再说：你缴了一笔住院费，不到你出院，过两天钱扣得差不多了，入院处的彭先生就会跑来像讨债一样逼着你要钱。简直跟客栈一样……①
>
> "是啊。就是旅馆客栈，茶房也不会这样招待客人的，"第六床接嘴说。"你看他好痛苦，心里难过啊！他们就不管他，让他喊下去。他喊了大半天，给他吃点止痛药，睡药也好。"②

巴金在小说《第四病室》中的两段叙述清晰地表明了战争影响下中国社会的生命健康管理模式发生了变化：需要自费买好医用的胶带才能住院说明，与战前相比，战争中的中国政府和社会提供的医疗服务将经济能力欠缺的民众排除在外，仅为部分有经济实力的人开放；医疗人员对病人的粗暴对待和放任不管表明战争影响下的中国医院由培育生命健康的空间演变为对病人施加痛苦和健康威胁的问题生产机器。小说《第四病室》写作于抗战期间，发表于1947年。它以抗战时期贵阳市的某医院为背景，以日记体为叙述形式，通过一个虚构的陆姓病人，讲述抗日战争末期医院第四病室里的工人、农民、城市平民以及士兵等各类病人受到的痛苦、虐待直至最后死亡的故事。上文分析的小说《寒夜》除注重以身体焦虑的形式来间接呈现战争外，还与《第四病室》类似，通过汪文宣和他的朋友老钟、柏青等人的医疗经历，展示了抗战时期重庆生命健康管理模式的变化。

巴金的《第四病室》与《寒夜》类似，被翻译为日语、英语等文字，不仅走进世界各国读者的视野，是世界文学的一部分，还得到了国际学者的积极评论，例如，加州大学戴维斯分校的奚密（Michelle Yeh）认为这

---

① 《巴金全集》第8卷，人民文学出版社1989年版，第211页。
② 《巴金全集》第8卷，人民文学出版社1989年版，第287页。

部小说通过对抗战时期中国人文主义的展示，不仅体现了巴金最好的文学创作水平，也阐释了巴金被称作"中国良心"的原因①。学者们对《第四病室》的研究也主要关注这部小说与中国文学文化的关系，很少将其置于世界文学的语境下进行讨论，也没有关注其中的关于抗战时期生命健康政治变化的叙述。例如，严丽珍通过分析《第四病室》中贫瘠的医疗条件，例如药品短缺、糟糕的医疗服务等，认为小说反映了战争时期中国医疗体系的问题以及对病人的非人待遇。②与此类似，孔海立对《第四病室》中医生和病人的行为进行了分析，认为小说反映了战时中国社会的精神和身体的疾病以及对人性的践踏。③学者冯陶从叙事空间和叙事时间维度对《第四病室》进行了考察，认为巴金小说中采用的日记体和书信体叙事结构在描述抗战时期中国病人艰辛的遭遇时为读者营造了一种较为客观的印象。④

有鉴于此，本节将重点分析这两部抗战小说中有关中国生命健康政治演变的叙事及其展现的本土和世界性特征，回答以下问题：巴金抗战小说中的中国健康管理模式发生了怎样的变化？这些生命健康政治的演变叙事与世界战争文学有什么关联？他们在哪种意义上体现了密特朗总统提到的"世界性意义的敏锐力与清醒感"？具体来讲，本节将首先勾勒战前中国社会的生命健康管理话语和模式，然后讨论巴金作品中战争影响下中国社会演变出的两种生命健康管理模式：即由《寒夜》中的汪文宣及其好友老钟以及《第四病室》中第11床病人经历所呈现的"放任死亡"政治，和《寒夜》中柏青的妻子及孩子还有《第四病室》中第6床病人的经历所展现的"制造死亡"政治，最后讨论巴金的生命健康政治叙事与世界战争文学的关系。

生命能力（bio-power）的管理模式是众多学者关注的焦点。米歇

---

① 参见 https://www.goodreads.com/book/show/13237196-ward-four（accessed by 14/11/2019）。
② 严丽珍：《论巴金小说中的人物形象》，博士学位论文，复旦大学，2009年，第88—102页。
③ Haili Kong, "Disease and Humanity: Ba Jin and His Ward Four: A Wartime Novel of China", *Frontiers of Literary Studies in China*, 6 (2), 2012, pp. 198–207.
④ 冯陶：《〈第四病室〉的时空意义探微》，《名作欣赏》2010年第6期，第79—80, 89页。

尔·福柯在他举世著名的《性史》系列著作和零散的演讲中将生命能力的管理分为两个层面，一方面注重提升人类个体的生命能力，并将这些有益的生命能力导入到促进国家、社会发展的系统中；另一方面注重对群体生命力的改善与提升，即宏观上对特定族群的生、老、病、死等方面的优化管理。美国学者保罗·拉比诺（Paul Rabinow）和英国学者尼古拉·罗丝（Nikolas Rose）发展了福柯的观点，在《今日生命能力》一文中认为当今生命能力的管理转向为注重在种族、人口、生命制药等方面如何生产相关的话语体系、发展利于群体生存的策略以及相关策略具体实施方式等层面的生命能力管理模式的探究。① 安东尼奥·奈格里（Antonio Negri）和麦克尔·哈特（Michael Hardt）在《帝国》一书中从全球化生产的角度来探讨对生命能力的管理，指出对生命能力的管理应当服务于从全球获得帝国所需要的"剩余"价值或商业价值的目标。② 这些学者对生命能力管理的观点都暗含了对微观个人生命能力和宏观上整个族群生命能力的发展、控制、使用以及当国家或社会受到威胁时对个人生命的决定权力。这些研究中对特定社会的生命健康管理模式的分析框架，包括生命健康话语的构建、宏观和微观上的生命健康管理策略及具体实施方式等，对探究抗战影响下的中国社会的生命健康政治有很好的借鉴意义。

正如前文所述，巴金对抗战前和抗战时期中国社会的生命健康管理模式有切身的观察和体验。战前巴金曾在上海和中国其他城市从事出版和写作工作，战争中，他和矛盾、老舍、郭沫若等文人一起辗转于中国各大城市，参与各种抗日活动。《寒夜》和《第四病室》，根据巴金的自述，是他提取战时自己在重庆的一个朋友的经历，以及自己在重庆沙坪坝住院的体验写成，所以在某种程度上，这两部小说叙述的生命健康模式的变化是对中国现实的反映。抗战以前，随着1911年推翻清朝统治的辛亥革命和1919年主张学习西方的"五四运动"的爆发，在中国社会占统治地位的儒家思想也随之崩溃，丧失了对中国社会文化及相关规范的解释权威。以欧美和日本归国留学生为代表的中国新兴精英阶层在破除陈旧的封建文化

---

① Paul Rabinow and Nikolas Rose, "Biopower Today", *BioSocieties*, 1 (2), 2006, p. 196.

② 参见 Michael Hardt and Antonio Negri, *Empire*, Cambridge, MA: Harvard University Press, 2000。

的同时，尝试在中国社会建立新的既针对整个民族也针对个体的生命健康管理话语、策略及其具体的实施方式。在建立新的生命健康管理模式的指导思想方面，中国新兴的精英阶层舍弃了中国传统观念中认为身体是与宇宙相连的神圣物体的观点，接受并传播了西方科学中对优生学及其医疗科学对身体的阐释。在谈到中国近代医学观念时，荷兰汉学家冯客（Frank Dikotter）在《不完美的构想：医学知识、出生缺陷及中国的优生学》（1998）一书中认为西方的科学在此时期的中国被视作"真理的护身符"，中国社会将科学视为"可以为任何领域提供最终解释的整体的、统一的认知"。[1]

通过对抗战以前中国社会报刊、社会活动、科学实验以及政府设立西式医院等行为的分析，我们发现战前在中国社会占支配地位的生命健康管理模式主要通过生产和宣传欧美有关生理身体规律和女性生育知识、修建医疗卫生基础设施以及将提升生命能力的责任主体化等方式来提升人口的整体生命能力。然而随着战争带来的对中国社会、经济和政治的影响，在巴金的两部抗战小说《寒夜》和《第四病室》的叙述中，中国社会的生命健康管理模式由提升生命能力的模式演变为生产伤病的政治。当然这也与中国的实际情况相呼应。战前中国为改善国民生命健康素质而建立的欧美式医疗卫生体系、相关的医疗设施及其培训的医护人员，根据美国学者叶嘉炽（Ka-Che Yip）的研究，尚不足以为中国全体人口提供良好的医疗服务。日本发动的侵华战争不仅破坏了这些中国艰难建立的医疗设施，还占领了中国基础设施相对完善的中东部大城市，夺取了这些地方的医疗资源，迫使大量的中国民众逃亡到欠发达的西部地区，例如巴金抗战小说中提到的重庆和贵阳，这破坏了中国提升人口生命健康能力的努力。[2] 据统计，在抗战期间，将近5000万人从中东部日占区迁徙到其他地方，迁徙过程中产生的诸多问题，例如"拥挤、疲劳、营养不良"等，加速中国

---

[1] Frank Dikötter, *Imperfect Conceptions: Medical Knowledge, Birth Defects, and Eugenics in China*, London: C. Hurst & Co. (Publishers) Ltd., 1998, p. 65.

[2] Ka-che Yip, "Disease and the Fighting Men: Nationalist Anti-Epidemic Efforts in Wartime China, 1917–1945", in *China in the Anti-Japanese War*, 1937–1945, edited by David P. Barrett and Lawrence N. Shyu, New York: Peter Lang Publishing, 2001, p. 173.

社会各类疾病的产生与传播，更为恶化了中国的医疗卫生状况。① 本节即将分析的《寒夜》和《第四病室》中的人物，例如汪文宣一家，第11床、第6床的病人都是因为战争原因从中国的其他区域迁徙到重庆和贵阳。巴金的这两部以抗战为背景的小说均涉及了战争期间中国社会疾病和瘟疫流行的状况，以及政府相应的生命健康政治：面对恶化的医疗卫生状况，中国社会及相关机构在宏观和微观层面上放弃了战前主张的提升生命健康能力的干预模式，转而实行"放任死亡"的生命健康政治。

巴金在《第四病室》的开篇用与虚构的叙述者陆怀民通信的方式叙述了战争时期以重庆卫生局长为代表的公共权力机构不仅消极地预防和治理周边发生的"霍乱"疫情，还利用自己在社会中的话语主导权，欺骗性地掩盖流行病发生情况，让普通大众在疫病已经夺走数百人生命后，仍然毫无保护地暴露在危险的卫生环境中：

> 收到你的"日记"的时候（它在路上走了四个月），我一个朋友刚刚害霍乱死去，这里的卫生局长（用我们家乡的土话解释，他倒是名符其实的"卫生"局长了）还负责宣言并未发现霍乱。今天在人死了数百（至少有数百罢）而局长也居然"发现"了霍乱之后，我还看见苍蝇叮着的剖开的西瓜一块一块摆在接头摊上引诱流汗下力的人，停车站旁边人们大声叫卖冰糕，咖啡店中干净的桌子上，客人安闲地把一碟一碟的刨冰倾在西瓜水杯子里，无怪乎盟国的使节也感染到了虎疫。住在这里，人好像站在危岸的边缘，生命是没有一点保障的。②

《第四病室》中公共权力机构放任民众感染疫病的生命健康管理政策与《寒夜》中政府对重庆市疫病医院设施和人员的配置表现了一致性。《寒夜》的后半部分，汪文宣的好友钟老突然感染霍乱，在同事小潘的协

---

① Ka-che Yip, "Disease and the Fighting Men: Nationalist Anti-Epidemic Efforts in Wartime China, 1917–1945", in *China in the Anti-Japanese War*, 1937–1945, edited by David P. Barrett and Lawrence N. Shyu, New York: Peter Lang Publishing, 2001, p.173。

② 《巴金全集》第8卷，人民文学出版社1989年版，第200页。

助下被送到了作为战时陪都的重庆的唯一一所时疫医院。巴金从小潘的视角对医院的宏观状况进行了描述:

> 那个医院是临时改设的。糟透了。一共只有两个医生,四个护士,二十张病床。现在收了三十几个病人。有的就摆在过道上,地板上,连打盐水针也来不及,大小便满地都是,奇臭不堪。病人还是在陆陆续续送来。全城就只有这么一个时疫医院,而且汽车开不到门口,还要用滑竿抬上去。钟老送到医院,医生来看了病,的确是霍乱。又等了一点多钟,才有人来给他打盐水针。①

这段描述中指出这是战时陪都重庆唯一的时疫医院,并且是"临时改设的",表露了公共权力机构并未制定政策、协助民众预防和治疗流行疾病,放任流行病的传播和感染者的死亡,与《第四病室》中的重庆市卫生局消极的疾病预防和治疗政策一致。政府在临时医院中配置的医护人员、药品和医疗设施也远远不能达到治疗病人的要求。同时,重庆作为战时中国的首都,在理论上,不论是医疗资源、财政拨款还是政策的制定上均会获得政府的优先支持。因而,巴金对重庆医院设施的描述暗示了中国其他区域更为恶劣的医疗条件,民众面临更为严峻的健康威胁。

在展示战时中国社会宏观政策和措施方面"放任死亡"的生命健康政治的同时,巴金的两部抗战小说还提供"放任死亡"政治影响下的个体案例。《第四病室》中的第11床的病人身体健壮,因为微小的皮外伤而入住贵阳的一家医院,但是因为医院和所工作公司放任不管的生命健康政策,最后死亡。在小说的叙述中,这位病人来自于农村,在一次工作中身体遭受不明的工伤,但身体仍处于健康状态。根据小说虚构的叙述者陆怀民的描述,这位病人刚入院时皮肤黝黑并且非常健壮,手臂上有巨大的肌肉,好像随时都要挣脱皮肤的束缚跳出来一样。②"黑红色"的皮肤和健硕的肌肉暗示了这位来自农村的病人擅长从事对身体素质要求高的体力劳动,强调了他良好的身体素质。医院的男护士老郑也注意到第11床病人

---

① 巴金:《寒夜》,人民文学出版社1995年版,第232页。
② 《巴金全集》第8卷,人民文学出版社1989年版,第219页。

刚入院时脸色健康、红润。① 但是在治疗的过程中，因为他所工作的公司拒绝支付他因工伤而产生的医疗费用，而来自农村的他也无法承担相应的费用，因而被医院排除出可提供医疗服务的对象，拒绝提供相应的药物。因为缺乏相应治疗，他的身体状况不断恶化，产生了巨大的痛苦，让他像濒临死亡的动物一样哀叫。② 当医生例行检查病人状况时，并没有尝试采取任何措施来减轻他的病症，相反他们直接走过他的病床，并未做任何停留。在医院将其排除出可提供治疗的对象后，第11床的病人的脸色由健康的红色转为黑色并死去。《寒夜》将"放任死亡"的生命健康政策进行了主体化，即让个人承担"放任死亡"政治的责任。小说中的主人翁汪文宣，如前文所述，患有肺结核，经常胸部阵痛、咳血、发烧和出冷汗。但是战时造成的通货膨胀让他无力承担家庭的开支和相关的医疗费用，汪文宣将支持家庭经济作为首选，主观上选择了放任病情的发展，最后像第11床病人那样死去。汪文宣的死亡脱离了与公共权力机构和政府责任的直接联系，而他自己因经济状况在治疗时间和治疗方式上的主观选择上成为了病情恶化并死亡的直接责任方。

在展现抗战时期的"放任死亡"的生命健康政治的同时，巴金的《第四病室》和《寒夜》还叙述了战争时期中国社会由医院及其他权力机构主导的"制造死亡"政治。一方面政府及医院相关机构并未尽责向民众提供安全的医疗服务环境，而是将内科病人与外科病人并置，或者将带有健康威胁的医疗环境和设施提供给新入住病人，从而对民众健康造成威胁，导致死亡。另一方面，民众遭受医院及其他权力机构诸如误诊、虐待、限制就医条件等医疗暴力，身体素质出现下降，生命健康受到威胁。

《第四病室》中的贵阳某医院不仅将以往病人使用的医疗器具未经彻底消毒直接分发给新来病人使用，还将传染病病人与非传染病病人安置在同一病室。叙述者陆怀民第一天到达医院的时候便收到汪姓护士关于卫生环境的警告。她说道："这里铺盖少，病人多，洗得不勤，不大干净。自己带铺盖来，好一点。"③ 医疗环境的安全是中国知识分子主张引进的欧

---

① 《巴金全集》第8卷，人民文学出版社1989年版，第245页。
② 《巴金全集》第8卷，人民文学出版社1989年版，第277页。
③ 《巴金全集》第8卷，人民文学出版社1989年版，第202页。

美医疗体系关注的重点之一,并且医院的安全性也受到入住病人的信任。陆怀民在听到护士的介绍后的想法,表露了病人对医院健康环境不设防的心理,"我心里倒想:'住在医院里,害怕什么不干净'"。① 病人对医院健康安全环境的不设防也从侧面展示了医院对病人健康的潜在威胁。护士关于医院环境的描述,在陆怀民入住后的观察中得到证实。他发现他病床上的被子虽然洗过,但是仍有前面病人留下来的碗口大的黄色的药迹,病床下的地板也是"阴湿、污黑",容易滋生病菌。此外,在与一位医生的对话中,陆怀民还得知,因为病床紧缺,他相邻床铺的病人和病室中的第3床的病人都是传染病患者,而病室中的其他人仅是外科手术病人。将传染病病人安排在外科手术病人中间,带来了巨大的病症传染威胁,让医院成为了威胁个人健康的问题空间。

医院环境的健康威胁在第6床病人的经历中得到证实。第6床病人与第11床病人类似,来自于农村,且在入院时身体健壮,最后因为医院的原因而死。在小说的叙述中,第6床病人是家中的独子,他年老的母亲本不让他离家到贵州去工作,离开家时,他刚结婚一个月。在一次交通事故中,他手臂受伤,因而被送去了一家军队医院。这家军队医院相比第四病室,不仅医疗环境存在巨大的致病危险,而且医疗救护人员更加缺乏。这家医院接收军队中感染斑疹风寒的士兵,但不具备基本的治疗环境和条件,仅有一名医护人员,且屋顶漏雨。第6床病人入住这家医院时,天降大雨。在没有任何人照顾的情况下,他被彻夜独自安顿在充满雨水且带有前面士兵留下的斑疹病毒的病房。医院中潮湿且带有病毒的病房让仅受皮外伤的他感染了致命性的斑疹风寒,这也是他最后死亡的重要原因。

民众在医疗过程中受到的来自医院和其他权力的暴力是巴金抗战小说中"制造死亡"生命健康政治的另一重要组成部分。《第四病室》中的第6床病人后来转院到陆怀民所在的病室,感染的斑疹病毒让他高烧到105度,严重威胁到生命。医院虽未提供相关治疗药物,但是让男护士老郑协助实施"多喝水"的退烧治疗方式。第6床病人因难以忍受病痛的折磨不断地呻吟和乱动,在巴金的叙事中,老郑用本应用于治病救人的绷带,强行将第6床病人绑在病床上,且拒绝为6床提供便壶以配合医生"多喝

---

① 《巴金全集》第8卷,人民文学出版社1989年版,第202页。

水"退烧治疗方法：

"小便壶又满了，他们也不来倒，"他抱怨着。我知道今天下午老郑上班的时候，已经倒过便壶了。下一次倒便壶的时间应该是晚上九点钟以后。

老郑意外地走进来了，他来跟汪小姐讲什么话。

"老郑！老郑！"第6床大声喊道。

老郑好像没有听见似的，连他的耳朵也不动一下。事实上他不会听不见这个叫声。

"老郑！"第6床又叫了一声，他的声音已经沙哑了。老郑却掉转身子要往外面走了。

"老郑，第六床叫你去！"第9床坐起来特别用劲地唤道。

老郑板起面孔，大步向第6床走来，但是走近第8床床脚便站住了，不客气地问道："你喊什么？"

"我的小便壶满啦，"第6床答道。

"我没得空！"老郑冷冷地说，他似乎连看那个病人一眼也不愿意，就把身子掉开了。①

男护士老郑故意拒绝倒便壶的行为阻断了第6床需要的退烧治疗，再加上缺乏药物，他接连高烧几天，最后变得疯癫，身体也由健康状态变为病态。陆怀民注意到，他刚入院时年轻、健康的面容变得蜡黄，嘴唇干裂，眼球的白色部分也泛黄。最后在医院中死去。

巴金在《寒夜》中也叙述了战时中国社会的医疗暴力及其致使民众死亡或身体素质下降的后果，主要体现在医院对柏青怀孕妻子的误诊，以及柏青的上级拒绝批准柏青陪同妻子生产的申请的叙事中。柏青是汪文宣的中学同学。他在一个离城较远的乡下公司工作。当柏青怀孕的妻子去医院进行产检时，医生错误地诊断为柏青的孩子可以顺产，并且预产期在两周以后，因而拒绝让柏青的妻子住院待产。同时，柏青试图向公司上级请假，陪同妻子待产，在照顾妻子的同时，确保妻子生产安全，但是柏青的

---

① 《巴金全集》第8卷，人民文学出版社1989年版，第347页。

上级拒绝了他的请求,并要求他返回工作岗位。事实上,与医院的诊断相反,柏青的妻子在三天以后便开始生产,且孩子不能顺产。最后因为难产,又无人及时协助送往医院,母子均死亡。当柏青得到消息从工作单位返回时,妻子的尸体都已经变得僵硬。医院的误诊和柏青的上级拒绝批准他陪同妻子就医待产的行为在某种程度上是一种医疗暴力,人为阻断了民众获得恰当、正确的医疗服务,保全生命健康的权利。医疗暴力在造成柏青妻、子死亡的同时,也影响了他的生命健康。在妻子死后,他的心理受到严重创伤,不断想象妻子因难产时痛苦难耐的孤独的喊叫。他中断了自己的工作,请了长假,日夜酗酒。他的生理身体素质也明显下降。汪文宣注意到三十岁的柏青看起来至少老了十岁,"相貌全变了,声音也哑了,两颊陷进那么深,眼里布满了血丝。围着嘴生了一大圈短短的黑胡子"①。

　　战争在破坏原有边界的同时,也孕育着权力关系、社会传统、价值观念的变化。巴金在《寒夜》和《第四病室》两部抗战小说中使用真实的中国地名与虚构的日记体和叙述者相结合,展示了中国社会生命健康管理模式的变迁。战前,中国社会实行的积极生命健康管理模式,主张通过引入欧美生理学、医学相关的观念、技术以及相关观念的主体化策略提升个体和整体人口的生命能力,而在战争中,社会个体的生命健康需求与医院等社会权力机构的生命健康管理策略走向对立。具体来讲,在宏观层面上,战时中国社会的生命健康管理由战前重视人口身体素质的提升,演变为从政策上和主观上对民众生命健康的主动忽视,例如,《第四病室》中重庆市卫生局长隐瞒疫病爆发的情况以及随后对疫情的消极应对,《寒夜》中重庆市时疫医院匮乏的设施以及广泛意义上战时中国社会对时疫医疗设施的消极投入的情况。其次,医疗及其他权力机构还演变为某种意义上的死亡生产机器,试图剥夺中国民众获得合理医疗服务、维持/提升生命能力的渠道和权利,对民众实施医疗暴力。例如,《第四病室》中医院为病人提供具有感染致命性传染病的医疗环境,将无经济能力的民众排除在医疗服务之外,对病人施加虐待、阻断治疗等行为;《寒夜》中医生对病人情况的误诊以及权力机构阻断民众合理医疗申请的行为。这些普通民众在西式医院中遭受暴力并导致死亡的叙述在某种意义上是对战前中国

---

① 巴金:《寒夜》,人民文学出版社1995年版,第83页。

社会主张引进欧美医疗理念和技术以改善人口生命健康的反讽式呈现，也从侧面展现了战时中国的医院和其他权力机构由提升生命能力的主体变为问题和危险的生产机器。

生命健康模式负面变化还在象征和隐喻意义上体现了战争中民族国家秩序状态的转变。朱丽娅·克里斯特娃在谈到生命健康与民族国家状态的关系时，认为民族国家的健康运行"依赖于对洁净和正当的身体的区分。问题身体（abject body）挑战这一［民族国家］秩序，证实了它的［民族国家秩序］不稳定本性，展示了明确区分洁净与不洁净，秩序与无序的不可能性。象征秩序既无法接受也无法拒绝这一反叛身体"①。克里斯特娃的论述中指出了"问题身体"对民族国家正常秩序的破坏性。公共秩序中出现的大量的疾病身体不仅增加了区分社会中正常与非正常现象的难度，也表露了这些问题身体融入民族国家秩序正常运行的风险。小说中"放任死亡"和"制造死亡"生命健康政治生产的病态身体，例如感染肺结核病放弃治疗的汪文宣、因为医院误诊而产生身体问题的柏青一家、未得到合理治疗的第6床和第11床病人，来自于中国社会的知识分子、农民、工人等各个阶层。这些带病的社会个体对各类公共活动、社会生产的参与，管理者对这类问题身体的熟视无睹，表明这类问题身体已经融入到社会秩序的正常运行中，暗示了国家秩序的病态。

战争中社会的变化也是世界各地的文学作品、历史和社会研究关注的对象，但他们中的许多作品与巴金的战争叙述视角略有不同，主要关注战争为社会凝聚力、阶级、性别和民族融合方便的积极影响。例如，英国的历史社会学研究者亚瑟·马威克（Arthur Marwick）在他广为引用的文章"全民战争的问题与影响：加拿大、美国、英国的战争经历"（Organizing Society for Total War: The Canadian, American, and British Experience 1914–1918, 1939–1945）中以第一次世界大战和第二次世界大战中的美国、英国和加拿大社会为例，从历史的角度主要叙述了战争给社会带来的积极变化。他指出，不论特定社会中的精英阶层和政府管理者采取何种政策，战争都将为社会带来大规模的人口流动，使

---

① Julia Kristeva, quoted in Michelle Keown, "Whose Paradise? Representations of the Body in the Indigenous Literatures of the South Pacific", Ph. D. Dissertation, University of Kent, 2000, p. 121.

经济模式由市场经济转为国家主导的战时经济，使社会各类力量更加凝聚，相互的联系更加紧密，使女性和其他有色人种、边缘化的人群通过参与战争中的相关工作实现社会和政治地位的提升，以及战前受到限制的各类思想因为战争中原有边界的破坏而得到广泛传播。① 马威克通过对第一次世界大战和第二次世界大战英、美、加社会历史的研究指出了战争为社会带来的挑战，也侧重说明了战争对妇女、少数族裔以及其他边缘化人群的社会政治地位带来的积极影响。与此类似，欧美的战争文学作品也从侧面表露了战争在破坏原有秩序的同时为民族融合、阶层融合带来的机遇。例如，美国现代作家卡明斯（E. E. cummings，1894—1962）在自传体小说《巨大的房间》（*The Enormous Room*，1922）中通过描写第一次世界大战中自己在法国监狱生活的经历来展现战争为社会中种族、阶级融合带来的积极变化。在监狱中，来自不同阶层、不同种族、说不同语言的人住在一起。在他的叙述中，这种偶然的素未谋面的个体朝夕相处的战争生活一方面打破了和平时代资产/中产阶级注重私密、在日常生活中对独立空间的强调，让不同阶级的人吃、住、排泄都在同一个房间中进行，另一方面，让传统意义上的殖民宗主国的民众，例如法国人、比利时人、荷兰人、俄罗斯人、德国人等与通常和他们对立的被殖民国家的民众，如阿拉伯人、土耳其人等同住一室并建立良好的友谊，在融合不同阶级之间的对立的同时，打破了殖民者与被殖民者之间的界限，从而在消除种族隔阂、阶级对立方面带来积极的影响。

也有欧美作家描述战争对社会带来的负面影响。美国作家薇拉·凯瑟（Willa Cather，1873—1947）在《我们中的一员》（*One of Ours*，1923）中描写了主人翁克劳德第一次世界大战前在美国西部的生活和后来在法国的战斗经历。与巴金小说中感染疫病的众多角色类似，克劳德也感染了传染病，并目睹普通民众在战争中被疾病吞食，而且还叙述了妇女、儿童被德国纳粹屠杀的场景："突然传出一声枪响，盖住了他们的聊天。一个带白帽的老妇人尖叫了一声，栽倒在人行道上——一边

---

① Arthur Marwick, "Problems and Consequences of Organizing Society for Total War", in *Mobilization for Total War: The Canadian, American and British Experience, 1914 – 1918, 1939 – 1945*, edited by N. F. Dreisziger, Kingston: Wilfrid Laurier University Press, 1980, pp. 7 – 11.

打滚一边不雅地蹬着腿,双手双脚并用。又是啪的一声——那位站在希克斯身边,正吃着巧克力的小女孩张开胳膊,跑了几步倒下,鲜血和脑浆从她的黄头发中流淌出来。"[1] 他们的小说在揭露战争为社会带来破坏性影响时,很少将这些死亡、疾病对生命健康的影响与战时社会的生命健康管理模式相联系。

  总之,巴金的两部抗战小说叙述了战争为社会生命健康管理模式及国家秩序方面带来的负面变化,立足于巴金对中国实际情况的观察,符合战时中国社会的医疗救护状况,与小说中的身体焦虑叙事类似,具有明显的本土性特征。但是世界上其他国家的读者很难将巴金的生命健康政治演变叙事局限于对中国现实的反映,因为战争会为大多数参战国的社会带来疫病防治、医疗设施匮乏等问题,造成生命健康管理的变化,且巴金将这些变化与医院、政府、企业管理者等在各个现代社会均扮演重要角色的权力机构相联系,让作品中的生命健康叙事变为普遍意义上探讨战争对疫病、医疗的影响,探讨个体与社会、政治权力关系变化的一部分,因而具有世界性的意义。此外,巴金的生命健康政治演变叙事与世界其他叙述战争中社会变化的模式相区别,是巴金从中国本土社会文学环境出发,为文学性的呈现战争对社会的影响提供了另一维度的叙事视角。

结　语

  巴金对战争中中国社会的身体焦虑、生命健康政治演变的文学叙事根植于中国社会文化环境中的家庭关系、上下级关系以及各类社会问题,具有明显的本土特征,但是在叙述抗日战争的过程中,巴金偏离中国社会的战争叙述方式,从人类社会的普遍性视角,将身体焦虑与战争中社会文化边界、意义的重构相联系,将个体、社会群体生命健康管理的演变与医院、政府、管理者等权力机构在社会中角色的演变相连,既展现了对抗战中中国社会问题的思考,也为剖析战争对广泛意义上人类社会的影响提供借鉴,超越了语言与国别的界限。可见,巴金的抗战叙事是中国本土文化

---

[1] Willa Cather, *One of Ours*, New York: Vintage Classics, 1991, p. 346.

传统与他世界阅历和知识的结合体，包含巴金对中国问题的世界性思考维度，体现了"富有力量与世界性意义的敏锐力与清醒感"，因而也应该在世界战争文学中占有重要的一席。

第十四章

曹禺与世界文学

世界文学的一种解读是关于文学在跨文化语境下的翻译、传播与阅读,这一点通常被认为与戴姆拉什在《什么是世界文学?》中提出的观点有关,其实也一直是比较文学研究界的一种共识。翻译与世界文学的关系比较纠结,戴姆拉什认为翻译能赋予文学更大的力量,但也有学者,比如艾普特(Emily Apter),认为文学具有很大的不可译性,翻译有时导致文学意义的流失。① 更为重要的是,由于历史和文化的原因,翻译不只是一个语言活动,而是涉及经济、政治等不同层面。正是这个意义上,西方中心主义对于世界文学的形成和格局产生影响,有时导致世界文学的失衡状态。一个具体的表现是在重要的世界文学读本中来自西方以外的文学占的比重明显过低。②

就戏剧而言,除了翻译之外,另外一种重要的跨文化传播渠道就是改编演出。③ 鉴于演出是与观众的直接交流,它的传播方式的特点是现场性和及时性。对于戏剧演出的报道以及各种方式的评论成为戏剧进入公共空

---

① 参见 Emily Apter, *Against World Literature, On the Politics of Untranslatability*, London & New York: Verso, 2013, p.61。

② 20世纪90年代西方出版的世界文学读本,比如 Donna Rosenberg 主编的 *World Literature: An Anthology of Great Short Stories, Drama and Poetry* 中收录的中国文学较少,其中当代的中国文学几乎没有。近十年来这种情况有所改变,David Damrosch 等人主编的 *The Longman Anthology of World Literature* 和 Martin Pushner 主编的 *The Norton Anthology of World Literature* 中收录的中国文学作品显著增加,而且包含了古代、近代、现代和当代的,但是相比之下仍与中国文学的成就和地位不符。

③ 参考 Chengzhou He, "World Drama and Intercultural Performance: Western Plays on the Contemporary Chinese Stage", *Neohelicon*, 38 (2011): 397–409。

间的主要手段。因而，影响人们对于演出接受的因素非常多元，有时难以控制。另外，由于演出也是一个经济行为，资本、市场等物质因素也左右它的传播和接受。

  戏剧既可以阅读，也可以在某些条件下被观看。当戏剧被搬上舞台，演出就不只是戏剧文学的作品，而是艺术家们的集体创作。那么，观众的反应也就不只是针对文本，而在很大程度上针对表演和演出。这些在我们的研究中需要加以辨别，从而令讨论更具有针对性。作为戏剧家的曹禺，由于他对于西方戏剧的借鉴和学习，也由于话剧本身就是西方影响的结果，因而人们将曹禺与西方戏剧大师们加以比较和分析就是顺理成章的事了。尤其是他与易卜生的关系更是重点中的重点，通过比较研究确实有助于我们更好地认识曹禺，也有助于更好地掌握现代戏剧的普遍规律。将曹禺放到世界戏剧的场域中加以认识是作为世界文学和世界戏剧的曹禺的一个重要命题。

  研究曹禺，不只是从戏剧史的层面展开，还要结合文化史等不同角度，从而能够在广阔的视野下阐述他的戏剧的价值和贡献。在这方面，女性主义及其发展就是非常相关的文化现象。曹禺戏剧的一个重要特点或者贡献是，他塑造了一批生动的、令人难以忘怀的、具有强烈时代感的女性主人公，从周繁漪、陈白露到瑞贞。从女性主义的角度解释曹禺戏剧中的女性形象，不仅要联系中国的语境，更要有世界眼光。在这个意义上，曹禺既是中国的，也是世界的，他的戏剧作品是世界文学和世界戏剧的重要组成部分。

  以上是本章三个小节的逻辑框架，但是在具体讨论的时候，还是结合具体的文本展开，力图做到点面结合，前后关联。

第一节 曹禺在海外的传播与接受

  在中国现代戏剧家中，无论是翻译、海外演出还是学术研究，曹禺无疑是最重要的，也是最具代表性的。新中国成立以来，政府也非常重视中国戏剧在海外的推广，积极推动出版社用外文翻译出版经典的中国戏剧作品，安排中国的各种剧团到海外巡演，等等。此外，中国学者的戏剧研究对于现代戏剧在海外的传播也起到很大的作用。不过，这里我们将重点关注曹禺在国外被翻译、改编上演和研究的状况。在这方面的讨论之前，有必要介绍一下曹禺本人在国外的访问和交流情况，这有助于我们从跨文化的视角理解他的创作以及他作品的世界意义。

一 曹禺在海外的访学和交流经历

1946 年，曹禺和老舍作为中国文化界的代表受美国国务院的邀请，赴美访问讲学。他们两人的英语在当时国内的作家当中应该是比较好的，曹禺毕业于清华大学西方语言文学系，老舍在英国伦敦有过教授汉语的经历。当时，抗战刚刚结束，中美政府之间在第二次世界大战期间的合作富有成效，文艺界对于他们二位赴美交流给予了很大的关注和期待，希望借此机会能深化两国人民之间的沟通和理解。他们访问的首站是纽约。之后访问了若干所美国的大学，包括：丹佛大学、耶鲁大学、哥伦比亚大学、芝加哥大学、华盛顿大学等，做了多场演讲，与美国学界有着深入的交流。[①] 曹禺在后来的访谈中回忆道："在美国，老舍和我除到过华盛顿、纽约之外，我们由东往西旅行讲学，到过洛杉矶、旧金山以及西雅图等地。我们每到一地，都在当地大学讲课，如为芝加哥大学、哥伦比亚大学讲课，都受到欢迎。还参加了华盛顿大学召集的作家大会，记得他们讨论'如何写文章投编辑所好''作家如何找一个好的代理人（为作家推销作品、保护作家权益的人）'等等问题。"[②] 在美国期间，他们还短暂访问了加拿大。曹禺后来在访谈中介绍是受到加拿大政府的邀请，他说："我们到加拿大，受到了欢迎，加拿大报纸载文介绍和欢迎我们。"[③] 但是大部分时间，他们住在纽约，观看戏剧演出，参与各种各样文化活动，结识了德国剧作家布莱希特、美国女戏剧家弥莱·哈尔门等。通过交流活动，他们对于美国和西方的戏剧有了更好的了解，同时对于中国话剧的水准也有了进一步的认识，尤其是增强了对于本国戏剧的自信。这一点在老舍给吴祖光的书信中可以明显地看出来：

---

① 详细参见厉欣《老舍赴美讲学的背景和过程》，《中国现代文学研究丛刊》2019 年第 3 期，第 55—67 页。

② 克莹、侯育中：《老舍在美国——曹禺访问记》，《新文学史料》1985 年第 1 期，第 118 页。

③ 克莹、侯育中：《老舍在美国——曹禺访问记》，第 119 页。

> 由西雅图,到华盛顿,再到纽约,一路走马看花,已共看了两次舞剧,三次广播剧,两次音乐剧和八次话剧。曹禺兄看得更多一些。在我看,美国的戏剧,在演技与设备上,是百老汇胜于他处;但在思想上和尝试上,各处却胜于百老汇。百老汇太看重了钱。至于演技和剧本,虽然水准相当的高,可并无惊人之处。老实说,中国话剧,不论在剧本上还是在演技上,已具有了很高的成就。自然我们还有许多缺陷,但是假若我们能有美国那样的物质条件,与言论自由,我敢说:我们的话剧绝不弱于世界上任何人。[①]

曹禺、老舍在好莱坞的一次讲座被比较完整地记录下来,对于戏剧史的研究具有一定的参考价值。大约是1946年6月期间,好莱坞的"演员实验室"作为一个专业剧团主办了这次讲座活动,形式是曹禺和老舍分别发言后,接受演员提问并回答。曹禺在发言中主要讲了西方戏剧如何在20世纪初被介绍进入中国,以及中国话剧的起源和发展。他谈到中国为何对于《玩偶之家》特别感兴趣。"那时,年满18岁的女孩都由父母做主许配人家,嫁给自己根本不认识的男人。极少有女孩子上学,就是在这种背景下我们介绍引进了《玩偶之家》,你们可以想象,这出话剧对少女们有怎样的启发。易卜生的所有剧本都被翻译为中文出版了。"[②] 曹禺表示,中国话剧就是从学习易卜生开始的。易卜生之后,介绍了许多西方的剧作家,其中包括尤金·奥尼尔。曹禺指出,中国话剧与西方戏剧的一个主要不同是话剧服务社会、服务人民大众的使命和追求。因而,中国话剧继承和发扬了现实主义的风格,他说:"我们学会了在舞台上采用一种'有选择地现实主义'(selective realism)风格,中国观众可以接受这个。"[③] 在问答环节,曹禺介绍了中国对于斯坦尼斯拉夫斯基表演方法的借鉴和运用、中国专业戏剧团体的组织、戏剧教育、演员训练、剧作家等方面的情况,表达了加强中美戏剧交流的愿望。这篇座谈记录刊登在

[①] 老舍:《纽约书简》,原载1946年7月16日《清明》第3号,转引自《老舍全集》第15卷,人民文学出版社2008年版,第613—614页。
[②] 荆江波:《老舍和曹禺在好莱坞的一次讲座》,《现代中文学刊》2016年第3期,第86页。
[③] 荆江波:《老舍和曹禺在好莱坞的一次讲座》,《现代中文学刊》2016年第3期,第86页。

"演员工作室"的节目单上。因此,这次座谈的影响不仅限于现场参与的戏剧界人士,也扩散到更大的范围,起到了戏剧和文化交流的作用。

1980年春,随着中美关系的正常化,曹禺和英若诚应邀访美。美方的邀请单位分别是"美中学术交流委员会"和"美中艺术交换中心"。在他们访美期间,美国先后上演了曹禺的戏剧《北京人》《日出》和《家》。① 3月28日,曹禺在哥伦比亚大学举办讲座,题目是"现代中国戏剧"。开场白由阿瑟·米勒做一个演讲,他指出在美国缺乏对于中国生活的真正了解,强调中美文化交流的重要性。他表示读过曹禺的剧本,称赞《雷雨》的成功,并指出这部戏剧"得之欧洲、俄国、美国传统的承传,尤其是尤金·奥尼尔的承传"②。理查德·谢帕德(Richard F. Shepard)在《纽约时报》(The New York Times,1980年3月29日第12版)发表文章《桥头眺望——在两种文化之间》(A View from a Bridge Between Two Cultures)说:"哥伦比亚大学,星期四晚上,东方和西方相会。"③ 文章中包含了一张曹禺和阿瑟·米勒交谈的照片。4月3日哥伦比亚大学教授夏志清主持一个讨论会,刘绍铭等人参与了与曹禺的座谈,尽管夏出于一贯对中国的对抗立场提出了一些令人难堪的问题,但座谈本身还是传达了中国正在经历的巨大变化。

日本是曹禺海外传播与接受的重镇,曹禺曾多次到访日本,对日本文化有"萦怀不止"的感情,与日本文化界人士结成深厚的友谊。曹禺在《美好的情感》一文中表达过自己与日本的机缘:他曾在青年、壮年和老年三次到访日本。④ 1933年,曹禺与清华的同学趁着春假结伴游日本,此时《雷雨》尚在曹禺心中酝酿,日本的歌舞伎表演让他对日本民族戏剧有了直观的认识,前往筑地剧场观察和思考不同民族的戏剧样态,加深了他的话剧创作素养。1956年,正值壮年的曹禺出访日本,最令曹禺难忘的是拜访八十高龄的日本知名戏剧家秋田雨雀,他为日译本《雷雨》所

---

① 周云龙:《故国想象与文化记忆:曹禺访美的〈明报〉叙事》,《粤海风》2009年第2期,第47—50页。
② 转引自吴戈《受礼遇的'弟子':曹禺在纽约》,《戏剧艺术》2006年第6期,第43页。
③ 转引自吴戈《受礼遇的'弟子':曹禺在纽约》,《戏剧艺术》2006年第6期,第43页。
④ 详见曹禺《美好的感情》,《中国随笔小品鉴赏辞典·当代编》,杜文远、常士功编,山西人民出版社1996年版,第1351—1354页。

作的序无疑为日本戏剧界对中国戏剧的接受埋下了伏笔。曹禺还与日本著名剧作家久保荣先生"就民族传统与现实主义的问题互相交换了意见"。①此时,他的作品《雷雨》和《日出》等早已在日本戏剧舞台反复排演,他趁此次机会不仅观看了《雷雨》的演出,还专程去了由千田是也等人成立的俳优座剧场和村山知义成立的新协剧团看他们的戏。日本戏剧界人士纷纷慕名前来与他相见,在座谈会上与他恳谈戏剧创作艺术,有报道称来日的曹禺是中国"戏剧第一人"。② 1982年,作为中国剧协与日本日中文化交流协会的友好项目,曹禺率团再次访问日本,白天走访各个大学并发表演说,晚上深入日本剧团看戏。东京都立大学座谈会上,曹禺回答了观众提问他对《原野》及电影版《原野》的看法。③

日本的曹禺研究曾经有过两次高潮,④而这两次高潮也恰好与曹禺中年和老年的到访时间吻合。中国与日本的文化相通是日本导演、演员和观众能够恰如其分地理解曹禺作品以及日本研究者能够深入探讨曹禺作品的重要原因之一。相较于西方对中国文化和话剧不同程度的误解和隔阂,日本对曹禺的话剧始终是欢迎的,而曹禺话剧所代表的中国戏剧影响也有助于弱化日本戏剧审美的西化势头。

二 曹禺戏剧的翻译

《雷雨》《日出》的翻译语种最多,尤其是《雷雨》,被翻译成为世界上的主要语种,包括:英、法、德、俄、意、西等。就翻译的版本来说,日文译本最多,说明曹禺在日本具有很大的影响力。

《雷雨》的第一个英文本是由姚莘农翻译的,在《天下》月刊(1935—1941)上连载,分成5期(1936年10月到1937年2月),剧名翻译成"Thunder and Rain"。⑤ 同时,姚还在这个题目后面,增加了一个

---

① [日]饭冢容:《曹禺先生与日本》,《倾听雷雨:曹禺纪念》,李玉茹、钱亦蕉编,2000年,第314页。
② 转引自曹树钧《曹禺剧作演出史》,中国戏剧出版社2006年版,第315页。
③ 详见方杰《跟着曹禺看日本》,《档案春秋》2016年第4期,第18—20页。
④ 详见方杰《跟着曹禺看日本》,《档案春秋》2016年第4期,第319页。
⑤ 参见杜家怡《〈雷雨〉的第一部英译本:〈天下〉月刊中姚莘弄的连载翻译》,《吉首大学学报》(社科版),第39卷,2018年12月。

英文副标题"四幕悲剧,含序幕和尾声"(A Tragedy in Four Acts with A Prologue and an Epilogue)。这个英译本的一个特点是忠实于原文,保留了原著中的序、序幕和尾声。这一点与之后的《雷雨》中文、英文版本不同,其实该剧出版以后不久原著中的序幕和尾声就被拿掉了,其他的翻译本,包括王佐良、巴恩斯的合译本,基本上都没有包含序幕和尾声。因而姚的译本具有非同寻常的价值,向西方展示了中国戏剧的进步。

王佐良和巴恩斯合译的《雷雨》是一个成功的翻译,在英语世界比较受到认可,相对于其他译本使用得比较广泛。关于翻译,王佐良自己说:"译者的任务在于再现原作的面貌和精神;原作是细致说理的,译文也细致说理;原作是高举想象之翼的,译文也高举想象之翼。一篇文章的风格只是作者为表达特定内容而运用语言的个人方式,它与内容是血肉一体,而不是外加的、美化的成分。"①

《原野》的第一个英译本是由香港戏剧翻译家黎翠珍翻译的,不过只有该剧的第二幕正式发表在香港中文大学主办的刊物《译丛》(Renditions)上。该剧由同在港大英文系的黄青霞导演。因为该剧的翻译是为了演出,因而在翻译上重视声音节奏、个性化的语言等方面的传达,取得好的演出效果。②《原野》的英文翻译相对较少,继黎译之后,直到1980年,才有克里斯托弗·兰德(Christopher C. Rand)与刘绍铭合作推出的全译本,由香港大学出版社和美国印第安纳大学出版社出版。另外,曹禺戏剧是各种英文中国现代戏剧选集中必选的,其中比较重要的包括:陈小梅主编的《哥伦比亚现代中国戏剧选集》(2009),何成洲主编的《20世纪中国戏剧》(2014)等。③

1961年1月,苏联艺术出版社出版精装的《曹禺戏剧集》(俄文版)共二卷。第一卷收了《雷雨》《日出》和曹禺写的《作者的话》;第二卷收了《北京人》《明朗的天》。第一卷的前面有曹禺写的"作者的话",

---

① 王佐良:《翻译、思考与试笔》,外语教学与研究出版社1989年版。
② 张旭:《表演性文本之翻译——以黎翠珍译〈原野〉第二幕为例》,《亚太跨学科翻译研究》(第一辑)2015年第1期,第87—110页。
③ Xiaomei Chen, ed. *The Columbia Anthology of Modern Chinese Drama*, New York: Columbia UP, 2009; He Chengzhou, ed. *An Anthology of Twentieth Century Chinese Drama*, Berlin: Springer, 2014.

在这里曹禺谈到俄国文学对他的滋养。"我不能忘记在大学学习时许多的夜晚阅读《铁流》《毁灭》《静静的顿河》和别的苏联文学作品时所感受到的那种心灵的激动……后来我们有接触了特列乌夫、包戈廷、柯涅楚克和别的作家的戏剧创作,他们向我们展现了在苏维埃的土地上诞生起来的新的主人公和新的人物。苏联文学和苏联戏剧回答了为什么写和怎样写的问题。"① 当时,中苏文学的某种共通的特点为曹禺在苏联的翻译和传播提供了更有利的条件。

在亚洲,曹禺在日本、韩国、朝鲜、越南等国也有不同的翻译版本问世,大概日译本最多了。《雷雨》有1936年影山三郎、郑振铎的译本和1953年影山三郎的译本;《日出》有奥野信太郎、佐藤一郎(1954)、松枝茂夫(1962)、内山鹑(1982)的三种译本;《北京人》有服部隆造(1943)、松枝茂夫和吉田幸夫(1971)、吉村尚子(1975)的三种译本;《原野》有饭冢容(1977)的译本;《蜕变》有松枝茂夫、吉田幸夫(1954)的译本;《胆剑篇》有黎波(1964)的译本。② 《雷雨》在韩国有过几个不同的译本:1946年金光洲的译本,由宣文社出版;1989年金钟铉译本,由中央日报社出版;1946年韩相德译本,由韩国文化社出版。同年,韩相德翻译的《日出》《原野》也出版。1946年,越南语翻译的《雷雨》出版,由越南作家邓台梅译。

三 曹禺戏剧在国外的上演

《雷雨》应该是曹禺戏剧中在海外上演次数最多的剧本。在《曹禺及〈雷雨〉的跨文化传播》(2014)一文中,王伯男说:"从《雷雨》剧本诞生至今的八十多年里,据不完全统计,日本、韩国、蒙古国、越南、新加坡、俄罗斯、德国、捷克、匈牙利、罗马尼亚、瑞士、美国、加拿大、巴西、埃及和澳大利亚等二十多个国家的戏剧舞台上,都曾经上演过这部经典剧目或曹禺的其他剧目,可谓久演不衰。"③

---

① 曹禺:《作者的话》,曹树钧译,见曹树钧《走向世界的曹禺》,天地出版社1995年版,第291页。
② 田本相:《曹禺及其在世界上的地位和影响——为纪念曹禺先生诞辰九十周年而作》,《广东艺术》2000年第3期,第5页。
③ 王伯男:《曹禺及〈雷雨〉的跨文化传播》,《上海戏剧》2014年10月,第50页。

1935年4月,《雷雨》在日本东京公演,引起热烈反响,是曹禺的话剧开始走向国际的一个标志,在中国现代戏剧的海外传播史上有着突出的作用。这次演出活动由中国留日学生组成的"中华同学新剧公演会"组织实施,也是该团体的首次演出。这次演出引起比较好的反响。一位东京帝国大学的学生影山三郎观看了演出,随即在《帝国大学新闻》上发表文章《应该了解中国戏剧》。① 1937年,留日学生又公演了刚发表不久的《日出》。剧中扮演陈白露的凤子在回忆这一次演出时说:"《日出》东京演出效果是好的,当时日本文化界人来看了戏,一致好评。秋田雨雀(日本同时期知名戏剧家)盛赞剧本和演出。"②

20世纪50年代到60年代初期,日本的曹禺剧作演出十分活跃,另外一次是20世纪80年代。"从1935年到1985年半个世纪之中,在日本本土先后演出过《雷雨》《日出》《原野》《家》《蜕变》《明朗的天》六个大戏,几乎曹禺的主要剧作,在日本全都上演过。其中,《雷雨》《日出》在日本多次上演过。"③ 1981年,日本著名导演内山鹑执导《日出》,东京民艺剧团演出,陈白露由真野响子扮演,在东京、大阪演出五十场。为了这次演出,导演专门来中国拜访了曹禺,深度领会作者的创作动机和意图。演出得到日本戏剧界人士的高度评价,被日本曹禺研究专家饭冢容誉为"迄今为止在日本最完美的曹禺剧作演出"。④

在韩国,曹禺的代表作《雷雨》《日出》《原野》还有《蜕变》都有过演出,其中《雷雨》的演出次数最多,也最受欢迎。1946年7月,《雷雨》由乐浪剧会上演。1950年,《雷雨》由韩国中央国立剧团演出,深受观众的欢迎,演出超过70场。之后,在1953年、1988年和1995年《雷雨》被搬上韩国的舞台,显示出韩国观众对于曹禺剧作的喜爱。曾经四次在《雷雨》中出演的韩国演员金东园这样评价《雷雨》说:"我爱《雷雨》,《雷雨》是不要什么解说或蛇足的话剧。它本身具有迷住观众的吸

---

① [日]影山三郎:《应该了解中国戏剧》,《帝国大学新闻》第576期,1935年5月6日。参见田本相按《曹禺及其在世界上的地位和影响》,《广东艺术》2000年第3期,第4页。

② 凤子:《人间海市》,上海文艺出版社1998年版,第323页。转引自曹树钧《曹禺剧作在日本的演出和研究》,《戏剧艺术》2007年第4期,第28页。

③ 参见曹树钧《曹禺剧作在日本的演出和研究》,《戏剧艺术》2007年第4期,第29页。

④ 参见曹树钧《曹禺剧作在日本的演出和研究》,《戏剧艺术》2007年第4期,第30页。

引力。特别是这个戏具有大胆缜密的构思和优秀的组织。因此,无论扮演什么人物也会入迷的。我爱这个话剧。"①

新加坡的曹禺演出历史悠久,成绩斐然。在《曹禺作品在新加坡》一文中,蔡曙鹏说:"有趣的是,曹禺的作品,在20世纪曾以华语、英语和马来语演出,在不同时期对于当时的剧运起了重要作用。形式也多样化,有舞台剧、广播剧与地方戏,观众面广。到了21世纪,《雷雨》《日出》《原野》和《北京人》仍就多次出现在新加坡舞台上。曹禺是唯一在新加坡能跨越六十余年、跨域语言藩篱,作品一直有剧团上演的中国剧作家。"②《雷雨》和《日出》在1937年便在新加坡公演。《雷雨》更是受到推崇。1939年,新加坡实验剧场推崇朱绪和王绍清导演的《雷雨》。1956年,《雷雨》在新加坡艺术剧场公演,导演是林晨。此外,《家》的演出效果非常特殊,尤其是作为校园演出,取得了很大的反响。蔡曙鹏认为,"中正中学的《家》是新加坡话剧史上的里程碑"③。这是因为它促成了艺术剧场的成立,该剧团后来产生了持久的影响。新加坡是东南亚演出曹禺最多的地方,多次用汉语、英语、马来语演出过。1986年3月,新加坡电视台根据曹禺《家》,改编摄制了教育电视剧《洞房花烛夜》(20分钟),向观众介绍中华文化与价值观。1988年的《雷雨》演出邀请北京人艺导演夏淳执导,表演上比较出彩,公演五场,场场爆满。④

1953年,《北京人》在纽约西城第54街121号的工作室剧场(Studio Theatre)演出过。翻译者是曹禺1946年在美国讲学期间认识的一个美国人瑞金纳尔德·劳伦斯(Reginald Lawrence)。⑤据说,这是《雷雨》在美国演出的最早记录。1977年,美国泛亚轮演剧场(The Pan Asian Repertory Theatre)就排演过曹禺的成名作《雷雨》。

1980年3月25日,《北京人》的演出在哥伦比亚大学师范学院的霍

---

① 转引自曹树钧《曹禺名剧在韩国的演出与研究》,《学习与探索》2006年第4期,第136页。
② 蔡曙鹏:《曹禺作品在新加坡》,《曹禺诞辰100周年纪念文集》,2011年11月30日(会议论文),第240页。
③ 蔡曙鹏:《曹禺作品在新加坡》,第241页。
④ 参见曹树钧《论曹禺剧作在世界舞台上》,《戏剧》2000年第3期,第81页。
⑤ 转引自吴戈《受礼遇的"弟子":曹禺在纽约》,《戏剧艺术》2006年第6期,第42页。

瑞斯·曼剧场（Horace Mann Theatre）进行。夏志清对于演出和剧作本身都给予了肯定性的评价，认为这次演出"倒很令人满意，实在表示哥大艺术院戏剧部门人才很整齐，导演 Kent Paul（肯特·保罗）和布景设计人 Quentin Thomas（昆汀·托马斯）都很够水准，曾家小客厅的布景尤其出色，看来极具美感"。① 这段时间，《日出》同时在外外百老汇的辣妈妈剧场（La-mama Theatre）演出。之后，《日出》在曹禺和英若诚访问印第安纳大学时又在该大学剧场演出过。1982 年，《家》在密苏里大学演出，导演是英若诚，让美国观众了解了当时中国社会的现状。据说，密苏里大学演出的《家》制成录相，在一家美国电视台播放了四次，这是国外用电视转播曹禺剧作全剧的最早记录。②

1992 年，美国华盛顿歌剧院推出歌剧版《原野》，演出放在肯尼迪表演艺术中心。此剧由曹禺女儿万方编剧，金湘作曲，音乐指挥波利特·普豪特，导演利昂·梅杰，是一场中美合作的演出。梅杰导演说："这是一部东西方音乐珠联璧合的杰作。"③

《雷雨 2.0》在纽约大学史克博尔表演艺术中心（Skirball Center for the Performing Arts）演出，于 2018 年 1 月 6、7 日演了两场。这场演出混合运用了多媒体及传统的评书，颠覆了人们对于中国话剧的认识。"这部剧是不是恰好回应了当下的普遍认知，即来自非欧洲国家的外国戏剧必然代表着传统和民族文化形式的精华？在该演出体现出的解构和再现风格的对照下，把评弹当作中国标志的思维认知，是否可以解读为另一层批判？也许，《雷雨 2.0》不仅想让观众更容易接受和理解经典改编，还微妙地要求我们以更具批判性的视角审视自己对中国戏剧的种种预设判断：是什么标志着中国戏剧的中国特色？为什么中国戏剧进入不同类型和层次的国际戏剧节仍然要以这些标志性元素为筹码呢？"④

2011 年英国利兹大学上演了一个不同寻常的演出，依据《雷雨》《日

---

① ［美］夏志清：《曹禺访哥大纪实——兼评〈北京人〉》，载田本相《海外学者论曹禺》，广西师范大学出版社 2014 年版，第 333 页。
② 参见曹树钧《论曹禺剧作在世界舞台上》，《戏剧》2000 年第 3 期，第 83 页。
③ 参见曹树钧《论曹禺经典在世界舞台上的传播》，《文艺报》2011 年 12 月 16 日。
④ Tarryn Li-Min Chun, "Spoken Drama and Its Double: Thunderstorm 2.0 by Wang Chong and Theatre du Reve Experimental", *TDR: The Drama Review*, 63.3 (2019), p. 163.

出》《北京人》等曹禺的 5 部作品，改编成一出新的戏剧。该剧的导演是香港的蒋维国，演员是利兹大学的学生。这个英国校园的跨文化演出具有当代性。"演出将不仅是曹禺的戏剧，也将包含英国 21 世纪青年人对于中国戏剧大师的作品以及 20 世纪中国社会政治、文化，特别是女性的理解。"①

《雷雨》从 1957 年开始在苏联演出开始，在数十家剧院上演过，演出两千多场。② 在东欧，1989 年罗马尼亚诺塔拉剧院推出《雷雨》，导演是年轻的亚历山德鲁·达比萨，演出别具一格，大胆创新，令观众耳目一新。③

以上简略地介绍了一些有影响的海外曹禺戏剧演出。有些国家或者地区没有包括进来，并不表明那里从来就没有上演过曹禺。一个例子是澳大利亚，1988 年《雷雨》在悉尼第一次公演，取得很好的反响。之后也有不少其他的演出。另外一点需要说明的是，这里只是做了资料性的整理工作，没有能够做深入的演出分析，目的是解释曹禺戏剧在海外产生了影响，受到了戏剧界和观众的肯定。既然传播对于世界文学的形成至关重要，那么梳理海外的曹禺演出的重要性就不言而喻了。

四　国外的曹禺研究

斯喀特就以曹禺的出现作为中国话剧建设探索试验期的结束的标志，认为："新的戏剧艺术的探索试验在 20 世纪 30 年代趋于成熟，它以一个年轻的戏剧家新星闪烁般地升起为标志，中国现代戏剧新纪元的希望也随之而起。这个年轻的戏剧家就是携《雷雨》而来的曹禺。"④ 刘绍铭曾在印第安纳大学攻读比较文学博士课程，写了《曹禺论》，把曹禺与易卜生、契诃夫和奥尼尔放在一起比较，一度贬低曹禺的艺术成就。1980 年见到曹禺并看了《日出》的演出后，他坦诚："1966 年写成英文的《曹禺

---

① 转引自王伯男《曹禺及〈雷雨〉的跨文化传播》，《上海戏剧》2014 年第 10 期，第 52 页。
② 王伯男：《曹禺及〈雷雨〉的跨文化传播》，《上海戏剧》2014 年第 10 期，第 51 页。
③ 参见曹树钧《论曹禺剧作在世界舞台上》，《戏剧》2000 年第 3 期，第 82 页。
④ 转引自吴戈《受礼遇的"弟子"：曹禺在纽约》，《戏剧艺术》2006 年第 6 期，第 42—47 页。

论》，论点失诸持平，也就是没有兼顾到这几点客观原因。"他说的客观原因有两点，一是曹禺写剧本时才23岁，年轻；最紧要的一点是"他的作品，与易、契、奥诸人比起来，虽然失色，但在中国话剧史上，他实在是一代宗师。"①

1972年，来自中国台湾的胡耀恒在美国印地安纳大学撰写的博士论文出版，该书全面梳理了曹禺的创作生涯和他的作品，综合了若干学者的观点，针对以往对于曹禺因为受到西方影响而被轻视的情况，他给出了自己的看法，他说："根据批评家和文学史家的充分研究认证，曹禺在现代中国文学史上的地位是确信无疑的；因为西方世界对中国增长的兴趣，曹禺将会获得更多的国际性关注，同样也将会享有那些伟大的西方戏剧家一样名声。"② 此外，罗伯特·沃特曼在《实用智慧的条件》提出，《雷雨》具有中国传统艺术的"诗中有画，画中有诗"特点，他说："它的抒情风格与其他对话中的残酷无情的现实主义风格之间形成了一个明显的反差。在剧中这一短暂的瞬间，西方的影响消失了，对于中国家庭和封建制度的攻击没有了，'话剧'与中国戏曲传统之间的差异也不存在了。"③

日本的曹禺研究有着深厚的传统。20世纪30年代野中修认为，"曹禺不但是优秀的剧作家，而且是优秀的人道主义者"。④ 秋田雨雀观看了1935年《雷雨》在东京的演出，他在《雷雨》日译本序中指出：曹禺"是中国唯一的古希腊悲剧的研究者"；"近代中国的社会与家庭悲剧，由这位作者赋予意义深刻的戏剧形象，这是最使人感兴趣的"。⑤

当代日本的曹禺专家饭冢容自1976年以来陆续发表了论文十余篇，如《奥尼尔·洪深·曹禺》《再论〈原野〉与外国文学》等，探讨曹禺所受的美国戏剧、俄罗斯戏剧等方面的影响。⑥ 饭冢容还出版了《日本曹禺

---

① 转引自吴戈《受礼遇的"弟子"：曹禺在纽约》2006年第6期，第45页。
② John. Y. H. Hu, *Tsao Yu*, Indiana University Press, 1972, p.149. 转引自吴戈《受礼遇的"弟子"：曹禺在纽约》，《戏剧艺术》2006年第6期，第46页。
③ [美] 罗伯特·沃特曼：《实用智慧的条件》，载田本相、刘家鸣主编《中外学者论曹禺》，第274页。
④ 转引自田本相《曹禺及其在世界上的地位》，第6页。
⑤ 转引自曹树钧《论曹禺剧作在世界舞台上》，《戏剧》2000年第3期，第77页。
⑥ [日] 饭冢容：《奥尼尔·洪深·曹禺》，1977年11月《季节》第5期；《再论〈原野〉与外国文学》，1981年5月《季节》第19期。

研究史简介》，梳理了自 1935 年到 1990 年期间不同阶段日本学者研究曹禺的历史。该文开篇就说，"曹禺的剧作跟日本的因缘不浅"。① 该文最后提到日本的曹禺研究后继有人，20 世纪 80 年代出现像牧阳一这样的曹禺专家。牧阳一从研究曹禺早期的文学创作开始，后来发表《作为基督教式的悲剧〈雷雨〉、〈日出〉、〈原野〉》，讨论西方宗教对于曹禺的影响。② 另外，他还比较研究了曹禺与日本作家厨川白村，认为曹禺通过阅读厨川白村，进而了解到弗洛伊德的精神分析学说。而这些对于他的戏剧创作产生重要影响。③ 20 世纪 90 年代以后，出现濑户宏。他在专著《中国戏剧的二十世纪——中国话剧史概况》里，详细分析曹禺在中国话剧史的地位和作用。他的论文《试论建国后曹禺作品演出情况——以〈雷雨〉为主》引起学界的好评。④

日本的曹禺研究比较全面。"日本学者对曹禺的文本研究十分全面，除早期三部曲《雷雨》《日出》《原野》外，《家》《北京人》《蜕变》《黑字二十八》《正在想》以及新中国成立后的《明朗的天》《胆剑篇》《王昭君》等都有研究，甚至连他的小说《今宵酒醒何处》、杂文《偶像孔子》等都有学者进行探讨。研究曹禺作品涵盖面之广，是世界各国曹禺研究中所罕见的。"⑤ 不仅如此，日本学者对于曹禺的戏剧成就评价较高。日本的戏剧理论家河竹登志夫撰写的《戏剧概论》中所列出的《世界戏剧年表》，认为中国可以进入世界戏剧进程的大事只有两件，其中之一就是《雷雨》的发表。⑥

韩国对于曹禺的研究起步比较晚，20 世纪 80 年代初池荣在发表论文

---

① ［日］饭冢容：《日本曹禺研究史简介》，载田本相、邹红主编《海外学者论文曹禺》，广西师范大学出版社 2014 年版，第 244 页。
② ［日］牧阳一：《作为基督教式的悲剧〈雷雨〉、〈日出〉、〈原野〉》，《日本中国学会会报》1990 年 10 月第 421 期。
③ 参见［日］牧阳一《曹禺与厨川白村》，载田本相、邹红主编《海外学者论文曹禺》，广西师范大学出版社 2014 年版，第 271—280 页。
④ ［日］濑户宏：《试论建国后曹禺作品演出情况——以〈雷雨〉为主》，载曹树钧主编《世纪雷雨——2004 年潜江曹禺学术研讨会论文集》。
⑤ 曹树钧：《曹禺剧作在日本的演出和研究》，《戏剧艺术》2007 年第 4 期，第 31 页。
⑥ 田本相：《曹禺及其在世界上的地位和影响——为纪念曹禺先生诞辰九十周年而作》，《广东艺术》2000 年第 3 期，第 5 页。

《剧作家曹禺小考》，起了个带头作用。值得一提的是，20世纪90年代韩国学者韩相德在翻译了曹禺的三部曲之后，在武汉大学完成了博士学位论文"曹禺三部曲研究"，这是韩国学者撰写的第一部曹禺研究著作。

在苏联艺术出版社出版精装的《曹禺戏剧集》（俄文版共二卷）的第二卷中，苏联学者B. 彼得洛夫写的长篇学术论文《论曹禺的创作》，不仅全面梳理了曹禺的生平、创作和时代背景，而且深入阐述了他对于中国文学与世界文学的贡献。"现实主义的深度、他的创作的人道主义、鲜明独特的创作风格，使曹禺不仅获得了全民族的而且是全世界的声誉。曹禺的剧本已被译成多种文字。在我国，他的《雷雨》已在许多剧院获得演出成功。"[①]

曹禺在国外已经产生一定的影响，但是国外，尤其是西方，对于曹禺戏剧以及中国戏剧的了解和认识还是相当有限的。中国文化走出去仍然有很长的路要走。在文学艺术界，西方的霸权地位仍然十分顽固。如果说，世界戏剧的定义是要看戏剧的翻译、流通、观看，那么曹禺与中国戏剧在国外的影响仍需努力。曹禺在中国戏剧史上的经典地位与他在海外的传播是分不开的。海外对于曹禺的翻译、改编和研究丰富了曹禺戏剧的艺术世界，同时也对于在不同阶段重新认识和研究曹禺提供了有价值的启发。跨文化的视角赋予曹禺作为世界戏剧以丰富的内涵。

同时，我们要认识到，曹禺在海外的传播和接受是一种积极的本土化，是一种扎根本土文化土壤的再创造，是本土文学和文化的一部分。它既与曹禺有关，又具有相对的独立性。作为中国学者，我们不可以自己的眼光来看待它，更不可轻视它的艺术和思想价值。世界文学的未来发展就是要打破任何一种自我中心的思想，不论它来自西方还是东方。因而，世界文学不仅是文学作品、接受过程、问题意识、研究方法，它更是一种文化立场和态度。这也是曹禺与世界文学这个话题给我们的启迪。

---

① ［苏联］B. 彼得洛夫：《论曹禺的创作》，曹树钧译，见曹树钧《走向世界的曹禺》，天地出版社1995年版，第290页。

第二节　曹禺、易卜生和诗化现实主义戏剧

与易卜生相仿，曹禺在不同的场合下都表示他的剧作是戏剧诗歌。在曹禺的剧作中，我们可以发现将微小的情形以及寻常的物件理解为象征意象。曹禺笔下的意象在人物塑造、戏剧结构以及主题表达方面发挥了重要作用，吸引了来自评论家的广泛关注，尤其是频繁出现在《雷雨》中的闷热天气以及《日出》中的太阳。"这些象征性意象从不同层面烘托、渲染了戏剧的诗意氛围，而且成为戏剧有机的组成部分。它们在剧中的作用是如此重要，以至于一旦缺少了它们，演出就失去了内在的生命。"①

意象这一概念深深植根于中国诗歌传统之中，可追溯至唐朝，或甚至更早的时间。大量评论者认为中国现实主义戏剧中意象的运用得益于中国意象传统。田本相谈道："这些，对戏剧意象的审美追求，使中国话剧的现实主义，有了民族审美精神的深层渗透。"② 胡星亮称曹禺的意象扎根在民族审美的传统之中。田本相进一步认为曹禺的意象在情感与情景的交互中得到彰显。对比西方诗歌传统，这种交互现象在中国诗歌传统中更为瞩目。

西方文学批评对意象的理论研究于近年兴起，但意象本身却长期未得到西方文学研究的探求。莎士比亚的剧作包含大量具有丰富含义的意象。司布真（Caroline F. E. Spurgeon）表示莎剧意象的详细研究是了解诗人以及作家身份最为有效的方式。"因此我们得以更加接近莎士比亚以及他的思想、品味、经历和本人更为深刻的想法，这比我了解到的其他方法都有效。"③ 易卜生运用了复杂而又动态的意象，这被认为是他作为戏剧诗人的最伟大的成就之一。

---

① 邹红：《"诗样的情怀"——试论曹禺剧作内涵的多解性》，《文学评论》1998 年第 3 期，第 111 页。

② 田本相：《论中国现代话剧的现实主义及其流变》，《文学评论》1993 年第 2 期，第 12 页。

③ Caroline F. E. Spurgeon, *Shakespeare's Imagery—and what it tells us*, Cambridge: Cambridge University Press, 1965, p. X.

易卜生已经放弃了剧场诗歌的形式（以诗歌或极富诗意的主题形式），转而频繁开拓剧场诗歌的形式，包括真实的物体突变为象征、入口或出口的隐喻力量，门的打开或关闭，扫视，抬起的眉毛或闪烁的蜡烛。①

易卜生剧作中存在不少复杂的象征意象类型，但这些类型在中国诗化戏剧中十分罕见。接下来，我将借用一段话来阐明这个问题。这段话涉及莎士比亚与传统中国戏剧在意象运用方面的差异问题："意象的戏剧效果会因复现而得到加强。尽管频繁出现的莎式意象成为全剧潜在的类型，并未在中国诗化戏剧中出现，但我们还是会在某个剧本中偶遇这样的意象。"② 在《雷雨》和《日出》中，曹禺在主题意象的运用类似易卜生。我们将对他们两位戏剧家在意象的不同运用上深刻密切的联系展开进一步分析，这能够揭示曹剧、易剧以及现代戏剧艺术之间的互文关联。

另一方面，中国传统的诗化意象曾为曹禺的文学想象提供灵感。正是在这种文化遗产的熏陶下，曹禺连同其他中国戏剧家在接受易卜生戏剧的时候有了本土的文化根基。从接受理论出发，象征性意象的运用处于中国读者期待视野之中，这促进了易卜生诗化的意象在中国读者那里获得真正的理解。对曹禺与其他中国读者而言，易卜生的意象具有令人熟悉的特征。因此，易卜生的散文戏剧对具有诗歌欣赏传统的中国读者来说具有比较大的吸引力。

一　《雷雨》中的主题意象

《雷雨》是曹禺的处女作，也是中国话剧的一部经典之作。众所周知，曹禺在走上话剧道路的时候认真学习了易卜生、奥尼尔等西方戏剧家，尤其是易卜生的社会问题剧。曹禺的本科毕业论文题目就是"论易

---

① Martin Esslin, "Ibsen and Modern Drama", In: Errol Durbach (ed.), *Ibsen and the Theatre*, London: Macmillan Press, 1980, p. 81.

② James J. Y. Liu, *The Art of Chinese Poetry*, Chicago: University of Chicago Press, 1966, p. 122.

卜生",可见他对于易卜生的戏剧是下了一番苦功夫的。《雷雨》在人物塑造、情节、结构、语言等方面都留下易卜生等西方戏剧的印记。作为一部现实主义戏剧,《雷雨》的语言是写实的,但是该剧又是富有诗意的,田本相等人称曹禺的早期戏剧是诗化的现实主义。这其中与戏剧中意象的运用是分不开的。

《雷雨》中的意象包括言语意象、视觉意象,还有两种的融合。无疑,该剧的题目本身就是一个意象,且是最大最重要的意象。曹禺自己说,雷雨的意象是全剧中不可缺少的,其重要性丝毫不逊色于任何一个重要的人物角色。他还多次抱怨说,该剧的导演们对于雷雨意象的重视不够,没有充分地发挥它的作用。通过对剧本的细读,就会发现这个雷雨的意象融合了言语、声音和视觉的呈现,在开头到结尾都始终在场的,而且是不断发展的。

曹禺通过插入舞台指示词的方式来交代诸如环境、场所、人物形象、动作等细节。就舞台指示词的运用而言,曹禺是深受易卜生的影响的。易卜生在他的剧本里大量运用舞台指示词,增强了戏剧的表现力,通过象征氛围的营造,给现实主义的戏剧对白增添了想象力和诗意。以上这一点在西方的易卜生研究中已经有了不少成果,对于我们更好地认识曹禺戏剧中的舞台指示词起到很大的启发作用。雷雨的意象有些是通过舞台指示词加以描写的,有些则是出现在人物的对话中,贯穿全剧的不同阶段,并在戏剧高潮的场面里扮演重要的角色。雷雨意象的重要性是毋庸置疑的,具体体现在几个方面:一是舞台紧张氛围的营造,雷雨是压抑的,有时与人物的心理感受有一定的关联性。二是雷雨是一个不断变化的过程,与剧情的发展有一定的同步性,对于戏剧冲突有烘托的作用。三是雷雨暗示了主要人物的性格,比如繁漪被认为是具有雷雨性格的人。四是雷雨意象在全剧前后的重复出现,有利于戏剧结构的连贯和统一。

还有一点需要解释的是,雷雨包含打雷和暴雨两个方面。因而在戏剧中,有时是打雷,有时是暴雨,还有些时候是打雷和下暴雨。记得有一个该剧的英语翻译就是用了"Thunder and Storm"(打雷与暴雨),而不是通常的英文翻译"Thunderstorm"。而在该剧的开头有一段舞台指示词是这样的:"屋中很气闷,郁热逼空,空气低压着,外面没有阳光,天空灰暗，是将要落暴雨的天气。"（第 4 页）① 这里是介绍雷雨前的天气状况，但是实际上暗示了故事情节上的紧张感，尤其是周家的家庭气氛，人与人之间的矛盾。

繁漪是一个敏感的人，她正在经受内心的煎熬，一方面是丈夫周朴园的霸道，不体贴；另一方面是她爱的人周萍，因为惧怕父亲会发现他与继母之间的不伦之恋，开始躲避她，并有可能离开她。这一点也反映在她对于雷雨真正到来前天气的感受上。"周繁漪（不经意地）：哦，哦——怎么，楼下也这么闷热。"（第 29 页）当然，如果就只是这一句话，并不说明什么问题，也许就是她当时对于天气随意说了一句话。实际情况是，这一类对于雷雨天气的反应反复出现，与她心理体验的关联性也日趋明朗化。下面是她的独白。

> 周繁漪（自语）：热极了，闷极了，这日子真过不下去了。我希望我今天变成火山的口，热烈烈地冒一次，什么我都烧个干净……来吧，恨我的人，来吧，叫我失望的人，叫我忌妒的人，都来吧，我在等候着你们。（第 71—72 页）

显然，在这里，她深切感受到雷雨带来的闷热天气，她觉得非常难受，而真正让她难受的显然是她的精神世界，她把自己比作即将喷发的火山，将不顾一切地对抗和自己作对的人。

雷雨意象的发展与剧情是密切相关的，当各种矛盾纠缠在一起，在最后一幕爆发的时候，雷雨真正到来了。"雷声轰轰，大雨下"，"一片蓝森森的闪电"（第 151 页）。在这样电闪雷鸣、暴雨倾盆的环境下，惊人的秘密被揭开了，原来周萍和四凤是同母异父的兄妹。这两个年轻人无法面对这个残酷的现实，周萍选择用手枪自杀，四凤夺门而出，被散落的电线电死。更不幸的是周冲，为了保护她也被一同电死。至此，雷雨的意象与戏剧舞台上发生的悲剧融合在了一起，强烈地震撼观众的情感反应，他们内心被压制的悲伤和同情感得到宣泄。而这也正是剧本的诗意所在。

---

① 《雷雨》的引文均来自《曹禺戏剧集》，四川人民出版社 1984 年版，下同。

二 易卜生戏剧里的意象运用

在很大程度上，人类之间的交流借助意象得以进行，原因在于人类在脑海中储备了大量关于意象的词汇。就戏剧而言，那些需要耗费数页来阐释的某个理念，在舞台上借助一些物品或动作便能轻易加以表达。戏剧中的意象处于的语境不单单仅有语词，还包括戏剧情景以及人物之间的关系。易卜生戏剧中的意象数量众多、类型不一。在很大程度上，易卜生通过这些意象来创作出具有诗意的现实主义戏剧。①

西方评论家的批评对于戏剧意象的重视在很大程度上要归功于 R. A. 弗克斯的论文《为莎士比亚的意象解读建议一种新方法》。但他讨论的新方法似乎与现代戏剧研究关系更紧密，例如灯光系统促进更为积极地使用剧院的物质要素（例如舞台道具和剧场空间），以此更新剧场表演和剧本的理念。詹姆斯·克兰西（James Clancy）提道："现代戏剧的主要美学成就是实现一种诗歌类型，这种诗歌在多种方法中仅选择语言作为表达手段。"②

易卜生的学术研究对诗化意象的关注也先从语言意象转移到视觉意象，再转移到语言与视觉意象之间的关联。根据传统定义所示，语言意象必须是修辞格，通常是隐喻或明喻。然而在现代研究中，意象的概念被扩展为涵盖针对重要主题的全部引用，而这些引用并非皆属于修辞格。在重复的作用之下，正是"占据主导地位"的意象或者"反复出现"的意象赋予了易卜生戏剧独特性，例如《玩偶之家》中的"最为美妙的"（*det vidunderligste*）和《海达·高布乐》中的"发间的葡萄叶"（*vinløv i håret*）。非言语或视觉意象也在戏剧的象征运动中发挥着重要作用。诗化意象不应与剧场情境割裂。易卜生擅长将舞台上的物体转变为富含视觉寓意的象征手段，这种做法背后的意义在过去几十年间引起了易卜生的研究学者的大量关注。约翰·诺瑟姆（John Northam）因考察文本分析而著

---

① Evert Sprinchorn (ed.), *Ibsen: Letters and Speeches*, New York: Hill & Wang, 1964, p. 218.

② James H. Clancy, "Hedda Gabler: Poetry in Action and in Object", In: Oscar G. Brockett (ed.), *Studies in Theatre and Drama*, Paris: Mouton, 1972, pp. 64–72.

称,他在《易卜生的戏剧方法》(1953)中对易卜生十二部现代戏剧中视觉方面的建议进行了仔细的推敲。尤班克(Inga-Stina Ewbank)对《群鬼》结尾处富有前瞻性的场景做出了如下评论:

> 就戏剧语言而言,这一场景似乎没有向我们展示诗人的存在,而是代表了现实剧院走进了死胡同。在最戏剧性的时刻,作为交流形式的语言被绕开了。不仅阿尔文太太的苦痛,而且整个场景的重要性都必须通过视觉手段来传达,尤其是通过在远处山峰上升起的太阳象征物。①

在我看来,近来对易卜生戏剧中言语和视觉意象之间相关性的兴趣似乎更为重要,因为意象一方面在他本来"普通"的日常对话中插入了丰富的意义,另一方面将舞台上琐碎的对象转变为激发想象力的灵感来源,使"无法言说之物"成为"所说之物"。对于埃罗尔·杜尔巴赫(Errol Durbach)而言,视觉和言语意象之间的联系对易卜生的艺术至关重要:"易卜生的意象导向戏剧中的动作或场景危机,或者是由此类危机产生;在我看来,这种口头和视觉隐喻的关联是他诗化技巧的基础。"②

易卜生剧作中的意象可以分为不同种类:第一,同早于易卜生的作品以及其他艺术体裁建立起关联的意象,比如易卜生关注《圣经》,从而援引相关的典故、从挪威的民间故事获取灵感以及写下风景画相关的描述等。第二,不同剧本中频繁出现的意象,例如《社会支柱》《海上夫人》以及《小艾友夫》里的海洋、《当我们死者醒来》里的山、《群鬼》里的火灾、《海达·高布乐》里的手枪、《大建筑家》中烧毁老房子的神秘火焰,等等。易卜生戏剧中经常出现的意象因其出现的频率和复杂象征模式而引人注目。因此,它们可能不仅会对人们的潜意识发挥效力,而且还可能直接引发人们注意戏剧之间的重大相似之处。第三,在同一剧作反复出

---

① Inga-Stina Ewbank, "Ibsen's dramatic language as a link between his 'realism' and his 'symbolism'", *Contemporary Approaches to Ibsen*, Vol. 1, 1966, p. 100.

② Errol Durbach, "The dramatic poetry of Ibsen's *Ghosts*", *Mosaic*, Vol. 11, no. 4, 1978, pp. 55–66.

现的意象,例如《罗斯莫庄》中的白色披肩。戏剧中的意象频繁重复地出现,戏剧语言呈现明显的文学强度,与日常语言的相对无形式性和不连贯性区别开来。同时,情节具有连续性,并有助于产生悬念。易卜生戏剧的特点是使用了反复出现、富有联想力的意象,这在主题和结构上都起着重要作用。诺瑟姆(1969)在分析《海达·高布乐》主题意象的不同方面时深刻总结道:

> 我们已经拥有充分的理由断言易卜生对意象的使用在某种意义上是结构性的,而不仅仅是装饰性的。之所以是结构性的,原因是每一情节的发展都使我们越来越深刻地认识到海达的性格和处境暗藏了不为人知的方方面面……以此表明在危机时刻,与她相关的所有部分都是一个有机整体。①

易卜生在戏剧中凭借言语和视觉意象赋予日常语言以丰富的意蕴。他考察了自己的生活经历,并透析了具体的对象、特定的场合以及个性化的人物和情形,以及体现人类生存中有张力的意象。

区分意象是言语的还是视觉的,这与解读意象的不同分析方式有关。借用语言学的术语来讲,前者涉及文本的微观层面,旨在表达本地化意义;后者显然与作品整体内部的意象有关,旨在表达宏观的主题意义。这里我们选择《野鸭》进行仔细分析,从中可以窥见易卜生现代散文剧作中的意象。

三 《野鸭》中的主题意象

众所周知,《野鸭》的标题就是主要意象,《玩偶之家》以及《群鬼》亦如此。麦克·梅尔(Michael Meyer)强调野鸭意象的重要性:"《野鸭》的故事情节借助象征而得到整合,仿佛野鸭是一个磁铁,而剧中的人物如同铁屑般在磁铁的引力作用下聚合。"② 但是野鸭如何成为磁

---

① John Northam, "Hedda Gabler", *Ibsen-årbok*, 1969, p. 70.
② Michael Meyer, *Henrik Ibsen—The Top of a Cold Mountain* 1883–1906, London: Hart-Davis, 1971, p. 47.

铁？它获得了怎样的向心力？为了回答这些问题，我们打算提出我们的理解与希冀，以便厘清意象经历的发展过程。

颇具讽刺意味的是，野鸭并非野生之鸭。它的双翅受伤，跌入到水底。接着威利的"机灵"狗潜入水中把它叼了回来。鸭子被带到了威利的家，但似乎在那儿过得并不健康。后来它被送给了老艾克达尔，从那以后一直待在他们家的阁楼里。这只野鸭在家养的过程中变得温顺。但是，老艾克达尔始终误认为那是一只野鸭。

野鸭的意象首次出现在威利与儿子格瑞格斯进行对话的第一幕中："艾克达尔从监狱里出来的时候，什么都完了。他一点儿办法都没有。世界上有一等人，只要身上挨了两颗小子弹，就会一个猛子扎到水底里，从此以后再也冒不起来了。"① 当拜访艾克达尔夫妇之时，格瑞格斯才将鸭子与老年艾克达尔进行联想。格瑞格斯发现野鸭与家庭成员之间存在更多的关联。基纳曾是威利的管家和情妇，后来她怀孕了，为了掩盖真相，威利安排基纳和雅尔马结婚，并对他们施以经济上的援助。这样基纳和野鸭之间就有了相似之处。不明真相的雅尔马对于威利的帮助十分感激，正是因为这个原因格瑞格斯将雅尔马想象成一只在艾克达尔阁楼水槽中游泳的野鸭。格瑞格斯认为他有责任帮助雅尔马看清婚姻的真相，让他和基纳可以生活在真实婚姻中。格瑞格斯将自身比喻为"一条十分机灵的狗，野鸭扎到水底啃住海藻海带的时候，我就钻下去从淤泥里把它们叼上来"（第48—49页）。格瑞格斯心中有了新目标，从而满怀热情地开始进行他的任务。

首先，格瑞格斯尝试让雅尔马意识到生活的真实情形。他们的对话围绕鸭子的意象展开。

> 格瑞格斯：亲爱的雅尔马，据我看来，你也有几分野鸭气息。
> 雅尔马：我也有几分野鸭气息？这话什么意思？
> 格瑞格斯：你也扎到了水底，死啃着海草。
> 雅尔马：你是不是说打折我们爷儿俩翅膀的那颗几乎致命的

---

① 《易卜生文集》第6卷，潘家洵译，人民文学出版社1995年版，第20—21页。下文中该剧本的引用皆出自此卷，不再标注。

子弹？

  格瑞格斯：不一定是说那个。我并不是说你的翅膀已经折了。

  雅尔马，我是说你走了岔道，掉在一个有毒的泥塘里了；你染上了危险的病症，陷落在阴暗的地方等死。

  雅尔马：我？在阴暗的地方等死？格瑞格斯，你千万别再这么胡说八道。（第67页）

  格瑞格斯认为雅尔马拥有些许野鸭的影子。雅尔马遭遇到了困难，他陷落在充满毒性的沼泽地，这意味着受到周围人的欺骗。很显然，雅尔马无法领会格瑞格斯高度隐喻的语言意在何为。在第四幕，格瑞格斯邀请雅尔马一同散步，雅尔马的婚姻秘密就此被揭露。格瑞格斯期待他的友人表现出英雄气节："我进来的时候，一心盼望你们夫妻俩都有一股改头换面的新光采直射到我身上。"（第85页）但结果是雅尔马并未满足他的期待。格瑞格斯不得不一改心中雅尔马留下的"非凡"形象，并当面坦言："你这人很有几分野鸭气息。"（第86页）这里，格瑞格斯的意思是，雅尔马生活在幻觉之中。但是格瑞格斯的努力没有白费，雅尔马开始认识到真相，感觉到羞辱。"该死的野鸭，我恨不能拧折它的脖子。"（第80页）显然，雅尔马开始明白格瑞格斯话中的意思，采用了野鸭的意象。

  正当艾克达尔的家庭陷入争端之时，索比女士来访，并带来一封来自威利的信。这封信是献给海特维格的生日礼物。威利来信说他的老祖父不需大费周折来抄写，未来他可以每月从办事处提取一百克朗，也保证海特维格在余生得到相似数量的金钱。雅尔马立即大声叫嚷："哦，现在我可把情形看清楚了！原来是为了海特维格他才这么慷慨。"（第96页）雅尔马向基纳询问威利是否为海特维格的生父。基纳表示也不知情，雅尔马拒绝承认海特维格是他的亲生女儿。

  与此同时，格瑞格斯劝说海特维格可以牺牲阁楼里深爱的野鸭，从而赢回父亲的爱。但海特维格选择放过了野鸭，转而开枪自杀。格瑞格斯依旧对雅尔马的为人不清不楚，他声称："海特维格不算白死。难道你没看见悲哀解放了雅尔马性格中的高贵品质吗？"（第122页）这番话立即遭到瑞凌的讥讽，他无情地将雅尔马描绘为多愁善感、顾影自怜的人物，由此格瑞格斯回应道："假使你的看法对，我的看法不对，那么，人在世界上活着就没有意思了。"（第122页）此剧在格瑞格斯对于雅尔马的模糊认知中落下帷幕，他认为雅尔马也许真的处在与野鸭类似的境况。

野鸭在易卜生剧作中成为一个主体性的重要意象。诺瑟姆强调野鸭"既是事实也是象征。两者的融合诞生了象征主义与现实更为紧密的联合，整部戏剧也因这种联合变得错综复杂与至关重要"。① 值得指出的是，野鸭或许是剧中最为重要的意象，但仅为剧中众多意象之一，在易卜生研究中吸引了大量批判性关注。②《野鸭》成为易卜生剧作运用诗化意象的一个杰出代表，其他的还比如《大建筑师》中的塔楼。

从《雷雨》到《北京人》，意象的大量运用赋予曹禺戏剧以浓厚的象征意蕴，升华了现实主义戏剧的再现手法和效果。在曹禺戏剧里，意象的意义不仅与人物、情节有关，更主要表现在结构和主题方面。孙庆生在《曹禺论》一书中肯定了曹禺曾借鉴易卜生的象征运用：

> 曹禺并没有直接从易卜生那里借用什么象征物，但他无疑向易卜生学习了象征手法和对象征的重视。象征手法不能说在中国绝对没有，但至少是不发达的。以写意为特点的传统戏曲并没有多少象征，鲁迅就不赞成把戏曲说是象征主义的戏剧。③

在象征意象的运用方面，曹禺应该是从易卜生那里有所借鉴，在《雷雨》和《日出》中，我们已经发现存在于《玩偶之家》《群鬼》与《海达·高布乐》中类似的意象类型。《北京人》的主题意象同样复杂巧妙，令人不由得联想起《野鸭》《大建筑师》等易卜生戏剧中丰富、成熟的意象体系。

但是，我们认为，曹禺的诗化现实主义戏剧毫无疑问主要还是受到中国诗歌传统美学精神的启发。曹禺具有深厚的中国古典文学的功底，这是他成为伟大戏剧家的最根本原因和条件。他在戏剧创作中融合了西方的现

---

① John Northam, *Ibsen's Dramatic Method*, Faber & Faber, London, 1953, p.105.

② 参见 Otto Reinert 1956, "Sight Imagery in *The Wild Duck*", *The Journal of English and Germanic Philology*, Vol.55, pp.457–62. 和 Naomi H. Westcott 1989, "Ibsen's *The Wild Duck*", *The Explicator*, Vol.48, pp.26–28。

③ 孙庆生：《曹禺论》，北京大学出版社1986年版，第241页。

实主义美学与中国的写意美学,从而他的现实主义戏剧具有浓浓的诗意,并在深层次上与易卜生等西方现实主义戏剧大师们在戏剧美学的风格上有了密切的关联性,共同构建了世界现实主义戏剧的诗化传统。在这个意义上,曹禺戏剧既具有世界文学的普遍性,又深化了民族的、本土的特点,他既成功学习和借鉴了易卜生等西方戏剧家,同时又具有艺术的独创性,从而为世界戏剧的形成做出了自己的贡献。

第三节　陈白露与海达:两个"无聊"女人的肖像

在现代文学的世界经典文库里,有一个非常显著的现象,那就是众多的作品里都有令人印象深刻的现代女性形象,而且这些现代女性形象所面对的人生问题、生活的经历、情感的体验以及最后的结局都有很多惊人的相似之处。她们中很多人出身名门,受过良好的教育,知书达理,年轻美貌,但是随着家庭等外部环境的变迁,她们失去了家人的保护以及原来的社会和经济地位,不得不面对尔虞我诈的现实生活,历经磨难。有的人不得不低头,接受命运的安排;有的人选择妥协,但是心有不甘,在自我折磨中度日如年;而有的人则敢于选择抗争,并在激烈的对抗中承受悲剧的后果。她们的经历往往能够深深地打动读者,成为他们心中难以忘却的"人物",也影响了他们的自我认识和行动。在这些现代女性人物当中,曹禺的陈白露和易卜生的海达是世界文学史上最杰出的代表。

一　家庭、社会与女性的沉沦

里头一声枪响。泰斯曼飞奔进来。片刻,他向勃拉克惊叫:"她开枪把自己打死了!打在太阳穴里!你想!"勃拉克回答,又好像在自言自语:"嗳,天呀……想不到她真会干这种事!"①

---

① Henrik Ibsen, *Hedda Gabler*, trans. Jens Arup and James W. McFarlane, *The Oxford Ibsen*, 8 vols. (London: Oxford University Press, 1960 – 1977), 7: 268;文中对此剧所有的英语版本的引用均来自此版本,为避免重复,后面的引用仅在括号内标注页码。文中的汉语翻译参考了《易卜生戏剧集2》,潘家洵译,人民文学出版社1956年版。

这是易卜生的《海达·高布乐》(1890) 的最后一幕。这位自杀的人就是该剧的女主人公海达。据易卜生描述，海达是一个"29 岁的女人。面貌和身材都带着秀雅不凡的气概。脸色淡白无光"(第 179 页)。

年轻女士的自杀在现代戏剧中并不是独一无二的。在曹禺的著名话剧《日出》(1936) 中，也有一位年轻的中国美女陈白露自杀了。相比之下，她更年轻，只有 23 岁，拥有"乌黑的头发"和"明媚动人"的眼睛。[①]尽管她身处显赫的社会阶层并拥有众多的追求者，陈白露仍感到生活枯燥无聊，生不如死。与海达不同的是，白露没有枪，不过，在剧终之前，她吞下大量的安眠药自杀了。

尽管曹禺非常了解易卜生，也公开谈及过易卜生对他的作品创作的影响，[②] 但如果不建立进一步的思考联系，剧中的这两个自杀场景很容易被看作是现代戏剧创作中的两起随机事件。批评家们对西方戏剧作家（尤其是易卜生）对曹禺的影响产生了极大的兴趣，然而迄今为止还没有出现《海达·高布乐》和《日出》的比较研究。因此本节意在揭示这两部剧作之间存在诸多共同之处。最重要的是，剧中人物的自杀动机惊人的相似。

易卜生选择《海达·高布乐》作为剧名是具有极大意义的。海达的婚后姓氏是泰斯曼夫人，也是作家在角色名单中罗列的名字。他用海达婚前的姓氏高布乐作为剧名不仅强调了海达的贵族家庭背景（她的父亲是一位将军），也凸显了她在精神和物质上与贵族社会阶层之间的紧密联系。这也暗示着海达在融入泰斯曼所处的中产阶级环境中的困难——很难接受真正成为海达·泰斯曼的身份。事实上，她并非不满意物质享受（泰斯曼的别墅还是挺雅致的），但她鄙视泰斯曼，也不能融入他的中下层市民的生活方式，正如易卜生所说："乔治·泰斯曼，他的老姑姑们，还有年老的女佣柏特一起组成了一个团结的整体。他们拥有共同的思维方

[①] 曹禺：《日出》，人民文学出版社 1999 年版，第 6 页。文中对本剧的引用均来自此版本，为避免重复，后面的引用仅在括号内标注页码。

[②] 曹禺称自己是"易卜生的学生"，他在不同的场合中都谈及易卜生戏剧对他的影响。在北京举行的庆祝易卜生诞辰 150 周年的纪念活动中，曹禺说："我从事戏剧工作已数十年，我开始对于戏剧及戏剧创作产生的志趣、感情，应当说，是受了易卜生不小的影响"。（曹禺：《纪念易卜生诞辰一百五十周年》，《人民日报》1978 年 2 月 21 日）

式，共同的记忆和共同的生活态度。对海达来说，他们作为一个陌生的敌对力量，与她的天性相悖"（第 505 页）。海达和泰斯曼性格迥然，无法融合，以至于他们之间的关系也很冷淡。埃尔斯·霍斯特（Else Host）认为，海达仅"将泰斯曼作为她的生活来源，并没有把他作为一个人来看待"。[①]

该剧始于泰斯曼小姐的晨访。老姑妈和她那父母双亡的侄子的重聚温馨和谐。然而，海达的到来却让气氛变得局促不安。海达拒绝附和泰斯曼因拖鞋失而复得产生的激动，随后又故意将泰斯曼小姐的帽子当成佣人的帽子。海达和泰斯曼之间明显存在着隔阂。当泰斯曼小姐离开的时候，海达非常生气："海达在屋里走来走去，举着胳膊，捏着拳头，像是到了穷途末路的样子"（第 183 页）。

然而，她很快控制好自己的情绪，保持她的贵族教养。她的愤怒变成了一种心烦意乱的忧郁，以下描写体现了这种忧郁：

泰斯曼：（从地上把拖鞋捡起来）你在哪儿瞧什么，海达？

海达：（心神已定，安静如常）没什么，我瞧瞧哪些树叶子。黄的那么厉害——干的那么可怜。

泰斯曼：（把拖鞋包好，搁在桌上）你想，现在是九月中旬了。

海达：（又心神不定起来）是啊，你想！已经是——已经是九月了。（第 183 页）

勃拉克推事是海达可以坦诚的人（成为海达可以信任的朋友仅是他的愿望）。在海达对勃拉克的言谈中，她向他倾诉：

海达：喔，我的好推事——你不能想象我在这儿住下去会闷到什么地步……（不耐烦地站起来）对，你这话说对了！现在我害得自己活受罪，就是为了这份儿破场面和空架子！（走过去）日子过得这么无聊就为这个！真可笑！做人就是这样子……（站着朝外呆望）让我自己烦闷得活不下去。（第 212—213 页）

---

① Else Host, *Hedda Gabler*: *en monografi*, Oslo: Aschehoug, 1958, 98.

海达用"烦闷得活不下去"描述她的生活,这也正是白露在曹禺的《日出》中的写照。

白露出生于一个富裕的知识分子家庭,她在一所知名女子学校受过教育。她曾是社交圈里面的当红人物,也协助举办过几次大型慈善晚会。然而,和海达一样,她的父亲不幸去世,却没有留下大量遗产。在做了一段时间电影明星和舞女之后,她沦落为一名妓女。她住在一所大酒店的公寓房里,依靠一位富有的银行家生活,她靠着和一群来客跳舞、喝酒和打牌打发时间。但是,随着故事的发展,她表现出和她的来宾们迥然不同的生活观念——在他们看来,只有钱才是世界上最重要的东西。白露曾告诉酒店服务员,她从来没有向她的姘头要过钱。相反,都是他们认为他们必须帮助她而主动给她钱。

白露是一个热情好客的女主人,但是偶尔她的无聊烦闷可以从她的姿态和讽刺的语气中窥见一斑。但直到第四幕开始她才直接表达了她的无聊:白露形单影只地站在客厅的窗前。其他人在屋里打牌,笑声清晰可辨。当他们从里面喊她的时候,她置若罔闻。当张乔治向她走来并恭维她的美貌时,她异常沉默好像没有听到一样。最终当她转身之时,眼泪从她的眼角滑落。极度无聊落寞之下,她竟向服务员袒露心声:"我大概真玩够了。玩够了!我想回家去,回到我的老家去"(第142页)。

然而,她不能够抛弃现在的生活:她与海达一样离不开这些物质享受和刺激的社交生活。当达生请求她立刻随他离开此地并嫁给他时,白露很大方地问他:"你有多少钱?"(第19页)达生被问懵了,白露解释说:

> 不懂?我问你养得活我么?(男人的字典没有这样的字,于是惊吓得说不出话来)咦?你不要这样看我!你说我不应该这么说话么?咦,我要人养活我,你难道不明白?我要舒服,你不明白么?我出门要坐汽车,应酬要穿些好衣服,我要玩,我要跳舞,你难道听不明白?(第19页)

海达和白露都感到她们无法突破当下生活的藩篱,继而困囿其中。对海达来说,她不敢出走是害怕流言蜚语。这点可以从在她回应泰遇决心抛夫弃子离家出走时的对话中体现出来:"这么说,你这回出了家门,永远不再回去了？……你就这么公然逃走了……可是你想到没有，人家会怎么说你，泰遏？"（第 193 页）白露坚持不跟达生离开的一部分原因是由于她上一段失败的婚姻。她曾嫁给了一个诗人，他写了一本名为《日出》的小说。婚后，这种缺少物质享受和社交的生活让这段浪漫的爱情变得十足乏味，而她已经离开了那种枯燥的生活，绝不会重蹈覆辙。海达和白露生活中的这种无聊是致命的，但是海达和白露都不是仅仅为此自杀：她们都面临严重的危机，这只是她们走向毁灭的催化剂。对她们来说，最终促使她们将欲望转变成行动的还有最后一击。

当艾勒·乐务博格返回城里的时候，海达本能地感觉到他的回归是她重返社交生活的机遇，这在起初看来是一个积极变化的前兆。海达请求她的丈夫即刻给乐务博格写一封请帖，担心"不请也许他不愿意来"（第 188 页）。当她了解到乐务博格会被泰遏左右，她的嫉妒心开始膨胀起来。她不能接受这个事实——泰遏这个被她鄙视的女人却将乐务博格从一个花天酒地的浪荡公子转变成一名笔耕不辍的学者。海达预谋破坏乐务博格对泰遏的信任，也因此可以破坏泰遏对他的影响。她首先蓄意背叛了泰遏对她的信任，当面把泰遏忧心乐务博格近期在市内的行为表现告诉了他，因此，乐务博格开始责备泰遏对他不够信任。一怒之下，乐务博格喝了好几杯酒，并应允去参加他起初拒绝勃拉克的聚会。送走乐务博格之后，海达看起来对乐务博格回心转意很有信心。

不幸的是，乐务博格辜负了海达的期望。他再次沉沦堕落。他醉醺醺地离开勃拉克的聚会，又去参加声名狼藉的歌女黛安娜的聚会，最后竟与警察大打出手。他甚至丢失了珍贵的手稿，这手稿正巧被泰斯曼捡了起来。泰斯曼担心立刻把手稿还给乐务博格这个酒鬼不太妥当，于是他把手稿带回了家，打算当乐务博格神志清醒的时候就还给他。当泰斯曼前去探望病入膏肓的姑妈的时候，手稿被海达拿去了。海达一想到这个手稿是乐务博格和泰遏共同的"孩子"就醋海翻波，狂怒之下烧了手稿。乐务博格带着一脸绝望回来，却加剧了海达的疯狂，因为她发现乐务博格的绝望不是因为辜负了她的期望，而是因为丢失了书稿，毁灭了泰遏的灵魂。她害怕自己失去了支配他的能力，于是决定用最具毁灭性的方式来证明这种能力——他必须死得"漂亮"，按照她说的那样。随后，当勃拉克告诉她乐务博格朝自己的胸前开了一枪，她本能的回答泄露了她的目的："喔，艾勒·乐务博格做的这件事叫人心里多痛快……我听见这个世界上还有人敢做这么从容大胆的事情——敢做这么一桩出于自愿的漂亮事情，心里觉得很痛快……最后那桩大事做得多么漂亮！啊，他居然有这决心，居然有这魄力撇下生命的筵席——并且撇得这么早"（第261—262页）。

但是勃拉克对外公开的乐务博格的死因是假的。不久之后，他告诉了海达事情的真相：乐务博格并非自杀；他是因手枪走火而受伤致命。枪也没有打在胸膛上，而是打在肚子上。海达失败了，她没能从乐务博格的自杀中看到自由和勇气的憧憬。此时，海达意识到她只能依靠自己实现她的理想。正是在这个当口，海达悄悄地把枪从她的书桌中拿出来，并带到房间里以备不时之需——在勃拉克最终向她施威的时候，这个时刻就到来了。海达相信勃拉克将会很快利用他掌握的情况实现操纵她的目的。讽刺的是，海达也曾有这种欲望和野心去支配别人的命运，最终却受到了别人的挟制。她不甘心向这种颠倒的生活屈服，于是她开枪把自己打死了，打在太阳穴里——死得很"漂亮"，这也是她所认为的最完美的结束方式。

在《日出》中，白露精神状态日渐恶化与她没能从一群地痞手中救出一个小女孩有关。这个绰号叫"小东西"的小女孩是一个孤儿，她落入一群住在楼上的地痞手中。他们逼迫"小东西"和一个叫"黑胖子"的男人陪睡，这个男人是市里最有钱有势的人，也是这群地痞的头目。"小东西"逃出来后藏在白露的房间里。白露对"小东西"心生怜悯，决定尽可能地帮助她，给她吃穿并把她藏在衣橱里面。当这些地痞来到她的房间搜寻这个女孩的时候，她冒险向他们撒谎并把他们支走。但是最终这些地痞还是抓住了这个女孩，背着白露偷偷把她带走了。白露十分担心这个丢失的女孩，跑出去寻找她。最后这个女孩被地痞们卖到妓院，为了逃避无尽的折磨，她在房间里上吊自杀了。

失去这个女孩使白露深受打击，她开始意识到在面对周遭的邪恶时多么无力。同时她开始反思自己的生活，反思她作为一个妓女的命运。在极度伤心和失望之时，她谈及"回家"的愿望。在中国文化的语境中，"回家"在某些场景中意味着"去死"。不管这里是否已经暗示了白露自杀的结局，她自杀的想法已经在她和顾太太的谈话中表达出来。当顾太太告诉她，她已拿走了白露所有的安眠片，白露很焦急地问她："怎么？你要吃安眠药？"（第146页）得知顾太太只是想吃安眠片好好睡一觉之后，白露顿时放下心来："哦！不过我先警告你，这个安眠药是很厉害的。你要吃了十片，第二天就会回老家的，你要小心点"（第147页）。白露这里的反应也说明她早就有服食大量安眠片自杀的想法了。

在同一幕中，安眠片再次出现，这也可以说明白露的心灰意冷和她的自杀倾向。当顾太太把安眠片还给她的时候，她顿时松了口气："谢谢，我正想要跟你要回来呢。"（第179页）她想要回安眠片以备不时之需。当白露的内在精神危机加剧的时候，外界发生了戏剧性的变化。之前为她还债的富有银行家潘先生在一次股票交易中突然倾家荡产。她不得不自己去处理债务。当酒店服务员提醒她有一笔要紧的债务要还时，她沉默了。但在舞台指导中，她"拿起安眠药瓶，紧紧地握着"（第181页）。她试图从张乔治那里借三千块钱，但遭到拒绝。白露自杀并非仅仅因为她无力偿还债务，这一幕迫使她认清了世态炎凉、人情淡薄。这虽然是一个无关紧要的推动因素，但却足以促使她立刻付诸行动——吞安眠片自杀。

目前看来，这两件自杀事件在诸多方面都是相似的。海达和白露面临的最大困境是她们依赖与她们的精神世界截然不同的物质享受和社会地位来维持生活。她们越是深刻意识到理想和现实之间的差距，就越感到无聊和沮丧。在这两部剧中，女主人公的精神状态都因失去对别人命运的掌控而日趋恶化。这种危机显然给她们所怀有的某种生活准则带来致命的威胁。最终，她们选择结束自己的生命。

二 心理危机与舞台象征

海达和白露的内心经历并没有在她们的言谈中表达出来，而是暗含在剧中诸多细节之中——不断重复的谈话、背景、服装、舞台对象等。两位女主角不仅拥有类似的情绪危机，展现她们内心世界的很多意向形式也极为相似。海达和白露的名字就是一个很好的切入点。

我们知道，海达在和泰斯曼结婚后就把自己的姓氏改为泰斯曼夫人。在《日出》中，白露小时候的名字叫竹均。剧初就出现了一场因她的名字产生的误解：

  方达生：（不愉快而又不知应该怎么样）竹均，他是谁？这个人是谁？

张乔治：（仿佛是问他自己）竹均？（向男人）你弄错了，她叫白露。(12)

在当时的情况下，只有达生知道白露曾经叫竹均。他在剧中一直叫她竹均，而其他的客人们一直称呼她白露。这种泾渭分明的称谓强烈地暗示了白露两个身份的分裂：一方面是她少女时期的意识还有她曾拥有的某些观念和信念，另一方面是她目前对物质享受和社交生活的依赖。我们在剧中感受到她的灵魂在冲突中备受煎熬。最后，当她以前的身份占了上风，当下生活中的空寂感就日益加剧，最终她选择了自杀。在弥留之际，她听到达生一次次地呼唤她的名字——竹均。可以说，白露的死换回了竹均的重生。

《海达·高布乐》中名字的使用不仅具有相同的模式，更以一种较为复杂和建设性的方式呈现。泰斯曼家肯定很骄傲能娶到贵族小姐海达·高布乐。尽管海达拒绝融入到泰斯曼的家庭环境中，泰斯曼小姐还是积极争取赢得她的好感：

泰斯曼小姐：（一直抱着两只手，目不转睛地打量海达）海达长得真漂亮——漂亮——漂亮！（走上前去，双手捧着她的头，把她按住，亲她的头发）老天保佑海达·泰斯曼——看在乔治的面上！（第182页）

泰斯曼小姐很希望海达能更好地融入泰斯曼家族，她拉近海达并强调她的"海达·泰斯曼"的名字就是刻意强调这一点。对勃拉克来说，在外人面前，海达是受人尊敬的"泰斯曼太太"或者"女士"；私下里，她还是叫她"海达太太"。他曾有一次忘乎所以说漏了嘴叫她"海达—泰斯曼太太"，只要场合允许，勃拉克对海达的称呼就会从"泰斯曼太太"转变到"海达太太"，海达也经常称呼他为"推事"：她也一直这么对待他。她并不在意勃拉克对她的称呼方式，相比之下，她对艾勒·乐务博格对她的称呼极其敏感。在公开的谈话中，海达和乐务博格对彼此的称呼非常正式，比如"泰斯曼太太"和"乐务博格先生"。然而，一旦他们有机会悄悄交谈，乐务博格就会喊她的闺名。他低声慢慢地说"海达——高布乐"

并温柔地重复这个名字。海达立刻指责他的称呼方式不合适。但乐务博格仍坚持叫她"海达",并坚持在谈话中使用"你"(du)直到海达坚决制止他这种随意的做法:"要是你老对着我 du 啊 du 的,我可就不理你了"。(第221页)在最终离别之时,他们彼此称呼对方的全名。海达给了乐务博格一支枪,劝他使用这把枪结束生命,海达对他说:"要做得漂亮点,艾勒·乐务博格。答应我!"乐务博格回答说:"再见,海达·高布乐。"(第250页)此时此刻,他们面对的是曾经相爱的自由快乐的彼此。

在剧中的场景中,有一幅高布乐将军身穿军装的画像悬挂在内室的沙发上面,这幅场景看起来与海达的名字息息相关。远在整个故事发生之前,他的"存在"就不断提示着海达的贵族身份意识。当海达最终决定开枪自杀的时候,她回到悬挂着父亲画像的内室,拉上了窗帘。她一个人在父亲的画像之下,结束了自己的生命,此时,海达不再是泰斯曼太太,她又一次成为了海达·高布乐。海达·泰斯曼已死,但海达·高布乐"永存"。

易卜生剧中细致生动的舞台指导通常被认为是对现代戏剧最大的一个贡献。在《海达·高布乐》中,易卜生的技巧趋于成熟。视觉效果和语言相互关联,能够帮助展现女主角的内心世界。在她的首次出场中,海达抱怨走廊的门敞着令客厅的阳光太盛,但是当泰斯曼小姐主动去关门的时候,她又阻止:"不,不,我不是这意思!泰斯曼,你把帘子拉上,让光线柔和一点。"(第180页)随后,在她第一次与泰斯曼和他的姑姑交锋后,海达把玻璃门上的帘子使劲拉开,站在那里向外呆望。用阿斯比昂·奥赛特(Asbjorn Aarseth)的话说,这个动作"不仅仅暗示了沮丧的心情,也表达着一种渴望自由的欲望……自由在外面。它必须以开放为先决条件。易卜生剧中的主人公经常感觉到在不堪忍受的局促空间中深受束缚"。①

海达站在玻璃门旁这个意向贯穿整剧,每次都是在她感受到环境压迫想要逃离之时发生的。在第一幕中,当泰斯曼提醒她归属于这个家庭的时候,她回答道:"哼,我真不明白为什么——"(第184页)当谈论到她

---

① Cf. Asbjorn Aarseth, *Ibsens Samtidsskuespill—En studie i glasskapets dramaturgi*, Oslo: Universitetsforlaget, 1999, 226.

与泰斯曼家庭的关系时,她边犹豫着边走向门洞。在第二幕中,当泰斯曼告诉海达姑姑因海达旅行回来精神饱满很开心,海达禁不住说:"喔,这些永远纠缠不清的姑姑!"(第210页)① 而后她向着玻璃门口走去。

在灯光方面,外面的太阳光和房间里的阴暗形成鲜明的对比。玻璃门上的窗帘大部分时候都是关着的,海达有时候会拉开窗帘让阳光进来。根据诺瑟姆的解释,这个动作和海达的内心经历休戚相关:

> 但在第二幕中,她发现了一种可以按照自己的主张生活的方式,一种可以给她生活目标的方式。她可以塑造乐务博格的命运,因为他应该可以按照她的标准而非泰遏的标准去塑造。当她对这个使命越来越满意的时候,我们看到她有越来越多的自信去面对这个世界了。在第三幕开始的时候,她很开心并且主动拉开窗帘让阳光从玻璃门中进来。②

海达经常走到玻璃门旁向外观望,但是她从没有从这个门中走出,她也没有从会客厅走出。她对外界的态度是很复杂的:她渴望自由但又畏惧危险——不安全感和流言蜚语也会随之而来。

海达在不同场合穿着的服装也是很有讲究的。她第一次出场的时候,"穿着一件微嫌宽大的秀雅的晨衣"(第179页)。但是在第四幕幕起的时候,她身穿黑衣服在黑屋子里走来走去。埃尔斯·霍斯特认为,海达的穿着至少有三个层面的含义:首先也是最明显的一点是她丈夫的好友去世了。但是鉴于她对泰斯曼和他姑姑们的态度,这个举动并不意味着她的真实情感。不过,她还是有理由为了她曾深爱过的人悼念的。她也可能在哀悼她刚刚扼杀的精神上的"孩子"(烧掉了乐务博格的手稿),③ 海达在黑暗的房间里身穿黑服的意向也暗示着她的悲剧命运——她一直都摆脱不了这个结局。她越想逃离,就越陷越深。正如她曾经抱怨过的,她注定

---

① 泰斯曼没有意识到海达已经怀孕了,但是他姑姑注意到了。她在第四幕中的交话中暗示出来:"泰斯曼小姐:好,好。我想你们俩要说说话了。(含笑)而且也许海达还有事告诉你,乔治……"(253)

② John Northam, "Hedda Gabler", *Ibsen-arbok* (1968–1969): 68.

③ Host, *Hedda Gabler*, 173–74.

"无聊致死"。

很有意思的是,《海达·高布乐》中的幽闭恐惧症在《日出》中也有体现。这种相似的背景和服装的使用在《日出》中表现得更为突出。在《日出》中,窗户(与《海达·高布乐》中的玻璃门类似)也是背景中十分重要的一部分,因为女主角经常走到窗户前凭窗远眺。白露的真实情感也是在这个位置上得以显露。之后在第一幕中,当她成功劝说达生留下来陪她几天的时候,她看起来像只欢快的小鸟:"如一只小鸟,她轻快地飞到窗前……她立在窗口,斜望出去,深深吸进一口凉气"(第18页)。

第一幕落幕之前,当白露赶走了来到她房间搜寻"小东西"的地痞之时,她很喜欢自己的表现,渴望看到阳光,并又一次长长吸了一口气。潘先生立刻要求关上窗户,但是她还是执拗地开着。白露虽然已经习惯了户内活动,此时仍想要欣赏阳光和新鲜空气,这也是自由和真理的象征。

白露欢快地依窗而立的图景和接下来第四幕发生的景象形成了鲜明对比:"开幕时,白露一个人站在窗前,背向观众,正撩开帷幕向下望。"(第136页)没能救出"小东西",也目睹了身边朋友的生死挣扎(比如银行家潘先生),她厌弃了社会生活,也对目前的生活感到厌倦。

《日出》中的晦暗背景与《海达·高布乐》中一样独特。在第一幕开启之前的舞台指导中,有几句话特别地指出了窗户前的场景设计和窗外的景色:"靠后偏右角划开一片长方形的圆线状窗户。围着窗外紧紧地压贴着一座座的大楼,遮住了光线,屋里也嫌过于阴暗。除了在早上斜射过来的朝日使这间屋有些光明之外,整天是见不着一线自然的光亮的。"(第5页)剧中白天出现的次数也是精心安排的。四幕剧的开场方式要么是在黄昏,要么是在凌晨:第一幕发生在凌晨五点钟,第二幕是在下午五点钟,第三幕发生在晚上十一点,第四幕是在凌晨四点钟。在达生与酒店服务生的交谈中,他抱怨旅馆房间光线太暗而且憋闷。

与暗淡房间里幽灵般的生活形成对比,窗外不时传来隔壁盖楼小工们打地基的桩歌。达生也被工人在太阳下工作的场景深深打动,作者通过达生之口夸赞工人们的歌声:"他们真快活!你看他们满脸的汗,唱得那么高兴!"(第51—52页)在《日出》中,外面的世界是自由和欢乐的象征,而里面的房间象征了无聊和沮丧,窗户则是隔绝和连接这两个"世界"的桥梁。

白露服装的变化也与海达有异曲同工之处。剧中是这样描述白露的首次出场的："她穿着极薄的晚礼服，颜色鲜艳刺激，多褶的裙裾和上面两条粉飘带，拖在地面如一片云彩。她发际插一朵红花，乌黑的头发烫成小姑娘似的鬈髻，垂在耳际。"（第6页）她刚舞毕回来，一脸疲惫，但仍然光彩照人。她的衣服鲜艳明媚，使昏暗的房间都明媚起来，这也暗示着她精力充沛，对生活仍怀有某种希望。但当第四幕开幕的时候，她的穿着风格突变："她穿着黑丝绒的旗袍，周围沿镶洒满小黑点的深黄花边，态度严肃，通身都是黑色。"（第136页）这套服装可以说明她在悼念没能从地痞手中救出的小女孩，同时也折射中她虚空的生活，预示着她的命运：最终，她是穿着这身黑旗袍走向死亡的。

除了布景、灯光和服装之外，舞台对象，比如《海达·高布乐》中将军的手枪，也在研究易卜生学者们之间引起广泛关注。很显然，海达父亲遗留给她的手枪是将军遗风的象征。海达出身高贵，她具有很强的自控能力和勇敢的气魄。对她来说，死得"漂亮"是与失败抗衡之后的胜利。乐务博格没有如她所愿结束生命，她意识到这是她必须用高布乐将军的手枪去重塑尊严的时候了。

和《海达·高布乐》中手枪的功能一样，白露对他前夫写的《日出》十分珍视，这可以使她与另外一种生活方式联系起来。白露随后回忆，他是一个永远的乐观主义者，相信前路总会有希望。并且，她丈夫具有勇气和决心追求他的希望。他们的分离是必然的，因为他们都有不同的生活方式。白露已经习惯了物质享受，喜欢社交生活，不禁会对婚后的生活感到失望。当他们的孩子夭折以后，他们决定分开。但是白露坦白说，她一直到死都从没有忘记过他。尽管她现在过着妓女的生活，但她觉得内心深处仍然保留着诗人的价值观。这本书是诗人的化身，这也是她经常拿出来诵读的原因。

这本书的细节在剧中没有披露，除了白露在剧中经常提到的一首诗："太阳升起来了，黑暗留在后面……但是太阳不是我们的，我们要睡了"。在第四幕里，她再次大声读出来，这次是读给达生听的。达生也不能理解，她解释说这首诗是诗人小说《日出》中一个快死的老人说的。在这部剧中，白露确实做着同样的事情：她在临死之前也吟诵着这首诗。当她最后回到房间里面的时候，她也带着这本书。

这首反复提及的诗成为剧中一个最主要的象征，它不仅点明了剧作的主题而且阐明了故事情节。第一行诗："太阳升起来了，黑暗留在后面"暗示了乐观主义的基调。这部剧的前两幕也表现出了某种乐观主义的态度。达生不时的造访和白露挽救小女孩的努力都重燃了白露的精神世界，引导她参与到有意义的事情中去。但是当第四幕开启的时候，她的出场和行动清晰地说明她的努力已经失败。悲观主义的情绪开始流露，自由和欢乐荡然无存，自杀成为摆脱无聊生活的不二方式。因此，这首诗的下半部分"但是太阳不是我们的，我们要睡了"是最后一幕的结局，也是对剧中主题最好的阐释。

正如《日出》中以诗喻人来说明白露经历，《海达·高布乐》中的短语"头发里插着葡萄叶子"也表达了海达丰富的内心冲突。就像《日出》中的诗句是专属于白露的，而海达的这句话除了乐务博格之外无人理解。"头发里插着葡萄叶子"在剧中总共被用过9次。海达第一次使用这个短语是在第二幕的最后一个场景。她正为能够把乐务博格送去宴会而自鸣得意，也有信心能够支配他："晚上十点钟——他会回来。他现在已经在我眼前出现了——头发里插着葡萄叶子——兴高采烈——毫无顾忌——"泰遏回答道："喔，但愿他能这样。"（第230页）当然，泰遏的意思是她希望乐务博格能够在十点钟回来，她并非在附和海达对他的描述——"头发里插着葡萄叶子"。但是海达很显然已经沉浸在她的幻想里了，她不禁又重复说："等到晚上十点钟——艾勒·乐务博格头发里插着葡萄叶子——就会来接你。"（第231页）

在第三幕伊始，海达第三次使用这个短语："艾勒·乐务博格呢——他正坐在那儿，头发里插着葡萄叶子，念他的稿子"（第234页）。泰遏没有理解海达所说"头发里插着葡萄叶子"的意思。不久，泰斯曼进来告诉了他们昨晚发生的事情。海达突然问他："他头发里插着葡萄叶子没有？"泰斯曼只是理解了字面意思，回答道："葡萄叶子？没有，我没看见。"（第236页）随后，当勃拉克进来告诉她昨晚事情的真相，海达的幻想破灭了："哦，原来是这么回事。这么说，他头发里没插葡萄叶子。"勃拉克吃惊地问到："什么葡萄叶子，海达太太？"（第242页）显然，勃拉克和泰斯曼一样，都不能理解这句话的意思。

最终，这个短语出现在海达和乐务博格的谈话中，他向海达表明他要结束生命的想法：

> 海达：艾勒·乐务博格，你听我说。你肯不肯把事情做得——做得漂亮一点？
>
> 乐务博格：做得漂亮一点？（含笑）头发里插着葡萄叶子，像你从前梦想的那样？
>
> 海达：不是，不是。我现在已经不相信葡萄叶子了。（第250页）

从海达梦想"头发里插着葡萄叶子"到梦想破灭的整个过程生动地说明了她遭遇的精神危机。根据约翰·诺瑟姆的解读，这个词语代表了一种生活前景——一种激发自由、美和勇气的生活。① 乐务博格多次让她失望，导致了她对这种她曾经期望的生活失去幻想。而且，她对着自己的太阳穴开枪自杀主要是为了挽回生命的期望。

在两部剧中，我们看到女主人公是如何一步一步被逼入绝境的。她们都试图尝试不同的生活，最终都以结束自己的生命而告终。海达曾向勃拉克抱怨："我是自作自受"（第211页）。她们两个都自杀了，但是她们死亡的场景并没有展现在观众面前：她们都回到内室（在两剧的舞台布景中，内室和外厅之间都有一个隔断）。与很多经典悲剧中的死亡场景不同，这里的两位女主人公自杀的场景都被安排在幕后。在古典的悲剧里，舞台上的死亡通常是通过引起观众的震惊来增强观众的共鸣；死亡可以升华观众的情感。而海达和白露的死亡却让人们百感交集。她们的自杀既不是一次完全的胜利也不是纯粹的失败。之所以说她们没有完全的胜利是考虑到她们自身个性的因素，而她们也没有纯粹的失败是由于她们又为了自己的理想牺牲了自己。此外，我们认为有必要意识到她们自杀行动中的积极因素，即便看到了她们性格中所有的冲突也是不够的。白露和海达一样也具有冲破传统束缚的意愿和勇气。尽管她们不是传统意义上的"女英雄"，但是她们仍然能够以其远见卓识和勇气果敢打动我们。

批评家们很少注意到曹禺是非常了解《海达·高布乐》这个剧本的，

---

① Northam, "Hedda Gabler", 70.

而且曹禺本人应该也为易卜生创作的海达形象所深深折服。《日出》创作四年之后,在1940年的一次"编剧术"的讲座中,他把海达推荐给观众:"舞台上的好个性很多,诸位可以看看易卜生的 *Hedda Gabler* 便是最切当的例子。"① 不管曹禺是否曾把海达作为自己创作的一个灵感来源,白露绝对是一个成功的戏剧创造,与海达一样成为世界戏剧舞台上令人难忘的一个现代女性人物。曹禺不仅是中国的,也是世界的,同莎士比亚、易卜生、奥尼尔等一样是世界戏剧宝库中的一位经典剧作家。

---

① 王兴平、刘四久、陆文璧编:《曹禺研究专集》,海峡文艺出版社1985年版,第49页。

第十五章

老舍与世界文学

在中国的文学批评界，老舍通常被认为是一位爱国的、富有民族主义情怀的"人民艺术家"，但由于其身世、生活经历及年轻时所受的教育等多种因素的影响，老舍与世界文学的关系是十分密切的，这主要体现在他的不少作品中所蕴含着的一些世界主义因素。在本章中，我们首先将探索《二马》《小坡的生日》和《大地龙蛇》等作品中的世界主义因素。这些世界主义的叙事与其爱国主义和民族主义的叙事交缠在一起，构建起一个复杂矛盾的文学世界，透露出老舍所具有的一种超前的世界大同意识。我们认为，老舍的这种世界主义思想来自于多个方面，主要包括以下几个方面：老舍是满族出身，而他所成长的年代又恰恰是汉族排满情绪最为高涨的时期，所以他对汉族的认同程度要大打折扣，而是向往一种超越种族的理想大同世界；他年轻时孑然一身在海外，尤其是在伦敦的教学和生活经历，对故土和亲人的思念，加之身在异国他乡而亲身感受到的西方人对华人的歧视让他对世界主义十分憧憬；西方列强和日本对中国的侵略与欺凌在激发起老舍的爱国主义情绪的同时，也让他对虽然遥遥无期但又极具诱惑力的世界大同境界十分向往；他对基督教和佛教思想的理解及某种程度上的信仰也促成了他的世界主义思想；而自幼熟读的儒家经典和其作品中处处透露出的儒家传统思想也是影响老舍萌发世界主义思想的一个因素。其次，老舍的作品被翻译成多种外语，如英、日、俄、韩、德、法、越南语等。由此可见，老舍的作品超越了原来的汉语语境和民族的局限性，在世界文坛上拥有众多的读者并受到批评界的广泛讨论。就其在世界上的接受程度与其经典程度而言，老舍的作品早已成了世界文学的一部分。我们将以老舍作品在国外的翻译和接受为例，结合传统及当今的多种世界文学理论，尝试探讨老舍著作是如何成为世界文学的一部分的；并以此为例，试图拓展我们思考民族文学与世界文学之关系的思路，指出兼收并蓄的文化包容态度和积极主动的文化交流策略对维持健康的世界文学状态、建设良好的世界文化环境的重要作用。

第一节　老舍作品中的世界主义因素探源

老舍（1899—1966）是满族人，原名舒庆春，字舍予（其姓氏"舒"字的拆解）。因为其生于阴历立春时节，所以其父母为其取名"庆春"。后来起的英文名字为 Colin C. Shu。舒家是北京满族正红旗人，老舍的父亲是八旗军中的一名守城士兵，在八国联军攻打北京的战争中牺牲，母亲是普通妇女，靠替人家缝缝补补洗洗衣裳勉强维持一家人的生计。老舍九岁时受到一个满族远亲刘寿绵（即后来皈依佛门的宗月大师）的资助得以入私塾读书，打下了不错的传统国学基础。后来他考入北京师范学校学习；从师范学校毕业后当过小学校长和教育局劝学员。1921 年尝试小说创作，1922 年在北京基督教会缸瓦市教堂受洗正式加入基督教，并在朋友的引荐下到天津南开中学教授国文，一向喜欢实干的老舍也十分热衷于各种社会服务工作和慈善活动，1923 年在《南开季刊》上发表过一篇小说《小玲儿》，工作之余还在燕京大学读夜校，学习英文。1924 年老舍在教会朋友的推荐下赴英国任伦敦大学亚非学院（School of Oriental and African Studies）中文讲师，居留英国期间他开始大量创作小说，包括《老张的哲学》《赵子曰》《二马》等，从 1926 年起在国内《小说月报》上连载并立即引起了国内文学界的注意，从而奠定了他作为一位知名作家的基础。1929 年夏季离开英国后，老舍先是去法国、荷兰、比利时、瑞士、德国和意大利等国游历了大约有四个月之久，然后乘坐轮船到达新加坡，在那里的一所中学教授中文亦达半年之久；之后于 1930 年初回国并先后应聘到齐鲁大学、山东大学教书，在此期间创作了《小坡的生日》、《猫城记》、《大明湖》（因日本侵略在淞沪会战时被焚毁）、《离婚》、《月牙儿》等作品，1936 年创作《骆驼祥子》，1944 年出版《四世同堂》第一卷《惶惑》。1946 年 3 月，他又受到美国国务院的资助，和曹禺一起赴美国讲学、创作并翻译自己的作品，同年出版《四世同堂》第二卷《偷生》，1949 年

10月回国。1950年任中国民间文学研究会副理事长，1951年被北京市人民政府授予"人民艺术家"称号，1953年当选为中国文学艺术界联合会主席、作家协会副主席，1957年在《收获》杂志上发表著名戏剧《茶馆》，1966年"文化大革命"伊始不堪折磨而自沉于北京太平湖。

老舍所受到的外国文化方面的影响面很广，涉及文学、基督教、哲学和社会学等各个方面，而且都是极为深刻的。在1924年首次出国之前，老舍就已经深受基督教思想的影响，加入了当地的基督教会，还在教会学过英语而且还做过相关的翻译，包括一本北京缸瓦市基督教会主持人宝广林的基督教小册子——《基督教的大同主义》；① 出国后更是因为教学之余闲暇颇多而广泛阅读了大量英文作品，其中包括西方经典作家如但丁、歌德、萧伯纳、威尔斯、康拉德、巴尔扎克、小仲马、契诃夫、托尔斯泰、叔本华等人的作品，以及英文版的《圣经》等，尤其是在其开始创作之初，狄更斯等经典作家的小说对其创作理念和形式等都产生了不可小觑的影响。② 甚至有论者认为，老舍"在中国现代文坛的巨匠大师群中，……与外国文学的关系一直是最密切者之一"，"在他全部创作生涯里，差不多四分之一的时间是在欧美度过的，几乎有三分之一的长篇小说写就于异域"。③ 他在英伦三岛、欧洲各国、新加坡和美国等地的生活和工作经历，也都对他的创作思想、生命观、文化观和人生态度产生了深刻的影响，不仅让他意识到落后的中国需要向西方强国学习先进的制度、科学和民主理念，也让他认识到世界各族人民之间相互沟通、平等相处的重要性，以及对未来社会的一种世界主义的憧憬。

从20世纪初老舍开始创作以来，他一直被描述为一个爱国的、甚至一个带有很强的民族主义情结的作家，甚至在1951年被北京市人民政府授予"人民艺术家"的称号。从很大程度上来看，老舍也确实是一个爱国爱人民的艺术家，因为这是他的主要作品中反映出的基调；而且他也确实担任过

---

① 当时的译者署名为"舒舍予"，1922年刊发在《生命月刊》第3期上。
② 老舍：《我怎样写〈老张的哲学〉》，《老舍全集》第16卷，人民文学出版社2008年版，第162—164页，原载1935年9月16日《宇宙风》第1期；《读与写》，《老舍全集》第17卷，人民文学出版社2008年版，第397—408页，原载1943年4月20日《文艺先锋》第2卷第3期。
③ 宋永毅：《老舍：纯民族传统作家——审美错觉》，载曾小逸主编《走向世界文学：中国现代作家与外国文学》，湖南人民出版社1985年版，第185页。

多种政府职务。1938 年在武汉的时候,老舍被选为中华全国文艺界抗敌协会常务理事兼总务部主任,对内主持日常会务,对外代表"文协",并全面负责总会的领导工作;新中国成立后的 1950 年,中国民间文学研究会成立,他出任副理事长;1953 年,老舍又当选为全国文联主席、作协副主席。但在本章中,我们主要探讨的是老舍作品中表现出的世界主义因素,这些世界主义因素和他的爱国主义甚至是民族主义的情愫掺杂在一起;我们还试图探索这些世界主义因素的成因,包括老舍的成长经历、他在海外的工作和旅行经历、他作为一个满族人的独特观察事物和认识历史的视角、他对中国传统文化尤其是儒家文化的继承以及他的宗教信仰等多个方面。

尽管本书绪论中对世界主义已做了讨论,但在讨论老舍的世界主义思想之前,我们再次简要地对之做进一步阐发。简单地说,世界主义就是这样一种信念或者理想,它认为所有的人类都属于同一个社群,在这个社群里,不再有种族的或者国家的边界或分割,世界上所有的人都相互尊重并在同一个地球村里平等、幸福地生活。世界主义这个概念提出之后,在不同的时代得到不断的发展、修订和补充,其意义也不断丰富,尤其是在欧洲文艺复兴时期(14—17 世纪)和 18 世纪以后的哲学家和作家们,包括康德、费希特、歌德、席勒,以及 20 世纪的一些思想家如列维纳斯、德里达、贝克等,都对这一概念做了独特的阐发。当代十分关注世界主义的理论家包括加纳裔美国作家、哲学家、文化理论家安东尼·阿皮亚(Kwame Anthony Appiah)、越南佛教徒、诗人和和平运动领袖一行禅师(Thích Nhất Hành)、文化理论家吉尔罗伊(Paul Gilroy)、谢永平(Pheng Cheah)和努斯鲍姆(Martha Nussbaum),而世界主义的理念也经常是后殖民理论家如霍米·巴巴(Homi K. Bhabha)和查克拉巴蒂(Dipesh Chakrabarty)等所探讨的话题。

随着全球化时代的到来,全球经济和信息技术日益发展,交通运输日益发达,世界主义思想也不断地被哲学家和文化理论家们所发展、修订和补充。阿皮亚就曾指出,该词很多时候是指一种对世界上所有人甚至是所有生命体的宽容、理解和同情,而不管他们的国籍、种族和阶级等因素。① 西班牙哲学家莫斯特林(Jesús Mosterín)认为,在现今社会,随着

---

① Kwame Anthony Appiah, "Cosmopolitan Patriots", *Critical Inquiry* 23, no. 3 (1997): 621, 637.

全球化的发展和各国间文化交往程度的加深加快，民族国家成了一个颇为过时的概念，是与人类自由的发展不相匹配的，因此他提议要建设一个没有民族国家的世界。① 世界主义有时候也指一种理想的生活状况，全人类都生活在完全的和谐与满意之中，超越了所有人类的各种疆界。但就我们目所能及，一个没有民族国家的世界似乎仍然是一个十分遥远而模糊的梦，通往这个美梦的路上还堆满了无数文化上、政治上和经济上的障碍物。然而，严峻的现实和梦的不可行性有时候也会刺激思想家和哲学家们去超越人类思考的边界进行探索。就像我们前面所提到的那些思想家们那样，以及一些重要的中外作家，如拉什迪（Salmon Rushdie）、奈保尔（V. S. Naipaul）、林语堂和老舍等。

作为一位小说家、剧作家和文化领域的官员，老舍在理论方面并没有对世界主义做出多少的论述，也没有显示出他对这一观念有多么深刻的理解。但是，他却从一种十分质朴的、私人的角度，以及从一个敏感而富有同情心的作家的视角，对该词所蕴含的理想状态十分向往并且在其多部作品中表露出了这种向往。虽然有时候老舍也通过小说中的一些人物如《二马》中的马威等人呼喊："只有国家主义能救中国！"② 但是，在他的心底里，真正所向往的最终梦想却是全人类的世界主义这样一个和谐的大同世界。在圣诞节期间的伦敦，老舍第一次感受到了这种世界主义的氛围，"人们把什么都忘了：政治，社会，官司，苦恼，意见，……都忘了。……人人看着分外的宽宏大量，人人看着完全的无忧无虑，……有了富余还给穷人一点儿。这天晚上真好像是有个'救世主'要降生了，天下要四海兄弟的太平了"③。而临近小说的结尾处，老舍又再一次表达了他对那种更加包容的、思想开明的人类社会的希冀，尤其是在刚刚发生的第一次世界大战之后，"有思想的人""要把旧势力的拘束一手推翻，重新建设一个和平不战的人类"④。

在写于新加坡的中篇小说《小坡的生日》（写于1929年，先于1931

---

① Jesús Mosterín, "A World without Nation States", *Acta Institutionis Philosophiae et Aestheticae* (Tokyo) 23 (2005): 55–77.
② 老舍：《二马》，《老舍全集》第1卷，人民文学出版社1999年版，第466页。
③ 老舍：《二马》，《老舍全集》第1卷，人民文学出版社1999年版，第534页。
④ 老舍：《二马》，《老舍全集》第1卷，人民文学出版社1999年版，第590页。

年发表在《小说月报》，后于 1934 年出版单行本）中，老舍从一个中国海外移民的孩子的视角，描述了一个充满童趣的、和谐的多民族世界。来自印度、马来西亚以及中国不同省份的肤色各异的孩子们都说着同一种语言——马来语，一起无忧无虑地游戏玩耍，尽管他们的父辈之间也存在着这样那样的世俗矛盾。老舍在此小说中对新年节日气氛的描述也让读者想起了作者在《二马》中所描述的圣诞节的节日气氛。① 在小说开始不久，小坡就要"给全世界的小朋友"寄新年贺年片，甚至"把太阳，月亮，天河，和星星都算在内的"。② 在这个特殊的日子里，人们都忘掉了烦恼、冲突和不幸，都在欢欢喜喜地庆祝新年的到来，"大家全笑着唱着过年，好像天下真是一家了"。③

1941 年，老舍又创作了颇具预言性的戏剧《大地龙蛇》，该剧的背景是抗日战争。剧中老舍描绘了亚洲国家是如何团结起来共同抗击日本帝国主义的侵略，并构想了一个抗战后充满和平与和谐的世界。如果说在先前的作品中，老舍的世界主义思想更像是一个虚无缥缈的梦境，那么在《大地龙蛇》这部剧作中，老舍试图向我们描绘出一个有限的（该剧中所涉及的国家大多数是亚洲国家）因此也是更加切实可行的世界主义的理想。这部剧开始是东方文化协会给老舍分配的一个任务。老舍在这部剧中，对中国的文化和传统也做了很多反思，他尤其盼望在不久的将来能建立一个和平、和谐的亚洲甚至是世界。在绥西（内蒙古西部）战役中，对日作战的军队中不仅有汉族战士如赵兴邦、蒙古兵巴彦图、回教兵穆沙、西藏高僧罗桑旺赞等，④ 也有印度随军医生竺法救⑤、朝鲜义勇兵朴继周、南洋华侨日报驻绥通信员林祖荣、南洋华侨代表黄永惠，甚至还有一个投诚过来帮我们军队看管马匹的日本兵马志远等，由此组成了一支看上去十分"国际化"的军队。在此，老舍不仅想协调新旧中国文化之间

---

① 老舍：《二马》，《老舍全集》第 1 卷，人民文学出版社 1999 年版，第 534—535 页。
② 老舍：《小坡的生日》，《老舍全集》第 2 卷，人民文学出版社 1999 年版，第 15 页。
③ 老舍：《小坡的生日》，《老舍全集》第 2 卷，人民文学出版社 1999 年版，第 15 页。
④ 我们也注意到赵庠琛的妻子也是信佛的。但有趣的是，在老舍的国际队伍中似乎少了满族人，或许是因为他们与汉族人其实已经没有太大的区别了，或者是因为老舍自己是满族人而他不想提及满族人以免凸显自己的身份。但他确实也在本剧中说过类似的话，参见《大地龙蛇》，初版于 1941 年，见《老舍全集》第 9 卷。
⑤ 竺法救与竺法护相近，后者是 3—4 世纪将《大乘经》最先翻译成汉语的高僧。

的矛盾,而且还要赞美亚洲国家间(这其中也包括日本)为抵抗日寇侵略所形成的这种同盟意识。① 在第三幕中,老舍构想了抗战胜利后,各个民族、各个国家的人们在中国山东的海滨城市青岛,过着一种和平幸福的生活的场景。印度人竺法救、日本人马志远和来自南洋的林祖荣都在青岛工作和生活。他们现在所面临的问题已经不再是战争,而是全人类所面对的、极具超前意识的一些环境问题如中国的沙漠化、黄河泛滥和日本地震等。② 虽然表面上老舍是在赞美东亚的文化和联合,③ 其实也是在期盼"世界的和平",④ 并构想了一个人民享有平等权利、和谐共存的世界主义场景,有意识地回应了孙中山先生的世界大同思想。⑤ 美国学者黄承元(Alexander Huang)正确地指出,"使得老舍与其同代作家不同的,并不仅仅是王德威所分析过的其'幽默才能',而是他拒绝支持一种对于东西方文化之间的文化价值和道德价值的对立形构"。⑥ 老舍对于当时十分流行的将东西方文化观和道德观对立起来的观点保持着一种警惕、嘲讽甚至否定的态度,这是因为他能够透过四处招展的"国家主义"的帐幔,既看到民族需要通过兴办实业和教育而发奋自强和发展国力方能不受世界列强欺凌的刚性需求,同时也更深远地看到了未来的世界必将归于大同的远景。从国内环境来看,即使是在革命风潮风起云涌的20世纪初,甚至整个上半叶,老舍对于各种形式的运动都有一种令人惊异的超脱。⑦ 老舍的这种对于民族主义的警惕和敬而远之,以及对未来世界大同的趋近心理,

---

① 见《大地龙蛇·序》,《老舍全集》第9卷。
② 老舍:《大地龙蛇》,《老舍全集》第9卷,人民文学出版社1999年版,第440页。
③ 老舍:《大地龙蛇》,《老舍全集》第9卷,人民文学出版社1999年版,第245页。
④ 老舍:《大地龙蛇》,《老舍全集》第9卷,人民文学出版社1999年版,第247页。
⑤ 老舍:《大地龙蛇》,《老舍全集》第9卷,人民文学出版社1999年版,第429页。
⑥ Alexander C. Y. Huang, "Cosmopolitanism and Its Discontents: The Dialectic between the Global and the Local in Lao She's Fiction", *Modern Language Quarterly*, 69: 1 (2008): 99.
⑦ 老舍在《二马》中对此也有所涉及,甚至以作者的直白的口吻辛辣地讽刺了那些"摇纸旗,喊正义,争会长,不念书的学生们","你们不念书,洋鬼子的知识便永远比你们高,你们的纸旗无论如何打不过老鬼的大炮。……真正爱国的人不这么干!"在老舍看来,最重要的事情是"把纸旗子放下,去读书,去做事","看看自己的志愿,责任,事业",这才是救治"破碎也还可爱的中国"的"好药",要凭着自己的坚定意志力去做实事而不是光喊口号:"最可耻的事是光摇旗呐喊,不干真事。只有意志不坚强的人,只有没主张而喜虚荣的人,才去做摇旗呐喊的事。这种事不但没有成功的可能,不但不足以使人们佩服,简直的连叫人一笑的价值都没有。"参见老舍《二马》,《老舍全集》第1卷,第528—529页。

在我们看来是十分有意义的。在下节中，我们将分析导致老舍的世界主义因素形成的一些主要原因。

第二节 探索老舍的世界主义之根源

如前所述，老舍与世界文学的关系体现在诸多方面，首先，老舍的海外经历使他得以广泛接触世界文学，从而对于他的世界主义思想的形成起到了至关重要的作用。他于1924—1929年在伦敦大学的东方学院（现在的东方文化与非洲学院）教授中文。在他返回国内之前，又去法国、荷兰、比利时、瑞士、德国和意大利等国游历了约四个月，后来于回国途中在新加坡的一所中学教授了半年汉语（1929年10月—1930年2月）。之后他又受到美国国务院的资助（和曹禺一起）于1946年3月到1949年10月赴美国讲学、著书并翻译自己的作品。从小时候起老舍就是一个十分内向安静的人。这种性格加上他早期的海外经历，尤其是他在伦敦教学的经历，促使他思考一种各国人民之间的和谐共处关系，滋生出一种朦胧的世界主义情愫。在写于伦敦的小说《二马》中，老舍在很多地方浓墨重彩地描述了白人是如何对待甚至侮辱华人的，其中也包括那个看上去十分仁慈的房东温都太太。在普通白人民众的眼中，中国人几乎个个都是吃人的恶魔，要么就是令人讨厌的、无法忍受的怪物。[1] 这些"黄脸鬼是个个抽大烟，私运军火，害死人把尸首往床底下藏，强奸妇女不问老少，和作一切至少该千刀万剐的事情的。作小说的，写戏剧的，作电影的，描写中国人全根据着这种传说和报告。然后看戏，看电影，念小说的姑娘，老太太，小孩子，和英国皇帝，把这种出乎情理的事牢牢的记在脑子里，于是中国人就变成世界上最阴险，最污浊，最讨厌，最卑鄙的一种两条腿儿的动物"[2]！外国人看中国人都是身材短小、脑后梳着小辫子、扁平脸塌鼻梁、男人都撅着小胡子，走起路来像女人；中国人都是小偷和杀人的凶手，袖子里一抖就会放出一条毒蛇来咬人，……中国的汉语也是低等的语

---

[1] 老舍：《二马》，《老舍全集》第1卷，人民文学出版社1999年版，第415页。
[2] 老舍：《二马》，《老舍全集》第1卷，人民文学出版社1999年版，第392页。

言,"甚至连狗都不喜欢中国人"。① 我们千万不要以为老舍在这里只是故作幽默,他在描绘这种现象时,其实是十分痛苦的,因为没有哪个有自尊心的作家或知识分子会这样贬损自己的同胞和国家。如果不是他亲身经历过或者看到过这种现象,老舍简直无法这么活灵活现地、辛辣深刻地写出这样的文字。也正因为此,那个生于中国的伊牧师的儿子保罗,才会在他书房里的"书架旁边的一张小桌上摆着一根鸦片烟枪,一对新小脚儿鞋,一个破三彩鼻烟壶儿,和一对半绣花的旧荷包",② 以便他可以向他那些好奇的英国同学们展示一些地道的中国玩意儿;而每逢有朋友来的时候,他总是把这几件宝贝编成一套说词,诸如"裹着小脚抽鸦片"之类的,反正英国的小孩子也不懂,他就可以信口雌黄了。③ 对普通英国人而言,中国人喜欢吃老鼠,④ 以及其他各种令人恶心的食物;这种根深蒂固的看法几乎就像一种宗教信仰一样,以至于一般英国人都深信中国人习惯给人下毒药。⑤ 当马威给温都太太她们递茶时,玛丽的第一反应就是"小心有毒",甚至毫不顾忌马威的存在;更具有讽刺意味同时也更令人难受的是,玛丽的嘴唇不自觉地颤动着,使马威意识到她并没有故意冒犯马威的意思,这只是她自然而然的反应。⑥ 但正是这种不自觉的自然而然才更加暴露出西方列强在19—20世纪对于中国人的那种偏见和心态。而这种偏见和心态在由军人、商人、传教士和游客撰写的不计其数的叙事(游记、自传、绘画……)中得到了进一步的普及和强化。由于白人对华人的这种普遍的歧视,温都太太虽然很喜欢老马先生,但迫于社会和朋友圈的压力,她也无法和老马结为连理,甚至因为有了两个中国人做房客,温都太太家之前的客人都不再来拜访她了。善良的温都太太一家人其实代表的是整个英国社会,甚至是整个西方社会当时对待华人的态度,她们的偏见不

---

① 老舍:《二马》,《老舍全集》第1卷,人民文学出版社1999年版,第457页。
② 老舍:《二马》,《老舍全集》第1卷,人民文学出版社1999年版,第464页。
③ 老舍:《二马》,《老舍全集》第1卷,人民文学出版社1999年版,第464页。
④ 老舍:《二马》,《老舍全集》第1卷,人民文学出版社1999年版,第395页。
⑤ 老舍:《二马》,《老舍全集》第1卷,人民文学出版社1999年版,第415页。
⑥ 老舍:《二马》,《老舍全集》第1卷,人民文学出版社1999年版,第415页。

是孤立的也绝非偶然的。①

除了老舍在海外的个人经历外,他作为满族的少数民族身份,尤其是在20世纪初的动荡年代或革命年代,也是他追求人类大同思想、追求世界主义的根源之一。当老舍于1899年出生之时,清王朝早就气数已尽,1900年又是八国联军的入侵,这场战争也使老舍的父亲死去并差点儿毁了整个家庭。接着1911年爆发了由同盟会领导的辛亥革命,反对腐败无能的清王朝,这又进一步加重了普通满族人的悲惨状况。我们都知道满族的八旗子弟从17世纪早期一直是享有特权的统治阶级,过着奢侈闲适的上层人的生活。但到了19世纪后半叶,退化腐败的满族上层越来越引起了全国各族人民尤其是汉族人的愤恨和反对。在辛亥革命爆发以及1912年中华民国建立之后,满族人在中国社会事实上已被彻底边缘化了,在政治上和文化上则几乎被彻底消灭了。所以不难理解为什么作为满族人的老舍及其家族在那样一个外敌入侵、军阀混战、战乱频起的年代经历了怎样的痛苦和挣扎。② 老舍不断地重复他贫穷的家世可以被理解为是他试图与满清上层撇清关系、避免成为排满运动和革命行为的目标的一种策略,而他生命中的大部分时间都不愿意公开声明自己的族裔身份或者在作品中描绘满族人的形象,也可以被看作是他试图与主流汉族人融合的努力。很多早期作品中的人物如《月牙儿》(1935)中的妓女、《我这一辈子》(1937)中的巡警以及《四世同堂》(1944—1948)中的巡警等形象,都很像满族人,虽然老舍从来没有明确地说明过这一点。直到后来他在新中国初期感受到足够的安全感和自信心之后,他才开始明确地创造出一系列满族人的形象,如在《茶馆》(1957)中的常四爷。尤其在后来,他在1960年参加全国人民代表大会期间受到毛泽东主席接见,毛主席大力赞

---

① 20世纪20年代伦敦的社会气氛也对老舍世界主义的形成有助益,在中国"共和国初期,虽然战乱频仍,但那个时代的中国却有一种经常被人遗忘的世界主义性质",而且,"伦敦的帝国主义自信心和社会稳定性,也随着帝国的从其殖民地吸引了越来越多的外国移民来到这里"。这种文化和种族上的多样性可以说对年轻的老舍而言是一种文化冲击、文化震惊,因为他是第一次去海外,而且是在那个年代。参阅 Anne Witchard, *Lao She in London* (Hong Kong: Hong Kong University Press, 2012), 57 – 58. 也可参阅 Frank Dilötter, *The Age of Openness: China before Mao* (Berkeley: University of California Press; Hong Kong: Hong Kong University Press, 2008), 5。

② 关于老舍的身份认同问题及他缺少归属感,请参阅 Ranbir Vohra, *Lao She and the Chinese Revolution* (Cambridge, MA: Harvard University Press, 1974), 5 – 18。

扬康熙皇帝，这不禁使他深受鼓舞，于是便想撰写一部半自传体作品《正红旗下》（写于 1961—1962 年；发表于 1979 年），试图充分地塑造一个满族家庭的形象，但却最终未能完成。接着"文革"就开始了。但从写完的一部分来看，老舍根据自己的家庭和小时候的见闻所塑造的下层满族人的生活场景纵然穷困潦倒也充满了温馨和人情味。无论从感情上讲还是文化上讲，老舍都是一个自我感受被边缘化的人。而且是被双重边缘化的人。

第一层边缘化是被主流的汉族所边缘化，第二层是他们满族人和所有的中国人一起被西方的发达所边缘化。这种双重边缘化解释了老舍一生中的很多事情和态度。第一个边缘化解释了年轻时的老舍为什么对"五四运动"以及其他大多数政治运动都保持一种怀疑、警惕的而非积极参加或者热烈拥护的态度，就像当时的大多数热血青年知识分子那样。正如乔治·罗伊德（George Lloyd）正确地指出的那样："他既是满族人又家境贫穷，是一个曾经傲慢的统治种族和王朝的深陷困境的后裔，在国内国外都被指责导致了中国的贫弱和落后。如此被一个复仇性的汉族种族主义所疏离，而又因为朝不保夕的生活而变得更加明智，他于是始终对五四时期那些享有社会特权的青年的常常是幼稚而无必要的破除偶像做法保持着怀疑的距离。"[①] 这也解释了后期的老舍为什么如此忠于党和政府：因为他需要成为其中的一员，他需要确认自己的身份，不但对满族认同，更是对中国人身份的认同。第二层边缘化则解释了为什么他支持民族主义反对外国侵略和压迫，但是，这种双重边缘化却将老舍的目光和心智拉向了一种世界主义的前景，在这种遥远的憧憬中，没有了阶级和种族间的压迫，不同种族、不同行业的人们相安无事，过着平等富足的生活。回望老舍一生的生活，我们不得不承认，由于其特殊的身世和经历，他的目光比一般的同代人看得更远，那些人对帝国主义压迫和侵略的第一反应往往是极端的民族主义，然后就停滞在这一阶段不再向前瞻望了。在讨论老舍的身份形成时，很多批评家都令人信服地指出，正是由于老舍居住在伦敦的经历，使他滋生了强烈的民族主义，不仅仅是作为一个满族人的民族主义，更是作

---

① George Arthur Lloyd, "The Two-Storied Teahouse: Art and Politics in Lao She's Plays", (Ph. D. diss.; University of California, Berkeley, 2000), 19 – 20.

为一个普通中国人的民族主义，老舍也由此建立起自己作为一个中国人的身份认同。①但这些批评家并没有看到，老舍的目光其实超越了民族主义这个阶段，进而拥抱了一种遥远的世界主义。

老舍对世界主义的憧憬，也深深地受到其宗教情怀的影响。首先，他从很小的时候起就受到佛教的影响。他的早期教育，也即对他来说是最重要的教育，是由一个名叫刘寿绵的乐善好施的满族亲戚资助的，这个刘寿绵后来散尽家财，皈依佛门成了宗月大师。在宗月大师于1940年去世后，老舍还专门写了一篇文章纪念他，明确地说明宗月大师是如何影响了他的生活和思想的："没有他，我也许一辈子也不会入学读书。没有他，我也许永远想不到帮助别人有什么乐趣与意义。他是不是真的成了佛？我不知道。但是，我的确相信他的居心与苦行是与佛极相近似的。我在精神上物质上都受过他的好处，现在我的确愿意他真的成了佛，并且盼望他以佛心引领我向善，正像在三十五年前，他拉着我去入私塾那样！"②

佛教思想中的向善好施、众生平等等理念都深深地影响了老舍的思想，使得他在生活中处处寻求与人为善、与这个世界和平共处。1924年当他最初到达伦敦的时候，与当时准备在牛津大学攻读比较宗教学的作家许地山共处一室，他还让许地山列了个书单表示要好好研究一下佛学。③在抗日战争期间，当他在重庆工作时，他的交往圈子包括很多宗教界尤其是佛教方面的著名人物，甚至还受当时著名的太虚大师的邀请，到设立在重庆的汉藏教理院给那里的僧侣们作过一次演讲，题为《灵的文学与佛教》，探讨文学与佛教的密切关系。④

佛教及其与佛教的各种缘分给了老舍一颗善良的乐于助人的心和各种族人民之间的平等意识，而基督教也赋予他以灵感，使他为人类的未来预见到世界主义的图景。如果不是遭遇了基督教，老舍的生活轨迹将会是完

---

① 李培德：《老舍在英国：1924—1929》，曾广灿等编《老舍与二十世纪：1999 国际老舍学术研讨会论文选》，天津人民出版社2000年版，第393页。

② 老舍：《宗月大师》，初发表于1940年1月23日《华西日报》，后收入《老舍全集》第14卷，第237—241页。

③ 《敬悼许地山先生》，初发表于1941年8月17日《大公报》，后收入《老舍全集》第14卷，第162—167页。

④ 老舍：《灵的文学与佛教》，初发表于佛教月刊《海潮音》，22：2，1941年2月，后收入《老舍全集》第17卷，第285—290页。

全不同的。当他在北京西直门帮助刘寿绵管理一所为穷人孩子开设的学校时，他就参加了附近的北京基督教伦敦会缸瓦市堂，并且认识了一个刚刚从伦敦大学神学院毕业的满族牧师宝广林。二人成了莫逆之交。1922 年，老舍翻译并出版了宝广林撰写的一本宗教小册子《基督教的理想社会》（*The Ideal Society in Christianity*）并发表在一份宗教刊物《生命》上（第三卷第二期），译者署名"舒舍予"。有趣的是，这本小册子的题目被老舍翻译为《基督教的大同主义》。1922 年春，老舍在缸瓦市教会正式受洗，成了一名基督徒，取教名 Colin C. Shu。① 据称，他一直到 20 世纪 30 年代与胡絜青结婚时还使用了这个教名。通过宝广林，老舍又认识了缸瓦市教会的牧师罗伯特·肯尼斯·伊文思（Reverend Robert Kenneth Evans）。后来当伦敦大学需要一名中文教师时，老舍又由宝广林和伊文思联名推荐，于 1924 年在伦敦大学东方学院获得了这个为期五年的教职，从而开启了他的海外教学生涯，并从那时起就开始了他的文学创作。老舍深受他的基督教朋友们的基于基督教理念的西方人文主义思想启迪，曾一度相信基督教是引导中国及其他国家通向一种正义和平等的道路。②

我们甚至从老舍的名字中也不难看到宗教对其思想的深刻影响，老舍本名舒庆春，字"舍予"，舍予就是将其姓拆开得来的。他第一次使用舍予作为其笔名是在 1922 年翻译宝广林的宗教小册子的时候（舒舍予）。舍予的字面意思是舍弃自我或者牺牲自己的意思，这里面无疑带有老舍那时所信仰耶稣基督舍去自己的生命救赎世间罪人的精神；同时也带有佛教的舍弃自己的财物欲求等世俗之物而追求精神解脱的含义。老舍似乎从来就不是一个严格意义上的佛教徒或基督徒，即使是在伦敦时，他也常常在作品中揶揄讽刺基督徒，甚至牧师的种族歧视和虚伪行径，但我们却不能因此否认他的世界主义梦想。

另外，老舍的世界主义思想其实也从中国的传统儒家思想中汲取了很多营养。老舍生长在中国的历史文化城市北京，从小入私塾学习儒家传统

---

① 有关这段生活的更加详细的内容请参阅 Anne Witchard, *Lao She in London* (Hong Kong: Hong Kong University Press, 2012), 28 – 34。

② Anne Witchard, *Lao She in London* (Hong Kong: Hong Kong University Press, 2012), 31 – 32.

经典，熟读四书五经，上学第一天就要叩拜孔子牌位和孔子像，读《地球韵言》和《三字经》然后是四书五经，修齐治平这种传统儒家知识分子的抱负和观念伴随着老舍的一生和他的作品，其作品中的很多人物像《四世同堂》中祁瑞宣、《正红旗下》中的福海、《二马》中的老马、《大地龙蛇》中的赵庠琛、《离婚》中的老张夫妇等，都透露出老舍那种从完善个人的仁爱、崇礼、忠孝节义到治国平天下的雄心抱负等儒家思想，这些与老舍的世界主义思想并不冲突，而是达到了一种和谐的统一。

第三节　走向一个世界主义的地球——世界大同

世界大同的基本意思就是全世界各族人民的平等和谐共处、幸福生活的一种大统一和大融合。种族、阶级和国家间的差异和区别逐渐消失或者根本就不存在国家和民族的概念。在中国文化传统中，大同的概念首先出现于《礼记·礼运》，此后不断被儒家文人、思想家和官员等阐释和丰富，直至现代时期。譬如晚清时期的学者和社会活动家、百日维新的领袖康有为（1858—1927），就在其《大同书》中描绘了一个没有政治疆界和国家疆界的未来社会，一个充满和谐的、所有族裔的人们、男人和女人都平等相处的理想世界。孙中山也多次明确地申述未来人类社会的这一大同观念。他将自己所领导的革命事业的目标定为"振兴中华""天下为公""世界大同"。对世界大同这一未来社会理念的推崇不仅表现在中华民国的国歌中，也不断出现在当时孙中山先生的很多演讲中、文章中和文件中，包括他 1912 年的《中华民国总统就职演说辞》和《在上海中国社会党的演说》。[①] 政治思想和社会领域内对大同理想的热衷和推崇，对同时代人也产生了深远的影响，如革命领袖毛泽东、科学家钱学森以及作家老舍等，都在一定的时期，以不同的方式追随和信奉这种大同理想。在老舍的戏剧《大地龙蛇》中，他描述了这样一幅战争之后的场景：

战后，建起更大的和平！／必使佛的慈悲，／庄老的清净，／孔孟

[①] 《孙中山全集》第 2 卷，中华书局 1982 年版，第 523—524 页。

的仁义，/总理的大同，/光焰万丈，/照明了亚东！/教东海无波，/教大地平静！/没有战争，只有同情；/……像太阳自东至西，/一寸光阴建起一寸和平！/美满的生活，/坚定的生活，/教真理正义，/管领着人生，/万岁，万岁，世界和平！/永久的和平！……①

这种对大同理想的期盼和赞美也是对社会主义和共产主义理想做出的一种回应，但在今天，在我们这样一个人口流动剧增、各种形式的交流日趋发达的全球化时代，思考世界主义这一理念似乎更加适切，并更具有关联性。当代西方理论诸如后殖民主义和文化抵制、文化吸纳理论等，不断地提醒我们，在思考世界和国家民族时保持一种宽容忍让和多元共存的态度是十分重要和必要的。老舍著作中的大同思想或世界主义因素，也迫使当今的读者去思考，我们应该采取何种态度去看待我们这个多民族、多国家、多文化共存、但却变得日益缩小的地球村。老舍在近百年前，在世界大战和民族解放战争的重重阴霾和刀光血影中，竟能超越狭隘的民族主义的视野，将目光投放于遥不可及的世界主义理想，这不能不使我们当代的知识分子深刻地反思。②

老舍的作品被翻译成多种外语，包括英、日、俄、韩、德、法、越南等。老舍的作品也超越了原来的满族、汉语语境和民族的局限性，在世界文坛上亦有广大读者并受到批评界的广泛讨论，就其在世界上的接受程度而言，老舍的作品早已成了世界文学的一部分。在下面的几节中，我们将以老舍作品在国外的翻译和接受为例，结合戴姆拉什等人的世界文学理论，探讨老舍的作品是如何成为世界文学之一部分的，并借机对中国文学如何成为世界文学进行反思并提出我们的思考和建议。

第四节 老舍作品的域外传播概况

2016年11月21日，人民网刊登出一篇文章："老舍在美遗失原稿重

---

① 老舍：《大地龙蛇》，《老舍全集》第9卷，第428—430页。
② 原文中数个引用老舍著作的注释没有翻译出来，而是直接用著作加页码的形式标注在译文中。

大发现海外遗珍《收获》即将刊出。"① 原来是赵武平在哈佛大学施莱辛格图书馆的编号为"MC465"的浦爱德（Ida Pruitt）档案里，找到了《四世同堂》一些失落的章节的英文译稿。这一发现说明，我们今天在国内看到的《四世同堂》并非全本。老舍的《四世同堂》分为《惶惑》《偷生》和《饥荒》三部分，创作于1944—1949年并陆续连载、出版。最后一部《饥荒》（68至87段）最初于1950年在周而复主编的《文学》杂志第四卷上连载，到第87段时突然宣布全书刊载完毕，而原稿也被毁于国内历次运动中。1981年，人们在由浦爱德翻译并于1951年出版的美国版本《黄色风暴》（*The Yellow Storm*）中，发现了被缩减的《四世同堂》的最后十三段，于是由马小弥翻译并发表于1982年第2期《十月》杂志上。我们现在所能看到的版本是《惶惑》《偷生》和《饥荒》（前二十段加上马小弥后来从英文版转译的十三段组成的）。人们过去一直以为老舍写满一百段后全书就结束了，但从2016年在哈佛大学所发现的译稿底稿来看，老舍其实共写了103段。②

这则趣事使我们开始重新关注老舍作品在国外的翻译和传播问题。其实，在中国所有的现代作家中，老舍作品被译介的数量、被译入的国家或者外语数目都是非常多的，其数量估计仅次于鲁迅。③ 老舍的小说、戏剧、散文等，从20世纪30—40年代就开始被翻译成英语，如《人同此心》《且说屋里》等短篇小说；而从这一时期开始，老舍的作品也逐渐被翻译成日语，包括小说《小坡的生日》《赵子曰》和《骆驼祥子》等。④ 到现在，老舍作品已经被翻译成二十多种语言，这其中包括英语、法语、日语、俄语、德语、西班牙语、意大利语、丹麦语、韩语等。⑤ 甚至最早

---

① 覃博雅、常红：《老舍在美遗失原稿重大发现 海外遗珍〈收获〉即将刊出》，人民网国际频道，访问日期，2017年10月1日，网址：http://world.people.com.cn/n1/2016/1121/c1002-28884852.html。

② 新发现的部分已由赵武平翻译并刊登在《收获》杂志2017年第1期上。

③ 关于鲁迅著作在英语世界的翻译情况，可参阅杨一铎、禹秀玲的论文《英语世界鲁迅传播的历史分期及特点》，载《北方文学旬刊》2014年第1期，第215—216页。

④ 李越：《老舍作品英译研究》，知识产权出版社2013年版，第63页。

⑤ 很多译本影响颇大，如伊文·金翻译的《骆驼祥子》（Rickshaw Boy）在美国出版后，参阅孟庆澍《经典文本的异境旅行——〈骆驼祥子〉在美国（1945—1946）》，载《河南大学学报》（社会科学版）2010年第5期，第6页。

出版的研究老舍的专著也不是用汉语在中国出版的，即使是汉语写作的也不是在大陆出版的，① 而是斯乌普斯基（捷克）的《一位现代中国作家的历程——老舍小说分析》（英文版，1966 年）、安季波夫斯基（苏联）的《老舍早期创作》（俄文版，1967 年）和兰伯·沃哈（印度）的《老舍与中国革命》（英文版，1974 年）。另外，需要指出的是，世界上最早成立的全国性老舍研究机构并不在中国，而是 1984 年在日本成立的"全日本老舍研究会"，而"中国老舍研究会"成立于 1985 年；日本也率先出版了百科全书式的《老舍事典》。而且据统计，日本是对老舍作品翻译最早、数量最大的国家，也是除了中国之外世界上老舍研究成果最丰富的国家。在日本，仅《骆驼祥子》就有十几个日文版本，日文版的《老舍小说全集》十卷本（1981—1983）甚至比中国同类的文集还早，尤其是 20 世纪 80 年代中日关系恢复后甚至一度出现了研读老舍著作的"老舍热"。老舍也是中国现代作家中作品被译成法文最多的作家之一，他的代表性小说《骆驼祥子》和《四世同堂》等早在 1947 年和 1955 年也分别被译成法文出版。另外，老舍研究在苏联及现在的俄罗斯（费德林、彼得罗夫、安季波夫斯基、博洛京娜等）、新加坡（王润华等）、美国、捷克、法国、加拿大等国都有广泛深入的研究，取得了丰硕的成果。② 另据统计，老舍的作品中被翻译成英文的主要包括：长篇小说《骆驼祥子》（1945、1964、1979、1981、2010）、《离婚》（1948、1948 两个版本）、《四世同堂》（1951）、《牛天赐传》（1951、1986）、《鼓书艺人》（1952）、《猫城记》（1964、1970）、《二马》（1980、1984、1987、1991）、《正红旗下》（1981）；三十多篇中短篇小说和《龙须沟》（1956）、《茶馆》（1980、1980）等五部剧作也被译成英文出版。总之，美国出版的老舍英译作品约 60 多种（包括重译本），英国也有一些译本如《牛天赐传》和一些短

---

① 从这一点其实也可以看出老舍研究的世界性特征以及老舍研究在国际上的影响力。1977 年中国香港学者胡金铨出版了《老舍和他的作品》，1985 年台北天一出版社出版了朱传誉主编的《老舍传记资料》系列丛书。1982 年山东大学主办了全国第一次老舍学术讨论会，1984 年在青岛举行了全国第二次老舍学术讨论会，北京 1985 年成立了中国老舍研究会，出版了曾光灿主编的《老舍研究资料》和王惠云、苏庆昌撰写的《老舍评传》。1986 年举行了第三次中国老舍学术讨论会。

② 续静：《英语世界的老舍研究》，博士学位论文，四川大学，2012 年，第 8—10 页。

篇小说等。这样,老舍的16部长篇小说中就有9部被译成了英文,而且很多著作有多个译本,如《二马》就有4个译本,《骆驼祥子》则有5个译本。就英语所处于的强势地位和所达到的流通渠道而言,走向英语世界在某种程度上就意味着走向世界。所以老舍的作品所拥有的广泛世界性影响是不言而喻的。

第五节 从戴姆拉什的世界文学观看老舍作品的世界文学性

由此可见,老舍的作品,无论从翻译与传播的时间、数量、广度及其在国外的接受度看,都可被看作是世界文学的一部分了。根据现有的研究,我们认为,世界文学或世界性的文学的产生与资本主义经济的迅猛发展和经济贸易的繁荣是分不开的。在资本扩张时期,欧洲帝国主义国家的全球殖民事业以及伴随而来的军事行动、宗教传播、商贸活动等,客观上造成了全球性的文化流动与交往。在此之前,小规模的贸易和个体性的旅行活动、留学活动等也都对促进地域间的文化交流发挥着作用,但是18世纪以来的帝国主义殖民活动所带来的规模化的、深层次的、强制性的、遍及亚非拉澳各洲的文化交流却是之前那种零星的、散漫的、断续式的文化交往所不能比拟的。现代意义上的全球化进程始自1492年哥伦布所谓的发现新大陆,而且从那时起,现代意义上的世界文学的发生和发展也就开始了。

歌德对于世界文学定义的提出,其实也是他作为一代文豪的自身文化涵养的体现,甚至他可以被看作是实践世界文学的身体力行者和典型代表。歌德既是德国古典主义最著名的代表人物,是擅长各种文学体裁的作家,又是著名的思想家、画家和科学家。歌德一向认为,如果一个人不懂得任何外语的话,那他等于对自己的语言也一无所知。歌德自己除了母语德语外,还精通拉丁语、希腊语、法语、意大利语、英语和希伯来语,经常阅读世界各地的文学作品。歌德正是在这种懂别人、懂世界进而懂自己的良性循环中,才认识到世界上不同文学和文化的博大精深以及不同民族文化之间极强的互补性,进而提出了"世界文学"这一具有划时代意义的概念。世界文学的概念经过近二百年的酝酿和发展,随着全球化时代的来临和世界文化交流互动的加深和日益频繁，从20世纪下半叶开始，再次引起了众多东西方学者的关注和讨论，并重新焕发出了新的生机。弗朗哥·莫瑞提于2000年发表了《关于世界文学的构想》一文，针对新批评的封闭式文本细读，他提出"远距离阅读"的观念；尤其是他受达尔文的进化论和伊曼纽尔·沃勒斯坦的"世界体系理论"之影响，提出世界上的文学发展是一个权力不平等的中心—边缘形式的结构，早期的世界文学是一个马赛克式的拼贴。各民族文学之间交流甚少，而现代阶段的世界文学才发生了实质性的交流，并构成了一种所谓的"世界文学体系"。① 而在《诺顿世界文学选集》主编马丁·普契纳（Martin Puchner）看来，歌德关于世界文学的描述存在着世界文学时代是否已经到来的矛盾，他认为马克思和恩格斯指出了世界文学在时间上的开放性：世界文学存在于当下，但却是面向未来的；世界文学不是指人类文学的全体，而是指一种"世界性的"文学，这个"文学的子集"与世界整体都保持着一种至关重要的关系。② 但是，相对于以上诸种理论，戴维·戴姆拉什的世界文学理论更具明晰性、创造性和系统性，又因其专门谈到翻译在世界文学形成过程中的重大作用而较其他理论更为全面也更具操作性，因而对于我们思考老舍著作的世界性更为贴切。

在戴姆拉什看来，对世界文学的定义自歌德以来就存在三种基本范式：作为文学经典、作为代表性作品和作为观察世界的窗口，但世界文学并不就是世界上所有民族文学的总和，而是在产生文学作品的源文化之外广泛流通的文学。世界文学可以从世界、文本和读者这三个维度来加以定义："1. 世界文学是民族文学间的椭圆形折射。2. 世界文学是从翻译中获益的文学。3. 世界文学不是指一套经典文本，而是指一种阅读模式——一种以超然的态度进入与我们自身时空不同的世界的形式。"③ 下

---

① Franco Moretti, "Conjectures on World Literature", *New Left Review*, 2000, 1 (4): 54–68; *Distant Reading*, London: Verso, 2013, p. 46.

② ［美］普契纳：《世界性文学的讲授》，载方汉文，《世界文学重构与中国话语创建》，中央编译出版社2015年版，第55—57页。

③ 本文在引用戴姆拉什的《什么是世界文学?》时，参考了查明建等2014年的译本并在必要时根据英文原著对译文做了少许改动。参阅戴姆拉什《什么是世界文学?》，查明建、宋明炜等译，北京大学出版社2014年版，第281页。

面，我们从这一视角来探析老舍的作品在国外的翻译、传播与接受。

在戴姆拉什看来，将世界文学理解为民族文学之间的椭圆形的折射，有助于解释或者澄清民族文学与世界文学之间的复杂关系。当一部文学作品进入世界文学系统中时，他们当然仍会带有原民族文学的痕迹或印记，这些痕迹随着扩散领域的不断扩大而传播益远并不断发生折射现象。因而戴姆拉什进一步指出："因此，世界文学总是既与宿主文化（host culture）的价值取向和需求相关，又与作品的源文化（source culture）相关；因而是一个双重折射的过程，可通过椭圆这一形状来描述：源文化和宿主文化提供了两个焦点，生成了这个椭圆空间，在这一空间中，作为世界文学而存在的文学作品，既与两种文化同时密切相关，又不由任何一种文化单方限定。"① 老舍的著作，从作为源头的中国文化空间走进英语或者其他的宿主文化空间，但仍然带有中华民族的强烈的民族性和地域特点。翻译到英语世界后，虽然会丢失一些东西，但是却也引起了很多读者的共鸣和欣赏，从而获得了更多的读者，在新的文化中形成了一个新的"焦点"，与其在中国文化中原来的焦点交相辉映，既相互平衡又相互激发。戴氏在谈及这一点的时候，尤其强调比较文学学者和世界文学研究者之间的合作关系和作为主体的研究者的自主选择性。中国的读者在老舍作品中看到的可能是对战乱年代百姓的民不聊生，对腐败僵化的官僚体制的讥刺和失望，以及对积弊已久的国民性的讽刺和批判，而美国读者在老舍作品中所读到的则与中国读者所读出的可能会有重叠的地方，如战争创伤、悲剧性社会现实等，但其"焦点"所在之处可能更偏重于对普遍人性的挖掘和异域风貌、对陌生的中国社会与历史文化的展现，甚至十分关注老舍的语言风格与叙事模式。② 因而美国的读者必然会带着已有的"三观"和意识形态去阅读和理解作为一个外国作家的老舍的作品。这种双焦点因能相互阐发而相映成趣，共同构筑起一个互动型的世界文学文化空间。

上文提到文学在翻译中的损失问题，其实是一个老生常谈。所谓无法翻译成外语的东西就是诗。但这其实是一种过于绝对的说法，事实是，国

---

① David Damrosch, *What is World Literature?*, New Jersey: Princeton University Press, 2003, p. 283.

② 李越：《老舍作品英译研究》，知识产权出版社2013年版，第30—38页。

内外无数诗人的作品都被翻译成了外语,无论是我们所熟悉的中国典籍《诗经》和李白、杜甫、白居易、寒山的诗句,还是西方的《荷马史诗》、但丁、弥尔顿、莎士比亚、拜伦、庞德、艾略特的诗句,都被翻译成多种外语并被世界各地数以亿计的读者所赏析。其他文体的文学更毋庸赘言。对于在语言上一味地追求完美的人来说,翻译中的损失或多或少总是有的。但在戴氏看来,世界文学却是从翻译中获得好处并大大增值的文学。他认为:"在翻译中常常受损的文学,通常局限于本民族或者本地区的传统之内;而从翻译中获益的文学则变成了世界文学,在其范围扩大后,其风格上的损失会被深度上的增加所抵消,正如《吉尔伽美什》和《哈扎尔辞典》这两部迥异的作品",因此"世界文学的研究应当以比截止现在更为积极的态度去接纳翻译"。① 我国学者孟庆澍在考察老舍作品在美国的翻译和出版的意义时也指出,文学在异域的翻译出版和传播,其实是文化交流的重要手段,对世界文学的建构具有重要意义:"在迥异本土的文化语境中,文本的翻译、改写、出版,以及被无数次地阅读和评论,不仅与文本本身构成对话,而且在某种意义上成为文本新的组成部分。在流动的跨语际实践当中,文本不再是凝固的化石,而是成为阐释空间不断生长、意义不断增殖的有机之物。"② 戴姆拉什在一次访谈中曾指出,他通晓 12 种语言并能用这些语言进行学术研究,但他仍然认为翻译对于比较文学研究者而言是至关重要的,③ 这是因为没有任何人能通晓世界上所有的语言。中国现代语言学之父赵元任可谓百年不遇的语言奇才,他不但会讲 33 种中国方言,更通晓多种外语,包括英语、德语、法语、日语、俄语、希腊语、拉丁语等;赵元任不但是中国现代语言学和现代音乐学的先驱,还曾于 1945 年当选为美国语言学学会主席。但即使是像歌德、赵元任、戴姆拉什这样有极高语言天赋的人,也从未否认翻译的必要性。因为据统计,全世界有 5000 多种语言,所以即使一个人再有天赋,他也不可

---

① David Damrosch, *What is World Literature?*, New Jersey: Princeton University Press, 2003, p. 289.
② 孟庆澍:《经典文本的异境旅行——〈骆驼祥子〉在美国(1945—1946)》,载《河南大学学报》(社会科学版) 2010 年第 5 期,第 7 页。
③ 生安锋编著:《智性的拷问:当代文化理论大家访谈集》,北京大学出版社 2010 年版,第 221 页。

能学会世界上所有的语言。那么在不同民族之间的沟通方面，借助翻译就成为一种必然。尽管翻译有着诸多的不如意之处，但老舍的作品被翻译成英文后在美国的反应相当不错，《骆驼祥子》英文版出版后立即成了畅销书，而《四世同堂》的译本《黄色风暴》出版后也获得了一致的好评。① 除此之外，老舍自己的英文也很好，他从少年时代就在北京的基督教会和燕京大学的夜校里学习英文，后来又到伦敦大学亚非学院教授汉语，在英国工作、生活长达五年，而且阅读了大量英文原著，并与艾支顿（Clement Egerton）合作翻译过《金瓶梅》，② 1946年到1949年，他又在美国生活了三年半的时间，长期浸润在英文环境之中，其英文水平可谓无可挑剔。根据2008年人民文学出版社出版的《老舍全集》，在英译汉方面，老舍翻译过至少十六种文学批评、文学理论及文学作品，其中包括叔本华的论文《学者》、邱奇（R. W. Church）的长篇论文《但丁》（长达96页）和《维廉·韦子唯慈》③、沃尔夫（Humber Wolfe）的多首诗歌、尼奇（Elizabeth Nitchie）的多篇文学批评论文和萧伯纳的整出戏剧《苹果车》（长达86页），还收录了老舍自己写的两篇英文短文。除此之外，老舍还身体力行，参与翻译或者用英文改编了自己的多部文学作品，如与郭镜秋合译《离婚》和《正红旗下》、和浦爱德（Ida Pruitt）合作翻译《四世同堂》（英译本为 The Yellow Storm）、将自己的短篇小说《断魂枪》改编为英文话剧《五虎断魂枪》，等等。④ 老舍的文学创作与其自译工作差不多是同期进行的，而且两者之间存在着良性互动，这种互动对于传播优秀的中国传统文化和当代文学、矫正西方对我们的民族偏见以及他的作品走入世界文学殿堂，都发挥了积极的作用。有论者指出，"老舍的翻译与其创

---

① 根据孟庆澍的考察，1945年，当伊文·金（Even King）翻译的《骆驼祥子》（*Rickshaw Boy*）由美国纽约的"每月一书俱乐部"和《纽约时报》大力推销后，广受美国读者的欢迎，甚至于出版公司都陷入了"幸福的烦恼"——由于其出版物连续被每月一书俱乐部选中需要大量印刷而纸张告急，不得不将这些畅销书交付其他公司印刷。真可谓"洛阳纸贵"！参阅：孟庆澍，《经典文本的异境旅行——〈骆驼祥子〉在美国（1945—1946）》，《河南大学学报》（社会科学版）2010年第5期，第7页。

② *The Golden Lotus*，London：Routledge & Kegan Paul，1972.

③ William Wordsworth，现在统译为威廉·华兹华斯。

④ 关于国内外对老舍作品的翻译方面的研究，请参阅李越《老舍作品英译研究》，知识产权出版社2013年版；张曼《老舍翻译文学研究》，上海交通大学出版社2016年版。

作的互动",有助于形成其"世界文学地位",进而成为"世界经典"的一部分。① 概言之,老舍的作品在海外尤其是英语世界的广泛流传和读者对他的认可度,无疑是因为他的很多作品,甚至可以说是他的所有重要作品,都被很好地翻译成了英文的缘故。而这又反过来帮助了他的作品成为"世界文学"宝库中不可或缺的一部分。

戴姆拉什对于世界文学的第三个维度的定义是,世界文学不是一套固定的经典文本,而是一种阅读的方式,一种以超然的态度进入与我们自身时空不同的世界的形式(英文原文:…not a set of canon of texts but a mode of reading: a form of detached engagement with worlds beyond our own place and time)。② 这里的"engagement"为了语义通顺而翻译为"进入",其实是认识、交流甚至还有"交战"的意思。此处的意思就是以一种保持距离的、超脱的态度,去与世界文学作品中所反映出来的陌生世界或者他者文化进行沟通、交流、协商甚至"交战"。在戴氏看来:"世界文学不是必须要掌握的(这也是不可能的)一大堆材料;而是一种阅读模式,可以通过少量作品来加以精深的(intensively)体验,这与通过广泛(extensively)研读大量作品是同样有效的。"③ 与沉浸在单一文化或单一语言中进行学习不同,"阅读和研究世界文学本质上是更为超然的研读模式,它与文本进入一种不同的对话,不涉及身份,它不牵涉对其加以认同或者掌握的问题,而是坚持距离和差异的原则(the discipline of distance and of difference)。我们与作品的遭遇之地不是在源语的文化中心,而是位于由来自不同文化和不同时代的作品所形成的'力场'之中。这种椭圆关系已经刻画出了我们对于一种外国民族传统的特征,但由于椭圆的急剧扩大及折射角度的增加,会在程度上有所差异。世界文学作品恰似在一个荷电场(charged field)中相互作用,这一电场是由一系列流动的、变化多样

---

① 张曼:《老舍中外文学关系研究》,华东师范大学出版社2018年版,"前言"第5页。
② David Damrosch, *What is World Literature?*, New Jersey: Princeton University Press, 2003, p. 281.
③ David Damrosch, *What is World Literature?*, New Jersey: Princeton University Press, 2003, 2003, p. 299.

的并列与组合而构成的"。① 根据上下文的句意,这里所谓的"超然"并不是说要读者超然物外或者完全超脱于原文文本或者语境之外,而是强调阅读翻译作品时所需要秉持的距离感和张力。老舍作品在英语世界的翻译和传播,对于英语世界的读者而言,就构成了这样一个远离中文语境的、"超然的"阅读空间。中国读者首先关注的是老舍作品中所反映的战乱频仍以及由此所导致的百姓的穷困潦倒,是对社会不公、官场腐败的批判和愤慨以及对国民性堕落的哀叹与讥刺,而美国的许多读者和评论家却注意到了作者老舍贫穷的经济状况和政治上的无党派属性,从而肯定了其艺术创作上的相对独立性。② 这既是国外读者由于其自身的历史文化背景所造成的解读模式,更是对来自异域的世界文学采取一种"超然的"视角所成就的独特理解模式。老舍的作品作为一种来自异域的经典之作,被英语世界的读者所欣赏、接纳或批评,被放置于英文读者的异域文化中去理解和阐释,这也就是戴氏所说的作为一种阅读模式的世界文学。近年来,虽然中国文学作品的外译数量和质量都有了很大的飞跃,但总体而言,我国现当代作家作品能翻译成外语并在国外出版的毕竟还是少数。但是,一旦得到翻译并在国外出版,就等于是向世界文学走出了第一步,或者说,翻译是成为世界文学的一个必要条件,虽然并不是一个充分条件。

第六节　反思与展望:中国文学走向世界再识

但是,我们用歌德、戴姆拉什等西方学者的理论来分析老舍著作在异域的传播与接受,并不是要以此来证明西方理论的有效性或者验证某个理论的普适性。我们只是尝试以老舍的作品为例,以世界文学理论为参照去检视和发掘我们文学的世界性价值或者世界性,以期在同一个维度上构建起中外文化交流的平台,借助对世界文学这一概念重新阐发和更加深入的认识,促进中国文学更快地融入世界。老舍出身满族却自幼饱读汉族诗书,早年即可撰写中国传统古诗文;20 世纪 20 年代初赴英国访学,又熟

---

① David Damrosch, *What is World Literature?*, New Jersey: Princeton University Press, 2003, p. 300.

② 李越:《老舍作品英译研究》,知识产权出版社 2013 年版,第 32 页。

读狄更斯、但丁、莎士比亚等西方名著,并开启了自己的小说创作生涯。老舍先后在英国、法国、荷兰、比利时、瑞士、德国、意大利、新加坡、美国等国教学、著书或游历多年;既有极深的中国传统文化造诣,本身又精通英文,甚至参与了自己多部作品的翻译;老舍对于各种宗教如基督教、佛教甚至伊斯兰教等都有深刻的认识。因此老舍可谓满汉交融、中西汇通,他自身的经历就是一个跨文化交流的典范,而他的作品在异域的传播和接受也堪称中国文学成为世界文学之一部分的典型范例。老舍多次在小说如《赵子曰》《二马》中借着人物之口指出中外文化交流的必要性,认为中国必须虚心学习先进的外国技术与文化,通过兴教育、办实业救亡图存、复兴中华,消除外国人对中国的偏见和歧视,这样中国才能与外国平等相待,共同"建设一个和平不战的人类"。① 应该说,这种对不同文化间和平交往、共生共存的期盼是文学与文化界有识之士的一种共识。英国现代主义诗人艾略特就曾说过:"如果希望使某一文化成为不朽的,那就必须促使这一文化去同其他国家的文化进行交流。"② 我国学者曾小逸在20世纪80年代初也曾指出,我们正处在一个"交流意味着一切的时代","不在交流中发展,就被交流所淘汰"。③ 老舍的青年时代恰逢世纪之初东西文化激烈冲突、碰撞、交汇的时代,也是一个多种思想意识推陈出新、风云际会的时代,很多著名作家如鲁迅、老舍、林语堂、巴金、曹禺、许地山、茅盾、钱锺书等都有着一种我们现在觉得不可思议的世界格局或者说世界性视域,他们的文学理念的形成、文学创作的思路、文学主题的选择、文学形式的继承和创新等诸多方面,都深深地刻上了外国文学的烙印,带有世界文学的鲜明特征。正如有论者所指出的,"老舍的世界文学视野,决定了老舍与西方文学的关系是互动、互见、互文与互示,而非二元对立"的关系,更不是单纯的影响—接受的关系,这里面体现出一种"中西文学的某种共同规律"。④ 而今,我们倡导世界文学,积极推

---

① 老舍:《老舍全集》第1卷,人民文学出版社2013年版,第590页。
② [英]艾略特:《诗歌的社会功能》,刘宝端等译,载《美国作家论文学》,生活·读书·新知三联书店1984年版,第193页。
③ 曾小逸:《走向世界文学:中国现代作家与外国文学》,湖南人民出版社1985年版,第23—25页。
④ 张曼:《老舍中外文学关系研究》,华东师范大学出版社2018年版,"前言"第3页。

动世界文学观念的普及与深化，就是要借用他人的眼光来理解我们自己的文学和世界文学之关系，借用一个策略性的"超然"的视角去重新审视我们的国族文学，并积极推动世界各国之间的文化交流，为不同民族、不同国家、不同文明之间更加深度有效的理解和更加友好的相处做出贡献。乐黛云曾指出，文化交流的过程"不是一个'说服''同化'或'混一'（成为合金）的过程，更不是'征服'或'吞并'的过程，而是在不同环境中，通过'生成性对话'，互识、互证、互补，转化为新物的过程。这种过程首先奠基于某种文化确实感到他种文化能使自己受益（包括认知和审美），其结果也不是'趋同'，而是各自提升，在新的基础上产生新质和新的差异，有如两个圆在某一点相切，然后各自沿着自己的轨道再发展，形成有别于原来的自己，也不同于'他者'的新的圆。"①

其实，在莫瑞提、戴姆拉什等西方学者建构起自己的世界文学理论之前，我们就有为数不少的学者对中国文学与世界文学之间的关系、文学与文化的民族性与世界性等问题做出过深刻的思考，并提出了极具建设性的意见和建议。我们甚至可以将我国学者对世界文学的兴趣和推崇追溯到20世纪初。那时的很多政治家、文学家或学者，如康有为、孙中山、梁启超、老舍、郭沫若、茅盾等，就对世界主义思想及民族文学与世界文学之间的关系做过深刻的思考。郑振铎在1922年就强调将全人类的文学看成一个统一的整体，并认为文学是"人类全体的精神与情绪的反映"，是"人类的最崇高的情思"；因为尽管有时代与民族的差别，但"在文学作品上，是没有'人种'与'时代'的隔膜的"②。

进入改革开放时期以来，曾小逸曾开风气之先，领衔主编了专题研究文集《走向世界文学：中国现代作家与外国文学》，他在该书的长篇导言中深刻地论述了民族文学与世界文学之间的关系以及对世界文学的理解和期望。他认为："各民族文学向一体化世界文学发展的过程，也是文学的民族性在交流中融合为更高意义上的文学的人类性的过程。"③ 他因而提

---

① 乐黛云：《全球化时代的世界文学与中国："当代世界文学与中国"国际学术研讨会论文集》"序"，张健主编，中国社会科学出版社2010年版，第2页。
② 《郑振铎全集》第15卷，花山文艺出版社1998年版，第142, 138页。
③ 曾小逸：《走向世界文学：中国现代作家与外国文学》，湖南人民出版社1985年版，第33页。

出一种"全球文学意识"或者"世界文学意识",以对抗狭隘的民族主义所带来的消极意识:"惟有以世界文学意识,而不是以文学上的狭隘民族主义或任何其它似是而非的观念,才可能认识民族文学在世界文学交流时代的发展规律和发展趋势。"① 从这些深刻而极具前瞻性的论述可以看出,在历经多场政治和文化浩劫之后中国新一代知识分子对于民族文学与世界文学之关系的辩证思考、对文化开放心态的期望和肯定以及对世界各地各族文化交流的信心与乐观精神。

进入 21 世纪以来,我国众多学者都从中国文学的民族性和主体性出发试图对世界文学做出自己的定义和阐释。方汉文认为:"世界文学归根结底就是世界各民族文学的差异性与同一性并存,是全球化的多元文学呈现。"② 刘洪涛则认为,世界文学在当下具有两种含义:"一个着眼于理想规划,一个侧重于实际描述;一个立足于比较文学的功能,一个划定了比较文学的对象、范围和角度",③ 而这样一个足以充当比较文学理论基石的核心概念,在中国学界却没有受到足够的重视。他进而指出世界文学的两重性:"一方面,它承担着文学世界大同的理想;另一方面,当世界文学观念进入具体实践时,又会与特定民族的文学利益联系在一起。"④ 这里的关键是:随着我们对世界文学概念认识的加深和参与度的提高,我们不应该再像以前那样置身于世界文学之外,而是应该采取一种更加积极的态度,故而应该"把中国文学看成世界文学的参与者,世界文学大家庭中的一员",中国文学应该被"放到与其他国家文学平等的地位上,成为世界文学的共同构建者"。⑤ 客观而辩证地处理文学的民族性与世界性之间的复杂而微妙的关系,用一种宏阔的眼光去审视包括自己的文学在内的各民族文学,用一种世界的胸怀去拥抱不同地域、不同时代的优秀文学作品,珍视人类共同的精神财富,尊重差异性与异质性,推崇包容和礼让,这无疑是我们作为人文学者和知识分子最为明智也最有担当的做法。

---

① 曾小逸:《走向世界文学:中国现代作家与外国文学》,湖南人民出版社 1985 年版,第 33 页。
② 方汉文:《比较文学学科理论》,北京师范大学出版社 2011 年版,第 51 页。
③ 刘洪涛:《从国别文学走向世界文学》,复旦大学出版社 2014 年版,第 229 页。
④ 刘洪涛:《从国别文学走向世界文学》,复旦大学出版社 2014 年版,第 252 页。
⑤ 刘洪涛:《从国别文学走向世界文学》,复旦大学出版社 2014 年版,第 8 页。

在21世纪初率先将世界文学的最新理念引入中国的王宁教授也指出,中国经济的飞速发展助力中国文化的世界化,"直接推进了中国文化和文学走向世界的进程"。① 但是我们当前所面临的情况却不容乐观,在国际比较文学学会前任主席张隆溪看来,中国传统经典文学中很多最重要的作家如苏东坡、陶渊明等在国外都不为人所知,而世界文学观念的日益普及正是矫正这种"严重的不平衡"② 的大好机会。从中国文学走向世界文学,期间必然要经历一个曲折的过程;而且我们也期望,未来的世界文学并不只是通过英语或者任何单一的语言来认可、翻译、分类、传播的文学。老舍的作品如小说《二马》《小坡的生日》和戏剧《大地龙蛇》等中均包含着丰富的世界性或世界主义因素,③ 这也是诸如老舍、鲁迅、林语堂等作家的作品率先为外国读者所认可或者说"成为"世界文学之一部分的重要因素。

陈思和在探讨中外文学关系时,首先将矛头对准了中国现代文学的"外来影响说"。根据这种普遍性的一般说法,中国现代文学尤其是"五四"时期以来的文学,说白了是外国文学与思想刺激之下的产物。这就将中国文学与所谓的世界文学(实则是外国文学)对立起来,树立起世界 VS 中国、影响 VS 接受的二元对立模式:"中外文化杂交中产生出某些具有外来影响因素的艺术想象,却被解释成暧昧的私生子一样,仿佛没有西方文学的'种子',中国这片土地上就会寸毛不长"。④ 陈思和因此大胆地提出了"中国文学中的世界性因素"这一重要命题,⑤ 意在超越传统比

---

① 王宁:《丧钟为谁而鸣——比较文学的民族性与世界性》,《探索与争鸣》2016 年第 7 期,第 37 页。

② [美]张隆溪:《世界文学:意义、挑战、未来》,载方维规《思想与方法:地方性与普世性之间的世界文学》,北京大学出版社 2016 年版,第 18 页。

③ Anfeng Sheng, "Exploring the Cosmopolitan Elements in Lao She's Works", *Comparative Literature Studies*, 2017, 54 (1): 125 – 140.

④ 陈思和:《中国文学中的世界性因素》,复旦大学出版社 2011 年版,第 119 页。

⑤ 陈思和最初于 1993 年于《中国比较文学》第 1 期发文(《20 世纪中外文学关系研究的一些想法》)提出了中外文学关系中中国文学的"世界性因素"问题,此后对其不断丰富和发展,至 2001 年再次于《中国比较文学》第 1 期刊登题为《20 世纪中外文学关系研究中的"世界性因素"的几点思考》的文章,"从方法论和观念论两个层面,全面系统地阐述了对中外文学关系研究中'世界性因素'的看法。它对传统的以实证为基础的影响研究提出了大胆质疑,提出从世界文学的大背景下重新审视中外文学交流"。见该文"摘要",第 8 页。

较文学的"影响研究和平行研究"。① 他认为,比较文学的"影响研究"所倚重的实证方法,关注外国作家、作品和文艺思潮如何影响了中国作家及其在中国文学中是如何显现的,这种实证研究是十分重要而且也是极为必要的,但我们不能因此而形成一种二元思维模式,更不能将中国现代文学的产生归因于单纯的外来影响。诺奖得主莫言在谈及如何挽救当代文学艺术的"趋同化"现象时指出,挽救这种文学颓势的有两个东西,"一是民间的东西,二是外来的东西",② 莫言毫不讳言自己曾经深受国外作家福克纳和马尔克斯的影响,但他认为这并不妨碍自己的作品具有原创性:"鲁迅早期的小说有好几篇分明的可以找到他所借鉴的外国样板,但我们也不能以此为理由来否定鲁迅小说和鲁迅同时代作家作品的原创性";而且认为:"高明的作家能够在外国文学里进出自如。只有进去才能摒弃皮毛得到精髓,只有跳出来才能发挥自己的特长,利用自己所掌握的具有个性的创作素材,施展自己独特的才能,写出具有真正的原创性的作品来。"③ 作家个体的创作如此,一个时代的文学思潮和文学创作的境况也不例外。陈思和进而指出:"既然中国文学的发展已经被纳入世界格局,那它与世界的关系就不可能完全是被动接受,它已经成为世界体系的一个单元。在其自身的运动(其中也包含了世界的影响)中形成某些特有的审美意识,不管与外来文化的影响是否有直接关系,都是以自身的独特面貌加入世界文学行列,并丰富了世界文学的内容。……世界/中国的二元对立结构不再重要,重要的是中国与其他国家的文学在对等的地位上共同建构起'世界'文学的复杂模式。"因此,我们可以将"20世纪中国文学的世界性因素"这一研究模式定义为:"在20世纪中外文学关系中,以中国文学史上可供置于世界文学背景下考察、比较、分析的因素为对象的研究,其方法上必然是跨越语言、国别和民族的比较研究"。④

用这样一种眼光和视角来看待中国现代文学的发生和中外文学关系,

---

① 陈思和:《中国文学中的世界性因素》,复旦大学出版社2011年版,第122页。
② 莫言:《影响的焦虑》,载张健主编《全球化时代的世界文学与中国:"当代世界文学与中国"国际学术研讨会论文集》,中国社会科学出版社2010年版,第5页。
③ 莫言:《影响的焦虑》,载张健主编《全球化时代的世界文学与中国:"当代世界文学与中国"国际学术研讨会论文集》,中国社会科学出版社2010年版,第3页。
④ 陈思和:《中国文学中的世界性因素》,复旦大学出版社2011年版,第107页。

就不由得给人一种豁然开朗的感觉。早在 19 世纪初，歌德就对保守的极端民族主义——他称之为"爱国主义艺术"和"爱国主义科学"——提出过严厉的批评，他认为："艺术和科学，跟一切伟大而美好的事物一样，都属于整个世界。"文学作为人类所创造的艺术的一个重要部分，当然也可以是不分国界的，亦即是属于整个世界的。画地为牢者以保守的态度对待民族文学和外国文学，对内强调所谓的民族性，信奉"越是民族的就越是世界的"的极端教条，从而企图将一个民族的文学带入自闭症式的不归路；对外则惯于以自我中心主义的、唯我独尊的态度对待他族他国的文学，从而丧失了主动交流的先机和包容的胸怀。但在歌德看来，"只有在跟同时代人自由地和全面地交流思想时，在经常向我们所继承的遗产就教的情况下，它们才能得到不断的发展"。① 在这里，歌德不仅强调要跟当代人加强包括艺术和科学在内的文化交流，而且也强调向古人借智慧，与古人亦应加强交流，学习世界各民族优秀的文化遗产；不仅要加强国内的交流，更应该加强跟世界各国的文化交流。1964 年 9 月 27 日，毛泽东在给时任中宣部部长的陆定一写批示时就指出：文化艺术要做到"古为今用，洋为中用"。这句极为简练的指示令人有醍醐灌顶之感，因为它一方面强调了我们当下还一再强调、还在纠结着的文化建设和文化吸收中的主体性问题，另一方面也强调了我们至今尚未很好地实施的吸收传统文化和外国文化中的精华这一问题。如此看来，这句简练的"批示"时至今日也仍旧不算过时。

　　理论上讲，中国本来就是世界的一部分，包括中国文学在内的中国文化也是世界文明的不可分割的一部分。那么，又何来让中国走向世界呢？又何来让中国文学走出去呢？但是，在这里我们也要警惕不能走入另一个极端，以为我们既然自然而然已经是世界的一部分了，那么我们就没有必要向国外介绍中国文学和文化了，也没有必要向国外学习先进的、优秀的异族文化了。这就大错特错了。我们认为，消除中国文学 VS 世界文学这种二元对立思考模式，其最根本的目的之一就是要拥有世界胸怀和全球视野，积极与所有优秀的他国文化进行各种形式的交流，包括学习外语、翻

---

① 转引自蒋孔阳、朱立元主编的《西方美学通史》第 4 卷，曹俊峰、朱立元、张玉能：《德国古典美学》，上海文艺出版社 1999 年版，第 544 页。

译、介绍、评价、研究、举办研讨会和讲座等。同时，我们既然知道了自己的文学本来就是世界文明的一个重要部分，我们就应该对我们自己悠久的历史与文明更加充满自信，对我们自己的文学与文化更加充满自信，并更加努力、更加有效、千方百计地去积极促进中外文学与文化交流，让世界上所有的文化和各国各族的文学都能在平等民主、相互尊重、相互包容的文化环境中去交流、沟通和相互学习，一则可以提高各国各族人民的精神层次、道德水平和文化修养，二则可以在不断交流之后达到一种交融状态，共同朝着一个世界人类文化共同体的目标前进。

在本章中，我们以老舍著作的翻译和传播为例，探讨了老舍作品位列世界文学之林的多种促成因素，分析了老舍作品中所包含的世界主义因素以及与20世纪上半叶的时代特征之间的关系。老舍作品在国外传播与接受的案例，使得这些优秀的中国文学作品不仅超越了老舍所出身的满族的民族性局限，而且也超越了中国汉语语境及狭隘民族性的限制，在国际文坛上产生了不小的影响并引发了广泛的讨论。甚至时至今日，老舍的文学成就在世界范围内都有着与鲁迅、茅盾等一样举足轻重的地位，老舍进而也成为较早走出国门藩篱、成为世界文学之一部分的典范。

从老舍的这一案例中，我们清楚地意识到以下几点：翻译在文化传播中起着至关重要的作用，故而我们要注重翻译，尤其是高质量的对外翻译；积极学习外国的语言与文化，突破自己原有的文化限制，拓展文化视域，养成一种开放包容的文化心态，并借用他者的眼光重新审视自己，加深对自我文化的认识；正确对待民族性和世界性之间的辩证关系，树立人类整体意识和世界文学意识，拒绝狭隘的民族主义观念，在注重文化自主性的同时加强我们的文化自信心；注重文化交流，发扬我国传统中求同存异与和而不同的文化理念，追求世界多元文化的共存共荣；借力中国经济的飞速发展，促进文化交流的进一步深化与拓展，尽快打破中外文化交流中的"贸易逆差"现象。

总之，探讨和思考老舍作品走出去的得失成败，对于反思我们目前还相对闭塞的文化现状和自足自满的文化心态，对于呼应中国文化走出去的大文化战略，对于思考中国文学和中国文化如何打破国界的限制和狭隘民族性的羁绊、真正融入世界文学和世界文化，是一个具有现实意义的课题。

第十六章

钱锺书与世界文学

20世纪上半叶，随着国门的洞开，各种新观点、新思想和新知识开始在中国大地扎根，枝叶蔓开，在新旧文化的冲撞、交汇和融合中，中国人终于开始以世界性的眼光更为客观地审视自己和自己的文化，国人的认知、思考和行为方式由此被彻底改变。为"师夷长技以制夷"，一大批知识人远涉重洋，求学于异邦，走向世界；他们在新的滋养中茁壮成长，啜甘饮露，一个新的知识分子群体应运而生。他们的世界性眼光、知识和统摄能力，同样使得国内的知识和思想一时空前繁荣，这些都沉淀为中国现代文学和文化建构的重要资源。

在这批学人中，钱锺书凭借其开阔的世界性眼光、深厚的中学和西学功底以及极高的个人禀赋，在学术和文学创作中，都取得了令人瞩目的成就，令常人无法望其项背，无愧于其"文化昆仑"的称号。钱锺书的伯父和父亲都是老式文人，国学功底深厚，伯父钱基成是秀才，父亲钱基博曾担任过清华大学、蓝田国立师范学院（今湖南师范大学）和华中大学（今华中师范大学）等高等院校的国文教授，长辈们耳提面命，言传身教，使得年幼的钱锺书熟读诗书，而且精于古文，作文时文采斐然，深得长辈嘉许。有学者评论说，"墨存先生是中国古典文化在20世纪最高的结晶之一。他的逝世象征了中国古典文化和20世纪同时终结，"[①] 钱锺书在国学领域的成就由此可见一斑。在13岁那年，钱锺书小学毕业，之后相继就读于桃坞中学和辅仁中学，这两所学校皆为教会学校，钱锺书于是开

[①] ［美］余英时：《我所认识的钱锺书》，《钱锺书评说七十年》，杨联芬编，文化艺术出版社2010年版，第59页。

始接受西式教育，为自己的外语和西学夯实了基础。1929 年，钱锺书年仅 19 岁，便考入清华大学学习外语，这是当时中国的最高学府之一，清华大学外文系当时群英荟萃，系主任为莎剧专家王文显，教授有叶公超、吴宓、陈福田、理查兹（I. A. Richards）和从北京大学过来授课的温源宁等。

钱锺书此时如鱼得水，在各个方面更是有了突飞猛进的长进，此后的人生中他在上述三个方面都有突出的成就，和当时清华大学外文系的学习氛围是分不开的。1935 年，在众多考生中，钱锺书脱颖而出，获得英国庚子赔款奖学金，随后前往英国牛津大学学习，并于 1937 年毕业；同年，钱锺书同夫人杨绛一道前往法国巴黎大学，修习语言文学。独特的成长、生活和教育经历，使得他能够在中西文化中闲庭信步，并将自己学习到的中西文化知识融为一炉；在他的学术著述和文学创作中，出自不同文化的名言佳句俯拾皆是，其博学经常令读者瞠目结舌。[①] 作为一代学人之翘楚，钱锺书的成就并非囿于一隅，关于他的各种著述可谓蔚为大观，但很少有学者从世界文学的角度来考察他的重要成就和卓越贡献，这一方面的研究目前还并没有得到足够的关注。在本章中，我们将主要从三个不同方面来展开论述：首先，结合钱锺书关于中外文学"相互照明"的相关观点，论述他的世界文学思想；其次，结合钱锺书关于翻译的论述及其个人的翻译实践，论述翻译与世界文学建构的关系；最后，结合《围城》，论述钱锺书的世界主义思想及其在这部小说中的体现。

第一节 "相互照明"与钱锺书的世界文学思想

世界文学的概念早已有之，关于这一概念的比较有影响力的相关论述

[①] 1953 年，在离开清华大学后，钱锺书就一直在文学研究所工作。原本他是外国文学组的成员，在郑振铎任所长期间，被"借调"到中国古代文学组，并一直不曾"归还"。文学研究所后来归属于中国社会科学院，并一直是中国人文社会科学研究领域的最高学术机构，这一工作上的安排就足见钱锺书在中西和西学领域的造诣之高。

可以追溯到歌德,① 但就其在学界得到广泛关注和热烈讨论而言,却是近些年的事情。在当下学界,世界文学的定义林林总总,莫衷一是,但在这之中,比较有影响力的主要有戴姆拉什的定义,他认为,"世界文学不是指一套经典文本,而是指一种阅读模式——一种以超然的态度进入与我们自身时空不同的世界的形式。"② 在谈到世界文学研究时,弗朗哥·莫瑞提强调应采取"远距离阅读"(distant reading)的方法,因为"它(远距离阅读)可以让你聚焦于那些比文本小得多或大得多的单位:手法、主题、隐喻——或文类和系统。如果在这些非常小和非常大单位之间,文本本身消失了,那么,在类似的情形下,你都可以用'少即是多'(Less if more)这句话来进行辩护"。③ 就国内学者而言,王宁对世界文学这一话题的研究比较深入,他对世界文学的定义比较全面,在他看来,世界文学主要包括三方面的内容:"(1)世界文学是东西方各国优秀文学的经典之汇总。(2)世界文学是我们的文学研究、评价和批评所依据的全球性和跨文化视角和比较的视野。(3)世界文学是通过不同语言的文学的生产、流通、翻译以及批评性选择的一种文学历史演化。"④ 就上述定义和方法而言,将钱锺书同世界文学相勾连,应不会引起太大的争议,这些实质上就是其著述和文学作品的显著特征。钱锺书从小熟读中外经典,博闻强记,并且能够"得风气之先",对古今中外诸多名人典故和隽语妙言烂熟于心,张隆溪甚至认为钱锺书可能是 20 世纪中国"最为博学的学者"。⑤不管在文学评点中,还是在文学创作中,钱锺书都并未将自己拘囿于单一的语言、文学和文化,就其视野、资源和价值尺度而言,其世界性是明显

---

① 在歌德之前,已经有学者提到过"世界文学"的概念,但正是由于歌德的相关论述,这一概念才开始变得广闻人知。具体论述可参见王宁《从世界文学到世界诗学的理论建构》,《外国语文研究》2018 年第 1 期,第 2 页;同样还可以参见 Zhang Longxi, *From Comparison to World Literature*, Albany: State University of New York Press, 2015, p. 169。

② [美]戴维·戴姆拉什:《什么是世界文学?》,查明建、宋明炜译,北京大学出版社 2015 年版,第 309 页。

③ Franco Moretti, Conjectures on World Literature and More Conjectures, *World Literature in Theory*, David Damrosch, ed., Malden: John Wiley & Sons, 2014, p. 162.

④ 王宁:《作为问题导向的世界文学概念》,《外国文学研究》2018 年第 5 期,第 44 页。

⑤ Zhang Longxi, *From Comparison to World Literature*, Albany: State University of New York Press, 2015, p. 123.

的。更为重要的是，钱锺书能够以一种平视的眼光去看待外国文学和文化，①虽然意识到其时中国文学在世界文学中的边缘性地位，但钱锺书仍然强调中国文学应该"走出去"，为世界各国人民提供滋养。钱锺书积极推动中外文学的交流，尽管他不喜社会活动，却依然亲自主持了1983年在北京举行的首届中美比较文学双边讨论会等重要国际会议，其良苦用心由此可见一斑。

一 "同时之异世"与钱锺书的文艺观

钱锺书采撷世界文学之精华，视野宏阔，厚积薄发，就他的批评视野、方法和资源而言，这些在很大程度上都具有超前性、深刻性和世界性特征。他的诸多论题很多年后才开始成为学界广泛讨论的话题，但在阅读钱锺书时，读者们会发现他早已作为先行者抵达那里。形式主义、接受理论、精神分析、结构主义和解构主义等文艺理论后来在中国学界风靡一时，但在钱锺书的著作中，这些早已成为他在论述时援引的工具；对类似于文学和现实的关系、文学的"误读"和"影响的焦虑"等后来引发广泛讨论的话题，钱锺书也早就有了深入的思考；关于中国文学和外国文学之间的相似和相异之处的相关讨论，在钱锺书的著述中，更是俯拾即是。更重要的是，钱锺书从来都不是自说自话，凌空蹈虚，而是将自己的理论建立在丰富的文献资料和对相关文学现象的分析之上，正如有学者指出："他通过对大量中西诗学现象的考察，时而总结出一些具有事实依据的关于话语系统的特定规律。这大概可以称之为钱锺书式的诗学现象学。"②在钱锺书这里，中学西学并非判若云泥，天悬地隔，而是同为资源，共同为相关话题提供佐证；得益于其深厚的古文功底，钱锺书总能用简明、古雅和有概括力的语言将问题讲清道明，使其鲜明的中国特色得以彰显。

对文化、社会和历史内部的丰富性、异质性和矛盾性，钱锺书亦有清醒而充分的认识。英国文学批评家雷蒙·威廉斯（Raymond Williams）曾

---

① 钱锺书对那些崇洋媚外的人极为反感，在《灵感》中，关于国人对诺贝尔文学奖的崇拜，钱锺书进行了嘲讽，同时还说明了该奖项的局限性。参见钱锺书《围城 人·兽·鬼》，生活·读书·新知三联书店2009年版，第494—516页。

② 呼和请：《真精神与旧途径》，河北教育出版社1995年版，第70页。

指出，在对不同时代进行宏观把控和分析的过程中，由于抽象化和对事物主导性特征的强调，事物本身中不同动态、趋势和构件之间的复杂关系及其互动或冲突会被忽略，为更完整地展现事物的原貌，威廉斯提出了"主导的"（the dominant）、"崛起的"（the emergent）和"残余的"（the residual）这三个重要概念。[①] 对于这种复杂性，在讨论"文化革命"（cultural revolution）时，詹姆逊同样进行过论述，因为"文化革命"发生在这样的时刻，"并存的不同生产模式间的对立开始显现出来，它们间的矛盾开始在政治、社会和历史生活中占据中心的位置"[②]。可以看出，在文学批评中，这是常见的问题，如在持机械反映论观点的人看来，文艺只是现实社会的机械、被动和简单的反映，而看不到由于传统、历史和人的能动性等因素造成的差异性，此类观点无疑会严重制约和损害文艺的健康发展。和威廉斯的理论分析不同，钱锺书更多地将自己的立论建立在对众多文艺现象的分析上，并在《谈艺录》中将这一问题概括为"执偏概全"。因为就个人而言，经常会发现"一手之作而诗文迥异"，以及"同时代者之不同时代性"的情况；就思潮而言，同样存在"二派同出一地，并行于世"的现象。因此，凡事不宜一概而论，由于政治、思想和心理等各方面因素的影响，真实的情景往往是"同时之异世、并在之歧出"。[③]

"诗无达诂"与文学意义的不确定性、多义性和开放性。在西方接受理论看来，在完成写作后，作品就开始独立于作者而存在，并没有确定的意义，而是取决于读者的阅读；在精神分析理论来看，阐释并不是要去对作者宣称的意义进行确认，而是要钩深索隐，发现潜伏在文本中的草蛇灰线，透过这些"踪迹"或"症状"去揭示作者或文本中人物的欲望和生命冲动；解构主义者更是认为所有的"阅读"都是"误读"，并且不断致力于揭示意义内部的矛盾，从而让昔日稳固的意义大厦轰然坍塌。对于这些理论，钱锺书显然是读到过的，而且还在不同的场合都有论及。不同于现在很多学者，研究西学就不通国学，研究国学则对西学置若罔闻，而钱

[①] Raymond Williams, *Marxism and Literature*, Oxford and New York: Oxford University Press, 1978, 121–127.

[②] Fredric Jameson, *The Political Unconscious*, London and New York: Routledge, 2002, p. 81.

[③] 钱锺书：《谈艺录》，生活·读书·新知三联书店2007年版，第731—736页。

锺书则中西并举。关于文本意义的不确定性，他在《谈艺录》中主要提到了以下两个方面的原因：首先，文本的原因。古典文论中早有"诗无达诂"的说法，中国诗"富于暗示"，[①] 很多时候将"含蓄"和"幽隐"作为自身的审美追求，而这一特征导致的结果往往就是其意义的模糊性、多义性和丰富性，正所谓"诗中章句并无正解真旨。作者本人亦无权定夺"，[②] 因此存在可以从多个角度进行解读的可能性。其次，读者的原因。每位读者的知识储备、人生经验和阅读期待都不尽相同，当然还有视角上的不同，因此在阅读过程中的关注点会不一样，"仁者见仁、智者见智"，造成"横看成岭侧成峰"的阅读效果。关于这种阐释上的差异性，《复堂词话》中就有"所谓作者未必然，读者何必不然"的说法，瓦勒利亦有"吾诗中之意，为人所寓。吾所寓意，只为我设，他人异解，并行不倍"的说法，[③] 由此可见，中西诗学都赋予了读者阐释文本的自由。关于这一说法，钱锺书还引用了宋于庭、普鲁斯特和艾略特等人的说法，正如艾略特所言，"诗意随读者而异，尽可不得作者本意，且每或胜于作者本意。"[④] 就相关论述而言，钱锺书对这一现象的态度是积极和肯定的。

关于传统和创新的关系，同样是钱锺书思考的对象。哈罗德·布鲁姆曾强调前辈学人对后来者的影响，在向前辈们学习的过程中，后来者同样始终在试图超越，于是这种影响最终成为一种"焦虑"，正如钱锺书在《宋诗选注》之中所言，"前人占领的疆域愈广，继承者要开拓版图，就得配备更大的人力物力，出征得愈加辽远，否则他至多是个守成之主，不能算光大前业之君"[⑤]。但这里主要强调的是前辈学人的影响，值得注意的是，在为文作赋过程中，还需要遵循各种规则，作为"传统"的有机组成部分，这些同样会导致"影响的焦虑"。"推陈出新"（to make it new）是文人学者们共同的追求，为说明创新的重要性，钱锺书引用了南宋诗人、词人吕本中的一句话，"学诗当识活法。所谓活法者，规矩备具，

---

① 钱锺书：《写在人生边上 人生边上的边上 石语》，生活·读书·新知三联书店 2002 年版，第 163 页。
② 钱锺书：《谈艺录》，生活·读书·新知三联书店 2007 年版，第 723 页。
③ 钱锺书：《谈艺录》，生活·读书·新知三联书店 2007 年版，第 724 页。
④ 钱锺书：《谈艺录》，生活·读书·新知三联书店 2007 年版，第 724 页。
⑤ 钱锺书：《宋诗选注》，生活·读书·新知三联书店 2002 年版，第 154 页。

而能出於規矩之外；變化不測，而亦不背於規矩也"①。然而，面对前辈以及传统的"影响"，著书立说无异于"带着镣铐的舞蹈"，在不自由中寻求自由。作为后来者，难处就在于如何处理好既有规则和创新间的辩证关系，除提到吕本中和苏东坡等中国古人外，钱锺书还论及不少西方文人和学者，他们同样对这一问题进行过思考，像康德说的"自由纪律性"，黑格尔说的"于必然性中自由"，以及史莱格尔（A. W. Schlegel）所说的"守秩序之自由"等，都是对这一问题的阐发。② 过分遵照前人法度，则会被斥为因循旧历；但创新过于激进，必然会引起大家的反对，最终无法被接受。在钱锺书关于文体变迁的讨论中，还可以发现创新的一些规律：首先，任何文体的兴起都有其历史必然性，故"一代之兴，必有一代之绝艺"，伊恩·瓦特（Iain Watt）关于英国小说兴起的论述，讲的是同一个道理。还有更有趣的一点，在"楚骚、汉赋、晋字、唐诗、宋词、元曲"这类的文体更迭背后，是文学空间的不断扩展，正如俄国形式主义者什克洛夫斯基所言，"百凡新体，只是向来卑不足道之体忽然列品入流"③。随着之前被文学排斥在外的语言、人物和事件不断被纳入到文学空间之中，创作者由此获得越来越多的自由，其受众同样变得愈来愈广泛，这同样可以被视为文学的民主化进程。

二 "倩女幽魂法"与西方视域下的中国文学

在欧洲研究中国学会第 26 次会议演讲中，钱锺书指出："正如两门艺术——像诗歌和绘画——可以各放光明，交相辉映，两国文学——像意大利和中国的——也可以相互照明，而上面所说的类似，至少算得相互照明里的几支小蜡烛。"④ 二者不应被割裂开来，"为了更好地了解中国文学，我们也许该研究一点外国文学；同样，为了更好地了解外国文学，我们应

---

① 钱锺书：《谈艺录》，生活·读书·新知三联书店 2007 年版，第 291 页。
② 钱锺书：《谈艺录》，生活·读书·新知三联书店 2007 年版，第 292—293 页。
③ 钱锺书：《谈艺录》，生活·读书·新知三联书店 2007 年版，第 98 页。
④ 钱锺书：《写在人生边上　人生边上的边上　石语》，生活·读书·新知三联书店 2002 年版，第 173 页。

该研究一点中国文学"①。甚至于中国古典文学研究，都应当引入西方的观点、方法和理论，中国传统文学批评比较注重校勘、评注和微言大义，但往往缺乏系统性，对于古典文学研究引入西方理论的成就，钱锺书就曾评论说，"应用马克思主义来研究中国古典文学就改变了解放前这种'可怜的、缺乏思想的'状态"②。他甚至强调，如果不了解外国对中国文学的重要研究成果，是"不可原谅的"。③ 作为钱锺书秉持的信念，这不仅体现在其《谈艺录》和《管锥编》中，同样体现在《宋诗选注》这类专门的古典文学研究著作中，成为其论著的最显著特征，因为"比较文学有助于了解本国文学；各国文学在发展上、艺术上都有特色和共性，即异而求同，因同而见异，可以使文艺学具有科学的普遍性。"④ 钱锺书学识渊博，兼收并蓄，将各种文学资源融为一炉，为说明某一文学现象、问题或理论观点，总是调用大量出自不同文化传统的文学范例，令人目不暇接，有学者统计，"《管锥编》征引的中外典籍近万种，涉及的作者约四千人"⑤。钱锺书关于中国文学的一些非常有价值的解读，正是得益于其全球性视野，"由中国文化的内证内校，到运用中西文化的互证互校，反映了钱锺书治学方法的根本性转变。他把中国文化作为人类文化的一部分，来进行反思和整理。这种拆除时空间隔的观点，给中国知识分子提供了有价值的认识角度，在当时确实是振聋发聩的"⑥。一位德国学者总结道，"中西接触的研究，钱锺书自创了一个方法，我们可以称之为'倩女离魂法'，或是用法文的'le regard regardé'（我看人看我）……一个中

---

① 钱锺书：《写在人生边上　人生边上的边上　石语》，生活·读书·新知三联书店 2002 年版，第 186 页。

② 钱锺书：《写在人生边上　人生边上的边上　石语》，生活·读书·新知三联书店 2002 年版，第 181 页。

③ 钱锺书：《写在人生边上　人生边上的边上　石语》，生活·读书·新知三联书店 2002 年版，第 182 页。

④ 钱锺书：《写在人生边上　人生边上的边上　石语》，生活·读书·新知三联书店 2002 年版，第 186 页。

⑤ 朱寨：《走在人生边上的钱锺书先生》，《钱锺书评说七十年》，杨联芬编，文化艺术出版社 2010 年版，第 242 页。

⑥ 张文江：《钱锺书传》，上海人民出版社 2016 年版，第 203 页。

国人设身地于外国,用夷狄的眼光回来看中国,以致有了新的认识"①。这也是为何钱锺书十分重视对外国文学的学习,在世界文学的版图上,中国文学和外国文学可以互为资源、相互阐证和"相互照明"。

钱锺书不仅自己创作诗,有诗集《槐聚诗存》,同样还研究诗,他的"全球性和跨文化视角和比较的视野",使得他能够对诗歌形成一些自己的独特看法。在他看来,中国诗是早熟的,因为诗歌是"先有史诗,次有戏剧诗,最后有抒情诗"②。但是在中国古诗中,却并没有史诗,关于冥想、哲思和宗教类的诗歌同样比较少,而是一开始就出现了抒情诗,直接就到达了诗歌的最高峰,就像中国化中很早就出现了"印象派"和"后印象派"的那种"纯粹画"。其次,相较于西方诗歌而言,中国诗篇幅一般都比较短。虽说中国诗"是文艺欣赏里的闪电战",但意味悠远,为此,钱锺书还借用了奥斯丁的说法,将中国诗人们形容为"两英寸象牙的雕刻者"。最后,中国诗重含蓄。钱锺书指出:"和西洋诗相形之下,中国旧诗大体上显得情感不奔放,说话不唠叨,嗓门儿不提得那么高,力气不使得那么狠,颜色不着得那么浓。"③ 不管是抒情还是说理,中国诗人都不愿意把一切都说清道明,而更多是寄希望于读者,让他们自己去体会,关于男女间热烈奔放情爱的描写,在中国古代诗词中就很少见。受法国 19 世纪文艺批评家圣佩韦(Sainte-Beuve)的影响,钱锺书指出,和西方牧歌中唯美的图景一样,中国的田园诗同样常常"遗漏了一件东西——狗,地保公差这一类统治阶级的走狗以及他们所代表的剥削和压迫农民的制度",④ 并没有反映出农耕之人遭受的苦难。因此他对范成大的田园诗有积极的评价,因为范成大的田园诗"使脱离现实的田园诗有了泥土和血汗的气息,根据他的亲切的观感,把一年四季的农村劳动和生活鲜明地刻画出一个比较完全的面貌。田园诗又获得了生命,扩大了境地,

---

① [德] 莫尼克:《倩女幽魂法——钱锺书作为中西文化的牵线人》,《钱锺书评说七十年》,杨联芬编,文化艺术出版社 2010 年版,第 334 页。
② 钱锺书:《写在人生边上 人生边上的边上 石语》,生活·读书·新知三联书店 2002 年版,第 162 页。
③ 钱锺书:《七缀集》,生活·读书·新知三联书店 2019 年版,第 17 页。
④ 钱锺书:《宋诗选注》,生活·读书·新知三联书店 2002 年版,第 312 页。

范成大就可以跟陶潜相提并称，甚至比他后来居上。"① 关于这一点，英国马克思主义批评家威廉斯表达过类似的观点，在田园诗中美轮美奂的图景中，并看不到压榨、剥削和殖民地的景象。②

王国维比较早地将西方的"悲剧"理论引入到国内，他不仅认为中国有悲剧，而且在《宋元戏曲史》中指出：

> 明以后传奇，无非喜剧，而元则有悲剧在其中。就其存者言之，如《汉宫》《梧桐雨》《西蜀梦》《火烧介子推》《张千替杀妻》等，初无所谓先离后合、始困终享之事也。其最有悲剧之性质者，则如关汉卿之《窦娥冤》，纪君祥之《赵氏孤儿》，剧中虽有恶人交构其间，而其蹈汤赴火者，仍出于其主人翁之意志。即列之于世界大悲剧中，亦无愧色也。③

对于这一关于中国悲剧的论断，钱锺书并不赞同。不同于王国维，钱锺书认为中国没有悲剧。他援引英国学者李德（Louis Arnaud Reid）的观点指出，悲剧有两种：一种悲剧是由人物自身的缺陷而引发，一种则是强调命运强力之不可违抗。但在中国"悲剧"中，这些是无法实现的，因为中国社会中有严格的"价值秩序"（order of merit），各种伦理观念都有被指定的位置，因此它们间就不会出现激烈的冲突。此外，中国文化中有着强烈的宿命论和轮回观，因此，与命运相抗争的主题在中国戏剧中亦不多见。由于对"诗性正义"（poetic justice）的强调，在结尾时，中国的"悲剧"总会给读者提供一些慰藉，而在钱锺书看来，悲剧的终极体验应该是理查兹（I. A. Richards）意义上的"无法得到慰藉的，没有遭受任何胁迫的，独立的和自足的"，由此他认为《窦娥冤》和《赵氏孤儿》都算不上是真正意义上的悲剧。④ 钱锺书显然是以西方的悲剧为标准，以西方

---

① 钱锺书：《宋诗选注》，生活·读书·新知三联书店2002年版，第312—313页。
② 关于这一点的详细论述，可参见 Raymond Williams, *The Country and the City*, New York: Oxford University Press, 1973, pp. 13 – 34；何卫华：《雷蒙·威廉斯：文化研究与"希望的资源"》，商务印书馆2017年版，第156—183页。
③ 王国维：《宋元戏曲史》，上海古籍出版社1998年版，第99页。
④ 钱锺书：《钱锺书英文文集》，外语教学与研究出版社2005年版，第53—64页。

为视角，才得出这一结论。在这里，兴许可提及雷蒙·威廉斯的《现代悲剧》一书，由于不满于古典悲剧的精英主义气息，威廉斯对悲剧概念进行了改造，以便普通人生活中的不幸的悲剧性意义能够得到承认。① 同样，钱锺书大可不削足适履，非要将中国的悲剧塞到西方的概念体系之中。对于这种做法，钱锺书自己都是持批判态度的，在《灵感》中，钱锺书讽刺了那些比较东西文明的学者们，在简单地罗列一些表象问题后，他们就认为"咱们的国家、人民、风俗、心理不是据说都和西方相反"。② 然而在悲剧问题上，钱锺书却生硬地用西方的概念分析中国的文化和文学现象，无疑是犯了同样的错误。

三　相通的人性与世界文学

在钱锺书看来，中人西人虽体貌殊异，但心性相通，当面对世界上相同的事物、经历同样的事件或遭逢相似的情感时，在人的内心中，会出现类似或相同的心理活动和反应。在《管锥编》中，钱锺书就指出，在快乐时，不管是中人西人都会觉得时光易逝，而在不如意时，则往往会度日如年，钱锺书还列举了大量来自于不同文化传统之中的范例来说明这一点。③ 在这里，还不妨引用《威尼斯商人》中夏洛克的一番话，尽管在指向上大相径庭：

> 难道犹太人没有眼睛吗？难道犹太人没有五官四肢、没有知觉、没有感情、没有血气吗？他不是吃着同样的食，同样的武器可以伤害他，同样的医药可以疗治他，冬天同样会冷，夏天同样会热，就像一个基督徒一样吗？你们要是用刀剑刺我们，我们不是也会出血的吗？你们要是搔我们的痒，我们不是也会笑起来的吗？你们要是用毒药谋

---

① ［英］雷蒙·威廉斯：《现代悲剧》，译林出版社2007年版，第1—76页；何卫华：《雷蒙·威廉斯：文化研究与"希望的资源"》，商务印书馆2017年版，第183—189页。
② 钱锺书：《围城　人·鬼·兽》，生活·读书·新知三联书店2009年版，第504页。
③ 为说明这一点如"人间四千年，兜率天一昼夜"，哲学家意义上的"欢乐感即使无时间感"，"沉沉百忧中，一日如一年"，古希腊诗人所说的"幸运者一生忽忽，厄运者一夜漫漫"和拉丁诗人所说的"人生本短，疾苦使之长耳"等。更为具体的讨论可参见钱锺书《管锥编》，第1029—1032页。

害我们，我们不是也会死的吗？那么要是你们欺侮了我们，我们难道不会复仇吗？①

"人同此心、心同此理"，这是伟大文学作品之世界性的基础，世界文学亦由此而成为可能。在国际交往并不频繁的时代，各国文学主要还是各自独立发展的，但不同的文学传统中还是存在着大量相似或相同之处，正如张隆溪所言，"在中西文学和文化传统中去发现思想和主题上的关联，并通过广泛比较，揭示人类心性中存在的那些令人吃惊的亲缘性和相互关联，这正是钱锺书最为擅长的事情"。② 钱锺书在中外文学和文化之间寻找相似性的做法，曾遭到法国汉学家于连（François Jullien）的批评，对此，张隆溪则辩护说，就于连的说法而言，"完全是将复杂的问题简单化，钱锺书从未简单地宣称某种中国的事物同某种欧洲的事物相似或对等，而往往始于某一具体的文本上的细节，通常是引用某一中国古代之经典，继而梭巡于各种其他文化资源，旁征博引，补充以个人之评论，目的是将全部的文本证据熔于一炉，用以洞鉴深幽，阐证某一事理，或表达某一重要批评性观点"③。钱锺书视野宏阔，这些问题涉及文学的方方面面，如作品的主题、人物的塑造、语言的风格、修辞和写作技巧等各个方面，此类范例在他的著述中俯拾即是。钱锺书对世界众多国家文学的涉猎正是在大量例证之中才能得以显现，这种"亲缘性和相互关联"表现在众多不同方面。

首先，关于文艺和现实间的关系。在钱锺书看来，文学要立足于现实，反映现实，他认为宋诗不如唐诗，其中部分原因就是宋诗过于强调效法古人，拘守陈规，从而无法全面反映自己时代的社会现实，钱锺书强调，"实际上，过去的文艺作品不是源而是流，是古人和外国人根据他们彼时彼地所得到的人民生活中的文学艺术原料创造出来的东西。"④ 在西

---

① 《莎士比亚全集》第2卷，朱生豪等译，人民文学出版社1994年版，第49页。
② Zhang Longxi, *From Comparison to World Literature*, Albany: State University of New York Press, 2015, p. 152.
③ Zhang Longxi, *From Comparison to World Literature*, Albany: State University of New York Press, 2015, pp. 54–55.
④ 钱锺书：《宋诗选注》，生活·读书·新知三联书店2002年版，第12页。

方传统中，柏拉图和亚里士多德就都曾论述过艺术的模仿性，但他们对模仿的理解并不相同，亚里士多德强调的是艺术对先在现实的模仿，柏拉图则认为艺术是"模仿的模仿"，强调"理式"的第一性，到了浪漫派这里，艺术则被认为是艺术家伟大心灵的表现，后来的马克思主义者对这一问题同样有多种不同的解读。在《谈艺录》中，钱锺书论述到李贺的《高轩过》中的"笔补造化天无功"这句话，并认为这一名句关乎"道术之大原、艺事之极本"①。由此，钱锺书指出，西方有"师法造化，以摹写自然为主"和"主润饰自然、功夺造化"这两种观点。② 在钱锺书看来，第一种观点始于柏拉图，强调文学和艺术对现实世界的客观反映，诗赋和艺术就是要师法和摹写自然，莎士比亚意义上的自然在镜子之中的投影以及韩愈所说的"观天巧"均可以置于此类之中。就后者而言，这一观点始于克利索斯当（Dio Chrysostom），其强调艺术家的创造性，现实世界提供的不过是一些原材料，诗人和艺术家则都是有着特殊禀赋的人，经过他们的选择、加工和润饰，造化之灵秀方能跃然纸上。在钱锺书看来，持这一观点的有培根、牟拉托利（Muratori）、儒贝尔、龚古尔兄弟、波德莱尔和惠斯勒（Whistler）等。而"笔补造化天无功"的说法则可以被归入第二类，因为要想营造出造化之美，必须依赖于诗人和艺术家们去弥补和粉饰大自然的不足。

钱锺书还将中西对比喻的运用进行了比较，并发现，中外文人在比喻的运用上有不少的相似之处。在谈论读书时，都喜欢将其比作蜜蜂采蜜，在古典文学中，该说法最早见于张璠在《易集解序》中所说的"蜜蜂以兼采为味"。在《全宋文》卷一七裴松之《上三国志注表》中，同样可以看到："窃惟绩事以众色成文，蜜蜂以兼采为味，故能绚素有章，甘腴本质"。西方也有类似之比，古希腊文学家同样说，蜜蜂"无花不采，吮英咀华，博雅之士亦然，滋味偏当，取精而用弘。"古罗马大诗人、哲学家、修辞学者皆以蜜蜂吮英咀华、滋味遍尝而取精而用弘作比，或教训子侄和弟子博群书、广学问。③ 在《全上古三代秦汉三国六朝文》中，有

---

① 钱锺书：《谈艺录》，生活·读书·新知三联书店2007年版，第154页。
② 钱锺书：《谈艺录》，生活·读书·新知三联书店2007年版，第154—155页。
③ 钱锺书：《管锥编》四，生活·读书·新知三联书店2007年版，第1966—1968页。

"海墨树笔天纸"的说法,但钱锺书发现,类似的说法在犹太古经等不少外国文学典籍中都有出现。① 除开比较中外文学传统中的一些比喻,钱锺书还在比喻的修辞性效果等方面有独到见解,正如有学者指出,钱锺书"一直对语言现象高度敏感,对修辞中的隐喻现象极为重视,留下了大量关于隐喻的宝贵论述,内容涉及隐喻的本质、隐喻的功能、隐喻的基础、隐喻的工作机制等隐喻研究的基本问题"②。好的比喻往往新意迭出,充满奇思妙想,令人回味无穷,这些都是文人学者匠心独运的结果,如李白的"不知行径下,初拳几枝蕨",杜甫的"昔如纵壑鱼、今如丧家狗"等。在钱锺书看来,中国古诗中的"奇情幻想",以及英国玄学派诗人的"曲喻"之所以能传情达意,并每每让读者称奇叫绝,背后到底有怎样的运作机制?为说明这一点,钱锺书借用了俄国形式主义理论家什克洛夫斯基(Schklovsky)的陌生化(defamiliarization)理论。在形式主义者看来,生活中的不少事情因为太过于常见,人们便会熟视无睹,失去了关注的兴趣,但如果这些事物忽然与平常不一样,或以某种新鲜或新奇的形式出现,常见的事物变得新奇,便会重新吸引大家的注意,这便是语言艺术的重要手法。对此,张隆溪指出,钱锺书在1948年就在引用什克洛夫斯基的著述,而大约二十年之后,形式主义和什克洛夫斯基的观点才在西方广为人知。③ 对于比喻运用中的这种"以故为新,即熟见生"的做法,钱锺书指出,歌德、诺瓦利斯、华兹华斯、柯尔律治、雪莱、狄更斯、福楼拜、尼采和巴斯克里等都表达过类似的意思。④

在诗歌研究中,钱锺书同样大量引用世界文学的资源,以便达到"相互照明"的效果。在中国诗学传统中,"怨"是诗歌四种功能之一,在钱锺书看来,西方文学传统中存在着相似的观点。在1980年11月20日,钱锺书在日本早稻田大学讲学,就提到尼采曾把母鸡下蛋的啼叫和诗

---

① 钱锺书:《管锥编》四,生活·读书·新知三联书店2007年版,第2299—2304页;还可以参见钱锺书《谈艺录》,生活·读书·新知三联书店2007年版,第27页。
② 郭振伟:《钱锺书隐喻理论研究》,中国社会科学出版社2014年版,"前言"第1—2页。
③ Zhang Longxi, "Qian Zhongshu as Comparatist", *The Routledge Companion to World Literature*, Theo D'haen, David Damrosch and Djelal Kadia, eds., London and New York: Routledge, 2012, p. 84.
④ 钱锺书:《谈艺录》,生活·读书·新知三联书店2007年版,第37页。

人的诗歌相提并论,说都是"痛苦使然"。他还引用了雪莱(Shelley)、凯尔纳(Justinus Kerner)、缪塞(Musset)、爱伦坡(Edgar Allan Poe)、弗罗斯特(Robert Frost)、普利齐特(William H. Pritchard)和墨希格(Walter Muschg)等人的观点来说明"最甜美的诗歌就是那些诉说最忧伤的思想的"①。此外,就诗歌赏析而言,中国古典诗歌强调含蓄美,在《沧浪诗话》中就有"语忌直""脉忌露"的说法,《四溟山人全集》中强调,"凡作诗不宜逼真,如朝行远望青山,佳色隐然可爱,妙在含胡,方见作手"。在钱锺书看来,在西方文学之中同样不少此类的说法,艾米丽·狄金森、韦尔兰所说的"纱幕后美目"、古罗马诗人马提亚尔(Martial)所说的"玻璃后葡萄"、英国诗人赫里克所说的"水晶中莲花",都是要表达类似的观点。②

除上述几点外,钱锺书还谈到中外文学传统中很多其他类似之处。在文学创作中,钱锺书就指出,中人西人都强调为文之不易,在古典文学中,关于遣词造句,就有"吟安一个字、捻断数茎须"的说法,在外国文学传统中,欧里庇得斯(Euripides)、儒贝尔(J. Joubert)、古罗马弗朗图(Fronto)、布瓦洛(Boileau)和福楼拜等众多都谈到过章妥句适之不易。③ 表达方式上同样有类似之处,中文中有"对牛弹琴"一说,古人亦常用这一比喻,西方人亦有类似的说法,不过此时的"牛"变成了"驴",成了"对驴弹琴"。④ 在不同的文学传统中,甚至会发现类似的故事,如两妇争儿这样的故事。⑤ 凡此种种,不一而足,这些跨越时空的相似性,无不证明了文学跨文化传播的可能性,这同样是世界文学的物质基础。

最后,就钱锺书的研究而言,他的很多思想都是感悟式的和碎片式的,缺乏系统性,因此招致了不少学者的批评,王晓华就认为,"在钱锺书身上体现着中国传统学人的根本欠缺:缺乏体系性建构的能力。这也是中国传统学人的一个根本性欠缺。中国传统学人做学问的最大特点是

---

① 钱锺书:《七缀集》,生活·读书·新知三联书店2019年版,第106—121页。
② 钱锺书:《谈艺录》,生活·读书·新知三联书店2007年版,第678—682页。
③ 钱锺书:《七缀集》,生活·读书·新知三联书店2019年版,第43—49页。
④ 钱锺书:《管锥编》四,生活·读书·新知三联书店2007年版,第2082—2083页。
⑤ 钱锺书:《管锥编》三,生活·读书·新知三联书店2007年版,第1586页。

'评点感悟'"。① 对此，钱锺书有自己的解释，在他看来，"许多严密周全的思想和哲学系统经不起时间的推排销蚀，在整体上都垮塌了，但是它们的一些个别见解还为后世所采取而未失去时效。"② 此外，钱锺书的《围城》《七缀集》和《管锥编》中的部分章节都已被翻译为英文，在世界范围内被阅读、论述和征引，跻身于世界文学经典行列。

第二节　翻译与世界文学的建构

很多学者现在都已注意到翻译和世界文学的紧密联系，在很大程度上，没有翻译就没有世界文学，正如劳伦斯·韦努蒂（Lawrence Venuti）而言，"没有了翻译，世界文学就无法想象……因此，是翻译使得文学文本在世界范围之内的接受成为可能"③。在另一篇文章中，他同样指出，"当下，世界文学的发展十分重要，因为其可以帮助我们重新评估翻译的重要性，帮助我们一方面聚焦于相互之间的连接（interconnectedness）和全球性的文学和文化流动，另一方面聚焦于主体性的问题。"④ 戴维·戴姆拉什曾同样强调说，"世界文学是从翻译中获益的文学"⑤。在全球化时代，任何形式的闭关锁国都已无可能，文学和文化都将在世界范围内流动，钱锺书始终强调文化的相互交流，他指出，"中国'走向世界'，也可以说是'世界走向中国'。咱们开门走出去，正由于外面有人推门、敲门、撞门，甚至破门跳窗进来"。⑥ 在很大程度上，没有世界文学的滋养，就不会有我们现在意义上的中国现当代文学，正如帕斯卡尔·卡萨诺瓦所

---

① 王晓华：《钱锺书与中国学人的欠缺》，《钱锺书评说七十年》，杨联芬编，文化艺术出版社2010年版，第138页。
② 钱锺书：《七缀集》，生活·读书·新知三联书店2019年版，第30—31页。
③ Lawrence Venuti, "World Literature and Translation Studies", *The Routledge Companion to World Literature*, Theo D'haen, David Damrosch and Djelal Kadia, eds., London and New York: Routledge, 2012, p. 180.
④ Lawrence Venuti, "From Cultural Turn to Translational Turn", *World Literature in Theory*, David Damrosch, ed., Malden: John Wiley & Sons, 2014, p. 239.
⑤ ［美］大卫·戴姆拉什：《什么是世界文学？》，北京大学出版社2014年版，第309页。
⑥ 钱锺书：《写在人生边上　人生边上的边上　石语》，生活·读书·新知三联书店2002年版，第223页。

言,在"文学世界共和国"中,对"边缘"而言,翻译"是积聚文学资源的方式,是在某种程度上将世界性重要作品引进一种被统治的语言(因此也是一种文学资源贫瘠的语言)中的方式,是改变文学资本的方式"①。世界文学为晚晴时期的"文学革命"提供了资源,文学创作的语言、技巧和主题因此都开始出现根本性的变化;同样,没有世界文学的滋养,就没有我们今天意义上的钱锺书。就钱锺书而言,一方面,不管是他的文学创作,还是他的研究方法,都很大程度上受益于翻译;在另一方面,同样借助于翻译,钱锺书的创作和思想同样都已成为世界文学中不可或缺的一部分。

一 翻译的功能与钱锺书的翻译观

就不同国家和地区的文学和文化交流而言,翻译确实功不可没。然而,在很长时间之中,翻译的重要性一直都没有得到足够的重视,翻译工作者也得不到尊重,甚至作为一代翻译大家的林纾更在意别人对自己古文的评价,而不愿意别人只是关注他的翻译,仅仅被人视为一位译匠。钱锺书不仅自己从事翻译工作,还不断强调译者在文化交流中起到的重要作用,由于严复的翻译在中国社会发挥的重要作用,钱锺书将其誉为"中国思想的解放者"(a liberator of Chinese thought)。② 钱锺书在翻译理论领域同样多有建树,在评价他的翻译和译论时,罗新璋评价说:"钱氏的译论和译文,以少少胜多多,值得我们认真研究,举一反三。"③ 钱锺书的译论主要集中在《林纾的翻译》这一篇文章中,他在这里提出了"译、诱、媒、讹、化"的说法,这是其翻译思想的高度概括。

"诱"和"媒"是钱锺书关于翻译功能的定位。在某种意义上,没有翻译,就不可能有国际之间的交流,甚至任何其他形式的交流都是不可能的。译者都是"思想的商贾"(merchants of ideas),④ 致力于知识和思想

---

① [法]帕斯卡尔·卡萨诺瓦:《文学世界共和国》,罗国祥、陈新丽、赵妮译,北京大学出版社2015年版,第154页。
② 钱锺书:《钱锺书英文文集》,外语教学与研究出版社2005年版,第37页。
③ 罗新璋:《钱锺书的译艺谈》,《钱锺书评论》,范旭仑、李红岩主编,社会科学文献出版社1996年版,第168页。
④ 钱锺书:《钱锺书英文文集》,外语教学与研究出版社2005年版,第37页。

的传播。译者作为媒介的说法比较常见，但在钱锺书看来，翻译还有"诱"的功能，"翻译者的艺术曾被比于做媒者的刁滑，因为他把作者的美丽半遮半露来引起你读原文的欲望"[①]。在另一篇文章中，钱锺书还写道："翻译本来是要省人家的事，免得他们去学外文、读原作，却一变而为导诱一些人去学外文、读原作。她挑动了有些人的好奇心，惹得他们对原作无限向往，仿佛让他们尝到一点儿味道，引起了胃口，可是没有解馋过瘾。"[②] 就钱锺书自己而言，就是因为读了大量林纾翻译的小说，方才开始对外国文学产生了浓厚的兴趣，于是发奋学习外语，希望有朝一日能够尽情地在外国小说的海洋中遨游。在《七缀集》中，钱锺书还提到一件轶事，作为朝廷官员的方濬师，本不愿意做翻译之事，当时朝廷上下，甚至于驻外使节更感兴趣的是外国的科学和技术，对外国文学都关注不多，但"尚书阅其皆有策励意，无碍理者，乃允所请"[③]。而其翻译朗弗罗的《人生颂》（*A Psalm of Life*）是对西方诗人的嘉许和鼓励，将其用为"钓饵"，目的在于要"同文远被"，让外国人了解中国文化之博大精深，激发他们对中国文化的兴趣，引诱和鼓励他们来研习中国文化，"夷而进于中国则中国之"[④]。优秀英文诗歌浩若烟海，《人生颂》成为第一首被翻译为汉语的英文诗，这当然更多是机缘巧合的结果，但方濬师的这一番话，同样说明了译本选择背后的文化、政治和道德层面的考量。值得注意的是，考虑到当时中国在世界上的地位和现实处境，方濬师的那种优越感和高高在上的态度未免显得有些滑稽可笑，当然，钱锺书这里不乏讽刺之意，但这同样从另一方面说明了翻译的"诱"的功能。

和当下众多翻译研究者一样，钱锺书同样认为，全部的翻译都是"讹"。由于语言的差异性，以及不可能存在的完全对等性，完美的或者说理想的翻译并不存在，因为"从最初出发以至终竟到达，这是很艰辛的历程。一路上颠顿风尘，遭遇风险，不免有所遗失或受些损伤。因此，

---

① 钱锺书：《写在人生边上　人生边上的边上　石语》，生活·读书·新知三联书店2002年版，第159页。
② 钱锺书：《七缀集》，生活·读书·新知三联书店2019年版，第73页。
③ 转引自钱锺书《七缀集》，生活·读书·新知三联书店2019年版，第125页。
④ 钱锺书：《七缀集》，生活·读书·新知三联书店2019年版，第127页。

译文总有失真和走样的地方，在意义或口吻上违背或不很贴合原文。"①钱锺书对翻译、尤其是诗歌翻译的难度有清醒的认识，关于这一点，他引述了多种不同的说法，如"雨果谓翻译如以宽颈瓶中水注狭颈瓶中，旁倾而流失者必多"；②"伏尔泰谓，倘欲从译本中识原作面目，犹欲从版刻复制中睹原画色彩"；③ 以及中国古人用到的"翻花毯"的说法，译文的读者看见的只是其背面。造成意义的流失、不一致或删改有多个方面的原因：首先，语言上的差异。各种不同的语言有共性，但同样有各自的特性，当用一种语言去表述另一种语言之中的内容，这就好似"为此种乐器所谱之曲调而以他种乐器演奏焉"，自然时常会免不了卯不对榫、方枘圆凿。其次，译者的问题。由于译者能力上的局限，在理解上会出现问题，导致出现"误解作者，误告读者，是为译者"的情况。英国人李高洁（Cyril Salmond Le Gros Clark）曾将苏东坡的词赋翻译为英文，钱锺书就指出，李高洁的译文中不仅存在理解上的错误，同样没有很好地再现苏东坡原有的风格。④ 最后，受众的差异。在目标语之中，由于文化、意识形态和受众在期待上的差异，同样会促使译者对译文进行"删"或"增"等形式的加工，从而导致在译文和原文之间存在或大或小的差异。

对于翻译过程中的"讹"，钱锺书认为有两种情况：一种是"不如"，另一种是"锦上添花"。尽管并不多见，但还是存在译文胜过原文的情况，在钱锺书看来，林纾的翻译就属于这种情况。尽管林纾并不懂英文，但作为一位颇有声望的古文家，在翻译过程中，他对译文进行了大胆加工、润色和发挥，"林纾认为原文美中不足，这里补充一下，那里润饰一下，因而语言更具体，情景更活泼，整个描述笔酣墨饱"⑤。在钱锺书看来，林纾的译文就胜过了原文，甚至当他将其译文同后来更为忠实的译文对比时，仍觉得林纾的翻译更活泼有趣，就外国文学的传播而言，效果更好。其实，在钱锺书的著述中，他经常会将外国文学中的精彩片段翻译为中文，这些译文词妥句贴，佳句迭出，胜意络绎，就文采和传情达意而

---

① 钱锺书：《七缀集》，生活·读书·新知三联书店 2019 年版，第 72 页。
② 钱锺书：《管锥编》四，生活·读书·新知三联书店 2007 年版，第 1987 页。
③ 钱锺书：《管锥编》四，生活·读书·新知三联书店 2007 年版，第 1989 页。
④ 钱锺书：《钱锺书英文文集》，外语教学与研究出版社 2005 年版，第 9—10 页。
⑤ 钱锺书：《七缀集》，生活·读书·新知三联书店 2019 年版，第 78 页。

言，原文都由此增色不少。在当代文学翻译中，葛浩文翻译的莫言的作品同样可以算得上一例，葛浩文主要采取的是"归化"的译法，结合英语读者的期待，对原文进行了大胆修改，甚至是"美化"，正如有学者指出：

> 他的文学翻译打破了传统，不再拘泥于字与字、词与词、句与句之间的严格对应，而是从语言层面的转换转向跨文化视野中的转换。在他的翻译中，他将忠实与创作结合起来。忠实原文是他的翻译准则，同时他的翻译也是一种创造性叛逆。在翻译过程中，他会根据不同的文化背景，灵活运用不同的翻译方法，使译文能够较好地传达原文的形与神，甚至为原著增添了光彩，同时又使其能够更容易为目标语读者所接受与理解。①

学者王宁更是认为，如果不是有像葛浩文这样的优秀译者，莫言获得2012年度诺贝尔文学奖将是不可能的。② 由此可以看出，在有些情况下，钱锺书对待翻译中"讹"的态度是比较宽容的，甚至是提倡的。在给《围城》的日译本写的《序言》中，钱锺书写道："通过荒井、中岛两先生的译笔，我的原著竟会在日语里脱去凡胎，换成仙体。"③ 由此可见，对作者而言，通常都期待译文能够为自己的作品添媚增姿，从而有更好的传播效果。

对钱锺书而言，"化"是翻译的理想境界。在《七缀集》中，钱锺书指出，"文学翻译的最高境界可以说是'化'。把作品从异国文字转变为另一国文字，既能不因语文习惯的差异而露出生硬牵强的痕迹，又能完全保存原作的风味，那就算得入于'化境'。"④ 关于翻译的标准，钱锺书还有"不隔"的说法，"'不隔'不是一桩事物，不是一个境界，是一种状

---

① 曹顺庆、王苗苗：《翻译与变异：与葛浩文教授的交谈及关于翻译与变异的思考》，《清华大学学报》（哲学社会科学版）2015年第1期，第126页。
② 具体请参见王宁《翻译与跨文化阐释》，《中国翻译》2015年第1期，第10页。
③ 钱锺书：《写在人生边上　人生边上的边上　石语》，生活·读书·新知三联书店2002年版，第207页。
④ 钱锺书：《七缀集》，生活·读书·新知三联书店2019年版，第70页。

态（state），一种透明洞澈的状态——'纯洁的空明'，譬之于光天化日；在这种状态之中，作者所写的事物和境界得以无遮蔽地暴露在读者的眼前"①。不难看出，文学翻译要想达到"化境"或"不隔"绝非易事，这不仅要求译者要能够深入理解原文，还必须有非常好的语言功底和文学修养，其目标语的表达能力至少要能够媲美原作者在原文之中的表达能力，甚至更好，才有可能使译文达到"化"或"不隔"的程度。在现实翻译中，首先这种译者极少，而与此同时，翻译还会受到很多其他因素的制约，能够达到"化境"自然并不多见。但作为世界文学建构的重要途径，钱锺书的翻译思想仍然能为大家提供不少启示。

二　世界文学与钱学的"旅行"

没有翻译，就没有世界文学。钱锺书的作品和文艺思想现在已成为世界文学的一部分，同样是借助于译介。虽然就使用者的数量而言，中文占有绝对优势，但在世界文学的领域，中文文学的弱势地位显而易见。就具体的民族国家而言，翻译始终是双向的，在引进国外优秀智力成果翻译的同时，同样还会将国内智力成果翻译为其他语言。在这种双向交流中，对于弱小的国家而言，显然更多的是在译入外国的成果。就钱锺书而言，由于夏志清（T. C. Hsia）等海外汉学家的推介，国外学界很早就开始注意到钱锺书。近年来，中国文学在西方学界开始越来越受到重视，在这新的一波海外"中国研究"热潮之中，关于钱锺书的研究成果不仅越来越多，而且在国外已出现了一批颇具影响力的"钱学"专家。

首先，要想进入世界文学，就必须借助于翻译。正如卡萨诺瓦所言，在"世界文学共和国"之中，"对于大的'目标'语言，也就是说，当翻译将这些用'小'的语种写成或不太被看重的文学文本引入中心地区时，语言及文学的翻译就由此向中心地区资源迂回靠拢：受益于有祝圣权的大

---

① 钱锺书：《写在人生边上　人生边上的边上　石语》，生活·读书·新知三联书店2002年版，第114页。

翻译家的活动，瓦莱里说，'世界性文学资本在不断增长'。"① 就目前的世界文学格局而言，被翻译为英语等比较广泛使用的语言，无疑是在世界文学中占据一席之地的前提条件。就早期而言，国外很少有学者会对中国作家的作品产生兴趣，但钱锺书不仅得到国外学者的高度评价，还有不少外国学者主动将其著述翻译为英文，这无疑是其文学价值的明证，同样是卡萨诺瓦意义上的获得"祝圣"（consécration）的重要途径。钱锺书的作品不断被翻译为各种其他文字，到目前为止，钱锺书的《围城》《七缀集》《人·鬼·兽》和《写在人生边上》都已被翻译为英语，其中《围城》还被翻译为英语、法语、日语、德语和俄语等多种文字，其英文版则由珍妮·凯利（Jeanne Kelly）和茅国权（Nathan K Mao）在 1979 年翻译，受到了读者的好评，之后还多次再版。更可喜的是，在 1998 年，聚钱锺书学术思想之精华的学术著作《管锥编》有了英文选译本，该书由汉学家艾朗诺（Ronald Egan）选译，并由哈佛大学出版社出版，翻译该书的难度可想而知，但艾朗诺对汉学的深入研究保证了该书译文的质量。这一些高质量译本的出版，为"钱学"在海外的持续发展提供了保证，相信将会有越来越多的优秀海外学者致力于相关研究。

其次，不少海外学者已经开始研究钱锺书，并且已有不少外文专著出版，如胡志德（Theodore Huters）在 1982 年出版的英文专著《钱锺书》（*Qian Zhongshu*）、莫芝宜佳（Monika Motsch）在 1994 年出版的德文专著《管与锥：从钱锺书的〈管锥编〉到杜甫新论》（*With Tube and Awl: From Qian Zhongshu's Guanzhui bian to a New View of Du Fu*），艾朗诺 1998 年在台湾出的中英文双语版专著《钱锺书之古典解读方法：〈管锥编〉治学原则探索》版，以及由雷勤风（Christopher G. Rea）编撰并在 2015 年出版的研究文集《中国的文学世界主义者：钱锺书、杨绛和文学世界》（*China's Literary Cosmopolitans: Qian Zhongshu, Yang Jiang, and the World of Letters*）。此外，还有众多英文著述中都开辟有专章研究钱锺书，更不用提其名字在大量著述中被反复提及。钱锺书深受西学影响，通过"打通"中西文化，从而在文学创作和文艺批评领域做出了卓越贡献，这些

---

① ［法］帕斯卡尔·卡萨诺瓦：《文学世界共和国》，罗国祥、陈新丽、赵妮译，北京大学出版社 2015 年版，第 155 页。译文略有改动。

作品又反过来对西方产生了影响，这是世界文学内部的双向"旅行"的又一个绝好范例。

第三节 世界主义与《围城》中的文学空间

作为一位著名海外汉学家，夏志清为中国现代文学的重新评价及重新图绘做出了卓越的贡献。他称《围城》是"中国现代文学中最让人喜闻乐见、最精雕细琢的小说，也许也是中国现代文学中最伟大的小说"。[①] 从某种程度上来说，他的这句话意外地将钱锺书的《围城》从被湮没的命运中拯救出来。《围城》于1947年首次发行，当时还引起过一阵反响，但很快在两年后，基本上就被中国主流批评家们所忽略，直到三十多年后的20世纪80年代才重新被关注。在很长一段时间中，公众和批评家关注更多的往往是那些有明显进步倾向的文学作品，在《围城》中，虽然偶有涉及，但钱锺书并没有旗帜鲜明地谴责黑暗的旧社会，也没有"明确地提及战争中人们肉体上遭受的苦难或经历的重大政治斗争"，[②] 此外，对当时全国各地如火如荼的革命，钱锺书同样并不是太关注。除了没有记录当时的社会巨变外，在构思和写作这部小说时，钱锺书和夫人杨绛都滞留在已沦为"日占区"的上海，这一点同样遭到了不少进步知识分子的批评。在《围城》这本小说中，进步政治在很大程度上是缺席的，在有些批评家看来，这一点并不正常，并将其归因于作者的政治冷漠和资产阶级倾向。在"文化大革命"期间，钱锺书和他妻子被戴上"资产阶级反动学术权威"的帽子，并被送到"五七干校"接受贫下中农的再教育，和上面提到的这些事件不无关联。到了20世纪80年代，"政治优先"不再是大家评价艺术和文学的最高标准，整个社会的政治环境开始变得更为宽松、包容和和谐，这些都为《围城》再次进入公众视野营造了良好的外部环境。随着钱锺书及其作品越来越受欢迎，在20世纪90年代甚至出现了一股"钱锺书热"。

[①] C. T. Hsia, *A History of Modern Chinese Fiction* 1917–1957, New Haven: Yale UP, 1961, p. 441.

[②] Theodore Huters, *Qian Zhongshu*, Boston: Twayne Publishers, 1982, p. 118.

作为现代中国最博学的学者之一,①钱锺书"凭藉其机敏、博学和怀疑主义而得名"。②钱锺书才华卓越,博古通今,学贯中西,这和他的成长环境和生活经历有着紧密的联系,他出生于书香门第,从孩提时期就开始熟读中国古典名著。再加上他过目不忘的记忆力及其多方面的出众才能,这帮助他从同龄人中脱颖而出。在1929年,钱锺书获得了去清华大学学习的机会,之后在1935年,又获得奖学金前往牛津大学深造,之后还和妻子一起在法国生活学习一年。这种"四处游历"的经历不仅给了他世界性视野,还帮助他对现代文学有了更为全面和深刻的理解。钱锺书精通中国文学与西方文学,在《围城》中,他匠心独运,徜徉于这部小说建构出的文学空间,看到的和触摸到的是那个动荡年代的一个缩影。透过钱锺书笔下的人物,可以体会到那个时代的大众具有的各种独特的现代敏感性,由此,他成功地将这部作品同世界文学中的现代主义勾连了起来。对于理解作者自身主观性的形成以及中国现代文学发展过程中一些隐秘层面,毫无疑问,这部作品能够为我们推开一扇窗。

一 "追寻现代性"和钱锺书的世界主义

在很大程度上,在与一系列帝国主义国家的战争中,中国接二连三地遭受惨败,于是不得不开始拥抱世界主义。在《围城》开篇,作品的主角方鸿渐完成了他在欧洲的学习,于1937年乘坐轮船回国,在"卢沟桥事变"后,整个中国陷入了对日本的全面战争之中。但在此之前一个多世纪的时间里,由于西方帝国主义的入侵、欺压和巧取豪夺,整个中国因此而蒙受了史无前例的屈辱与痛苦。1793年,在接见英国驻北京特使马戛尔尼时,清朝皇帝乾隆不无傲慢地强调,"天朝物产丰盈,无所不有",并拒绝了后者提出的开放中国市场的要求。然而,在西方的船坚炮利面前,这种自以为是和骄傲自大很快就显得有些滑稽可笑了。在被迫割地赔

---

① [意] 利奥内洛·兰乔第(Lionello Lanciotti)将钱锺书誉为中国的"巴蒂斯塔·维柯"和"贝内德托·克罗齐",兰乔第说,钱锺书"精通法语、德语和英语,同时具备意大利语、西班牙语和拉丁语的阅读能力"。参见 Lionello Lanciotti, "Qian Zhongshu: 1910 – 1998," *East and West*. 48. 3/4 (1998), p. 477.

② Edward M. Jr. Gunn, *Unwelcome Muse: Chinese Literature in Shanghai and Peking* 1937 – 1945, New York: Columbia UP, 1980, p. 243.

款之后，这个古老的帝国逐渐陷入贫困、内战和混乱的泥沼之中。西方先进的科学技术打破了国人的迷梦，并且终于意识到中国并不是世界的中心，不得不丢掉那种万国来朝的幻觉，开始承认自己在发展上的明显落后。举国上下都开始迫切地想要学习西方知识，西方在这一时期被认为是现代性的化身，开始成为中国学习的榜样。

《围城》描绘的主要是一群知识分子，其他的社会阶层要么被排除在外，或者只是一些无足轻重的角色，但需要明白的是，这个由知识分子组成的文学空间并非是孤立的，在这一空间的背后，可以看到本土的与全球的、过去的与现在的、残余的与新兴的事物之间的冲突、对立和纠葛，而这正是革命时期中国的时代特征。结合自己的留洋经历，钱锺书创造出一些令人印象深刻的角色，这些人物大多都具有世界性的品味、感受性和视野，在某种程度上，这些都是这部小说受到读者喜爱的重要原因，甚至于成为"最伟大的现代小说"。[1] 事实上，在《围城》的一开始，许多角色都已经在中国或在归国的途中，但这些人都有在国外学习或生活的经历。王宁曾指出，"世界主义主要是一个政治和哲学概念，并且有着很强的伦理意味。对世界主义而言，无论种族、国家或地域隶属关系如何，所有人都属于一个单一社会共同体，或某种'想象的共同体'"。[2] 同样，在雷勤风看来，文学世界主义是指"借助于文学文本，修辞和思想观念跨越不同的边界和在不同语言间流通的各种行为，当然还包括引发此类行为的倾向"。[3] 毫无疑问，钱锺书的世界性视野不仅体现在小说中大量的跨越边界的行为之中，同样还体现在人物的感受性、主体性和生活方式中。

《围城》以此开篇："红海早过了，船在印度洋面上开驶着。"[4] 这一描述立刻将读者投入到一个全球性的场景之中，而这一场景正是整个故事发生的背景。同作者一样，小说中的主角方鸿渐能够流利地说几门外语，

---

[1] 除了夏志清之外，还是不少其他钱学专家同样持这一观点。例如可参见 Theodore Huters, *Qian Zhongshu*, Boston: Twayne Publishers, 1982, p. 118.

[2] Wang Ning, "Ibsen and Cosmopolitanism: A Chinese and Cross-Cultural Perspective", *ARIEL: A Review of International English Literature* Volume 48. 1 (2017), pp. 123 – 124.

[3] Christopher Rea, "Introduction", *China's Literary Cosmopolitans: Qian Zhongshu, Yang Jiang, and the World of Letters*, ed. Christopher Rea, Leiden and Boston: Brill, 2015, p. 2.

[4] 钱锺书：《围城》，人民文学出版社 2005 年版，第 1 页。

还曾在几个欧洲国家"学习"。其他的角色同样都有类似的海外背景：苏文纨在法国拿到了博士学位，赵辛楣有美国文凭，鲍小姐出生于澳门，在伦敦学了两年产科学。对这些归国的留学生而言，海外生活经历产生的影响是显而易见的。一个明显的例子就是鲍小姐说自己"睡得像木头"，而不是使用"睡得像猪"① 这一更为地道的中文表达。至于方鸿渐，他讨厌自己家乡的女孩子，其中的一个原因就是她们"落伍的时髦，乡气的都市化"。② 最后，上海是小说故事的主要背景之一，可以看到，在这个国际化的大都市里，居住着来自于世界各国来此谋生的人。甚至在三闾大学，同样可以看到和感受到"地方"和"世界"之间的紧密联系，尽管其偏于一隅。作为这所新成立的大学的校长，高松年曾在欧洲学习；历史系主任韩学愈则不仅曾在美国求学，而且还娶了一位"白俄老婆"；方鸿渐他们在这所大学工作期间，学校还正不遗余力地引进和施行流行于剑桥大学和牛津大学的导师制。

在《围城》里，对于源自于不同文化传统的思想资源，钱锺书将它们融为一炉。关于这一点，张隆溪评价道，"钱锺书的著述极具价值，这些著述在差异极大的传统之间建立起了联系，而其基础则是细致的关于相类似的思想观念和具体的表达的文本证据"③，而且"就钱锺书的写作而言，一个典型特征就是在中国和欧洲文化文本间自由穿梭"。④ 确实，这种将不同文化元素并置的做法起到了很好的效果，让钱锺书的文本宛如一张精美的编织毯，上面点缀着源自不同文化的各种设计和图案，具有异国情调，而且极为精巧。在作品中，在谈到自己购买假文凭的行为时，主人公方鸿渐就借用了柏拉图、孔子和孟子的"金玉良言"进行辩护，这同样可以被视为一个典型的例子。

还有两个因素需要注意。首先，尽管钱锺书的一生"跨越中国世界

---

① 钱锺书：《围城》，人民文学出版社 2005 年版，第 5 页。
② 钱锺书：《围城》，人民文学出版社 2005 年版，第 31 页。
③ Zhang Longxi, "Qian Zhongshu (1910–1998) and World Literature", *Revue de littérature comparée* 346. 2 (2013), p. 183.
④ Zhang Longxi, "Qian Zhongshu (1910–1998) and World Literature", *Revue de littérature comparée* 346. 2 (2013), p. 184.

主义的多个时期",① 但就《围城》中的世界主义感受性而言,主要还是属于"五四"精神的一部分,"追寻现代性"是其内核。在中文语境中,现代性一直是一个光鲜的概念,其内涵是积极的,基本上可以被视为启蒙、发展和进步的同义词。李欧梵(Leo Ou-fan Lee)曾强调,中国的现代性"是同一种新的线性的时间和历史观紧密联系的,这种意识本身源于中国人对社会达尔文主义进化观的接受"②。在民族国家的丛林中,落后的国家将不可避免地沦为强国的牺牲品。因此现代化是一项民族事业,目的是要引进对国家建设有实际意义的科学知识和先进技术,并且能够立竿见影。科学和技术是现代性的重要表达形式,这种毫无保留的引进热情一直持续到当下,在当今的社会中,这些学科的大学生被视为推动工业现代化的中坚力量,因此有着更好的就业前景。相形之下,对现代文化的引进则处在相对不那么重要的位置。在《围城》中,钱锺书对这一现象巧妙地进行了讽刺,"中国是世界上最提倡科学的国家,没有旁的国度肯这样给科学家大官做的。外国科学进步,中国科学家进爵"③。

但问题在于,当现代性的概念"被等同于'西方文明',并表现在精神和物质的各个层面"④ 时,就会不可避免地导致对西方的崇拜。因此,在《围城》中,美国的鱼肝油丸和德国的维他命片受到人们的追捧。同样地,为了吸引顾客,一个偏远粗陋的路边小旅馆取名为"欧亚大旅社"。在热衷于跟上西方脚步的国家里,文化权威的再分配也体现在海外学习经历能带来更好的工作机会。有经济能力的家庭会把孩子送往国外大学学习。归国的留学生不仅受到整个中国社会的尊重,他们同样更可能在研究所、大学和各种政府机关任职。例如,方鸿渐一回到家乡,就受到当地报社一个记者露骨的阿谀奉承,将子虚乌有的"克莱登大学"吹捧为"全世界最有名的学府,地位仿佛清华大学"。⑤ 方鸿渐诙谐幽默地指出国

---

① Christopher Rea, "Introduction", *China's Literary Cosmopolitans: Qian Zhongshu, Yang Jiang, and the World of Letters*, ed. Christopher Rea, Leiden and Boston: Brill, 2015, p. 3.
② Lee Leo Ou-fan, *Shanghai Modern: The Flowering of a New Urban Culture in China, 1930-1945*, Cambridge, MA: Harvard UP, 1999, p. 43.
③ 钱锺书:《围城》,人民文学出版社2005年版,第181页。
④ Lee Leo Ou-fan, *Shanghai Modern: The Flowering of a New Urban Culture in China, 1930-1945*, Cambridge, MA: Harvard UP, 1999, p. 45.
⑤ 钱锺书:《围城》,人民文学出版社2005年版,第32页。

外的文凭"仿佛有亚当、夏娃下身那片树叶的功用，可以遮羞包丑；小小的一方纸能把一个人的空疏、寡陋、愚笨都掩盖起来"。① 海外学习经历会带来不容置疑的威望，正是由于这一点，赵辛楣和韩学愈都被委以重任，都当上了三闾大学的系主任，尽管具有讽刺意味的是，和方鸿渐一样，韩学愈手里的不过是一纸假文凭。不管是从国外回来的人，还是在外国公司上班的职员，都有一种强烈的优越感，喜欢炫耀自己对西方的了解，就像那位从教育部到三闾大学的巡视员。同样，为了吸引别人的目光，抬高自己的地位，刚从法国回来的沈太太总是不断地炫耀自己在西方的见闻。在一家美国公司任职的张先生不仅"喜欢中国话里夹无谓的英文字"，② 而且甚至走向了装模作样模仿美国口音的极端。就方鸿渐而言，正是由于他的国外教育经历，使得张先生夫妇把他视为自己女婿的最佳人选。因此人们的教育、职业甚至婚姻都被编织在一张全球性的网络之中，而在这种网络之中，西方世界的文化霸权是毋庸置疑的。

二 "父亲"的缺失和钱锺书对"新女性"的建构

就"新文化运动"而言，对那些刚刚获得解放的女性进行动员，让她们投身于救国存亡和国家复兴的事业之中，这是其中心任务之一。为除旧布新，同时号召全体人民行动起来，个体的自由和解放开始成为"新文化运动"的核心价值观，鼓励男男女女冲破封建主义的各种枷锁，将自己解放出来，大胆地去追求属于自己的爱情、自由和权利。在当时的革命者们看来，只要人们能够获得自由，就必然可以进一步推动革命。正是因为这一点，郁达夫曾指出："'五四运动'最大的成功，第一要算'个人'的发现。从前的人，是为君而存在，为道而存在，为父母而存在的，现在的人才晓得为自我而存在了。"③ 在当时盛行的意识形态下，"新女性"指的是那些敢于接受新思想并拒绝屈服于传统封建家庭要求的女性。这些受过良好教育、具有自我意志的独立女性是"自由的……（她们）

---

① 钱锺书：《围城》，人民文学出版社2005年版，第9页。
② 钱锺书：《围城》，人民文学出版社2005年版，第39页。
③ 郁达夫：《中国新文学大系》第7卷《散文二集》导言，主编赵家璧，上海良友图书印刷公司1935年版，第5页。

发出自己创造性的声音,并且以自己的方式不断对女性经验和女性自主的各种可能性进行探索",① 当然,最为重要的是她们还应投身类似于公民教育和民族救亡这样的更有意义的事业中。追求自我的浪潮风起云涌,西式女子教育在这一时期迅速发展,使得越来越多的女性掌握了能够帮助她们活跃于各种社会活动的必要知识和技能。这些"新女性"寻求自身独立,推崇自由恋爱,追求自我实现,在很长时间中,她们一直吸引着作家们的想象力。受类似于亨利克·易卜生的《玩偶之家》之类作品的启发,许多作家开始描述女性离家、抛弃封建传统家庭的故事。

然而,作为一个始终关注男女之间关系复杂性的作家,钱锺书对这些"新女性"的态度显然更为复杂。他自小在一个富裕的家庭里成长,自然更熟悉中产阶级的女性,我们可以看到,《围城》中的主要女性角色,像苏文纨、唐晓芙、孙柔嘉等都来自中产阶级家庭,她们不仅在能力上和男人不相上下,甚至有时比男人更聪明,更能干。一方面,这些角色可以被归为"新女性",因为她们不再被期望或被要求成为"孝顺的女儿""贤惠的妻子"和"慈爱的母亲",她们接受良好的教育,有自己的追求、事业和自由意志;但在另一方面,她们对社会改良毫无兴趣,更不用说革命了。钱锺书将这些女性形容为"张开嘴巴的鲸鱼",等待着男人"乖乖上钩",满是诡计和阴谋。虽然这些女性在某些方面是独立的,但她们仍然依附于各自的家庭,依靠父母或亲戚找到一个合适的职业。换句话说,她们享受现状。诚然,从学业成绩来看,苏小姐无疑是一个比方鸿渐优秀的学生。同样,作为一个职场女性,孙柔嘉赚的钱比她丈夫多。然而,不同于抗战文学和革命文学中的女性人物,《围城》中的这些女性并非勇敢的叛逆者,并没有试图摆脱传统宗法父权家庭的枷锁;她们也不是各种进步事业的积极参与者,无意于整个社会的改革;当然,她们更不是随时准备投身于英勇革命的激进战士。最后,这些女性也不同于郁达夫等作家笔下的女性:在郁达夫等作家的笔下,女性往往是男性凝视中的情欲对象,无论这种凝视是封建主义的还是革命的。

在《围城》中,女性角色都享有充分的自由,但代价是"父亲"权

---

① Jin Feng, *The New Woman in Early Twentieth-Century Chinese Fiction*, West Lafayette, Indiana: Purdue UP, 2004, p. 11.

威的弱化。苏文纨和唐晓芙都家境优越，然而苏的父亲，作为一名拥有重要职务的政府官员，总是忙于公务，因此经常不在家——因为在重庆的工作，他甚至缺席了女儿的婚礼。唐小姐和家人生活在一起，但她的父母从不干涉她的私生活。因此，两人都可以在家自由地邀请和招待朋友，并随心所欲地参加各种活动。方鸿渐的岳父，也是他在报社的同事，同样允许女儿按自己的方式处事。最值得注意的是，不管是订婚，还是结婚，方鸿渐和孙小姐都没有去征求各自父母的许可，在那个年代，这种做法往往会引来大家的非议。以类似的方式，书中父亲的角色在各自儿子的生活中同样是"缺失"的。方鸿渐的父亲是一个固执、老派、迂腐的人，一味沉溺于自己过去的辉煌，而赵辛楣的父亲已去世。在这些情形中，人物的自由都源于"父亲"的缺失，没有了智慧、足智多谋和能干的"父亲"的引导和支持，年轻一代别无选择，只能自力更生。如果将这部小说历史化，可以看到，父母的软弱无力一方面可以被理解为一种叙事策略，但这在很大程度上同样是时代的"症状"。专横和权威的父亲形象的缺失，寓指等级森严的宗法家庭权威的日渐式微，日益过时的封建传统，以及一个衰弱国家的普遍混乱状态。

尽管书中父亲的形象虚弱无力，但在《围城》中，整个社会仍然充满着对女性的偏见。如前所述，为了分析文化的复杂性和多样性，威廉斯提出了"主导的""崛起的"和"残余的"这三个重要概念，以便更完整地展现事物的原貌。① 例如，在具有压迫性的由男性主导的父权制社会中，女性通常被赋予边缘化的和次要性的角色，在家里处理各种家务琐事。在《围城》中，就可以看到此类残余的文化因素的存在，而"新女性"在这种情况下则往往成为被批评的对象。方鸿渐的父亲评论道"女人念了几句书最难驾驭"。② 在前往三闾大学的途中，由于对女性的偏见，一位乘客拒绝让孙柔嘉坐在他的米袋子上面，经过一番交涉，在用一小包衣服盖住米袋后，才让孙柔嘉坐在上面。即使在艺术和文学领域，人们同样对女性有偏见，董斜川公开宣称"女人作诗，至多是二流，鸟里面能

---

① 更为细致的分析，请参见 Raymond Williams, *Marxism and Literature*, Oxford and New York: Oxford University Press, 1978, 121-127。

② 钱锺书：《围城》，人民文学出版社2005年版，第31页。

唱的都是雄的,譬如鸡。"① 同样,小说中的主人公方鸿渐本人也远非一位女权主义的英雄,他把女人视为"天生的政治家",因为她们不诚实,撒谎的能力高超。对方鸿渐而言,裘皮大衣比妻子重要得多,因为"妻子如衣服"。② 不难看出,《围城》中男性大多都对女性存有偏见,因此,汪夫人拒绝了大学提供的工作机会也就不奇怪了,她宁愿"隐藏在幕后",因为这仍然是"男人的世界……女人出来做事,无论地位怎么高,还是给男人利用"③。

当然,《围城》既不是关于"新女性"的歌颂,亦不是对"新女性"的大肆攻击,更准确地说,这部小说不过是将"新女性"、爱情和婚姻作为嘲讽的对象。在著名演讲《娜拉走后怎样?》中,关于"新女性"的未来,鲁迅的看法是比较悲观的,因为她们并没有真正经济独立。尽在《围城》中,"新女性"同样被去理想化,与鲁迅一样,钱锺书对这些"新女性"持保留态度,尽管其内心中的考量并不一样。在《围城》中,在获得独立和自由后,"新女性"们没有投身于进步或革命事业,而是忙于蝇营狗苟和"诱捕"男人。她们既不关心国家危难,也不关心被压迫者的哀伤,在小说中,她们往往是以一种威胁的形式而存在。在回国途中,那位欧化的鲍小姐是一位喜欢卖弄风情的女人,不断和方鸿渐调情,引诱他和自己发生关系。文雅有教养的苏小姐则极为虚荣,她有意诱导不同的男性向她求爱,并以此为乐。至于张先生的女儿,她的人生目标就是"嫁个好丈夫",在上海,甚至连女高中生都化妆吸引男人。在各色男女之间,很多时候都缺乏情感和精神上的吸引和契合,爱情沦为猎人和猎物间的游戏;在《围城》中,成为被狩猎的对象的是男人,而不再是女人,而正是这些导致了方鸿渐关于爱情的各种浪漫幻想的破灭。现实中的婚姻并不幸福美满,使得方鸿渐对婚姻生活产生了消极悲观的念头,感慨道:"老实说,不管你跟谁结婚,结婚以后,你总发现你娶的不是原来的人,换了另外一个。"④ 由以上各种评论不难看出,对于"五四"时期被人们

---

① 钱锺书:《围城》,人民文学出版社 2005 年版,第 83 页。
② 钱锺书:《围城》,人民文学出版社 2005 年版,第 43 页。
③ 钱锺书:《围城》,人民文学出版社 2005 年版,第 219 页。
④ 钱锺书:《围城》,人民文学出版社 2005 年版,第 319 页。

理想化的婚姻观念，钱锺书深表怀疑，这正好呼应了小说标题暗指的内容——婚姻是一座围城。钱锺书对这些"新女性"的另一个担忧是她们与金钱的关系。苏文纨嫁给了剑桥大学毕业的读书人曹元朗，婚后仍然和当时在重庆政府部门工作的赵辛楣眉来眼去，因为她在战争期间经常需要带一些私货，而这需要赵辛楣的帮助。孙柔嘉和方鸿渐的婚姻貌合神离，孙柔嘉后来去了她姑母的工厂工作，成为"资本家的走狗"，尽力讨好自己傲慢但富有的姑母。因此，这些新解放的女性在摆脱了封建家族的束缚后，又陷入任由金钱摆布的境地。

三　人文知识分子的无根性和钱锺书的玩世不恭

关于《围城》一书在1949年后被边缘化的缘由，当代不少中国文学评论家都进行过讨论，但对于钱锺书的那种玩世不恭的态度在这部作品中的体现，却很少有人论及。与同时代的作家相比，钱锺书显得有些特性独立，尽管他们在写作主题方面不无相似之处，正如李欧梵指出的那样："中国现代作家往往会赋予自己一种道德上的责任，以社会的批判性的良知自居，同政治体制分庭抗议。"[①] 史书美同样指出："中国知识分子心系祖国存亡，多次发动文学和文化创新运动。文学现代主义与社会现代化密切相关，是民族振兴的重要途径。"[②] 但这些问题都不是钱锺书的主要关注点。虽然没有立志成为"反抗封建传统，开创新文学的发起者"，[③] 当然，若要说钱锺书完全不关心祖国的前途命运，同样有失偏颇。置身于当时的历史大潮中，《围城》中的知识分子不可避免地会受到这些外部事件的影响。钱锺书同样表达了自己对封建传统的批评态度，以及自己对外国侵华行为的强烈愤慨。这可以用《围城》中的一个例子说明，在任职的报社被日本人掌控后，方鸿渐立即辞职，这同样是他一生中最值得夸耀的时刻。然而，仍可以从其作品中看到钱锺书的玩世不恭，在当时，一些为

---

① Lee Leo Ou-fan, *Lu Xun and His Legacy*, Berkeley, Los Angeles and London: U of California P, 1985, p. 4.

② Shih Shu-mei, *The Lure of the Modern: Writing Modernism in Semicolonial China*, 1917–1937, Berkeley, Los Angeles and London: U of California P, 2001, p. 12.

③ Lee Leo Ou-fan, *Lu Xun and His Legacy*, Berkeley, Los Angeles and London: U of California P, 1985, p. 4.

大家珍视的崇高理想，在他眼里不过是"一无可进的进口，一无可去的去处"。① 著名汉学家耿德华注意到像钱锺书一类的作家作品中的反浪漫主义倾向，作品中"既无理想化的理念和英雄人物，也无伟大的革命与爱情，只有梦想的破灭、谎言的揭露和对现实的妥协……既没有为社会的发展指明方向，也没有为社会问题提供灵丹妙药"②。但他未提及钱锺书反浪漫主义倾向的潜在原因，在某种意义上，正是蛰伏于他心底的玩世不恭，使他能在当时的动荡岁月做个冷静的观察者，敢于质疑和嘲讽人人称颂的那些理念，而不是随波逐流。

不同于其同时代的作家，在《围城》中，钱锺书以更温和、更微妙的方式抨击封建传统。即使在上海这种大都市中，人们还靠算命来决定婚姻，迷信的张太太每天诵经念佛以求保佑中国军队得胜，赵辛楣的父亲深信面相之说。乡下百姓思想更加落后，不讲卫生且内心贪婪，包办婚姻仍是常态，大家族琐事繁多、争吵不休。作为留学生，国外的经历使得男主人公方鸿渐发现自己与家人有一些格格不入，"家"这个字眼，不管是直接意义的还是象征意义，都已不再是和睦温暖、相互扶持的港湾。各种隐藏的敌意和卑劣，使得家更像是迷信、落后和混乱的代名词，方鸿渐对自己家的强烈不满印证的是钱锺书对封建传统的反对和否定。在《狂人日记》中，鲁迅试图说明国人"食人"的本性，尽管钱锺书不如鲁迅那样激烈，但他对于封建大家族的厌恶同样显而易见。方鸿渐并不愿意和家人待在一起，因为大家族没有想象中的甜蜜美好，反而令人窒息，在方鸿渐的大家庭中，还有两个淘气恼人的侄子。方鸿渐的两个弟媳言语刻薄，搬弄是非，喜欢背地挖苦别人，在描写她们时，小说可谓是极尽挖苦之能事。因为两个弟媳没有像孙柔嘉那样接受过良好的教育，也没有像她那样体面的工作，为了掩盖自己的自卑感，两人甚至打起了坏心眼去调查她的嫁妆。就这样，在大家族成员的侵扰下，方鸿渐和孙柔嘉暂时栖身的"家"一直是风雨飘摇。

钱锺书对西方同样持批评态度。与其同时代作家常将西方人塑造成正

---

① 钱锺书:《围城》，人民文学出版社2005年版，第179页。
② Edward M. Gunn, *Unwelcome Muse: Chinese Literature in Shanghai and Peking 1937 – 1945*, New York: Columbia UP, 1980, p. 198.

面角色不同，钱锺书笔下的外国人圆滑狡诈。在《围城》中，爱尔兰人兜售假文凭，在开往中国的轮船上，一位犹太人为了享用免费烟酒，竟然怂恿自己的妻子去和法国警察调情。在钱锺书看来，法国人"他们的做事，无不混乱、肮脏、喧哗"①，当船抵达西贡，这是一路走来停靠的第一个法国殖民地，法国人就"像狗望见了家，气势顿长"②。到了上海后，方鸿渐碰到了搭同一艘轮船到上海的法国警察，钱锺书是这样描写的，"本来苍白的脸色现在红得像生牛肉，两眼里新织满红丝，肚子肥凸得像青蛙在鼓气，法国人在国际上的绰号是'虾蟆'，真正名副其实，可惊的是添了一团凶横的兽相"③，这样便不留情面地揭露了法国帝国主义者在中国的贪婪与残忍。

对于当时学习西方思想的热潮，钱锺书同样始终保持着警惕，认为"从西方引进的这些新思想新理念，并没有提供比消亡的过去更可靠的治理社会的良策"④。全盘西化作为中国谋求出路的方式值得怀疑，钱锺书的怀疑态度在赵辛楣的一句话中得到了充分体现，"外国东西来一件，毁一件"。⑤ 在自己家乡，方鸿渐有一次糟糕的演讲经历，他在演讲中说到，只有两件西洋东西在整个中国社会长存不灭，一件是鸦片，一件是梅毒。他甚至提出中国的土性平和，出产的鸦片，吸食也不会上瘾。这一批判性描述无异于一种翻版的"西方主义"，西方被褫夺了光辉，西方是廉价的、堕落的，只能作为东方的陪衬。作为一位博学鸿儒，再加上他西方的亲身经历，使得钱锺书的批评变得尤为辛辣。

钱锺书对知识分子同样不信任，在描写这些人时，他可谓是毫不留情面。在《围城》中，现代大学仍然是新生事物，处于引进新观念和生产新知识的前沿，代表的是活跃的智性生活。与这一理想化的图景相反，在《围城》中，知识分子是庸俗的、堕落的，有的甚至是一些无耻的骗子，

---

① 钱锺书：《围城》，人民文学出版社2005年版，第2页。
② 钱锺书：《围城》，第14页。
③ 钱锺书：《围城》，第127页。
④ Theodore Huters, "The Cosmopolitan Imperative: Qian Zhongshu and 'World Literature'", *China's Literary Cosmopolitans: Qian Zhongshu, Yang Jiang, and the World of Letters*, ed. Christopher Rea, Leiden and Boston: Brill, 2015, p. 222.
⑤ 钱锺书：《围城》，第208页。

缺乏道德操守，这部小说因此在很大程度上就是对这些知识分子、学者和教授们的嘲讽。褚慎明是一个自命不凡的哲学家，他给国外的杰出哲学家写信，极尽谄媚之能事，在收到他们的回信之后四处炫耀，仿佛这些都是他卓越学识的明证。在三闾大学，汪处厚担任中文系主任，靠的不是自己的学识和才能，而是他那当教育部副部长的侄子。同样，顾尔谦能成为副教授，主要是因为他是高校长的亲戚。最后，李梅亭不仅是一位好色之徒，为了挣外快，还走私药品到内地。此外，方鸿渐完全缺乏典型的革命时代英雄的人格魅力和模范品格，而是一个典型的反英雄，有"太多普通人具有的缺限和不足"。① 宏大叙事在他身上完全不起作用，当沈夫人大谈特谈她为拯救国家免于日本侵略做出的努力时，方鸿渐更在意的却是她身上的令人不快的气味。由于"一无是处"，他无法主宰自己的命运，而只能随波逐流。此外，与成长小说叙事中的英雄不同，在经历了许多挫折、困境和失败之后，方鸿渐并没有更清晰地认识自己，在心理上也没有变得成熟。可以预见，在重庆等待他的无疑是另一个"围城"，这部小说甚至嘲讽了整个教育事业，"不受教育的人，因为不识字，上人的当；受教育的人，因为识了字，上印刷品的当"。② 如此辛辣的对知识分子的讽刺，在当代小说中，兴许只有阎连科的《风雅颂》才能与之相媲美。

相对于"五四运动"和其时革命推行的价值观而言，钱锺书的玩世不恭明显有悖于潮流，这种对立常常隐匿在一种诙谐、讽刺和不恭敬的语气之中。在《围城》中，钱锺书对一切都进行了质疑，这种玩世不恭无疑和他本人的个性有关，但至少还有其他两方面的原因。首先，钱锺书的玩世不恭部分是源于他本人对人文知识分子无根性的感知。钱认为，《围城》写的是"现代中国某一部分社会、某一类人物"，这些人主要是在大学、新闻媒体和各种政府组织内的知识分子。在一个很大程度上仍不发达的国家里，在这些机构谋一份职业竞争激烈，对那些无权无势的人而言，前景黯淡。对于科技人员来说，情况可能会要好一些，但作为一位来自乡

---

① Jana Benickál, "Some Remarks on the Satirical in Qian Zhongshu's Novel *Fortress Besieged*", *Autumn Floods: Essays in Honour of Marián Gálik*, ed. Raoul D. Findeisen and Robert D. Gassmann, Bern: Peter Lang, 1998, p. 357.
② 钱锺书:《围城》, 第124页。

下的人文知识分子，在社会的洪流之中，钱锺书可以强烈地感知到自己的无根性和无力感，自己的渺小和无助。在从国外回来后，为了谋生，钱锺书就不得不在不同的地方教书或上课；钱锺书的父亲钱继博是一位著名的古典学者，也经历过类似的困境。由职业的不稳定性可以看出这些背井离乡的人文知识分子的困顿。西奥多·亨特将他们视为历史的"受害者"，① 虽然对此我们并不赞同，但是他们在社会中的边缘地位却是非常现实的。在《围城》中，方鸿渐在与赵辛楣在香港会面之后，嘲讽地总结道："一个人应该得意，得意的人谈话都有精彩，譬如辛楣。"② 然而，在一个饱受战争蹂躏的国家中，方鸿渐却不得不依靠周家和赵辛楣来寻找一份糊口的工作。没有"家"可以回，钱锺书感到自己与快速变化的社会愈来愈疏远。此外，钱锺书对革命并没有什么兴趣。当旧世界正四分五裂，而对未来的新憧憬仍然模糊不清时，对那些感到自己处于"人生边上"③ 的人，那些意识到自己对国家未来毫无掌控的人来说，玩世不恭就成为了一种有意为之的处世之道。

其次，钱锺书的玩世不恭同样和他在西方文学领域内的深厚造诣不无关系。马泰·卡林内斯席（Matei Călinescu）对两种关于现代性的观点做了区分。第一种是资产阶级现代性，其特征是"进步主义，对科学技术造福人类的信心，对时间的关注（可测量的时间，可以买卖的时间，因此，和其他任何商品一样，时间是一种可以衡量的金钱等价物），理性的崇拜，在抽象的人道主义框架下定义的自由主义的理想"，以及"对实用主义的倾向和对行动和成功的崇拜"；第二个是"从浪漫主义萌芽转向激进的反资产阶级态度"④ 的现代性。这两种观点截然相反。如前所述，革命时期中国所提倡的主要是第一种现代性，它把现代性等同于理性、科学和技术。第二种观点，主要是对启蒙现代性的反抗，在当时还并没有得到

---

① Theodore Huters, *Qian Zhongshu*. Boston: Twayne Publishers, 1982, p. 156.
② 钱锺书：《围城》，第 274 页。
③ 这亦是最近由钱锺书、他的妻子杨绛以及他的一些朋友共同编著的一部合集的标题。参见钱锺书、杨绛《人生边上》，江西教育出版社 2005 年版。
④ Matei Călinescu, *Five Faces of Modernity: Modernism, Avant-Garde, Decadence, Kitsch, Postmodernism*. Durham: Duke UP, 1987, pp. 41–42。受到马泰·卡林内斯库提出的模式的启发，李欧梵通常用这一区分来分析现代性的内在复杂性。参见李欧梵《现代性的追求》，生活·读书·新知三联出版社 2000 年版，第 148—149 页。

很多中国知识分子的关注。就现代西方文学而言，则主要是代表着后面的这一种立场，现代作家普遍对其发展和进步的观念持怀疑态度，更倾向于反思现代性的毁灭性后果。钱锺书毕业于牛津大学，正如大家所知，他对现代西方文学十分熟悉。他不仅阅读了"沃夫、奥尔德斯·赫胥黎、劳伦斯、艾略特和其他一些重要或不重要的作家"[①] 的作品，其对普鲁斯特、弗吉尼亚·伍尔夫和叶芝等现代作家的了解同样引人注目。[②] 作为一位知识渊博的学者和文学批评家，他对世界文学的熟悉常常让国际学者惊羡不已，[③] 钱锺书不可能没有注意到现代西方文学之中的反现代和反启蒙精神。因此，他的玩世不恭以及对西方的批判态度，至少在一定程度上是受到这些作品中的批判和悲观情绪的影响。正是基于他对政治改革的理想主义观念的怀疑，以及他对进步的空洞承诺的意识，钱锺书在很大程度上拒绝与这些宏大叙事为伍，尽管在当时的中国，它们的地位可谓是无以复加的。

虽然钱锺书的玩世不恭以一种更微妙的、更具象征性的，并且常常是以一种讽刺的方式得以表述，但在某种程度上，这是源于他对现代性更全面和更深入的理解，就他本人而言，这会导致虚无主义和无所作为。凭藉其世界主义的视野、对"新女性"神话的解构，以及其玩世不恭的人生态度，《围城》构成了一种反话语，对当时主导的启蒙、救赎和革命话语进行了质疑。钱锺书对现代主义有着自己的独特理解，这并不只是他对这个国家的普遍贫困和国内动荡的回应，而更多是地方和全球之间纠葛的产物。在解志熙看来，"钱锺书的《围城》则以否定和怀疑代替了此前持续几个世纪之久的理性主义、乐观主义、英雄主义的回答，从而表现出真正深刻的现代性，并与整个 20 世纪现代哲学思潮和现代文艺思潮相适应"[④]，这一观点可以说基本上是正确的，但更为准确地说，《围城》展现的是一种另类的现代主义，让大家看到了一些不同的感受性、观念和视

[①] Edward M. Gunn, *Unwelcome Muse: Chinese Literature in Shanghai and Peking* 1937–1945, New York: Columbia UP, 1980, p. 259.

[②] 在一篇书评中，钱锺书对这些作家做了概略却深入的评价。参见钱锺书《钱锺书英文文集》，外语教学与研究出版社 2005 年版，第 23—26 页。

[③] 汤晏：《一代才子钱锺书》，上海人民出版社 2005 年版，第 301—302 页。

[④] 解志熙：《人生的困境和存在的勇气》，《文学评论》1989 年第 5 期，第 75 页。

角，这些在中国现代文学史中长期被忽略和掩藏。在《围城》中，可以发现其与现代西方文学的"真实"精神的亲缘性，就此而言，它在世界文学中完全值得更多的关注。

第十七章

凌叔华与世界文学

前面几章讨论了中国的本土作家与世界文学的关系，本章所要讨论的是一位海外流散作家，虽然她在国内知道者并不算多，但是在海外却有着不小的知名度，尤其是那些专事世界文学研究的学者对她尤为感兴趣，她就是凌叔华。虽然英国的华裔和华人文学不像美国那样历史悠久、成绩斐然，但也出现了老舍、萧乾、叶君健、凌叔华（1900—1990）等旅英华文作家的创作。因为"世界文学本身就是一个旅行的概念，但这种旅行并非从西方到东方，其基因从一开始就来自东方，之后在西方逐步形成一个理论概念后又旅行到东方乃至整个世界"①。在某种意义上来说，世界文学的发展过程也是流散作家和知识分子在迁徙过程中的写作，其不确定性和复杂性赋予作品更多的能量和经久不衰的生命力。基于这一点，本章试图以凌叔华为代表的中国现代流散作家为例，探讨世界文学的双向旅行，并据此对"世界文学"概念进行新的阐释。

第一节　本土写作的独特性

从晚清到"五四"前后短短二十余年，社会风范变化速度之快，范围之广，程度之深，影响之大，都可以说是史无前例的。"五四"新文化运动催生了女性"人"的意识的觉醒和女性意识的复苏。冰心、陈衡哲、凌叔华、苏雪林、袁昌英、沉樱、林徽因、黄庐隐、冯沅君等一批出身名门望族的"五四"女作家，其家庭境况和个人遭遇虽然不尽相同，但是

---

① 王宁：《世界文学的双向旅行》，《文艺研究》2011年第7期，第14页。

在生活和思想上都经历了由旧到新的转变。她们在思考女性承担的传统社会角色时，也在考虑女性自身的独立身份和权利。作为"现代评论派""新月派""京派""新闺秀派"作家①的重要成员凌叔华就是在"五四"新文学运动的熏陶下成长起来的中国第一批有才华的现代女作家之一。

凌叔华的小说创作中，从妇女的角度表现恋爱、婚姻、家庭问题的小说，占总数的三分之二以上。她笔下的女性多姿多彩、血肉丰满，揭示了社会角色对女性的生存样态和心态的规定作用及强制效果。②女性是凌叔华小说创作的精髓，也是解读凌叔华小说创作的关键。就凌叔华的女性人物创作而言，主要分为旧式女性和新式女性这两大类。

旧式女性形象又可分为少女形象和太太形象，前者如《绣枕》《吃茶》《再见》《茶会以后》③等作品中的女主人公。她们深居闺阁，足不出户，所有活动几乎都被局限在家庭的范围内，平常无法与异性直接接触和交往。当"五四"新文化、新思潮的东风吹进高宅庭院时，她们纷纷从深闺中探出头来感受时代之风对她们的吹拂，她们向往幸福，憧憬美满的家庭。如《绣枕》中"养在深闺人未识"的大小姐。她辛勤地绣着一对精致、漂亮的靠枕，梦想以此换取自己幸福美满的婚姻和安逸舒坦的生活，具有讽刺意味的是绣枕遭践踏之后又回到大小姐的眼前，她的心就像她刺绣的绣枕一样任人践踏，梦想破灭了。凌叔华所给予"大小姐"的这点可怜的权利——凭借妇德女红来争取对生活和爱情的憧憬和期待，最终也未能如愿以偿。这反映了"五四"的新青年、新文化思潮在这类旧式少女身上的极度微弱的回声。《吃茶》中的芳影小姐，与大小姐一样是一位古典式的、婉约明慧的大家闺秀，比大小姐又前进了一步，她能够走出闺阁走向社会，到茶会上吃茶，在这种时髦的社交活动中，她被留洋归来的淑贞哥哥王斌的热情、殷勤和文雅撩拨得春心荡漾，对他产生了爱慕之情，最后得知这原来是一种"外国规矩"，因而甚感失落，这就是芳影的家庭背景和文化教育的局限给她带来的尴尬。她孤芳自赏，不懂西方的

---

① 本章主要把凌叔华当作"新月派"成员来讨论。
② 孟悦、戴锦华：《浮出历史地表》，河南人民出版社1989年版，第77页。
③ 本文所有凌叔华的小说文本均参见《凌叔华文存》（上），陈学勇编，四川文艺出版社1998年版。

礼仪,内心把男女之间的礼节视为婚姻的暗示,在现代与传统的两性关系的判断标准上严重失衡。芳影是封建父权专制的一个牺牲品,并未从西式的社交中找到一份属于自己的情感。《茶会以后》中的阿英、阿珠两姐妹,比起芳影,又要稍稍自由一些。看见了更多的"外国规矩",见了些世面,她们不会闹出芳影式的误会了,但由于"男女授受不亲"思想的根深蒂固,她们在茶会上看见时髦男女在公开场合卿卿我我,既看不惯却又羡慕不已,虽然她们也是因为爱的苦闷和追求参加了茶会,却没有足够的勇气和相应的技巧去争取自己渴求的爱情。在她们身上,反映出那些双脚跨出了闺房,但又不知踏向何处、如何把自己融入公开时尚的场合的旧式少女的普遍心态。在这里,凌叔华主要描写的是沉湎于传统文化的年轻女性在与西方文化首次接触时感到的慌乱、尴尬、踌躇和不适。同时也进一步说明了阻碍男女社交的不是压抑女性的社会机制,是深藏在女性心中的隐秘的、陈腐的封建思想观念,她们注定不可能像时代女性那样大胆地追求爱情和婚姻,也暗示了等待她们的将是老处女的命运。从大小姐到芳影,再到阿英、阿珠,说明新潮流、新风尚,已经或多或少地波及到了旧式家庭,但旧式的家庭中少女的守旧古板、孤陋寡闻,以及她们在家庭中所处的地位,令她们仍然不懂得、也得不到爱情,她们的命运将是悲惨和不幸的。"她们按时代的标准是没有拯救价值的,而她们本人却需要被拯救。"① 凌叔华注意到这些尚未从封建礼教造成的精神枷锁中解放出来的年轻少女们,极为细腻、极为精确地勾画她们的不幸遭遇,应该说,当时较少人注意到这一方面,但表现它是有意义的。

凌叔华笔下的女性形象除了旧式女性外还有一类文学史上相对罕见的女性形象,即新女性。新女性包括新型的大家闺秀和新式妻子。在这里"新女性"除了"女性"这个角色外,还具有"五四"时期最显著的"人"的意味,主要体现在她们开始有了初步的"人"的意识的觉醒。凌叔华的第一部小说《女儿身世太凄凉》,描写一个新型的大家闺秀表小姐,很有鲁迅笔下的子君"我是我自己的,你们谁也没有干涉我的权力!"的独立人格。《再见》中的筱秋是个比较富有个性的女性,她接受了"五四"新思潮的影响,走出家门,自食其力。采苕(《酒后》)、霄音

---

① 孟悦、戴锦华:《浮出历史地表》,河南人民出版社1989年版,第81页。

(《春天》)、燕倩(《花之寺》)、小刘(《小刘》)、如璧(《无聊》)、绮霞(《绮霞》)等,可以看作是"五四"潮圈内的一群已婚的知识女性。在"五四"精神的感召之下,她们从旧家庭的樊笼中逃出来,成为了妇女解放的先锋。但她们在"成家立业"获得了初步解放之后又会怎样呢?在这里,凌叔华没有像鲁迅那样从经济的角度考虑娜拉走了以后怎么办,而是从知识女性感情与理智的冲突、事业与家务的矛盾、自由恋爱与旧家规的不可调和中来思考,寄寓着一种深沉的历史反思:她们仅仅是获得了恋爱自由、婚姻自主,但并没有得到心灵和思想的解放以及人格的独立,她们仍还是作为男性的一种依附品而存在。

总之,凌叔华小说中的女性大都是晚清至"五四"时期的中产阶级的女性。只是由于主客观条件的局限,最终仍被困于鲁迅说的"高门巨族"的"围城"里,这些稚嫩的幼芽往往是未待开花结果就被摧折了。① 但她们"没有眼泪,也没有血,也没有失业或饥饿",而是"人生的琐碎的纠葛,是平凡现象中的动静,这悲剧不喊叫,不呻吟,而只是'沉默'。"② 凌叔华这一时期的作品真实地反映了新旧夹缝之间的"新闺秀"的生存环境及其想冲出男权樊篱的冲动和欲望,但很多时候也保留了中国传统女性的真实面貌。凌叔华从小接受中国古典文学的熏陶,上大学时又学习过西方文学,其小说也有过渡期的特点,既有中国古典小说的痕迹,也有西方现代小说的因素。总体来说,凌叔华小说的创作充分体现了"闺秀派"作家的审美特征和创作主题,并偶尔带有精神分裂症的新文化话语本身的特点,即使在原文本中也保持着陌生性特征,而不是如戴姆拉什所言,世界文学的写作能够得到翻译并受益于翻译。③ 由于"重要的世界文学作品在诞生之时都没有发现适当的译者"④,也由于有时通道不畅,因而有时越是民族的文化,反而越难以成为世界的文化。

---

① 此章节转引并修改自林晓霞《凌叔华小说创作的思想意蕴》,《福建师范大学学报》(哲学社会科学版) 2004 年第 3 期。

② 沈从文:《论中国创作小说》,参见沈从文《沈从文文集·文论》第 11 卷,花城出版社 1992 年版,第 177 页。

③ David Damrosch, *What is World Literature?* Princeton: Princeton University Press, 2003, p. 281.

④ Walter Benjamin, "The Task of the Translator", in Lawrence Venuti ed. *The Translation Studies Reader*, New York and London: Routledge, 2002, p. 76.

西方学者对凌叔华在 20 世纪 20—30 年代创作的女性形象研究存在着不同的情况,一方面,由于凌叔华笔下的大家闺秀的生活节奏非常慢,她们身着具有浓厚的东方特色的服饰、使用典型的东方传统的家具、与西方不同姓氏顺序、神秘的性等,这些对西方读者来说,是完全陌生的;另一方面,新式的知识分子把易卜生的娜拉作为新女性的典范,而同时又对新社会感到困惑,无法适应,这种新旧过渡期的社会文化背景也不是西方读者轻易能把握的。

实际上,自鸦片战争后的西学东渐、"五四运动"的全盘西化到如今众多的中国学生前往英美留学,中国对英美的了解在不断地深入。反过来,早年是由于传教士、赛珍珠等美国和西方作家及中国"新月派"等历代学者的努力,到现在的孔子学院以及中国政府目前所做的大量工作,美国和西方民众对中国的民间艺术、传统文化、历史、思想体系及其表现已经有了一些了解。基于这样的大背景,中西方学者通过合作共同解读具有浓厚东方色彩的作品,是一项双赢的举措。

第二节 民族作家、世界作者和世界文学

戴维·戴姆拉什在他的著作《什么是世界文学?》中,从世界、文本和读者三个方面来定义世界文学的概念。其中就读者而言,他认为,世界文学不是一套经典的文本,而是一种阅读的模式:是一种超然的参与,跨越我们自身的时空。他个人把阅读体验总结为:"一部世界文学的作品应当是充满了生命力,有着无限的力量,当我们阅读它的时候,是一种超然的参与,对于其在原来的时空和场域中所表达的意义我们应了然于胸,但却又并不为此所局限,即使我们为了满足我们现在的语境和目的对其意义进行了修改。"① 作为"一个自我要求严格的作家,确实应该尽可能多地了解本国和外国同行的写作,因为在过去,'重要的世界文学作品在诞生之时都没有发现适当的译者'"。② 作为"五四"后第一代女作家之一的

---

① David Damrosch, *What is World Literature?* Princeton:Princeton University Press, 2003, p.277.

② 王宁:《世界文学的双向旅行》,《文艺研究》2011 年第 7 期,第 18 页。

凌叔华大概就是这样一位自愿地去了解本国和外国同行的写作，且自我要求严格的作家。凌叔华的每一篇小说在结构上都花了很多的心思，她的叙事不仅仅局限于西方小说叙事理论的框架，而是一种有选择的接受和采纳，也即既汲取了西方的因素，同时又保持了本民族的特色。在新文学起步阶段，现代短篇小说发展得不很成熟之际，凌叔华对中国现代短篇小说文体的探索和实验就尤其值得我们关注。

一　从民族到世界

凌叔华的朋友胡适是积极推动新文化运动和白话文写作的先驱。胡适提倡一种充满着活力的新文学来取代过去那种语言僵化、风格单一、没有生命力的旧文学。在胡适看来，这种新文学能够充分地、灵活地表达人们的各种各样的新想法。玛格丽特·R. 伊格内在《世界文学与女性的交织》一文中写道："通过比较世界文学选集的各个历史版本表明，许多特定的条件使妇女从口头过渡到书面写作的女性文化成为可能，白话文写作就是其中的一个因素。"① 凌叔华在 20 世纪 20—30 年代用白话文创作的短篇小说，无论从美学、语言学的角度，还是从小说结构上来讲，都体现了"闺秀派"的典型特点，也为她后期的自传体小说《古韵》的成功打下了坚实的基础。

从凌叔华《致胡适二十六通》②来看，胡适与凌叔华父亲及本人之间的交情是相当不错的。其中有一封写道："适之：我们极高兴读到尊著《宋元补遗的跋》，老父说很好。我是外行不敢掺嘴了。今并寄上。"③ 胡适在1917年发表《文学改良刍议》，凌叔华17岁，正是她进行文学创作的朦胧期，受其影响在所难免。这也是凌叔华大学期间就自愿开始执笔以白话文写作的重要原因。1922 年，凌叔华考入燕京大学预科，在校期间，她对文学产生了浓厚的兴趣，听了周作人的"新文学"课。④ 应该说，周

---

① David Damrosch, ed. *Teaching World Literature*, New York: The Modern Language Association of America, 2009, p.234.
② 凌叔华：《凌叔华文存》下，陈学勇编，四川文艺出版社1998年版，第894—925页。
③ 凌叔华：《致胡适二十六通》，参见陈学勇编《凌叔华文存》下，第898页。
④ 周作人时任北京大学和北京女子师范大学教授，还在燕京大学兼职担任新文学系主任，为学生开设国语文学和文学通论、习作及讨论课程。

作人是凌叔华走上小说创作道路的启蒙老师。1924年9月1日,凌叔华写信给周作人称,"我立定主意做一个将来的女作家,……先生已经知道的,燕大教员除您自己外,实在找不出一个来,所以我大着胆,请问先生肯收下我做一个学生不?"① 在周作人的推荐下,1924年1月13日,凌叔华的短篇小说处女作《女儿身世太凄凉》在《晨报副刊》以瑞唐为笔名发表了。此后,凌叔华一鼓作气,又陆续发表了《资本家之圣诞》、杂感《朝雾中的哈大门大街》等一些作品,逐渐在文坛有了一些名气。

凌叔华用新文化所倡导的白话文进行短篇小说创作,并不意味着放弃了她受过正统训练、基础扎实的中国古典文学,这也是读者不可忽视的地方。凌叔华的作品往往有着古典诗词意味醇厚的笔墨,并兼有西方现代小说创作的手法。可以说,古老的意境之美在凌叔华的小说中生机勃发从而得以实现现代性的身份转换,达到与西方文学、文化相互交流融合,同时也是不断吸收借鉴世界文学长处的过程。在"五四"时期,尽管民族文学创作受到外部因素影响,但民族文学自身的独特性却是一直存在的。"珞珈三杰"之一的苏雪林在《我的生活·我的学生时代》一文中,这样回顾自己的初期创作:"我们抛弃了之乎也者,学作白话文。我们也把《红楼》《水浒》作圣经宝典来研究,我们又竭力阅读西洋名著,易卜生的戏剧,安徒生的童话,斯德林堡、库普林、托尔斯泰、杜斯妥益夫斯基等人的小说,对我们都是很大的诱惑。"② "五四"时期的作家用白话文写作,达到以西方文学、文化相互交流融合的过程中,也是个不断吸收借鉴世界文学的长处的过程,但由此所做出的调整都是以自身的文化为根基的,并不抹杀自身文学的独特性。在当今全球化世界文学的语境下,像凌叔华等"五四"作家这种跨越中西文化的创作手法更易激发西方读者和学者对其作品的兴趣,有利于文学作品在世界的流通。

凌叔华小说最大的特色在于对人物心理的细致真实的描绘,这显示了作者温柔、亲切的气质。凌叔华的"《写信》是以自叙体形式表现,与擅长从心理学角度写小说的曼殊菲尔的一篇《小姐的女佣》有

---

① 凌叔华:《致周作人信》,参见陈学勇《中国儿女:凌叔华佚作·年谱》,上海书店出版社2008年版,第182页。

② 杨义:《中国现代小说史》第1卷,人民文学出版社2005年版,第283页。

异曲同工之妙"①。徐志摩在《写信》发表当天,就以"中国的曼殊斐儿"恭贺她创作成功。凯瑟琳·曼斯菲尔德(Katherine Mansfield 1888—1923)是现代英国文学中一位杰出的短篇小说家,以细腻的笔法描写心理而闻名于世。凯瑟琳·曼斯菲尔德在英国文学中占有重要一席,是"英国的契诃夫",她本人"承认契诃夫是她的'宗主'。从契诃夫那里,学了很多,尤其是间接叙述法"②。得益于徐志摩和陈西滢的翻译和介绍,曼斯菲尔德的短篇小说创作技巧早在20世纪20—30年代就直接影响了中国现代短篇小说的创作。凌叔华的丈夫陈西滢和挚友徐志摩是最早翻译曼斯菲尔德作品的中国译者,这其中必然对凌叔华产生了很大的影响,也如杨义所言,"徐志摩、陈源从曼殊斐尔身上体味到的艺术风味,也在凌叔华作品中有所投影"。③ 更值得一提的是,凌叔华作为"一个自我要求严格的作家",她确实做到了"尽可能多地了解本国和外国同行的写作"。因为在了解的过程中,会形成一个全局或世界的概念,有助于作家基于本民族自身文化的根基上,更加有针对性地批评和吸收他人写作的长处,在借鉴中出新。这种做法在全球化时代尤其受到关注和推崇。由横向比较来看,凌叔华在20世纪20—30年代借鉴曼斯菲尔德写作艺术风格创作的一篇小说可以被认为是乔伊斯在半封建半殖民地中国的间接歪曲、接受、改造、创新,因为曼斯菲尔德在其短篇小说中意识流的运用,也得益于乔伊斯。另外,从时间上来看,这三者是有交织的。

凌叔华前期的、在某种意义上带有"西化"或"中西两面化"(如前面分析的《酒后》)的小说创作为其在后来与布鲁姆斯伯里的主要成员的交往,以及在伍尔夫的指导下撰写自传体英文小说《古韵》做热身;正是前期借鉴西方的理论进行小说创作的练笔,才有后来的作品《古韵》在西方受欢迎和关注,实现了文学的双向旅行。世界文学是依靠各民族文学不断交流、融合、创新所形成的。

凌叔华的作品和经历在一定的层面上体现了文学的过去是由多种因素

---

① 参见郑丽园《如梦如歌——英伦八访文坛耆宿凌叔华》,《凌叔华文存》下,陈学勇编,四川文艺出版社1998年版,第960页。

② Gillian Boddyy, *Katherine Mansfield: the Woman and the Writer*, New York: Penguin Books, 1988, p.174.

③ 杨义:《中国现代小说史》第1卷,人民文学出版社2005年版,第281页。

决定的,其中流散文学,语言和身份的重建不断影响着她对民族文学的书写。凌叔华九十年的人生旅程,在国外旅居了四十多年,她的流散经历主要在她人生的下半场。1946年9月2日,凌叔华带着女儿陈小滢在上海码头登上了"麦琪将军"号邮轮离开中国。她从中国到欧洲的流散经历是这样的:最先到巴黎,然后到伦敦,这期间包括1956—1960年在新加坡南洋大学讲授中国近代文学等课程,以及在加拿大教书一段时间。1989年12月凌叔华回北京治病,1990年5月在北京去世。

凌叔华写英文自传小说《古韵》得益于三个方面的。其一,得到她的英国情人朱利安·贝尔的鼓励和引导。朱利安曾在一封信中将凌叔华比作他的一个朋友F. L. 卢卡斯(F. L. Lucas),说他们一样的感伤、浪漫、忧郁,但他更欣赏布鲁姆斯伯里对其成员的要求,即犀利的笔锋。而凌叔华之所以吸引朱利安,是她对美学的热情——文学及绘画——以及她生活的诗篇。从她身上他找到了在中国难觅的惺惺相惜之感。朱利安在英国未能谋到职业,对诗歌的兴趣也消失殆尽,于是,他力求做一个行动者。他不再开发自己的诗歌天分,转而培养她的文学才华。① 他不无嘲讽地对埃迪·普雷菲尔说:"终究,我对她第三阶段的作品形成了重要的影响,我也会因此获得我在文学历史中应有的地位——当然,如若我不因令她自杀而蜚声文坛的话。"(1936年3月1日)② 其二,20世纪30年代战争期间朱利安的姨姨弗吉尼亚·伍尔夫鼓励支持心里压力巨大的凌叔华写作,并直接促成了凌叔华写自传的想法。弗吉尼亚通过与凌叔华的书信往来,成功地指导凌叔华写出了在西方世界引起巨大反响的自传体小说《古韵》。在伍尔夫的丈夫伦纳德·伍尔夫、③ 女诗人萨克威尔—威斯特的支持和帮助下,《古韵》在1953年由霍加斯出版社出版。霍加斯出版社为《古韵》做的广告还引用其他报刊的评论,这些书评包括登在《时与潮》周刊上

---

① [英]帕特丽卡·劳伦斯:《丽莉·布瑞斯珂的中国眼睛》,万江波、韦晓保、陈荣枝译,上海书店出版社2008年版,第131—135页。
② [英]帕特丽卡·劳伦斯:《丽莉·布瑞斯珂的中国眼睛》,万江波、韦晓保、陈荣枝译,上海书店出版社2008年版,第135页。
③ 伦纳德·伍尔夫为《古韵》出版事宜,写过好些信给凌叔华,都是"公事",后来也成为朋友了,有些信中就有了"久违了""一定要再见见面,吃顿午餐"等字句。参见吴鲁芹《文人相重:台北一月和》,上海书店出版社2009年版,第20页。

的、登在《泰晤士报》文学副刊上的、登在《旁观者》上的、登在《新政治家》周刊上的,总之好评如潮。

文学的创世不能够与我们自身世界的经验相分离。在其他文学中,世界文学是发现、征服和旅行的文学。如果没有马可·波罗的旅行,伊塔洛·卡尔维诺的小说《看不见的城市》是不可能写出的;如果没有新世界的旅行报告,就没有《失乐园》;同样,如果没有土耳其旅行作家艾弗利亚·切莱比(Evliya Celebi),就没有奥尔罕·帕慕克的小说《白色城堡》(*White Castle*)。① 独特的民族和文化身份认同,再加上独特的中国经验,凌叔华的作品和经历在一定的层面上体现了文学的过去是由多种因素决定的,尤其是流散文学,语言和身份的重建不断影响着民族文学的书写。1947年凌叔华赴英,与民族共同体分离。这是理解凌叔华人格及其创作的《古韵》必须考虑的因素。放逐的文本是由社会的、历史的经历形成的,需要作家或读者二次消化、重新阐释和书写文本内在的社会历史等因素。流亡可以酿造愤慨和遗憾,也可以铸造敏锐和独特的视角;流亡赋予文本不可抗拒的艺术魅力,也成就了世界文学。

流散文学又是一种"漂泊的文学",或"流浪汉文学",是鲜明的世界主义意识在文学中的体现。在当今全球化世界文学语境下,我们从文学的角度来考察流散写作,必然涉及对流散文学作品的阅读和分析。1947年到英国伦敦时,凌叔华作为一个流散的双语作家有着多重身份,这使她的文学书写涉及复杂的社会、历史、文化和权力关系问题,如在英国继续完成为朱利安而写的《古韵》。但在《古韵》中,她和朱利安的这段恋情是缺席的,这一空白为后人的创作打开了想象的空间,如中国旅英作家虹影就根据她和朱利安的恋情写成的《英国情人》。

凌叔华和张爱玲作为第一代流散作家,她们是可以用汉语和英语双语写作的,凌叔华、张爱玲等以及第二代华裔流散女作家任碧莲等都为中国的现当代文学走向世界做出了自己的努力和贡献。尤其是第一代流散作家,从本土环境或"情感地域"向"人情淡漠"的地域或空间转移,意味着社会结构和人际关系的变化,同时这种变化充满了太多的矛盾和问

---

① [美]马丁·普契纳:《世界文学与文学世界之创造》,汪沛译,《学习与探索》2011年第2期。

题,太多的困惑和焦虑。她们通过身体的漫游去寻找灵感的重要资源;通过纸上的漫游,再现一个流动中民族的声音、态度和情绪。这种游离在两种或两种以上文化意识的文本和文体,不仅加深了作品的思想内涵,也拓展了读者的审美视野,对世界文学的发展产生了重要的影响。

二 世界文学的镜子:凌叔华、曼斯菲尔德和伍尔夫

戴姆拉什在给博士研究生讲授"世界文学教学大纲"课时,讲到"文选目录表选及介绍"时强调,《朗文世界文学选》(Longman Anthology of World Literature, 2004)的F卷,收录了弗吉尼亚·伍尔夫的《一间自己的房间》(A Room of One's Own)等作品,并把她的作品视为现代主义的代表;把张爱玲的《老搭子》(Stale Mates)列在性别这一栏。[①] 由此可见,这两位现代女性作家在世界文学中的重要地位,伍尔夫是无可争议的女性主义和现代主义的表率,而张爱玲则是伍尔夫在中国的一个同类者。

正是伍尔夫身上"那种世界性和世界大同主义",才使得《古韵》的问世成为中西文学交流史上出人意料的一笔,是中国女性写作追求现代性的典型例子,也使得"中国的曼斯菲尔德"凌叔华、伍尔夫和曼斯菲尔德这三位同时代的女作家相互交织在文学的世界里。凌叔华、伍尔夫和曼斯菲尔德都出身于中产阶级家庭,凌叔华和伍尔夫同是出自书香门第,曼斯菲尔德是新西兰银行家的女儿。凌叔华和曼斯菲尔德都有流散的经历。

凌叔华和伍尔夫同是出生于书香门第,且两人自幼就博览群书。凌叔华生长在一个有儒学教养的典型中国式大家庭,六岁左右就由私塾先生教授古典诗词,七岁的时候,就由名家指点、启蒙绘画;伍尔夫的父亲莱斯利·斯提芬(Leslie Stephen, 1832—1904)是英国19世纪后半叶"维多利亚时代"剑桥出身的一位赫赫有名的编辑、著名评论家和传记作家,曾主编《国家名人传记大辞典》。由于家境的富裕、父亲的博学、家藏书籍的丰厚以及学者名流的影响熏陶,弗吉尼亚自小耳濡目染,形成了极高

[①] 引自戴姆拉什在哈佛大学给比较文学系博士研究生上的"世界文学教学大纲"(World Literature on the Syllabus),这门课讲到"文选目录表选及其介绍"(Selected Anthology Tables of Contents and Introductions)的授课内容。

的文化素养和审美观念。这是两位中西方的"大家闺秀"能持续以书信的形式进行沟通和交流的重要原因,当然,深厚扎实的国学基础使得凌叔华能够以东方女性的风范面对西方文学的博学鸿儒。凌叔华和伍尔夫在战火纷飞的年代通过书信搭建起"师生关系",其时的信件至今还留存在《弗吉尼亚·伍尔夫书信集》(第6卷)中,这些书信见证了《古韵》的构思和写作过程。作为"五四"现代文学思潮的接受体,凌叔华是具有世界文学的知识和开放性的眼光的,凌叔华在20世纪20—30年代的短篇小说创作中,模仿曼斯菲尔德的写作,那是外在的、形式和技巧上的,她非常想得到伍尔夫"内在真实性"的写作指导,这也是《古韵》诞生的重要原因。

民族文学与世界文学之间的动态关系可以通过外国与本国的文学(每个国家)之间的对抗和竞争来解释,因为这种关系始于民族概念以及构建民族概念的论点。"为了寻求更大的写作空间的那些作家是那些懂得世界文学写作方法的人,他们试图利用这些写作手法来颠覆他们本国占主导地位的写作模式。"① "五四"新文学运动中对个性解放的张扬,对"自我"、妇女、儿童的发现就为女性自传体小说的出现做好了铺垫。"五四"前后的女作家们不仅用白话文写作,而且也尝试着用自传体小说的创作形式书写女性主义,向以男权中心的社会发起挑战并试图解构。20世纪30—40年代出现了大量女性自传体小说,凌叔华的《古韵》、谢冰莹的《一个女兵的自传》、白薇的《悲剧生涯》、丁玲的《母亲》、萧红的《呼兰河传》、苏青的《结婚十年》、陈学昭的《工作着是美丽的》等作品,这些女作家想通过新文体的尝试,与世界文学看齐,因为包括中国在内的亚洲国家渴望在世界文学中寻求本土文学的合法性和存在感,这对中国现代文学,特别是中国现代小说文体的丰富、突破和创新都有着重要的意义。"现代小说的兴起最初并不是自主发展,而是西方的形式影响(通常法国和英国的形式)与地方原料折中的结果。"②

---

① Pascale Casanova, *The World Republic of Letters*, trans. by M. B. Devoise, Cambridge: Harvard University Press, 2007, p.109.

② [意]弗朗哥·莫莱蒂:《世界文学猜想》,戴维·戴姆拉什、刘洪涛、尹星编《世界文学理论读本》,北京大学出版社2013年版,第127页。

在当今的全球化时代，世界文学的概念在民族主义和世界主义的相互作用中演变、形成，在这一过程中，中国现代文学所起的作用尤其不能忽视。中国"五四"时期的小说，尤其是"五四"前后写的那些小说，近几年被认为是让西方更好地了解中国的潜在的、可行的通道。在这一时期，中国小说从20世纪20年代初的浪漫主义、以自我为中心、自传体作品到20世纪30年代以社会和政治为导向的文学，事实上，其中一些作品完全可与同时期西方的上乘之作相媲美。凌叔华是新月派的重要人物，曼斯菲尔德和伍尔夫是布鲁姆斯伯里的关键人物。虽然语言、风格和中国作家和英国作家由于自身的生活背景的不同而造成各自的关注点的不同，但连接她们三者之间的纽带是她们永恒不变的女性写作。戴姆拉什在《什么是世界文学？》中建议研究者"应从跨文化的不同的文学群体中寻找优秀的作品"，而不是从文学的流派中寻找。因为"今天世界文学的主要特征是它的多变性：不同的读者会着迷于不同文化背景的文本"①。同样，我们也可以通过对几个具有共性和典型意义的东西方作者的比较，探讨民族文学与世界文学之间的相互交织的关系，以此进一步说明作者在世界文学体系中所起到的能动作用。

第三节　时间、空间、文化和世界文学

帕斯卡尔·卡萨诺瓦在《文学、民族与政治》一文中论证道："具体与抽象、民族与国际、集体与个人，以及政治、语言和文学的资源——组成由世界所有作家所共享的特定遗产。每个作家在进入国际文学竞争时都携带（或不携带）整个文学的'过去'：仅仅由于属于某个语区或民族集团，他就要体现或恢复整个文学史，甚至在没有完全意识到的情况下肩负起自己所处'文学时代'的使命。因此，他就成了'造就'整个民族和国际历史的继承人。"② 这段话可以从凌叔华的案例中得到印证。"凌叔华

---

① David Damrosch, *What is World Literature?* Princeton：Princeton University Press, 2003, p. 281.

② ［法］帕斯卡尔·卡萨诺瓦：《文学、民族与政治》，戴维·戴姆拉什、陈永国、尹星编《新方向：比较文学与世界文学读本》，北京大学出版社2010年版，第222—223页。

的一生可说是一部能反映中国近代史的缩影",① 她几乎见证了整个 20 世纪的中国和西方文坛。世界意识是"五四"文学的现代性特征之一,凌叔华在创作的初期写信给周作人,真实且大胆地声明自己想当一名职业女作家的决心和远大的文学理想及抱负,她在信中写道:"中国的女作家也太少了,所以中国女子思想及生活从来没有叫世界知道,对于人类贡献来说,未免太不负责任了。"② 并且因为"它可以通过多种方式救国"。在凌叔华看来,"绘画对中国一点用也没有,它只是和平时期的职业"③。作为新月派的重要成员,一方面,凌叔华因其俊逸清新、淡墨如画的写作风格受到 20 世纪 20—30 年代中国文坛的重视;另一方面,就写作主题而言,像曼斯菲尔德一样,她喜欢对"微妙的女性心理进行探索"。凌叔华的文人画家气质深深吸引了来武汉大学教书的"布鲁姆斯伯里"的第二代核心人物朱利安·贝尔,他称凌叔华为"布鲁姆斯伯里文化圈的中国成员"。④ 同时这个称呼也恰如其分地概括了像凌叔华的丈夫陈西滢、徐志摩等那一代自英国留学归国的许多中国学者所具有的跨越中西文化,兼容并蓄的博大胸怀和文学艺术观。

比较中国的"新月派"和英国的"布鲁姆斯伯里"这两个文化艺术团体,除了二者在形式、成员身份及存在年代有所交织外,我们也可以结合两个团体当时在国内的处境来考察,布鲁姆斯伯里文化圈和新月派在本国都受到了批评。布鲁姆斯伯里在一战期间坚持和平主义,追求"政治与艺术相分离"的文学幻想。中国的新月派则被批评为不关心国事和政治,如鲁迅和陈西滢之争。1924 年,新月派在北京成立,也常被贴上"中国的布鲁姆斯伯里"的标签。新月派是北京更具学术氛围的现代主义的一个文学团体,与具有国际都市气息的上海的现代主义截然不同。新月派主要是由英美留学生组成,其中留学美国的胡适和徐志摩都在哥伦比亚

---

① 参见郑丽园《如梦如歌——英伦八访文坛耆宿凌叔华》,《凌叔华文存》下,四川文艺出版社 1998 年版,第 955—956 页。
② 凌叔华:《致周作人信》,《中国儿女:凌叔华佚作·年谱》,陈学勇编,上海书店出版社 2008 年版,第 182 页。
③ 凌叔华:《古韵》,《凌叔华文存》(上),四川文艺出版社 1998 年版,第 591 页。
④ [英] 帕特丽卡·劳伦斯:《丽莉布瑞斯珂的中国眼睛》,万江波等译,上海书店出版社 2008 年版,第 156 页。

大学学习过。新月派创办了有英美文学导向的杂志《新月》。新月派在理论与批评上，一方面以梁实秋为代表，主张文学表现人性，服从规范，有明显的新古典主义倾向；另一方面以徐志摩为代表，主张文学表现灵感，书写生命和自然的美，具有典型的浪漫主义色彩。核心人物有徐志摩、梁实秋、陈西滢（陈源）、叶公超、凌叔华、林徽因等。凌叔华能够成为"布鲁姆斯伯里文化圈的中国成员"[①]与陈西滢有着不可分割的关系。其一，陈西滢作为《现代评论》杂志和《新月》月刊的主办人员之一，使凌叔华一直活跃在20世纪20—30年代的中国文坛，有学者认为凌叔华、陈西滢之间的浪漫可与曼斯菲尔德和默里夫妇相媲美；其二，陈西滢对世界文学的介绍和翻译也不得不影响凌叔华的世界文学观。陈西滢在《论世界文学史》一文中较为直接和集中地阐述了他关于世界文学和世界文学史的观点。在陈西滢看来，"文学史的目的有两种。一种是为初学者或普通读者打算的"，"一种是为学者打算的"。"世界文学史作者应当作鹰瞰的观察"，而不能"看见了目前的几枝小树，不见了远处的森林，看见了园中的土堆，忽视了土堆后面的泰山"。[②]陈西滢从中国读者阅读世界文学的需求出发，阐明世界文学史书写的策略和方法，其观点独特且具有现实意义并影响着凌叔华的文学创作和视野，使后者积极参与到世界文学的建构中；其三，1935年，作为时任武汉大学文学院院长，陈西滢聘任朱利安在武汉大学教书，[③]使凌叔华能够通过朱利安认识他的姨母伍尔夫、他的母亲瓦内萨这一对"布鲁姆伯斯里"文化圈的核心人物。跨文化、跨时空的相遇在促使凌叔华的作品从民族文学步入世界文学起到至关重要的作用，真正体现了"文学"与"世界"相互连接的内涵：通过文学的想象性来建构世界，同时借助世界性来弘扬文学。[④]而促使凌叔华梦

[①] ［英］帕特丽卡·劳伦斯：《丽莉布瑞斯珂的中国眼睛》，万江波等译，上海书店出版社2008年版，第156页。

[②] 陈西滢：《谈世界文学史》，《西滢闲话》，江苏文艺出版社2010年版，第203页。

[③] 1935年9月，英国诗人朱利安·贝尔在庚子赔款的资助下来到武汉大学执教。英语社会活动家玛杰丽·弗莱（Margery Fry，罗格·弗莱的妹妹）1933年在此基金资助下，作为"赴中国大学派遣团"的一员来中国，在各地演讲、调查，在活动中与凌叔华夫妇相识并结下友谊。朱利安就是在玛杰丽的介绍下来中国的。

[④] 参见《诺顿世界文学选》第二版总主编马丁·普契纳（Martin Puchner）2010年8月在"第五届中美比较文学双边讨论会"（上海）上的发言。

想成真的却是她的英国情人朱利安·贝尔。

对中西方学者而言，莎士比亚都是西方戏剧和文学中一个举足轻重的人物。从莎士比亚到中国，从英国文学到中国文学，这是朱利安·贝尔的中国之行的单向运作。朱利安在中国期间，读了林语堂的《吾国吾民》、结识了中国的京剧、领略了中国文化的迷人魅力。朱利安的中国之行不仅仅建构了他的政治身份，更是英国的现代主义文学、文化的中国之旅。

促成朱利安·贝尔中国之行除了玛杰丽·弗莱的介绍外，还有新月派的两名干将陈西滢和徐志摩。1935年，陈西滢以国立武汉大学文学院院长的身份聘请朱利安·贝尔来武汉教书，讲授莎士比亚和现代文学。20世纪初由伯特兰·罗素一度在英国负责管理的庚子赔款基金促进了英国文化思想在中国的交流，[①] 尤其在北京、上海、天津和武汉等城市。这背后更为深层的原因是，当时中国的知识分子面对着军事上的节节退败和令人耻辱的领土割让和赔款，为了拯救中华民族和中国文化，纷纷把目光转向西方的科学技术、政治制度，更为重要的是人的观念和价值。鲁迅之所以弃医从文，是想通过文学来唤醒中国民众，拯救中国四万万同胞，这是一个十分典型的例子。通过朱利安·贝尔、I. A. 理查兹（I. A. Richard）、威廉·燕卜荪（William Empson）以及20世纪30年代的其他人在中国的教学活动，使中国学生能够更加清楚地了解现代英国文学。也对"什么文学？谁的世界？跨越时空，文学为何会存在着无数种的理解方式？"[②]有着更加深刻的认识。这条通过旅行、翻译和教学而开创的文化之路促进了中国现代文学经典步入世界文学的行列。应该说，这是一种世界文学的"双向旅行"。

朱利安把布鲁姆斯伯里的伦理道德观、英国的现代主义和文学批评带到了武汉。他在中国的学术传播和表达了"旅行文化"的概念，"一开始

[①] 20世纪20年代初期，英国是工党执政，麦克唐纳任首相。英国政府决定成立一个委员会处理庚子赔款问题，罗素等被邀请为委员。罗素起草了关于庚子赔款备忘录，用于中国教育以及与教育有关系的相关事宜，这个举措赢得了中国人的好感。罗素等人推荐中国学者胡适和丁文江为中方委员。但不久后工党政府倒台，不再聘请罗素等为委员，同时也不再承认胡适和丁文江的中方委员资格。

[②] David Damrosch, "Introduction: All the World in the Time", in David Damrosch, ed., *Teaching World Literature*, New York: The Modern Language Association of America, 2009, p. 3.

就是从西方旅行到东方,并在旅行的过程中发生某种形式的变异,最终在另一民族文化的土壤里产生了新的变体"①。现代英国文学经过了这一旅行到中国,变成了中华民国时期的边缘文学。因为中国正处"五四"文学后的过渡期,大多数的批评家和广大的读者对西方现代主义的意识流写作没有足够的心理准备和鉴赏能力。作品与世界的文学空间处于一种特殊关系之中,这取决于作品被生产的民族空间所占据的位置。但作品所处的位置也取决于一种特殊的关系之中,这取决于它所做出的美学、语言和形式的选择,所有这些加在一起决定着它在更大空间里占据的位置。以此类推,朱利安在武汉讲授布鲁姆斯伯里作家的作品,由"大文化大文学"变成了"大文化小文学"②的意味。但这不能说民族文化"影响"了某部文学作品的发展,恰恰相反,作品经过一系列的继承、改变、否认、拒绝、贡献、遗忘或背叛,又被激活,从而体现出其应有的魅力和生命力。时空的交错,文化的碰撞,使世界赋予文学更加广阔深层的含义,也使得世界文学具有了永恒的魅力和持续的生命力。

第四节 翻译与世界文学的形成

在全球化程度不断加快的今天,流通、翻译和价值是评估世界文学不可缺少的因素。戴姆拉什认为,世界文学是能够得到翻译并受益于翻译;③ 而且,他本人也涉足翻译和出版,如翻译优秀的作品、重译出版那些曾经没有译好的经典著作。上乘的翻译不仅能够更好地体现文学经典著作的闪光点,而且能够让一些在本民族文学中可能被边缘化的作品,在新的语境下、用新的方法来审视,使它们跨越边界与其他民族的文学作品联系起来,成为世界文学殿堂里的新亮点。由此可见,文化翻译深化了世界文学的概念,因为"在进行文化翻译的过程中,作者把作品搁置于国外的语境,为自己的本国读者呈现出外国的风俗习惯。……文化翻译涉及由

---

① 王宁:《世界文学的双向旅行》,《文艺研究》2011年第7期。

② David Damrosch, ed., *Teaching World Literature*, New York: The Modern Language Association of America, 2009, p.193.

③ David Damrosch, *What is World Literature*, Princeton: Princeton University Press, 2003, p.281.

作者和读者做出的诠释决定"。① 在这一部分，我们从翻译的角度来解读凌叔华在20世纪20—30年代的作品及自传体小说《古韵》。

一 翻译的实践：第一世界和第三世界

"没有翻译，世界文学就无法进行概念界定。在世界大部分地区，在大多数历史时期，只有一小部分读者能够理解两三种语言。因此，从读者的角度看，所谓世界文学与其说是原文作者创作出来的作品，还不如说是翻译过来的作品，——这些译本将外文文本翻译为读者所处的某一具体群体所使用的语言，通常是标准地方语或者多语状况下的主流语言。因此，翻译促成了文学文本的国际接受。"② 我们必须跨越时空、超越社会和历史，寻找那些未被发现的经典，同时，也传播已知的经典。凌叔华和朱利安两人本身就是承载着中西文化，他们的跨国、跨文化的恋情就是一场中西文学和文化的对话和交流。1936—1937年期间，朱利安学汉语，凌叔华学英语。为了让西方读者更好地了解凌叔华的作品，朱利安鼓励凌叔华，而且与凌叔华合作把凌的小说《写信》《疯了的诗人》和《无聊》译成英文，并于1937年发表在上海的英文版《天下》（*T'ien Hsia*）月刊上。由朱利安和凌叔华共同翻译、编辑的三篇短篇小说都是朱利安在中国期间凌叔华创作的小说。由于不同的文化语境，在翻译的过程中，朱利安出于英国文化背景而做出的审美选择必然影响了凌叔华的创作。为了迎合朱利安的西方视野，凌叔华通过以画入文的艺术描写了东方式的"家庭"故事。

为什么20世纪中国文学的性别等级及其背后隐含的阶级、国家和儒学等文化背景的差异能够如此容易地被西方的同时代文化团体所接受？中国的"诗中有画，画中有诗"的文学特质在翻译过程中究竟能被西方学者接受多少？"与其把翻译视为本民族的权利范畴，不如把翻译看作是译者（作者）与读者合作的一组文本的实践，这样有助于我们思考翻译的

---

① David Damrosch, *How to Read World Literature*, West Sussex: John Wiley & Sons, 2009, p. 87.

② ［美］劳伦斯·韦努蒂：《翻译研究与世界文学》，戴维·戴姆拉什、刘洪涛、尹星编《世界文学理论读本》，北京大学出版社2013年版，第203页。

作用。这就表明，文学研究，特别是话语分析需要重新审视翻译，审视那些作为翻译实践的一组文本中不被重视的那一部分。"① 在这对异国情侣的合作翻译中，来自遥远英国的朱利安扮演了"旅行译者"的身份。翻译从来就不是简单的语言字面的转换，而是在一个新的语境下，能动阐释和再现的过程。显而易见，他们的恋情促使了翻译这一跨国、跨越语言合作事宜的实现。在这里，我们仅从翻译的归化与异化来解读这对异域情侣的合作翻译的实践。

异化和归化问题本身就是文学翻译和文化翻译的一个二元对立，尤其是在将外来文学和文化观念译成本民族语言时，这一矛盾就更为突出：当本民族的语言文化处于强势地位时，翻译过来的作品不仅在语言的使用上，甚至在特定的表达风格等具体形式上都必须符合本民族语言习俗的要求，否则读者就不认可你的翻译，或者认为你的翻译是失败的；反之，当一种民族语言文化处于弱势时，或者说需要求助于外来的翻译文化时，异化翻译的论点就会占据上风，因为外来的影响可以加速本民族语言文化的变革。中国"五四"前后对外国文学作品和学术思想的大规模译介就体现了这后一种要求。"五四"先驱者们的目的主要是这样两个方面：促成中国文化和政治现代性的形成，和中国现代文学语言的革新。可以说这两个目的都基本上达到了，但也留下了许多至今仍然颇有争议的东西。② 朱利安和凌叔华在合作翻译中的关系代表着当时英国和中国、第一世界与第三世界、殖民地国家和半殖民地国家之间的关系，由此推断，他们的合作翻译还是异化翻译占了上风。凌叔华的《写信》是模仿曼斯菲尔德《女主人的贴身仆人》创作的，曼斯菲尔德对意识流的运用不仅是艺术上的创新，而且是具有深意的心理意识流淌，《女主人的贴身仆人》是她的心理意识描写的代表作。凌叔华在《写信》中，是一个女人向另一个女人叙述自己的生活。在故事中，张太太作为叙述者，而伍小姐则是沉默无语的听者："要写什么呢"，"小姐，你说是不是"等。叙述者张太太自叙的语句如"我说""能说我存心冤枉他吗"，拉近了读者与叙述者的距离，

---

① Susan Bassnett and André Lefevere, *Constructing Cultures: Essays on Literary Translation*, Philadelphia: Multilingual Matters, 1998, "Introduction".

② 王宁：《翻译研究的文化转向》，清华大学出版社2009年版，第91页。

让读者能够深层次地了解到她是一个恪守妇道、操持家务的传统女性。把叙述者张太太所"想"到的和所"感觉"到的加入叙述之中，这种手法是现代主义转向内心世界的创作手法之一。张太太所说的这些意识词汇如"想""感觉"是朱利安在编辑时修改的。例如：凌叔华用"think（想）"时，他用"say to myself（对自己说）"来代替；凌叔华写"even when I'm thinking（即使当我在想的时候）"，朱利安改成"I've thought it out in my mind"。在这里，朱利安觉得凌叔华用的是"中国式"的英语，改成更加符合西方人思维模式的英文。朱利安纯粹从英国读者的角度出发，删掉了他认为对目标读者的阅读有影响和限制的"中国味道"，使得凌叔华的小说英语味十足。而这恰恰是后来伍尔夫在指导凌叔华创作《古韵》时所要保留的"语言的另类性"（foreignness of languages），其目的是充分发挥英语双关语潜能的标准的主流英语与中国语言的交叉叙事所呈现出的"双重意识"。这也许正是为什么朱利安尽管通过自己的文学关系网，想把合译的三篇作品发表，但最终仍未能如愿以偿的原因吧。① 在这项合作中，凌叔华扮演了作者和译者的双重角色。尽管自己的作品被重新改写，但她还是和朱利安共同翻译了自己的作品。凌叔华想"寻求建立与外来文化融合的一个共同体，分享并理解外来文化，进行基于这种理解的合作，进而允许外来文化改造和发展本土价值和体制"，② 也即以自己的语言和语域确立与英语文学风格、体裁和传统的关系。因为这个时期，凌叔华的创作使用的是改良不久的白话文，或是"欧化的"白话文，且还夹杂着古典文学的碎片，并且还在模仿、摸索、实验着意识流小说创作的艺术技巧，所以在合译的过程中所表现出来的退让程度是可想而知的。

凌叔华与朱利安的合作翻译不仅体现了一个浪漫和文学的时刻，还揭示了这些文本的跨文化痕迹，除此之外，还添加了文化和语言的误读这一

---

① 由朱利安和凌叔华共同翻译、编辑她的短篇小说至少有三篇：《写信》《疯了的诗人》《无聊》。我们从书信中发现他通过自己的文学关系网鼓励凌叔华在英国发表它们。虽然无从确定朱利安在小说翻译早期阶段的参与程度，但能找到的这三篇小说的最后手稿是由朱利安先寄给戴维·伽奈特，再由戴维寄给《伦敦水星》（*London Mercury*）的编辑 R. A. 斯科特-詹姆斯（R. A. Scott-James），他于1936年8月否决了这些手稿。参见［英］帕特丽卡·劳伦斯《丽莉布瑞斯珂的中国眼睛》，万江波等译，上海书店出版社2008年版，第138页。

② ［美］劳伦斯·韦努蒂：《翻译、共同体、乌托邦》，戴维·戴姆拉什、陈永国、尹星编《新方向：比较文学与世界文学读本》，北京大学出版社2010年版，第188页。

元素，因为朱利安掌握的汉语极其有限，通常他用英语上课，用英语与凌叔华沟通。凌叔华的英语要比他的汉语好得多。他们之间的误解和他们之间的理解是一样的，对于文学和文化研究具有同样重要的意义。不同的民族语言的翻译已经涉及具体的社会语境以及显著的历史差异。那么什么样的社会和文化的影响导致了这种翻译实践呢？如何用翻译的理论和实践来塑造民族文学的概念？如何用翻译的理论和实践来阐释民族文学和世界文学之间的关系？这是个特别发人深省的案例。凌叔华在20世纪20年代末创作的《小刘》（见《新月》1929年第1卷第12号）的英文版被收录在《同源出生：中国现代女作家短篇小说集》①（1981）中，脚注标明此文由作者和朱利安·贝尔共同翻译。凌叔华的代表作《绣枕》《酒后》还被译成英文收录在《中国现代短篇小说和中篇小说集，1919—1949》（*Modern Chinese Stories and Novellas*，1919 – 1949，1981）、《哥伦比亚现代中国文学选集》（*The Columbia Anthology of Modern Chinese Literature*，1995）、《蜻蜓：20世纪中国女性小说集》（*Dragonflies*：*Fiction by Chinese Women in the Twentieth Century*，2003）等海外出版的文集中。尽管凌叔华和朱利安的合作翻译不是一帆风顺的，而且凌叔华作品的叙事形式、语言策略曾被一度地转移、占领、借用或归并，但"由于翻译活动的流通是在国外，是语言和文化差异的引进，所以它也同样能够跨越或加强本土读者与差异等级之间的界限。如果本土铭写包括外语文本首次出现的社会或历史语境，那么，译文就能创造包括外来理解和兴趣在内的一个共同体，与另一种文化、另一个传统共有的一种理解"②。中国自19世纪末、20世纪初开始的大规模文化翻译就起到了振兴中华民族的作用。中国要想摆脱落后的局面，就得通过翻译来缩小与发达国家的经济、科学技术以及文化的差距。但令人遗憾的是，中国现代历史上的大规模文化翻译主要是以译入为主，很少将自己的优秀文化产品或思想译出，这样久而久之便造成了中国现代翻译史上的一种"逆差"。③ 朱利安所起的作用是"奉献式"的，他的努

---

① Ling Shuhua, *Born of the Same Roots*：*Stories of Modern Chinese Women*, Bloomington：Indian University Press, 1981.

② ［美］劳伦斯·韦努蒂：《翻译、共同体、乌托邦》，戴维·戴姆拉什、陈永国、尹星编《新方向：比较文学与世界文学读本》，第195页。

③ 王宁：《民族主义、世界主义与翻译的文化协调作用》，《中国翻译》2012年第3期。

力不仅在一定程度上扭转了中国现代翻译史上的这种"逆差",而且也使得凌叔华的前期作品最终能够在世界上得以流通,为她的作品从民族走向世界打下了良好的基础。因为,"世界文学很重要的一个特点是文学作品必须跨越国界流通到其他国家和地区,翻译是全球化和跨文化的媒介"①。关于世界文学概念的讨论已经接近两个世纪了,人们总在不断的否定中探讨问题,而未能给世界文学下个准确的定论。无论讨论的结果如何,翻译,尤其是文化翻译总是被认为是世界文学概念和体系形成中必不可少的工具,因为它不仅涉及语言的转换,而且还牵涉语言背后隐含的社会、政治、经济、历史、忠诚度或当地方言等因素。因此探讨翻译对世界文学概念的形成所起到的能动作用是颇有意义的。

二 新月派对伍尔夫的接受及《古韵》的问世

在日益全球化的世界中,世界文学的复兴无疑有着自己的野心和抱负,以及实现这一愿望的途径。现有的、在同一个保护伞之下的、人们已知的不同国家的经典以及这些作品的作者显然远远不能满足这一远大的理想和愿望。因此我们必须跨越时空、超越社会和历史,寻找那些未被发现的经典,同时,也大力传播已知的经典。无需赘言,在这个双向运作的过程中,翻译将最受益于新的全球化进程。"没有翻译,世界文学就无法进行概念界定","因此,从读者的角度看,所谓世界文学与其说原文作者创作出来的作品,还不如说是翻译过来的作品,——这些译本将外文文本翻译为读者所处的某一具体群体所使用的语言,通常是标准地方语或者多语状况下的主流语言。因此,翻译促成了文学文本的国际接受"。②

伍尔夫不仅是英国现代主义文学革故鼎新转型期的一位重要代表作家,也是英国意识流小说的重要倡导者之一,她"在西方小说发展的历史坐标轴上的位置,绝不是固定不变而是向前移动的"。③ 在目前留存的各种文学资料中,可能最早见到弗吉尼亚·伍尔夫这个名字是在徐志摩于

---

① 引自戴维·戴姆拉什在哈佛大学给比较文学系博士研究生上的"翻译与世界文学"(World Literature in Translation)这门课所涉及的观点。

② [美]劳伦斯·韦努蒂:《翻译研究与世界文学》,戴维·戴姆拉什、刘洪涛、尹星编《世界文学理论读本》,第203页。

③ 瞿世镜:《意识流小说家伍尔夫》,上海文艺出版社1989年版,第263页。

1923年写的《曼殊斐尔》中。从1923年至今，伍尔夫作品的汉语翻译和研究已经走过了九十年的历程。"新月派"是最早把伍尔夫作品进行统一的、系统性的译介到中国，并将其学说体系化后加以吸收、批判性接受和践行。

叶公超是国内首位将伍尔夫的作品译成中文并向国人介绍了意识流小说创作艺术的学者。对伍尔夫作品的译介，使得当时"新月派"的一批作家，如徐志摩、凌叔华、林徽因、萧乾等人直接受到伍尔夫的影响。他们大都具有反对旧文学和提倡新文学的理念，有着世界文学的知识和眼光。一方面，他们通过国内的新式教育，掌握一门或多门外语；另一方面，他们出国留学，直接接受西方哲学和文学流派的浸润。他们是西方现代主义文学思潮在中国的传播者和接受者。值得一提的是，伍尔夫在20世纪初对大多数新月派作家的小说创作的影响是外在的，或者说是形式、技巧上的，还没深入到作品的精髓。他们着重模仿伍尔夫意识流小说中的创作技巧，借鉴时空跨越的手法将人物的内心活动加以错位，从而造成了一种意识流的效果，使小说的叙述方式突转多变，打破了中国传统小说叙事的直线性和连贯性。

在新月派的作家群中，只有凌叔华受伍尔夫的影响最直接，也最深入。伍尔夫通过书信往来的形式，直接指导凌叔华写出了在西方世界引起巨大反响的英文自传小说《古韵》，成就了凌叔华从一个民族作家变成一名世界性的作家。所以说伍尔夫对凌叔华的影响已经深入她的生活和思想，包括她后期的绘画和散文创作。正如李欧梵所指出的，"弗吉尼亚·伍尔夫的那份遗产只是传给了后来的两位女作家：凌叔华和张爱玲"①。帕特丽卡·劳伦斯谈及伍尔和凌叔华的关系："弗吉尼亚·伍尔夫的《到灯塔去》和凌叔华的友谊画卷，远观之，它们简单得不能再简单；但是，一旦我们在特定的文化、历史、文论或政治体系框架内做近距离的审视，我们就会发现更多的东西。"②《到灯塔去》是伍尔夫重要的意识流代表著作之一，她在1927年1月23日的日记中写道："伦那德读完了《到灯塔

---

① [美] 李欧梵：《现代性的追求》，人民文学出版社2010年版，第238—239页。
② [英] 帕特丽卡·劳伦斯：《丽莉布瑞斯珂的中国眼睛》，万江波等译，上海书店出版社2008年版，第44页。

去》，认为它绝对是我最好的一部作品，是部杰作。……'一首全新的心理分析之诗'。……他说这要比《达洛威夫人》有进步，也更引人入胜。"① 由于此部作品有着代表性的意义，朱利安在武汉教书期间指导凌叔华阅读了《到灯塔去》，② 也为凌叔华和伍尔夫合作的《古韵》做了很好的铺垫。

如前所说，世界文学应该能得到翻译并受益于翻译，因此"它们的翻译就标志着它们的生命得以持续的阶段。艺术作品的生命和来世生命的看法应该以不带任何隐喻的客观性来看待"③。这样看来，"拒绝翻译就是拒绝生命"。凌叔华的英文自传体小说《古韵》可被视作《到灯塔去》的"持续的阶段"，"也就是'生命'的运动"④ 状态。伍尔夫"能对一种不同的生活、文化、文明起反应"；"重要的是她看出凌叔华的艺术想象力"，"维吉尼亚·吴尔芙有相同的经验，容易起共鸣"。⑤ 凌叔华在中国文坛可谓是个"画家文人"。深受传统艺术的熏陶，使其文字散发着一股清新淡雅的味道。就国际大背景而言，在她们合作翻译这一时期，中国处在日寇的铁蹄下，而英国也深受法西斯战祸所苦。"本土系统中发生巨大变革的时期事实上只发生在译者准备超越本国现有的储存技巧，并主动尝试不同的文本创作的时候"，"翻译文学的储存技巧（准则）会得以丰富

---

① [英]弗吉尼亚·伍尔夫：《伍尔夫日记选》，戴红珍、宋炳辉译，百花文艺出版社2012年版，第83页。

② 姐姐瓦奈萨读完《到灯塔去》，在给伍尔夫的信这样写道："……你描绘了妈妈的形象，我觉得她比我原本能想象到的任何形象都更像她。把她这样从死者召唤回来几乎是令人痛苦的。你已经让人体会到了她那出奇美好的性格特征，这想必是世界上最难做到的事儿。这就像是长大后和她再次见面，处于平等的地位，在我看来，能够以这种方式看到她似乎是令人惊异的创作成就——我想你也对父亲做了同样清晰的描述……依我看这似乎是唯一真实表达了他的形象的作品。……在我看来，你似乎是个最高超的艺术家，还有，发现自己又面对面地见到了那两位，这是如此让人震惊，我几乎不能去想任何事。"转引自昆汀·贝尔《伍尔夫传》，萧易译，江苏教育出版社2005年版，第337—338页。这足以证明《到灯塔去》是一部自传体小说。

③ Walter Benjamin, *The Task of the Translator*, in Lawrence Venuti, ed., *The Translation Studies Reader*, New York: Routledge, 2002, p.76.

④ 陈永国：《从解构到翻译：斯皮瓦克的底层人研究》，载[印]佳亚特里·斯皮瓦克《从解构到全球化批判：斯皮瓦克读本》，陈永国等编，北京大学出版社2007年版，编者序。

⑤ 斯坦福大学的一位学者梅魏德越芝女士（Selma Meverdwitz）写了一篇短文，题为"维吉尼亚·吴尔芙与凌叔华：翰墨因缘"。参见吴鲁芹《文人相重：台北一月和》，上海书店出版社2009年版，第24页。

和更加灵活地运用"①。凌叔华很好地抓住了这个机会，并主动从中寻求影响。伍尔夫的小说创作技巧及女性主义立场，在《古韵》的创作、翻译中得到了很好的体现。《古韵》既体现了凌叔华对中国传统美学的传承，又有对西方小说文体、叙事艺术、结构形式、创作技巧的借鉴和汲取，还有就是对绘画艺术的画龙点睛的运用。这也证明了凌叔华在从事翻译、创作的过程中是从纯粹的语言字面转到了广阔的文化翻译。"翻译发挥巨大作用的跨文化关系在任何历史时刻都不仅仅是不对称的，而且也是有等级高下之分的。"② 显然，凌叔华的这一翻译、创作完全是在伍尔夫和西方读者期待的视野下完成的。

《古韵》通过直隶布政使四姨娘所生的"我"而形象地、深刻地勾勒出这个庞大而复杂的清末中国旧式大家庭。作者建构了成人和孩童两个世界。特别值得注意的是，在小说中，"我"的视角具有双重性，既是儿童的，也是女性的。凌叔华这一双重声音、双重视角的创作，是伍尔夫一贯写作风格的再现，同时也体现了伍尔夫想通过凌叔华来进一步尝试她的"新传记"写作时的性别身份，这是一种策略性的联盟。在这一联盟内，西方女权主义者伍尔夫不时也表露出一种帝国主义话语霸权，她采用的是"翻译的政治"这一策略，具体说来，就是在翻译活动如何塑造"他者"的文化身份，同时也重构"自身"的文化身份。

世界文学理念的形成既不能出自西方读者的立场，也不能出自本民族的立场，而需要一个"第三空间"的概念，即"混杂性"（hybridity）。"处于从属地位的文学通过将主流文学传统中的文本和作品翻译过来，引进自身作家先前没有使用过的文学形式和手法，将主流文学传统所带有的声望转移过来，从而达到增加自身文学资源的目的。"③ 在《古韵》的合作实践过程中，更为具体地说，凌叔华扮演着作者和译者的双重身份，

---

① ［以色列］伊塔玛·埃文–佐哈：《翻译文学在文学多元系统中的位置》，戴维·戴姆拉什、陈永国、尹星编《新方向：比较文学与世界文学读本》，北京大学出版社2010年版，第175页。

② ［美］劳伦斯·韦努蒂：《翻译研究与世界文学》，戴维·戴姆拉什、刘洪涛、尹星编《世界文学理论读本》，北京大学出版社2013年版，第204页。

③ Lawrence Venuti, *World Literature and Translation Studies*, in Theo D'haen, David Damrosch, and Djelal Kadir, eds., *The Routledge Companion to World Literature*, London: Routledge, 2012, p. 181.

而伍尔夫则扮演着批评者、目标读者、译者和现代图书出版机制策划人的四重身份;伍尔夫和凌叔华之间是第一世界和第三世界、西方和东方、老师和学生的关系。《古韵》则可看作是伍尔夫《到灯塔去》的姊妹篇。内容上抒写女性主义、风格上显现诗化散文化、创作上采用双声性和多重视角等都证实了后者对前者的影响,且后者为前者提供了一种新的文学和文化参照。伍尔夫同时代的"爱尔兰裔的后殖民作家乔伊斯也在《尤利西斯》和《芬尼根守灵》等英文小说中加入了大量的都柏林当地特有的民俗式英语(Dublin's demotic English),使得英语从'帝国属地的耻辱'(imperial humiliation)转换为'本土主人的武器'(native weapon)。"① 基于东方主题,借鉴西方的小说叙事艺术进行实践,更易于让欧美读者接受,由此也为凌叔华从一个民族作家成为一位世界性作家埋下了伏笔。

"在新文学模式出现的状态下,翻译很可能成为推敲新的技巧储存的方式之一。通过外国作品,各种本国文学中以前不存在的特征(原则和因素)被一一引入。这不仅包括再现现实的新模式,以取代不再有效的既定的陈旧模式,而且包括一系列其他特征,比如一种全新的(诗歌)语言,或创作格调和技巧。"②《到灯塔去》为凌叔华提供了一个西方自传体小说的写作版本,但凌叔华是一位受到中国传统文化熏陶的作家,有自己独特的人生经历和知识结构。所以,凌叔华在进行《古韵》翻译创作时,只是吸取了《到灯塔去》中能触动她心灵和精神的元素,并加以融合和改造。当然,凌叔华是在用代表着强势文化的语言——英语叙写,翻译在她的写作中本身就是一个很大的诱惑,并"要明白怎样才能产生认同感"。③ 在《古韵》创作中,伍尔夫是以文化翻译为理论基石,这样一方面帮助凌叔华从一个民族作者跻身世界作者的行列;另一方面突破了传

---

① 转引自费小平《翻译的政治——翻译研究与文化研究》,中国社会科学出版社2005年版,第282页。

② [以色列]伊塔玛·埃文-佐哈:《翻译文学在文学多元系统中的位置》,戴维·戴姆拉什、陈永国、尹星编《新方向:比较文学与世界文学读本》,北京大学出版社2010年版,第172—173页。

③ Gayatri Chakravorty Spivak, *The Politics of Translation*, in Lawrence Venuti ed., *The Translation Studies Reader*, New York: Routledge, 2004, p. 369.

统文学的国界界定和民族界限，使"英国文学"走向了具有世界性的"英语文学"。

第五节 作为世界文学的中国现代流散文学

戴姆拉什曾指出："世界文学早已在许多传统的国族文学中扮演着模糊的角色。通常情况下，处在边缘或半边缘文化的作家寻求外国作品的重要资源用于建构本民族文学。事实上，当今每个国家/民族的主流文学都曾经是这个国族的前辈作家在外国作品寻找创作灵感不懈努力的结果。"①"新月派"的代表人物凌叔华、徐志摩、陈西滢、萧乾等都曾致力于寻求西方文学作品的精髓用于自己的民族文学建构，企盼探索出一种中国式的世界文学交流途径和模式。作家与世界文学往往处在一种复杂的关系之中：一方面，取决于作家本民族的文学和文化资源的储备；另一方面，则取决于作家自身对语言、美学和创作形式的选择，因为文学原型是一个无所不包的、形式多样的抽象概念，连接着人类共性和世界文学的本质。

由欧美留学生组成的文学团体"新月派"以其独特而又富有创新的方式很好地协调了地方性与普世性之间的张力，超越地域、民族和国家，建立世界视野和想象力，安顿好中国文学与世界文学之间的关系，实践了世界文学的中国建构。世界文学意味着作者的文化杂汇和糅合，任何一部文学作品都不是某个人独创的，而是产生于广阔的世界文学体系和网络中。本节以"新月派"凌叔华为例，从理论和实践上论证意识流小说创作、流散作品、文化翻译和写作的规范化是中国现代文学从边缘走向经典，确立其在世界文学中的合法身份的重要因素。

歌德说："最大的艺术本领在于懂得限制自己的范围，不旁驰博鹜。"② 凌叔华正是这样一位懂得限制自己写作范围的女作家。"尽管有《现代评论》同人的揄扬，凌叔华的创作活动仍然比同时代女作家更寂

---

① David Damrosch, "World Literature and Nation-building", Fang Weigui, "*Ideas and Methods: What is World Literature? Tension between the Local and the Universal*", Beijing: School of Chinese Language and Literature at Beijing Normal University, 2015, p. 1.

② 《歌德谈话录》，爱克曼辑录，朱光潜译，中华书局2013年版，第78页。

寞。为她所发现的一角是不会被卷在狂潮中的人们所关心",唯有"在寂寞中悄悄拥有自己的园地"①。凌叔华将自己的目光投向自幼便熟悉的深宅大院,描写了新旧夹缝之间的"新闺秀"的真实生活以及她们的思想经验和心理活动,她在其短篇小说的结构上花了很多心思,并潜心地模仿、借鉴曼斯菲尔德短篇小说的意识流创作技巧,但并非全盘接受,而是有选择地采纳,既汲取了西方的因素,又保持了本民族的特色。在新文学起步阶段,现代短篇小说发展得不是很成熟之际,凌叔华对中国现代短篇小说文体的探索尤其值得我们关注。凌叔华前期的、在某种意义上带有"西化"或"中西两面化"的小说创作为其在后来与布鲁姆斯伯里的主要成员的交往,以及在伍尔夫的指导下撰写自传体英文小说《古韵》打下了良好的基础;正是前期借鉴西方的理论进行小说创作的践行,才有后来的作品《古韵》在西方世界获得了巨大的反响。也从实践上验证了世界文学是依靠各民族文学之间的传播、交流、排斥、协商、互动、混杂、融合、创新等一系列"螺旋式"的解构和建构而形成的。

王宁认为:"在全球化的语境下,翻译不会使不同的民族文化变得趋同,反而更加加速了文化多元走向的步伐,因而从文化研究的视角来进行翻译研究,便成了当前国际学术界的一个前沿学科理论课题。"② 20世纪70年代初,以荷兰学者詹姆斯·霍尔姆斯(James Holms)、比利时裔学者安德列·勒菲弗尔(André Lefevere)、以色列学者吉登·图里(Gideon Toury)、伊塔马·埃文-佐哈尔、英国学者苏珊·巴斯奈特、西奥·赫曼斯(Theo Hemrans)等倡导的"翻译研究"学科强有力地冲动了传统的翻译研究领域内长期占统治地位的以语言转述为主的文字翻译,为翻译研究领域内出现的文化转向铺平了道路。在20世纪初,新月派徐志摩、陈西滢等人对布鲁姆斯伯里的弗吉尼亚·伍尔夫、凯瑟琳·曼斯菲尔德等意识流小说中的创作技巧的译介、模仿和借鉴,在当时的历史条件下是情有可原的,也是必须和需要的。一方面出于对旧文学的厌腻和挑战;另一方面是为了变革和求异。尽管当时的文坛对伍尔夫和曼斯菲尔德的译介还不够全面和深入,但从文学史的角度来看,它却具有十分重要的开拓意义,

---

① 赵园:《论小说十家》,浙江文艺出版社1987年版,第338页。
② 王宁:《翻译研究的文化转向》,清华大学出版社2009年版,第3页。

没有"五四"这批现代作家对西方"意识流"小说的接受和传播，中国现代文学的探索之路将要艰辛得多。新月派凌叔华等人对"意识流"小说创作自觉的、有目的艺术借鉴、模仿，对中国现代小说叙事模式的转换和创新做出了自己的努力和贡献。一种新的艺术或流派从国外引介进来，都有一个模仿的阶段，也是一个打基础的时期，得益于中国这一最早"意识流"小说的译介，凌叔华后来有资格和有能力与世界级作者伍尔夫联盟高级别的文化翻译之作《古韵》。凌叔华凭借着《古韵》，也从民族作者蜕变为世界作者。不得不提的重要一点是，与凌叔华交往密切的萧乾对意识流的研究是从现代一直延续到当代。且他是"对伍尔芙和凌叔华二人都有研究"[①]。萧乾曾说过，他"摆脱不了北京带来的'新月派'气息"。此言不但倒出了"新月派"在他心目中的地位，而且也牵扯出他对意识流小说的创作和译介的不解之缘。1942年夏，萧乾在阿瑟·韦利和 E. M. 福斯特的推荐下进了剑桥大学皇家学院，成为那里的一名研究生。"在导师瑞兰兹（Dr. Daddie Rylands）的指引下，我主要探索了三个英国小说家的作品：劳伦斯、弗吉妮亚·伍尔夫和爱·摩·福斯特。"[②] 因为"导师瑞兰博士对亨利·詹姆斯有所偏爱。所以我开头读的就是这位美国大师的作品。瑞兰又一向是吴尔芙的宠儿。所以接下去读的是《到灯塔去》和《戴洛维夫人》。乔伊斯当然躲不开，而且是重点"[③]。由此看来，1942—1946年，萧乾在英国专门研究意识流小说。早在北新书局当学徒时，就接触了曼斯菲尔德的作品，萧乾在《未带地图的旅人》中回忆他在第一次接触到曼斯菲尔德作品的心情和感受：

> 有一天，老板给了我一个新差使：到红楼北大图书馆去抄书。……
>
> 这个差使不但对我日后从事文学工作是极好的训练，也使我精读了一些作品。徐志摩译《曼殊斐尔小说集》就是一篇篇从《小说月

[①] 吴鲁芹：《文人相重：台北一月和》，上海书店出版社2009年版，第9页。
[②] 萧乾：《未带地图的旅人》，江苏文艺出版社2010年版，第114页。
[③] 萧乾：《叛逆·开拓·创新——序〈尤利西斯〉中译本》，参见［爱尔兰］乔伊斯《尤利西斯》，萧乾、文洁若译，译林出版社1994年版，序。

报》《现代评论》等刊物上抄下来的，那可以说是我最早精读的一部集子。①

萧乾尤为喜欢曼斯菲尔德的《小妞儿》(*The Little Girl*)，并翻译了她的《摇摆》(*The Swing of the Pendulum*)、《心理》(*Psychology*)等作品。目光犀利的杨义对萧乾的评价是：萧乾的"小说风格趋势于审慎明净而又婉约细丽，不乏英国女作家曼殊斐尔的情致"，"同时借鉴曼殊斐尔，凌叔华展示了高门巨宅中忧郁的灵魂，萧乾敞开都市下层儿女的怨恨和欢欣"，②并认为萧乾的《梦之谷》就是在伍尔夫的影响下创作的。有意思的是，凌叔华和萧乾的创作关系尤如伍尔夫和乔伊斯的关系。伍尔夫"发展了一种与乔伊斯十分相似而又不尽相同的意识流技巧。乔伊斯专门描绘都柏林的下层中产阶级社会，沃尔夫致力于描摹英国上层中产阶级的精神世界"③。1990年，萧乾、文洁若夫妇不畏高龄，毅然接手乔伊斯的意识流世纪巨作《尤利西斯》的翻译，经过了四年的艰辛工作，让国人一睹意识流的经典之作，并引起学界的广泛关注和反响。我国最早推崇乔伊斯这部意识流小说的是徐志摩。1922年《尤利西斯》出版时，徐志摩正在剑桥大学皇家学院学习，他对这本书的最后一百页尤为欣赏。

"五四"时期，"新月派"的徐志摩、陈西滢、叶公超、林徽因、凌叔华等人对"意识流"作品的翻译、接受和模仿可窥见中国现代文学与西方现代主义交流所呈现出的单向流动倾向，但鲁迅和张爱玲的作品分别被美国三大权威选集《朗文世界文学选》《诺顿世界文学选》和《贝德福世界文学选》所收录，又力证了中国文学现代主义与西方现代主义的交流是双向的。鲁迅创作的作品④被美国三大权威选集《朗文世界文学选》《诺顿世界文学选》和《贝德福世界文学选》所收录，被称为中国第一篇

---

① 萧乾：《未带地图的旅人》，江苏文艺出版社2010年版，第22页。
② 杨义：《中国现代小说史》第2卷，人民文学出版社2005年版，第625页。
③ 侯维瑞主编：《英国文学通史》，上海外语教育出版社1999年版，第629页。
④ 李欧梵把西方的现代主义分成了两个阶段，他认为，"这两个阶段的典型例子，分别是弗吉尼亚·伍尔夫和贝克特"，"只有鲁迅有幸把一种贝克特的背景引入自己的散文诗中；而弗吉尼亚·伍尔夫的那份遗产只是传了后来的两位女作家：凌叔华和张爱玲"。转引自李欧梵《现代性的追求》，第238—239页。

"意识流"小说的《狂人日记》,为《朗文世界文学选》和《诺顿世界文学选》所收入。张爱玲的作品也被美国这三大权威选集重叠收入。"弗吉尼亚·伍尔夫的那份遗产只是传了后来的两位女作家:凌叔华和张爱玲",① 张爱玲的小说被视为"意识流"之作也是合乎常理的,这也是她被西方接纳的重要原因之一。此外,凌叔华和张爱玲有着不谋而合的共同之处:她们不但精于"意识流"小说创作技巧,而且都是流散作家。由此得出,"意识流"和"流散"是中国现代文学在世界文学中取得合法资格的两大关键要素,这也许值得我们的同行和专家深思的问题。

无论是徐志摩被称为"显然有意识模仿现代英国20年代意识流小说家",② 还是凌叔华借由中国传统闺秀文学形式体现出的与伍尔夫相似的女性主义立场的自传体小说创作,都是"五四"时期全盘西化和本土文化曾经的主体性地位和话语权基本丧失后的一种策略性的诉求。即"处于从属地位的文学通过将主流文学传统中的文本和作品翻译过来,引进自身作家先前没事使用过的文学形式和手法,将主流文学传统所带有的声望转移过来,从而达到增加自身文学资源的目的"③。而鲁迅将全盘西化作为救亡图存的一个根本性生存策略。④ 如鲁迅《狂人日记》是对果戈里同名小说的直接借鉴或重新翻译创作而成的,鲁迅借鉴果戈里的作品重新创作当然有其自身的目的,但是我们也必须注意到它们二者之间最基本的共性,"如以日记形式进行短篇小说的创作、主人公均为'狂人'、讽刺性的创作手法,等等;另外,重新翻译也是世界文学的一种重要的形式。我们认为鲁迅《狂人日记》为中国学者提供了一个绝佳的研究对象,其创作的独特性是同时期优秀作品没能做到的"⑤。所以说,写作的"规范化"不仅是中国文学走出去的一大关键因素,而且也有助于世界文学的中国建构。

---

① [美]李欧梵:《现代性的追求》,人民文学出版社2010年版,第238—239页。
② 黄承基:《论鲁迅小说中"意识流"问题》,《广东社会科学》1997年第5期。
③ Lawrence Venuti, "World Literature and Translation Studies", in Theo D'haen, David Damrosch, Djelal Kadir, eds. *The Routledge Companion to World Literature*, London and New York: Routledge, 2012, p. 181.
④ 关于鲁迅将"西化"作为"文化和知识策略"的论述,参见王宁《世界主义与世界文学》,《文学理论前沿》,第9辑(2012)。
⑤ 以上观点是戴维·戴姆拉什在2014年8月7日回复本章作者电子邮件时所提及的观点。

毫无疑问，流散经历使作家本身拥有更多的视角，而且通常使这些作家至少掌握两种以上的语言。所以在某种意义上，世界文学是流散作家或学者在写他们的流散经历的作品，流散作家通常借用殖民者的语言——英语来写作，但他们已在这语言中注入了本民族的色韵，使纯正的英语变得杂糅和含混。他们站在本民族的立场，进行文学想象和创作，并收回了自我阐释权，用自己的原创声音来刻画本民族的生活，记忆本民族的历史，赋予他们的作品一种新的力量、新的含义、新的生命、新的意识，这种综合了多种文化的文本足以和白人主流文学相抗衡。因此在戴姆拉什看来，"世界文学的研究让我们越来越清楚地看到，对民族和地区传统的研究不是竞争关系，而是合作关系"，[①] 在全球化时代，世界文学也需要是一种"双赢"或是"共同繁荣"的理念，克服彼此间的偏颇和局限来实现文学的共通和融合。这是和歌德的世界文学的理念相吻合的，也有益于我们处理好"世界的文学"和"文学的世界"之间的关系，尽管需要一个冲撞、破裂和痛苦的磨合过程。

正如伍尔夫在《一间自己的房间》中所说的，一个女人必须有一间自己的房间，并且经济独立，有自己稳定的收入，才能随心所欲创造出再现生活的伟大作品。对于一个国家、一个民族的文学创作又何尝不是这样的呢？在这里借用萧乾的一段话："在英国，我为他们（指伍尔夫等意识流大师）的文学成就所眩惑，有时研究心情中夹杂了过重的崇拜，然而回来不上几个月接触了中国的黄土，重见了中国的创痕，我的评价很自动地修改了。"[②] 在全球化时代，特别是在9·11后的十年期间，中国的经济得到了突飞猛进的发展，但中国文学的输出并没有跟上经济的步伐。文学作品通常受控于内部因素和外部因素。内部因素是指小说思想主旨、小说文体、小说创作艺术、结构形式、创作技巧和语言风格等；外部因素主要通过社会观念、赞助人、意识形态等文化因素来维系。埃文-佐哈尔认为"翻译文学在多元系统论里有其自身的体系，在某种文化内，它既可以是主流文学，也可以是非主流，这主要根据这种文

[①] David Damrosch, "All the World in the Time", in David Damrosch ed. *Teaching World Literature*, p. 9.

[②] 《萧乾选集》第4卷，四川人民出版社1983年版，第208页。

化的外部因素来决定"①。本章通过考察凌叔华本人、她的文化翻译作品《古韵》与赞助人伍尔夫的关系、与伍尔夫为代表西方的现代主义文化艺术背景、意识流小说创作理念、图书出版机构等的关系,阐释了中国现代流散作家凌叔华如何从一位民族作家演变为一个世界作家背后微妙的因素,希望能够对全球化时代世界文学语境下的中国现代文学的输出起到启示作用。民族文学之间的"国际联盟"、混杂性或杂交的语言(如中国式的英语 Chinglish 等)、和第三世界"帝国"文学都是当今世界文学概念和理论的重构必须重点考虑的因素,因为文学创作与文学理论之间的作用是双向的。翻译中国文学选集推进中国文学走向世界是一种办法,我们也可以诉求理论,用中国的文学经典、中国的哲学来建构世界文学的理论、概念体系,在涉及"跨国性的时候,我们是站在跨国公民的大众文化、军事干预以及多民族的新殖民主义的视觉看待这个问题,来思考这种全球杂交的状态",②"造就了一种没有国籍的文学比较方法",来取缔曾经的"世界文学就像是世界小姐选美大赛一样,整个一个民族,代表它的也许只是一个作家",③让更多的中国现代文学经典作品被挖掘出来并作为世界文学大家族中名正言顺的成员。其外,我们可以通过全面、系统地推出像鲁迅这样在世界影响比较大的作家④来带动西方读者对中国其他作家的兴趣。除了系统地翻译鲁迅的作品、文论和书信,也可通过与海外批评家(或汉学家)合作,在海外出些与翻译作品相配套的批评性书刊,或是研究鲁迅的系列专著,更加有效地输出中国文学。尽管这一历程困难重重,充满着挫折和失败,但是我们必须去面对和克服。

在全球化的世界文学时代,多元文化共存、共融,处理好民族意识和全球意识是促进世界文学发展的关键因素。每一个民族都有权利为世界文

---

① David Damrosch, Natalie Melas, et al., eds. *The Princeton Sourcebook in Comparative Literature: From the European Enlightenment to the Global Present*, Princeton and Oxford: Princeton University Press, 2009, p. 240.

② [印] 佳亚特里·斯皮瓦克:《流散之新与旧:跨国世界中的妇女》,参见佳亚特里·斯皮瓦克《从解构到全球化批评:斯皮瓦克读本》,陈永国、赖立里、郭英剑主编,第284页。

③ [美] 戴维·戴姆拉什:《后经典、超经典时代的世界文学》,参见戴维·戴姆拉什、刘洪涛、尹星主编《世界文学理论读本》,第165页。

④ 鲁迅的《阿Q正传》已被译成50多种文学。参见文洁《乔伊斯在中国》,《鲁迅研究月刊》2007年第6期。

学的繁荣和发展做出自己的贡献。反过来,我们通过学习、交流、对话和沟通来掌握世界文学的概念、理论知识及其方法论,让世界文学成为我们的一种思维模式和重塑我们生活的一种方式。正是各民族文学的多元并存,形成了世界文学的丰富多彩。中国现代流散文学借助于多元文化融合的力量,大大增强了世界文学的活力和能动性,充实了世界文学史,也让中国文学充满信心地跻身于世界文学之林。

第十八章

贾平凹与世界文学

中国现当代文学的无可比拟的复杂性与丰富性，为世界了解中国提供了充裕的资料。中国当代文学必然是世界文学不可或缺的组成部分。顾彬在他的《二十世纪中国文学史》"前言"中表示："没有哪个时代的中国文学像20世纪中国文学那样，如此详尽地得到记录，如此一而再再而三地被翻译，并如此深入地被文学研究者所挖掘。但谈到其文学价值，也没有哪个时代像它那样多地引发争议。"① 确实，中国现代文学的空前繁荣，离不开现当代作家孜孜不倦的创作与迎难而上的精神，尤其是在中国历经工业化、城市化、现代化的多层阵痛的时刻，一大批现当代作家担任起了记录民族成长、书写文化变迁、反映新时代人民生活的重任，贾平凹就是其中的佼佼者。20世纪中国文学由于其复杂的历程与多变的语境颇受争议，贾平凹也不例外。他是中国当代文学的一个缩影，他的作品，一方面，反映了中国社会发展的复杂性，另一方面，又说明了中国文化的厚实与沉重。尽管他的有些作品在读者和学界都引起了强烈的争议，但是也正因此说明贾平凹文学的复杂性。这既反映了贾平凹作品与中国社会语境呼应的特点，也使其更具有民族性与世界性的意义和内涵。贾平凹的作品"涵盖了一部当代中国文学变革史，……他的困扰与艰难，无疑也是中国当代文学的困境"。②

---

① ［德］顾彬:《二十世纪中国文学史》，范劲等译，华东师范大学出版社2008年版，"前言"第1页，译文稍有改动。
② 陈晓明:《他能穿过"废都"，如佛一样——贾平凹创作历程略论》，《贾平凹研究》，李伯钧主编，陕西师范大学出版社2014年版，第1页。

第一节　贾平凹文学的民族性与世界性

民族性与世界性是文学评价中的两个重要维度。在全球化进程日益深化的今天，类似只有民族的才是世界的、越是民族的越是世界的、必须超越民族性而走向世界性的观点，都无法逃脱片面与狭隘的自我限制。民族性是世界性的内容，世界性则是民族性所表现出的共有特征。民族性与世界性两者密不可分，所谓的民族性，在很大程度上，可以理解为世界性多元性本质的本土化体现。文学的民族性与世界性是衡量作家创作思想的广度与深度、作品的内在价值与共同性意义的两个范畴。可以说，作家、作品与民族性、世界性形成了一个有机对应，作家与作品的关系也正是民族性与世界性的关系，"你中有我、我中有你"，无法割裂，对任何一方理解的缺失都会相应地破坏思想的完整性与全面性。

贾平凹无疑是中国当代文学的杰出代表之一。迄今为止，他已出版了16部长篇小说和众多中、短篇小说以及散文集。不仅他的小说获得了国内外文学大奖的认可，而且学界对贾平凹文学的研究也掀起过热潮，诸如《废都》《秦腔》《怀念狼》《高兴》《古炉》《山本》等都成为读者推崇、学者研究的重要文本。在他的小说中不仅中国传统文化元素被浓墨重彩地雕琢与展现，如农民、乡村、方言、神话、古代传说等，而且人类社会的诸多共同性问题与困境也常常是其尝试探索的主题，如传统与现代在融合过程中的冲突与共存、乡村生活在消费社会城市化进程中的衰败与颠簸、人们在社会转变过程中的新旧思想矛盾与价值观混乱等。

在近半个世纪的文学创作生涯中，贾平凹的名字常常被学者们与文化寻根作家、现代派先锋叙事者、民间乡土风俗写作者等名称联系在一起。"真切人生体验"与"社会变迁所引起的人生体味，是贾平凹长期关注的问题"[①]。在此之上，"贾平凹作品以描写农村见长，也喜欢刻画知识分子"。"农民"和"知识分子"是贾平凹小说中常见的两大人物体系，"在中国当代作家中系统、及时地反映中国当代农民与知识分子作品，贾平凹

---

① 洪子诚：《中国当代文学史》，北京大学出版社2010年版，第364页。

无疑是最重要的作家之一"。① 描绘特殊社会时期的生活方式和风土人情，贾平凹的"寻根"过程，"实际上也就是进入民间世界、感受民间气息的过程"，具有蓬勃的生命力与独特的艺术美感。② "乡土性与传统性是贾平凹创作的根据地和灵感源泉，也一直是其创作的最大优势和特色之所在。"③ 一方面，在于他对时代主题敏感和准确的把握，以及对传统文化和乡土特色的绘色描绘；另一方面，也是其在继承中国传统文化思想和观念的基础上巧妙地融合现代写作意识与理念的有效成果。

民族性与世界性的有机融合是贾平凹文学在世界文学中的突出体现。贾平凹的小说描写的中国人民在世纪之交所经历的时代变迁、社会变动、思想变化、心理变异等历史故事和现实经验，不仅提供了一面反映特定社会时期中国社会的镜像，而且也为世界了解中国提供了艺术化的原文本。"从语言美学到文体、创作方法，从社会生活到哲学思考，都既是历史的，又是现代的，既是地域的、民族的，又是世界的。"④ 贾平凹的文学不仅记录了重大转折时期中国社会的沧海桑田，在文学上也同他的时代一样，成为承接传统与现代、民族与世界的文本通道，既极富民间和乡土传统气息，又蕴含现代与世界共通性意义。贾平凹的作品是中国当代文学中为数不多经得起民族性与世界性双重解析的文学，也就是说，"既要在西方已经形成的文学审美价值体系里去认识它，同时又要在相互参照中去看到它所体现的汉语文学的独特性"⑤。

贾平凹作品所表现出的中国文学经典化特征和世界性意义与他创作经历的特殊社会环境密不可分，既离不开中国经典文学传统的熏陶，也受到西方文化的影响和冲击。20 世纪 70 年代后期，贾平凹开始文学创作之际正是中国社会内外发生变革之时。一方面，"文化大革命"已接近尾声，新时期国家命运会如何发展、民族文化会走向何方，都正处于迷茫之中；

---

① 高玉编：《中国现当代文学史》下册，浙江大学出版社 2017 年版，第 216 页。
② 陈思和编：《中国当代文学史教程》，复旦大学出版社 2019 年版，第 287 页。
③ 颜敏、王嘉良编：《中国现当代文学史》（修订版，下册），上海教育出版社 2009 年版，第 206 页。
④ 曹万生编：《中国现当代文学史》（第 3 版，下册），中国人民大学出版社 2016 年版，第 506 页。
⑤ 陈晓明：《他能穿过"废都"，如佛一样——贾平凹创作历程略论》，《贾平凹研究》，李伯钧主编，陕西师范大学出版社 2014 年版，第 3 页。

另一方面，国际社会环境也多动荡不安，权力体系格局正在重新洗牌。国内外社会秩序的不稳定促使不同民族文化间的学习、探索与借鉴更加活跃，中西文学间的交流、互通与学习也进入了深化阶段。尤其受西方学界符号学、结构主义、解构主义等现代和后现代思潮的影响，一大批西方文学作品被翻译引进国内，恰好与世纪初"五四"运动的"新文化运动"形成了呼应，中国文学开始深层次地与西方文化接触，全面与世界文学接轨。因此，这一时期的中国文学既需要面对传统，又要迎接西方的冲击，不管是在写作内容、创作形式还是文学理论方面，都表现出了对中国文化与西方思潮、传统与现代、历史过去与未知未来的矛盾心理和深度思考。

中西方文学的强烈碰撞和深度交流为贾平凹的创作提供了灵感的源泉和写作动力。中国传统文学深厚的土壤滋养了贾平凹文学创作的灵魂，西方现代文学的冲击使他的作品超越了国家、民族与文化的界限，反思人类生存、书写人性的复杂性。中国传统文学是贾平凹创作灵感的源泉，也是他汲取营养的沃土。中国四大名著、明清小说、"五四"时期的新文化作家都在不同程度上影响了贾平凹的文学创作，诸如他的小说与《金瓶梅》《西厢记》《红楼梦》《水浒传》《聊斋志异》等传统经典的内在深层互文性受到了众多学者的关注和研究。早到古代文人圣贤老子、庄子、屈原、蒲松龄、曹雪芹、苏轼等，近到中国现代文学的代表鲁迅、沈从文、郁达夫、废名、孙犁、张爱玲等，贾平凹都向他们学习并追随，老庄哲学的高度、曹雪芹和蒲松龄的细腻人物雕琢（尤其是女性人物）、苏轼的悠然自在、屈原的神秘感、鲁迅的批判精神、废名的强烈个性、孙犁的语言造诣等都是他推崇与尝试的文学气质。贾平凹说："毫不掩饰，我是学习着《红楼梦》的那一类文学路子走的。《红楼梦》也是顺着《诗经》《离骚》《史记》等一路走到了清代的作品，它积蓄的是中国人的精气神。"[①]

此外，贾平凹在借鉴、吸收西方文学的造诣和创新的基础上，巧妙地融入中国文学传统和中国文化气韵，谱写出了不一样的中国文学精神和中国文化特质，他的作品表现出浓厚的现代特质与世界性意义。贾平凹是中国当代作家中为数不多的密切关注社会现实与时代情绪的作家之一，其中最重的一个因素就是他对世界文坛的主动接触与借鉴。欧美文学、拉丁美

[①] 贾平凹：《访谈：贾平凹文论集》，生活·读书·新知三联书店2015年版，第311页。

洲文学，甚至日本文学都给他留下了很深的印象，激发了他创作的思路与灵感。新现实主义、现代主义、后现代主义、印象主义、魔幻现实主义等现代西方文学创作手法在他的作品中都有较多的体现。西方文学经典在贾平凹创作过程中有着十分重要的启迪作用，例如《堂吉诃德》《尤利西斯》《百年孤独》《老人与海》等，一大批世界文学大师都在他写作的过程中起到了引领和启迪的作用，如塞万提斯、马尔克斯、略萨、福克纳、海明威、博尔豪斯、乔伊斯、泰戈尔、川端康成、大江健三郎等。贾平凹"主张在作品的境界、内涵上一定要借鉴西方现代意识，而形式上又坚持民族的"。① 这也从侧面说明了贾平凹在创作过程中对反映民族性的锲而不舍，对致力于表现世界性的执着与高瞻远瞩。

人性、人类经验、社会现实、时代变迁等是世界文学一直探究的永恒主题，也是贾平凹的文学创作尝试去思考与解决的主要方面。在他的作品中，他将人物塑造、环境描写、历史回顾、记忆回溯、现实呈现等多个方面巧妙地融合成一个个鲜活的人物形象和故事脉络，讲述中国人民在特定时期栩栩如生的生活的同时，道出了人情世故、人世冷暖和人生苦辣。贾平凹的作品之中抑或故事之外，暗含的更多的是类似身份认同、伦理问题、物质主义、社会危机、历史清算、人性异化等现代人类社会所共同面临的巨大挑战。

第二节 《废都》：超越民族性的世界文学经典

在贾平凹的16部长篇小说中，1993年出版的《废都》是最富有争议的一部作品，但其独特的文学地位和价值则不容小觑，甚至会随着时间的推移而成为经典。《废都》之所以引起巨大的争议，是因为贾平凹借主人公庄之蝶的"颓废"人生，大胆地展现了现代中国转型时期知识分子骚动不已的欲望、茫然而扭曲的心灵以及由于过度"物化"而产生的精神危机。"美到极处就是丑到极处"，贾平凹的散文《丑石》中富有哲理的语言再次在《废都》里呈现出来，所不同的是"肉体"与"灵魂"、"颓废"与"激昂"、"虚空"与"真实"之间的张力是通过庄之蝶的人生故

---

① 贾平凹：《访谈：贾平凹文论集》，生活·读书·新知三联书店2015年版，第254页。

事所演绎的,它们之间的相互转化恰恰是"美丑"相依的哲学。由于露骨地描写了"肉体""虚空"和"颓废",而招致部分评论家的挞伐,极端的批评者认为:"《废都》的闹腾纯粹是大众文化和感官文化排挤精英文化的畸形产物,而《废都》的情节线索也几乎是照抄《金瓶梅》中围绕西门庆的三条线索:色欲线、功名欲线和金钱欲线,只是更为直、露、俗,背后正是作家、出版社、书商们的商业心理而已。甚至说贾平凹醉入感官文化,赚取大众喝采,以求得地摊文学读者的喜爱罢了。"① 评论家李建军说:"《废都》是令人遗憾的悲剧性事件和严重病象。无论从精神视境方面考察还是从艺术形式方面看,《废都》都存在着严重残缺。"② 由于贾平凹又试图超越"肉体""虚空"和"颓废"描写,表现现代中国知识分子的精神追求,又受到了另一部分评论家的高度赞扬。董子竹说:"《废都》是中国文化双重转型期,社会文化——心理模态裂变的'史诗'。透过社会、文化、生命的三棱镜,透视出如下三个方面:一、《废都》是废都地区改革开放的'清明上河图';二、《废都》是一首民族文化大裂变的挽歌;三、《废都》是人类文化精英求索人性底蕴的'离骚'。"③ 钟良明强调:"《废都》的主要情节就是以庄之蝶为线索的现代中国人出于'坏的信仰'和自我欺骗不断做出错误的选择,然后在他们造成的恶劣环境中承受煎熬。……作品中表现出来的他们的痛苦、思索和忏悔,是作品道德力量的源泉……将《废都》放入 20 世纪国际文学的大体系,我们发觉它超越了狭隘的民族文学的概念……"这部小说在中国社会引起的"喧嚣与骚动"堪称"现象级",不仅让贾平凹陷入了争论的旋涡,承受了前所未有的压力,而且也使《废都》在 1994 年至 2009 年期间被列为"禁书"。④ 但令人不解的是,这部"禁书"却并没有浇灭读者偷偷阅读的热情,国内销量达"二千五百万册",创下历史新高。被翻译成

---

① 昌切:《世纪桥头的凝思——文化走势与文学趋向》,湖北人民出版社 2000 年版,第 98—112 页。
② 李建军:《私有形态的反文化写作——评〈废都〉》,《南方文坛》2003 年第 3 期,第 33 页。
③ 董子竹:《庄周梦蝶一场空》,《废都啊,废都》,废人组稿,先知、先实选编,甘肃人民出版社 1993 年版,第 71 页。
④ 陈思和、杨建龙等:《秦腔:一曲挽歌,一段情深——上海〈秦腔〉研讨会发言摘要》,《当代作家评论》2005 年第 5 期,第 34 页。

外文的《废都》颇受域外读者喜爱。固然，性爱描写是吸引"窥私欲"读者的一个方面，但深层原因大概是它引起了不同读者的共鸣，具有世界文学的价值。我们认为，《废都》不仅描写了20世纪90年代中国改革开放初期知识分子的物质生活和精神追求，以及由此而带来的困境，而且表现了中国传统文化和西方现代文化之间的矛盾冲突。尽管以庄之蝶为代表的文人具有"颓废"之气，但他试图摆脱而又无法摆脱束缚的艰辛让人动容，悲悯之情油然而生。正如贾平凹所言："庄之蝶是废都里的一奋斗者、追求者、觉悟者、牺牲者。他活得最自在，恰恰又最累，又最尴尬，他一直想有所作为，但最后却无作为，他一直想适应，却无法适应。"①无法适应社会变化，无法找到自己的位置恰恰是他的悲剧性所在，也是转型期中国知识分子的现实写照。"我是谁？将到哪里去？""是恪守本土文化传统？还是拥抱西方现代文化？"，这些都是世界文学中经常表现的主题，从这个意义上来说，《废都》具有世界文学的共生性、共通性和共同性。

一 游离于肉体与灵魂的颓废者

《废都》是贾平凹四十多年创作生涯中承前启后的作品，也如陈晓明所言的"其重要的起轴心作用的作品"。② 在此之前，贾平凹主要围绕他的出生地商州的地域文化进行写作，连续发表了《商州初录》《商州又录》《商州再录》《鸡窝洼的人家》等作品，因此赢得了"寻根"作家的名声。但贾平凹并没有仅仅聚焦乡土文化，而是通过乡土文化，反映中国波澜壮阔改革实践中的现实问题以及民族心理的变迁。事实上，贾平凹从西北大学毕业后，一直在西安定居，变成了城里人。进入不惑之年，他开始思考创作都市题材的小说，但其内心的忐忑不安溢于言表。"一晃荡，我在城里已经住罢了二十年，但还未写过一部关于城的小说。越是有一种内疚，越是不敢贸然下笔，甚至连商州的小说也懒得作了。"③《废都》发

---

① 贾平凹：《访谈：贾平凹文论集》，生活·读书·新知三联书店2015年版，第76页。
② 陈晓明：《他能穿过"废都"，如佛一样——贾平凹创作历程略论》，《贾平凹研究》，李伯钧编，陕西师范大学出版社2014年版，第1页。
③ 贾平凹：《废都》，译林出版社2012年版，"后记"第411页。

表后引发的轩然大波，使得贾平凹再次将目光投回到他熟悉的商州风情，分别出版了《土门》《秦腔》《怀念狼》和《山本》等作品。尽管这次转向没有使他只写乡土题材的小说，但因《废都》受到"打击"之后，贾平凹确实又重新燃起了对乡土文化的热情，所不同的是他不仅写乡村，而且也写都市边缘的乡村，如《高兴》等。至此，我们可以看出，《废都》对于贾平凹而言，是他"城市转向"后的第一部都市小说，对他整个文学创作的方向具有举足轻重的作用，甚至在描写男女关系方面有着直接的影响。如，贾平凹在后来出版的作品中，一改过去对性爱的赤裸裸的描写，转而用更加含蓄的方式表达爱情。《秦腔》里的叙述者引生对白雪痴狂的暗恋、《高兴》里主人公刘高兴因爱恋而对风尘女子的倾囊相助、《带灯》里同名主人公带灯用短信的隔空传情等莫不如此。

应该指出的是，《废都》里庄之蝶与唐宛儿、柳月和阿灿之间的性爱故事是贾平凹表现知识分子颓废的最赤裸裸的表现。作为西京四大名人之首，庄之蝶衣食无忧，再加上妻子牛月清通情达理，他的生活令人羡慕，"你庄老师富贵双全，活到这个份上，要啥有啥地风光！"① 然而，跟他经常在一起的其他"文化闲人"——画家汪希眠、书法家龚靖元、文史馆研究员孟云房并不了解庄之蝶内心的苦闷，"是什么都有了，可我需要破缺"。尽管庄之蝶并没有明示"破缺"的含义，但读者可以真切地感受到他对现实生活并非满意。"近一年来声名越来越大，心情反倒越来越坏，脾性儿也古怪了。"② 庄之蝶认为自己从事文学创作浪得虚名，成名但不成功，整日为写不出好文章而苦恼不已。跟书店职员牛月清结婚多年，表面上和和气气，实际上对妻子多有不满。"她是脾气坏起来，石头都头痛了。对你好了，就像拿个烧饼，你已经吃饱了，还得硬往你嘴里塞。"③ 不和谐的夫妻生活使两人的关系雪上加霜，牛月清对于庄之蝶不能在床上满足她也颇有微词："我倒怀疑你怎么就不行了？八成是在外面全给了别人！"④ 由于忍受不了妻子的唠叨，他经常躲在文联大厦工作而不回家，

---

① 贾平凹：《废都》，译林出版社2012年版，第23页。
② 贾平凹：《废都》，译林出版社2012年版，第12页。
③ 贾平凹：《废都》，译林出版社2012年版，第32页。
④ 贾平凹：《废都》，译林出版社2012年版，第59页。

甚至一个人喝闷酒。经朋友介绍，在酒桌上认识了唐宛儿之后，庄之蝶几乎魂不守舍，"他想起了在牛月清面前的无能表现，懊丧着自己越来越不像个男人了，而又觉得自己一想到唐宛儿就冲动，不明白与这妇人是一种什么缘分啊?!"① 在庄之蝶到唐宛儿家之后，他们就迫不及待地云雨起来，"这是庄之蝶从未有经历过的，顿时男人的征服欲大起，竟数百下没有早泄，连自己都吃惊了"②。第一次偷情成功使得庄之蝶与唐宛儿感觉相见很晚，鱼水之欢一发不可收拾，分别在前者开会下榻的宾馆、家里、文联大厦、"求缺"，甚至小树林里纵情欢愉。直到唐宛儿怀孕，并为他吃药打胎，庄之蝶才意识到，他们已经相爱了，并誓言将来要跟唐宛儿生活在一起。庄之蝶和柳月之间的性爱也与唐宛儿有关。柳月是庄之蝶家的年轻保姆，对主人充满爱慕之情，但她没有勇气向他表白。庄之蝶对她富有弹性而白皙的皮肤充满欲望，由于种种原因，他未敢越雷池一步。当柳月偶然发现庄之蝶和唐宛儿在家里纵情做爱时，她身体也燥热起来。为了不让事情败露，唐宛儿鼓励庄之蝶去"安抚"柳月，于是上演了一场两女共伺一男的春宫大戏。如果说庄之蝶与这两个女人之间的欢爱有一定的情感逻辑基础的话，甚至可以说是灵与肉的结合，但庄之蝶和阿灿的性爱有一种突兀之感，最多是一种同情后的冲动，但贾平凹把他们之间的性爱场面描写得如诗如画，仿佛坠入仙境。"在很长很长的时间里，两人都燃烧了人的另一种激情，他们忘却了一切痛苦和烦恼，体验着所有古典书籍中描写的那些语言，并把那种语言说出来，然后放肆着响动，感觉里这不是在床上，不是在楼房里。是一颗原子弹将他们送上了高空，在云层之上粉碎；是在华山日出之巅，望着了峡谷的茫茫云海中出现的佛光而纵身跳下去了，跳下去了。……两人几乎同时达到了高潮……"③ 尽管从此之后，庄之蝶再没有见到过阿灿，但似乎都化作了永恒。

贾平凹在《废都》里描写的庄之蝶与女人的性爱关系并不是吸引读者的噱头，更不是他"醉入感官文化，赚取大众喝采"的把戏，而是向世人展示中国知识分子"性情"本真的一面。在《废都》之前，贾平凹

---

① 贾平凹：《废都》，译林出版社2012年版，第49页。
② 贾平凹：《废都》，译林出版社2012年版，第67页。
③ 贾平凹：《废都》，译林出版社2012年版，第240页。

也写了不少商州乡村"性情"的故事，如，《天狗》同名主人公对师母的性情，《五魁》里的五魁对少奶奶的性幻想，《浮躁》里金狗与英英和小水之间的缠绵与暧昧等。所不同的是这些男女的"性情"描写没有像《废都》里那么直接和赤裸。除了"性爱"场面之外，表现庄之蝶真性情一面的还有他的眼泪。男儿有泪不轻弹，只是未到伤心处。作为事业有成且拥有一大批崇拜者的作家，庄之蝶理应知足常乐，生活幸福，但实际上他内心十分痛苦，不仅家庭生活不和谐，而且事业上也遇到了写不出好文章的瓶颈。焦躁之余，他只好借助抽烟喝酒、聚餐闲聊、到处闲逛来排解内心的苦闷。遇到唐宛儿、柳月和阿灿等漂亮女人，他就纵情寻欢作乐，以图麻痹自己，暂时摆脱内心痛苦，但性事之后，他又被她们的言行所触动，流下了眼泪。

显然，庄之蝶的眼泪多是多愁善感所致，不仅感动于唐宛儿的真情实意，而且也通过交流达到了某种灵与肉的统一。庄之蝶第二次流泪是在与阿灿做爱之前，当阿灿赤条条站在他面前时，"他抱住了她，不知怎么眼里流出了泪来"[①]。尽管庄之蝶这次流泪与唐宛儿不同，一半是出于对阿灿的同情，一半是出于感动，但他本真的性格一览无余。小说里阿灿跟庄之蝶有过两次做爱的描写。最后一次做爱更有悲壮的感觉，欢愉之后，阿灿决定再不跟庄之蝶见面。"我已经美丽过了，我要我丑起来。你不就不用来见我了；你就是来，我也不见你，不理你！"对此，庄之蝶甚至哭了。"我带了你的孩子走了；孩子是你的，你有一天能见到你的孩子的。你哭什么？你难道不让我高高兴兴地走吗？"[②] 庄之蝶从流泪到哭，表明他内心最柔软的地方被触动了。膝下无子对于男人而言是最大的遗憾。尽管他跟妻子牛月清房事不和谐，但他们未放弃努力，牛月清甚至按照民间偏方行事，但一直没有效果。

由此我们可以看出，《废都》里对庄之蝶情爱故事的描写体现了贾平凹的人文关怀。表面上看，作为有妇之夫，庄之蝶似乎很"轻浮"，先后与多位女性发生关系，性爱场景的描写直白而赤裸，违反了现代社会的道德规约，这也是为什么这部小说遭到批评的原因。但贾平凹并不是以此为

---

① 贾平凹：《废都》，译林出版社2012年版，第193页。
② 贾平凹：《废都》，译林出版社2012年版，第241页。

噱头，而是更多地刻画颓废文人的精神世界，展现现代人的脆弱、迷茫和焦虑。即使是在描写性爱场景，也注入了人文精神，让读者看到的不是表面的皮肉关系，而是具有一定的情感逻辑，是灵与肉的统一。小说中，庄之蝶不止一次询问唐宛儿、柳月和阿灿，他是不是坏人，表明他内心也有"道德规约"意识，但这些女人的回答都让他内心的自责似乎减轻不少，属于你情我愿的范畴。贾平凹在小说结尾让三个女人先后离开庄之蝶，甚至让他死在火车站候车室，表明庄之蝶式的情爱故事与现代社会格格不入，只能以悲剧而告终。"……就像一支蜡烛、一盏灯，在即将要灭的时候偏放更亮的光芒，而放了更亮的光芒就熄灭了"，① 庄之蝶既欢乐而痛苦的一生，恰恰体现了"福兮祸所依，祸兮福所倚"的哲学思想，不仅统摄了《废都》全书的美学价值，也彰显出贾平凹对复杂人性的态度和对人文精神的张扬。

二　中国现代社会转型图谱的记录者

《废都》是一部"世情小说"，记录着20世纪90年代中国现代世俗社会的悲欢离合和世态炎凉。小说的结构和情节看似"散漫"，都是"文化闲人"一些东家常李家短的故事，甚至有些"琐碎"之感，但事实上，此乃贾平凹小说的艺术匠心独运之处。若将这些一个个场景"整体性"地放在一起，俨然是一幅具有中国现代社会转型的水墨画，单个地看，似乎美感不足，但拉开距离远看，则精气神跃然纸上——色彩虽然不够斑斓，但韵味有加，笔法虽稀松平常，但精致有力。画卷中的风流放纵似有"有伤风化"之嫌，名利场上的尔虞我诈为人不齿，职场的弄虚作假更是让人愤懑不平，但这就是现代社会转型过程中的"图谱档案"，色调充满颓废之气，精神甚至有些异化，但旺盛的生命力中不乏对幸福美好生活的追求，折射出现代中国社会转型期的精神变化。

庄之蝶是小说中最浓墨重彩的一笔，堪称作品的灵魂，围绕他的生活圈子所展示的物质生活和精神生活恰恰是时代内涵的反映。正如雷达在其文章中所指出的那样："它以庄之蝶为中心，如蜘蛛网般展开一层层世态风景，且联络自然，浑整一体，无生硬铺排、人为垒砌之病。庄之蝶与其

---

① 贾平凹：《废都》，译林出版社2012年版，第364页。

他几个'文化名人',如钟主编、景雪荫,形成文化圈子;与孟云房、夏捷、京五、洪江、周敏诸人,形成社交圈子;与牛月清、唐宛儿、柳月、阿灿、汪希眠的老婆等,形成男女圈子;与市长、秘书、农民企业家、人大主任等,形成政治经济圈子;与牛老太太、刘嫂、慧明、阿兰、黄鸿宝的老婆等,形成民间圈子。这些'圈子'其实是我们划分出来的,在作品中,却是你中有我,我中有你,如流水般无法分切。"① 作为成名作家,庄之蝶享受着众星捧月的待遇,不仅市长对他敬重有加,而且圈子里的朋友各个争相跟他套近乎,以跟他交友为荣,甚至农民企业家也恳请他写文章为产品做广告。在家里,他受到妻子牛月清无微不至的照顾,衣食无忧,本可以安心创作。但他似乎对自己的生活和工作都不满意,落入焦躁不安的状态,经常借助跟圈子里的朋友吃喝玩乐、喝酒打牌、把玩文物来减轻自己内心的苦闷和孤独。小说里多处描写他骑着女式"木兰牌"摩托车,在大街小巷漫无目的地闲逛,无不显示出他烦躁的心情,这也为他后来出轨唐宛儿、柳月和阿灿埋下了伏笔。女式"木兰牌"摩托车是20世纪90年代的代步工具,女性骑着"木兰牌"摩托车是家境殷实的象征,也是那个时代的时尚标志。贾平凹在《废都》刻意描写男性作家庄之蝶骑着女式摩托车到处游走,既有讽刺的意味,也预示着他跟唐宛儿、阿灿的关系无疾而终。借助摩托车他走亲访友,联络感情,带动了不同圈子人际关系的变化,也最终酿成一个个悲剧,而这些悲剧背后昭示着一个浮躁时代的到来。

20世纪90年代是一个市场经济发展的时代,也是一个城里人精神浮躁的时代。虽然贾平凹在作品里并没有将笔墨集中在经济改革的浩大工程上,只是通过西京市长施政重点转向发展文化旅游业而展现时代的变化,如修复城墙、疏通城河、建娱乐场所等,但是读者通过不同章节里收破烂老头喊出的"民谣"依然能感受到西京人物质生活和精神生活的巨大变迁。如,在小说的开篇,收破烂老头喊出的段子,后来流传全城。"一类人是公仆,高高在上享清福。二类人做'官倒',投机倒把有人保。三类人搞承包,吃喝嫖赌全报销。四类人来租赁,坐在家里拿利润。……十类

---

① 雷达:《心灵的挣扎——〈废都〉辨析与批判》,《贾平凹研究》,李伯钧编,陕西师范大学出版社2014年版,第89页。

人主人翁,老老实实学雷锋。"①

　　这些看似与小说主题无关的民谣,实际反映了西京人的生活状态,而民谣中所反映的不同圈子的问题,恰恰在小说的故事情节中展开,甚至可以说是转型社会的客观记录。如果说这些文化闲人的生活只是转型社会冰山一角的话,庄之蝶与景雪荫的官司则把政治、经济和文化圈子的人脉关系搅动起来,从而使读者更加真切地感受到西京生活丑陋的一面。一直渴望在西京出人头地的周敏千方百计地想接近庄之蝶等文化名人,偶然得知庄之蝶与大学同学景雪荫有过一段恋爱经历,于是他到处搜集他们之间"风流韵事"的材料,添油加醋地写了一篇三万字左右的文章。"叙述他的生活经历创作道路,以及在生活创作中所结识的几多女性。自然,写得内容最丰富的、用词最华丽、最有细节描写的是同景雪荫的交往。景雪荫的名字隐了,只用代号。"② 文章在《西京杂志》发表后引起轩然大波,景雪荫认为是对她的诽谤和羞辱,把周敏、庄之蝶和钟主编告上法庭。控告双方不仅在法庭上唇枪舌剑,而且都动用私人关系,试图使法官做出有利于自己的判决。为了讨好市长,庄之蝶甚至劝说柳月,要她嫁给身体有残疾的市长儿子。整个官司闹得乌烟瘴气,给双方家庭都带来了极大的伤害。尽管初审时周敏、庄之蝶等赢了这场官司,但由于景雪荫不依不饶,坚持上告,最终官司还是输了,成为压死庄之蝶的最后一根稻草。钟主编死了,庄之蝶也因为跟牛月清闹离婚而心烦意乱,最后死在了火车站。贾平凹在小说里描写庄之蝶的过往情史,一方面揭露了官场文化的阴暗面,另一方面也揭示了庄之蝶作为"名人"被过度消费的困境及其悲惨的结局。

　　"名人"被过度消费的背后是对西方"性文化"影响中国社会价值观的反思。中国人对"性"讳莫如深,谈"性"色变。贾平凹突破传统文化的禁忌,不仅大胆而赤裸地描写庄之蝶与唐宛儿、柳月和阿灿男女之欢的"性爱"场景,而且通过其他配角有关"性"的言语行为,表现中国人性观念的变化。龚靖元"同汪希眠一样总有赶不走的一堆女人,但他没有汪希眠痴情,逢场作戏,好就好,好过就忘了,所以好多女人都自称

---

① 贾平凹:《废都》,译林出版社2012年版,第3页。
② 贾平凹:《废都》,译林出版社2012年版,第16页。

是龚氏情人,龚靖元却说不出具体名姓"①。孟云房跟原配夫人离婚,娶了比他小很多的夏捷,但似乎跟小尼慧明有染。洪江在书店跟人偷情被柳月撞见,并为此付了"封口费"。柳月在跟庄之蝶相好的同时又跟赵京五行苟且之事……在贾平凹的笔下,《废都》里的男女都似乎着了魔,醉心于男女交欢之事,社会风气也急转直下,孟云房甚至安排妓女到庄之蝶的榻前,"解解你的烦嘛!我是没那个劲头了,也没多余的钱,烦恼也没你多……现在人有了钱,谁不去玩玩女人的,这类街头上碰着的娼姐儿不让你投入感情,不影响家庭,交钱取乐,不留后患,你倒来骂我?!"②孟云房的辩解表明,性消费正成为一种男人的消费时尚,预示着转型社会的腐败和人性的堕落。中国传统文化所崇尚的从一而终的性观念在市场经济浪潮的冲击下土崩瓦解。人们不再以偷情、嫖娼为耻,反而视之为理所当然之事。因此,小说里充满性事的描写从某种意义上来说,记录着人们道德价值观的变化。贾平凹几乎白描式的描写遭到了道德卫道士的抨击,但它确实是20世纪90年代社会现实的客观存在。

三 超越民族性具有世界文学价值的经典

《废都》是一部超越本土文化的世界文学经典。表面上看,它主要描写了一个具有文人气质的作家庄之蝶精神迷失后的情爱故事,本土色彩浓重,实际上它反映了一个更宏大的具有世界普遍性或者共同性的主题,即:我是谁?将到哪里去?是坚守本土文化传统还是拥抱西方文化价值观?贾平凹以现实主义的方式,将庄之蝶的故事置于中国现代社会转型的背景之下,把主人公塑造成一个游离于灵魂与肉体的颓废者,沉浮于名利场旋涡的迷失者和挣扎于传统与现代的奋斗者,展现了中国人的精神世界。他描写的是本土的人物和事件,反映却是人类社会共同性的问题,着眼的是中国的现实,关注的却是整个人类的命运。民族的就是世界的,这也许是包括《废都》在内的众多的贾平凹作品受到越来越多海外读者欢迎的秘诀。

对于民族性和世界性的关系,贾平凹并不完全认同越是民族的就越是

---

① 贾平凹:《废都》,译林出版社2012年版,第11页。
② 贾平凹:《废都》,译林出版社2012年版,第251页。

世界的这一传统看法。1995年12月2日他在香港天地长篇小说创作奖文学座谈会上说："我认为中西文化在最高境界上是相通的，云层之上都是阳光。越有民族性地方性越有世界性，这话说对了一半。就看这个民族性是否有大的境界，否则难以走向世界。我近年写小说主要想借鉴西方文学的境界。如何用中国水墨画写现代的东西……"这是贾平凹对他个人文学创作的阶段性总结，也是他对中国文学走向世界的看法。关于这一点，他又在《四十岁说》中更加详细地做了进一步说明："作为一个好作家，要活儿做得漂亮，就是表达出自己对社会人生的一份态度。这态度不仅是自己的，也表达了更多的人，乃至人类的东西。作为人类应该大致是相通的。我们之所以看懂古人的作品，替古人流泪，之所以看懂西方的东西，为他们激动而激动，原因大概如此。"[①] 在贾平凹看来，一部作品是否具有世界文学价值，关键在于它是否表现出人类社会的共生性、共通性和共同性，是否能打动不同文化背景读者的心灵，并使其在精神上产生共鸣。

《废都》是一部描写社会转型时期知识分子精神生活迷失的文学作品，具有世界文学的共同性。庄之蝶所遭遇的人生困境是世界上其他国家知识分子面对社会转型，尤其是传统文化与现代文化冲突中可能出现的真实写照。当强势的外国文化入侵时，处于弱势地位的本土文化常常面临艰难的抉择，迷茫、焦虑、烦躁甚至不知所措，是知识分子的惯常心态，争论、争吵乃至分裂更是在传统文化坚守者和现代文化拥护者之间经常发生。如，在日本，曾出现"和魂洋才"之争，在澳大利亚，自建国之日起就有本土文化与欧洲传统的争议，在亚非拉地区各国，西方文化与当地文化之间"没有硝烟"的战争更是延续到现在。西方文化凭借其优势地位逐步蚕食本土文化，不仅引起物质生活的巨变，甚至造成严重的社会危机和精神危机。贾平凹正是凭借其对20世纪90年代中国社会的深刻洞察，栩栩如生地刻画了庄之蝶的颓废生活，着力反映在传统文化和现代文化迷失自我，并试图自我救赎的知识分子的心路历程。

庄之蝶是现实社会的觉悟者和追求者。作为一位成名但不成功的作家，庄之蝶一直在思考和探索生命存在的意义。从"初到这个城里……

[①] 贾平凹：《四十岁说》，《贾平凹研究资料》，雷达编，山东文艺出版社2006年版，第17页。

就发誓要在这里活出个名堂来",到"西京文坛上数一数二的顶尖人物",从"是什么都有了,可我需要破缺!"到他对唐宛儿感慨,"苦苦巴巴奋斗得出人头地了,谁知道却活得这么不轻松!我常常想,这么大个西京城,于我有什么关系呢?这里的什么是属于我的?只有庄之蝶这三个字吧。可名字是我的,用的却多是别人!……我清楚我是成了名并没有成功的"①。庄之蝶对自己生存意义的认识越来越深刻,也越来越悲观。他不仅向往成名,而且渴望真正的成功,努力使自己的审美理想与现实创作追求有机统一起来。可是他既无法摆脱现实生活的羁绊,实现自己虚无缥缈的审美理想,又无法说服自己对"虚名"淡然处之,得过且过。也许是他对现实世界有清醒而深刻的认识,超越其他文化闲人及家人的世俗认知,因而变得曲高和寡,闷闷不乐。焦躁之余,便寻求能够解脱之道。雅斯贝尔斯认为,当一个在追寻人生存在意义而不得法时,有两条路径可以破解:"一条是哲学各分支的单独沉思,一条是通过人的交流,以及通过活动,言谈和保持沉默而得到相互理解。"② 作为一个浸淫于古典文化的文人,庄之蝶似乎从老庄哲学的"道法自然"得到启发,崇尚自然朴素的审美情趣和逍遥自由的审美精神,并试图通过生活实践来体味和感悟。贾平凹不止一次描写庄之蝶与牛之间的亲密关系,似乎在向读者暗示他与自然界的动物有着不解之缘。

如果说庄之蝶与奶牛的交流中体味的是生存意义的话,那么他与赵京生的对话则更直接地把审美理想与女性的身体美联系起来。贾平凹之所以把庄之蝶与唐宛儿、柳月和阿灿的情爱场景写得如此"唯美",用了很多笔墨描写她们美丽的身体,包括丰满的肉体、光洁而富有弹性的皮肤、迷人的笑容、圆润的脖子、飘逸的头发、芬芳的体味等,是因为他试图将概念化的审美理想付诸于具体的实践,在天人合一、男女合体的过程中感受自然造化之美,驱赶内心的苦闷和痛苦。在描写唐宛儿时,庄之蝶感觉到,她"是幼时在潼关的黄河畔剥春柳的嫩皮儿,是厨房里剥一根老葱,白生生的就赤裸在跟前"。在与柳月偷情后,他惊叹柳月是自然造化的尤

---

① 贾平凹:《废都》,译林出版社2012年版,第23页。
② 李锐:《古朴审美理想的守望者——论庄之蝶》,《贾平凹研究》,李伯钧编,陕西师范大学出版社2014年版,第101页。

物,"丰隆鲜美,开之艳若桃花,闭之白璧无瑕"。在与阿灿做爱时,庄之蝶认为女子是大自然的化身,浑身散发着香气,忘情地吻遍她的全身。三个女子不仅呈现天然的身体美,而且都表现出一种令庄之蝶无法忘怀的"奉献"精神。

我们从中可以看出庄之蝶试图通过与女人的结合来实现"道法自然"和"天人合一"的审美理想,而这种传统的理想与现代社会的道德规范产生了矛盾和冲突。尽管经过改革开放,"过去的道德观念、价值观念都发生了变化,许多过去认为是绝对不允许干的事情现在却正是要肯定或者算不了什么"①。但庄之蝶的生存观念、审美理想及其所采取的行动,完全不可能得到现实社会的认可。他企图抗争到底,但他个人的能力过于渺小。柳月、阿灿的离开让他伤心不已,唐宛儿的失踪更是对他沉重的打击,"官司"的失败让他名誉扫地,最后落得个"精神分裂""丧失写作能力"的孤家寡人,失望悲愤之余,只好一个人拖着行李箱离家出走,昏死在火车站候车室。

庄之蝶之死是一个悲剧,其根源在于他的审美理想与社会现实之间的矛盾,但其深陷困境却不懈斗争的精神是值得称道的。一方面,他对生存意义有着清醒的认识,故而看淡名利,试图"求缺"。"求缺"就是打破原有的平衡,改变原有的生活状态。"求缺"是对原有生活的不满,因此贾平凹描写了庄之蝶失去方向后的迷茫状态和迷失自我的行为;另一方面,庄志蝶渴望进入"无忧堂",即一种老庄哲学的"逍遥自在"。庄之蝶一直在努力"写出好文章",有时甚至感觉自己已经"江郎才尽"了。从迷茫到迷失再到迷恋女人,庄之蝶试图通过"道法自然"的实践,即通过跟唐宛儿、柳月和阿灿的结合,消解心中的郁闷。在激情的过程中,他确实感受到性爱的快乐,甚至暂时忘记了痛苦,但"蝶梦"醒后他依然得面对残酷的现实。贾平凹在小说结尾让庄之蝶"去死",昭示了他在看待传统与现代之间冲突的矛盾心理。庄之蝶既是传统审美理想的追求者和奋斗者,也是传统之于现代的牺牲品和殉道者。坚守还是逃离?尽管没有答案,但至少引起了现代人对文化传统的反思。

---

① 李锐:《古朴审美理想的守望者——论庄之蝶》,《贾平凹研究》,李伯钧编,陕西师范大学出版社2014年版,第239页。

《废都》是一部超越时空的世界文学经典，根植于文本中的宏大主题——我是谁？将到哪里去？被贾平凹栩栩如生又很巧妙而深刻地表现出来。如果说《废都》出版时其文学价值尚未被充分认识到而遭到批评，是当时的时代局限性。今天我们再次阅读《废都》就能感受和体会到费孝通对它高度评价的深刻含义："二十年后将大放光彩"。《废都》被禁止发行了十七年，但并没有阻止它获得法国费米娜文学奖，更没法阻止越来越多的读者对它的喜爱。近年来，小说先后被译成了多国文字，它不仅记录了中国知识分子转型期的生活状态，更描写和刻画了具有世界文学共同性的精神追求。也许小说中的艳情描写很快被人忘记，但不断追求美好生活的奋斗精神将会化作永恒。从这个意义上来说，《废都》是超越时空和民族性的世界文学经典。

第三节 《怀念狼》的世界性和理论前瞻性

在中国当代文学的各种文体中，小说无疑有着最多的读者，而且小说也最容易经过翻译的中介成为另一国或另一种语言的读者阅读的文学文体。因此探讨中国当代小说的成就及其世界性影响，应当将其置于一个广阔的世界文学语境之下。这样，我们就会发现，中国当代的一些小说家不仅在中国有着众多的读者，而且在全世界也不乏知音。贾平凹就是其中的极少数佼佼者。本节在聚焦贾平凹小说的世界性特征之前，将首先探讨其作品《怀念狼》所表现出的世界性与理论前瞻性。

一 贾平凹小说的世界性及理论前瞻性

如果说一位小说家的作品具有世界性特征，至少说明该作家的作品并不仅仅是为本国读者所写，而更是为全世界的读者所写，因为他的作品所探讨和描写的是全人类共同面对并予以关注的问题。因此，当他的作品通过翻译的中介进入另一语境时便有可能受到该语境的读者的阅读和批评性讨论。而当我们说一位小说家的作品具有理论前瞻性时，则说明这样的作家可以分为两种类型：一类是该作家本身就是两栖写作者，既写作文学作品，又从事理论或批评论著的写作，例如意大利著名的后现代主义小说家翁伯托·艾柯就同时是一位著名的符号学家，他被公认为在这两个领域内都成就斐然，具有广泛的世界性影响。另一位具有世界性影响的大作家就是英国的后现代主义小说家戴维·洛奇，他也是一位后现代主义文论家，不仅在英语世界，而且在中国也有着很大的影响。显然，贾平凹是一位来自西北的中国乡土作家，他不可能成为这样的理论家，他也很少从事文学批评。但是在他的创作意识或无意识中却有着某种理论的敏感性和前瞻性，他是本节所说的"小说家的作品具有理论前瞻性"的另一种类型。这一点尤其体现在他的小说《怀念狼》中。

毫无疑问，在当代中国小说家中，贾平凹最具乡土意识和民族特色，甚至他的语言都具有浓郁的西北乡土特色和浓重的乡音，这一点经常出现在他作品中的一些方言和土语的运用中。因此他的作品常常被国外汉学家认为是"不可译"的，就连葛浩文这样的美国首席文学翻译家在开始问鼎贾作的翻译前还咨询过一些学者的意见。但是正如一般人所知道的，越是具有民族特色的东西就越是有可能被世界所接受，但是一个前提条件就是必须有好的翻译。因此这就说明，即使是具有鲜明民族特色的优秀文学作品也很有可能在另一语境或另一国度受到"冷遇"或"边缘化"或甚至是"死亡"的境遇。这就对从事比较文学和世界文学研究的学者提出了这样的要求：如何在国际学界推出自己的作家和理论家？我们可以很负责任地说，贾平凹的作品如果早二十年或三十年由葛浩文和陈安娜这样的优秀翻译家翻译的话，如果在一切国际场合对他的创作及作品进行批评性阐释和讨论的话，他早就引起国际文学界的瞩目进而有可能问鼎诺奖了。

因此在我们看来，具有浓郁的民族特色和乡土气息恰恰是贾平凹作品所具有的最大魅力和独特之处，尽管他的小说中有着上述不可译的因素以及种种缺陷，但这也并不妨碍他的作品在全世界的流通，虽然他的作品没有余华和莫言的作品那样在海外有着那么大的影响力和市场，但迄今为止，他的作品已被译成了二十多种语言，在全世界范围内有着众多的读者。

国内评论界一般认为，贾平凹的写作既传统又现代，既写实又高远，语言朴拙、憨厚，内心却波澜万丈，这无疑是他的作品具有厚重的叙事艺术力量的原因所在。贾平凹小说的叙述视角尤为独特。他的作品以细腻平实的语言，采用"密实的流年式的书写方式"，其间充满各种意象，但却集中表现了改革开放年代乡村的价值观念、人际关系在传统格局中的深刻变化，其字里行间倾注了作者对故乡的一腔深情和对社会转型期农村现状的思考。因此他的小说同时具有很强的现实性和审美意象性。现在，优秀的英文翻译者葛浩文等人开始对贾平凹的作品感兴趣并问鼎贾作的翻译，比较文学研究学者也开始认真讨论他的创作成就了，因此可以预言，贾平凹的作品必将很快有效地走向世界。

尽管几乎贾平凹的所有主要作品都引起了国内批评界的重视，但他的另一个特色也许经常被人们所忽视，也即他在描写故乡的人和事的同时，也对全人类共同关心的一些问题给予了极大的关注，并力图将其展现在自己的作品中。因此他的作品隐匿着某种民族性与世界性的张力，并有着引发理论阐释和批评性讨论的价值。他虽然并不从事文学理论批评，但在他的潜意识中却对理论较为敏感并能"悟"出其未来的发展走向，因此他的创作常常走在理论思潮的前面。比如说，一般在提及当代文学中的狼的形象时，总会想起姜戎的《狼图腾》，但那部十分畅销的小说却是在2004年由长江文艺出版社出版的。而贾平凹的小说《怀念狼》则出版于2000年，可以说，从当代理论批评的角度来看，这可算是一部具有批评理论前瞻性的作品，并成为当代生态批评和动物研究的难得的经典文本。

在总结《怀念狼》的写作时，贾平凹指出："但是，当写作以整体来作为意象而处理时，则需要用具体的物事，也就是生活的流程来完成。生活有它自我流动的规律，日子一日复一日地过下去，顺利或困难都要过去，这就是生活的本身，所以它混沌又鲜活。如此越写得实，越生活化，越是虚，越具有意象。以实写虚，体无证有，这正是本文把《怀念狼》终于写完的兴趣所在啊。"[①] 这便十分清楚地道出了他的写作动机和目的，他所写的东西都是自己十分熟悉的，而且是实实在在存在的，但是写法却有所不同，平庸的作家只会专注于日常生活中的一些琐事，或寻找一些能够打动普通读者的事件大加渲染，而优秀的作家则善于提取具体实存的东西赋予其普遍的象征意义。《怀念狼》就是这样一部既具有象征意义同时又有着现实关怀的作品。由此可见，贾平凹是一位有着自己独特审美理想和理论抱负的作家。确实，他写的都是实实在在发生的事，但他并不拘泥

[①] 贾平凹：《怀念狼》，作家出版社2000年版，"后记"第271页。以下引文除注明出处外均出自该书，仅标明页码。

于传统的现实主义成规，而是虚实相间，以自己的感觉和体悟为主。因此，正如他所坦诚的："《怀念狼》彻底不是了我以前写熟了的题材，写法上也有了改变。我估计它会让一些人读着不适应，或者说兴趣不大。可它必须是我要写的一部书。写作在于自娱和娱人，自娱当然有我的存在，娱人而不是去迎合，包括政治的也包括世俗的。"（第271—272页）确实，《怀念狼》主要描写的并不是贾平凹所熟悉的那些人和事，而是动物，或更具体地说是狼，因而很难吸引一般读者以及那些注重社会历史批评的批评家，但却对专事生态批评和动物研究的学者意义重大。当我们于21世纪初率先在中国的语境下引进西方的生态批评时，曾一度苦于找不到优秀的中国当代文学文本，而《怀念狼》恰在这个时候应运而生了。诚然，正如他本人所意识到的，一般读者可能对之兴趣不大，因为它不同于贾平凹以往的作品的题材和风格，但我们作为从事生态批评和动物研究的学者却对之异常感兴趣。我们始终认为，中国古代哲学中固然蕴含有丰富的生态思想资源，但是当代文学中也不应缺少这样的文学文本，因为中国当代的生态问题实在太紧迫了。此外，这不仅是中国当代社会存在的问题，也是全人类共同面对的问题，中国的作家和人文学者应该给予关注并提出自己的应对智慧和解决方案。

当一种理论思潮或批评风尚诞生时，具有理论前瞻性的作家实际上早已走在前头了，他们所创作出的文学文本就是从事理论批评阐释的极好文本。我们都知道，生态批评崛起于20世纪80年代的美国，之后风行于整个世界，而生态批评被引进中国批评界则是21世纪初的事。中国的生态批评研究者和批评家主要关注的是人与自然或人与生活的环境的关系，很少有人去问津动物研究。即使是西方的生态批评家也只是到了新世纪初才开始关注自然界动物的状态并转而研究动物的。而《怀念狼》则写在这些理论思潮崛起之前，至少在中国批评界是如此，这实际上也预示了当代生态批评的"动物转向"。他之所以选择狼为描写的对象，其一是他所关注或描写的对象是商州，那里也是遭受狼灾最严重的地区，其二便是狼的形象本身就具有二重性。狼一贯被人认为是人类的天然"敌人"，因此人类对狼是既怕又恨，这在中国尤其是如此。大家都熟知的一则寓言故事《东郭先生和狼》就通过东郭先生对狼的怜悯而受到报应的不幸遭遇警醒人类，决不能怜惜像狼一样的恶人，否则就会失去生命。在中外文学史上,在描写人与狼的关系方面也不乏杰作,但在大多数情况下狼总是一个反面的敌人的形象,虽然在一些作家的小说,例如杰克·伦敦的两部描写狼与狗的小说《荒野的呼唤》和《雪虎》中,狼也被描写为通晓人性,并具有人的思维和行事能力。但狼的另一重形象则是常常被忽视的,它有时也会成为生活中不可缺少的一个物种,人类有时也会与狼共舞,与狼共存。一旦狼这一人类的天敌从生活甚至视野中消失了,又不免会怀念它,并试图寻找他的足迹。《怀念狼》的主人公高子明就走上了寻找狼的征途,但在这一过程中却遭遇了种种曲折和磨难。

他来到商州的一个使命就是调查狼的生存和境遇,以保护这一濒临灭绝的动物。但是当他呼吁人们保护仅存的几只狼时,竟遭到人们的一顿暴打。在人们的愤怒声和接踵而来的对狼的剿灭下,最后一只狼就这样从商州消失了。高子明为保护狼的努力也付诸东流。但是作为一种报应,猎人们则因为再也见不到狼的踪影而变得虚弱和退化了,接下来的便是往日与狼战斗十分勇猛的猎人竟先后得了各种奇怪的疾病而死去。这就是人生的一大悖论。在姜戎的《狼图腾》中,牧民们最终结束了游牧生活,而草原则大面积地沙化,人的生存环境也遭到了破坏。因此人有时不免也会对有狼的时代产生一丝的眷念。作者姜戎通过将狼写成草原上世世代代人们所崇拜的一种"图腾",进而讴歌了一种一往无前的"狼的精神",而贾平凹的《怀念狼》则把这一悖论写得十分出色,使之具有寓言的深刻意味。它不只是地球上的单一物种,而是象征着所有的动物。它的幸存也关乎着人类的未来命运。而一般的读者则看不到这一点。

因此,从小说的题目就完全可以看出贾平凹的匠心所在。当狼对人的生活构成威胁时,人们确实应该将其当作敌人来对待。由于市场经济和城市化进程发展迅速,人们赚钱的欲望变得十分强烈,因此捕狼也可以获得巨额利润。在这方面贾平凹描述道:"地方政府从未投资给过捕狼队,捕狼队却有吃有喝,各个富有,且应运出现了许多熟皮货店,养活了众多的人,甚至于商州城里还开办了一家狼毫毛笔厂,别处的狼毫笔厂都用的是黄鼠狼的毛,而他们绝对是真正的狼毫,生意自然更为兴旺。"(第21页)但曾几何时,在对狼实施的全民围剿中,狼群渐渐地变得稀少甚至灭绝了。在偌大的一个商州,一度仅剩下"十五只狼",令人啼笑皆非的是,在叙事者所"听到的所有的政府工作报告中,从来还没有哪位领导在介绍自己的家底时说到还有狼！"（第21页）更为令人遗憾的是，在打完所有的狼以后，那些打狼的英雄又能去做什么呢？"捕狼队自然而然解散，据说狼毫笔厂也随之关门。"（第9页）昔日的捕狼队队长，"最后接受的任务是协助收缴散落在全商州的猎户的猎枪，普查全商州还存在的狼数"。（第9页）此外，更具有讽刺意味的是，一旦没有了狼，猎人一个个都患上了莫名其妙的怪病：人极快地衰老和虚弱，神情恍惚，先是精神萎靡、乏力无气，继而视力衰弱、手脚发麻，日渐枯瘦。这就是人在与狼为敌并剿灭狼之后所遭到的报复和报应。

诚然，贾平凹的小说所描述的不仅仅是狼的逐渐灭绝，他还栩栩如生地描写了另一种珍稀动物大熊猫的生产过程，这不啻是一种生死煎熬，最后大熊猫"后"仍然在遭受剧烈的疼痛后死于产仔，接踵而来的便是幼仔也死了，"留下来的是一群研究大熊猫的专家"，他们中的一位——黄专家甚至变疯了，因为大熊猫的死也使他的晋升职称的梦想化为了泡影。从更广泛的意义上来说，动物的死亡和退化也带来了人的退化以及自然生态的失衡这一后果，同时还有商业化的文化生态的危机。在描述人与狼的敌对关系所发生的变化时，贾平凹写道，狼在受到人的大规模捕杀后也变得乖巧了，见到活人也不扑将上去将其吞食，而是眼看着他从眼前存活下去，而出于良心发现的猎人则手拿着猎枪也没射向狼。人和狼往日的敌对关系逐渐变得缓和了，变成了一种"与狼共存"的关系。但这依然没有避免《怀念狼》最后的悲剧性结局。这并不是因为人与狼的那种平衡关系又恢复了，而更是因为那仅存的十五只狼的最终灭绝。这不仅是因为贾平凹意识到环境保护的困难，同时也流露出了他本人对这种现象在未来的发展的悲观看法。这也许正是这部小说为什么叫"怀念狼"的一个原因所在，因为狼在这里不仅仅是指地球上这一单一的物种，而是从一个更广泛的意义代表了整个地球上的动物。狼的灭绝同时也意味着地球上所有物种的灭绝，接踵而来的就是人类的不断遭受磨难甚至退化。假如这条生物链被割断了，人类也就会相应地遭受到报应，严重的自然灾害就会发生。因此，狼的灭绝对人来说并非好事，而是一件坏事，因为它破坏了地球上万物的平衡状态。既然狼作为地球上与人共存的一个物种，那么它也应当是整个生命链条中的一环，一旦地球上没有了狼，自然和人的这种平衡关系也就被破坏了，人也必将蒙受灾难。这样看来，怀念狼并不仅仅是怀念这一动物，而更多的是呼吁人类不仅要彼此关爱，而且还要关爱其他物种。这显然是一种生态世界主义的理想和情怀。

贾平凹虽然不是一位理论家，但是他的理论修养和对理论的敏感性却是当代其他作家难以比拟的。最近十多年里出现并风行于西方世界的"世界主义""后人文主义""性别研究"以及"动物研究"等理论思潮表明了理论在当下及未来的一个发展方向。贾平凹的这部描写狼的小说可以说涉及了上述所有的理论思潮，完全可以从"后人文主义""生态批评"以及"动物研究"的视角来阅读和阐释这部小说，以发掘出隐匿在他的富有张力的文字背后的批评价值和理论意义。同样，也可以从中国文学作品的批评实践对产生自西方的理论进行质疑甚至重构，这样才能达到批评家与作家的对话，以及中西文学理论的双向阐发和对话。就此而言，《怀念狼》的出现应是当代文学理论批评界的一大幸事。

二 "后人类时代"的动物意识：贾平凹的理论意识和无意识

毫无疑问，我们现在正处于一个全球化的时代，在这样一个时代，高科技的飞速发展改变了传统的生活方式，过去经常由人所从事的工作现在经常为机器所取代，一个直接的后果就是，在以往的人文主义时代人所具有的至高无上的"神"的位置逐渐下降为地球上万物的一种，人本身也成了一种"后人"，也随之进入了一个"后人类"的时代，理论也进入了一个"后理论时代"。作为作家和人文学者对这种异化的现象率先做出了反应，生态批评、后人文主义和动物研究等"后理论时代"的理论思潮也应运而生。

细读贾平凹的这部小说，我们会惊异地发现，他的作品对当代文学批评理论不无某种预示，也即在他的意识或无意识中，他已经朦胧但却敏锐地感觉到某种理论事件正在或即将出现，而作家的任务之一就是为理论家提供鲜活的文学文本，促使理论家从大而无当的（文化）"理论"中返回到文学理论本身，并专注文学作品的阅读和批评阐释。我们认为这应是贾平凹对当代文学理论批评的最大贡献，尽管这种贡献并非自觉的，但是制约作家创作的除了生活体验和以往所阅读的文学的积累外，无意识也是一个因素。也即作家并非理论家，他不可能像理论家那样有意识地进行自己的理论建构，但是作家却在无意识中对自己所要创作的作品有着某种构想,而这种无意识的构想一旦进入意识的层面就有可能成为某种可供批评家破译进而阐释的密码。当然,也许有人会认为这是在有意地拔高贾平凹的地位,或者说强制性地阐释他的作品,但我们恰恰认为,正是作家向批评家提供了理论批评的文本,他们更应该受到批评家的尊重。批评家对作品的阐释只是提供给作者一种可能的解读,并非专断的甚至强制性的。因为是批评家在帮助作家完成他尚未完成的文字文本的写作,并帮助他发掘出他的作品的潜文本意义。

细读《怀念狼》这个文本,我们不难发现,小说中有好几处对狼的情感意识都有着细腻的描写,使之具有人性或与人性相通,如狼为死去的熊猫献花以表达哀思,为死去的同伴而悲痛欲绝,并且集体对恩人表达悼念之情等。这些细节描写均体现了贾平凹对动物的特有的生命意识和人文关怀与尊重。它至少说明,在这个地球上,人并不是唯一的物种和价值主体,狼也有其存在的独立价值,这种价值并不需要人来赋予,因为它本身也是客观存在的。狼以自己的独特方式表达了对世界的认识和感受,因此它们也应该和人一样有自己的意识和存在的权利。这无疑是一种生态世界主义的情怀。[①] 而他对狼的地位的拔高并使之与人相平等的做法不仅是对长期以来的"人类中心主义"思维模式的批判,同时也预示了一种后人文主义的关怀。

所谓后人文主义又被译为"后人类主义",它也是"后理论时代"的一种跨学科的理论思潮,最近几年来开始在中国风行,但这已经是《怀念狼》出版十多年后的事件了。它意味着过分强调人的作用的人文主义时代已经终结,人类进入了一个"后人类"阶段。在这一"后人类"阶段,人类并非宇宙中唯一具有理性的生物,甚至在地球上也不是各种物种之首领。只是人类的进化程度最高,因而带有最多的理性特征。此外,人类虽然最具有想象力,也可以创造出各种奇迹,甚至创造出连自己也无法驾驭的东西,但人类的作用毕竟是有限的。关于这一点,美国后人文主义的代表人物加利·沃尔夫(Cary Wolfe)在其专著《什么是后人文主义?》

[①] 关于世界主义与文学的关系,参阅王宁为国际权威刊物 Telos 编辑的主题专辑,Cosmopolitanism and China: Toward a Literary (Re) Construction, Telos, No. 180 (Fall, 2017), 3–165;以及王宁《世界主义与世界文学》,《文学理论前沿》第 9 辑 (2012),第 3—29 页。

(*What is Posthumanism?* 2009)中也做了阐释。按照沃尔夫的看法,"人类在宇宙中占据了一个新的位置,它已成了一个居住着作者准备称之为'非人类的居民'(nonhuman subjects)的场所"。① 也即在后人文主义者那里,人类已经不再是地球上曾被那些人类中心主义者所认为的唯一有生命的物种,他和另一些有生命的动物和自然生物共同分享地球。而在这种相互依赖和共存的状态中,人类虽然地位显赫和特别,但并不一定永远是其他物种的主宰或主人,他有时也会受制于自然界其他物种或受到后者的挑战和威胁。例如人与狼的关系就是如此。贾平凹试图告诉人们,人与狼的关系实际上是一种亦敌亦友的关系,当狼处于兽性发作时期危及人的生命安全时,人固然应该奋起自卫反击狼的攻击,但是一旦狼处于劣势并开始与人共存时,则应该保护它,因为这同时也是在保护人类自己。后人文主义者也和动物研究者与生态批评家一样,实际上想告诫人们,不要忽视动物和一切有生命的东西,它们是人类所赖以生存和繁衍的生物链,一旦这个链子断了,人类就会遭遇灭顶之灾。最近十多年里出现的风暴的频发、草原的萎缩、部分动物的濒危甚至灭绝等现象就是一些不祥的预兆。对于自然和环境的危机状态,作家和人文学者是最为敏感的,他们试图呼吁人们保护自然,保护一切有生命的物种。也许这样的声音是微弱的,甚至被更多的人所忽视和误解,就像《怀念狼》的主人公高子明所遭遇的那样,但是作家和人文学者不断地呼吁终究会起到一些作用。在贾平凹的小说中所出现的一系列天灾人祸就是他对人们的警醒,而近几年来人们的生态环境保护意识的觉醒恰恰证明了他写于近二十年前的小说提出的问题已经开始受到重视了。这应该是这部小说的预示未来的寓言力量。

三 游离于民族性和世界性之间

学界曾一度认为,就文学作品而言,越是民族的就越是世界的。但是随着时间的推移和实践的证明,这种已经持续了很久的观念完全有可能是一厢情愿的。有时越是民族的反而越是难以走向世界,特别是在缺乏优秀的翻译的情况下就更是如此。贾平凹的作品长期以来被一些人认为"不

---

① Cary Wolfe, *What is Posthumanism?*, Minneapolis: University of Minnesota Press, 2009, p. 47.

可译"，尤其是那些用乡间土语写的东西。但是他的作品仍然经过翻译的中介走向了世界。就这一点而言，贾平凹算是比较幸运的，他的作品毕竟被译成了多种语言，在国外也有了众多的读者。但是与他的那些西方同行相比，那就远远算不上是幸运的。这一方面是由于西方中心主义的世界文学观所致，另一方面则是中国当代文学批评界的不正确的导向所致。如果将《怀念狼》这部小说放在一个广阔的世界文学语境中，完全可以这样认为：它既是民族的，同时也更是世界的。说它是民族的是因为这一题材取自他所熟悉的商州这个地方；说它是世界的则因为他所描写的狼已经不只是一种动物，而是指代整个动物界和自然。

首先，《怀念狼》也和贾平凹的一些其他作品一样，写的是发生在商州的事和生长在商州的人，这些事，如狼灾、打狼和寻访狼的踪迹都是道道地地发生在商州这个地方的事，几乎所有出现在小说中的人物也大多与商州有着难以割舍的关系。因此，这就是小说所立足于其中的民族的土壤和乡土特征。小说中所描写的狼也出自商州，也许它与姜戎笔下内蒙古的狼以及杰克·伦敦笔下的阿拉斯加的狼有着一些差别，但它们都属于一个大的狼科动物，或者说用来指代地球上一切不同于人的物种。就它们都有自己的生命周期和七情六欲而言，它们也和人一样是地球上的一个物种。因此它们的命运和悲欢离合就具有某种普遍性和世界性。

其次，人总是怀旧的，即使随着社会的进步和经济的发展，人们的生活水平确实提高了，商州的人们也和全国人民一样受惠于改革开放的现代化进程，以往的那种以狩猎为生的生活也随着城市化进程的加快而成了历史。但是生活得到改善后的人们却更加怀念以往的那种质朴和贴近自然的生活，这不仅是商州人的企望，同时也更是一切逐步迈向现代化的地区的人们的共同愿望：一方面，他们希望自己的生活更加现代，希望告别原始的农耕和游牧生活，但另一方面，一旦失去了与之亦敌亦友的动物，他们就会感到极不适应，甚至染上各种奇怪的疾病，有的甚至被病魔夺去了生命。因此他们就开始怀念被自己灭绝的动物，怀念狼实际上就是怀念那些已经灭绝或濒临灭绝的动物。这也是全世界各地的人们所共有的一种自然情怀和动物情怀。

再者，贾平凹作为一位有着强烈的人文关怀的作家，同时也有着更为广大的自然关怀和动物关怀。贾平凹的生态关怀和动物关怀是明显的，但是他的这种生态关怀已经超越了民族的疆界，具有一定的世界性意义，并达到了生态世界主义的高度。这也正是他的作品可以走出黄土地，进入广阔的世界文学语境中的原因所在。当然，在谈到世界主义时，并非意味着某种趋同性，尤其是说到人文与文化时就更应该如此。世界主义并非意味着专断的普遍主义：前者指涉一种容忍度，而后者则诉诸一种共识。应该看到，任何貌似具有普遍性的东西都只能是相对的，因此，就这一点而言，任何物种，不管它是人类还是鸟类还是猫类，都是地球上的一员，不管它强大或弱小，都应该受到地球上其他成员同样平等地对待和尊重。此外，作为一个地球公民，他不仅要热爱人类，而且还应当热爱地球上的其他生物。就这一点而言，贾平凹的作品就同时具有民族性和世界性，当下性和寓言性。经过翻译的中介和批评性讨论的推进，它们将载入未来的世界文学经典。

第四节 《山本》：超越自然与人性的世界书写

《山本》是贾平凹新世纪创作阶段的最新作品。在近半个世纪的创作生涯当中，关注民生、书写文化、揭露人性一直是贾平凹创作的鲜明特征。《山本》延续了贾平凹文学的一贯作风，是"一本秦岭志"，为"中国最伟大的山"而作（题记），旨在通过写作探究自人类社会有始以来就在思考的问题，"追问是从哪里来，要往哪里去"。① 也正因如此，《山本》一经问世就吸引了学界关注，广受热议。用中国式叙事讲中国故事一直是贾平凹多次重申的写作理想，然而众多学者也注意到了其作品中不可忽略的普世性价值与世界性意义。贾平凹在描绘中国文化与生活的同时，也使中国当代文学具有了世界性的意义与内涵。陈思和认为："贾平凹在《山本》里用秦岭一脉青山来默默呈现碎片似的现代性，秦岭也就包容了碎片似的现代性，现代性本身具有了中国文化特点的呈现形态。"② 《山本》超越其民间性与传统性的同时，更重要的是，表现出了作者与时俱进的现

---

① 贾平凹：《山本》，人民文学出版社2018年版，第542页。
② 陈思和：《试论贾平凹〈山本〉的民间性、传统性和现代性》，《小说评论》2018年第4期，第87页。

代精神与探索人类共同未来命运的志向。

《山本》是一部关于自然、人类与人性的启示录寓言。自然是《山本》中的一个主要写作要素。自然书写映射社会变迁、人性复杂,《山本》是一部向生命致敬的作品,更是一部剖析人性的佳作。《山本》通过为山立志,书写自然灵性、众生百态,为人性勾画系谱。贾平凹巧妙地将自然与人类社会的种种勾联以艺术化的文学创作结合起来,透过自然界与人的互文与互照揭示生命的奥秘、人性的复杂,寻求生命出路、人类救赎、生存和谐,表露出强烈的自然复魅倾向与生态人文观。作者通过对自然镜像的描写,刻画人性、隐喻现实社会危机,以后现代的手法反写出了自然的灵性与人性潜在的黑暗复杂,传递自然人性感悟。自然界与人类社会共生、共存、共同繁荣在同一生存空间之下,现代社会危机是人性的危机、更是人与自然的矛盾危机,是中国与世界共同需要深度探讨的问题。

一 自然:绵延的生命

在中西传统中,自然都是重要的哲学讨论与文学写作对象。自然被认为是基本等同于人类甚至高于人类的存在。然而,现代社会打破了这一秩序,崇尚人类对自然的完全凌驾与确保自然的附属地位。郜元宝认为,"展示空间的宽阔绵延,见证时间的漫长流失,强调文明的多层多元,探索人性的丰富深邃",是贾平凹作品的独特个性。[1] 这与贾平凹小说中对自然与生命的深度描写密不可分。自然与人类是反思生命的两种视角,他笔下的自然被赋予复杂的角色,为理解生命与人性提供了新的体验。《山本》中,自然力量化身各种生命体与自然现象,通过与故事中人物的各种交互与照应,推动故事情节发展,甚至成为决定人物命运的要素。小说中的主人公陆菊人带着"三分胭脂地"的嫁妆来到了"涡镇",机缘巧合之下,这块被认为是"真穴"的龙脉地辗转成为了男主人公井宗秀父亲的坟地。从此,陆菊人和井宗秀在涡镇经历了一段看似毫无关联却又千丝万缕联系在一起的动荡人生。在战争此起彼伏、军阀混乱的年代,陆菊人与井宗秀在努力接受命运安排的同时,又期冀着生命中会有不一样的

---

[1] 郜元宝:《"念头"无数生与灭——读〈山本〉》,《小说评论》2018年第4期,第102页。

变化。

贾平凹在小说的后记中表示"山本"的深层释义是"山的本来",① 正是通过对这些"山的本来"的种种面目的呈现,生命的不同形态与人性的复杂变化得以体现。贾平凹用自然的一草一木、花落花开、鸟兽虫鱼构建了一个平行于涡镇的"他世界",涡镇的人世变化、沧海桑田也同样地反应在了这个延伸的世界,是一种对照,更是一种警示。"每棵树都是一个键轴,各种枝股的形态那是为了平衡,树与树的交错节奏,以及它们周遭环境的呼应,使我知道了这个地方的生命气力,更使我懂得了时间的表情。"② 生命的绵延用一种新的视角解释了人与自然的内在连结本质,也使时间拥有了表达的语言。柏格森在《时间与自由意志》中提出,"真正的时间是生命本身异质性的延伸",正如自然界神秘的表现一样,不可度量,是一个个瞬间的组成,生命的本质在于流动、异质化和自我生成。③ 因此,自然的变化现象——"时间的表情",是一种超越物质本身与精神的本相。

贾平凹通过众多的自然形象与性格各异的人物形象组成了一个刻画人性的立体空间。一方面,各种具有超常灵性的动物、植物贯穿整个故事,如陆菊人的黑猫、镇上的乌鸦、花一样的蝴蝶、乌压压一片黑的蝙蝠、传说中的蟾蜍、镇子中心的皂角树、庙门前的千年紫藤、棺材铺前的痒痒树、杨家院门口的桂树、安仁堂的婆罗树等,以及孕育了整个涡镇的两条大河——黑河、白河,组成了一组纵向的自然生命图谱;另一方面,小说中涉及的人物繁多,而且不管是大人物还是小人物都刻画得个性鲜明、有血有肉,巧合的是人物大都不仅在表层的名字上与自然有着一定的互文,如陆菊人、井宗秀、阮天保、花生、剩剩等,他们的命运也都非此即彼地与自然生命相联系或有暗指的关联,组成了另一组横向的人类生命的百态。自然生命体与人物形象形成了对照与互文。陆菊人、井宗秀与三分胭脂地,花生与蔷薇花,陆菊人与蝴蝶,剩剩与牵牛蔓等在作者笔下都成了

---

① 贾平凹:《山本》,人民文学出版社2018年版,第540页。
② 贾平凹:《山本》,人民文学出版社2018年版,第544页。
③ 李和风、朱锋刚:《逃离此刻与专注当下——柏格森与伊尼斯时间观对西方文明危机的解答》,《江淮论坛》2018年第3期,第92页。

人与自然生命的互相参照。物化的人，人化的物，生命的界限变得异常模糊。陆菊人"应该是个金蟾"，① 井宗秀是"长了翅膀的老虎"，② 花生"真是从花里生出来"，③ 看着剩剩身后的牵牛花，"陆菊人似乎看到了一个精魂努力地从墙根长出来"。④ 自然与人形成了一个生命圈。一切生命不仅是自然的一种发展性投射，而且彼此之间都是"有智慧的、逻辑性的、进行着信息交流"。⑤ 生命以不同的面貌、不同的体态、不同的物种、不同的类型演绎生存意义的同时，构成了完整生命的各个方面。

　　生命是朴素与灵性的完美结合，这种特质在小说中也得到了独特的辩证体现。自然生命的朴素具有人类生命的复杂的一面，诸如陆菊人的黑猫、涡镇中心的老皂角树。黑猫是陆菊人除胭脂地以外的另一份嫁妆，"猫是个黑猫，身子的二分之一都是脑袋，脑袋的二分之一又都是眼睛。"⑥ 黑猫一出场，奇特的外貌形态就在一定程度上前景化（foregrounding）了其独特的隐喻含义。此后陆菊人开始在涡镇生活之后，在每遇到需要决策家事抑或探寻某件事的吉凶之际，就会似与人交流一般向黑猫提问，观察其反应，随而做出决定。井宗秀每偶遇陆菊人时都会有黑猫的先出现，陆菊人有事想找井宗秀商议心里想黑猫如果能叫一声她就去，"猫竟然就叫一下"。⑦ 黑猫不仅充当了陆菊人在生活中探寻天意的一个角色，而且好像能够体察人世沧桑变化，产生共情。在丈夫的葬礼上，悲伤的陆菊人欲哭无泪，黑猫一反常态、安静异常，静卧挖槽、目光凝滞，也俨然一副悲伤者的模样。剩剩骑马出事故骨折之前，黑猫好似两次尝试发出信号阻止事情发生，"剩剩要去，猫就不停地抓他"⑧。故事中黑猫的形象是多重的，它是智者、同伴、保卫者，更是跟剩剩一样历经所有变故的幸存者。小说最后，剩剩在炮火连天下"抱着那只猫，猫依然睁着眼睛，一

---

① 贾平凹：《山本》，人民文学出版社2018年版，第299页。
② 贾平凹：《山本》，人民文学出版社2018年版，第183页。
③ 贾平凹：《山本》，人民文学出版社2018年版，第151页。
④ 贾平凹：《山本》，人民文学出版社2018年版，第52页。
⑤ ［美］霍尔姆斯·罗尔斯顿：《哲学走向荒野》，吉林人民出版社2001年版，第105页。
⑥ 贾平凹：《山本》，人民文学出版社2018年版，第3页。
⑦ 贾平凹：《山本》，人民文学出版社2018年版，第112页。
⑧ 贾平凹：《山本》，人民文学出版社2018年版，第193页。

动不动"①。黑猫用它奇特的眼睛,以沉默不语的方式投射出人世的复杂与生命的顽强。

老皂角树被刻画为生命灵魂的一种精神象征。老皂角树生长在涡镇中心,是涡镇的标志,从远处看涡镇,首先看到的就是它。它有神秘的魔力,可以辨认人的德性。"它一身上下都长了硬刺,没人能爬上去,上面的皂荚也没有人敢摘,到冬季了就密密麻麻挂着,凡事德行好的人经过,才可能自动掉下一两个。"② 井宗秀、陆菊人经过的时候它都掉下了皂角。在井宗秀因三猫炸毁山炮将其活生生剥皮蒙鼓之后,犹如已经迷失了人性的井宗秀,皂角树也失去了往日的灵气,"老皂角树上从此不见任何鸟落果,没有了蝴蝶,也没有了蝙蝠,偶尔还在掉皂角荚,掉下来就掉下来,人用脚踢到一边去"③。人类道德的败坏,使自然生命也失去了灵性。在井宗秀计划建钟楼之际,老皂角树没有缘由的着火烧毁,有人说是老皂角树自杀了;井宗秀意为其立碑"涡镇魂老皂角树",也有人惊叹"老皂角树死了,涡镇就没有魂啦?!"④ 小说中对千姿百态自然生命物的描写,意在指射人类、隐喻社会,黑猫与老皂角树是其中最能够引发人反思现实、激发生命沉思的两个自然生命体意象。

同样,人类生命也有质、纯洁的一面。生命在不同介质间的绵延与映射,体现了生命的同质性真相。"每个状态是整个社会在指定情况下所得到种种印象之共同的因素和非私人性质渣滓",⑤ 世俗社会也会产生生命不受禁锢、精神超脱物我之外的完美人性的代表,朴素、纯洁、有渗透力、有永恒的生命力。小说在向读者展现自然生命体的朴素与神秘之外,更是刻画了宽展师傅与陈先生这样的理想生命承载体。宽展师傅是地藏王菩萨庙(130 庙)里的一个哑巴尼姑,总是微笑着在手里揉搓着一串野核桃。陈先生曾跟着道长学过医,还当过兵,后来竟自己弄瞎了双眼回涡镇行医治病。宽展师傅虽然不会说话,但是却手不离一根竹管乐器——尺八,

---

① 贾平凹:《山本》,人民文学出版社 2018 年版,第 539 页。
② 贾平凹:《山本》,人民文学出版社 2018 年版,第 3 页。
③ 贾平凹:《山本》,人民文学出版社 2018 年版,第 419 页。
④ 贾平凹:《山本》,人民文学出版社 2018 年版,第 495 页。
⑤ 转引自罗跃军《论柏格森"绵延"概念之内涵及其对过程哲学的影响》,《求是学刊》2011 年第 4 期,34 页。

吹奏的乐曲空灵却充满力量，涤荡灵魂，有种"顷刻间像是风过密林，空灵恬静，一种恍若隔世的忧郁笼罩在心头，弥漫在屋院"，① 堪称灵魂之音。宽展师傅用尺八乐声代替了口舌之音，而陈先生虽然也是双目失明却心如明镜，洞事如神，反倒是比喉眼健全的人更懂得处世之道、生命的奥秘。如果说黑猫与老皂角树是以自己为对照，揭露人类社会黑暗与腐败的一面的话，那么宽展师傅与陈先生就是作者反思人类自身所发现的美好。

贾平凹在他的小说中善用类似的处于俗世的哲人形象来传达故事背后的人生真谛与世界真理。宽展师傅与陈先生不仅体现了中国传统文化中佛家与道家的文化精神，而且对现代现实社会有一定的启示。陈先生给人看病开药，医治的既是身体，也是心灵，甚至解剖的是人性。他有心济世却从不强求，来者不拒却从不主动过问人事；他倾其所力帮助病患，心地慈善，却也将人世与人性的阴暗与复杂深谙于心。他给人看病，"嘴总是不停地说"，② 他说的是人身体的病，说的是人心里的病，也说的是人性的病。陈先生将人性的贪婪描述为"天毒"，"蜂有天毒，人也有天毒，……人不知道削减"，③ 在他的眼里人都是生了各种各样病症的病人。宽展师傅读佛经，读的是"记载着万物众生其生老病死的过程，及如何让人自己改变命运以起死回生的方法，并能够超拔过世的冤亲债主，令其究竟解脱的因果经"④。陈先生看病，看破的是"世上的事看着是复杂的，但无非是穷和富，善和恶"，⑤ 是医生，又是道家，"做身与心的救治"。⑥ 生命万物无限绵延，紧紧相连，复杂却又简单。人世纷繁复杂，处世却无外乎穷富、善恶、生死之道。

人类世界同自然世界一样，既有温情与美好，也有凶残与丑恶。随着现代社会的不断物化，人性的异化也逐步加深。自然中有生命的灵物，人类中也有邪毒堕落的腐物。在战争的年代，涡镇在各种武装力量与权力争

---

① 贾平凹：《山本》，人民文学出版社2018年版，第5页。
② 贾平凹：《山本》，人民文学出版社2018年版，第51页。
③ 贾平凹：《山本》，人民文学出版社2018年版，第17页。
④ 贾平凹：《山本》，人民文学出版社2018年版，第507页。
⑤ 贾平凹：《山本》，人民文学出版社2018年版，第150页。
⑥ 贾平凹、杨辉：《究天人之际：历史、自然和人——关于〈山本〉答杨辉问》，《扬子江评论》2018年第3期，第34页。

斗的过程中所经历的动荡，成为中国社会的一个缩影。小说对人性的揭露和剖析，正是对现代人性的共通性书写。《山本》的特殊之处就在于将这种对权力影响下的复杂人性与对自然生命体的刻画与描写联系了起来，不仅深度阐释了生命的无限绵延性特征，而且宣扬了生命平等的理念。"真实的变异和运动是绵延的，虚假的变化和运动是不绵延的。伯格森把绝对的变异、运动说成世界和万物的实体、真相，也就是等于说世界和万物无不都是绵延的。"① 故事结尾，在炮火声中，涡镇毁于一旦，但是陆菊人、剩剩、宽展师傅、陈先生、黑猫却在尘土中凝滞，他们是生命轮回的见证者，也是生命毁灭的幸存者，更是生命延续的象征性希望。涡镇从繁华的中心又变成了秦岭山中的一堆尘土，淋漓尽致地表现了"尘归尘，土归土，极尽繁华，不过一掬细沙"的生命箴言。贾平凹通过人与自然的互文与互动，灵动厚重地折射出了生命的绵延与人性的复杂。

二 人性：分裂的矛盾体

《山本》通过对人性深层次的谱写和人性复杂性的刻画，颂扬生命的同时，勾起对自然神秘的无限敬畏与生命感悟。文学艺术创作也是人类生命意识的一种绵延。历史的变革、社会的变迁说到底是人性的复杂变化。"历史是泥淖，其中翻腾的就是人性。"② 贾平凹在《山本》中塑造了林林总总的各色人物，前后出现的角色几乎有上百个，却都各有特点、不尽相同。这种卷式的意象化人物设计，一方面是贾平凹在小说创作中一贯使用的独特手法，与先前的《秦腔》《古炉》等作品相一致；另一方面，对不同层次人物的细致刻画，在映衬主要人物性格特点的同时，更加凸显出人性的真实与饱满，更好地阐释人性的复杂特征。尽管小说中人物角色繁多，但始终围绕着陆菊人与井宗秀两位主人公的故事展开，繁复中有重心，看似混乱，实则主次有序。事实上，也正是因为如此复杂的故事设计，故事角色所表现出的人性复杂才更具特色。"天地间自有道存在，不

---

① 王晋生：《柏格森绵延概念探讨》，《山东大学学报》（哲学社会科学版）2003年第6期，第111页。

② 贾平凹、杨辉：《究天人之际：历史、自然和人——关于〈山本〉答杨辉问》，《扬子江评论》2018年第3期，第31页。

管千变万化,总有永远不变的东西。"① 贾平凹通过对众多看似小人物、小角色的有声有色的刻画,指出了人性复杂的普遍事实,尤其是通过陆菊人与井宗秀两个主要人物的隐喻式书写,将人性置于历史、社会语境的拷问之下,揭露人性中常常不为人知的一面,以及自然生命、自然存在与人性隐藏面之间的关联。

现代社会,人的物化与异化是普遍存在的现象,人性的觉醒与自我救赎是获得解放的基本需求。自我觉醒与探求救赎是小说尝试解决的主要问题。故事中虽然以历史、战争、政治变革等宏大的社会语境为背景,但实际上旨在描写生命与人性,"《山本》的目的,不是写秦岭那些历史,而是想从更丰富的状态中去写中国。不是为了纪念什么,反对什么,歌颂什么,而是从人的角度来从这些时间中吸取怎样的活人的道理。从已经发生过的事件中,反思怎样活得更好"②。故事主要围绕着陆菊人与井宗秀的人生经历而展开。陆菊人小时候被其父以嫁女抵债为童养媳从夫杨钟,阴差阳错三分胭脂地被杨父让与井宗秀,便告诉井宗秀"那可不是一般的地……以后就看你的了井宗秀"③。家道中落的井宗秀,父亲新丧,其兄金宗丞投奔红军游走在秦岭大山之中游击革命,受赠三分地才得以葬父。然而,挖墓之时竟发现此地原是一位武士的古墓,获得了不少陪葬的财宝古董,便将一面刻有"内清质昭日月光明夫日月心忽而愿忠然而不泄"④字样的铜镜赠予陆菊人外,其余全部变卖,在获得了一大笔财富的同时,也取得了投资人生的资本。世界是偶然与必然的组合,陆菊人与井宗秀的故事也是反映现实偶然与必然中的一个缩影。

自我认知与人性觉醒是一个艰难复杂的过程。柏格森将生命的主要进化方向分为"麻木、智能、本能",⑤ 正如生命"进化运动的蜿蜒曲折",⑥ 自我在不断寻找的过程中显现,人性在对比交错中冲撞、产生生

---

① 贾平凹、杨辉:《究天人之际:历史、自然和人——关于〈山本〉答杨辉问》,《扬子江评论》2018 年第 3 期,第 31 页。
② 贾平凹、杨辉:《究天人之际:历史、自然和人——关于〈山本〉答杨辉问》,《扬子江评论》2018 年第 3 期,第 33 页。
③ 贾平凹:《山本》,人民文学出版社 2018 年版,第 31 页。
④ 贾平凹:《山本》,人民文学出版社 2018 年版,第 31 页。
⑤ [法] H. 柏格森:《创造进化论》,王离译,新星出版社 2013 年版,第 66 页。
⑥ [法] H. 柏格森:《创造进化论》,王离译,新星出版社 2013 年版,第 70 页。

命的火花。小说中的两位主人公亦是如此。虽然小说描述的主要是20世纪20—30年代发生在中国秦岭山中的故事，但是"现代人所谓的种种神秘、甚至迷信的事件，在那时是普遍存在，成为生活状态的一种"。① 陆菊人与井宗秀从彼此之间都有好感，从联手合作做酱笋到经营茶行，再到结局的相互疏离与生死悲剧，生命与人性的复杂真相在"麻木、智能、本能"的纠葛中逐渐明晰。陆菊人嫁入杨家，对丈夫杨钟虽并不满意，但日子过得平淡、安宁，在儿子剩剩出生后，一家人三世同堂，普通却不无乐趣。关于三分地的秘密，除了井宗秀之外，陆菊人并不曾向家里任何人透露。通过分享秘密，陆菊人与井宗秀在人际关系上增加了一层神秘的联结，井宗秀不仅将挖到的古铜镜赠予陆菊人，而且索要了她做衣服剩的一绺布作为随身物品。陆菊人与井宗秀，彼此既是给予者，也是受予者。然而，不管是龙脉地的秘密，抑或是铜镜，还是看似无用的边角布料，从来就只是属于他们两个人的秘密，是不为外人所知的隐藏面，物体成为了人性异化过程中的标记与痕迹。

物体被赋予人特有的意识期冀之后衍化成为人性的一种表现形成。"物质帮助意识沿着它自身的偏向向前走；它产生冲动"。② 这种冲动在物体上高度象征化、隐喻化，成为表现人性共通性的重要表现形成。由此来看，在陆菊人与井宗秀的关系中，联结他们的三样东西：龙脉地、铜镜、布角，可以依次看作是财富（权力）、精神（灵魂）与情感（情愫）的代表物，是改变他们关系的关键，也是引起涡镇一系列变动的主要因素。井宗秀好似继承了墓中武士的精神，被权力所激发。井宗秀看到铜镜上的"昭日月光明"，就觉得它应该属于陆菊人，因为她"配得上这面镜子"，③ 铜镜是陆菊人品德的象征，反照的是人性。陆菊人被父亲抵债嫁与杨钟到涡镇，成年后出落得貌美端庄，人人称赞，犹如院前的桂树一般，但是"无论收到怎样的夸奖，陆菊人都安安静静"，④ 辛勤持家，努力劳作。然而，在井宗秀逐渐在涡镇显有名气后，陆菊人对井宗秀的关注

---

① 贾平凹、杨辉：《究天人之际：历史、自然和人——关于〈山本〉答杨辉问》，《扬子江评论》2018年第3期，第33页。
② ［法］H. 柏格森：《创造进化论》，王离译，新星出版社2013年版，第136页。
③ 贾平凹：《山本》，人民文学出版社2018年版，第79页。
④ 贾平凹：《山本》，人民文学出版社2018年版，第5页。

与日俱增，对井宗秀可能就是龙脉地所预示的"英雄"更加相信。即使在确认井宗秀对自己的爱慕之心后，公公同意她再嫁时，陆菊人仍坚持"杨家还是涡镇的杨家"，并反思自己行为的不妥之处，"以后自己还是再不去找井宗秀为好，也不要井宗秀来杨家"。① 黑布是井宗秀向陆菊人索要的剩布料，是他们之间情愫的象征物，不仅颜色暗淡，而且难以成物，暗示了陆菊人与井宗秀关系的结局。简单物体的复杂象征性内涵意义，是人物内心的一个侧面写照。"这些'物像'，不仅在一定程度上传达出关于自然和人生的隐秘经验，而且，这些经验链接和渗透出来的事物之间，都是以无限复杂的方式相互作用，成为对世界进行描绘和诗学把握的重要层面。"② 权力、道德与现实条件的限制，加剧了人性的复杂多变。物质的冲动带着陆菊人与井宗秀所选择的人生偏向，走向了更复杂的局面。

权力、精神与情感之间的矛盾冲突激发自我认知的觉醒。物性与人性相互影响，相互推动。"无论是物质还是意识，现实已向我们呈现出了一种无尽无休的变化。它自我成就又自我毁灭，但是从不会由其他东西组成。"③ 小说主人公陆菊人的自我觉醒就是在这样的矛盾变化中逐渐显现。陆菊人的矛盾首先表现在对自我认识的矛盾。陆菊人自身的思想是分裂的。她嫁与杨钟，却从未真正接受认可丈夫，以至于真诚地希望井宗秀能够做出一番大事，成就龙脉地的预言。杨钟离世之后一种空虚感却莫名袭来，不仅屋子空了，而且"全空了"④，杨钟带走的是"疼痛""怨恨""担惊受怕""瞎毛病"。⑤ 显然，空虚感是陆菊人自己的空虚感。但她为什么空虚，她所说的被带走的疼痛、怨恨等一系列的激烈情绪是杨钟的还是她自己的？在故事中，柳嫂将其理解为陆菊人对丈夫的嫌弃与释怀，认为是杨钟的，而陆菊人自己却说这是自己"眼泪往肚里流"。⑥ 她在替丈夫难过之余，更为难过的是她自己的曾有过的怀疑与没有更加珍惜。陆菊

---

① 贾平凹：《山本》，人民文学出版社2018年版，第262页。
② 张学昕、张博实：《历史、人性与自然的镜像——贾平凹的"实际写作"论纲》，《西北大学学报》（哲学社会科学版）2019年第2期，第117页。
③ ［法］H. 柏格森：《创造进化论》，王珥译，新星出版社2013年版，第190页。
④ 贾平凹：《山本》，人民文学出版社2018年版，第216页。
⑤ 贾平凹：《山本》，人民文学出版社2018年版，第217页。
⑥ 贾平凹：《山本》，人民文学出版社2018年版，第217页。

人不仅意识到了自己对丈夫的误解，而且觉悟到自己的迷失。这也正暗示了她之后坚持在杨家守寡的结局，是道德的约束，更是她自己的醒悟。

其次，无意识的漫延引发的是无限的错位与矛盾。"生命在我们眼前以一种不可预知的连续创作形式进化着：此理念一直都坚持形式、不可预知性和连续性都只是表象——我们自身物质的外向反应。"① 陆菊人对社会的认识存在一定的矛盾，具体表现在她对于井宗秀的矛盾情感。一方面，她对井宗秀的爱是纯洁的、无私的、精神的，充满幻想。陆菊人不仅间接地给井宗秀提供了葬父的坟地，而且竭尽全力帮助他成为所谓天选的"龙脉英雄"，办"井日升"酱笋坊、替井宗秀暗中平坟地阻止阮天保挖坟、出面经营茶行、暗中资助井宗丞、智填大坑扩建茶行、出资建钟楼，不求回报，从未有逾越之举。甚至忽略自身情感，心甘情愿地一手培养花生嫁与井宗秀。另一方面，她又是模糊的、盲目的、不确定的、现实的，不得不面对幻想破灭的悲剧。陆菊人心目中想象的英雄的井宗秀到底是什么样的人物，她不知道；井宗秀所做之事，是非曲直、正义与否，她没有做明确的区分，即使在井宗秀因三猫将山炮炸毁要将其剥皮之时，陆菊人所担心的竟然是井宗秀的声誉，因为"他是有情有义，是有德行的"，是"环境逼着他才这么干的，老皂角树不是也都长着像矛戈一样的刺吗？"② 显然，这只是陆菊人的自我欺骗与自我麻醉，她对自己与井宗秀都存在着误解与幻想。在井宗秀执意在镇中心建钟楼之际，不仅痴迷于寻欢作乐，而且不顾民意反对征集钱财改造涡镇，花生向她倾诉之余，陆菊人不禁感叹就算是杨钟在的时候，"在外头再混账，回到家里也得宁宁的"，还让花生给井宗秀传话，"预备旅说的是保护镇的人，其实是镇人在养活着他的预备旅"。③ 陆菊人感叹世事的多变，却又觉得这一切都是自己无意识的选择，"一切错，都是自己需要错啊"④！陆菊人对井宗秀的认识是错位的、是矛盾的，也同时反映出她自己内心的凌乱与不一致。

"同类相生"原则是生命进化过程中的一种自然现象，"人和人交往，

---

① ［法］H. 柏格森：《创造进化论》，王离译，新星出版社2013年版，第26页。
② 贾平凹：《山本》，人民文学出版社2018年版，第418页。
③ 贾平凹：《山本》，人民文学出版社2018年版，第418页。
④ 贾平凹：《山本》，人民文学出版社2018年版，第264页。

相互都是镜子"① 阐释的也是同样的道理。贾平凹曾表示,"陆菊人和花生是一个女人的性格两面",陆菊人与井宗秀更像是"雌雄同体"分割后的象征。② 这是对复杂人性的一种解读,更是一种精巧的表现方式。然而,从另一个角度来看,花生与井宗秀更是陆菊人隐藏于内心深处自己没有办法实现的自我。陆菊人、花生、井宗秀更像是自我的三个不同层面。陆菊人对井宗秀与花生看似热忱无私的关怀,实际上,是她弥补深层自我的两个代体。花生不仅长得像陆菊人,更像是陆菊人从不曾有过的青春,"陆菊人站在月季蓬下,她的白长衫子和月季一个颜色,好像是身上开满了花"③。她对花生说,"一个人对一个人器重也好,喜欢也好,感到亲了,自己就会发现自己的能力",④ "爱他其实就是爱你自己",⑤ 花生激发了陆菊人对青春自由与浪漫爱情的向往,她告诉井宗秀自己是帮忙养着花生,事实上更像是借着花生完成自己的一种精神向往,是"爱人爱己"的一种变相式实践。对陆菊人来说,花生充当的是她和井宗秀之间的另一种扭曲的联结工具。这从她对井宗秀的态度和关于花生的谈论中一览无余,"花生是你的,但现在又不是你的,柿子要水暖熟了才去涩味,等我好好调教,配得上你这个旅长了,我再给你送过去"⑥。花生的命运应该是由自己主宰,花生无辜地成为了陆菊人与井宗秀人性扭曲下的牺牲品。

如果说花生是陆菊人实现自我浪漫情感理想的一种代替的话,那么井宗秀就是陆菊人实现自我社会理想的一种映射。受历史、社会环境的限制,陆菊人所处的时代,女性不仅社会地位较低,而且取得社会成就的机会较少,通过男性实现社会理想是仅有的选择之一。陆菊人爱慕井宗秀,因为觉得他是有可能成为英雄的人,可以造福一方水土、一方人民的人。陆菊人对井宗秀说:"有时也想,我待你亲什么呢,其实我还是待我自己的想法亲,在杨家十几年了,我有一肚子想法,却乱得像一团麻。现在我

---

① 贾平凹:《山本》,人民文学出版社 2018 年版,第 503 页。
② 贾平凹、杨辉:《究天人之际:历史、自然和人——关于〈山本〉答杨辉问》,《扬子江评论》2018 年第 3 期,第 34 页。
③ 贾平凹:《山本》,人民文学出版社 2018 年版,第 295 页。
④ 贾平凹:《山本》,人民文学出版社 2018 年版,第 333 页。
⑤ 贾平凹:《山本》,人民文学出版社 2018 年版,第 359 页。
⑥ 贾平凹:《山本》,人民文学出版社 2018 年版,第 334 页。

把这团麻理顺了，我才知道了我要什么，什么事能要来的，什么事要不来的，也就理顺了我该咋样去和人打交道，咋样去做事。"[①] 陆菊人说的是她的无奈、无助、无力，但是通过井宗秀她认识了自己，也认识了别人，找到了自我，找到了实现自我的途径与方法，但也付出了沉重的代价。人性的变形与扭曲终将走向毁灭的结果，一切的反常早已预示了悲剧的结局。最终，井宗秀不但没有成功，反而走向了毁灭，并使整个涡镇沦陷于炮火的灰飞烟灭之中。贾平凹通过对陆菊人、井宗秀、花生的塑造，深层剖析了人性背后的矛盾与复杂，揭露了自我与外界相互影响、相互映射的真理。

人性的复杂之处，在于矛盾、在于不可知、在于多变，更在于各种因素影响下的变形与扭曲。贾平凹笔下的陆菊人，有善良、勤劳、无私的一面，但也有盲从、幻想、扭曲、异化的一面。她对井宗秀与花生的爱是无私的，又是自私的，是自爱的一种延伸与外化。井宗秀并没有成为她想象中的英雄，花生也并没有因为她的培养而得到幸福，他们的故事是悲剧的。陆菊人依然是模糊的、逃避的，对于她一手造成花生的不幸，始终没有明确的态度与反思，对于井宗秀的迷失与残酷她没有任何应对，她是对亦是错。虽然，她并没有获得自己所设想的成功，但生命的意义更多在于不断的发现与自我超越。贾平凹通过陆菊人试图表现的不仅是人性的复杂，更是生命运动中永恒不变的自我发现过程。

三 人类：自然的客体

生命与人性是人类认识世界、寻找自我、追求进步过程当中的主要认识对象。这也是贾平凹一贯以来在他的小说中尝试剖析的问题。在《山本》中，自然与人性的互相映射与互相解剖，体现的是作者对人与自然界、人与动植物生命体之间到底存在着怎样的神秘关联；到底是什么促使人性的堕落、激发人性暗的一面，模糊了人性本该有的善与爱，使人性中的恶与仇吞噬一切等问题的思考。"所有的生命，无论是动物生命还是植物生命，都像是一种努力，它在聚集了能量之后便会让这些能量流入一些

---

① 贾平凹：《山本》，人民文学出版社2018年版，第333页。

适应性强的通道（其形状可以改变）"，①生命的努力到底会成为哪种结果，充满着不可控制的矛盾。人性中本有的自私始终存在。"每一种物种都只考虑自己，只为自己而活。因此，就出现了我们在自然中定会看到的无数的斗争，才会产生一种不和谐。"②小说中生动地展现了人的自然性与兽性的复杂融合，传达出了现代人类社会普遍面对的问题：人对自然的违反、对自然人性的压抑必然造成现实的混乱与人性的变形扭曲，人在潜移默化中丧失了正常的理性与道德标准，完全受制于情绪与欲望的摆布，终将失去了人性的真、善、美。

《山本》犹如水墨画一般描绘了一幅现代人性的意象写意。权力的争夺、政治的混乱颠覆了伦理道德的准则与底线，是非、真假、善恶没有界限；生存本能、物质竞争冲垮了原有的价值观念，社会信任严重赤字；社会管理陷于无政府状态的边缘，民众生活动荡、人心多变，人性变形扭曲现象严重，井宗秀就是在这样的夹缝环境中，一步步走向了堕落、毁灭。井宗秀"长的白净，言语不多，却心思缜密"，③从小跟着画师学画；哥哥井宗丞在县城读书，随后加入了红军。被兄牵连入狱一年后，井宗秀遇到了立志写书（秦岭动物志、植物志）传世的文人麻县长，与师弟杜鲁成一起侥幸获得释放。临走之时，麻县长让两人每人说出三种动物，井宗秀说了龙、狐狸和鳖，杜鲁成说了驴、牛和狗，麻县长便留下了杜鲁成在县政府做事，井宗秀便回了涡镇。麻县长为何留下了杜鲁成，却放走了井宗秀？数年之后，当井宗秀说服麻县长将政府迁至涡镇之时，麻县长才解释到三个动物分别代表的是"自己对自己的评价""外人如何看待你"和"你的根本"。④正因为如此，麻县长曾觉得井宗秀并非可以安于一隅的池中之物，所以才留下了杜鲁成，而非井宗秀。麻县长虽满腹诗书，却感叹自己"无能为天地立心，为生民立命，为往圣继绝学，为万世开太平"。⑤与他形成明显对比的井宗秀，善于运筹帷幄，在权力的斗争中游刃有余，拥有了一定的武装震慑力，使涡镇也浮现出一派不受混乱世事侵扰，独善

---

① ［法］H. 柏格森：《创造进化论》，王离译，新星出版社2013年版，第174页。
② ［法］H. 柏格森：《创造进化论》，王离译，新星出版社2013年版，第175页。
③ 贾平凹：《山本》，人民文学出版社2018年版，第11页。
④ 贾平凹：《山本》，人民文学出版社2018年版，第281页。
⑤ 贾平凹：《山本》，人民文学出版社2018年版，第311页。

一方的繁荣。然而,在乱世之中,个人的力量无法与历史的车轮相抗争,一切的努力终将被时代的脚步所践踏。从这一点来讲,井宗秀与麻县长是相似的,他们都是历史的见证者与牺牲者,终将被淹没。

井宗秀是现代人性危机的一个代表和缩影,在欲望与空虚的理想中走向幻灭。"在一本小说写作刚刚开始的时候,作家会赋予自己的主人公很多东西,而随着故事的进展,这些东西都会被丢弃",① 剩下的就是作者试图阐明的核心。井宗秀有英雄的一面,也有消极的一面,带来更多的是毁灭的黑暗。他怀疑妻子与土匪五雷不轨,就设计将其谋杀。获得团长的地位之后,虽然已丧失了性能力,却依然以马鞭为暗号,在镇上寻花问柳。即使在历经各种周旋斗争之后,占有一方,成了名正言顺的官,他也并没有践行德行、正义,反倒随着权力的不断增大,变得更加狂妄自大和骄傲自满。此后,明知自己有问题,还迎娶花生,满足自己虚荣感的同时,葬送了花生的人生与幸福。从起意杀阮姓人为自己损失的预备旅兵员报仇,到剥三猫人皮以解失山炮之恨,井宗秀的灵魂逐渐被涡镇的黑色所侵袭,人性黑化,不仅性情大变,整个人好似也换了个人。"腮帮子、眼皮子都鼓鼓的,好像是肿着,两只眼睛也没了往日的细长,光是比以前亮,但是也有些瘆人";② 人皮鼓起来之后,"他的身体明显发生了变化,嘴角下垂,鼻根有了皱纹,脸不再那么白净,似乎还长了许多"。③ 权力与欲望的膨胀掩盖了人性,内在的矛盾注定理想的空虚缥缈,无法实现。故事的结尾,井宗秀遭阮天保暗杀,死不闭目,只留下"半截黑布全被血水侵湿"④ 和即将遭到魂灭的涡镇。井宗秀死了,陆菊人对着尸体感伤"或许是我害了你",⑤ 故事又回到了原点,井宗秀并没有实现他对改变涡镇与世界的理想,世界却改变了他与涡镇的命运。

生命流动永恒不息,人性是一直处于变化中的自然矛盾体。中国文化包罗万象,不仅宣扬自然生命的神秘,更坚持人性中自然物性的一面,从根本上将人与自然生命进行了本质的关联。在小说中,陈先生就是这种理

---

① [法] H. 柏格森:《创造进化论》,王离译,新星出版社 2013 年版,第 68 页。
② 贾平凹:《山本》,人民文学出版社 2018 年版,第 415 页。
③ 贾平凹:《山本》,人民文学出版社 2018 年版,第 419 页。
④ 贾平凹:《山本》,人民文学出版社 2018 年版,第 524 页。
⑤ 贾平凹:《山本》,人民文学出版社 2018 年版,第 525 页。

念的信众,"人是十二个属相么,都是从动物中来的"①。人类不仅与自然生命体相互照应,甚至可以互相转化,既表现为人性的复杂,也阐释了生命的共通。陆菊人有一种明显的神秘感应,井宗秀的马是她母亲的化身,蜘蛛是杨钟亡灵的化身。生命是转化的,审视的角度不同,就产生了差异。井宗秀将这种现象与艺术类比,"在上的是天的云纹,在下的是地的水纹,……水里的鱼在天上就是鸟,天上的鸟在水里了就是鱼"。② 人与自然生命在根本上一脉相承,紧密相连。世界的多变复杂,人性的善恶真伪,既是人类社会的本来面目,也是对自然生命的一种反映。故事中的麻县长是中国儒家传统思想的代表,虽然身为一介书生,心有治国安邦之志,乱世却使其力不从心,有入世之意,却迫于现实为秦岭著动物志、植物志而安身。社会的混乱、人性的扭曲在他的眼里变为一个人世与兽圈混不可分的变态世界。他用一个"怪"字形容涡镇,"好多男人相貌是动物",有时甚至有一种让人迷糊的感觉,分不清"是在人群里还是在山林里?"③ 人性中的真、善、美区别定义了人类,人性中的假、丑、恶警示人类要保持抵抗人性中弱点的警戒之心,敬畏生命、践行美德。

贾平凹在用各种各样的自然隐喻暗示了故事的悲剧结局的同时,生动刻画了人类自然特性的本质。涡镇本名为平安镇,因为地理上处于两条河(白河与黑河)的交汇之处而改名为涡镇,涡滩与黑白交汇的意象表达的是动荡与混杂,呼应了当时的社会环境并暗示了涡镇故事可能的结局。"黑白意象"是贯穿整部小说的一条不间断的线索。黑河、白河围绕着涡镇,组成犹如八卦太极图一样的两个转动的磨盘,推动着故事的发展。小说中构建起了一幅多层的"黑色意象图",将人物的命运、故事的结局编码在其中。黑色一方面与中国文化中的象征性意义呼应,象征果敢、坚毅、忠勇,但同时也粗率、莽撞;另一方面与西方文化中的悲剧性结果联系在一起,暗示人物的悲剧命运、故事的悲剧性结局。涡镇是一个"黑"镇,所有的货栈商铺,清一色黑色的木门板,街巷里的树,树皮也是黑的;镇上的动物都是黑的,黑乌鸦、黑蝙蝠、陆菊人的黑猫;井宗秀的军

---

① 贾平凹:《山本》,人民文学出版社 2018 年版,第 515 页。
② 贾平凹:《山本》,人民文学出版社 2018 年版,第 297 页。
③ 贾平凹:《山本》,人民文学出版社 2018 年版,第 344 页。

队也是"黑色军团",黑旗、黑军装(黑衣黑帽黑裹腿黑鞋)、黑城墙;天气有时也是黑的,黑云、黑风、黑色的天空。然而,与八卦图所阐释的互相转化一样,黑与白是事物不同的两面,是流动的。在故事结尾,陆菊人站在她的高塔顶,俯视着一切,"旗子是黑色的,上面写着白字,像是刀子,……整条街上都发出仇恨,而同时有无数的烟囱在冒炊烟,像是魂在跑"①。

　　小说反映出贾平凹立足中国文化传统,对现代社会的辩证性思考。历史、社会变迁的道路不以人的意志为转移,复杂的环境制约了人的理性,美好的人性必然受到压抑与扭曲。涡镇的变迁与涡镇上人物的命运在中国历史的长河里只是一个瞬间、一个缩影,会发生曲折,会出现插曲,但是前进的方向不受人的控制,"就像黑河白河从秦岭深山里喷川道流下来一样,流过了,清洗着,滋养着,该改变的都改变了和正改变着"②。所谓的"英雄"只不过是河水激起的一朵浪花,燃烧了自己,博得了一时的火光。小说中的陆菊人与井宗秀都属于这样的"英雄",前者一心倾尽全力辅佐井宗秀,却发现了英雄毁灭性的一面,后者在权力与欲望的驱使下,也偏离了理想的方向。现代人类生活是琐碎的、反英雄式的、庸俗的。陆菊人说,开始的涡镇,虽然人们生活穷苦、充满了磕磕碰碰,但"那算是个日子";而井宗秀崛起之后,涡镇繁荣了,镇上的居民生活好了,但"到处都是血,今日我杀了你,明日我又被人杀了",人人惊慌失措、人人自危、提心吊胆,"人咋都成这样了!"③ 这是现代社会物质发展与精神空虚的错位与悖论。现代社会是一个碎片化、实用主义、个人主义的社会,人的自我救赎与未来社会的出路是全世界共通面临的问题与难题。

　　《山本》表达出在现代社会危机之下,贾平凹对人性异化与人类未来命运的担忧。"在作家眼中自然万物富有灵性,能辨善恶、明是非、示因果,只有'我'与自然同在,与自然合一的时候",④ 才足以表达人类社

---

① 贾平凹:《山本》,人民文学出版社2018年版,第521—522页。
② 贾平凹:《山本》,人民文学出版社2018年版,第5页。
③ 贾平凹:《山本》,人民文学出版社2018年版,第515页。
④ 韩伟、胡亚蓉:《叙事伦理:在冲突与融通中升华——评贾平凹长篇小说〈山本〉》,《西北大学学报》(哲学社会科学版)2019年第6期,第131—138页。

会的伦理关怀与人文精神气质。显然,在贾平凹看来,人与自然是不可分割的主体,人性更是人类自我意识与自然性的结合。人对物质、权力的追求,对欲望与人性弱点的放纵,必将导致人性的堕落与社会的混乱甚至毁灭。这种认同既回应了中国传统思想中"天人合一"的自然观点,而且迎合了西方现代主义、后现代主义对人类社会碎片化、异化的批判。当前现代性概念之下的人已经从"影子"变换成为一种"火花",片刻的灿烂之后,留下的只是灰烬。

《山本》这部寓言式小说以自然式书写的方式阐释了生命的共通性与现代人性的异化,是贾平凹对现代社会危机的文化性反思。作者借为秦岭做著的艺术方式,探索中国文化中所蕴含的普世性价值与世界共同性。中国文化,犹如"秦岭其功其天,改变半个中国的生态格局",[1] 影响着世界未来的发展。小说中看似置于事外的三个人物:麻县长、陈先生、宽展师傅,不仅在一定程度上代表了中国儒、释、道三种传统思想的文化特征,而且映射出贾平凹在现代语境重新发现其现实意义的态度。陆菊人是佛教的信徒,地藏王菩萨庙是她经常探访释惑的地方,但是她却将唯一的儿子送到了陈先生门下成为了道教弟子。寻求救赎的道路是包容与开放的,并不局限于某一种特定的模式。麻县长深谙儒道,却哀叹:"六百里秦岭之地,每嗟雁啸鸿哀,若非鸾凤鸣岗,则依人者,将安适矣。万千山蹊径之区,时叹狗盗鼠窃,假使豺狼当道,是教道也,安可禁乎?"[2] 万物瞬息万变,互相转换,阻止本该发生的悲剧并不一定会有未来,顺应事态的自然发展则是出路,人类如何正确认识世界是缓解危机的关键。在小说中,麻县长应对的方法是,"心将流水同清净,身与浮云无是非";[3] 陈先生认为世界应该是"无英雄"的平等世界;宽展师傅参禅悟道,信仰人类社会的复杂之下必有永恒不变的朴素真理。麻县长以死明志留下《秦岭动物志》与《秦岭植物志》,象征中国传统文化精神的绵延生命力;陈先生、宽展师傅、剩剩在毁灭中幸存,既映射出作者对社会救赎与世界未来的希望,也体现出了中国文化开放包容的特征,是中国当代文学尝试

---

[1] 贾平凹:《山本》,人民文学出版社 2018 年版,第 311 页。
[2] 贾平凹:《山本》,人民文学出版社 2018 年版,第 444 页。
[3] 贾平凹:《山本》,人民文学出版社 2018 年版,第 444 页。

寻求人类救赎的一种尝试与想象。

贾平凹的小说大多充满人文关怀的气质，《山本》融合了他对自然人文与社会人文的双重思考。在小说中，贾平凹通过自然与人性的互文书写，反思现代社会普遍存在的人性异化问题的同时，映射出了对现代世界生态危机的思考；故事在尝试重新阐释儒家、道家、佛教中"天人合一""自然人性"等中国传统人文思想的同时，超越了民族与文化的疆界，具有一定的世界性意义。贾平凹通过对自然灵性、多面人性以及社会危机的意象式刻画，细致入微地呈现了生命百态与英雄悲剧，假借历史的乌托邦幻想，为现代社会的自然危机、人性危机、未来危机寻求出路。在后现代社会，人类活动极度膨胀、自然资源消费超前导致社会危机频现。如何重新认识世界、认识人类与自然的关系、如何达成社会未来设定的一致是亟待解决的首要议题。贾平凹揭露人性贪婪，指出人类在自然界作为客体的一面，在试图警戒人类对自然怀有敬畏之心的同时，尝试从中国传统文化角度为世界面临的共同危机提供中国式解决方案。《山本》超越自然与人性，是深度阐释生态人文情怀、解构生命，探讨后现代社会人类共同出路的伟大世界性书写。

第十九章

莫言与世界文学

引 言

2012年,莫言斩获诺贝尔文学奖,成为首位获此殊荣的中国作家。莫言的获奖充分表明其作品的文学品质和世界文学价值获得了国际认可,展现了中国当代文学之于世界文学的意义。这不仅坚定了国内读者对本土文学的自信,也激发了国外读者了解和阅读中国当代文学的兴趣,更在一定程度上加快了中国当代文学跻身世界文学之林的进程。尽管如此,一个不争的事实是,中国文学在世界文学中的地位依然很低,"与中国文学实际上应有的价值和意义仍是很不相称的"。[①] 在此背景下,为了推动更多的中国文学像莫言作品一样走向世界,立足于世界文学之林,相关研究者不禁发问:莫言的作品有何特质?莫言作品在域外大获成功的原因是什么?莫言作品是如何成为"世界文学"的?这正是本章所要关注的问题。要解决这些问题,我们需要在世界文学语境下考察莫言作品,充分认识翻译之于莫言成为世界文学的作用。莫言作品在世界各地的传播和接受离不开翻译,正是翻译让其"超越了自身民族文学的界限走向世界而具有了世界文学的意义"。[②] 与此同时,我们也需要充分关注莫言作品本身具有的本土性和世界性。

关于莫言小说的批评和研究著述,国内外已发表的文献实在是汗牛充栋。有鉴于此,本章主要从莫言小说的英译研究、莫言作品文学性的本土

[①] 王宁:《世界文学语境中的中国当代文学》,《当代作家评论》2014年第6期,第4页。
[②] 宋学智:《何谓翻译文学经典》,《中国翻译》2015年第1期,第27页。

化与英译、莫言作品的世界文学路线图描绘这三个方面入手，探索莫言小说的英译现状，解析莫言作品的文学性本土化过程及文学性的英译过程，充分彰显译者的重要推动作用，诠释莫言作品的世界文学路线图，揭示其动态演进的推动因素，以期凭借莫言作品的世界文学进程经验为中国当代文学实现"走出去"到"走进去"的跨越提供有益启示。

第一节　莫言小说英译研究

十年前，英奇（M. Thomas Inge）[①]从美国学者的角度观照了莫言的三部小说：《红高粱家族》（1987）、《天堂蒜薹之歌》（修订版改名为《愤怒的蒜薹》；1988）、《酒国》（1993）。此文算是西方世界早期研究莫言小说的比较全面、客观的评论文章，在一定程度上集中体现了西方学界看待中国文学的视角和着眼点。自从改编自莫言中篇小说《红高粱家族》的电影《红高粱》（由张艺谋执导）获得1988年柏林国际电影节金熊奖后，莫言的小说才真正引起了西方人士广泛的注意。在西方世界或学界眼中，莫言无疑是中国当代文学最重要的作家之一。那么，在西方世界，莫言作品的影响究竟如何？为什么会有如此影响？翻译起到了怎样的作用？本节将就上述问题试作回答。

一　国际影响

截止2010年8月，在西方世界（即以英文写作，并在国际刊物上）发表的莫言小说研究共有72篇文章，含专著或论文集中的相关章节。其中，艺术与人文科学引文索引（A&HCI）上有21篇，国际权威数据库EBSCO上面有10篇，尤以见于期刊《今日世界文学》（*World Literature Today*）最多。

就内地以外的大中华地区而言，中英文报纸上登载的有关莫言最新小说《生死疲劳》[②]的文章或报道有48篇。在英语世界，最受瞩目的莫言

[①] M. Thomas Inge, "Mo Yan through Western Eyes", *World Literature Today*, Vol. 74, 2000, 501–506.

[②] 有关莫言小说《生死疲劳》的英译在英语世界的影响以及具体的文本分析，将另文探讨。

小说是《红高粱家族》《丰乳肥臀》《生死疲劳》《天堂蒜薹之歌》和《酒国》。莫言作品在国际上获得的大奖包括：（1）西方国家：《酒国》（法译本）获法国"儒尔·巴泰庸"外国文学奖（Laure Bataillin；2001）、获法兰西文化艺术骑士勋章（2004）、第三十届意大利诺尼诺国际文学奖（Nonino International Prize；2005），《生死疲劳》获美国纽曼中国文学奖（Newman Prize for Chinese Literature；2009）；（2）大中华地区：《白狗秋千架》获台湾联合报小说奖（1989），《红高粱家族》获《亚洲周刊》（香港）选为20世纪中文小说100强（2000），《檀香刑》获台湾联合报读书人年度文学类最佳书奖（2001）、被香港公开大学授予荣誉文学博士、获第二届红楼梦奖——世界华文长篇小说奖（香港；2008）；（3）亚洲其他国家：《生死疲劳》获日本"第17届福冈亚洲文化大奖"①（2006）。

二 在西方受欢迎的文学作品类型

就美国人喜欢的中国文学作品来看，葛浩文认为："一种是sex（性爱）多一点的，第二种是politics（政治）多一点的，还有一种侦探小说，像裘小龙的小说据说卖得不坏。其他一些比较深刻的作品，就比较难卖得动。"②

就第一点而言，葛浩文在翻译莫言早期作品《红高粱家族》《天堂蒜薹之歌》和《酒国》时，在"译本里加上了一些［……］原著中没有的东西，譬如性描写"，③而在翻译《生死疲劳》时则删除了一些比较露骨的性描写。就第二点来说，由于中国的政治体制和意识形态跟西方国家不同，西方读者会以猎奇心态，从中国文学、电影中猎取异域文化和管窥中国的政治特征。就葛浩文看来："美国读者更注重眼前的、当代的、改革

---

① 2006年7月7日，日本福冈市政府宣布，把"第17届福冈亚洲文化奖"的大奖授予中国作家莫言。莫言是继巴金之后获此殊荣的第二位中国作家。除巴金外，中国社会学人类学家费孝通，导演侯孝贤、张艺谋，考古学家王仲殊曾荣获大奖，经济学家厉以宁、现代艺术家徐冰先后获得过该奖的学术研究奖和艺术文化奖。

② 季进：《我译故我在——葛浩文访谈录》，《当代作家评论》2009年第6期，第45—56页。

③ 莫言：《我在美国出版的三本书》，《小说界》2000年第5期，第170—173页。

发展中的中国。除了看报纸上的报道,他们更希望了解文学家怎么看中国社会。另外,美国人对讽刺的、批评政府的、唱反调的作品特别感兴趣。"① 第三种侦探小说的流行,应该是全世界普通现象,此点可从《达·芬奇密码》《福尔摩斯探案全集》的畅销观之。

三 莫言作品受关注的原因

莫言的作品在国际上受到很大关注,最重要的原因是译者的大力宣扬和努力。如果译者恰好同时也是批评家和著名学者,那么就有较大可能在国际重要奖项选拔上担任评委,例如马悦然(Göran Malmqvist)在诺贝尔文学奖评选时力推他翻译得很多的李锐作品,葛浩文在美国俄克拉荷马大学举办美国纽曼中国文学奖时提名他所翻译的莫言最新作品《生死疲劳》。

葛浩文是翻译莫言作品最多的英语译者,他翻译了莫言的 6 部作品,② 同时,在葛浩文所有的译作中,莫言作品所占比例也最高。在将中文作为译出语的所有英译者中,葛浩文在英语世界中的认可度最高。(1) 这首先要归因于他的翻译作品产量极高,截止 2010 年 8 月,葛浩文的英文单行本译作共计 45 本,英文选集 3 部(其中两部与人合编),计划英译的有 4 本。(2) 除了翻译大量中国当代名家作品外,葛浩文还在英文世界里发表了大量评论文章并与人合编评论和翻译文集。他的评论文

---

① 罗屿:《葛浩文:美国人喜欢唱反调的作品》,《新世纪周刊》2008 年第 10 期,第 120—121 页。

② 葛浩文已翻译的莫言作品有 6 本:(1)*Red Sorghum*, Viking, 1993. Published simultaneously in Great Britain by Heinemann. Penguin Modern Classic, 1994.(《红高粱》);(2)*The Garlic Ballads*, Viking, 1995. Penguin Modern Classic, 1996.(《天堂蒜薹之歌》);(3)*The Republic of Wine*, Arcade Publishing (US) and Hamish Hamilton (UK), 2000.(《酒国》);(4)*Shifu, You'll Do Anything for a Laugh*, Arcade, 2001.(《师傅越来越幽默》);(5)*Big Breasts and Wide Hips*, Arcade, 2004.(《丰乳肥臀》);(6)*Life and Death Are Wearing Me Out*, Arcade. 2008.(《生死疲劳》);计划翻译的莫言作品有一本:*Death by Sandalwood*, Funded by Guggenheim Foundation.(《檀香刑》)。其次多的是苏童的作品,共 4 部,分别为(1)*Rice*, William Morrow, 1995. Penguin Modern Classic, 1996. Perennial paperback, 2004.(《米》);(2)*My Life as Emperor*, Hyperion, 2005.(《我的帝王生涯》);(3)*Binu and the Great Wall*, Canongate. 2007.(苏童《碧奴》);(4)*The Redemption Boat*(苏童《河岸》), Transworld (UK), Publisher: Black Swan (July 8, 2010)。

章主要见于学术期刊《译丛》(Renditions)、《现代中国文学》(Modern Chinese Literature)、《世界文学》(World Literature)、《今日世界文学》等;书评或评论主要见于畅销报纸和杂志《华盛顿邮报》(The Washington Post)、《泰晤士报》(The London Times)、《时代周刊》(TIME Magazine)、《洛杉矶时报》(The Los Angeles Times);翻译选集包括《八十年代中国文学:第四届文艺工作者会议文集》(Chinese Literature for the 1980s: The Fourth Congress of Writers & Artists [1982]、《哥伦比亚中国现代文学作品选集》(The Columbia Anthology of Modern Chinese Literature;与刘绍铭[Joseph S. M. Lau]合编;[1995],[2007])、《毛主席看了会不高兴》(Chairman Mao Would Not Be Amused [1995])、《吵闹的麻雀》(Loud Sparrows;与穆爱莉[Aili Mu]、朱茉莉[Julie Chiu]合作编译;[2006]);另外,葛浩文还是《现代中国文学》的创刊主编。(3)葛浩文的个人品味独特,对文学作品鉴赏能力很高,对翻译选材目光敏锐。

除了在英语世界里最有影响力的汉语英译家在文字上造成的影响,另外,在口头上,翻译家葛浩文在所有的公开或私下采访及交谈中几乎是言必谈莫言,对于莫言作品给予了极高的评价。2009年3月,在一次访谈①中,他称赞道:"我认为(莫言)写的东西不会不好,绝对不会,所以他的新作我都会看。"从以上几点可看出,葛浩文给莫言作品在西方的传播带来了社会资本和象征资本。

有趣的是,译者和原作者关系的和谐。莫言和葛浩文互相都十分欣赏,在所有的公开场合被采访时,两人都会提及对方。例如,2000年3月莫言在科罗拉多大学博尔校区的演讲说道:"如果没有(葛浩文)杰出的工作,我的小说也可能由别人翻成英文在美国出版,但绝对没有今天这样完美的翻译。许多既精通英语又精通汉语的朋友对我说,葛浩文教授的翻译与我的原著是一种旗鼓相当的搭配,但我更愿意相信,他的译本为我的原著增添了光彩。"②葛浩文在谈到莫言时说:"他是一位谦和的人,他

---

① 季进:《我译故我在——葛浩文访谈录》,《当代作家评论》2009年第6期,第45—56页。

② 莫言:《我在美国出版的三本书》,《小说界》2000年第5期,第170—173页。

时常夸奖他的译者，正如他的译者时常夸奖他的著作一样。"①

第二，莫言前期作品（2000年之前）在国际上受到关注，与由他创作的小说被改编成电影有关系。中篇小说《红高粱家族》改编成电影《红高粱》（1987；导演张艺谋），获得1988年柏林国际电影节金熊奖；中篇小说《师傅愈来愈幽默》（1999）改编成电影《幸福时光》（2002；导演张艺谋）；短篇小说《白狗秋千架》（1989；获台湾联合报小说奖）改编成《暖》（2003；导演霍建起），获得第十六届东京国际电影节最佳影片金麒麟奖；中篇小说《白棉花》改编成同名电影（2000；导演李幼乔）。

尽管电影《红高粱》得了国际大奖，然而，就莫言的文学作品而言，真正在国际上享受盛誉，受到极大关注还是在2000年之后，其标志是2000年6月美国文学界的重要杂志《今日世界文学》刊登了一系列介绍和评价莫言作品的文章，如《我在美国出版的三本书》（My 3 American Books, Mo Yan）、《禁食的莫言有毒食品》（The "Saturnicon" Forbidden Food of Mo Yan, Glodblatt）、《莫言的文学世界》（The Literary World of Mo Yan, Wang）、《从父权世界到母权世界：论莫言小说〈红高粱家族〉与〈丰乳肥臀〉》（From Fatherland to Motherland: On Mo Yan's *Red Sorghum* & *Big Breasts and Full Hips*, Chan）、《西人眼中的莫言》（Mo Yan Through Western Eyes, Inge）、《酒国》（The Republic of Wine, Kinkley）。而《生死疲劳》由于是获得国际大奖最多的莫言作品，所以它的出版年2006可以被看作是莫言国际影响的高峰年，或曰莫言在西方世界的高峰。

第三，作为赞助者的出版社起的所用。这与第一点也有关联，葛浩文在汉学界和美国翻译界的地位和声望，为莫言小说在美国乃至欧美世界的推广带来了社会资本和象征资本，美国纽约的出版社 Arcade Publishing 出版了莫言的五部小说：*The Republic of Wine: A Novel*（2000；中文原著为《酒国》）、*Shifu, Yo'll Do Anything for a Laugh*（2001；中文原著为《师父越来越幽默》）、*Big Breasts & Wide Hips: A Novel*（2004；中文原著为《丰乳肥臀》）、*The Garlic Ballads: A Novel*（2006；中文原著为《天堂蒜薹之

---

① 参见 http://www.chinadaily.com.cn/hqgj/2008-03/12/content_6528946.htm（2010年9月1日）。

歌》)、*Life and Death Are Wearing Me Out: A Novel*（2008；中文原著为《生死疲劳》）。出版社根据对销量的预测（包括看经由源文本改编的电影是否获得国际大奖），来推出硬皮本精装版，或是软皮本简装版。通常情况下，得过国际大奖电影作品的原著也会受读者欢迎。

第四，西方文学、文化批评界的赞誉和欣赏以及汉学家（如王德威、葛浩文）的大力推介。例如发表在《翻译评论》(*Translation Review*) 上的著名评论家卢普克尔（Christopher Lupker）对《丰乳肥臀》的评论（2005年第70期"中国文学"专刊），耶鲁大学史景迁（Jonathan Spence）发表在《纽约时报》(*New York Times*；2008年5月4日）上的《重生》(Born Again) 对《生死疲劳》的评论，穆尔（Steven Moore）发表在《华盛顿邮报》上对《生死疲劳》的评论，葛浩文发表在《华盛顿邮报》（2002年4月28日）的《写作生涯》(The Writing Life)，莫里森（Donald Morrison）发表在《时代周刊》上的《半边天》(Holding Up Half the Sky；2005年2月14日），全雪莉（Shirley N. Quan）发表在《图书馆杂志》(*Library Journal*；2008年4月1日）上的对《生死疲劳》的评论。第二届"红楼梦奖：世界华文长篇小说奖"决审委员会主席王德威表示：

> 《生死疲劳》以最独特的形式，呈现了中国乡土近半世纪的蜕变与悲欢。莫言运用佛教六道轮回的观念，杂糅魔幻写实的笔法，发展出一部充满奇趣的现代中国《变形记》。"变"是本书的主题，也构成现当代历史的隐喻。全书笔力酣畅，想象丰富，既不乏传统民间说唱文学的世故，也有对历史暴力与荒诞的省思。莫言以笑谑代替呐喊、彷徨；对土地的眷恋，对社会众生的悲悯，对记忆与遗忘的辩证，尤其跃然纸上。《生死疲劳》足以代表当代中国小说的又一傲人成就。①

第五，想象中国的方法，正如葛浩文所言"美国读者希望有更多的

---

① 参见 http://buar.hkbu.edu.hk/index.php/admission/undergraduate_admissions/mainland_students/newsletter_main/08Newsletter_08/08Newsletter_08_03. （2010年8月26日）。

中国的作品被翻译过来，他们认为能通过文学来看看中国的现实"。① 王德威曾指出：以往的现代中国研究多半集中在社会科学方面，然而，史料的累积、数据的堆砌乃至政治的观测，虽提供诸多颇有价值的信息，解释中国的常与变，却鲜能触及实证范畴以外的广大领域。这一现象近期在海外有了改变。不少学者开始重新思考中国及中国人的主体性问题，并提出建构"文化中国"的可能性。走出实证方法学的牢笼，如何"想象"中国的过去与未来，以及中国人所思所存的现在，遂成为一亟待挖掘的课题。② 王德威更进一步指出：由于20世纪80年代大陆寻根文学的崛起，乡土与都市文学的对垒再度成为热门话题。寻根文学着重乡俚风俗人物的素描，对往时往事的追忆，乍看之下，只是对伤痕文学的一种美学回应。但在社会潮流引导大家"向前看"的时期，寻根作家偏偏反其道而行，不仅向"回"看、向"下"看，而且更要往每个人的内心里看，其所隐示的颉颃姿态，不言自明。寻根派的代表人物如韩少功、莫言等，也同时可视为前卫的先锋派人物，理由即在于此。

第六，适合西方口味的特殊的叙述方式，即作者自身的惯习（habitus）。一系列的定势（disposition）可形成惯习定势系统，它指"一种存在方式，一种习惯性的状态，特别是一种嗜好、爱好、秉性、倾向"。③ 莫言的小说跟他同时期的作家相比，不同处在于，（1）同时代的大多数作家在叙述历史时，几乎都是毛泽东和共产党抗击敌人，激励大众消灭外敌和内敌从而拯救中国，叛徒汉奸和胆小鬼都要遭受不同程度的惩罚，正义的共产党总会胜利，这种历史叙述角度在传统抗战小说中尤其明显；而莫言的小说关于历史的写作，却会以模糊过去和现在、死亡和生存、以及善与恶、好与坏的界限开始，以推翻传统抗战小说创作中的二元对立模式来重构历史。以1987年出版的《红高粱家族》为例，莫言以家乡山东高密东北乡为背景创作的这部小说通过描写一个农民家庭从1923年到1976

---

① 参见 http://news.xinhuanet.com/book/2008-03/23/content_7841379.htm（2010年8月30日）。

② ［美］王德威：《想像中国的方法：历史·小说·叙事》，生活·读书·新知三联书店2003年版。

③ Pierre Bourdieu, *Outline of a Theory of Practice*, Cambridge: Cambridge University Press, 1977.

年的经历，讲述了山东农民的爱恨、苦难以及冒险，骄傲地回忆了小说主人公祖父的英雄业绩。如此这样一个看似矛盾的形象为当代西方读者提供了全新的阅读体验，超越了"文化大革命"时期中国文学中是非黑白分明的形象特征。①"文化大革命"时期文学中的英雄通常是平板的、格式化了的高于现实中真人的形象。换言之，他们已被抽取了被认为是粗俗的人的欲望和需求。他们身上只有美和善，而无丝毫的邪恶与丑陋。而莫言书中爷爷的形象则集美丑善恶于一身，与同年代中国其他文学作品在形象塑造上截然不同。（2）作品中叙述者形象也是极端反传统的。例如，在《红高粱家族》中，奶奶作为一个主宰自己命运的女性，她反叛了传统的价值和道德观念。当她被父母作为换取一头骡子的筹码而许配给麻疯病人单扁郎时，她通过与爷爷通奸来进行反抗，后来爷爷杀死了单扁郎和单扁郎的父亲。②

莫言很注重自己作品叙事角度的嬗变，（1）历史观的改变：莫言对于历史的态度在他创作《红高粱家族》与《丰乳肥臀》的9年间发生了变化。如果说《红高粱家族》是在推翻毛泽东时代的历史小说中建构起来的二元对立的试验、揭露作者思乡怀旧的伤感的话，《丰乳肥臀》则找不到他怀念"过去的好日子"的痕迹了，或者说他通过采用恋女的（philogynous）写作方法来更深地探寻历史的本质；从喝酒（爷爷）到喝奶（上官金童），莫言笔下的人物真正地代表了通过他们所见到的"种族的退化"（species's regression），反映出作家对于历史的怀疑和讥讽；由此，陈颖（Shelley Chan）得出结论：莫言不仅质问历史，而且也探讨中国人和文化的社会特质，成年上官金童是他那个时代的典型产物，是一个长期政治压力之下的社会的畸形产物。结果，这个人物承载了复杂的含义：历史的、文化的、社会以及政治的；上官金童代表了莫言对中国过去、现在

---

① 20世纪60—70年代的中国内地文学属于特殊年代的特殊产品，其文学性有限。诚如葛浩文所言："那时候的大陆作家，只写大陆，大陆背景、大陆思想、大陆故事，所以那时候大陆的作品我就不怎么喜欢。"参见季进《我译故我在——葛浩文访谈录》，《当代作家评论》2009年第6期，第51页。

② Shelley W. Chan, "From Fatherland to Motherland: On Mo Yan's *Red Sorghum & Big Breasts and Full Hips*", *World Literature Today*, Vol. 74, 2000, 495 – 500.

和将来的怨恨猜忌的观点。① （2）从男性中心主义到女性中心主义的改变：在早前的小说《红高粱家族》中，"洋溢了对父辈创造的历史的深深崇拜，莫言创造了一个充满男性的力与美的父权世界"。② 性别等级非常明显："父亲"形象统领着全书，甚至连叙述者的父亲豆官，在当时还是一个十多岁的小男孩，也被塑造成一个硬汉形象。更进一步看，故事的女主角奶奶，事实上也被男性化了。她的孙子，即故事的叙述者，用"巾帼英雄"来标榜她，指出她是一个男人般的女人，她的姐妹中没有人像她那样追求自由。"尽管小说《红高粱家族》在对于历史的叙构方面进行了大胆的革新和实验，但我们仍要说《红高粱家族》是传统的男性中心主义的。"③《丰乳肥臀》也是描写一个农民家庭的故事，对于历史的重构仍继续了莫言的模糊善恶对立的手法，对历史更具讽刺的态度，中心人物是高密东北乡为背景的上官家的一个重要女性形象——母亲。这个有着丰乳肥臀的女人，遮蔽了所有男性形象而使得高密东北乡成为了一个母性世界。作品中其他女性形象也同样有着鲜明的个性。陈颖认为："小说标题《丰乳肥臀》标示了莫言正在受一种力量的推动，使他把躯体带入了历史传记，通过身体反映历史（指女性）以及描写历史中的身体。丰乳肥臀这样的生理特征不仅属于母亲，也属于姐妹。乳房其实是小说中的中心躯体形象。"④ 莫言断言乳房象征着"爱、诗、无限的天堂和被金色麦穗覆盖的大地［……］，它同样代表了"骚动的生命和汹涌的激情"。⑤ 在中国这种男权国度中一直被认为是历史的驱动力量的男人在《丰乳肥臀》中几乎全部遭到了作者的嘲笑与挖苦。"如果说《红高粱家族》中阴茎暗喻着男权（读者可以回想起年少时的豆官如何在同一条疯狗搏斗时失去了一个睾丸，在伤口愈合后阴茎又是如何勃起的），那么乳房在书中则代

---

① Shelley W. Chan, "From Fatherland to Motherland: On Mo Yan's *Red Sorghum & Big Breasts and Full Hips*", *World Literature Today*, Vol. 74, 2000, 495–500.

② Shelley W. Chan, "From Fatherland to Motherland: On Mo Yan's *Red Sorghum & Big Breasts and Full Hips*", *World Literature Today*, Vol. 74, 2000, 495–500.

③ Shelley W. Chan, "From Fatherland to Motherland: On Mo Yan's *Red Sorghum & Big Breasts and Full Hips*", *World Literature Today*, Vol. 74, 2000, 495–500.

④ Shelley W. Chan, "From Fatherland to Motherland: On Mo Yan's *Red Sorghum & Big Breasts and Full Hips*", *World Literature Today*, Vol. 74, 2000, 495–500.

⑤ 莫言：《丰乳肥臀》，作家出版社1996年版。

表了《丰乳肥臀》的复杂性。在《红高粱家族》中奶奶的乳房被日本人的子弹射穿了,在《丰乳肥臀》中乳房不仅代表了女主角和其他女性角色遭欺凌的身体,同时还承载了历史意义。乳房作为生理躯体的一个组成部分,并不只体现其生理功能,还被作者用作了他的重构历史小说中的书写对象和符号。"① 在《红高粱家族》中,莫言相信存在男性的退步与堕落,而且在祖先与后代之间划了分界线。爷爷和红高粱以男性美和上帝的恩赐代表着过去,而第一人称的叙述者和杂交的高粱则象征着耻辱的现在。《丰乳肥臀》中莫言嘲弄小说中的每一个男人,"主人公是一个一生都吊在乳头上的男人,而他的名义上的父亲与爷爷更像是小丑。小说中唯一的男性英雄是司马库,母亲的第二个女婿、国民党官员、臭名昭著的地主和乡团的头子"。②

莫言的叙事风格对西方评论者和读者具吸引力。比如,在西方评论家看来,莫言小说体现了食人主义(cannibalism)。葛浩文认为莫言小说的主题充满了食人主义。"几千年来,西方文学中食人主义题材不尽其数",③ 无疑这种题材的小说极能引起西方读者的兴趣。如德国作家聚斯金德(Patrick Süskind)的畅销小说《香水》(*Perfume*)自1985年出版以来,始终高居德国畅销书排行榜的前十名,已被译成包括中文在内的四十种文字,作者也因此成为德国近年来最受欢迎的作家。食人主义有两种:求生性食人(survival cannibalism)和习得性食人(learned cannibalism)。④ 葛浩文⑤以郑麒来(Key Ray Chong)⑥的分类为根据,将莫言小说,包括《十三步》《酒国》以及短篇小说《灵药》和《弃婴》,重点以《酒国》中烹食婴儿事件为例,对其中食人和烹制场景一一进行剖析。食人主义实

---

① Shelley W. Chan, "From Fatherland to Motherland: On Mo Yan's *Red Sorghum & Big Breasts and Full Hips*", *World Literature Today*, Vol. 74, 2000, 495–500.

② Shelley W. Chan, "From Fatherland to Motherland: On Mo Yan's *Red Sorghum & Big Breasts and Full Hips*", *World Literature Today*, Vol. 74, 2000, 495–500.

③ Howard Goldblatt, "The 'Saturnicon' Forbidden Food of Mo Yan," *World Literature Today*, Vol. 74, 2000, 477–485.

④ Key Ray Chong, *Cannibalism in China*, Wakefield, N. H.: Longwood Academic, 1990.

⑤ Howard Goldblatt, "The 'Saturnicon' Forbidden Food of Mo Yan," *World Literature Today*, Vol. 74, 2000, 477–485.

⑥ Key Ray Chong, *Cannibalism in China*, Wakefield, N. H.: Longwood Academic, 1990.

际上是个比喻，源自于巴西当地人吃人肉、喝人血的宗教仪式，同图腾"貘"一样，象征汲取他人力量的方式，不是否定外来的影响或滋养，而是吸收和转化来自本地的获得。①

第七，获得了多个国际大奖，提升了知名度。以《生死疲劳》为例，自从获得第二届"红楼梦奖：世界华文长篇小说奖"首奖，除中国内地以外的境外刊物和报纸，登载了52篇相关报道；*World Literature Today* 就报道了该作获"美国纽曼中国文学奖"，在2009年7—8月刊上分别登载莫言自述、译者葛浩文提名致辞、学者李海燕（Haiyan Lee）介绍评审过程、莫言小品文鉴赏（葛浩文译），专门介绍莫言及其作品。

四 小结

常有评论家说莫言深受马尔克斯、福克纳的影响，理据是莫言在日本曾做过"两座灼热的高炉"的演讲，指的就是福克纳和马尔克斯。例如，姜智芹说道："莫言的创作深受马尔克斯、福克纳等世界级大师的影响，正因为如此，他的作品吸引了众多海外读者。［……］莫言读了马尔克斯、福克纳、卡夫卡等人的作品，眼界大开，发出了'小说原来可以这样写'的喟叹。他称马尔克斯和福克纳是两座'灼热的高炉'，可以说马尔克斯和福克纳给了莫言创作观念上的启迪和艺术探索上的理论依托。"②然而，这种说法比较牵强。因为就这个问题，葛浩文曾问过莫言，莫言回答："《百年孤独》没看完，一直想看，总是看了一点，就放下［……］到日本去参加一个什么会，听说马尔克斯也要参加，我说，啊呀不好意思了，就很快地把那本《百年孤独》看完了。"③ 这种"囫囵吞枣"的阅读法，似乎很难说莫言会受马尔克斯多大的影响。另外，就福克纳的影响，葛浩文曾问过莫言，以下是葛浩文对与莫言对话的回忆记录："福克纳的看了多少，《喧哗与骚动》看了没有？没看。那你到底看了什么？就看了几个短篇。（莫言）说我不用看福克纳很多作品，我能够跟他认同的，他

---

① Else Ribeiro Pires Vieira, "Liberating Calibans: Readings of Antropofagia and Haroldo de Campos' poetics of transcreation", S. Bassnett and H. Trivedi, eds. *Post-Colonial Translation: Theory and Practice*, London and New York: Pinter, 1999, 95 – 113.
② 姜智芹：《西方读者视野中的莫言》，《当代文坛》2005年第5期，第67—70页。
③ 莫言：《我在美国出版的三本书》，《小说界》2000年第5期，第170—173页。

是我的导师,这个人大概就是我。我劝莫言多看看福克纳的作品,说不定你的观念就要改变了。(莫言)说,所以我不看!"① 从此可见,无论是马尔克斯,还是福克纳,对莫言创作的直接影响似乎是微乎其微的。

最后值得一提的是,由于西方评论家,特别是通俗杂志和报纸上的评论家,大多不识中文,所以一般都把葛浩文的译本当作源文本来看。他们的着眼点就主要在上文所指的几个方面。这些不懂中文的批评家,如厄普代克(John Updike)也会对翻译发出不满的声音,这就让作为翻译者的葛浩文颇有微词。② 所幸,葛浩文对于"美国方面对我作品的评价……一律不看。欧美评论家存在两个问题,懂中文的批评家喜欢吹毛求疵,他们的书评我一律不看,我知道他们不会针对作品本身。懂中文的批评家看我的翻译,就看语言,可读性高就好,这和翻译没什么关系。书评有的我看,有的我不看,10篇书评中,看到9篇好的,我没感觉,看到一篇坏的我就非常难受,所以我只让经纪人给我看'表扬'的书评"③。

从根本上说,莫言作品在西方的传播与接受,最重要的还是译者所起的作用。他的作品获得当代最重要的汉学家、翻译家和中国文学评论家葛浩文的赞赏与垂青,从而成为他作品最重要的英语翻译者,让其作品的译本有更大机会能在重要的西方出版社出版并加以宣传,同时也是由于译者的社会资本和象征资本,使译者有机会成为国际重要文学奖的评委,为自己翻译作品的原作者提名。若原作者获得了国际大奖,就会为出版社带来象征资本,译作则会得到经济资本。译者本身的象征资本和社会资本及译者的惯习,使译者在翻译场域中获胜;在翻译场域中获胜的译者的资本,加上原作者的惯习、象征资本、社会资本,以及重要出版社带来的经济资本,使莫言在西方文学场域中得到了极大筹码(stakes),由此,莫言在西方文学界的被接受就成为必然之事。

---

① 莫言:《我在美国出版的三本书》,《小说界》2000年第5期,第170—173页。
② 葛浩文对厄普代克对他翻译批评之不满,可见对葛浩文的访谈录《我译故我在——葛浩文访谈录》。
③ 参见新华网 http://big5.xinhuanet.com/gate/big5/news.xinhuanet.com/book/2008-03/23/content_7841379.htm(2010年9月1日)。

第二节 莫言作品的文学性本土化及其英译研究

上节主要梳理了莫言小说的英译情况，着重分析了莫言小说备受国际关注的原因及其对于今后中国当代文学对外译介的启示。在莫言作品译介过程中，相关学者对于中国当代文学与世界文学的探究逐渐增多，莫言作品的世界文学性日益成为研究的焦点。本部分的核心内容将聚焦于莫言作品文学性的本土化与英译过程，着力剖析莫言作品的文学性及其在英译中的再现。

毫无疑问，目前中国文学在世界文学的版图上所处的位置是不尽如人意的。当然，造成中国文学边缘地位的原因是多方面的，其中对文学性的忽视是关键原因。陈大亮和许多在研究英国主流媒体对中国文学的评价时，发现以下倾向："以政治批评代替审美批评，把读者往禁书上引导，把文学往政治上引导，把小说往现实上引导。即使是分析文学作品，其评论也没有触及文学作品的艺术价值与文学性，而只停留在浅显的故事情节介绍与简单的评价层面。"[①] 甚至中国学者在分析莫言获诺奖的原因时，也过于强调经济、政治、国际形式、译介出版等文学外在因素，忽视莫言作品中文学性的重要内在因素。对中国文学作品文学价值的忽视，是文化不自信的表现，会阻碍中国文学走向世界，需要引起学界重视。

莫言的世界文学之路具有典范作用，也存在问题。学界一般从作品或翻译单方面角度，分析莫言与世界文学的关系，鲜有研究囊括莫言世界文学之旅的完整过程。世界文学是一个旅行的概念，[②] 莫言的世界文学之路包含引进来和走出去两个过程，引进来和走出去的最重要本质内容是文学性，本节着重探讨文学性在莫言世界文学之旅中的移动特征，对中国文学走向世界进行思考。

---

① 陈大亮、许多：《英国主流媒体对当代中国文学的评价与接受》，《小说评论》2018年第4期，第160页。

② 王宁：《"世界文学"与翻译》，《文艺研究》2009年第3期，第24页。

一 莫言作品的文学性特质：借鉴外国文学形式讲述中国故事

如前所述，莫言的作品深受世界文学影响，对莫言影响最大的两位作家是福克纳和马尔克斯。莫言说："我觉得从八十年代到现在，前面的二十年是我们中国作家当学徒的一个时期。刚开始的十年，我们要大量地阅读和借鉴西方的文学作品，因为我们中断了二十年没有跟西方文学接触，我们需要知道世界文学的同行们，在我们二十年闹革命的时候做了些什么、怎样做的，这是我们所缺的课，我们必须补上这一课，在补的过程当中我想最好的方式就是模仿。"① 然而，莫言的作品并不是对这两位作家的简单复制。莫言表示自己与福克纳息息相通，但却坦言他从未把福克纳的任何一部作品从头到尾地读完过。② 莫言在2007年才读完了《百年孤独》，而这时莫言的代表作已经完成面世。③ 莫言曾说："我们就应该进入一个自主的、有强烈的自我意识的创新的阶段。"④

莫言对外国作家的作品既有借鉴也有超越。莫言在马尔克斯魔幻现实主义的基础上，融入中国本土元素，形成独特的幻觉现实主义。⑤ 莫言借鉴了福克纳的多重叙事视角、叙事时间和叙事技巧，从福克纳笔下的"邮票般大小"的"约克纳帕塔法县"得到灵感，开始述说自己"高密东北乡"的故事。然而，二者的作品特点具有显著区别，福克纳只关心历史剧变中人物自身的命运，而在莫言的故事中，人物与历史、政治、国家大背景密不可分。福克纳作品具有典型的西方个人主义特点，莫言作品则继承了东方集体主义思想。莫言的长篇小说《生死疲劳》讲述新中国成

---

① 莫言:《千言万语何若莫言,〈莫言作品精选〉》,长江文艺出版社2013年版,第313页。
② 胡铁生、夏文静:《福克纳对莫言的影响与莫言的自主创新》,《求是学刊》2014年第1期,第126页。
③ 参见新浪网 http://blog.sina.com.cn/s/blog_973e02180100v61q.html, 发布时间: 2011-11-19, 访问时间:2019年11月6日。
④ 胡铁生、夏文静:《福克纳对莫言的影响与莫言的自主创新》,《求是学刊》2014年第1期,第127页。
⑤ 诺贝尔文学奖颁奖词中评价莫言创作特征的"hallucinatory realism"一语,曾被中文媒体译为"魔幻现实主义"。诺贝尔文学奖评委谢尔·埃斯普马克教授来中国访问时曾专门做过纠正,明确指出:"我们的颁奖词里没有提到过魔幻这个词。我们用的词是'hallucinatory realism'(幻觉现实主义),而避免使用'magic realism'(魔幻现实主义)这个词,因为这个词已经过时了。"(杨守森,2019:42)

立以来半个世纪中，中国农民在历史演变与发展中的抗争与妥协，人物命运与大时代背景息息相关。在叙事手法上，莫言采用具有浓厚中国文化特色的六道轮回方式，将蓝脸一家人的命运与历史发展完美结合，在叙事技巧和作品题材上都是对世界文学优秀文学特质的继承，也是世界文学中优秀文学性的本土化过程。胡铁生和夏文静认为福克纳代表了现代主义的文学成就，莫言则为后现代主义文学指明了发展方向，① 因此，莫言是对福克纳的继承与发扬，其借鉴路径亦是中国文学对世界文学文学性的本土化过程。

毫无疑问，莫言的文学成就得益于世界文学的滋养，如果没有阅读福克纳和马尔克斯的作品，莫言的文学创作也许完全不同，然而，我们也要意识到莫言等中国作家作品中的文学特殊性。莫言小说既参与"全球化"（或西化），又坚持"民族性"。② 正如中国特色社会主义发展道路一样，中国文学作品也有自己的特殊文学性。"中国经验"是当代世界文学经验中最富特色的部分。③ 中国文学作品借鉴外国写作形式，融合中国故事，并且在借鉴中发展自己，具有独特的文学魅力。

二 世界文学概念下的文学翻译：文学性的传递

中国文学走出去最关键的问题是翻译质量。韦努蒂（Lawrence Venuti）提出，"没有翻译，世界文学就无法进行概念界定"。④ 戴姆拉什着重探讨过翻译的缺失与获得⑤，认为世界文学的重要特征是包含一些通过翻译而流行起来的作品。⑥ 这些文学作品在源语国家可能并不受重视，如阿

---

① 胡铁生、夏文静：《福克纳对莫言的影响与莫言的自主创新》，《求是学刊》2014年第1期，第126页。

② 胡铁生、夏文静：《福克纳对莫言的影响与莫言的自主创新》，《求是学刊》2014年第1期，第132页。

③ 查明建、吴梦宇：《文学性与世界性：中国当代文学海外译介的着力点》，《外语研究》2019年第3期，第14页。

④ Lawrence Venuti, "World Literature and Translation Studies", *The Routledge Companion to World Literature*, T. D'haen, D. Damrosch & D. Kadir (eds.), London: Routledge, 2011, p. 202.

⑤ David Damrosch, *What is World Literature?*. Princeton, NJ: Princeton UP, 2003.

⑥ David Damrosch, *Frames for World Literature.//Tensions in World Literature*. Singapore: Palgrave Macmillan, 2018, p. 111.

拉伯文学《一千零一夜》。有的作品也可能经过翻译重新获得学界认可，例如由葛浩文翻译的萧红作品《呼兰河传》。翻译使文学作品在世界范围内流通成为可能，翻译也能成就一部作品成为世界文学经典。国内学界一直强调中国从来不缺少优秀的作家，缺少的是优秀的翻译家。葛浩文被普遍认为是中国当代文学最优秀的翻译家，但是他曾表示"中国每年不知道要出多少小说，我们只能选三五本"。[①] 要实现中国文学成为世界文学之梦想，不能仅靠葛浩文一个人的力量，但是葛浩文的翻译策略和具体翻译过程，对于中国文学未来的翻译具有范式作用。那么就有必要讨论，在文学翻译层面，如何定义优秀的翻译家？什么样的翻译是优秀的翻译？译者在翻译文学作品时最重要的是在传达什么？文学性是否可译？

翻译如果丢失了原作的文学性，就是失败的翻译。英国汉学家、翻译家蓝诗玲（Julia Lovell）[②] 指出，钱锺书小说《围城》毫无疑问是一部优秀的文学作品，但是企鹅英文版的对话呆板、生硬，个别地方令人费解，文学性大打折扣。朱英丽、黄忠廉[③]认为文学翻译与科学翻译区别在于前者译美，后者译意，并且进一步从语言现象分析入手，将文学性增译划分为还原性增译、审美性增译和扩张性增译。古今中外诸多学者皆认为翻译是一种艺术创造。[④] 王宁认为我们应该关注作品中更具有普世特征的东西，从而寻求一种共同的美学。[⑤] 文学翻译的重点不是信息的传递，而是文学性的再现。那么，如何在译文中再现原作的文学性？文学性指的是否是诗性？朱恒认为诗性不可译，[⑥] 这里的诗性主要指诗中的韵律、节奏，然而，文学性不同于诗性，本节中文学性的概念还包含意象、陌生化效果、讽刺、夸张、通感等多元化的表现手法，这些文学手法可以在数量上增加、效果上增强，提高作品的文学性，在这个过程中要充分发挥译者的

---

① 季进：《我译故我在——葛浩文访谈录》，《当代作家评论》2009 年第 6 期，第 46 页。
② John Lovell, "Great Leap forward", *Guardian*, 2005, p. 11.
③ 朱英丽、黄忠廉：《文学性增译双刃效果论》，《中国俄语教学》2019 年第 2 期，第 62 页。
④ Douglas Robinson, *Western Translation Theory from Herodotus to Nietzsche*, London: Routledge, 2002.
⑤ 王宁：《世界主义、世界文学以及中国文学的世界性》，《中国比较文学》2014 年第 1 期，第 18 页。
⑥ 朱恒：《语言的维度与翻译的限度及标准》，《中国翻译》2015 年第 2 期，第 8 页。

主观能动性。

译者的主体性在文学性的翻译过程中作用显著。如果说翻译是一种另类的旅行方式,是从一个文本到另一个文本、从主方文化(host culture)去往作为他者的客方文化(guest culture)的一次旅行,① 那么译者就是推动译本在异域旅行的力量。译者的形象已经不再是受制于人的"奴仆",而是"意义制造者"。② 翻译是一部作品在异语国家的一次重生,译者赋予作品第二次生命,而文学性的质量决定译作生命力是否旺盛,是否能成为经典,步入世界文学之列。从世界文学角度研究莫言的作品,既要关注作品本身的文学性价值,也要关注其文学性在译本中的传递,学界极少兼顾二者。

三 莫言作品英译本中文学性的传递:以《生死疲劳》和《红高粱家族》为例

莫言作品的主要英文译者是葛浩文,葛浩文共翻译61部③华语作家作品(单行本),体裁以小说为主。他翻译了莫言11部小说,而且全部是独译,分别是:《红高粱家族》(1993)、《天堂蒜薹之歌》(1995)、《酒国》(2000)、《师傅越来越幽默》(2001)、《丰乳肥臀》(2004)、《生死疲劳》(2008)、《变》(2010)、《四十一炮》(2012)、《檀香刑》(2013)、《蛙》(2014)、《透明的红萝卜》(2015)。葛浩文对莫言作品的偏爱,不仅表现在译作数量上,他还在许多场合推介莫言的作品。作为中国文学爱好者、翻译家和汉学家,葛浩文钟爱莫言作品,也是因为莫言作品中独特的文学内涵。他希望英语国家的读者也同样能感受到莫言作品的文学魅力。就此话题而言,文学性的准确传递是传达莫言作品文学魅力的关键。

在莫言所有作品中,《红高粱家族》和《生死疲劳》是最受关注的两部作品。《红高粱家族》入选由《亚洲周刊》评选的"20世纪中文小说

---

① 胡安江:《文本旅行与翻译研究》,《四川外语学院学报》2007年第5期,第119页。
② 方薇:《变译之伦理辩》,《外语学刊》2019年第5期,第96页。
③ 张丹丹:《葛浩文中国文学英译脉络及表征扫描》,《中国翻译》2018年第4期,第48页。

100强",① 是葛浩文翻译的第一部莫言作品,《红高粱家族》英译本的销量也是最高的。《生死疲劳》获得第二届红楼梦奖(2008年)和第一届美国纽曼华语文学奖(2008年),也是莫言向诺贝尔文学奖评委会极力推荐的作品,认为这部作品比较全面地代表了自己的写作风格。两部作品无论从原作的文学价值上,还是译作的翻译质量上,都获得了充分的肯定。那么,原作的文学性是如何通过葛浩文的翻译而传达到译作中呢?下面我们通过个别案例来分析文学性的传递问题。

通过细读文本,我们发现葛浩文主要通过在目标文本中增加韵律、意象、隐喻等文学元素,来提高译文的文学特征,下面将选取《红高粱家族》② 及英译本 *Red Sorghum*、③《生死疲劳》④ 及英译本 *Life and Death Are Wearing Me Out*⑤ 中部分案例进行具体分析。

(一) 通过增加韵律提高目标文本文学性

表1　　通过增加头韵、尾韵、谐音增加译文文学性案列

	源文本	目标文本
1	破财消灾⑥	Financial losses, lucky bosses
2	千颠万倒	Everything had been turned topsy-turvy
3	随便自然	casual, and natural
4	遮遮掩掩	hemmed and hawed
5	秋雨般的	like the pitter-patter of an autumn rainfall
6	什么干娘、湿娘	nominal mother, normal mother
7	胜利者还是失败者	victors or victims
8	不卑不亢地	neither haughtily nor humbly
9	拥拥挤挤,尖叫嘶叫着	shoving and shouting and screeching

---

① 参见 https://baike.so.com/doc/1172667-1240400.html,访问时间2019年11月12日。
② 莫言:《红高粱家族》,人民文学出版社2012年版。
③ Howard Goldblatt (tr.), *Red Sorghum*, New York: Penguin Random House, 2003.
④ 莫言:《生死疲劳》,上海文艺出版社2015年版。
⑤ Howard Goldblatt (tr.), *Life and Death Are Wearing Me Out: A Novel*, New York: Arcade Publishing, 2008.
⑥ 莫言:《红高粱家族》,人民文学出版社2012年版,第97页。需要说明的是表1中的源文本与目标文本均出自原著及相应的葛浩文版译著。

续表

	源文本	目标文本
10	大声哭泣	wept and wailed
11	没有捕获目标	a predator without his prey
12	吭吭呲呲地说	hemmed and hawed
13	面色似铁	face the color of cold iron
14	小恩小惠，假仁假义	petty favors and phony charity
15	搜刮民财	plundered the people's property
16	伤兵的呻吟，配合着乌鸦的鸣叫	their moans and groans accompanying the chilling caws of crows in the air
17	犹如银蛇逶迤	like slithering silver snakes
18	连滚带爬	stumbling and tumbling

从案例中可以明显看出，无论在源文本中是否出现押韵，译者在翻译时都尽量使用朗朗上口的押韵表达。如例1中"破财消灾"意思是"拿钱财去消除灾难"，① 英文译文可以是"buy peace""buy safety""lose money just to avoid misfortune"或"loss banishes misfortune"。葛浩文译成"financial losses, lucky bosses"，不仅在语义上与源文本符合，而且"losses"与"bosses"形成尾韵，在语感上增强了目标文本文学效果。例6中，葛浩文在前文翻译"干儿子""干兄弟"②时使用了"'dry'son""'dry'brother"③。在翻译"什么干娘、湿娘"时，转变成"nominal mother, normal mother""nominal"意为"名义上的"，"nominal mother"是对"干娘"的意译。葛浩文没有使用"dry mother, wet mother"，因为"湿娘"并不具有语义重要性，"湿娘"只是起到与"干娘"形成语义对比和押韵作用。从语义层面，"nominal mother"与"normal mother"意为"名义上的母亲"与"正常的母亲"，不仅实现语义对比功能，"nominal"与"normal"形成头韵和尾韵，实现更好的韵律效果，增强了译文的文学特性。

---

① 参见 https://baike.so.com/doc/6283145-6496610.html，访问时间：2019年11月12日。
② 莫言：《生死疲劳》，上海文艺出版社2015年版，第100页。
③ Howard Goldblatt (tr.), *Life and Death Are Wearing Me Out: A Novel*, New York: Arcade Publishing, 2008, 第119页。

通过初步对比我们还发现，《生死疲劳》英译本中增加的押韵数量，明显多于《红高粱家族》英译本。《红高粱家族》英译本（*Red Sorghum*）最早出版于1993年，《生死疲劳》英译本（*Life and Death Are Wearing Me Out*）出版于2008年。从历时角度来看，可以初步判断葛浩文在翻译生涯中，对文学性的加强存在递增的趋势。随着译者翻译经验的丰富，译者的知识储备增多，创造性翻译的能力有所提升。文学性的增强与翻译质量基本成正比关系，目标文本中文学效果的增强是翻译质量提高的表现。两部作品的翻译间隔有15年，葛浩文在翻译两部不同作品的相近表达时，都使用了"hemmed and hawed"，表明每位译者会有偏爱的表达方式，也是译者主体性的体现。

（二）通过增加意象提高目标文本文学

意象具有视觉形象性，意象的数量和质量是作品文学性的重要衡量标准，丰富的文学意象可以提高作品的文学审美。葛浩文在翻译《生死疲劳》和《红高粱家族》时，在目标文本中加入意象，提高译文形象性，也是对文学性的加强。下面选取《生死疲劳》和《红高粱家族》中部分案例进行分析。

案例一：

源文本：锋利的锹刀在他的背后闪烁着银光，<u>让我终身难忘</u>。①

目标文本：The hoe, slung over his shoulder as he walked off, glinted silvery in the sunlight, and <u>that sight was burned into my memory</u>.②

案例二：

源文本：公路笔直地往南去，愈远愈窄，最后被高粱淹没。③

目标文本：<u>The highway stretched southward</u>, <u>a narrowing ribbon of</u>

---

① 莫言：《生死疲劳》，上海文艺出版社2015年版，第130页。
② Howard Goldblatt (tr.), *Life and Death Are Wearing Me Out: A Novel*, New York: Arcade Publishing, 2008, p.154.
③ 莫言：《红高粱家族》，人民文学出版社2012年版，第20页。

road that was ultimately swallowed up by fields of sorghum. ①

上述案例一出自《生死疲劳》，"让我终身难忘"属于抽象概括表达，在词典里面的翻译是"never forget"或"not forget for life"。葛浩文在翻译时使用了"burn"和"memory"，这两个词单独使用时并不是意象，然而结合起来"burn into my memory"形成具有图像效果的意象表达，提高了译文语言的形象性。"burn into my memory"意为"在我的记忆里留下烙印"，同时涵盖夸张修辞手法。译者通过增加意象和使用修辞效果，来增加译文的文学效果，将原本比较普通的中文表达，译成更具有文学审美意义的英文文本。葛浩文充分利用译者主体性，提高译作文学性。

案例二出自《红高粱家族》，"公路"在源文本中充当主语，引导三个句子，三个句子的主语同为"公路"，源文本中并没有其他引申意象。在目标文本中，葛浩文将其分成一个句子加一个同位语的形式，主语是"highway"，同位语是"a narrowing ribbon of road"，用来表达"愈远愈窄"的含义。目标文本中增加了"ribbon of road"意象，"ribbon"意为"带，绸带"。这句话的叙事视角是"我"，"ribbon of road"比"road"或"highway"更符合远视角下的意象图像化，"从远处来看，道路就像绸带一样愈来愈窄"。在源文本中并没有"带，绸带"的意象，葛浩文在目标文本中增加了文学意象，同样是提高译作文学性的表现。

（三）通过增加隐喻提高目标文本文学性

隐喻是文学作品中最常见的表现手法。隐喻简洁、形象，不仅有助于读者理解文本含义，而且可以丰富读者的想象空间。隐喻的恰当使用可以提高作品的文学意义。葛浩文在翻译莫言的作品时，将源文本中的非隐喻句子，转化成含有隐喻表达的句子，语义更加生动形象，增强了目标文本的文学效果。

案例三：

源文本：奶奶说："占鳌，不能让任副官走，<u>千军易得，一将</u>

---

① Howard Goldblatt (tr.), *Red Sorghum*, New York: Penguin Random House, 2003, p.26.

难求。"①

目标文本:"Zhan'ao," Grandma said, "you can't let Adjutant Ren go. Soldiers are easy to recruit, but generals are worth their weight in gold."②

案例四:

源文本:王文义妻子受惯了苦,奶奶享惯了福。奶奶汗水淋淋,王文义妻子一滴汗珠也不出。③

译文:Wang Wenyi's wife had lived a life of suffering, Grandma one of privilege. Grandma was drenched with sweat, Wang Wenyi's wife was as dry as a bone.④

显然,葛浩文在传递莫言作品中的文学效果时,充分发挥了译者的主体性。陈琳认为文学翻译陌生化的运用不仅仅是直译源语文本中的陌生化手法的简单问题,而是怎样发挥译者主体性、运用陌生化手段进行艺术再创造的问题。⑤ 葛浩文在发挥译者主体作用时,并不是任意性的,其遵循的标准是在忠实原作的基础上,最大化译文的文学审美价值。

文学翻译的关键不仅是讨论归化、异化等翻译策略,中国文学作品中文学性的传递,是中国文学是否被世界文学所接纳的关键性问题。莫言认识到:"翻译过来或翻译过去,仅仅是第一步,要感动不同国家的读者,最终还依赖文学自身所具备的本质,也就是关于人的本质。"⑥ 葛浩文在翻译《红高粱家族》和《生死疲劳》时,在目标文本中增加了头韵、尾韵、谐音、意象、隐喻等元素,提高了译文语言的诗化特征,是对中国文

---

① 莫言:《红高粱家族》,人民文学出版社2012年版,第48页。
② Howard Goldblatt (tr.), *Red Sorghum*, New York: Penguin Random House, 2003, p. 58.
③ 莫言:《红高粱家族》,人民文学出版社2012年版,第53页。
④ Howard Goldblatt (tr.), *Red Sorghum*, New York: Penguin Random House, 2003, p. 64.
⑤ 陈琳:《论陌生化翻译》,《中国翻译》2010年第1期,第15页。
⑥ 查明建、吴梦宇:《文学性与世界性:中国当代文学海外译介的着力点》,《外语研究》2019年第3期,第13页。

学作品文学性的加强。学界普遍认为葛浩文的译作甚至超越了原作，这里的"超越"并不是作品内容层面的，而是形式上的超越，具体表现为文学性的增强。

由此可见，中国从未缺少优秀的文学作品，中国文学走向世界的困境在于如何让世界了解、读懂中国文学作品。中国文学要在世界文学中赢得地位，不能只倚靠经济、政治、获奖等外在因素，文学性才是有力的内在动力，中国文学作品的文学性具有特殊价值，是世界文学不可或缺的一部分。向世界推介中国文学作品既不要遗失中国文化的固有血脉，又不要脱离世界文学的谱系。[①] 外国文学走进来，滋养中国文学；中国文学走出去，跻身世界文学，文学的交流就是这样双向的交流，其中文学性是贯穿整个过程的核心要素。在外国文学的本土化过程中，我们通常强调作家的主体作用。中国文学走向世界则需要译者的显形，中国文学作品翻译的首要任务是文学性的传递。通过分析，我们发现葛浩文在目标文本中增加押韵、意象、隐喻等文学元素，提高了目标文本文学审美，是对源文本文学性的加强。此外，从历时角度上，初步发现葛浩文对目标文本文学性的加强呈现递增趋势，对此需要进一步的印证。

第三节　莫言作品的世界文学路线图描绘

通过前两节对莫言作品英译及其文学性的探讨，我们对莫言作品在世界范围内，尤其是英美国家的译介、传播与影响有了进一步的认知。然而，莫言作品的世界文学道路经历了怎样的过程？这是前两节尚未兼及谈论的问题，也正是本部分要论述的重点问题。2012 年于中国当代文学的发展而言可谓是极不平凡、意义深远的一年，莫言摘得诺贝尔文学奖，这一殊荣不仅是对其个人文学创作生涯的褒扬与激励，更使得中国当代文学迅速进入世界读者视野，中国当代文学的高度、深度与厚度进一步获得来自世界的认可与关注，这是中华民族一直以来的希冀与愿景。在中国当代文学事业持续发展过程中，大量优秀文学作家与作品层出不穷，巴金的

[①] 季进：《作为世界文学的中国文学——以当代文学的英译与传播为例》，《中国比较文学》2014 年第 1 期，第 36 页。

《爱情三部曲》及《激流三部曲》、丁玲的《太阳照在桑干河上》、赵树理的《小二黑结婚》、周立波的《暴风骤雨》、杨朔的《三千里江山》、王蒙的《蝴蝶》及《组织部来了个年轻人》、刘心武的《钟鼓楼》、张洁的《沉重的翅膀》、路遥的《平凡的世界》、贾平凹的《废都》、刘震云的《我叫刘跃进》、残雪的《山上的小屋》、余华的《活着》、王朔的《过把瘾就死》、刘慈欣的《三体》、徐怀中的《牵风记》、陈彦的《主角》、李洱的《应物兄》等无一不在昭示中国当代文学的进步与繁荣，而莫言文学作品2012年获得诺贝尔文学奖则更加坚定了国内读者对本土文学的自信，也激发了国外读者了解、阅读中国当代文学的兴趣，更在一定程度上加快了中国当代文学的世界文学性进程。由此，中国当代文学与世界文学的距离逐步拉近。那么，究竟什么是世界文学？莫言作品经历了怎样的创作生涯？莫言作品的世界文学性具体体现在哪些方面？莫言作品的世界文学之路经历了怎样的演进过程？这些问题的成功解决不仅是对莫言作品世界文学路线图的有益探索，同时，也是本研究亟待探讨的重点与难点，于中国当代文学的对外传播而言更是意义深远。因而，基于中国当代文学发展的实况及莫言作品获得高度认可这一事实，通过剖析莫言作品创作、译介传播过程，探索莫言作品世界文学路线图的动态生成与演进过程及其对于中国当代文学走向世界的启迪具有必要性与现实性。

一　莫言作品与世界文学

值得关注的是，国内关于中国文学与世界文学的探讨与诠释日益增多，尤其是中国当代文学的世界文学性以及中国当代文学与世界文学的关系方面。另外，国内相关研究者也开展一系列研究实践，例如，探索中国当代文学对外译介与传播的实践，[①] 分析中国当代文学走向世界的尝试。[②] 而莫言作品在走向"世界文学"方面可谓"捷足先登"，这一经验与过程有诸多值得探讨与钻研之处。这部分我们就从莫言作品创作过程、世界文

---

① 孙国亮、沈金秋：《张洁作品在德国的译介与接受研究》，《当代文坛》2019年第6期，第195—200页。

② 王宁：《从世界文学到世界诗学的理论建构》，《外国语文研究》2018年第4卷第1期，第1—8页。

学的概念内涵以及莫言作品的世界文学性出发展开论述。

(一) 莫言作品创作过程

莫言于1955年出生于山东高密,创作生涯起始于1981年,同年《春夜雨霏霏》问世,此后经年,多部作品相继出版。莫言凭借长篇小说《红高粱家族》《天堂蒜薹之歌》《酒国》《丰乳肥臀》《檀香刑》《生死疲劳》《蛙》,中篇小说《透明的红萝卜》《变》,短篇小说《一斗阁笔记》《等待摩西》以及戏曲文学剧本《锦衣》等多部作品盛名远扬,备受瞩目,收获一波波的"莫言粉",为其学术生涯走向高峰和成熟奠定了实质性的基础。回顾莫言的创作过程,在山东高密的生活积淀为其小说的创作累积了丰富的素材,较高的文学修养与艺术积累为其创作提供了新鲜的活力,国内外的文学采风实践更是为其创作增添了诸多的色彩。首先,就莫言在家乡的生活积淀而言,位于胶莱平原腹地的高密东北乡是莫言作品的缘起地,东北乡里的风土人情,社会变迁与百态琐事构筑了莫言作品人物世界的生活样态与行为处事准则。无论是早期的《红高粱家族》《檀香刑》,还是2018年出版的新作《等待摩西》,我们都可从中读出高密东北乡给予莫言创作的灵感与激情。山东高密东北乡随风摇曳的红高粱、清香甘醇的高粱酒、委婉柔怨的茂腔戏剧等在莫言的笔下都变为一个个鲜活生动的意象,使得莫言作品的"乡情"色彩更加浓厚与热烈。其次,就莫言的文学修养与艺术积累而言,莫言从小喜欢读"闲书"的习惯对其后期的文学写作产生较大的影响,无论是翻阅的中国名典《三国演义》《水浒传》,还是世界经典文学名著《钢铁是怎样炼成的》都在一定程度上提高了莫言的文学素养与艺术感知力;加之其在担任图书管理员期间饱览的文学、哲学和历史等书籍,在解放军艺术学院文学系以及北京师范大学研究生班的文学写作训练和系统阅读学习,这些都为莫言《檀香刑》《四十一炮》《蛙》《幽默与趣味》《师傅越来越幽默》《变》《等待摩西》和《一斗阁笔记》等多部小说的创作之路夯实了基础。另外,文学采风实践也是莫言创作过程的重要组成部分。莫言的多次创作灵感以及作品中的想象性场景都与其采风实践密不可分,例如,《生死疲劳》的行文结构得以明朗就是受承德一处庙宇的影响。整体而言,莫言从长篇小说、中篇小说再到短篇以及戏剧与诗歌等的创作过程都与其生活背景、成长环境以及后天经历相关联,无论其创作多么富有想象与诗意,我们仍能从中读出莫言对于现实描写的执着与诉求。

莫言三十余年的写作生涯，在其获得诺贝尔文学奖之际可谓达到巅峰。回顾莫言的创作历程，11 部长篇小说以及 27 部中篇小说，加之短篇、散文、戏剧、诗歌以及电影剧本的产量，足以使得莫言著作等身。同时，莫言作品中细腻、感性而富有想象力的文字与意旨，现实与魔幻相融相交的创作手法，意识流的表现手法，真实性与艺术性的完美结合以及作品中强烈渲染的先锋色彩与狂欢色彩在一定程度上俘获了相当一部分普通读者及资深文学爱好者的眼球。诸多汉学家、国内外译者、中国文学研究者在读完莫言的作品之后更是大加赞赏，为其作品的英译实践提供了重要的契机。

（二）莫言作品的世界文学性

在本书绪论及其他章节，我们分别探讨了"世界文学"的概念内涵。显然，不同时代的学者分别从其所处的时代切入，为世界文学的向前发展贡献了一个个鲜活的定义，为今后相关学者在此领域的探究实践夯实了基础。那么，世界文学具有哪些特征呢？又该从哪些方面评价或是探讨作品的世界文学性呢？这是本部分亟待研究的重要问题。从戴姆拉什对世界文学的定义可知，世界文学的前提之一是民族文学，其次为翻译中的增值部分，再次为流通或阅读模式，这就说明了世界文学应具备的特征为优秀的民族文学，出色的翻译以及可读性。莫言在其三十余载的创作生涯中为国内外读者贡献了多部优秀佳作，下面就从优秀的民族文学、出色的翻译以及作品可读性方面展开对莫言作品世界文学性的探讨。

由上文的描述可知，莫言于 1981 年开始文学创作，在其写作生涯中，2000 年，莫言凭借《酒国》获得法国儒尔·巴泰庸（Laure Bataillin）外国文学奖，同年，《红高粱》入选《亚洲周刊》评选的"20 世纪中文小说 100 强"（第 18 位）。2005 年，莫言荣获意大利诺尼诺国际文学奖（Premio Nonino），该奖项作为意大利现阶段最著名的国际性文学奖，具有强大的说服力与影响力；时隔一年，莫言凭此小说于 2016 年获得日本的福冈亚洲文化奖（Fukuoka Prize）；小说《蛙》获得 2011 年的茅盾文学奖；2012 年凭借《生死疲劳》等多部译作获得诺贝尔文学奖；2017 年，凭借小说《天下太平》获得 2017 年汪曾祺华语小说奖；2019 年，小说《等待摩西》获得第 15 届十月文学奖短篇小说奖；从莫言及其小说获得多项国内外奖项可以看出,莫言作品不愧是优秀的民族文学。在作品译介方面,1992年,莫言的中短篇小说集《爆炸》(*Explosions and other stories*)率先在美国出版发行,译者为詹尼斯·威克瑞(Janice Wickeri 或译魏恺贞)和邓肯·休伊特(Duncan Hewitt)。美国著名中国学家葛浩文于20世纪90年代开始阅读并翻译莫言的长、中、短篇小说以及小说集等一系列作品,其英译本在英语世界及国内引起读者、学者较大反响,并纷纷对英译本的优劣之处展开一系列研究与钩深,最终,莫言于2012年获得诺贝尔文学奖评委的一致认可,成为第一个享有诺贝尔文学奖殊荣的中国籍当代小说作家。上述两个例子说明了莫言作品的世界文学性与出色的翻译密不可分。从可读性角度来讲,莫言作品目前已被译为世界40多种语言,在全世界具有较大的流通量与读者群。莫言将幻觉风格与现实精髓融入其对于故乡、社会以及历史的特殊观察与感知,这一创作特色极大调动了读者阅读的积极性与热情,且由于其作品颇具现代性与乡土性,因而较为容易获得读者的认同,也简化了读者的阅读难度。

本部分主要从三方面探讨了莫言作品的世界文学性。当然,评价作者作品世界文学性的角度与方法具有多样性,上述仅从翻译、可读性等视角着眼,具有一定的偏颇性,还有待进一步深入探讨。但也希望这一探索尝试能起到一定的"抛砖引玉"的作用,引起相关研究者对莫言作品世界文学性的进一步研究与探索。

二 莫言作品的世界文学之路

莫言从中国20世纪90年代一个"寂寂无名"的小说写作者到如今"声名显赫"的诺贝尔文学奖获得者,其作品逐渐为世界读者所熟知,一定程度而言,莫言作品代表了中国当代文学的最突出成就,逐渐成为世界文学的重要组成部分。那么,莫言作品是如何一步一步成为世界文学的呢?其作品在世界文学中的地位又如何呢?这恐怕是相关研究者颇为关注的问题。下面,我们将从莫言作品的英译历程以及莫言作品的世界文学地位两方面入手,对上述问题进行阐释。

(一)莫言作品的英译历程

毋庸置疑,翻译在任何民族抑或地方文学走向世界文学过程中都扮演关键且核心角色。曹顺庆也指出:"世界文学的形成源自翻译的变异,翻译是文学文本进入世界文学殿堂,在原语语境外散播的首要途径。"① 这一观点可谓直接映射了世界文学是一种全球性的流通和阅读形式。莫言在西方英语世界具有颇高的知名度,尤其是 2012 获得诺贝尔文学奖后,在西方的关注度更是大幅提升,甚至形成一股强烈的"莫言热",一定意义上而言,莫言及其文学作品已是"西方管窥中国的一面镜子"。② 而这一传播过程中,最不可忽视的便是莫言小说的英译问题。莫言作品《爆炸》1991 年 12 月 1 日于美国出版,英译本名为 Explosions And Other Stories,由詹尼斯·威克瑞(魏恺贞)和邓肯·休伊特翻译,该译本受到诸多好评。其后,莫言长篇小说 Red Sorghum(《红高粱家族》)葛浩文译本于 1994 年 4 月 1 日出版;2001 年 8 月 24 日,《酒国》英译本 The Republic of Wine 出版;另外,莫言短篇小说集 Shifu, You'll Do Anything for a Laugh(《师傅越来越幽默》)葛浩文译本于 2003 年 7 月 16 日出版;2004 年 11 月 17 日,《丰乳肥臀》英译本 Big Breasts and Wide Hips 出版;2006 年 1 月 11 日,《天堂蒜薹之歌》英译本 The Garlic Ballads 出版;2008 年 3 月 19 日,《生死疲劳》英译本 Life and Death are Wearing Me Out 出版;2010 年 5 月 15 日,《变》英译本 Change 出版;2012 年 12 月 15 日,《四十一炮》英译本 POW! 出版;2012 年 11 月 15,《檀香刑》英译本 Sandalwood Death:A Novel 出版;2015 年 1 月 22 日,《蛙》英译本 Frog: A Novel 出版;2016 年 5 月 26,《透明的红萝卜》英译本 Radish 出版。纵观葛浩文翻译的莫言作品,其当之无愧是莫言的"忠实粉丝",而且其英译本在英美的传播也为莫言"带来了社会资本与象征资本",③ 并最终于 2012 年获得诺贝尔文学奖,这一荣誉不仅表明莫言作品跻身世界文学的可能性,而且也证实了葛浩文翻译的成功。莫言作品英译的过程也是其作品走向世界的过程,英语作为通用语,是世界读者了解与阅读莫言作品最直接的路径。

为进一步了解莫言作品在英语世界的译介与接受情况,我们还检索了全球著名读者网站 Goodreads、英国亚马逊图书网站、美国亚马逊图书网

---

① 曹顺庆:《翻译的变异与世界文学的形成》,《外语与外语教学》2018 年第 1 期,第 126—129 页,第 128 页。

② 邵璐:《莫言小说英译研究》,《中国比较文学》2011 年第 1 期,第 45—56 页。

③ 邵璐:《莫言小说英译研究》,《中国比较文学》2011 年第 1 期,第 45—56 页,第 48 页。

站,梳理了世界读者通过阅读译作对莫言作品的整体认知。例如,截至 2019 年 11 月 6 日,在读者网站 Goodreads,总评分满分为 5 分的情况下,*Explosions And Other Stories*(《爆炸》)的评分为 4.40;*Red Sorghum*(《红高粱家族》)的评分为 3.74;*The Republic of Wine*(《酒国》)的评分为 3.50;*Shifu, You'll Do Anything for a Laugh*(《师傅越来越幽默》)的评分为 3.59;*Big Breasts and Wide Hips*(《丰乳肥臀》)的评分为 3.75;*The Garlic Ballads*(《天堂蒜薹之歌》)的评分为 3.72;*Life and Death are Wearing Me Out*(《生死疲劳》)的评分为 3.97;*Change*(《变》)的评分为 3.41;*POW!*(《四十一炮》)的评分为 3.46;*Sandalwood Death:A Novel*(《檀香刑》)的评分为 4.18;*Frog:A Novel*(《蛙》)的评分为 3.70;*Radish*(《透明的红萝卜》)的评分为 3.10。从莫言英译作品在 Goodreads 的评分情况来看,《爆炸》《红高粱家族》《丰乳肥臀》《天堂蒜薹之歌》《生死疲劳》《檀香刑》《蛙》的评分都在 3.70 以上,这说明这些译作在英语世界具有较好的接受前景。再如,2019 年 11 月 6 日,通过英国亚马逊官网数据,*Red Sorghum:A Novel of China* 获得 3 星好评;*Frog:A Novel* 获得 5 星好评,其他译作暂未找到相关内容;而在美国亚马逊图书官网的数据显示,*Explosions And Other Stories* 的星级为 4;*Red Sorghum* 的星级为 3.7;*The Republic of Wine:A Novel* 的星级为 2.9;*Shifu, You'll Do Anything for a Laugh* 的星级为 4;*Big Breasts and Wide Hips* 的星级为 3.2;*The Garlic Ballads* 的星级为 3.5;*Life and Death Are Wearing Me Out* 的星级为 4;*Change* 的星级为 3.3;*POW!* 的星级为 3.6;*Sandalwood Death:A Novel* 的星级为 4;*Frog:A Novel* 的星级为 3.5;*Radish* 的星级为 5。从莫言作品在英国及美国亚马逊的星级来看,《爆炸》《红高粱家族》《师傅越来越幽默》《生死疲劳》《檀香刑》《透明的红萝卜》的星级都在 3.7 以上,这表明莫言作品在英美的读者群体,尤其是在美国,具有一定优势。

纵观莫言作品的英译历程及其在英美国家的阅读与接受情况可知,莫言作品的世界文学之路并非一帆风顺,其一些重要作品的译介与传播效果还有较大的拓展空间;虽然上述评分及星级数据,并不能完全代表莫言作品在英语世界的传播实况,但从中也可看出需要加紧提升与改进的方面。因而,在今后的传播实践中,无论是其译者还是作者本人都可相应采取一些策略,如读书分享会、读者见面会等,以此解答读者疑问,提高作品的传播效果。

(二) 莫言作品的世界文学地位

毋庸置疑,莫言作品在世界文学中享有较高的声誉,是诸多读者心中向往的"诗与远方",那么,造就莫言作品世界文学地位的因素主要有哪些呢?这部分主要从莫言作品译介、传播及其影视翻拍等方面探讨奠定莫言作品世界文学地位的因素。

上述主要梳理了莫言作品在英语世界的译介情况,其实,不仅是在英语世界,在非英语世界,如德国、瑞典、法国、西班牙、俄罗斯、日本,莫言作品也受到了读者的青睐。具体而言,本部分主要谈论莫言作品在德国、法国、日本的译介与传播情况,以期能够为莫言世界文学地位的描述提供充足的论据。就德国的情况而言,邵璐指出:"莫言前期作品(2000年之前)在国际上受到关注,跟他的小说被改编成电影有很大的关系",[①]事实也确实如此,莫言小说《红高粱家族》被改编成电影《红高粱》,这一电影由张艺谋执导,并获得1988年的柏林国际电影节金熊奖。这使得莫言的《红高粱家族》在德国逐渐引起普通读者及文学界相关研究者的关注。《红高粱家族》《透明的红萝卜》《檀香刑》《生死疲劳》《天堂蒜薹之歌》《酒国》德译本先后在德国"登陆",德国文学界与读者纷纷对此做出一系列评价,而"各文评共性之一,就是认同莫言的语言表现力与批判精神、肯定作品的现实主义描写"。[②] 就瑞典而言,汉学家陈安娜师从马悦然,于1993年开始翻译苏童、余华、阿来、阎连科、贾平凹、刘震云、韩少功等多位中国当代作家的作品,为中国当代文学在瑞典及在世界范围内的传播影响深远。陈安娜作为莫言作品的主要瑞典语译者之一,翻译了《红高粱家族》(*Det röda fältet*)、《天堂蒜薹之歌》(*Vitlöksballaderna*)、《生死疲劳》(*Ximen Nao och hans sju liv*)、《蛙》(*Yngel*)等多部译作,在瑞典颇受推崇,为莫言作品在瑞典的传播以及莫言获得2012年诺贝尔文学奖做出了重要贡献,以此缘故诸多学者称陈安

---

① 邵璐:《莫言小说英译研究》,《中国比较文学》2011年第1期,第45—56页,第49页。

② 崔涛涛:《莫言作品在德国的译介与接受》,《西安外国语大学学报》2013年第1期,第105—108页,第107页。

娜为莫言获诺奖"背后的外国女人",而陈安娜本人也因出色、传神的翻译获得瑞典学院的文学翻译奖。

就莫言作品在法国的译介、传播与接受之旅而言,"莫言在法国被翻译的作品的数量遥遥领先于其他中国当代作家"。①

由此可见,莫言在法国读者群体中具有一定的辨识度、认可度与话题量,否则也不会大量译介其作品。法国著名汉学家诺埃尔·杜特莱(Noël Dutrait)、尚德兰(Chantal Chen-Andro)、西尔维·让蒂(Sylvie Gentil)、何碧玉(Isabelle Rabut)、安必诺(Angel Pino)等作为莫言作品的译者,为其作品在法国的传播做出重要贡献,《红高粱家族》(*Le clan du sorgho*)、《蛙》(*Grenouilles*)、《变》(*Le Grand Chambard*)、《檀香刑》(*Le supplice du santal*)、《白狗秋千架》(*Chien blanc et balançoire*〈Cadre vert〉)、《食草家族》(*Le clan des chiqueurs de paille*)10余部译作在法国生根发芽、茁壮成长,法国的诸多杂志及学界纷纷对莫言作品译作表达积极评论,认为"莫言具有'拉伯雷式'的创作风格"。②

就莫言作品在西班牙的译介而言,莫言是在西班牙被译介最多的中国当代作家,由八位西班牙语译者或汉学家卡洛斯·奥塞思·多隆(Carlos Osss Torrn)、科拉·迪耶特拉(Cora Tiedra)、李一帆、安娜·路易莎·波贾克(Ana Luisa Poljak Zorzut)、马里亚诺·佩罗·杜贝(Mariano Peyrou Tubert)、安妮海伦·苏亚雷斯(Anne-Hlne Surez)、布拉斯·皮涅罗·马丁内斯(Blas Pi ero Martinez)、胡安·何塞·希鲁埃拉(Juan Jos Ciruela)参与莫言作品的翻译任务,采取其各负责一部或两部著作的模式,更异于美国著名汉学家葛浩文的译介模式的是,一定程度而言,"莫言小说的西班牙语译介属于出版社发起的商业行为"。③ 然而,尽管如此,不可否认的是,这一译介行为对莫言小说在西班牙的传播影响深远,也为今后西班牙汉学家研究中国当代小说夯实了基础。

---

① 杭零:《莫言在法国的翻译与接受》,《东方翻译》2012年第6期,第9—13页,第10页。

② 陈曦:《莫言作品在法国的译介》,《山东社会科学》2016年第1期,第518—519页,第519页。

③ 周春霞:《莫言小说在西班牙的译介——以〈酒国〉和〈檀香刑〉的西语译本为例》,《南方文坛》2015年第3期,第32—35页。

就莫言作品在日本的传播而言，据资料记载，莫言作品最早于20世纪80年代开始在日本流传，《枯河》《透明的红萝卜》《金发婴儿》《红高粱家族》《秋水》《老枪》《断手》《白狗秋千架》《爆发》《酒国》《蛙》《四十一炮》《变》《檀香刑》《丰乳肥臀》等作品相继译为日文，且由于由莫言作品改编的电影《红高粱》《暖》《幸福时光》在日本上映，《暖》更是获得第十六届东京国际电影节最高奖。不难看出，莫言作品改编的电影在日本影视界的影响力可见一斑；不仅如此，在文艺界、文学界，莫言的多部作品更是获得较大认可。翻译家吉田富夫、岛田雅彦、藤井省三等对莫言创作的幻觉现实主义以及作品中对于中国农村社会现实的刻画给予一系列中肯评价，更有研究者指出莫言作品在日本的流行程度可与鲁迅在日本的盛行相提并论。由是观之，莫言作品在日本产生深刻影响。这也为中国当代其他作家作品在日本的译介提供了可资借鉴之处，一定程度而言，也推动了莫言作品的世界文学进程。

透过上述莫言作品译介的案例分析，我们得知，莫言作品具有强大的"适应性"与"穿透性"，几乎每传播到一个国家，都能够受到目的语国家研究者与普通读者的强烈呼求，无论是在"遥远"的德国、西班牙等国，还是在与中国"一衣带水""一水之隔"的日本，莫言作品都以其独特的语言张力、刻画魅力、意旨活力吸引诸多读者的关注，这不得不归结于莫言作品所具有的"世界文学性"特征。毫不偏颇地讲，莫言作品的世界文学之路不是一蹴而就实现的，正是由于一次次的海外译介之旅，一个个的影视作品宣传会、作品推介会及读者见面会的召开，辅之多次举办的国际汉学家交流会、中国当代文学"走出去"活动以及无数国内外读者发表的各种读后评论等，共同促成了莫言作品当今的世界文学地位。值得一提的是，虽然莫言早在2012年就获得诺贝尔文学奖的殊荣，但莫言作品的"世界文学"进程仍在继续，今天所取得的成绩会让我们更加坚信中国当代文学的价值与宝贵，也更珍视莫言作品或是中国当代文学在世界文学中的地位。因而，在今后的译介过程中，我们有责任与义务将中国当代文学所代表的中国文化传扬开来，让更多国内外读者持续不断地领略中国文学的独特魅力、松弛有度的语言张力与源源不断的新鲜活力。

三 莫言作品世界文学路线图的动态演进描绘

毋庸置疑，莫言作品世界文学路线是一个动态的演进过程，时至今日，这一道路仍在继续，依旧需要经历岁月的洗礼方可成为不朽的世界文学经典。无论是目前助推莫言走向世界的汉学家、国内外译者还是今后新晋的汉学家与译者都在竭力构筑莫言作品世界文学之路的动态生成网络，不断推动其在译介、传播中为世界更多读者所熟知，这一过程也促使莫言作品的世界认可度及世界文学地位得以提升。那么，影响莫言作品世界文学路线图动态演进过程的因素有哪些？这些因素又对莫言作品世界文学路线图的动态演进过程起到怎样的作用？在这一部分，本节将从影响莫言作品世界文学之路动态演进的几个重要因素出发，探究其对动态演进之路的意义，以期能对今后中国当代文学的相关研究带来启迪。

（一）莫言作品自身的价值

无论是瑞典汉学家陈安娜，还是美国汉学家葛浩文，其对莫言作品世界文学的推动作用可谓举足轻重，然而归根结底，我们无法忽视的是莫言作品本身的价值，这也是其最终获得诺贝尔文学奖的关键因素。不可否认，莫言为国内外读者带来多部佳作，《红高粱》《生死疲劳》《丰乳肥臀》等都是国内读者耳熟能详的作品。需要指出的是，莫言并不是凭借某一部著作而获得2012年的诺贝尔文学奖，其被授予的是诺贝尔终身成就奖，即综合评判一系列作品的结果。那么，这部分就从莫言的代表性作品《红高粱家族》《檀香刑》《丰乳肥臀》《生死疲劳》《蛙》对其价值及影响做一简要论述。

《檀香刑》发表于2001年，被赞誉为"神品妙构"，其刻画了一起可歌可泣的农民反殖民事件，在当时的文学界引起较大响应。[①] 从《檀香刑》，我们可以看到莫言独特的创作特征与狂放的姿态，更能感知其对中国文坛文学创作的深远影响；《丰乳肥臀》是一部歌颂与传扬母亲的伟大作品，[②] 蕴含了莫言对于生息繁衍的深度解读，作家汪曾祺、李锐、刘震云、苏童，甚至是美国作家约翰·厄普代克也对该部作品做出较为中肯的

---

① 莫言：《檀香刑》，作家出版社2001年版。
② 莫言：《丰乳肥臀》，作家出版社1996年版。

评价。然而，不得不提的是，该部作品也受到诸多的非议。尽管如此，《丰乳肥臀》还是于 1997 年获得中国"大家文学奖"，该作品的文学价值可见一斑。《生死疲劳》于 2006 年出版发行，荣获第二届红楼梦奖以及第一届美国纽曼华语文学奖（Newman Prize for Chinese Literature）。[①] 美国汉学家史景迁对其做出积极评价。不仅如此，该部著作还受到龙应台、司马中原、王德威等作家与学者的较高肯定。《蛙》是莫言的一部长篇小说，酝酿十余年，笔耕四载，潜心打造的一部触及国人灵魂最痛处的长篇力作，也是第八届矛盾文学奖的获奖作品，较为真切地描绘了 20 世纪60—70 年代中国计划生育政策在高密东北乡的实施过程[②]，映射了中国计划生育政策的种种负面影响，具有较为强烈的历史与现实意义。此外，该部作品受到国内外诸多汉学家、翻译家的评价，影响极为深远。《金融时报》《卫报》《爱尔兰独立报》《纽约时报》纷纷发表评论，在国内外产生较大影响。《红高粱家族》是莫言发表于 2012 年的长篇小说，由红高粱、高粱酒、高粱殡、狗道、奇死五章构成，该部小说以第一人称"我"的视角，描写了我的奶奶"戴凤莲"与爷爷"余占鳌"在高密东北乡所发生的人生故事，集文学、美学价值于一体，由该小说改编的电视剧与电影在国内外受到极大赞誉。

由上述对于莫言五部代表作的简要描述，可窥视国内外读者、译者、研究者及批评家对于莫言作品的态度与情感，也能够从中感知莫言作品自身的价值，这是莫言斩获国内外诸多奖项的关键因素，值得诸多相关研究者深入剖析与探究。

（二）汉学家协力的推动

在莫言作品世界文学路线图的动态演进过程中，国外汉学家扮演了至关重要的推动作用。美国汉学家葛浩文、瑞典汉学家马悦然及陈安娜、日本汉学家藤井省三及吉田富夫等在译介、传播莫言作品的同时，也将其思想内核与创作手法在一定程度上在其国家进行传扬，为莫言作品的世界文学之路起到了重要的作用。本部分将以葛浩文、马悦然、陈安娜及吉田富夫为例，进行具体的说明。

---

① 莫言：《生死疲劳》，作家出版社 2012 年版。
② 莫言：《蛙》，作家出版社 2012 年版。

通过上文对于莫言作品英译历程的描述可知，莫言大部分作品在英美世界的译本都是由汉学家葛浩文译介与散播的，此外，葛浩文更是直言不讳，在多种学术会议、推介会、读书分享会、图书签约会、译介交流会等场合称颂、传扬莫言的谦和及其作品的厚重性与历史感，这样的契机"使得其作品的译作有更大机会能在重要的西方出版社出版并加以宣传"，① 而事实上也确实如此，莫言作品深受西方出版社青睐。另外，马悦然虽然不是莫言作品瑞典文译本的译者，但其作为著名汉学家，对中国文化情有独钟，作为诺贝尔文学奖评委和文学院十八位终身院士之一的马悦然显然为莫言获奖提供了多种可能性；马悦然的学生陈安娜是莫言多部作品的瑞典语译者，这对师生可谓为莫言作品在瑞典的传播与接受立下"汗马功劳"。值得一提的还有日本汉学家吉田富夫。吉田富夫是莫言大部分作品的日文版译者，此外，还翻译了李锐、贾平凹等中国当代作家的作品，对于中国文学与文化有着强烈的兴趣，是中国读者较为熟知的"老朋友"。莫言的《蛙》《天堂蒜薹之歌》《丰乳肥臀》《檀香刑》《透明的红萝卜》《生死疲劳》《红高粱》《酒国》等绝大多数作品都已被吉田富夫译为日文，在日本具有较高的知名度与接受度，而且在各种采访中，吉田富夫都表现出对于莫言作品流露的"人性"的感同身受。不可否认，吉田富夫为莫言作品在日本的流传起到重要的推动作用。

通过上文的简略阐述，汉学家无疑是中国当代文学乃至中国文化融入世界的一股撼人力量，其所持有的观点与审美体验极大影响了其所在国家的读者对于中国文化与文学的解读，更在一定程度上促进了中国文化在世界舞台的流通与传播。纵观莫言作品的世界文学之路，大多数国家的汉学家都给予充分的协助，使得莫言作品的对外传播形成一个动态的网络，各位汉学家则是这一动态网络的节点，共同推动莫言作品世界文学之路的动态进程。

（三）文学"走出去"的内在诉求

可以肯定的是，中国文化"走出去"战略是我国 21 世纪重要的方针政策。国家格外重视文化"走出去"的问题，党的十九大报告多次提道："推进国际传播能力建设，要讲好中国故事，展现真实、立体、全面的中

---

① 邵璐：《莫言小说英译研究》，《中国比较文学》2011 年第 1 期，第 55 页。

国,提高国家文化软实力。"① 鉴于此,中国学界积极响应国家的重要倡议,竭力推动中国文化"走出去"。中国当代文学"走出去"是中国文化"走出去"的重要组成部分,是中国加强文化建设,实现文化自信的重要环节。中国学界、出版界等领域更是推出一系列具体的实践活动助推中国文学"走出去"。其中,第十届茅盾文学奖走出国外就是较好的证明。②这一举动直接反映出国内社会各界对于中国文学及文学"走出去"的积极回应,也在一定程度上营造了中国当代文学"出海"的社会背景。不仅如此,国内学界与中国当代文学"走出去"的相关学术科研项目也是不断得以立项,国内学者对于中国当代文学"走出去"的路径及策略研究已进入深度研究阶段,这无疑对于"走出去"实践起到直接的推动作用。

莫言作品的对外译介与传播是展示中国文化形象的重要途径,也是难得的机遇。在一定意义来讲,莫言作品已成为中国文化"走出去"的一张名片,同时,也为中国当代文学"走出去"创造了"机遇期",更为切实的"走进去"提供了较为直接的经验。莫言作品世界文学之路的动态演进始终有条不紊、持续前进,与中国文学实现"走出去"到"走进去"转变的内在诉求具有较大关联。自莫言获得诺贝尔文学奖后,中国当代文学获得国内外较多读者、译者、研究者、评论家等群体的瞩目,一定程度上,符合中国文学"走出去"的实际诉求,同时,这也为莫言作品的世界文学之路提供了强大的后盾,国内的大环境决定了莫言世界文学之路的持续性与动态性。

众所周知,莫言作品世界文学的动态演进之路是各种错综复杂因素相互作用的结果,莫言作品的内在价值与助推莫言作品走向世界的外在因素作为两条指引其走向"世界文学"的明线,构筑了莫言作品世界文学之路的持续性与动态性。上述仅归纳了影响莫言作品世界文学之路动态进程的三大方面因素,更多重要且关键因素将在今后的研究中详细阐述。

---

① 中国政协网:《中国文化:从简单"走出去"到深入"走进去"》,参见 http://cppcc.china.com.cn/2018-03/29/content_50765680.htm,2019 年 11 月 4 日。

② 2019 年 8 月 21 日,北京国际图书博览会开幕,人民文学出版社召开最新茅奖作品《牵风记》和《应物兄》版权推介会,并分别与黎巴嫩数字未来出版社、土耳其阿克代姆出版社、约旦空间出版社、意大利勒尔马出版社等商讨出版事宜。

莫言作品世界文学路线图是一个动态演进的过程，作品自身的价值、国外汉学家的推动以及中国文学"走出去"的内在诉求等都促成了莫言作品世界文学路线图的持续性与动态性。然而，在中国当代文学走向世界文学殿堂的过程中，对于目标语抑或译入语国家的接受度与语境适切性的考虑是保持中国文学走向世界文学之路持续性的关键，无论何时都不可忽视这一重要因素。莫言作为首位获得诺贝尔文学奖的中国籍作家，其世界文学之路引发了国内对于民族文学与世界文学的思考，也推动了中国当代文学的"世界文学"进程。怎么实现世界文学，莫言作品与世界文学的关系如何，莫言作品的"世界文学性"有哪些等这些问题都是国内外研究者较为关注的核心要素，同时，这些疑问也在本研究中得到一定程度的解答。莫言作品的世界文学之路仍在继续，目前暴露的不足之处，诸如在除英语世界之外地域传播广泛度有待提升等，是其今后需要努力克服的重要方面。本章立足于上述问题，探讨了莫言与世界文学的诸多方面，进一步梳理了莫言作品的价值及其对于中国文学发展的重要意义，是中国文学"走出去"背景下的重要课题。另外，通过这一研究发现：莫言作品世界文学之路并不是获得诺奖就终止了的，成为世界经典文学的这一过程具有持续性与动态性，需要此后经年的有效宣传与译介努力，是需国内读者、学者、译者以及汉学家等群体共同协作与付出脑力与劳力的"大事件"。毋庸置疑，对于莫言与世界文学的探讨，有助于进一步探究中国当代文学与世界文学的关系，更为中国当代文学从"走出去"到实现"走进去"提供了较为深厚的研究基础，学术研究价值与实践经验价值斐然，希望该研究的探索能够激发中国当代文学"走向世界"的灵感，从而推动中国文学走进"世界文学"经典之列，将中国文学所蕴含的东方智慧为世界所熟知。

跋

世界文学语境中的中国当代文学

讨论世界文学语境中的中国当代文学无疑是一个大的跨学科领域的题目，同时也是比较文学和世界文学研究的一个重要理论课题。它牵涉三个问题：其一，中国文学与世界文学的关系；其二，如何重新根据世界文学发展的格局对中国当代文学进行定位和分期；其三，如何将中国当代文学置于一个大的世界文学语境下来考察，从而有助于新的世界文学版图的绘制。关于这三个问题，本书各章节多少都有所涉及，在这篇"跋"中，我们主要聚焦第三个问题，也即将中国当代文学放在一个更为广阔的世界文学语境下来考察、定位和研究。要做到这一点，首先要弄清楚中国文学与世界文学究竟是一种什么样的关系，其次，它在世界文学的版图上占有何种地位，再者，中国当代文学的内涵和外延的重新界定，最后探讨中国当代文学在世界文学中的地位和未来前景。

一 世界文学版图上的中国当代文学

我们之所以要在世界文学的版图上探究中国当代文学的地位，其目的是要让国内学者知道，中国文学在世界文学的版图上究竟处于何种地位？通过本书各章节的讨论，我们大概不难得出初步的答案，也即中国文学在世界文学版图上的地位是相对边缘的，尽管它曾经有过自己的辉煌时期，但后来一直江河日下。改革开放四十多年来，随着越来越多的中国文学作品被翻译成世界上的主要语言，中国文学的地位逐步上升，但是依然不十分如人意。它与中国这样一个大国的身份仍是不相称的。众所周知，由于中国在世界上所拥有的最多的人口，中国作家的数量也是世界上任何一个国家的作家的数量所无法比拟的。中国文学每年的出产量也是巨大的，但主要在中文的语境下流通，这样便涉及我们在今后数年内将致力于从事的一项工作：努力通过各种途径将中国文学推向世界，使之在世界文学的版图上占据越来越重要的位置。关于中国文学在当今的世界文学版图上的地位问题，我们在本书中曾列举过佛克马在为《全球化百科全书》撰写的"世界文学"词条中的描述。① 针对那些带有偏见西方中心主义者的世界文学布局，连佛克马这位来自欧洲的学者都觉得有失公允，那么我们将采取何种策略有效地使中国文学跻身世界文学之林？这正是这篇跋首先要探讨的一个问题。

确实，在过去的一百多年里，在西方文化和文学思潮的影响下，中国文学一直在通过翻译的中介向现代性认同进而走向世界。但是这种"走向世界"的动机在很大程度上是一厢情愿的，其进程也是单向度的：中国文学尽可能地去迎合（西方中心主义的）世界潮流，仿佛西方有什么，我们中国就一定要有什么。不可否认，中国现代文学曾经热情地拥抱世界文学，尽可能地将世界文学的杰作译成中文。虽然这种大规模的翻译只是单向度的，也即中国的翻译界和文学界不遗余力地将国外主要是西方的文化学术理论思潮和文学作品译成中文，而西方则很少将中国的人文学术著作和文学作品译成他们的主要语言，这样便使人们产生了这样一种错觉：要想让中国文学走向世界，就得通过翻译来了解世界，而不是让世界了解中国。应该说这是中国的翻译界的一大失误。而近两年内发生在翻译界的两件大事则有力地改变了这种单向度的翻译：2012年莫言荣获诺贝尔文学奖在很大程度上得助于美国汉学家和翻译家葛浩文的翻译，当然，没有他的翻译别人也可以去翻译，但那样一来莫言的获奖就会大大地延宕，或者说很有可能使他与这一崇高的国际性奖项失之交臂，这样的事情在20世纪的世界文学史和诺奖史上可以举出很多。另一件令人振奋的事情则是，2014年中国翻译家许渊冲获得国际译联的最高翻译大奖"北极光"翻译奖，主要是为了表彰他同时将中国文学作品译成英文和法文，此外，他还将一些优秀的英法文学作品译成中文，在这方面葛浩文也是无法与之

---

① Douwe Fokkema, "World Literature", in Roland Robertson and Jan Aart Scholte eds., *Encyclopedia of Globalization*, New York and London: Routledge, 2007, pp. 1290–1291.

相比拟的。

在当今的全球化时代,超民族主义和世界主义已成为一股不可抗拒的潮流,而在旧中国则是不可想象的。当中国处于贫穷状况、中国文化和文学由于自身的落后而难以跻身世界文学之林时,我们的作家只能呼吁大量地将国外先进的文学翻译成中文,从而中国现代文学得以从边缘向中心运动进而走向世界;而在今天,当中国成为一个经济和政治大国时,一个十分紧迫的任务就是要重新塑造中国的文化和文学大国的形象。在这方面,翻译又在促使中国文学更加接近世界文学主流方面起到了更为重要的作用。但是在当下,中国的文学翻译现状又如何呢?从本书各章所显示的数据以及各位作者的讨论来看,我们可以说,其与经济上的繁荣表象形成了鲜明的对比:迄今只有为数不多的古典文学作品被译成了外文,而当代作品被翻译者则更是凤毛麟角。有的作品即使被翻译成了外文,也大多躺在大学的图书馆里而鲜有人问津。英语世界的两大世界文学选——《诺顿和世界文学选》和《朗文世界文学选》的主编在近十多年里为中国文学的跻身世界文学之林做出了很大的努力:在前者中,中国已有二十多位作家的作品入选,而在后者中,中国则有三十多位作家的作品入选。[①] 当然,这还不包括中国当代作家的作品。在这方面,我们仍要继续努力,通过世界通用语——英语的中介和美国的图书市场,有效地将中国当代文学推向世界,使得现有的"西方中心主义"占主导地位的世界文学版图得以改变。

二 重建世界文学的中国版本

既然我们承认文化全球化带来的更多是一种文化上的多样性,那么我们同样可以推论,世界文学这个概念也并非只是单一的模式,它也在不同的时代和不同的地域有着不同的形式。如前所提及的佛克马批评的那种"西方中心主义"式的世界文学版图以及《诺顿文选》和《朗文文选》所绘制的世界文学版图就有着很大的差异。但是有一点可以肯定的是,不

[①] 关于中国文学入选世界文学选的问题,参阅王宁《什么是世界文学?——对话戴维·戴姆拉什》,《文学理论前沿》,第八辑(2011 年),第 233—248 页。

管在什么样的世界文学版图上，中国文学所占的比重正变得越来越大，对此我们应该感到欣慰。

另一方面，作为一个理论概念的"世界文学"自20世纪初通过翻译的中介进入中国以来，经过一大批中国文学理论家和学者们的阐释和推进也发生了变异，出现了与西方不同的世界文学的中国版本，① 并在其后的一百年里不断地影响着中国的比较文学和外国文学教学和研究。由此可见，作为一个来自西方的理论概念的"世界文学"，一旦经过翻译的中介进入其他文化语境，也就自然会发生变异乃至产生自己的新的形式或版本。这种变异实际上也有力地消解了"单一的世界文学"（singular world literature）之神话，使得对世界文学的表达既可以是单数（作为总体的世界文学）也可以是复数（强调各民族文学之独特性）的世界文学，并为多种形式和多种版本的世界文学的出现铺平了道路。

正如我们在讨论赛义德的"理论的旅行"时所提到的，理论的旅行确实对于一种理论在另一种语言和文化语境中的新生会起到重要的作用，这一点我们也完全可以从现代性这一来自西方的理论概念在中国的变异见出。它既是一个翻译和引进的西方概念，同时也在中国的文化思想界有着丰厚的接受土壤，它带来的一个直接后果就是使得中国更加开放，同时也为诸如世界主义、世界文学等西方概念的引进铺平了道路。

不可否认的是，在过去的一百多年里，世界文学深深地打上了欧洲中心主义和西方中心主义的印记，许多人甚至认为，由于欧洲出现了许多世界著名的作家和作品，因此欧洲文学实际上就等于是世界文学的另一名称。这一点在歌德那里也有着明显的"德意志中心主义"的意识：一方面他通过翻译阅读了一些非欧洲文学作品，从而提出了"世界文学"的假想，另一方面，他又对那些前来朝拜他的青年学子们说，只要学好德国文学就等于学好了世界文学。这一点恰恰与中国学者将中国文学排除在世界文学领域之外的做法迥然不同。在欧洲学界，长期以来从事世界文学研究的只是极少数精英比较文学学者，他们懂得多种欧洲语言，甘愿封闭在自己的小圈子里自娱自乐。而早期的比较文学学者基本上是将比较文学当作一门文学的国际关系学，根本未覆盖文学研究的各个方面。尽管世文

---

① 关于世界文学概念在中国的接受和流变，参阅本书第一章。

学在很大程度上起到了比较文学的雏形作用，但是毕竟世界文学作为一个理论概念通过翻译的中介还是旅行到了世界各地，并于 20 世纪初进入了中国，因而我们也就有了世界文学的不同版本。

确实，正如本书各章所指出的，在今天的全球化语境下，世界文学已经形成了一个问题导向的理论概念，它频繁地出没于国际性的学术研讨会论题和比较文学和文学理论学者的著述中，从而不断地引发比较文学学者以及专事民族/国别文学研究的学者们的讨论甚至辩论。而我们作为中国学者参与世界文学的讨论和建构，就要基于中国的视角，将中国文学当作世界文学的一部分来讨论，同时也要在我们对世界文学这一概念进行建构和重构时彰显中国文学的地位。这应该是我们不同于美国的世界文学学者的立场的一个关键。

确实，中国作为世界上最古老的文明古国之一，有着悠久的文化与文学的历史和丰富的文学资源。早在盛唐时期，中国文学已经达到了世界文学的巅峰，而那时的西方文学的发源地欧洲却处于黑暗的中世纪。蜚声世界文坛的西方作家但丁、莎士比亚、歌德、巴尔扎克和托尔斯泰的出现也远远晚于与他们地位相当的中国作家屈原、陶渊明、李白、杜甫、李商隐和苏轼。可以说，中国古代文学的发展基本上是自满自足的，很少受到外来影响，尤其是来自西方的影响，这显然与当时中国的综合国力不无关系。受到儒家文化影响的中国人曾一度认为自己处于一个幅员辽阔、人口众多的"中央帝国"，甚至以"天下"自居，而周围的邻国则不是生活在这个"中央帝国"的阴影之下，就是不得不对强大的中国俯首称臣。这些国家在当时的中国人眼里，只是"未开化"的"蛮夷"，甚至连欧洲文明也不在中国人的视野里。但曾几何时，这种情况却发生了戏剧性的变化，昔日处于黑暗的中世纪的欧洲经历了文艺复兴的洗礼和资产阶级革命，再加之英国的工业革命和美国的建国等诸多事件，到了 19 世纪末和 20 世纪初，这些欧洲国家一跃而从边缘进入世界的中心，而昔日的"中央帝国"却由于其腐朽无能的封建统治而很快沦落为一个二流大国和穷国。经过第二次世界大战的洗礼，美国成了世界上最强大的超级大国，历史很短的美国文化和文学也摆脱了英国的阴影，从边缘走向中心。而在中国的国际地位急转直下的情况下，中国文化和文学也退居到了世界文化和文学版图的边缘地位。因为在一般人看来，弱国无文化，弱国无文学，即使有优秀的文化巨人和文学大师也很难得到应有的重视。这就造成了中国文化和文学走向世界步履艰难的原因，不看到这一点，盲目地乐观和自大是不可能实现将中国文学推向世界的既定目标的。

为了更为有效地推进中国文学的国际化进程，我们首先应该将中国文学视为世界文学的一部分，而且中国文学应该在世界文学中占有重要的份额，同时发挥重大的影响。其次，中国的文学研究者应该参与国际权威的世界文学选的编选工作，而在目前中文尚未成为世界上的通用语言的情况下，我们用充分介入英语世界的有影响的世界文学选集的编选工作，使那些编选者充分重视中国文学的世界性地位和影响。如前所述，在我们和西方学者的共同努力下，目前英语世界最有影响的两大世界文学选集《诺顿世界文学选》（马丁·普契纳任总主编）和《朗文世界文学选》（戴维·戴姆拉什任总主编）中中国文学所占的份额已经越来越大。当然，这并非我们的最终目标。我们最终的目标是编选一部基于我们自己的遴选标准的《世界文学选》，从而使世界文学也有中国的版本。

既然世界文学的中国版本被称为"外国文学"，这样也就人为地将中国文学与世界文学的大背景相隔绝了，所导致的后果就是在相当一段时间内，在国内大学的中文系，世界文学课程由一些既不精通外语同时在中国文学方面也缺少造诣的中青年教师来讲授，他们往往使用一本教材，从古希腊罗马时期的文学一直讲到 20 世纪的现代主义和后现代主义文学。而在外国语言文学系，教学的重点则是所学的国别/民族文学的语言，或者至多是通过阅读那种语言的原文作品来欣赏国别/民族文学，极少涉及世界文学的全貌。这就造成了长期以来中国的世界文学研究处于主流的中国文学研究之外，只是偶尔才能发出一点微弱的声音，根本无法影响中国的文学理论批评和文学研究。因此，我们应该改变这种状况，在编写世界文学史的时候，充分考虑到中国文学的影响和地位，这样才能恰如其分地在世界文学的版图上为中国文学进行准确的、令人信服的定位。

三 世界文学与中国现代文学再识

在一个世界文学的大语境下讨论中国现代文学，必然首先涉及现代性问题。既然我们承认，现代性是一个从西方引进的概念，而且又有着多种不同的形态，那么它又是如何十分有效地在中国的文化土壤中植根并进而成为中国文化学术话语的一个有机组成部分的呢？我想这大概和一些鼓吹现代性的中国文化和文学革命先行者的介绍和实践密切相关，而他们的介绍和实践在很大程度上又是通过翻译的中介来完成的，当然这种翻译并非只是语言层面上的意义转述，而更是文化意义上的翻译和阐释。因此从翻译文学的视角来重新思考中国文化和文学的现代性无疑是可行的。① 在这方面，鲁迅、胡适、梁实秋、康有为和林纾等新文化和文学先行者的开拓性贡献是不可忽视的。

诚然，我们不可否认，中国的现代性开始的标志是"五四""新文化运动"的兴起。鲁迅作为中国"新文化运动"的先驱和新文学革命的最主要代表，不仅大力鼓吹对待外来文化一律采取"拿来主义"的态度，而且自己也从事翻译实践，为外来文化植根于中国土壤进而"为我所用"树立的榜样。他的这些论述和实践至今仍在学术界的讨论中引起一定的理论争鸣。今天的比较文学学者和翻译研究者完全有理由把"五四"时期的翻译文学当作中国现代文学的一个不可分割的组成部分，因为就其影响的来源来看，中国现代作家所受到的影响和得到的创作灵感更多地是来自外国作家，而非本国的文学传统。这一点在鲁迅谈自己的小说创作时现出端倪。可以说，鲁迅的陈述在某种程度上也反映了相当一批"五四"作家的创作道路，他们不满日益变得陈腐和僵化的传统文化，试图借助于外力来摧垮内部的顽固势力，因此翻译正好为他们提供了极好的新文化传播媒介，不少中国新文学家就是从翻译外国文学开始其创作生涯的。这也许正是为什么一些恪守传统观念的学者对"五四"的革命精神大加指责的一个重要原因。

毫无疑问，在将现代性作为一个西方概念引进中国方面，康有为、梁启超、胡适等人均做出了重要的贡献。如果说他们在理论上为中国的文化和文学现代性做了必要准备的话，那么林纾的文学翻译实践则大大加速了中国文化和文学的现代性进程。如果从字面翻译的意义来说，林纾的译文并不能算是忠实的翻译，而是一种改写和译述。对此翻译界曾一直有着争

---

① 在这方面参阅乐黛云、王宁主编，《西方文艺思潮与二十世纪中国文学》，中国社会科学出版社1990年版。

论。但正是这样的改写和译述却构成了一种新的文体的诞生：翻译文学文体。"五四"时期的不少作家与其说在文体上受到外国文学影响颇深，倒不如说他们更直接地是受到了（林译）外国文学的影响。如果说，从语言的层面上对林译进行严格的审视，他并不能算作一位成功的翻译家，但从文化的高度和文学史建构的视角来看，林纾又不愧为一位现代性话语在中国的创始者和成功的实践者，相当一批"五四"作家的文学写作话语就直接地来自林译的外国文学名著语言。应该承认，不少在我们今天看作是经典的西方文学作品最初正是由林纾率先译出的。我们在这里想进一步指出的是，在今天我们大力推进中国文学走向世界时，完全可以借鉴当年林纾的翻译实践，当然，我们今天有着数量众多的精通中外语言的翻译者，因此我们不需要通过口译来转述原文的内容，我们需要的是能够将中国文学作品准确地翻译成地道的外国语言的翻译大家。而在外国读者尚未有那么迫切的了解中国文学的愿望时，我们可以通过译述和编译等不同的方式在有限的篇幅内将中国文学的精华译介出去，当国外读者不满足这种删节或改编过的译述或编译时，便会花费时间和精力将优秀的中国文学作品完整地翻译。在这方面，我们同样可以借鉴林纾的翻译实践，但反其意而用之：由中国译者译成相对准确但却不十分道地的外语，然后再由国外汉学家修改润色使其符合国外读者的阅读习惯。我们认为这是当前有效地将中国文学译介到国外的一种方法。

四 世界文学语境中的中国当代文学

在讨论世界文学语境中的中国当代文学之前，首先应该对什么是中国当代文学有一个界定。本书在绪论中提出了我们对20世纪中国文学断代的看法，在这里，我们再简单重复一下我们的断代理由：把中国当代文学的开始时间定在1976年"文化大革命"结束不仅是考虑到一个重要历史阶段的结束，更是基于中国文学作为世界文学之一部分这一考虑的。如果说，"五四运动"标志着中国文学走向世界的一个高涨期，那么1976年，或更确切地说1978年以后，中国文学的再度开放和走向世界便标志着另一个高涨期，也即西方学者经常称之的第二次"全盘西化"：前者是以世界文学来到中国为特征，也即大量的外国文学作品蜂拥进入中国，对新的中国现代文学经典的形成起到了重要的奠基性作用；而后者则是以中国文学主动走向世界为特征，也即一些优秀的中国作家及其作品被译介到国外，少数作家频频获得国际性的文学大奖，极少数作家的作品（如莫言的《老枪》入选《诺顿世界文学选》等）被选入权威性的世界文学选等。这一切都说明，中国文学已经开始稳步地走向世界，并跻身世界文学之林了。但是中国当代文学真正得到世界的认可并跻身世界文学之林则应以莫言的荣获诺贝尔文学奖作为标志。不过，莫言的获奖也只是一个开始，一些有实力的中国当代作家完全有可能在不远的将来成为世界文学大家，并再度冲击诺奖。我们这里仅简略地讨论几位最有希望成为世界文学大家的作家的成就及海内外影响，以弥补本书由于篇幅所限未能开辟专章讨论他们的一个缺憾。

阎连科在当代作家中被认为是继莫言之后最有希望获得诺贝尔文学奖的中国作家之一，但能否获得诺奖除了自身的素质和作品的影响外还有其他诸多原因。众所周知，阎连科的创作道路并非一帆风顺，虽然他的作品在国内多次获奖，但他真正成为一位有着国际声誉的大作家则是进入21世纪以来的事。他也和莫言一样，同时受到中国现代文学和西方现当代文学的影响，而且受到后者的影响更为深刻。较之莫言，阎连科的理论意识更强，西方文学和理论造诣也更为深厚。他曾直言不讳地承认，他特别喜欢卡夫卡、福克纳、马尔克斯等世界文学大家，对诸如《变形记》《城堡》《喧哗与骚动》和《百年孤独》这样的世界文学名著尤为钟情。这就说明他虽然大器晚成，但从其创作生涯一开始，就为自己确定了很高的目标：不仅为本国的读者而写作，同时也为其他国家和其他语言的读者所写作，他所探讨的话题也大都是人们普遍关心的一些基本问题。这样就使得他有可能写出具有寓言性并具有持久生命力的作品。人们称他为"荒诞现实主义大师"，但他本人却不以为然。国内评论界一般认为，阎连科擅长虚构各种超现实的荒诞故事，他的作品往往情节荒唐夸张，带有滑稽剧的色彩，熔强烈的黑色幽默与夸张的叙述为一炉，读来令读者哭笑不得。在这方面，他更接近卡夫卡的小说和荒诞派戏剧。针对别人说他的作品荒诞，阎连科曾回应说："并非我的作品荒诞，而是生活本身荒诞。"这番话正是当年贝克特回应法国观众时所说的话，可见他与（西方）世界文学的关系是多么的密切。但是另一方面，也和莫言一样，阎连科所讲述的故事却是道道地地发生在中国的事情，带有鲜明的本土特色，但经过他的生花妙笔和叙事的力量，这些看似支离破碎的事件便带有了普遍性，不仅能为国内读者所诵读，而且也能吸引世界上其他国家和其他语言的读者。他也和鲁迅一样，对中国农民的劣根性有着深刻的揭露和批判，所以有不少评论家将他与鲁迅作比较。此外，更为可贵的是，有人还从他的作品中窥见了乌托邦式的理想主义倾向，即渴望制造一个没有苦难的世外桃源，这无疑流露出一种无政府主义（世界主义）的理想。这一切都是他得以为国外读者所理解并得到重视的地方，也是他的作品得以成为世界文学的重要原因。众所周知，诺贝尔文学奖评奖委员会制定的一条最重要的原则就是要授给那些写出"具有理想主义倾向的作品"的作家。在当今这个后现代消费社会，文学早就失去了以往曾有过的"轰动效应"，在商品经济大潮的冲击下，文学市场呈现出低迷的状态，一些对文学情有独钟的人无可奈何地哀叹，文学的黄金时期已过，文学还有什么用？而以文学创作为自己毕生的事业的阎连科则对文学仍然抱有一种理想主义的情怀，并孜孜不倦地耕耘，这实在是难能可贵的。这也说明他对自己所从事的文学事业有着坚定的信心。他的不懈努力和奋斗应该会得到回报。

余华也许是继莫言之后其作品在国外具有最大影响力的中国当代作家之一，实际上，按照他的年龄，他的成名均早于莫言和阎连科，他的作品不仅被译成了英文、法文、德文、俄文、意大利文、荷兰文、挪威文、韩文、日文等多种文字在国外出版，而且也引起了文学理论界和比较文学界的关注，美国的后现代主义刊物《疆界2》（*boundary* 2）、①《现代语言季刊》（*Modern Language Quarterly*）② 等曾发表过论文专门讨论余华的作品或将其当作中国当代重要的先锋小说家来讨论。余华虽然比阎连科年轻，但早在20世纪80年代他就开始在国内主要刊物上发表作品，被国内外学界当作"先锋小说"（后现代主义文学在中国当代的一个变体）的代表性作家。③ 他的长篇小说《活着》由张艺谋执导拍成同名电影后更是扩大了

---

① Wang Ning, "The Mapping of Chinese Postmodernity", *boundary* 2, 24.3 (1997): 19–40.

② Liu Kang, "The Short-Lived Avant-Garde: The Transformation of Yu Hua", *Modern Language Quarterly*, 63.1 (2002) 89–117.

③ 参阅王宁《接受与变体：中国当代先锋小说中的后现代性》，《中国社会科学》1992年第1期。

原作者余华在海内外的影响。此外，余华的作品还获得了一些国际性的大奖，其中包括法兰西文学艺术骑士勋章、意大利格林扎纳·卡佛文学奖、澳大利亚悬念句子文学奖、美国巴恩斯—诺贝尔新发现图书奖、庄重文文学奖等。2004年，美国的新马克思主义理论家和后现代主义批评家弗雷德里克·詹姆逊在家里举行七十大寿的宴会，邀请了他的一些同事和学生一起用餐，余华和中国学者王宁同时被邀请出席，可见余华的创作不仅受到西方汉学家的重视，还引起了主流文学理论家和比较文学学者的关注。从一开始，余华的创作就显然受到西方文学的深刻影响，对此他毫不隐讳。在他看来，对他启迪最大的作家并非中国古典作家，更不用说那些现代作家了，而更是那些蜚声文坛的世界文学大师。他的作品虽然数量不是很多，但素以叙述的精致细腻见长。他往往以纯净细密的叙述，打破日常的语言秩序，组织起一个自足的话语系统，这非常适合文学研究者从叙事学的角度对之进行分析。此外，他的作品还建构起一个又一个奇异、怪诞、隐秘和残忍的独立于外部世界和真实的文本世界，达到了文本的真实。这些都使他的作品很容易与西方后现代主义小说相认同。评论界认为，余华在20世纪90年代后创作的长篇小说与20世纪80年代中后期的中短篇有很大的不同，特别是使他享有盛誉的《活着》和《许三观卖血记》等，更是逼近生活真实，以平实的民间姿态呈现出一种淡泊而又坚毅的力量，提供了对历史的另一种叙述方法。余华很少描写爱情故事，死亡是他作品的一大主题，他对死亡的描写冷峻且不动声色，颇有海明威的大家风格。

  贾平凹是上述三位作家中最年长的一位，虽然本书专门讨论了他的创作与世界文学的关系，但这里再花一些篇幅简略地讨论他。贾平凹的创作应该说最具有民族特色，甚至他的语言都具有浓郁的西北特色和浓重的乡音，这一点甚至出现在他作品中的一些方言和土语。因此他的作品被认为是"不可译"的。但尽管如此，这些也不妨碍他的作品在全世界流通，虽然他的作品没有余华和莫言的作品那样在海外有着那么大的影响和市场，但也被译成了二十多种语言，在全世界范围内有着众多的读者。他本人也在国内外频频获奖，其中包括：美孚飞马文学奖铜奖（《浮躁》）、法国费米娜文学奖（《废都》）、第一届红楼梦奖和第七届茅盾文学奖（《秦腔》）等。贾平凹被认为是中国当代文坛屈指可数的文学奇才，是当代中国最具叛逆性、最富创造精神和广泛影响的一位作家，也是当代中国可以进入中国和世界文学史册的为数不多的作家之一。早在20世纪80年代初就开始了创作生涯，但他真正在海内外产生影响则主要因为其长篇小说《废都》在20世纪90年代的出版，这部小说给他带来了巨大的声誉和争议。评论界一般认为，贾平凹的写作既传统又现代，既写实又高远，语言朴拙、憨厚，内心却波澜万丈，这无疑是他的作品具有厚重的力量的原因所在。他的作品以精微的叙事和缜密的细节描写，成功地描绘了一种日常生活的本真状态，并对变化中的乡土中国所面临的矛盾和迷茫，做了充满赤子情怀的记述和解读。他笔下并不乏喧嚣和动乱，但隐匿在哀伤、热闹的背后，则是一片寂寥。《秦腔》一般被认为是他的代表作，同时也是最具有民族特色的作品。贾平凹通过一个叫清风街的地方近二十年来的演变和街上芸芸众生的生老病死、悲欢离合的命运，生动地再现了中国社会的历史转型给农村带来的震荡和变化。小说的叙述视角尤为独特。作品以细腻平实的语言，采用"密实的流年式的书写方式"，集中表现了改革开放年代乡村的价值观念、人际关系在传统格局中的深刻变化，字里行间倾注了对故乡的一腔深情和对社会转型期农村现状的思考。我们过去经常说，越是民族的就越是世界的，现在看来这种看法并不全面，正确的说法应该是，越是具有民族特色的东西，越是有可能走向世界，但是必须借助于翻译的中介，如果翻译的效果不好，不但不能使其走向世界，反倒有可能使本来写得很出色的作品变得黯然失色。

在当代优秀小说家中，刘震云的创作生涯一直是比较平稳发展的，但是近几年来在跻身于世界文学的进程中却有着后发的优势。他早年曾作为"新写实小说"的代表人物而蜚声文坛，之后他虽然不断地在艺术手法和写作技巧上翻新求变，但几乎一直依循着这条路子稳步向前发展，最终成为一位就其国际声誉而言仅次于甚至与莫言旗鼓相当的实力派小说家。他的小说语言幽默诙谐，富有浓郁的人情味，丰富了当代汉语。因此毫不奇怪，迄今他的小说已被译成了三十多种语言，不仅囊括所有的主要西方语言，而且还在阿拉伯语文学界有着广泛的影响，因此说他的创作是世界文学并不夸张。特别是近年来，葛浩文介入了刘镇云作品的翻译，因而他的走向世界的步伐无疑会大大地加快。此外，他也在东西方文学界荣获各种大奖，同时得到翻译界和批评界的关注。这也正是他的小说同时在国内外广大读者中和国外汉学界及批评界受到欢迎和重视的一个重要原因。

格非近几年来也开始以自己的创作成就吸引国际翻译界和文学评论界的瞩目，并开始引起国际学界的关注。格非在坚守文学艺术的精英意识和审美价值的同时，用厚重的笔触描述了自民国初年开始的一个世纪以来中国社会的历史变迁和内在精神的发展轨迹，有力地回应了世界文坛上早已发出的"小说之死"或"长篇小说之死"的噪声。若从一个更为广阔的世界文学视角来看，格非的"江南三部曲"则是一部中国近现代知识分子心路历程的"史诗"，可以与马尔克斯的《百年孤独》相媲美。

当然，中国当代另一些作家，如铁凝、李锐、苏童、王安忆、徐小斌等也颇具实力，其作品也被译成了多种外国语言，其中有些作家也得到学界的重视，并成为国外著名大学的研究生博士论文的研究对象。这些都是促使中国当代文学走向世界的综合因素。只有认识到这些综合因素的重要作用，才能促使中国当代文学早日真正跻身世界文学之林。因此我们认为，中国文学必须走向世界，世界文学也需要中国的加盟，如果在一部客观公正的世界文学史书中，缺少关于中国文学的描写，至少是不全面的和有所缺憾的，对于这一点，西方的文学史家和世界文学研究者已经越来越有所认识。本书在这方面可以算作是推进中国当代文学真正走向世界所迈出的坚实的一步。

参考文献

巴金:《巴金谈创作》,上海文艺出版社 1983 年版。
巴金:《寒夜》,人民文学出版社 1995 年版。
巴金:《谈〈寒夜〉》,《寒夜》,人民文学出版社 1983 年版。
白冰:《谈谈现代女子》,《女子月刊》1933 年第 9 期。
北师大档案:《中文系课表(预拟)》(1950 年 5 月)、《中文系课程草案》(1950 年 8 月)等。
毕磊菁:《讲述心灵世界的故事——王安忆小说创作中的外国文学影响》,博士学位论文,南京师范大学,2014 年。
冰心:《春水·三三》,载《中国现代文学作品选(下卷)》,华东师范大学出版社 1989 年版。
蔡曙鹏:《曹禺作品在新加坡》,《曹禺诞辰 100 周年纪念文集》2011 年 11 月 30 日(会议论文)。
蔡元培:《北京大学月刊发刊词》,见《蔡元培全集》第 3 卷,中华书局 1984 年版。
蔡元培:《世界文库》序,见《世界文库》第 1 册,河北人民出版社 1998 年影印版。
藏棣:《自白的误区》,《诗探索》1995 年第 1 期。
曹俊峰、朱立元、张玉能:《德国古典美学》,上海文艺出版社 1999 年版。
曹乃谦:《马悦然喜欢"乡巴佬作家"》,《深圳商报》2008 年 10 月 7 日。
曹树钧:《曹禺剧作演出史》,中国戏剧出版社 2006 年版。
曹树钧:《曹禺剧作在日本的演出和研究》,《戏剧艺术》2007 年第 4 期。
曹树钧:《曹禺名剧在韩国的演出与研究》,《学习与探索》2006 年第

4 期。

曹树钧:《论曹禺经典在世界舞台上的传播》,《文艺报》2011 年 12 月 16 日。

曹树钧:《论曹禺剧作在世界舞台上》,《戏剧》2000 年第 3 期。

曹树钧:《走向世界的曹禺》,天地出版社 1995 年版。

曹顺庆:《比较文学教程》,高等教育出版社 2006 年版。

曹顺庆:《比较文学教程》,高等教育出版社 2006 年版。

曹顺庆:《翻译的变异与世界文学的形成》,《外语与外语教学》2018 年第 1 期。

曹顺庆、王苗苗:《翻译与变异:与葛浩文教授的交谈及关于翻译与变异的思考》,《清华大学学报》(哲学社会科学版) 2015 年第 1 期。

曹万生编:《中国现当代文学史》(第三版,下册),中国人民大学出版社 2016 年版。

曹禺:《纪念易卜生诞辰一百五十周年》,《人民日报》1978 年 2 月 21 日。

曹禺:《美好的感情》,《中国随笔小品鉴赏辞典·当代编》,杜文远、常士功编,山西人民出版社 1996 年版。

曹禺:《日出》,人民文学出版社 1999 年版。

曹禺:《作者的话》,曹树钧译,见曹树钧,《走向世界的曹禺》,天地出版社 1995 年版。

查明建、吴梦宇:《文学性与世界性:中国当代文学海外译介的着力点》,《外语研究》2019 年第 3 期。

昌切:《世纪桥头的凝思——文化走势与文学趋向》,湖北人民出版社 2000 年版。

陈冰夷:《忆〈世界文学〉的创办经过》,载《世界文学》1993 年第 3 期。

陈才忆:《脚踏东西文化 评说宇宙文章——林语堂的中西文化观及其在西方对中国文化的传播》,《重庆教育学院学报》2003 年第 4 期。

陈春生:《在灼热的高炉里锻造——略论莫言对福克纳和马尔克斯的借鉴吸收》,《外国文学研究》1998 年第 3 期。

陈达专:《韩少功近作与拉美魔幻现实主义》,《文学自由谈》1987 年第 2 期。

陈大亮、许多:《英国主流媒体对当代中国文学的评价与接受》,《小说评论》2018年第4期。

陈独秀:《敬告青年》,《青年杂志》1915年9月15日创刊号。

陈独秀:《文学革命论》,《新青年》1917年2月1日第2卷第6号。

陈独秀:《文学革命论》,《中国新文学大系(建设理论集)》,良友图书印刷公司1935年版。

陈独秀:《现代欧洲文艺史谭》,《青年杂志》1915年11月15日第1卷第3号。

陈泓、熊黎辉:《关于"走向世界文学"及其他》,《文学评论》1989年第1期。

陈厚诚、王宁:《西方当代文学批评在中国》,百花文艺出版社2001年版。

陈娟:《张爱玲与英国文学》,中国社会科学出版社2016年版。

陈力卫:《让语言更革命——〈共产党宣言〉的翻译版本与译词的尖锐化》,参见《新史学·第二卷》,中华书局2008年版。

陈辽:《走向世界以后——谈新时期文学在世界文学格局中的地位》,《文艺评论》1986年第4期。

陈琳:《论陌生化翻译》,《中国翻译》2010年第1期。

陈灵强:《林语堂的革命观——从1929年林语堂与鲁迅失和说起》,《文艺争鸣》2017年第11期。

陈其光主编:《中国当代文学史》,暨南大学出版社1998年版。

陈铨:《民族文学运动》,载《大公报》副刊《战国》1942年5月13日第24期。

陈思和:《从鲁迅到巴金:新文学精神的接力与传承——试论巴金在现代文学史上的意义》,《当代作家评论》2006年第1期。

陈思和:《〈马桥词典〉:中国当代文学的世界性因素之一例》,《当代作家评论》1997年第2期。

陈思和:《试论贾平凹〈山本〉的民间性、传统性和现代性》,《小说评论》2018年第4期。

陈思和:《探索世界性因素的典范之作:〈十四行集〉》,《当代作家评论》2004年第3期。

陈思和:《中国当代文学史教程》,复旦大学出版社1999年版。

陈思和:《中国文学中的世界性因素》,复旦大学出版社2011年版。

陈思和:《中国新文学整体观》,复旦大学出版社2001年版。

陈思和:《中国新文学整体观》,上海文艺出版社1987年版。

陈思和编:《中国当代文学史教程》,复旦大学出版社2019年版。

陈思和、杨建龙等:《秦腔:一曲挽歌,一段情深——上海〈秦腔〉研讨会发言摘要》,《当代作家评论》2005年第5期。

陈望道:《陈望道译文集》,复旦大学出版社2009年版。

陈西滢:《谈世界文学史》,《西滢闲话》,江苏文艺出版社2010年版。

陈曦:《莫言作品在法国的译介》,《山东社会科学》2016年第1期。

陈晓明:《他能穿过"废都",如佛一样——贾平凹创作历程略论》,《贾平凹研究》,李伯钧主编,陕西师范大学出版社2014年版。

陈旭光:《诗学:理论与批评》,百花文艺出版社1996年版。

陈学勇:《中国儿女:凌叔华佚作·年谱》,上海书店出版社2008年版。

陈永国:《从解构到翻译:斯皮瓦克的底层人研究》,陈永国等编,北京大学出版社2007年版。

陈则光:《一曲感人肺腑的哀歌——读巴金小说〈寒夜〉》,《文学评论》1981年第1期。

陈众议主编:《当代中国外国文学研究(1949—2009)》,中国社会科学出版社2011年版。

成仿吾:《成仿吾文集》,山东大学出版社1985年版。

赤道摘编:《德先生和塞先生在中国的历程》,《民主与科学》2001年第1期。

崔涛涛:《莫言作品在德国的译介与接受》,《西安外国语大学学报》2013年第1期。

戴望舒:《比较文学论》,商务印书馆1937年版。

戴望舒:《诗论零札》,载于《戴望舒诗全编》,浙江文艺出版社1989年版。

戴望舒:《致艾青》,《戴望舒全集》,中国青年出版社1999年版。

戴翊:《应该怎样评价〈寒夜〉的女主人公——与陈则光先生商榷》,《文学评论》1982年第2期。

德华:《关于创造社的小资料》,《郭沫若研究》1986年3月31日。

邓刚:《走向世界的忧虑》,《世界文学》1987年第1期。

丁玲：《从群众中来 到群众中去》，见中华全国文学艺术工作者代表大会宣传处编：《中华全国文学艺术工作者代表大会纪念文集》，新华书店1950年版。

东方杂志社：《文学批评与文学批评家》，商务印书馆1924年版。

董子竹：《庄周梦蝶一场空》，《废都啊，废都》，废人组稿，先知、先实选编，甘肃人民出版社1993年版。

杜衡：《〈望舒草〉序》，载《戴望舒诗全编》，浙江文艺出版社1989年版。

杜家怡：《〈雷雨〉的第一部英译本：〈天下〉月刊中姚莘弄的连载翻译》，《吉首大学学报》（社科版），第39卷，2018年12月。

饭象容：《再论〈原野〉与外国文学》，1981年5月《季节》第19期。

方爱武：《创造性的接受主体——论余华的小说与外来影响》，《浙江学刊》2006年第1期。

方爱武：《形而下的守望——论福克纳对余华小说创作的影响》，《电影文学》2009年第7期。

方汉文：《比较文学学科理论》，北京师范大学出版社2011年版。

方杰：《跟着曹禺看日本》，《档案春秋》2016年第4期。

方薇：《变译之伦理辩》，《外语学刊》2019年第5期。

方维规：《何谓世界文学》，《文艺研究》2017年第1期。

方维规：《历史形变与话语结构：论世界文学的中国取径及相关理论问题》，载《文艺争鸣》2019年第7期。

房福贤：《中国抗日战争小说史论》，黄河出版社1999年版。

房福贤：《中国抗战文学新论》，中国社会科学出版社2012年版。

费春放：《易卜生与越剧〈心比天高〉》（引自作者在第四届中国国际易卜生研讨会上的发言）。

费小平：《翻译的政治——翻译研究与文化研究》，中国社会科学出版社2005年版。

冯骥才：《一个糊涂的口号：中国文学要走向世界》，载《文艺报》1989年2月18日。

冯陶：《〈第四病室〉的时空意义探微》，《名作欣赏》2010年第6期。

冯至：《冯至选集·第一卷》，四川文艺出版社1985年版。

冯至：《我和十四行诗的因缘》，《世界文学》1989年第1期。

冯至：《自传》，载《冯至学术精华录》，北京师范学院出版社1988年版。

凤子：《人间海市》，上海文艺出版社1998年版。

甘奴：《关于世界文库底翻印旧书》，载《作家》1936年第1期。

高建平：《马克思主义与复数的世界文学》，载《马克思主义美学研究》2004年第7辑。

高力克：《严复问题：在进化论与伦理之间》，《浙江社会科学》2018年第12期。

高旭东：《鲁迅与英国文学》，陕西人民教育出版社1996年版。

高旭东：《走向二十一世纪的鲁迅》，中国文联出版社2001年版。

高旭东、贾蕾：《巴金与基督教》，《中国比较文学》2000年第3期。

高玉编：《中国现当代文学史》（下册），浙江大学出版社2017年版。

郜元宝：《"念头"无数生与灭——读〈山本〉》，《小说评论》2018年第4期。

根子：《三月与末日》，收录于郝海彦主编《中国知青诗抄》，香港：中国文学出版社1998年版。

光未然：《文艺的民族形式问题》，《文学月报》1940年第1卷第5期。

广东哲学社会科学研究所历史研究室编：《朱执信集》，中华书局1979年版。

郭沫若：《郭沫若全集（历史编）》，人民文学出版社1990年版。

郭沫若：《郭沫若全集（文学编）》，人民文学出版社1990年版。

郭沫若：《论诗三札》，《文艺论集》，人民文学出版社1979年版。

郭沫若：《论文学的研究与介绍》，载《文艺论集（汇校本）》，湖南人民出版社1984年版。

郭沫若：《论中德文化书》，载《郭沫若全集（文学编）》第十五卷，人民文学出版社1990年版。

郭沫若：《沫若文集》，人民文学出版社1961年版。

郭沫若：《女神》，人民文学出版社2000年版。

郭沫若：《谈文学翻译工作》，载《人民日报》1954年8月29日号。

郭沫若：《为建设新中国的人民文艺而奋斗》，见东北师范大学中文系编：《中国现代文学参考资料》，东北师范大学函授教育处，1956年。

郭沫若:《我的学生时代》,载《郭沫若全集(文学编)》第十二卷,人民文学出版社 1992 年版。

郭沫若:《我怎样开始了文艺生活》,载《郭沫若论创作》,上海文艺出版社 1983 年版。

郭沫若:《印象与表现》,载于《时事新报文艺》第 33 期。

郭沫若:《与有风谈作诗》,载《现世界》1936 年 8 月第 1 期。

郭沫若:《自然底追怀》,载《上海时事新报·星期学灯》1934 年 3 月 4 日号。

郭振伟:《钱锺书隐喻理论研究》,中国社会科学出版社 2014 年版,"前言"。

韩东:《爸爸在天上看我》,河北教育出版社 2002 年版。

韩伟、胡亚蓉:《叙事伦理:在冲突与融通中升华——评贾平凹长篇小说〈山本〉》,《西北大学学报》(哲学社会科学版)2019 年第 6 期。

杭零:《莫言在法国的翻译与接受》,《东方翻译》2012 年第 6 期。

何成洲:《培尔·金特与明星版话剧演出》,《艺术百家》2012 年第 2 期。

何成洲:《戏剧改编教授沙龙》,《艺术百家》2009 年第 2 期。

何其芳:《论文学教育》,《解放日报》1942 年 10 月 16 日、17 日。

何卫华:《雷蒙·威廉斯:文化研究与"希望的资源"》,商务印书馆 2017 年版。

何卫华:《雷蒙·威廉斯:文化研究与"希望的资源"》,商务印书馆 2017 年版。

洪子诚:《当代文学研究》,北京出版社 2001 年版。

洪子诚:《中国当代文学史》,北京大学出版社 2010 年版。

洪子诚、刘登翰:《中国当代新诗史》,北京大学出版社 2010 年版。

侯维瑞主编:《英国文学通史》,上海外语教育出版社 1999 年版。

呼和请:《真精神与旧途径》,河北教育出版社 1995 年版。

胡安江:《文本旅行与翻译研究》,《四川外语学院学报》2007 年第 5 期。

胡风:《胡风评论集》上,人民文学出版社 1984 年版。

胡风:《胡风评论集》下,人民文学出版社 1985 年版。

胡风:《胡风评论集》中,人民文学出版社 1984 年版。

胡适:《逼上梁山——文学革命的开始》,载《胡适代表作》,河南文艺出版社1996年版。

胡适：《尝试集》，人民文学出版社2000年版。

胡适：《胡适留学日记》下册，安徽教育出版社2006年版。

胡适：《胡适文集》第2卷，北京大学出版社1998年版。

胡适：《胡适学术文集·新文学运动》，姜义华主编，中华书局1993年版。

胡适：《历史的文学观念论》，载《中国新文学大系（建设理论集）》，良友图书印刷公司1935年版。

胡适：《易卜生主义》，《新青年》第4卷第6号。

胡水波：《世界文学的两大来源》，载《之江期刊》1933年第2期。

胡铁生，夏文静：《福克纳对莫言的影响与莫言的自主创新》，《求是学刊》2014年第1期。

胡娴：《译与介：米歇尔·鲁阿〈郭沫若诗选〉法译本分析》，《现代中文学刊》2018年第2期。

胡真才：《世界文学名著文库出版始末》，载《新文学史料》2015年第3期。

黄承基：《论鲁迅小说中"意识流"问题》，《广东社会科学》1997年第5期。

黄国柱：《世界意识和世界眼光——兼谈中国文学走向世界》，载《小说评论》1987年第1期。

黄佳锐：《鲁迅为何译介颓废主义作品?》，《文学报》2013年11月7日。

黄子平等：《二十世纪中国文学三人谈》，人民文学出版社1988年版。

霍俊明：《变奏的风景：新世纪十年女性诗歌》，载《理论与创作》2010年第4期。

季进：《我译故我在——葛浩文访谈录》，《当代作家评论》2009年第6期。

季进：《作为世界文学的中国文学——以当代文学的英译与传播为例》，《中国比较文学》2014年第1期。

季羡林：《季羡林谈义理》，人民出版社2010年版。

贾蕾：《论中西文化对巴金建构理想人格的影响》，《理论学刊》2011年第5期。

贾平凹，杨辉：《究天人之际：历史、自然和人——关于〈山本〉答杨辉问》,《扬子江评论》2018 年第 3 期。

贾平凹:《访谈:贾平凹文论集》,生活·读书·新知三联书店 2015 年版。

贾平凹:《废都》,译林出版社 2012 年版。

贾平凹:《怀念狼·后记》,作家出版社 2000 年版。

贾平凹:《山本》,人民文学出版社 2018 年版。

贾平凹:《四十岁说》,《贾平凹研究资料》,雷达编,山东文艺出版社 2006 年版。

姜智芹:《西方读者视野中的莫言》,《当代文坛》2005 年第 5 期。

蒋孔阳、朱立元主编:《西方美学通史》第四卷,上海文艺出版社 1999 年版。

蒋卫杰:《走向世界的沉思》,载《外国文学评论》1987 年第 1 期。

教育部档案 9801954—Y—75.0001

教育部档案 9801954—Y—75.0002

解志熙:《人生的困境和存在的勇气》,《文学评论》1989 年第 5 期。

解志熙:《生命的沉思与存在的决断(上)——论冯至的创作与存在主义的关系》,《外国文学评论》1990 年第 3 期。

金观涛,刘青峰:《观念史研究:中国现代重要政治术语的形成》,法律出版社 2009 年版。

金岳霖:《中国哲学》,《哲学研究》1985 年第 9 期。

荆江波:《老舍和曹禺在好莱坞的一次讲座》,《现代中文学刊》2016 年第 3 期。

瞿世镜:《意识流小说家伍尔夫》,上海文艺出版社 1989 年版。

克莹、侯育中:《老舍在美国——曹禺访问记》,《新文学史料》1985 年第 1 期。

孔庆东:《国文国史三十年》,中华书局 2012 年版。

老舍:《大地龙蛇》,《老舍全集》第九卷,人民文学出版社 1999 年版。

老舍:《二马》,《老舍全集》第 1 卷,人民文学出版社 1999 年版。

老舍:《敬悼许地山先生》,初发表于 1941 年 8 月 17 日《大公报》,后收入《老舍全集》第 14 卷。

老舍:《灵的文学与佛教》,初发表于佛教月刊《海潮音》,22:2,1941 年 2 月,后收入《老舍全集》第 17 卷。

老舍：《我怎样写〈老张的哲学〉》，《老舍全集》（第16卷），人民文学出版社2008年版（原载1935年9月16日《宇宙风》第1期）。

老舍：《小坡的生日》，《老舍全集》第二卷，人民文学出版社1999年版。

老舍：《宗月大师》，初发表于1940年1月23日《华西日报》，后收入《老舍全集》第14卷。

乐黛云：《从中国文化走出去想到林语堂》，《中国文化报》2015年12月18日，第3版。

乐黛云：《全球化时代的世界文学与中国："当代世界文学与中国"国际学术研讨会论文集》，"序"，张健主编，中国社会科学出版社2010年版。

乐黛云：《中西比较文学教程》，高等教育出版社1988年版。

乐黛云、王宁主编：《西方文艺思潮与二十世纪中国文学》，中国社会科学出版社1990年版。

雷达：《心灵的挣扎——〈废都〉辨析与批判》，《贾平凹研究》，李伯钧编，陕西师范大学出版社2014年版。

黎烈文：《一本专论比较文学的理论和方法的新著》，载《图书评论》1933年第5期。

李长之：《歌德之认识》，载《新月》1933年第7期。

李长之：《鲁迅批判》，北新书局1936年版。

李春林（主编）：《鲁迅与外国文学关系研究》（上、下册），吉林人民出版社2005年版。

李存光：《巴金传》，团结出版社2018年版。

李存光：《巴金研究回眸》，复旦大学出版社2016年版。

李存光编：《巴金研究资料》（上），知识产权出版社2010年版。

李冬木著：一个鲁迅学史家眼中的"东亚鲁迅"——读张梦阳著《鲁迅学在中国在东亚》，载中国社会科学院文学所"中国文学网·汉学园地"，2007年11月7日。

李冬木著：《"竹内鲁迅"三题》，《读书》2006年第4期。

李广田：《人民文学和世界文学》（1948年5月），见刘兴育等编：《李广田论教育》，云南人民出版社2013年版。

李和风、朱锋刚：《逃离此刻与专注当下——柏格森与伊尼斯时间观对西方文明危机的解答》,《江淮论坛》2018年第3期。

李寄:《鲁迅传统汉语翻译文体论》,上海译文出版社2008年版。

李建军:《私有形态的反文化写作——评〈废都〉》,《南方文坛》2003年第3期。

李今:《二十世纪中国翻译文学史·三四十年代(俄苏卷)》,百花文艺出版社2009年版。

李金发:《中国新文学大系·诗集》,上海良友图书印刷公司1935年版。

李俊国、张晓夫:《寻求、建构走向世界文学的基点》,载《文学评论》1986年第4期。

李培德:《老舍在英国:1924—1929》,曾广灿等编《老舍与二十世纪:1999国际老舍学术研讨会论文选》,天津人民出版社2000年版。

李锐:《古朴审美理想的守望者——论庄之蝶》,《贾平凹研究》,李伯钧编,陕西师范大学出版社2014年版。

李宪瑜:《中国新诗发展的一个重要环节——"白洋淀诗群"研究》,《北京大学学报》(哲学社会科学版)1999年第2期。

李怡:《走向世界、现代性与全球化——20年来中国现代文学研究的三个重要语汇》,《南京大学学报》2004年第3期。

李遇春:《韩少功对米兰·昆德拉的文学接受与创化——从〈生命不能承受之轻〉到〈日夜书〉》,《外国文学研究》2014年第5期。

李越:《老舍作品英译研究》,知识产权出版社2013年版。

李震:《母语诗学纲要》,三秦出版社2001年版。

厉欣:《老舍赴美讲学的背景和过程》,《中国现代文学研究丛刊》,2019年第3期。

梁启超:《梁启超全集》,北京出版社1999年版。

梁启超:《论小说与群治的关系》,刊于《新小说》1902年第1期。

梁启超主编:《大中华》,1916年5月20日第2卷第5期,时事日记之四月三十日栏。

梁实秋:《歌德与中国小说》,载《新月》1929年第2卷第8号。

林莽:《关于"白洋淀诗歌群落"》,《淮北煤炭师范学院学报》(哲学社会科学版)2004年第3期。

林太乙:《林语堂传》,陕西师范大学出版社2002年版。

林晓霞:《凌叔华小说创作的思想意蕴》,《福建师范大学学报》(哲学社会科学版),2004年第3期。

林语堂:《吾国吾民》,郝志东、沈益洪译,学林出版社1995年版。

林语堂:《吾国吾民》,陕西师范大学出版社2002年版。

凌叔华:《凌叔华文存》(上),陈学勇编,四川文艺出版社1998年版。

凌叔华:《凌叔华文存》(下),陈学勇编,四川文艺出版社1998年版。

刘洪涛:《从国别文学走向世界文学》,复旦大学出版社2014年版。

刘洪涛:《世界文学观念的嬗变及其在中国的意义》,《中国比较文学》2012年第4期。

刘洪涛:《文学关系还是世界文学?》,《北京师范大学学报》(社科版)2003年第2期。

刘介民选编:《比较文学译文选》,湖南人民出版社1984年版。

刘堃:《王安忆作品在美国的译介与阐释》,《江西社会科学》2019年第9期。

刘亚丁:《郭沫若的两篇俄文佚文——兼述郭沫若在20世纪50年代中苏文化交流中的作用》,《郭沫若学刊》2016年第2期。

柳冬妩:《从乡村到城市的精神胎记——关于"打工诗歌"的白皮书》,《文艺争鸣》2005年第3期。

卢康华、孙景尧:《比较文学导论》,黑龙江人民出版社1984年版。

鲁迅:《鲁迅全集》,人民文学出版社2005年版。

鲁迅:《鲁迅译文全集》,福建教育出版社2008年版。

鲁迅:《摩罗诗力说》,见《鲁迅全集》第1卷,人民文学出版社2005年版。

鲁迅:《南腔北调集·祝中俄文字之交》,参见福建师范大学中文系编选:《鲁迅论外国文学》,外国文学出版社1982年版。

鲁迅:《呐喊》"自序",《鲁迅全集》(第六卷),光明日报出版社2015年版。

鲁迅:《文化偏至论》,《鲁迅全集》第1卷,人民文学出版社1973年版。

鲁迅:《药》,《呐喊》,人民文学出版社2005年版。

罗新璋:《钱锺书的译艺谈》,《钱锺书评论》,范旭仑、李红岩主编,社会科学文献出版社1996年版。

罗屿:《葛浩文:美国人喜欢唱反调的作品》,《新世纪周刊》2008 年第 10 期。

罗跃军:《论柏格森"绵延"概念之内涵及其对过程哲学的影响》,《求是学刊》2011 年第 4 期。

罗振业:《九叶诗派的价值估衡》,载《海南师范学院学报》(社会科学版)2004 年第 4 期。

罗志田:《近代读书人的思想世界与治学取向》,北京大学出版社 2009 年版。

马福华:《沈从文作品在海外的翻译、传播与接受》,《常州工学院学报》(社科版)2018 年第 4 期。

马君武:《马君武集》,华中师范大学出版社 1991 年版。

马晓翙,马家骏:《世界文学真髓》,中国社会科学出版社 2002 年版。

毛莉:《张江:当代文论重建路径——由"强制阐释"到"本体阐释"》,《中国社会科学报》2014 年 6 月 17 日号。

茅盾:《从娜拉说起》,刊于《珠江日报》1938 年 4 月 29 日。

茅盾:《旧形式、民间形式与民族形式》,《中国文化》1940 年第 2 卷第 1 期。

茅盾:《茅盾文艺杂论集》,上海文艺出版社 1981 年版。

茅盾:《文艺论文集》,外国文学出版社 1942 年版。

茅盾:《在反动派压迫下斗争和发展的革命文艺》,见东北师范大学中文系编:《中国现代文学参考资料》,东北师范大学函授教育处,1956 年。

孟庆澍:《经典文本的异境旅行——〈骆驼祥子〉在美国(1945—1946)》,《河南大学学报》(社会科学版)2010 年第 5 期。

孟悦:《走向世界文学——一个艰难的进程》,《读书》1986 年第 8 期。

孟悦、戴锦华:《浮出历史地表》,河南人民出版社 1989 年版。

莫言,《讲故事的人》,https://www.douban.com/note/686770202/。

莫言:《丰乳肥臀》,作家出版社 1996 年版。

莫言:《红高粱家族》,人民文学出版社 2012 年版。

莫言:《千言万语何若莫言,〈莫言作品精选〉》,长江文艺出版社 2013 年版。

莫言:《生死疲劳》,上海文艺出版社 2015 年版。

莫言:《檀香刑》,作家出版社2001年版。

莫言:《我在美国出版的三本书》,《小说界》2000年第5期。

莫言:《影响的焦虑》,载张健主编,《全球化时代的世界文学与中国:"当代世界文学与中国"国际学术研讨会论文集》,中国社会科学出版社2010年版。

牟其芳:《巴金与中国文化现代化》,载《山东社会科学》1994年第4期。

牛汉、绿原:《编余对谈录》,《胡风诗全编》,浙江文艺出版社1992年版。

潘懋元、刘海峰主编:《中国近代教育史资料汇编·高等教育》,上海教育出版社1993年版。

皮进:《王安忆小说创作与外国文学》,博士论文,湖南师范大学,2015年。

浦嘉珉:《中国与达尔文》,钟永强译,江苏人民出版社2008年版。

钱理群:《鲁迅作品十五讲》,北京大学出版社2003年版。

钱理群:《中国现代文学三十年》,上海文艺出版社1987年版。

钱理群等编:《中国现代文学三十年》,北京大学出版社1998年版。

钱念孙:《马克思"世界文学"思想初论》,收录《重建文学空间》,安徽教育出版社2003年版。

钱念孙:《文学横向发展论》,上海文艺出版社1989年版。

钱念孙:《文学由民族走向世界的外因条件》,载《文艺理论研究》1988年第3期。

钱念孙:《重建文学空间》,安徽教育出版社2003年版。

钱锺书:《管锥编》,生活·读书·新知三联书店2007年版。

钱锺书:《林纾的翻译》,商务印书馆1981年版。

钱锺书:《七缀集》,生活·读书·新知三联书店2019年版。

钱锺书:《钱锺书英文文集》,外语教学与研究出版社2005年版。

钱锺书:《钱锺书英文文集》,外语教学与研究出版社2005年版。

钱锺书:《宋诗选注》,生活·读书·新知三联书店2002年版。

钱锺书:《谈艺录》,生活·读书·新知三联书店2007年版。

钱锺书:《围城》,人民文学出版社2005年版。

钱锺书:《围城 人·兽·鬼》,生活·读书·新知三联书店2009年版。

钱锺书:《写在人生边上 人生边上的边上 石语》,生活·读书·新知三联书店2002年版。

钱锺书:《走向世界丛书序》,《人民日报》1984年5月8日。

钱锺书、杨绛:《人生边上》,江西教育出版社2005年版。

秦川:《国外郭沫若研究述略》,《郭沫若学刊》1994年第4期。

秦弓:《鲁迅的儿童文学翻译》,《山东社会科学》2013年第4期。

权五明:《郭沫若历史剧〈屈原〉在日本的上演与影响》,《重庆师范大学学报》(哲学社会科学版)2009年第6期。

全国权、徐东日:《"中国文学走向世界"之质疑》,《延边大学学报》1995年第1期。

人民文学出版社编辑部编:《苏联人民的文学——第二次全苏作家代表大会报告、发言集》,人民文学出版社1955年版。

邵璐:《莫言小说英译研究》,《中国比较文学》2011年第1期。

佘振华:《浅述郭沫若在法国的译介》,《郭沫若与文化中国——纪念郭沫若诞辰120周年国际学术研讨会论文集(上卷)》,2012年。

沈从文:《论中国创作小说》,参见沈从文《沈从文文集·文论》(第十一卷),花城出版社1992年。

沈国威:《近代中日词汇交流研究》,中华书局2010年版。

沈庆利:《林语堂的"一团矛盾"——〈吾国吾民〉、〈生活的艺术〉之细读》,《现代文学研究丛刊》2011年第12期。

生安锋:《理论的旅行与变异:后殖民理论在中国》,《文学理论前沿》,第五辑(2008)。

生安锋编著:《智性的拷问:当代文化理论大家访谈集》,北京大学出版社2010年版。

石燕京:《郭沫若与德国文学关系研究二十年——郭沫若与外国文学研究回响系列之二》,《郭沫若学刊》2001年第4期。

世界文学社编:《塔什干精神万岁——中国作家论亚非作家会议》,作家出版社1959年版。

舒婷:《舒婷的诗》,人民文学出版社1996年版。

宋丹:《王安忆作品在日本的译介与阐释》,《小说译介与传播研究》2019年第3期。

宋学智:《何谓翻译文学经典》,《中国翻译》2015年第1期。

宋永毅：《老舍：纯民族传统作家——审美错觉》，载曾小逸主编《走向世界文学：中国现代作家与外国文学》，湖南人民出版社1985年版。

孙国亮、李偲婕：《王安忆在德国的译介与阐释》，《小说译介与传播研究》2018年第5期。

孙国亮、沈金秋：《张洁作品在德国的译介与接受研究》，《当代文坛》2019年第6期。

孙晶：《巴金：中国出版家》，中国人民出版社2016年版。

孙庆生：《曹禺论》，北京大学出版社1986年版。

孙席珍：《鲁迅与日本文学》，《鲁迅研究》1981年第5辑。

孙中山：《孙中山全集》第2卷，中华书局1982年版。

汤晏：《一代才子钱锺书》，上海人民出版社2005年版。

唐湜：《九叶在闪亮》，《新文学史料》1989年第4期。

唐湜：《诗的新生代》，《诗创造》1948年第1卷第8辑。

唐伟：《写实的寓言与抒情的辩证——重读沈从文的小说〈懦夫〉》，《中国现代文学研究丛刊》2019年第7期。

唐亚平：《黑色沙漠》，《中国女性诗歌文库》，谢冕等编，春风文艺出版社1997年版。

田本相：《曹禺及其在世界上的地位和影响——为纪念曹禺先生诞辰九十周年而作》，《广东艺术》2000年第3期。

田本相：《论中国现代话剧的现实主义及其流变》，《文学评论》1993年第2期。

汪晖：《反抗绝望：鲁迅及其文学世界》，生活·读书·新知三联书店2008年版。

王伯男：《曹禺及〈雷雨〉的跨文化传播》，《上海戏剧》2014年10月。

王国维：《宋元戏曲史》，上海古籍出版社1998年版。

王国维：《王国维哲学美学论文辑佚》，华东师范大学出版社1993年版。

王家平：《鲁迅精神世界凝视》，首都师范大学出版社1999年版。

王洁明：《专访马悦然：中国作家何时能拿诺贝尔文学奖?》，载《参考消息特刊》2004年12月9日。

王晋生：《柏格森绵延概念探讨》，《山东大学学报》（哲学社会科学版）2003年第6期。

王敬慧:《从解构西方强制阐释到建构中国文论体系——张江近年来对当代西方文论的批判性研究》,《文学理论前沿》第 14 辑(2016)。
王侃:《"女性文学"的内涵和视野》,载《文学评论》1998 年第 6 期。
王宁:《比较文学、世界文学与翻译研究》,复旦大学出版社 2014 年版。
王宁:《穿越"理论"之间:"后理论时代"的理论思潮和文化建构》,台湾《中央大学人文学报》,第 32 期(2007 年 10 月)。
王宁:《从世界文学到世界诗学的理论建构》,《外国语文研究》2018 年第 4 卷第 1 期。
王宁:《多丽丝·莱辛的获奖及其启示》,《外国文学研究》2008 年第 2 期。
王宁:《翻译研究的文化转向》,清华大学出版社 2009 年版。
王宁:《翻译与跨文化阐释》,《中国翻译》2015 年第 1 期。
王宁:《"后理论时代"的理论风云:走向后人文主义》,《文艺理论研究》2013 年第 6 期。
王宁:《"后理论时代"的文化理论》,《文景》2005 年第 3 期。
王宁:《"后理论时代"的文学与文化研究》,北京大学出版社 2009 年版。
王宁:《"后理论时代"西方理论思潮的走向》,《外国文学》2005 年第 3 期。
王宁:《"后理论时代"中国文论的国际化走向和理论建构》,《北京大学学报》2010 年第 2 期。
王宁:《接受与变体:中国当代先锋小说中的后现代性》,《中国社会科学》1992 年第 1 期。
王宁:《民族主义、世界主义与翻译的文化协调作用》,《中国翻译》2012 年第 3 期。
王宁:《诺贝尔文学奖获奖作家述评》,《外国文学》1987 年第 11 期。
王宁:《诺贝尔文学奖与中国:质疑与反思》,《外国文学》1997 年第 5 期。
王宁:《诺贝尔文学奖、中国文学和文学的未来——访诺贝尔文学奖评奖委员会主席埃斯普马克教授》,收入王宁《20 世纪西方文学比较研究》,人民文学出版社 2000 年版。
王宁:《"全球本土化"语境下的后现代性、后殖民性与新儒学重建》,《南京大学学报》2008 年第 1 期。

王宁:《丧钟为谁而鸣——比较文学的民族性与世界性》,《探索与争鸣》2016年第7期。

王宁:《什么是世界文学?——对话戴维·戴姆拉什》,《文学理论前沿》,第八辑(2011年)。

王宁:《"世界文学":从乌托邦想象到审美现实》,《探索与争鸣》2010年第7期。

王宁:《世界文学的双向旅行》,《文艺研究》2011年第7期。

王宁:《"世界文学"的双向旅行》,《文艺研究》2011年第7期。

王宁:《"世界文学"与翻译》,《文艺研究》2009年第3期。

王宁:《世界文学语境中的中国当代文学》,《当代作家评论》2014年第6期。

王宁:《世界主义》,载《外国文学》2014年第1期。

王宁:《世界主义、世界文学以及中国文学的世界性》,《中国比较文学》2014年第1期。

王宁:《世界主义与世界文学》,《文学理论前沿》,第9辑(2012)。

王宁:《消解"单一的现代性":重构中国的另类现代性》,《社会科学》2011年第9期。

王宁:《再论"后理论时代"的西方文论态势及走向》,《学术月刊》2013年第5期。

王宁:《中国文学如何有效地走向世界》,《中国艺术报》2010年3月19日号。

王宁:《中国现当代文学研究在西方》,《中国文化研究》2001年第1期。

王宁:《作为问题导向的世界文学概念》,载《外国文学研究》2018年第5期。

王宁编:《易卜生与现代性》,百花文艺出版社2001年版。

王泉根:《吴宓先生年表》,见王泉根主编:《多维视野中的吴宓》,重庆出版社2001年版。

王晓华:《钱锺书与中国学人的欠缺》,《钱锺书评说七十年》,杨联芬编,文化艺术出版社2010年版。

王辛笛:《辛笛集·卷一》,上海人民出版社2012年版。

王一川:《与其"走向世界",何妨"走在世界"》,《世界文学》1998年第 1 期。

王元化：《为"五四"精神一辩》，收入林毓生等著，《五四：多元的反思》，香港：三联书店 1989 年版。

王佐良：《翻译、思考与试笔》，外语教学与研究出版社 1989 年版。

魏红珊：《郭沫若与表现主义（上、下）》，《郭沫若学刊》1998 年第 1 期。

温儒敏：《文学研究中的"汉学心态"》，《文艺争鸣》2007 年第 7 期。

温儒敏、赵祖谟主编：《中国现当代文学专题研究》，北京大学出版社 2002 年版。

文洁：《乔伊斯在中国》，《鲁迅研究月刊》2007 年第 6 期。

文学武：《公共领域中的知识分子角色》，《文艺争鸣》2019 年 3 月。

闻一多：《论〈女神〉的时代精神》，《创造周报》1923 年 6 月 4 日号。

闻一多：《忆菊》，《中国现代文学作品选（下卷）》，华东师范大学出版社 1989 年版。

吴鼎第：《文艺影响与世界文学观》，《学术界》1943 年第 1 卷第 3 期。

吴戈：《受礼遇的"弟子"：曹禺在纽约》，《戏剧艺术》2006 年第 6 期。

吴俊：《走向世界：中国文学的焦虑》，《文艺争鸣》2012 年第 8 期。

吴鲁芹：《文人相重：台北一月和》，上海书店出版社 2009 年版。

吴宓译：《世界文学史》，见《学衡》第 29 期。

吴元迈：《走向世界和让世界向我们走来》，《文艺争鸣》1986 年第 5 期。

西谛：《关于文学原理的重要书籍》，《小说月报》1923 年第 14 卷第 1 期。

西滢：《罗曼·罗兰》，《现代评论》1926 年第 3 卷第 60 期。

西滢：《谈世界文学史》，《现代评论》1926 年第 3 卷第 77 期。

西滢：《文化的交流》，《现代评论》1926 年第 3 卷第 69 期。

夏济安：《鲁迅作品的黑暗面》，乐黛云编《国外鲁迅研究论集》，北京大学出版社 1981 年版。

夏晓虹：《觉世与传世：梁启超的文学道路》，中华书局 2006 年版。

夏炎德：《法兰西文学史》，商务印书馆 1936 年版。

夏衍：《夏衍剧集》第一卷，中国戏剧出版社 1984 年版。

萧乾：《叛逆·开拓·创新——序〈尤利西斯〉中译本》，参见乔伊斯《尤利西斯》，萧乾、文洁若译，译林出版社 1994 年版，序。

萧乾：《未带地图的旅人》，江苏文艺出版社 2010 年版。

萧乾：《萧乾选集》（第四卷），四川人民出版社1983年版。

萧乾：《易卜生的〈培尔·金特〉》，《外国文学》1981年第4期。

萧三：《论诗歌的民族形式》，《文艺战线》1939年第1卷第5号。

谢尔·埃斯普马克：《诺贝尔文学奖内幕》，李之义译，漓江出版社1996年版。

谢冕：《美丽的遁逸——论中国后新诗潮》，《文学评论》1988年第6期。

谢天振：《正视矛盾，保证学科的健康发展》，见谢天振：《比较文学与翻译研究》，复旦大学出版社2011年版。

谢有顺：《身体修辞》，花城出版社2003年版。

熊融：《鲁迅最早的两篇译文——〈哀尘〉、〈造人术〉》，《文学评论》1963年第3期。

徐敬亚：《崛起的诗群》，载《朦胧诗论争集》，姚家华编，学苑出版社1989年版。

徐开垒：《巴金传》，上海文艺出版社2003年版。

徐懋庸：《怎样从事文艺修养》，三江书店1936年版。

徐晓钟：《再认识易卜生》，《戏剧学习》1983年第3期。

徐志伟：《从废名到沈从文：乡土中国形象的再生产于文化民族主义的建构》，《青海社会科学》2019年第4期。

许寿裳：《亡友鲁迅印象记》，人民文学出版社1953年版。

续静：《英语世界的老舍研究》，博士学位论文，四川大学，2012年。

薛克翘：《许地山的学术成就与印度文化的联系》，《文史哲》2003年第4期。

严丽珍：《论巴金小说中的人物形象》，博士学位论文，复旦大学，2009年。

严绍璗：《对"比较文学与世界文学专业"名称的质疑》，见严绍璗：《比较文学与文化"变异体"研究》，复旦大学出版社2011年版。

颜敏，王嘉良编：《中国现当代文学史》（修订版，下册），上海教育出版社2009年版。

杨红梅：《福克纳与莫言小说中的时间叙事特征》，《当代文坛》2017年第2期。

杨宏海：《打工文学备忘录》，社会科学文献出版社2007年版。

杨克：《2000 中国诗歌年鉴》，广州出版社 2001 年版。

杨黎：《撒哈拉沙漠上的三张纸牌》，《快餐馆里的冷风景》，陈旭光编，北京大学出版社 1994 年版。

杨炼：《大雁塔》，《荒魂》，上海文艺出版社 1986 年。

杨亮功：《早期三十年的教学生活·五四》，黄山书社 2008 年版。

杨梦吟：《论〈京华烟云〉中的道家思想》，《长江师范学院学报》2012 年第 7 期。

杨瑞仁：《近二十年来国内沈从文与外国文学比较研究述评》，《外国文学研究》2000 年第 4 期。

杨一铎、禹秀玲：《英语世界鲁迅传播的历史分期及特点》，《北方文学旬刊》2014 年第 1 期。

杨义：《中国现代小说史》，人民文学出版社 2005 年版。

杨亦曾：《近代世界文学之潮流》，《新群》杂志，1919 年第 1 卷第 2 号。

杨振声：《为追悼朱自清先生讲到中国文学系》，《文学杂志》1948 年第 5 期。

姚鹤鸣：《文化全球化和马克思的"世界文学"》，《广西师范大学学报》（哲社版）2007 年第 2 期。

姚岚：《余华对外国文学的创造性吸收》，《中国比较文学》2002 年第 3 期。

伊蕾：《叛逆的手》，北方文艺出版社 1990 年版。

以群：《略论接受文学遗产问题》（1943 年 3 月），见《以群文艺论文集》，上海文艺出版社 1983 年。

佚名：《〈屈原〉在莫斯科上演》，《新民晚刊》1953 年 6 月 2 日号。

易君左：《中国青年与世界文学》，《中国青年》1944 年第 4 期。

余光中：《评戴望舒的诗》，《名作欣赏》1992 年第 3 期。

余秋雨：《世界戏剧学》，长江文艺出版社 2013 年版。

郁达夫：《沉沦》，上海太东图书局 1921 年版。

郁达夫：《导言》，载《中国新文学大系（散文二集）》，良友图书印刷公司 1935 年版。

郁达夫：《中国新文学大系》第 7 卷《散文二集》导言，主编赵家璧，上海良友图书印刷公司 1935 年版。

袁可嘉：《诗的新方向》，载《论新诗现代化》，生活·读书·新知三联书店1988年版。

袁振英：《伯尔根的批评》，《泰东月刊》1928年2卷第4期。

袁振英：《易卜生传》，《新青年》1918年4卷6号。

曾冬冰：《也论巴金在中国民主革命时期思想的主导面》，载《南昌大学学报》（社会科学版）1994年第2期。

曾锋：《沈从文的文学创作与西方古典音乐》，《中国比较文学》2009年第3期。

曾军：《"西方文论中的中国问题"的多维透视》，《文艺争鸣》2019年第6期。

曾小逸：《导言：论世界文学时代》，曾小逸主编《走向世界文学：中国现代作家与外国文学》，湖南文艺出版社1985年版。

曾小逸：《走向世界文学：中国现代作家与外国文学》，湖南人民出版社1985年版。

翟永明：《黑夜的意识》，吴思敬编《磁场与魔方：新诗潮论卷》，北京师范大学出版社1993年版。

翟永明：《纸上建筑》，东方出版中心，1997年。

张丹丹：《葛浩文中国文学英译脉络及表征扫描》，《中国翻译》2018年第4期。

张江：《当代西方文论若干问题的辨识——兼及中国文论建设》，《中国社会科学》2014年第5期。

张江：《强制阐释论》，《文学评论》2014年第6期。

张杰：《鲁迅杂考二则》，《新文学史料》2005年第4期。

张京媛：《当代女性主义文学批评》，北京大学出版社1992年版。

张珂：《晚清民初的"世界意识"与"世界文学"观念的发生》，《中国比较文学》2013年第1期。

张曼：《老舍翻译文学研究》，上海交通大学出版社2016年版。

张曼：《老舍中外文学关系研究》，华东师范大学出版社2018年版，"前言"。

张梦阳著：跨文化对话中形成的"东亚鲁迅"，《鲁迅研究月刊》2007年第1期。

张全之:《巴金工运小说新论》,《吉林大学社会科学学报》2019 年第 3 期。

张文江:《钱锺书传》,上海人民出版社 2016 年版。

张旭:《表演性文本之翻译——以黎翠珍英译〈原野〉第二幕为例》,《亚太跨学科翻译研究》(第一辑),2015 年第 1 期。

张学昕、张博实:《历史、人性与自然的镜像——贾平凹的"实际写作"论纲》,《西北大学学报》(哲学社会科学版)2019 年第 2 期。

张颐武:《"中国之眼":改编的跨文化问题》,《电影艺术》,312 期。

张月超:《歌德评传》,神州国光社 1933 年版。

张真:《梦中楼阁》,《中国女性诗歌文库》,沈睿编,春风文艺出版社 1997 年版。

张中良:《巴金小说的抗战书写》,《江汉论坛》2018 年第 2 期。

张中良:《抗战文学与正面战场》,社会科学文献出版社 2014 年版。

章明:《令人气闷的"朦胧"》,《朦胧诗论争集》,姚家华主编,学苑出版社 1989 年版。

赵丹、智咏梅:《韩少功与外国文学》,《安徽文学》2007 年第 10 期。

赵家祥:《历史过程的时空结构和时间向度——兼评西方历史哲学的两个命题》,《北京大学学报》(哲学社会科学版)2005 年第 5 期。

赵景深:《最近的世界文学·序》,远东图书公司,1928 年。

赵亮:《〈域外小说集〉:中国现代小说的先声》,《鲁迅研究月刊》2017 年第 10 期。

赵树勤:《当代女性话语权利的欲求与焦虑》,《中国现代、当代文学研究》2001 年第 6 期。

赵园:《论小说十家》,浙江文艺出版社 1987 年版。

郑伯奇:《国民文学论》,《创造周报》1923—1924 年第 33—35 期。

郑伯奇:《批评郭沫若的处女诗集〈女神〉》,《时事新报·学灯》1921 年 8 月 21 日号。

郑伯奇:《中国新文学大系·小说三集》,上海良友出版公司,1936 年。

郑振铎:《俄国文学史·序》,见《郑振铎全集》第 15 卷,花山文艺出版社 1998 年版。

郑振铎:《林琴南先生》,《中国文学研究》,作家出版社 1957 年版。

郑振铎：《文学的统一观》，《小说月报》第 13 卷第 8 期，见《郑振铎全集》第 15 卷，花山文艺出版社 1998 年版。

郑振铎：《文学旬刊》宣言，《郑振铎全集》第 3 卷，花山文艺出版社 1998 年版。

郑振铎：《文艺复兴中国文学研究号题辞》，《郑振铎全集》第 5 卷，花山文艺出版社 1998 年版。

郑振铎：《郑振铎全集》，花山文艺出版社 1998 年版。

郑振铎：《中国文学的遗产问题》，《郑振铎全集》第 5 卷，花山文艺出版社 1998 年版。

中国美国史研究会编，王建华等译：《现代史学的挑战——美国历史协会主席演说集 1961—1988》，上海人民出版社 1990 年版。

中文系外国文学教研室编：《外国文学研究资料索引》，开封师范学院 1964 年版。

钟少华：《中国近代新词语谈薮》，外语教学与研究出版社 2006 年版。

周春霞：《莫言小说在西班牙的译介——以〈酒国〉和〈檀香刑〉的西语译本为例》，《南方文坛》2015 年第 3 期。

周国平：《译序》，尼采：《悲剧的诞生》，周国平译，生活·读书·新知三联书店 1986 年版。

周立波：《周立波鲁艺讲稿》，上海文艺出版社 1984 年版。

周立民：《五四精神的叙述与实践——以巴金的生活与创作为考察对象》，博士学位论文，复旦大学，2007 年。

周学普译：《哥德对话录》，商务印书馆 1937 年版。

周扬：《从民族解放运动中来看新文学的发展》，《文艺战线》1939 年第 1 卷第 2 号。

周扬：《郭沫若和他的〈女神〉》，《解放日报》1941 年 11 月 16 日号。

周扬：《我们的态度》，《文艺战线》1936 年第 1 卷第 1 号。

周扬：《新的人民的文艺》，见东北师范大学中文系编：《中国现代文学参考资料》，东北师范大学函授教育处，1956 年。

周云龙：《故国想象与文化记忆：曹禺防美的〈明报〉叙事》，《粤海风》2009 年第 2 期。

周瓒：《当代中国女性诗歌：自由的期待和可能的飞翔》，《诗歌与人》，

2002年。

周瓒：《女性诗歌："误解小词典"》，《中国现代、当代文学研究》2002年第2期。

周作人：《笔述的诗文二》，《鲁迅的故家》，十月文艺出版社2013年版。

周作人：《读武者小路实笃君所作〈一个青年的梦〉》，1918年5月《新青年》第4卷第5号。

周作人：《翻译小说上》，《知堂回想录》（上），十月文艺出版社2013年版。

周作人：《〈现代日本小说集〉序》，钟叔河编《周作人文类编·日本管窥》，湖南文艺出版社1998年版。

周作人：《知堂回想录·琐屑的因缘》，河北教育出版社2002年版。

朱光潜：《西方美学史》，人民文学出版社1979年版。

朱恒：《语言的维度与翻译的限度及标准》，《中国翻译》2015年第2期。

朱金顺：《〈坏孩子和别的奇闻〉的两件旧闻》，《鲁迅研究月刊》2006年第11期。

朱寿桐：《现代主义与郭沫若文学的现代化风貌》，《郭沫若百年诞辰纪念文集》，中国郭沫若研究会，1992年第23期。

朱雪峰、刘海平：《〈榆树下的欲望〉及其戏曲改编》，《戏剧艺术》2007年第6期。

朱英丽、黄忠廉：《文学性增译双刃效果论》，《中国俄语教学》2019年第2期。

朱寨：《走在人生边上的钱锺书先生》，《钱锺书评说七十年》，杨联芬编，文化艺术出版社2010年版。

朱自清：《导言》，《中国新文学大系（诗集）》，良友图书印刷公司1935年版。

朱自清：《诗与哲理》，《朱自清全集·第二卷》，时代文艺出版社2000年版。

宗白华：《宗白华全集（第一卷）》，安徽教育出版社1994年版。

宗白华等：《歌德研究》，中华书局1936年版。

邹红：《"诗样的情怀"——试论曹禺剧作内涵的多解性》，《文学评论》1998年第3期。

［德］爱克曼辑录，朱光潜译：《歌德谈话录》，人民文学出版社 1978 年版。

［德］顾彬："德国汉学家顾彬推新书：不提'垃圾论''中国当代文学最大问题是语言'"，见《青年报》2008 年 9 月 17 日号。

［德］顾彬：《二十世纪中国文学史》，范劲等译，华东师范大学出版社 2008 年版，"前言"。

［德］顾彬：钟秀：《比较文学视野下的当代中国文学》，《世界文学评论》2012 年第 2 期。

［德］黑格尔：《自然哲学》，商务印书馆 1980 年版。

［德］考夫曼编：《存在主义》，商务印书馆 1987 年版。

［德］马克思、恩格斯：《共产党宣言》，人民出版社 1966 年版。

［德］莫尼克：《倩女幽魂法——钱锺书作为中西文化的牵线人》，《钱锺书评说七十年》，杨联芬编，文化艺术出版社 2010 年版。

［德］卫礼贤：《歌德与中国文化》，参见《歌德研究》，中华书局 1936 年版。

［俄］爱罗先珂演讲，周作人口译：《俄国文学在世界文学的位置》，载《北京大学日刊》1922 年 12 月 5 日。

［俄］波兹德涅耶娃著，吴兴勇、颜雄译：《鲁迅评传》，湖南教育出版社 2000 年版。

［俄］高尔基：《文学与现在的俄罗斯》，郑振铎译，见贾植芳、陈思和主编《中外文学关系史资料汇编》，广西师范大学出版社 2004 年版。

［俄］高尔基：《在苏联第一次作家代表大会上的结束语》，曹葆华、张礼修译，《人民文学》1953 年第 12 期。

［俄］高尔基世界文学研究所编撰：《世界文学史》第 1 卷上册，陈雪莲等多人合译，上海文艺出版社 2013 年版。

［法］柏格森：《创造进化论》，王离译，新星出版社 2013 年版。

［法］弗朗索瓦·密特朗：《在授予巴金［法国］荣誉军团勋章仪式上法兰西共和国总统弗朗索瓦·密特朗先生的讲话》，载《巴金研究在国外》，张立慧、李今编，湖南文艺出版社 1986 年版。

［法］帕斯卡尔·卡萨诺瓦：《文学、民族与政治》，戴维·戴姆拉什、陈永国、尹星编，《新方向：比较文学与世界文学读本》，北京大学出版

社 2010 年版。

［法］帕斯卡尔·卡萨诺瓦：《文学世界共和国》，罗国祥、陈新丽、赵妮译，北京大学出版社 2015 年版。

［法］韦斯特法尔：《地理批评宣言：走向文本的地理批评》，《南京工程学院学报》（社会科学版）2018 年第 2 期。

［何兰］柯雷：《精神与金钱时代的中国诗歌：从 1980 年代到 21 世纪初》，张晓红译，北京大学出版社 2017 年版。

［荷兰］佛克马：《走向新世界主义》，收入王宁、薛晓源编《全球化与后殖民批评》，中央编译出版社 1998 年版。

［罗马尼亚］伐论汀·锡尔维斯特鲁：《〈屈原〉在罗马尼亚首次演出》，李通由译，《中国戏剧》1959 年第 3 期。

［美］戴维·戴姆拉什：《后经典、超经典时代的世界文学》，参见戴维·戴姆拉什、刘洪涛、尹星主编《世界文学理论读本》，北京大学出版社 2013 年版。

［美］戴维·戴姆拉什：《什么是世界文学？》，查明建、宋明炜译，北京大学出版社 2015 年版。

［美］厄尔·迈纳：《比较诗学：文学理论的跨文化研究札记》，王宇根、宋伟杰等译，中央编译出版社 1998 年版。

［美］哈维：《时空之间：关于地理学想象的反思》，收入包亚明编，《现代性与空间的生产》，上海教育出版社 2003 年版。

［美］霍尔姆斯·罗尔斯顿：《哲学走向荒野》，吉林人民出版社 2001 年版。

［美］简·布朗：《歌德与"世界文学"》，刘宁译，《学术月刊》2007 年第 6 期。

［美］拉狄克：《论世界文学》，杨哲译，载《清华周刊》1934 年第 8 期。

［美］李欧梵：《上海摩登：一种新都市文化在中国 1930—1945》，毛尖译，香港：牛津大学出版社 2000 年版。

［美］李欧梵：《现代性的追求》，生活·读书·新知三联出版社 2000 年版。

［美］李欧梵著，尹慧珉译：《原序》，《铁屋中的呐喊》，岳麓书社 1999 年版。

［美］刘禾著，宋伟明等译：《跨语际实践：文学，民族文化与被译介的现代性》（修订译本），生活·读书·新知三联书店2008年版。

［美］刘康：《世界的中国，还是世界与中国？我的回应》，《文艺争鸣》2019年第6期。

［美］刘康：《西方理论的中国问题——以学术范式、方法、批评实践为切入点》，《南京师范大学学报》2019年第1期。

［美］罗伯特·洛威尔等著：《美国自白派诗选》，赵琼、岛子译，漓江出版社1987年版。

［美］罗伯特·沃特曼：《实用智慧的条件》，载田本相、刘家鸣主编《中外学者论曹禺》，南开大学出版社1992年版。

［美］马丁·普契纳：《世界文学与文学世界之创造》，汪沛译，载《学习与探索》2011年第2期。

［美］马丁·普契纳：《世界性文学的讲授》，载方汉文主编，《世界文学重构与中国话语创建》，中央编译出版社2015年版。

［美］马泰·卡林内斯库：《现代性的五副面孔》，商务印书馆2002年版。

［美］斯特龙伯格：《西方现代思想史》，刘北成等译，中央编译出版社2005年版。

［美］王德威：《晚清小说新论：被压抑的现代性》，宋伟杰译，台北：麦田出版社2003年版。

［美］王德威：《想象中国的方法：历史·小说·叙事》，生活·读书·新知三联书店2003年版。

［美］夏志清：《曹禺访哥大纪实——兼评〈北京人〉》，载田本相《海外学者论曹禺》，广西师范大学出版社2014年版。

［美］许倬云：《中国文化与世界文化》，贵州人民出版社1991年版。

［美］余英时：《我所认识的钱锺书》，《钱锺书评说七十年》，杨联芬编，文化艺术出版社2010年版。

［美］约翰·梅西：《世界文学史话》，胡仲持译，开明书店1931年版，"原序"。

［美］张隆溪：《世界文学：意义、挑战、未来》，载方维规，《思想与方法：地方性与普世性之间的世界文学》，北京大学出版社2016年版。

［挪威］易卜生：《易卜生书信演讲集》，汪余礼、戴丹妮译，人民文学出

版社 2012 年版。

［挪威］易卜生：《易卜生文集》第 6 卷，潘家洵译，人民文学出版社 1995 年版。

［挪威］易卜生：《易卜生戏剧集》，潘家洵、萧乾、成时译，人民文学出版社 2006 年版。

［挪威］易卜生：《易卜生戏剧集 2》，潘家洵译，人民文学出版社 1956 年版。

［日］大冢幸南：《比较文学原理》，陕西人民出版社 1985 年版。

［日］代田智明：《论竹内好——关于他的思想、方法、态度》，《世界汉学》1998 年 5 月创刊号。

［日］饭冢容：《奥尼尔·洪深·曹禺》，1977 年 11 月《季节》第 5 期。

［日］饭冢容：《曹禺先生与日本》，《倾听雷雨：曹禺纪念》，李玉茹、钱亦蕉编，2000 年。

［日］饭冢容：《日本曹禺研究史简介》，载田本相、邹红主编《海外学者论文曹禺》，广西师范大学出版社 2014 年版。

［日］河原崎长十郎：《〈屈原〉在日本的演出》，《新文学史料》1979 年第 2 期。

［日］濑户宏：《试论建国后曹禺作品演出情况——以〈雷雨〉为主》，载曹树钧、郑学国主编《世纪雷雨——2004 年潜江曹禺学术研讨会论文集》，中国文史出版社 2005 年版。

［日］铃木贞美：《文学的概念》，王成译，中央编译出版社 2011 年版。

［日］木山英雄：《文学复古与文学革命——木山英雄中国现代文学思想论集》，赵京华编译，北京大学出版社 2004 年版。

［日］木山英雄著：《也算经验——从竹内好到"鲁迅研究会"》，《鲁迅研究月刊》2006 年第 7 期。

［日］牧阳一：《曹禺与厨川白村》，载田本相、邹红主编《海外学者论文曹禺》，广西师范大学出版社 2014 年版。

［日］牧阳一：《作为基督教式的悲剧〈雷雨〉、〈日出〉、〈原野〉》，《日本中国学会会报》1990 年 10 月第 421 期。

［日］神田丰穗：《文艺小辞典》，王隐编译，中华书局 1940 年版。

［日］神田一三：《鲁迅〈造人术〉的原作·补遗》，许昌福译，《鲁迅研

究月刊》2002 年第 1 期。

［日］昇曙梦：《现代文学十二讲》，汪馥泉译，北新书局 1931 年版。

［日］藤井省三：《〈鲁迅事典〉前言·后记》，弥生译，《鲁迅研究月刊》2002 年第 7 期。

［日］樋口进：《巴金与安那其主义》，近藤光雄译，复旦大学出版社 2016 年版。

［日］丸山升：《活在二十世纪的鲁迅为二十一世纪留下的遗产》，《鲁迅研究月刊》2004 年 12 期。

［日］丸山升：《鲁迅·革命·历史：丸山升现代中国文学论集》，北京大学出版社 2005 年版。

［日］丸山升：《日本的鲁迅研究》，靳丛林译，《鲁迅研究月刊》2000 年第 11 期。

［日］伊藤虎丸：《鲁迅与日本人——亚洲的近代与"个"的思想》，李冬木译，河北教育出版社 2001 年版。

［日］影山三郎：《应该了解中国戏剧》，《帝国大学新闻》第 576 期，1935 年 5 月 6 日。

［瑞典］马悦然：《沈从文如果活着就肯定能得诺贝尔文学奖》，《南方周末》2007 年 10 月 10 日 16 版。

［瑞士］约斯特：《比较文学》，湖南文艺出版社 1988 年版。

［苏］柯根：《世界文学史纲》，杨心秋、雷鸣蛰译，读书生活书店 1936 年版，"后记"。

［苏］裴立昂译（Ludkevich 原作）：《世界文学前哨的苏联文学》，载《世界论坛》1934 年第 17 期，第 19 期。

［苏联］波兹德涅耶娃：《鲁迅的生平与创作》，莫斯科：莫斯科大学出版社 1959 年版。

［新加坡］王润华：《华文后殖民文学：中国、东南亚的个案研究》，学林出版社 2001 年版。

［以色列］伊塔玛·埃文-佐哈：《翻译文学在文学多元系统中的位置》，戴维·戴姆拉什、陈永国、尹星编《新方向：比较文学与世界文学读本》，北京大学出版社 2010 年版。

［意］弗朗哥·莫莱蒂：《世界文学猜想》，戴维·戴姆拉什、刘洪涛、尹

星编《世界文学理论读本》，北京大学出版社 2013 年版。

［印］佳亚特里·斯皮瓦克：《从解构到全球化批判：斯皮瓦克读本》，陈永国等编，北京大学出版社 2007 年版。

［印］佳亚特里·斯皮瓦克：《流散之新与旧：跨国世界中的妇女》，参见佳亚特里·斯皮瓦克《从解构到全球化批评：斯皮瓦克读本》，陈永国、赖立里、郭英剑主编。

［英］艾略特：《诗歌的社会功能》，刘宝端等译，载《美国作家论文学》，生活·读书·新知三联书店 1984 年版。

［英］弗吉尼亚·伍尔夫：《伍尔夫日记选》，戴红珍、宋炳辉译，百花文艺出版社 2012 年版。

［英］雷蒙·威廉斯：《现代悲剧》，译林出版社 2007 年版。

［英］罗兰·罗伯逊、扬·阿特·肖尔特主编：《全球化百科全书》，中文版（王宁主编），译林出版社 2011 年版。

［英］帕特丽卡·劳伦斯：《丽莉·布瑞斯珂的中国眼睛》，万江波、韦晓保、陈荣枝译，上海书店出版社 2008 年版。

［英］莎士比亚：《莎士比亚全集》第 2 卷，朱生豪等译，人民文学出版社 1994 年版。

Aarseth, Asbjorn, *Ibsens Samtidsskuespill—En studie I glasskapets dramaturgi*, ［M］, Oslo: Universitetsforlaget, 1999.

Aldridge, A. Owen, "Irving Babbitt and Lin Yutang" ［J］, *Modern Age*, 1999 (Fall).

Anderson, Benedict, *Imagined Community: Reflections on the Origin and Spread of Nationalism* ［M］, 2nd ed, London and New York: Verso, 1991.

Annette, Kolodny, "A Map for Rereading: Gender and the Interpretation of Literary Texts". In: Elaine Showalter, *The New Feminist Criticism: Essays on Women, Literature, and Theory* ［C］, London: Virago Press, 1986.

Appiah, Kwame Anthony, "Cosmopolitan Patriots" ［J］ *Critical Inquiry* 23, no. 3 (1997): 621, 637.

Apter, Emily, *Against World Literature, On the Politics of Untranslatability* ［M］, London & New York: Verso, 2013.

Apter, Emily, *The Translation Zone: A New Comparative Literature* [M], Princeton and Oxford: Princeton University Press, 2006.

Ashe, Laura and Patterson, Ian, eds., *War and Literature* [C], Cambridge: D. S. Brewer, 2014.

Augustine, *Confessions* [M], Trans. Henry Chadwick, Oxford and New York: Oxford UP, 1991.

Bachner, Andrea, "'Chinese' Intextuations of the World" [J], *Comparative Literature Studies*, 2010 (3), pp. 318 – 345.

Bassnett, Susan and Lefevere, André, *Constructing Cultures: Essays on Literary Translation* [M], Philadelphia: Multilingual Matters, 1998.

Beck, Ulrich and Grande, Edgar, *Cosmopolitan Europe* [M], Cambridge: Polity, 2007.

Bei Dao, "Translation Style: A Quiet Revolution", in: *Inside Out: Modernism and Postmodernism in Chinese Literary Culture* [C], eds. Wendy Larson and Anne Wedell-Wedellesborg, Aarhus: Aarhus University Press.

Benedict, Ruth, *Patterns of Culture* [M], London: Routledge & Kegan Paul, 1935.

Benická, Jana, "Some Remarks on the Satirical in Qian Zhongshu's Novel *Fortress Besieged*", *Autumn Floods: Essays in Honour of Marián Gálik* [M], ed. Raoul D. Findeisen and Robert D. Gassmann, Bern: Peter Lang, 1998.

Benjamin, Walter, "The Task of the Translator" trans. Harry Zohn, in Rainer Schulte and John Biguenet eds, *Theories of Translation: An Anthology of Essays from Dryden to Derrida* [C], Chicago and London: The University of Chicago Press, 1992.

Bloom, Harold, *The Western Canon: The Books and School of the Ages* [M], New York: Harcourt Brace & Company, 1994.

Bourdieu, Pierre, *Outline of a Theory of Practice* [M], Cambridge: Cambridge University Press, 1977.

Brennan, Timothy, *At Home in the World: Cosmopolitanism Now* [M], Cambridge, MA: Harvard University Press, 1997.

Buell, Lawrence, *Shades of the Planet: American Literature as World Literature* [M], Princeton, NJ: Princeton University Press, 2007.

"Chinese writer Mo Yan wins Nobel prize" [N], *The Irish Times*, 11 October 2012.

Cai, Rong, "Problematizing the Foreign Other: Mother, Father, and the Bastard in Mo Yan's Large Breasts and Full Hips", *Modern China*, 2003 (1), pp. 108 – 137.

Qian, Suoqiao, "Representing China: Lin Yutang vs. American 'China Hands' in the 1940s" [J], *The Journal of American-East Asian Relations*, 2010 (2), pp. 101 – 102.

Calhoun, Craig, "Cosmopolitanism and Nationalism" [J], *Nations and Nationalism* 14 (3), 2008, pp. 427 – 448.

Călinescu, Matei, *Five Faces of Modernity: Modernism, Avant – Garde, Decadence, Kitsch, Postmodernism*. Durham: Duke UP, 1987, pp. 41 – 42.

Carlson, Marvin, "The Macaronic Stage", in: *East of West: Cross-Cultural Performances and the Staging of Difference* [C], eds. Claire Sponsler and Xiaomei Chen, New York: Palgrave, 2000.

Cather, Willa, *One of Ours* [M], New York: Vintage Classics, 1991.

Chan, Shelley W., "From Fatherland to Motherland: On Mo Yan's *Red Sorghum & Big Breasts and Full Hips*" [J], *World Literature Today*, Vol. 74, 2000, 495 – 500.

Chan, Wing-Tsit, "Lin Yutang, Critic and Interpreter", *The English Journal*, 8.4 (1947): 163 – 169.

Cheah, Pheng and Robbins, Bruce, (eds.), *Cosmopolitics: Thinking and Feeling Beyond the Nation* [C], Minneapolis: University of Minnesota Press, 1998.

Chechner, Richards, *Environmental Theater: An Expanded New Edition* [M], New York and London: Applause, 1994.

Chen, Rose Jui-Chang, "Human Hero and Exiled God: Chinese Thought in Kuo Mo-jo's Chu Yuan" [D], Ph. D Thesis, University of Detroit University, 1977.

Chen, Xiaomei, ed. *The Columbia Anthology of Modern Chinese Drama* [M], New York: Columbia UP, 2009.

Chen, Po-his, "Wang Anyi, Taiwan, and the World: The 1983 International Writing Program and Biblical Allusions in Utopian Verses" [J], *Chinese Literature Today*, 2017 (3), pp. 52 – 61.

Cho, Wen-chun, "A Play in Three Acts, Abridged", in Harold R. Isaacs ed., *Straw Sandals: Chinese Short Stories*, 1918 – 1933 [C], Cambridge, Mass.: MIT Press, 1974.

Chong, Key Ray, *Cannibalism in China* [M], Wakefield, N. H.: Longwood Academic, 1990.

Chow, Rey, *Woman and Chinese Modernity: The Politics of Reading Between West and East* [M], Minneapolis: University of Minnesota Press, 1991.

Chow, Tse-tsung (周策纵): *The May Fourth Movement: Intellectual Revolution in Modern China* [M], Cambridge, MC: Harvard University Press, 1960.

Chun, Tarryn Li-Min, "Spoken Drama and Its Double: Thunderstorm 2.0 by Wang Chong and Theatre du Reve Experimental" [J], *TDR: The Drama Review*, 63.3 (2019).

Clancy, James H., "Hedda Gabler: Poetry in Action and in Object", in Oscar G. Brockett (ed.), *Studies in Theatre and Drama* [C], Paris: Mouton, 1972.

D'haen, Theo, "For 'Global Literature', Anglo-Phone" [J], *Anglia* 135 (2017): 1 – 16.

D'haen, Theo, *The Routledge Concise History of World Literature* [M], London and New York: Routledge, 2012.

Dai, Jinhua, "Wang Anyi" [J], translated by Ping Zhu, *Chinese Literature Today*, 2017 (3), pp. 6 – 7.

Dai, Jinhua, trans. Jennifer Feeley, "Writing as a Way of Life: Nomination of Wang Anyi for the Newman Prize for Chinese Literature" [J], *Chinese Literature Today*, 6: 2, pp. 8 – 9.

Damrosch, David, "World Literature and Nation-building", Fang Weigui,

"*Ideas and Methods: What is World Literature? Tension between the Local and the Universal*", Beijing: School of Chinese Language and Literature at Beijing Normal University, 2015.

Damrosch, David, "World Literature as Alternative Discourse" [J], *Neohelicon* 38, 2011 (October), pp. 307 – 317.

Damrosch, David, ed. *Teaching World Literature* [C], New York: The Modern Language Association of America, 2009.

Damrosch, David, *Frames for World Literature. /Tensions in World Literature.* [M] Singapore: Palgrave Macmillan, 2018.

Damrosch, David, *How to Read World Literature* [M], Oxford: Willey-Blackwell, 2009.

Damrosch, David, Natalie Melas, et al., eds. *The Princeton Sourcebook in Comparative Literature: From the European Enlightenment to the Global Present* [C], Princeton and Oxford: Princeton University Press, 2009.

Damrosch, David, *What is World Literature* [M], Princeton and Oxford: Princeton University Press, 2003.

Davis, Patrice (ed.), *The Intercultural Performance Reader* [C], Routledge, London and New York 1996.

Dawes, James, *The Language of War: Literature and Culture in the U.S. from the Civil War Through World War II* [M], Cambridge and London: Harvard University Press, 2002.

De Man, Paul, "'Conclusions': Walter Benjamin's 'The task of the translator'", in *The Resistance to Theory* [M]. Minneapolis: University of Minnesota Press, 1986.

De Man, Paul, *Blindness and Insight: Essays in the Rhetoric of Contemporary Criticism* [M], Minneapolis: University of Minnesota Press, 1983.

Derrida, Jacques, "What is a 'Relevant' Translation?" [J] *Critical Inquiry*, 27.2, pp. 174 – 200.

Dikötter, Frank, *Imperfect Conceptions: Medical Knowledge, Birth Defects, and Eugenics in China* [M], London: C. Hurst & Co. (Publishers) Ltd., 1998.

Dilötter, Frank, *The Age of Openness: China before Mao* [M], Berkeley: University of California Press; Hong Kong: Hong Kong University Press, 2008.

Dirlik, Arif and Zhang, Xudong eds. *Postmodernism and China* [J], a special issue in *boundary* 2, 24.3 (1997).

Durbach, Errol, "The dramatic poetry of Ibsen's *Ghosts*" [J], *Mosaic*, Vol. 11, no. 4, 1978, pp. 55 –66.

Eber, Irene, "The Reception of Lu Xun in Europe and America: The Politics of Popularization and Scholarship", in Leo Ou-fan Lee, ed., *Lu Xun and His Legacy*, Berkeley: University of California Press [C], 1985.

Eber, Irene, "The Reception of Lu Xun in Europe and America: The Politics of Popularization and Scholarship", in Leo Ou-fan Lee, ed., *Lu Xun and His Legacy* [C], Berkeley: University of California Press, 1985, pp. 242 –273.

Edward M. Jr., Gunn, *Unwelcome Muse: Chinese Literature in Shanghai and Peking* 1937 –1945 [M], New York: Columbia UP, 1980.

Edwards, Louise, "Drawing Sexual Violence in Wartime China: Japanese Propaganda Cartoons" [J], *The Journal of Asian Studies* 72 (3), 2013, pp. 563 –586.

Edwards, Louise, "Policing the Modern Woman in Republican China" [J], *Modern China* 26 (2000).

Egerton, Clement & Lao She, (trans.), *The Golden Lotus*, London: Routledge & Kegan Paul, 1972.

Engdahl, Horace, "Canonization and World Literature: The Nobel Experience" [J] in *World Literature, World Culture*, edited by Karen-Margrethe Simonsen and Jakob Stougaard-Nielsen, Aarhus: Aarhus University Press, 2008.

Esslin, Martin, "Ibsen and Modern Drama", in Errol Durbach (ed.), *Ibsen and the Theatre*, London: Macmillan Press, 1980.

Ewbank, Inga-Stina, "Ibsen's dramatic language as a link between his 'realism' and his 'symbolism'" [J], *Contemporary Approaches to Ibsen*, Vol. 1, 1966.

Felski, Rita, *The Gender of Modernity* [M], Cambridge, MA: Harvard University Press, 1995.

Feng, Jin, *The New Woman in Early Twentieth-Century Chinese Fiction* [C], West Lafayette, Indiana: Purdue UP, 2004.

Finney, Gail, *Women in Modern Drama: Freud, Feminism, and European Theater at the Turn of the Century* [M], Ithaca, NY: Cornell University Press, 1989.

Fokkema, Douwe, "Chinese Postmodernist Fiction" [J] *Modern Language Quarterly*, 69.1 (2008): 141-65.

Fokkema, Douwe, "World Literature", in *Encyclopedia of Globalization*, edited by Roland Robertson and Jan Aart Scholte, New York and London: Routledge, 2007.

Fokkema, Douwe, *Issues in General and Comparative Literature*, Calcutta: Papyrus, 1987.

Frenz, Horst and Aderson, G. A. eds., *Indiana University Conference on Oriental-Western Literary Relations* [C], Chaper Hill: University of North Carolina Press, 1955.

Galik, Marian, "Comparative Aspects of Pa Chin's Novel *Cold Night*" [J], *Oriens Extremus* 28 (2), 1981, pp. 135-153.

Gillian Boddyy, *Katherine Mansfield: The Woman and the Writer* [M], New York: Penguin Books, 1988.

Goldblatt, Howard (tr.), *Life and Death Are Wearing Me Out: A Novel* [M], New York: Arcade Publishing, 2008.

Goldblatt, Howard (tr.), *Red Sorghum* [M], New York: Penguin Random House, 2003.

Goldblatt, Howard, "The 'Saturnicon' Forbidden Food of Mo Yan" [J], *World Literature Today*, Vol. 74, 2000, 477-485.

Greenblatt, Stephen, "Towards a Poetics of Culture", in H. Aram Veeser ed., *The New Historicism* [C], New York and London: Routledge, 1989.

Guilory, John, "Canon", in Frank Lentricchia et al., eds., *Critical Terms for Literary Study*. 2nd ed. [C] Chicago and London: University of Chicago

Press, 1995.

Han, Shaogong, "'Creating the Old' in Literature" [J], *World Literature Today*, 2016 (2), pp. 16 – 18.

Hanan, Patrick, "The Techniques of Lu Hsun's Fiction" [J], *Harvard Journal of Asiatic Studies* 34 (1974): 53 – 96.

Hardt, Michael and Negri, Antonio, *Empire* [M], Cambridge, MA: Harvard University Press, 2000.

Haugen, Einar, *Ibsen's Drama: Author to Audience* [M], Minneapolis: University of Minnesota Press, 1979.

He, Chengzhou, "Hedda and Bailu: Portraits of Two 'Bored' Women" [J], *Comparative Drama* 35 (2002), pp. 447 – 63.

He, Chengzhou, "World Drama and Intercultural Performance: Western Plays on the Contemporary Chinese Stage" [J], *Neohelicon*, 38 (2011): 397 – 409.

He, Chengzhou, ed. *An Anthology of Twentieth Century Chinese Drama* [M], Berlin: Springer, 2014.

He, Chengzhou, *Henrik Ibsen and Modern Chinese Drama* [M], Oslo Academic Press, 2004.

He, Qianwei, *Western Influence and the Place of Music in the Works of Shen Congwen* [D], PhD Thesis, University of Edinburgh, 2016.

Hemingway, Ernest, quoted from Robert Weimann, "Text, Author-Function, and Appropriation of Modern Narrative: Toward a Sociology of Representation" [J], *Critical Inquiry*, 14 (3), 1998.

Hockx, Michel, "Introduction", *The Literary Field of Twentieth-Century China* [C], edited by Micheal Hockx, Honolulu: University of Hawai'i Press, 1999.

Host, Else, *Hedda Gabler: en monografi* [M], Oslo: Aschehoug, 1958.

Howard, Joshua H., "Chongqing's Most Wanted: Worker Mobility and Resistance in China's Nationalist Arsenals, 1937 – 1945" [J] *Modern Asian Studies*, 37 (4), 2003.

Hsia, C. T., *A History of Modern Chinese Literature*, Bloomington and Indianapolis: Indiana University Press [M], 1999.

Hsia, C. T., *A History of Modern Chinese Fiction* 1917 – 1957 [M], New Haven: Yale UP, 1961.

Hsia, Tsi-an, *The Gate of Darkness: Studies on the Leftist Literary Movement in China* [M], University of Washington Press, Seattle and Lodon, 1968.

Hsu, Kai-yu ed. & trans., *Twentieth Century Chinese Poetry: An Anthology* [C], New York: Doubleday, 1963.

Huang, Alexander C. Y., "Cosmopolitanism and Its Discontents: The Dialectic between the Global and the Local in Lao She's Fiction" [J], *Modern Language Quarterly*, 69: 1 (2008): 99.

Huang, C. Y. (Alexander), "Mo Yan as Humorist" [J], *World Literature Today*, 83.4 (2009): pp. 32 – 37.

Hung, Chang-tai, "The Politics of Songs: Myths and Symbols in the Chinese Communist War Music, 1937 – 1949" [J], *Modern Asian Studies*, 30 (4), 1996, pp, 901 – 929.

Huntington, J., *The Logic of Fantasy* [M], New York: Columbia University Press, 1982.

Hutcheon, Linda, *A Theory of Adaptation* [M], New York and London: Routledge, 2006.

Huters, Theodore, *Qian Zhongshu* [M], Boston: Twayne Publishers, 1982.

Ibsen, Henrik, *Hedda Gabler* [M], trans. Jens Arup and James W. McFarlane, *The Oxford Ibsen*, 8 vols. London: Oxford University Press, 1960 – 1977.

Inge, M. Thomas, "A Literary Genealogy: Faulkner, Garcia Marquez, and Mo Yan" [J], *Moravian Journal of Literature & Film.* 2014 (1), pp. 5 – 12.

Inge, M. Thomas, "Mo Yan through Western Eyes" [J], *World Literature Today*, Vol. 74, 2000, 501 – 506.

Jakobson, Roman, "On Linguistic Aspects of Translation," in Rainer Schulte and John Biguenet ed., *Theories of Translation: An Anthology of Essays from Dryden to Derrida* [C], Chicago and London: The University of Chicago Press, 1992.

Jameson, Fredric, "New Literary History after the End of the New" [J] *New*

Literary History, 39. 3 (summer 2008): 375 – 387.

Jameson, Fredric, *The Political Unconscious* [M], London and New York: Routledge, 2002.

Johansen, Emily and Kim, Soo Yeon, (eds.), *The Cosmopolitan Novel* [J], a special issue in *ARIEL*, 42. 1 (2011).

Jr. Gunn, Edward M. , *Unwelcome Muse: Chinese Literature in Shanghai and Peking* 1937 – 1945 [M], New York: Columbia UP, 1980.

K. , Miller Nancy, *Subject to Change: Reading Feminist Writing* [M], New York: Columbia University Press, 1988.

Kong, Haili, "Disease and Humanity: Ba Jin and His Ward Four: A Wartime Novel of China" [J], *Frontiers of Literary Studies in China*, 6 (2), 2012, pp. 198 – 207.

Krebsova, Berta, "Lu Hsun's Contribution to Modern Chinese Thought and Literature" [J] *New Orient* 7, 1 (1968): 9 – 13.

Kristeva, Julia, *The Kristeva Reader* [C], Toril Moi ed. New York: Columbia University Press, 1986 [1966].

Kristeva, Julia, *About Chinese Women* [M], trans. Anita Barrows, New York: Boyars, 1986.

Kristeva, Julia, quoted in Michelle Keown, "Whose Paradise? Representations of the Body in the Indigenous Literatures of the South Pacific" [D], PhD Dissertation, University of Kent, 2000.

Kristeva, Julia, quoted in Michelle Keown, "Whose Paradise? Representations of the Body in the Indigenous Literatures of the South Pacific" [D], PhD Dissertation, University of Kent, 2000.

Lanciotti, Lionello, "Qian Zhongshu: 1910 – 1998" [J], *East and West*. 48. 3/4 (1998), p. 477.

Lary, Diana, *The Chinese People at War: Human Suffering and Social Transformation*, 1937 – 1945 [M], New York: Cambridge University Press, 2010.

Lavers, Annette, "The World as Icon: On Sylvia Plath's Themes", in: *The Art of Women: The Twentieth Century* 1912 – 2000 [C], ed. Charles Newman, London: Faber and Faber, 1970.

Leach, Jim, "The Real Mo Yan", *Humanities*, Vol. 32 (1), 2011 (Jan./Feb.), pp. 11 – 13.

Lee, Gregory B., "Reviewed Work (s): *Fictional Realism in Twentieth-Century China: Mao Dun, Lao She, Shen Congwen* by David Der-wei Wang", *The China Quarterly*, 1994 (Mar.), pp. 278 – 279.

Lee, Leo Ou-fan, *Lu Xun and His Legacy*, Berkeley, Los Angeles and London: U of California P, 1985.

Lee, Leo Ou-fan, *Shanghai Modern: The Flowering of a New Urban Culture in China* [M], 1930 – 1945, Cambridge, MA: Harvard UP, 1999.

Lee, Leo Ou-fan, *Voices from the Iron House: A Study of Lu Xun* [M], Bloomington: Indiana University Press, 1987.

Lee, Lily Xiao Hong and Stefanowska, A. D. eds., *Biographical Dictionary of Chinese Women: The Twentieth Century* 1912 – 2000 [C], Armonk, NY: M. E. Sharpe, 2003.

Lee, Vivian, "Cultural Lexicology: 'Maqiao Dictionary' by Han Shaogong" [J], *Modern Chinese Literature and Culture*, 2002 (1), p. 146.

Lefevere, André, *Translation, Rewriting and the Manipulation of Literary Fame* [M], London and New York: Routledge, 1992.

Lei, Sean Hsiang-Lin, "Habituating Individuality: The Framing of Tuberculosis and Its Material Solutions in Republican China" [J], *Bulletin of the History of Medicine*, 2010 (2), pp. 248 – 279.

Li, Zehou, "Four Essays on Aesthetics: Toward a Global View", in *The Norton Anthology of Theory and Criticism*, ed. Vincent B. Leitch. [C] 2nd ed., New York: Norton, 2010.

Lichte, Erika Fischer (ed), *The Dramatic Touch of Difference*, Tubingen: Gunter Narr Verlag, 1990.

Lichte, Erika Fischer, "Introduction", in Fischer-Lichte, Erika, Barbara Gronau, and Christel Weiler. eds., *Global Ibsen: Performing Multiple Modernities* [C], New York and London: Routledge, 2011.

Lichte, Erika Fischer, "Theatre, Own and Foreign: the Intercultural Trend in

Contemporary Theatre", *The Dramatic Touch of Difference: Theatre, Own and Foreign* [C]. Erika Fischer-Lichte, Josephine Riley, and Michael Gissenwehrer, eds., Tubingen: Gunter Narr Verlag, 1990.

Lichte, Erika Fischner, *The Transformative Power of Performance* [M], London and New York: Routledge, 2008.

Ling, Shuhua, *Born of the Same Roots: Stories of Modern Chinese Women* [M], Bloomington: Indian University Press, 1981.

Liu, James J. Y., *The Art of Chinese Poetry* [M], Chicago: University of Chicago Press, 1966.

Liu, Kang, "The Short-Lived Avant-Garde: The Transformation of Yu Hua" [J] *Modern Language Quarterly*, 63.1 (2002) 89–117.

Liu, Xin (Alice) & Shen, Congwen, "Shen Congwen: A Letter" [J], *Granta* 119: *Britain*, the Online Edition, 2012 (April).

Lloyd, George Arthur, "The Two-Storied Teahouse: Art and Politics in Lao She's Plays" (PhD diss.; University of California, Berkeley, 2000), 19–20.

Louai, EI Habit, "Retracing the Concept of the Subaltern from Gramsci to Spivak: Historical Developments and New Applications" [J], *African Journal of History and Culture* 4, No.1 (2012).

Lovell, John, "Great Leap forward" [J], *Guardian*, 2005.

Lovell, Julia, "Dropped off the Map: Han Shaogong's Maqiao" [J], *World Literature Today*, 2011 (4), pp. 25–26.

M. Coble, Parks, "Writing about Atrocity: Wartime Accounts and Contemporary Uses" [J], *Modern Asia Studies*, 45 (2), 2011, pp. 379–398.

Marwick, Arthur, "Problems and Consequences of Organizing Society for Total War" in *Mobilization for Total War: The Canadian, American and British Experience*, 1914–1918, 1939–1945 [C], edited by N. F. Dreisziger, Kingston: Wilfrid Laurier University Press, 1980.

Marwick, Arthur, "Problems and Consequences of Organizing Society for Total War" in *Mobilization for Total War: The Canadian, American and British Experience*, 1914–1918, 1939–1945 [C], edited by N. F. Dreisziger, Kingston: Wilfrid Laurier University Press, 1980.

McDougall, Bonnie S, *The Introduction of Western Literary Theories into Modern China*, 1919 – 1925. [M] Tokyo: The Centre for East Asian Cultural Studies, 1971.

McHale, Brian and Paltt, Len eds., *Cambridge History of Postmodern Literature* [C], Chapter 28: "Postmodern China", by Wang Ning, New York: Cambridge University Press, 2016.

Meyer, Michael, *Henrik Ibsen—The Top of a Cold Mountain* 1883 – 1906 [M], London: Hart-Davis, 1971.

Michael, Worton and Judith, Still eds., *Intertextuality: Theories and Practices* [C], Manchester and New York: Manchester University Press, 1990.

Miller, J. Hillis, *New Starts: Performative Topographies in Literature and Criticism* [M], Taipei: Academia Sinica, 1993.

Miller, J. Hillis, *On Literature* [M], London and New York: Routledge, 2002.

Miller, J. Hillis, "Globalization and World Literature" [J], *Neohelicon*, 38.2 (2011), 251 – 65.

Miner, Earl, *Comparative Poetics: An Intercultural Essay on Theories of Literature* [M], Princeton, New Jersey: Princeton University Press, 1990.

Moi, Toril, "Representation of Patriarchy: Sexuality and Epistemology in Freud's Dora", in *In Dora' Case: Freud-Hysteria-Feminism* [C], ed. Charles Bernheimer and Claire Kahane, New York: Columbia University Press, 1985.

Moretti, Franco, "Conjectures on World Literature" [J], *New Left Review*, 1 (January-February 2000), pp. 54 – 68.

Moretti, Franco, "Conjectures on World Literature and More Conjectures", *World Literature in Theory* [M], David Damrosch, ed., Malden: John Wiley & Sons, 2014.

Morrison, Donald, "Holding Up Half the Sky" [N], *TIME*, 14 February, 2005.

Mosterín, Jesús, "A World without Nation States" [J], *Acta Institutionis Philosophiae et Aestheticae* (Tokyo) 23 (2005): 55 – 77.

Moulton, Richard Green. *The Modern Study of Literature* [M], Chicago: The University of Chicago Press, 1915.

Northam, John, "Hedda Gabler" [J], *Ibsen-arbok* (1968 – 69).

Northam, John, *Ibsen's Dramatic Method* [M], London: Faber & Faber, 1953.

O'Neill, John, *Five Bodies: The Human Shape of Modern Society* [M], Ithaca: Cornell University Press, 1985.

Peck, James, "The Roots of Rhetoric: The Professional Ideology of America's China Watchers" [J], *Bulletin of Concerned Asian Scholars*, Vol. II, No. 1 (1969).

Phillips, Robert, *The Confessional Poets* [M], Carbondale and Edwardsville: Southern Illinois UP, 1973.

Pickowicz, Paul G., "Introduction: Pa Chin's *Cold Nights* and China's Wartime and Postwar Culture of Disaffection", in *Cold Nights* [M], Hong Kong: The Chinese University Press, 2002.

Plath, Sylvia, *Ariel*, London: Faber and Faber, 1965.

Prusek, Jaroslav, "'Huai Chiu': A Precursor of Modern Chinese Literature" [J], *Harvard Journal of Asiatic Studies* 29 (1969), pp. 169 – 176.

Prusek, Jaroslav, "Lu Hsun: The Revolutionary and the Artist" [J], *Orientalische Literaturzeitung* 5/6 (1960): 230 – 236.

Prusek, Jaroslav, *The Lyrical and the Epic: Studies of Modern Chinese Literature* [C], edited by Leo Ou-fan Lee. Bloomington: Indiana University Press, 1980.

Pusey, James Reeve, *Lu Xun and Evolution* [M], Albany: State University of New York Press, 1998.

Qian, Sunqiao, "Introduction", *The Cross-Cultural Legacy of Lin Yutang: Critical Perspectives* [C], edited by Qian, Sunqiao, Berkeley: Institute of East Asian Studies, University of California, Berkeley, 2015.

Qian, Suoqiao, *Liberal Cosmopolitan: Lin Yutang and Middling Chinese Modernity* [M], Leiden & Boston: Brill, 2011.

Rabinow, Paul and Rose, Nikolas, "Biopower Today" [J], *BioSocieties*, 1

(2), 2006.

Rea, Christopher, "Introduction", *China's Literary Cosmopolitans: Qian Zhongshu, Yang Jiang, and the World of Letters* [C], ed. Christopher Rea, Leiden and Boston: Brill, 2015.

Reinert, Otto, "Sight Imagery in *The Wild Duck*" [J], *The Journal of English and Germanic Philology*, Vol. 55 (1956), pp. 457–462.

Robinson, Douglas, *Western Translation Theory from Herodotus to Nietzsche* [M], London: Routledge, 2002.

Rosenthal, Macha Louis, *The New Poets: American and British Poetry since World War II* [M], New York: Oxford UP, 1967.

Said, Edward W., *Culture and Imperialism* [M], New York: Vintage Books, 1994.

Said, Edward, *Reflections on Exile and Other Essays* [M], Cambridge, MA: Harvard University Press, 2000.

Said, Edward, *The World, the Text, and the Critic* [M], Cambridge, MA: Harvard University Press, 1983.

Sanders, Jilie, *Adaptation and Appropriation* [M], London: Routledge, 2006.

Saussy, Haun, ed. *Comparative Literature in an Age of Globalization* [C], Chapter One, "Exquisite Cadevers Stitched from Fresh Nightmares: Of Memes, Hives, and Selfish Genes", Baltimore: The Johns Hopkins University Press, 2006.

Schamoni, Wolfgang, "Weltliteratur—zuerst 1773 bei August Ludwig Schlözer" [J], *arcadia: Internationale Zeitschrift für Literaturwissenschaft/International Journal of Literary Studies* 43.2 (2008): 288–298.

Schulz, H. J. & Rhein P. H. (eds.), *Comparative Literature, The Early Years*, Chapel Hill: The University of North Carolina Press, 1973.

Semanov, V. I., *Lu Hsun and His Predecessors* [M]. Trans. Charlers Alber, White Plains: M. E. Sharpe, 1980.

Sheng, Anfeng, "Exploring the Cosmopolitan Elements in Lao She's Works" [J], *Comparative Literature Studies*, 2017, 54 (1): 125–140.

Shih, Shu-mei, *The Lure of the Modern: Writing Modernism in Semicolonial China*, 1917 – 1937 [M], Berkeley, Los Angeles and London: U of California P, 2001.

So, Richard Jean, *Coolie Democracy: U. S. – China Political and Literary Exchange*, 1925 – 1955 [D], PhD Dissertation, Columbia University, 2010.

Sontag, Susan, *Illness as a Metaphor* [M], New York: Doubleday, 1990.

Spence, Jonathan, "An Expert on Loss" [J], *New York Times*, 1995 (Dec.), https://www.nytimes.com/1995/12/17/books/an-expert-on-loss.html (Accessed by 16/12/2019).

Spivak, Gayatri C., *Death of a Discipline* [M], New York: Columbia University Press, 2003.

Sprinchorn, Evert (ed.), *Ibsen: Letters and Speeches* [M], New York: Hill & Wang, 1964.

Spurgeon, Caroline F. E., *Shakespeare's Imagery—and what it tells us* [M], Cambridge: Cambridge University Press, 1965.

Sun, Yifeng, "Opening the Cultural Mind: Translation and the Modern Chinese Literary Canon" [J], *Modern Language Quarterly*, Vol. 69, No. 1 (March 2008): 13 – 27.

Swiney, Frances, *The Awakening of Women; or, Woman's Part in Evolution* [M], London: Reeves, 1908.

Tang, Xiaobing, *Chinese Modern: The Heroic and the Quotidian* [M], Durham & London: Duke University Press, 2000, pp. 134 – 135.

Thomsen, Mads Rosendahl, "Franco Moretti and the global wave of the novel", in *The Routledge Companion to World Literature* [C], edited by Theo D'haen, David Damrosch and Djelal Kadir, London and New York: Routledge, 2012.

Todorov, Tzvetan, "What is Literature For?" [J] *New Literary History* 38. 1 (2007), 16 – 17.

Toril, Moi, *Sexual/Textual Politics: Feminist Literary Theory* [M], London and New York: Methuen, 1985.

Trilling, Lionel, "Freud and Literature", in Hazard Adams, ed. *Critical Theory since Plato* [C], New York: Harcourt Brace Jovanovich, 1971.

Turner, Bryan S., *The Body and Society: Explorations in Social Theory* [M], third edition, London: Sage, 2008.

Turturici, Armando, "The Writer Yu Hua: His Life and Most Important Works" [J], https://www.saporedicina.com/english/yu-hua-books/ (accessed by 16/12/2019).

Van Crevel, Maghiel, "The Cultural Translation of Battlers Poetry (Dagong shige)" [J], in: *Journal of Modern Literature in Chinese*, Volume 14, Number 2—Volume 15, Number 1.

Van Crevel, Maghiel, *Language Shattered: Contemporary Chinese Poetry and Duo Duo* [M], Leiden: CNWS, 1996.

Venuti, Lawrence, "From Cultural Turn to Translational Turn", *World Literature in Theory* [C], David Damrosch, ed., Malden: John Wiley & Sons, 2014.

Venuti, Lawrence, "World Literature and Translation Studies", *The Routledge Companion to World Literature* [C], Theo D'haen, David Damrosch and Djelal Kadia, eds., London and New York: Routledge, 2012.

Vieira, Else Ribeiro Pires, "Liberating Calibans: Readings of Antropofagia and Haroldo de Campos' poetics of transcreation", S. Bassnett and H. Trivedi, eds. *Post-Colonial Translation: Theory and Practice* [C], London and New York: Pinter, 1999, 95–113.

Vohra, Ranbir, *Lao She and the Chinese Revolution* [M]. (Cambridge, MA: Harvard University Press, 1974), 5–18.

Wang, Ban, "Wang Anyi: The Storyteller as Thinker" [J], *Chinese Literature Today*, 2018 (Jan.), pp. 12–13.

Wang, Ban, "Love at Last Sight: Nostalgia, Commodity, and Temporality in Wang Anyi's Song of Unending Sorrow" [J], *Positions*, 2002 (3), pp. 669–694.

Wang, David Der-wei, *Fin-de-Siecle Splendor: Repressed Modernities of Late Qing Fiction* [M], 1849–1911, Stanford, CA: Stanford University Press,

1997.

Wang, Ning, "The Mapping of Chinese Postmodernity" [J], *boundary* 2, 24. 3 (1997): 19 –40.

Wang, Ning, "The Reception of Postmodernism in China: The Case of Avant-Garde Fiction", in *International Postmodernism: Theory and Literary Practice* [C], Hans Bertens and Douwe Fokkema eds. , Amsterdam and Philadelphia: John Benjamins Company, 1997.

Wang, Ning: *Translated Modernities: Literary and Cultural Perspectives on Globalization and China* [M], Ottawa and New York: Legas Publishing, 2010.

Wang, Ning, "World Literature and the Dynamic Function of Translation" [J], *Modern Language Quarterly*, 71. 1 (2010): 1 –14.

Wang, Ning, "'Weltliteratur': from a Utopian Imagination to Diversified Forms of World Literatures" [J], *Neohelicon*, XXXVIII (2011) 2: 295 –306.

Wang, Ning, "On World Literatures, Comparative Literature, and (Comparative) Cultural Studies" [J], *CLCWeb: Comparative Literature and Culture* 15. 5 (December 2013), Article 4.

Wang, Ning, "A Reflection on Postmodernist Fiction in China: Avant-Garde Narrative Experimentation" [J], *Narrative*, 21. 3 (2013): 326 –338.

Wang, Ning, "Earl Miner: Comparative Poetics and the Construction of World Poetics" [J] *Neohelicon*, 41 (2014) 2: 415 –426.

Wang, Ning and Ross, Charles, "Contemporary Chinese Fiction and World Literature" [J], *Modern Fiction Studies*, 62 (4), 2016.

Wang, Ning, "Introduction: Toward a Substantial Chinese-Western Theoretical Dialogue" [J], in *Comparative Literature Studies*, 53. 3 (2016): 562 –567.

Wang, Ning, "Ibsen and Cosmopolitanism: A Chinese and Cross-Cultural Perspective" [J], *ARIEL: A Review of International English Literature* Volume 48. 1 (2017), pp. 123 –124.

Wang, Yanjie, "Heterogeneous Time and Space: Han Shaogong's Rethinking of Chinese Modernity" [J], *KronoScope: Journal for the Study of Time*, 15. 1 (2015), pp. 31 –41.

Weitz, Hans-Joachim, "Weltliteratur zuerst bei Wieland" [J], *arcadia: Zeitschrift für Vergleichende Literaturwissenschaft* 22 (1987): 206-208.

Westcott, Naomi H. "Ibsen's *The Wild Duck*" [J], *The Explicator*, Vol. 48 (1989): pp. 26-28.

Westphal, Bertrand, *Geocriticism: Real and Fictional Spaces* [M], trans. Robert Tally, Palgrave Macmillan, 2011.

Williams, Raymond, *Marxism and Literature* [M], Oxford and New York: Oxford University Press, 1978.

Williams, Raymond, *The Country and the City* [M], New York: Oxford University Press, 1973.

Witchard, Anne, *Lao She in London* [M], Hong Kong: Hong Kong University Press, 2012.

Wolfe, Cary, *What is Posthumanism?* [M], Minneapolis: University of Minnesota Press, 2009.

Woods, Katherine, "Forty Crowded Years in China's Forty Centuries: Lin Yutang's Novel, 'Moments in Peking', Presents a Story and a Picture Rich in Humanity" [J], *New York Times*, 1939, Nov. 9.

Wu, Xiaojiang, "Ibsen's Drama on the Chinese Stage", *Proceedings for the 9th International Ibsen Conference* [C], edited by Pal Bjorby and Asbjorn Aarseth, Bergen: Alvheim & Eide, 2001.

Xu, Minhui, *English Translations of Shen Congwen's Stories* [D], PhD dissertation, Hong Kong Polytechnic University, 2011.

Xue, Wei & Rose, Kate, "Urban Nowhere: Loss of Self in Lydia Davis' Stories and Wang Anyi's Brothers" [J], *Journal of International Women's Studies*, 2017 (4), pp. 38-49.

Yip, Ka-che, "Disease and the Fighting Men: Nationalist Anti-Epidemic Efforts in Wartime China, 1917-1945" [J], in *China in the Anti-Japanese War*, 1937-1945, edited by David P. Barrett and Lawrence N. Shyu, New York: Peter Lang Publishing, 2001.

Yip, Ka-che, "Disease and the Fighting Men: Nationalist Anti-Epidemic Efforts in Wartime China, 1917-1945" [J], in *China in the Anti-Japanese*

War, 1937 – 1945, edited by David P. Barrett and Lawrence N. Shyu, New York: Peter Lang Publishing, 2001.

Zhang, Jiang & Miller, J. Hillis, "Exchange of Letters About Literary Theory Between Zhang Jiang and J. Hillis Miller" [J], in *Comparative Literature Studies*, 53. 3 (2016): 567 – 610.

Zhang, Longxi, "Qian Zhongshu as Comparatist", *The Routledge Companion to World Literature*, Theo D'haen, David Damrosch and Djelal Kadia [M], eds., London and New York: Routledge, 2012.

Zhang, Longxi, "Qian Zhongshu (1910 – 1998) and World Literature" [J] *Revue de littérature comparée* 346. 2 (2013).

Zhang, Longxi, *From Comparison to World Literature* [M], Albany: State University of New York Press, 2015.

Го Мо-жо. Избранное. М., Государственное издательство художественной литературы, 1953.

Н. Федоренко. Лауреат международной сталинской премии мира Го Мо-жо. М.: Издательство 《Наука》, 1952.

Антология китайской поэзии. Под общей редакции Го мо-жо и Н. Т. Федоренко. М.: Государственное издательство художественной литературы, 1957. Т. 1.

后　　记

本书作为北京市社会科学重大项目的最终结项成果，在通过结项评审后，我作为首席专家，又花了一个多月的时间，根据各位评审专家的意见和建议对原稿做了最后的修改和润色。现在展现在广大读者眼前的这部书稿应该是本课题结项成果的最终定稿。我谨就本书的写作分工做一交代。

本书各章节分工如下：

王宁撰写了绪论、第二章、第三章、第四章、第五章、第六章、第七章、跋及第十六章一部分；

张珂撰写了第一章；

生安锋撰写了第八章和第十五章并整理参考文献；

张晓红撰写了第九章；

何成洲撰写了第十章和第十四章；

王家平撰写了第十一章；

廖望撰写了第十二章；

邹理撰写了第十三章及第八章的一部分；

何卫华撰写了第十六章；

林晓霞撰写了第十七章；

彭青龙撰写了第十八章；

邵璐撰写了第十九章。

部分章节曾作为单篇论文先行发表在国内外学术刊物，但在收入本书时作者和我本人均做了较大的修改甚至重写。全书最后由王宁修改并统稿，生安锋协助王宁统稿，并整理了参考文献。在此，我首先向为本课题提供资助的北京市哲学社会科学规划办公室致以衷心的感谢，没有他们的慷慨资助和立项，我也不可能带领我的团队花上如此之多的时间和精力去完成本课题。其次，我也谨向积极参加本课题研究及本书写作的各位专家学者致以衷心的感谢，同时也向各位匿名评审专家致以衷心的感谢，他们在疫情期间不辞辛苦为撰写或评审本书稿付出了辛勤的劳动，为使本书稿进一步完善提出了一些建设性的意见和建议。此外我也衷心地感谢中国社会科学出版社的领导和编辑人员，他们早在本课题尚未结项前就毅然决定将本书列入该社出版计划，并耐心地一直等到本书初稿评审完毕和终稿完成。没有上述各位专家学者和编辑人员的努力工作，本书是不可能以现在的形式呈现给广大读者的。最后，我也对我所先后工作的两所高校——清华大学外文系和上海交通大学人文学院的领导和同仁致以衷心的感谢，他们在过去的五年里尽量减轻我的教学和行政工作负担，并使我在疫情期间得以安心致志地对全书初稿进行仔细的修改和统稿。没有他们的大力支持和帮助，本书也许会再度拖延。

需要指出的是，本书虽然经过各位作者的努力撰写和我本人的精心修改，但依然有一些不尽人意之处，希望广大同行专家和读者不吝指正。

王 宁

2020 年 10 月于北京—上海